FINALISTA

World Fantasy Award
British Fantasy Award
Locus Award

UM DOS MELHORES LIVROS DO ANO

Amazon
Barnes & Noble
Library Journal
Syfy Wire
Vulture

UM DOS MELHORES LIVROS DO MÊS

Goodreads
Library Reads

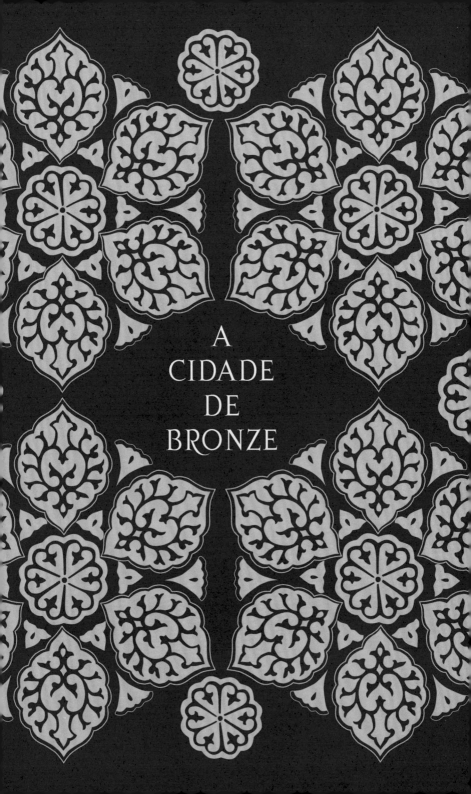
A
CIDADE
DE
BRONZE

S. A. CHAKRABORTY

A CIDADE DE BRONZE

PRIMEIRO VOLUME DA TRILOGIA DE DAEVABAD

TRADUÇÃO
Mariana Kohnert

Copyright © 2017 by Shannon Chakraborty
Publicado em comum acordo com Harper Voyager, um selo de Harper Collins Publishers.

Título original em inglês: THE CITY OF BRASS

Direção editorial: VICTOR GOMES
Coordenação editorial: GIOVANA BOMENTRE
Tradução: MARIANA KOHNERT
Preparação: JIM ANOTSU
Revisão: MELLORY FERRAZ
Design de capa: PAULA RUSSEL SZAFRANSKI
Adaptação de capa: LUANA BOTELHO
Mapa: VIRGINIA NOREY
Ilustrações internas: © SHUTTERSTOCK
Diagramação: DESENHO EDITORIAL

ESTA É UMA OBRA DE FICÇÃO. NOMES, PERSONAGENS, LUGARES, ORGANIZAÇÕES E SITUAÇÕES SÃO PRODUTOS DA IMAGINAÇÃO DO AUTOR OU USADOS COMO FICÇÃO. QUALQUER SEMELHANÇA COM FATOS REAIS É MERA COINCIDÊNCIA.

TODOS OS DIREITOS RESERVADOS. PROIBIDA A REPRODUÇÃO, NO TODO OU EM PARTES, ATRAVÉS DE QUAISQUER MEIOS. OS DIREITOS MORAIS DO AUTOR FORAM CONTEMPLADOS.

DADOS INTERNACIONAIS DE CATALOGAÇÃO NA PUBLICAÇÃO (CIP)

C435c Chakraborty, Shannon A.
A cidade de bronze/ S. A. Chakraborty;
Tradução: Mariana Kohnert. – São Paulo:
Editora Morro Branco, 2018. P. 608; 14x21cm.

ISBN: 978-85-92795-42-9

1. Literatura americana – Romance. 2. Ficção Young Adult.
I. Kohnert, Mariana. II. Título.
CDD 813

TODOS OS DIREITOS DESTA EDIÇÃO RESERVADOS À:
EDITORA MORRO BRANCO
Alamenda Santos, 1357, 8º andar
01419-908 – São Paulo, SP – Brasil
Telefone (11) 3373-8168
www.editoramorrobranco.com.br

Impresso no Brasil
2022

*Para Alia,
a luz da minha vida*

NAHRI

Ele era um alvo fácil.

Nahri sorriu por trás do véu, observando os dois homens discutindo conforme se aproximavam da barraca dela. O mais jovem olhava, ansioso, na direção do beco enquanto o homem mais velho – cliente dela – suava ao ar frio do alvorecer. Exceto pelos homens, o beco estava vazio; a fajr já fora anunciada, e qualquer um devoto o suficiente para orar em público – não que houvesse muitos no bairro dela – já estava entocado na pequena mesquita no fim da rua.

Nahri conteve um bocejo. Não era adepta da oração do alvorecer, mas o cliente escolhera a madrugada e pagara suntuosamente pela discrição. Nahri observou os homens conforme se aproximavam, reparando nas feições claras e no estilo das casacas caras. Turcos, suspeitou ela. O mais velho talvez fosse até mesmo um basha, um dos poucos que não fugiram do Cairo quando os francos invadiram. Ela cruzou os braços sobre sua abaya preta, ficando intrigada. Não tinha muitos clientes turcos; eram esnobes demais. Na verdade, quando francos e turcos não estavam lutando pelo Egito, a única coisa em que pareciam concordar era que os egípcios não podiam governar a si mesmos. Que Deus os livrasse. Não é como se os egípcios fossem os herdeiros de uma grande civilização cujos majestosos monumentos ainda cobriam a terra. Ah, não. Eram camponeses, tolos supersticiosos que comiam feijões demais.

Bem, esta tola supersticiosa está prestes a te enganar e levar todo seu dinheiro, então pode me insultar. Nahri sorriu enquanto os homens se aproximaram.

Ela os cumprimentou calorosamente e os levou para sua minúscula barraca, serviu ao mais velho um chá amargo feito de sementes de feno-grego amassado e hortelã picada grosseiramente. Ele bebeu com rapidez, mas Nahri se demorou lendo as folhas, murmurando e cantando na língua nativa dela, uma língua que os homens de forma alguma conheceriam, uma língua para a qual nem mesmo ela tinha um nome. Quanto mais se demorasse, mais desesperado ele ficaria. Mais ingênuo.

A barraca de Nahri era quente, o ar estava aprisionado pelos lenços escuros que ela pendurava nas paredes para proteger a privacidade dos clientes e pesado com os odores de cedro queimado, suor e a cera amarela barata que Nahri fingia ser olíbano. O cliente amassava nervosamente a bainha da casaca, suor escorria pelo rosto vermelho dele e umedecia seu colarinho bordado.

O homem mais jovem se mostrou irritado.

— Isso é tolice, irmão — sussurrou ele, em turco. — O médico disse que não há nada errado com você.

Nahri escondeu um sorriso triunfante. Então eram turcos. Não esperavam que ela os entendesse – provavelmente presumiram que uma curandeira de rua egípcia mal falava árabe direito –, mas Nahri sabia turco tão bem quanto a sua língua nativa. E árabe e hebraico, persa acadêmico, alto veneziano e suaíli litorâneo. Em seus vinte e poucos anos de vida, Nahri ainda não encontrara uma língua que não compreendesse imediatamente.

Mas os turcos não precisavam saber disso, então Nahri os ignorou, fingindo estudar a borra da xícara do basha. Por fim, ela suspirou, seu véu oscilou contra os lábios de uma forma que atraiu os olhares dos dois homens, então a curandeira soltou a xícara no chão.

Ela se quebrou, conforme pretendido, e o basha escancarou a boca.

— Pelo Todo-Poderoso! É ruim, não é?

Ela ergueu o olhar para o homem, piscando com fragilidade os olhos pretos de cílios longos. Ele ficara pálido, e Nahri fez uma pausa para ouvir o ritmo do coração do homem. Estava rápido e irregular devido ao medo, mas ela conseguia senti-lo bombeando sangue saudável pelo corpo. A respiração do basha estava livre de doença, e havia um brilho inconfundível nos olhos escuros dele. Apesar dos cabelos grisalhos na barba – mal escondidos pela hena – e da barriga inchada, o homem sofria apenas com o excesso de riqueza.

Nahri ficaria feliz em ajudá-lo com isso.

— Sinto muito, senhor. — Nahri afastou a pequena sacola de tecido, seus dedos rápidos estimando a quantidade de dirhams contida ali. — Por favor, tome o seu dinheiro de volta.

Os olhos do basha se arregalaram.

— O quê? — gritou ele. — Por quê?

Nahri abaixou os olhos.

— Algumas coisas estão além da minha capacidade — disse ela, baixinho.

— Ah, Deus... está ouvindo-a, Arslan? — O basha se virou para o irmão, com lágrimas nos olhos. — Você disse que eu estava louco! — acusou o homem, contendo um soluço. — E agora eu vou morrer! — Ele enterrou a cabeça nas mãos e chorou; Nahri contou os anéis de ouro nos dedos do basha. — Estava tão ansioso para me casar...

Arslan disparou um olhar de irritação para Nahri antes de se voltar para o basha.

— Recomponha-se, Cemal — sibilou ele em turco.

O basha limpou os olhos e ergueu o olhar para Nahri.

— Não, deve haver algo que possa fazer. Ouvi boatos... as pessoas dizem que você fez um aleijado andar apenas ao *olhar* para ele. Certamente pode me ajudar.

Nahri se recostou, escondendo o prazer. Não fazia ideia de a que aleijado ele se referia, mas Deus fosse louvado, aquilo certamente ajudaria sua reputação.

A curandeira levou a mão ao coração.

— Ah, senhor, me entristece tanto dar tal notícia. E ao pensar em sua querida noiva privada de tal tesouro...

Os ombros do homem estremeceram quando ele soluçou. Nahri esperou que Cemal ficasse um pouco mais histérico, aproveitando a oportunidade para avaliar as pulseiras e os colares de ouro espesso em torno dos punhos e do pescoço do cliente. Uma granada suntuosa, de bela lapidação, estava presa ao turbante dele.

Por fim, Nahri falou de novo.

— Pode haver algo, mas... não. — Ela sacudiu a cabeça. — Não funcionaria.

— O quê? — gritou Cemal, agarrando-se à mesa estreita. — Por favor, farei qualquer coisa!

— Será muito difícil.

Arslan suspirou.

— E caro, aposto.

Ah, agora você fala árabe? Nahri deu um sorriso doce para o mais novo, sabendo que o véu era transparente o bastante para revelar suas feições.

— Todos os meus preços são justos, garanto a você.

— Cale-se, irmão — disparou o basha, olhando com raiva para o outro homem. Ele se voltou para Nahri com a expressão determinada. — Conte.

— Não é algo certo.

— Preciso tentar.

— Você é um homem corajoso — disse Nahri, permitindo que sua voz hesitasse. — De fato, creio que sua aflição foi causada pelo olho grande. Alguém tem inveja de você, senhor.

E quem não teria? Um homem com sua riqueza e beleza só poderia atrair inveja. Talvez até mesmo de alguém próximo...

— O olhar de Nahri para Arslan foi breve, mas o suficiente para fazer as bochechas dele corarem. — Deve limpar seu lar de qualquer escuridão que a inveja tenha trazido.

— Como? — perguntou o basha, em tom sussurrado e ansioso.

— Primeiro, deve prometer seguir minhas instruções com precisão.

— É claro!

Nahri se aproximou, determinada.

— Obtenha uma mistura que é uma parte âmbar-gris e duas partes óleo de cedro, uma boa quantidade. Compre com Yaqub, o boticário no fim do beco. Ele tem os melhores produtos.

— Yaqub?

— Aywa. Peça também um pouco de pó de casca de limão e óleo de noz.

Arslan observou o irmão com óbvia incredulidade, mas a esperança iluminava os olhos do basha.

— Então?

— É aqui que pode ficar difícil, mas, senhor... — Nahri tocou a mão dele e Cemal estremeceu. — Você deve seguir as minhas instruções com precisão.

— Sim. Pelo Todo Misericordioso, eu juro.

— Seu lar precisa ser limpo, e isso só pode ser feito se ele for abandonado. Sua família inteira deve partir, animais, criados, todos. Não deve haver vivalma na casa durante sete dias.

— Sete dias! — ele gritou, então abaixou a voz diante da reprovação no olhar de Nahri. — Aonde devemos ir?

— O oásis em Faiyum. — Arslan gargalhou, mas Nahri continuou. — Vá para a segunda menor nascente ao pôr do sol com seu filho mais novo — disse ela, com a voz séria. — Pegue um pouco de água com uma cesta feita do junco local, recite o versículo do trono sobre a água três vezes, então use para sua ablução. Marque suas portas com o âmbar-gris com óleo antes de partir e, quando retornar, a inveja terá ido embora.

— Faiyum? — interrompeu Arslan. — Por Deus, menina, até mesmo você deve saber que estamos em guerra. Consegue imaginar Napoleão ansioso para permitir que qualquer um de nós deixe o Cairo para uma caminhada inútil pelo deserto?

— *Cale-se*! — O basha bateu na mesa antes de se voltar novamente para Nahri. — Mas tal coisa será difícil.

Nahri espalmou as mãos.

— Deus provê.

— Sim, é claro. Faiyum será — decidiu ele, parecendo determinado. — Então meu coração será curado?

Ela fez uma pausa; era com o coração que ele estava preocupado?

— Com a vontade de Deus, senhor. Peça para que sua nova esposa coloque o pó do limão com óleo no seu chá vespertino durante o próximo mês. — Não faria nada contra o problema inexistente no coração, mas talvez o hálito dele agradasse mais à esposa. Nahri soltou a mão do cliente.

O basha piscou, como se tivesse sido libertado de um feitiço.

— Ah, obrigado, querida, obrigado. — Ele empurrou de volta a sacolinha de moedas e então tirou um anel de ouro pesado do mindinho e o entregou também. — Que Deus a abençoe.

— Que seu casamento seja fértil.

O basha se levantou com dificuldade.

— Devo perguntar, criança, de onde vem seu povo? Tem um sotaque do Cairo, mas há algo a respeito de seus olhos... — Ele parou de falar.

Nahri contraiu os lábios; odiava quando as pessoas perguntavam qual era sua ascendência. Embora não fosse o que muitos chamariam de bela – anos vivendo nas ruas a deixaram muito mais magra e suja do que os homens em geral prefeririam –, os olhos grandes e as feições delineadas em geral lhe garantiam um segundo olhar. E era esse segundo olhar, o que revelava uma cabeleira preta como a madrugada e olhos incomumente pretos – *sobrenaturalmente* pretos, ouvira Nahri certa vez – que provocavam perguntas.

— Sou tão egípcia quanto o Nilo — assegurou a jovem.

— É claro. — O basha levou a mão à testa. — Em paz. — Ele se abaixou sob a porta para partir.

Arslan ficou para trás; Nahri conseguia sentir os olhos dele sobre si enquanto recolhia o pagamento.

— Sabe que acaba de cometer um crime, não sabe? — perguntou Arslan, em tom desafiador.

— Como é?

Ele se aproximou.

— Um crime, sua tola. Bruxaria é crime sob a lei otomana.

Nahri não conseguiu se conter; Arslan era apenas o último em uma longa fila de oficiais turcos empertigados com os quais precisara lidar enquanto crescia no Cairo sob o governo otomano.

— Bem, então suponho que tenho sorte de os francos estarem no comando agora.

Foi um erro. O rosto de Arslan ficou imediatamente vermelho. Ele ergueu a mão e Nahri se encolheu, os dedos dela instintivamente pressionaram o anel do basha. Uma ponta afiada lhe cortou a palma da mão.

Mas Arslan não bateu em Nahri. Em vez disso, ele cuspiu aos pés dela.

— Deus é minha testemunha, sua bruxa larápia... Depois que tirarmos os franceses do Egito, imundícies como você serão os próximos. — Arslan lançou outro olhar cheio de ódio para Nahri e então partiu.

Ela tomou um fôlego trêmulo enquanto observava os irmãos, discutindo, desaparecerem nas sombras do amanhecer na direção do boticário de Yaqub. Mas não foi a ameaça que a abalou: foi o chacoalhar que Nahri ouviu quando Arslan gritou, o cheiro ferroso de sangue no ar. Um pulmão doente, tuberculose, talvez até mesmo uma massa cancerosa. Ainda não havia sinal externo, mas em breve haveria.

Arslan estivera certo ao suspeitar de Nahri: não havia nada errado com o irmão dele. Mas ele não viveria para ver seu povo reconquistar o país dela.

Nahri abriu a mão. O corte na palma já estava cicatrizando, uma linha de pele marrom nova se fechava sob o sangue. Ela encarou aquilo por um longo momento, então suspirou antes de se abaixar e voltar para dentro da barraca.

Nahri tirou a faixa turbante e a amassou em uma bola. *Sua tola. Sabe que não deve perder a calma com homens como ele.* Nahri não precisava de mais inimigos, em especial aqueles que provavelmente colocariam vigias em torno da casa do basha enquanto ele estava em Faiyum. O que ele havia pago era uma esmola em comparação com o que Nahri poderia roubar na mansão vazia do basha. Não roubaria muito – estava fazendo seus truques há tempo o suficiente para evitar as tentações dos excessos. Mas algumas joias cujo sumiço poderiam ser atribuídas a uma esposa esquecida, a uma criada de dedos leves? Quinquilharias que não teriam significado nada para o basha, mas um mês de aluguel para Nahri? Essas ela levaria.

Resmungando outro palavrão, Nahri enrolou o tapete de dormir e soltou alguns tijolos do chão. Colocou as moedas e o anel do basha no buraco raso, franzindo a testa para sua minguada poupança.

Não é o suficiente. Jamais será o suficiente. Nahri recolocou os tijolos, calculando o quanto ainda precisava para pagar o aluguel e os subornos do mês, os custos inflacionados da profissão cada vez menos agradável. O número sempre crescia, afastando os sonhos dela de Istambul ou de tutores, de ter um comércio respeitável e que curasse de fato, em vez de baboseira "mágica".

Mas não havia nada a ser feito agora, e Nahri não desperdiçaria o tempo que poderia usar ganhando dinheiro para lamentar o seu destino. Ela ficou de pé, enrolou um lenço de cabeça em torno dos cachos embaraçados e recolheu os amuletos que havia feito para as mulheres Barzani e o cataplasma para o açougueiro. Voltaria mais tarde para se preparar para o zar, mas, por enquanto, tinha alguém muito mais importante para visitar.

O boticário de Yaqub ficava no fim do beco, enfiado entre uma barraca de frutas podres e uma padaria. Ninguém sabia o que levara o velho farmacêutico judeu a abrir um boticário em um cortiço tão deprimente. A maior parte das pessoas que vivia no beco de Nahri estava desesperada: prostitutas, viciados e catadores de lixo. Yaqub se mudara sorrateiramente muitos anos atrás, acomodando a família nos andares superiores do prédio mais limpo. Os vizinhos torceram o nariz, espalharam boatos de dívidas de jogo e alcoolismo, ou acusações mais sombrias de que o filho de Yaqub matara um muçulmano, que o próprio Yaqub tirava sangue e fluidos dos viciados semimortos do beco. Nahri achava que era tudo besteira, mas não ousava perguntar. Não questionava o passado de Yaqub e ele não perguntava como uma antiga larápia conseguia diagnosticar doenças melhor do que o médico particular do sultão. A parceria esquisita dos dois dependia de evitar esses dois assuntos.

Nahri entrou no boticário, rapidamente evitando o sino surrado destinado a anunciar clientes. Cheia de suprimentos e impossivelmente caótica, a loja de Yaqub era o lugar preferido de Nahri. Prateleiras de madeira desencontradas e entulhadas com frascos de vidro empoeirado, minúsculas cestas de junco e vasos de cerâmica aos pedaços cobriam as paredes. Fileiras de ervas secas, partes de animais e objetos que Nahri não conseguia identificar pendiam do teto enquanto ânforas de barro competiam por um pequeno trecho de espaço no chão. Yaqub conhecia seu inventário como as linhas na palma da mão, e ouvir as histórias dele sobre antigos Magi ou sobre as terras dos temperos apimentados de Hind transportavam Nahri a mundos que ela mal conseguia imaginar.

O farmacêutico estava debruçado sobre a bancada de trabalho, misturando alguma coisa que emanava um cheiro forte e desagradável. Nahri sorriu ao ver o velho com os instrumentos ainda mais velhos. O almofariz de Yaqub sozinho parecia algo do reinado de Salah ad-Din.

— *Sabah el-hayr* — cumprimentou Nahri.

Yaqub emitiu um ruído de surpresa e olhou para cima, batendo com a testa em uma trança de alho pendurada. Depois de afastá-la, ele grunhiu:

— *Sabah el-noor*. Não pode fazer algum barulho quando entra? Quase me matou de susto.

Nahri sorriu.

— Gosto de surpreender você.

Yaqub riu com escárnio.

— De me assustar, você quer dizer. Fica mais parecida com o diabo a cada dia.

— Isso é algo muito grosseiro de se dizer a alguém que te trouxe uma pequena fortuna esta manhã. — Nahri se apoiou nas mãos para subir na bancada de Yaqub.

— Fortuna? É assim que chama dois oficiais otomanos discutindo e batendo à minha porta ao alvorecer? Minha mulher quase enfartou.

— Então compre uma joia para ela com o dinheiro.

Yaqub sacudiu a cabeça.

— E âmbar-gris! Por sorte ainda tinha um pouco no estoque! O que houve, não conseguiu convencê-lo a pintar a porta com ouro derretido?

Nahri deu de ombros, pegou um dos vasos próximos ao cotovelo de Yaqub e cheirou levemente.

— Parecia que eles podiam pagar.

— O mais jovem tinha muito a dizer a seu respeito.

— Não se pode agradar a todos. — Nahri pegou outro vaso, observando enquanto Yaqub acrescentava sementes de noz-da-índia ao almofariz.

O farmacêutico soltou o pilão com um suspiro, estendendo a mão para pegar o vaso, que Nahri devolveu com relutância.

— O que está fazendo?

— Isto? — Ele voltou a triturar as sementes. — Um cataplasma para a mulher do sapateiro. Tem sentido tonteiras.

Nahri observou por mais um momento.

— Isso não vai ajudar.

— Ah, é mesmo? Diga-me mais uma vez, doutora, com quem treinou?

Nahri sorriu; Yaqub odiava quando ela fazia aquilo. Nahri se voltou para as prateleiras, buscando o jarro familiar. A loja era uma confusão, um caos de vasos sem rótulos e suprimentos que pareciam criar pernas e se mover sozinhos.

— Ela está grávida — disse Nahri por cima do ombro. Então pegou um frasco de óleo de hortelã-pimenta, jogando longe uma aranha que andava em cima dele.

— Grávida? O marido não disse nada.

Nahri empurrou o frasco na direção de Yaqub e acrescentou uma raiz retorcida de gengibre.

— Está cedo. Eles provavelmente ainda não sabem.

Yaqub olhou com seriedade para a jovem.

— E você sabe?

— Pelo Misericordioso, você não? Ela vomita tão alto que acorda Shaitan, maldito seja. Ela e o marido têm seis filhos. Era de se pensar que conhecêssemos sinais a esta altura. — Nahri sorriu, tentando confortar Yaqub. — Prepare um chá disso aqui para ela.

— Não te ouvi.

— *Ya*, vovô, você também não me ouviu entrar. Talvez a culpa seja dos seus ouvidos.

Yaqub afastou o almofariz com um ruído de irritação e se virou para o canto dos fundos, onde guardava o dinheiro.

— Queria que parasse de bancar Musa bin Maimon e encontrasse um marido. Não é velha demais, sabe. — Yaqub pegou o baú; as dobradiças rangeram quando ele abriu a tampa surrada.

Nahri gargalhou.

— Se você conseguir encontrar alguém disposto a se casar com alguém como eu, levaria todas as casamenteiras do Cairo à falência. — Nahri tateou a variedade de livros, receitas e frascos na mesa, buscando a pequena caixa esmaltada em que Yaqub guardava balas de gergelim para os netos, até que finalmente a encontrou sob um livro de contas empoeirado. — Além do mais — continuou ela, tirando duas balas de dentro —, gosto de nossa parceria.

Yaqub entregou uma sacolinha a Nahri. Ela percebeu pelo peso que era mais do que a parte habitual. Começou a protestar, mas Yaqub a interrompeu.

— Fique longe de homens como aquele, Nahri. É perigoso.

— Por quê? Os francos estão no comando agora. — Nahri mastigou a bala, subitamente curiosa. — É verdade que mulheres francas saem nuas pelas ruas?

O farmacêutico sacudiu a cabeça, acostumado com a impertinência dela.

— Francesas, menina, não francas. E que Deus a guarde de ouvir tal malícia.

— Abu Talha disse que o líder deles tem pé de cabra.

— Abu Talha deveria se ater a consertar sapatos... Mas não mude de assunto — disse ele, exasperado. — Estou tentando alertá-la.

— Me alertar? Por quê? Nunca nem mesmo falei com um franco. — Não era por falta de esforço. Nahri havia tentado vender amuletos para os poucos soldados franceses que encontrara, e eles recuaram como se ela fosse algum tipo de cobra, fazendo observações condescendentes em uma língua estranha sobre as roupas dela.

Yaqub a encarou.

— Você é jovem — disse o farmacêutico, em voz baixa. — Não tem experiência com o que acontece com pessoas como nós durante uma guerra. Pessoas que são diferentes. Deveria manter a cabeça baixa. Ou melhor ainda, partir. O que aconteceu com seus grandes planos de Istambul?

Depois de contar a poupança naquela manhã, a simples menção da cidade a deixou amarga.

— Achei que tivesse dito que eu estava sendo tola — Nahri o lembrou. — Que nenhum médico aceitaria uma aprendiz mulher.

— Poderia ser parteira — sugeriu Yaqub. — Já fez partos antes. Poderia seguir para o oriente, longe desta guerra. Beirute, talvez.

— Você parece ansioso para se livrar de mim.

Yaqub tocou a mão de Nahri, os olhos castanhos cheios de preocupação.

— Estou ansioso para ver você *segura*. Não tem família, nenhum marido que a defenda, que a proteja, que...

Nahri fervilhou de ódio.

— Posso me cuidar sozinha.

—... que *aconselhe* a não fazer coisas perigosas — ele concluiu, olhando para a jovem. — Coisas como liderar zars.

Ah. Nahri se encolheu.

— Eu estava esperando que você não soubesse disso.

— Então é uma tola — disse ele, rispidamente. — Não deveria se envolver com aquela magia do sul. — Yaqub gesticulou para trás de Nahri. — Traga-me uma lata.

Ela pegou uma da prateleira, jogando para ele com um pouco mais de força do que era necessário.

— Não há "magia" nenhuma nisso — disse Nahri, ignorando-o. — É inofensivo.

— Inofensivo! — Yaqub debochou ao versar chá na lata. — Ouvi boatos sobre aqueles zars... sacrifícios de sangue, tentativa de exorcizar os djinns...

— A ideia não é de fato *exorcizá-los* — corrigiu Nahri, tranquilamente. — É mais como um esforço para trazer a paz.

Yaqub a encarou completamente exasperado.

— Não deveria tentar fazer nada com os djinns! — Yaqub sacudiu a cabeça, fechou a lata e passou cera morna nas bordas. — Está brincando com coisas que não entende, Nahri. Não são as suas tradições. Vai acabar com a alma partida por um demônio se não tomar mais cuidado.

Nahri ficou estranhamente comovida pela preocupação de Yaqub – e pensar que poucos anos atrás ele a ignorava por achar que era uma trapaceira desalmada.

— Avô — começou Nahri, tentando parecer mais respeitosa. — Não precisa se preocupar. Não há magia, juro. — Ao ver a dúvida na expressão de Yaqub, ela decidiu ser mais sincera. — É besteira, tudo aquilo. Não há magia, não há djinn, nenhum espírito esperando para nos devorar. Estou fazendo meus truques há bastante tempo para saber que nada disso é real.

Yaqub parou.

— As coisas que já vi você fazer...

— Talvez eu seja apenas uma trapaceira melhor do que os outros — interrompeu Nahri, esperando acalmar o medo que via na expressão dele. Não precisava assustar seu único amigo só porque tinha algumas habilidades estranhas.

Yaqub sacudiu a cabeça.

— Ainda existem djinns. E demônios. Até os acadêmicos dizem que existem.

— Bem, os acadêmicos estão errados. Nenhum espírito jamais veio atrás de mim.

— Isso é muito arrogante, Nahri. Chega a ser blasfêmia — acrescentou Yaqub, parecendo espantado. — Apenas um tolo falaria de tal forma.

Nahri ergueu o queixo em desafio.

— Eles não existem.

Yaqub suspirou.

— Ninguém pode dizer que não tentei. — Ele empurrou a lata para Nahri. — Entregue isto ao sapateiro ao sair, sim?

Nahri se afastou da mesa.

— Vai fazer inventário amanhã? — Podia ser arrogante, mas raramente deixava passar a oportunidade de aprender mais sobre o boticário. O conhecimento de Yaqub tinha desenvolvido bastante os instintos de cura de Nahri.

— Sim, mas venha cedo. Temos muito o que fazer.

Nahri assentiu.

— Se Deus permitir.

— Agora vá comprar kebab — disse ele, indicando com a cabeça a sacolinha. — Você está osso puro. Os djinns vão querer mais para comer caso saiam atrás de você.

Quando Nahri chegou ao bairro em que aconteceria o zar, o sol já havia se apagado atrás da paisagem densa de minaretes de pedra e prédios de tijolos de lama. Ele sumira no deserto distante, e um muezim de voz grave começou a chamada para a oração maghrib. Nahri parou, momentaneamente desorientada pela perda da luz. O bairro ficava no sul do Cairo, espremido entre os resquícios da antiga Fustat e das colinas Mokattam, e não era uma área que conhecia bem.

A galinha que Nahri carregava se aproveitou da distração dela para chutar suas costelas, e Nahri xingou, segurando o animal com força debaixo do braço enquanto passava por um homem magro que equilibrava uma tábua de pão na cabeça e, por pouco, evitou uma colisão com um bando de crianças risonhas. Ela abriu caminho por entre uma pilha crescente de sapatos do lado de fora de uma mesquita já apinhada. O bairro estava lotado; a invasão francesa fizera pouco para impedir as ondas de pessoas oriundas do campo que iam até o Cairo. Os novos migrantes chegavam com pouco mais do que as roupas do corpo e as tradições dos ancestrais, tradições em geral condenadas como perversão por alguns dos imãs mais irritadiços da cidade.

Os zars eram, sem dúvida, condenados como tal. Como a crença em magia, a crença na possessão era bastante disseminada pelo Cairo, e culpada por tudo, desde o aborto espontâneo de uma jovem esposa até a demência duradoura de uma senhora. Cerimônias zar eram feitas para aplacar o espírito e curar a mulher afligida. Embora Nahri não acreditasse em possessão, o cesto de moedas e a refeição gratuita recebidos pela kodia, a mulher que liderava a cerimônia, eram tentadores demais para recusar. Então, depois de observar inúmeras delas, Nahri começou a oferecer a própria – apesar de extremamente abreviada – versão.

A cerimônia daquela noite seria a terceira organizada por ela. Nahri se encontrara com uma tia da família da garota afligida na semana anterior e combinara de fazer a cerimônia em um pátio abandonado perto da casa delas. Quando a curandeira chegou, as musicistas dela, Shams e Rana, já estavam esperando.

Nahri as cumprimentou calorosamente. O pátio tinha sido varrido, e uma mesa estreita, coberta com um tecido branco, fora disposta no centro. Duas bandejas de cobre estavam de cada lado da mesa, cheias de amêndoas, laranjas e tâmaras. Um grupo de tamanho considerável tinha se reunido, os membros do sexo feminino da família da garota afligida, assim como cerca de uma dúzia de vizinhos curiosos. Embora todos parecessem pobres, ninguém ousaria ir a um zar de mãos vazias. Seria um bom ganho.

Nahri chamou uma dupla de meninas pequenas. Ainda jovens o bastante para achar a coisa toda incrivelmente animadora, elas correram até a curandeira, com os rostinhos ansiosos. Nahri se ajoelhou e acomodou a galinha que carregava nos braços da mais velha.

— Segure-a firme para mim, tudo bem? — pediu Nahri. A menina assentiu, parecendo importante.

Ela entregou a cesta para a mais jovem. Era uma graça, com olhos escuros grandes e cabelos cacheados esticados por tranças desarrumadas. Ninguém conseguiria resistir a ela. Nahri piscou um olho.

— Certifique-se de que todos coloquem algo na cesta. — Nahri puxou uma das tranças da menina e então gesticulou para que as duas se fossem antes de voltar a atenção para o motivo pelo qual estava ali.

O nome da menina afligida era Baseema. Ela parecia ter cerca de doze anos e fora colocada em um longo vestido branco. Nahri observou quando uma mulher mais velha tentou amarrar um lenço branco nos cabelos da jovem. Baseema revidou, o olhar selvagem, as mãos se debatendo. Nahri conseguia ver que as pontas dos dedos da garota estavam vermelhas e feridas onde ela havia roído as unhas. Medo e ansiedade irradiavam da pele de Baseema, e kajal manchava as bochechas dela, onde a jovem tentara esfregar a pintura dos olhos.

— Por favor, querida — suplicou a mulher mais velha. A mãe dela; a semelhança era óbvia. — Só estamos tentando ajudar você.

Nahri se ajoelhou ao lado das duas e pegou a mão de Baseema. A menina ficou imóvel, apenas os olhos dela disparavam de um lado para outro. Nahri a puxou de pé cuidadosamente. O grupo se calou quando a curandeira colocou a mão na testa de Baseema.

Nahri não podia explicar a forma como curava e sentia doenças mais do que podia explicar como seus olhos e ouvidos funcionavam. As habilidades faziam parte dela há tanto tempo que simplesmente parara de questionar sua existência. Tinha levado anos quando criança – e inúmeras lições dolorosas – para sequer perceber o quanto era diferente das pessoas ao redor; era como ser a única pessoa com visão em um mundo de cegos. E as habilidades tão naturais, tão orgânicas, que era impossível pensar nelas como qualquer coisa fora do comum.

Baseema se desequilibrou, a mente dela estava viva e acesa sob as pontas dos dedos de Nahri, porém mal direcionada. *Quebrada*. A curandeira odiou a rapidez com que a palavra cruel lhe saltou à mente, mas Nahri sabia que havia pouco que pudesse fazer para a menina a não ser apaziguá-la temporariamente.

E montar um espetáculo no processo – caso contrário, não seria paga. Nahri afastou o lenço do rosto da menina, reconhecendo que Baseema se sentia presa. A jovem segurou uma ponta com o punho fechado, dando uma sacudida quando seus olhos se fixaram no rosto de Nahri.

Nahri sorriu.

— Pode ficar com isso se quiser, minha cara. Nós nos divertiremos juntas, prometo. — Nahri ergueu a voz e se virou para o público. — Estavam certas em me trazer. Há um espírito nela. Forte. Mas podemos acalmá-lo, não é? Criar um casamento feliz entre os dois?

A curandeira piscou um olho e indicou as musicistas.

Shams começou na derbak, batucando uma batida destemida no velho tambor de pele. Rana pegou a flauta e entregou um tamborim a Nahri – o único instrumento que podia usar sem se fazer de tola.

Nahri bateu o tamborim na perna.

— Vou cantar para os espíritos que conheço — explicou ela, por cima da música, embora houvesse poucas mulheres do sul que não sabiam como funcionava um zar. A tia de Baseema pegou um incensário, empurrando sopros de fumaça aromática na multidão.

— Quando o espírito dela ouvir sua música, ela ficará agitada, e poderemos prosseguir.

Rana começou a tocar a flauta, e Nahri bateu o tamborim, com os ombros trêmulos, o lenço franjado oscilando a cada movimento. Hipnotizada, Baseema a acompanhava.

— Oh, espíritos, nós vos suplicamos! Imploramos-vos e honramos-vos — cantava Nahri, mantendo a voz grave para que não falhasse. Embora kodias legítimas fossem cantoras treinadas, Nahri não era nada disso. — *Ya, amir el Hind!* Oh, grande príncipe, junte-se a nós! — Ela começou com a canção do príncipe indiano e seguiu para aquela do Sultão do Mar e então a da Grande Qarina, a música mudando para cada um. Havia tomado o cuidado de memorizar as letras, e não o significado; não estava exatamente preocupada com as origens de tais coisas.

Baseema ficou mais animada conforme prosseguiram, braços e pernas relaxaram, as linhas de preocupação do rosto sumiram. A jovem se balançava com menos esforço, jogando os cabelos com um sorriso pequeno e contido. Nahri a tocava sempre que passavam, sentindo as áreas sombrias da mente dela e aproximando-as para acalmar a jovem inquieta.

Era um bom grupo, enérgico e envolvido. Várias mulheres ficaram de pé, batendo palmas e juntando-se à dança. As pessoas costumavam fazer isso; zars eram tanto uma desculpa para socializar quanto para lidar com djinns problemáticos. A mãe de Baseema observava o rosto da filha, parecendo esperançosa. As menininhas agarravam seus prêmios, saltitando de animação enquanto a galinha cacarejava em protesto.

As musicistas também pareciam se divertir. Shams subitamente batucou um ritmo mais rápido na derbak, e Rana a acompanhou, tocando uma melodia lúgubre, quase perturbadora na flauta.

Nahri bateu os dedos no tamborim, inspirada pelo humor do grupo. Ela sorriu; talvez fosse hora de lhes dar algo diferente.

A curandeira fechou os olhos e murmurou. Nahri não tinha nome para sua língua nativa, a língua que devia ter compartilhado com os pais há muito mortos ou esquecidos. A única pista de suas origens, Nahri havia procurado aquela língua desde a infância, entreouvindo mercadores estrangeiros e assombrando o grupo poliglota de acadêmicos do lado de fora da Universidade El Azhar. Achando que era semelhante ao hebraico, falara certa vez com Yaqub na língua, mas ele discordou terminantemente, acrescentando, desnecessariamente, que seu povo tinha problemas o bastante sem que Nahri fosse um deles.

Mas ela sabia que soava incomum e esquisita. Perfeita para o zar. Nahri ficou surpresa por não ter pensado em usá-la antes.

Embora pudesse ter cantado a lista do mercado e ninguém teria imaginado, Nahri se ateve às canções do zar, traduzindo o árabe para sua língua nativa.

— *Sah, Afshin e-daeva...* — começou Nahri. — Oh, guerreiro dos djinns, suplicamos a vós! Juntai-vos a nós, acalmai as fogueiras na mente desta jovem. — A curandeira fechou os olhos. — Ah, guerreiro, vinde a mim! *Vak*!

Uma gota de suor passou formando uma curva por sua têmpora. O pátio ficou desconfortavelmente quente, a proximidade do grande grupo e da fogueira crepitante era demais. Nahri manteve os olhos fechados e se balançou, permitindo que os movimentos do lenço na cabeça soprassem em seu rosto.

— Grande guardião, vinde e protegei-nos. Guardai Baseema como se...

Um arquejo baixo sobressaltou Nahri, e ela abriu os olhos. Baseema tinha parado de dançar; estava com braços e pernas congelados, o olhar vítreo fixo em Nahri. Obviamente nervosa, Shams perdeu uma nota na derbak.

Com medo de perder a multidão, Nahri bateu o tamborim de um lado do quadril, rezando silenciosamente para que Shams a imitasse. A curandeira riu para Baseema e pegou o braseiro de incenso, esperando que a fragrância almiscarada relaxasse a jovem. Talvez fosse hora de encerrar.

— Oh, guerreiro — cantou Nahri, mais baixo, retornando ao árabe. — É você quem dorme na mente de nossa doce Baseema?

Baseema estremeceu; suor escorreu pelo rosto dela. Mais perto agora, Nahri conseguia ver que a expressão vazia nos olhos da jovem havia sido substituída por algo que se parecia muito mais com medo. Um pouco inquieta, ela estendeu a mão para pegar a da jovem.

Baseema piscou, e os olhos dela se semicerraram, concentrando-se em Nahri com uma curiosidade quase selvagem.

QUEM É VOCÊ?

Nahri empalideceu e abaixou a mão. Os lábios de Baseema não tinham se movido, mas ela ouviu a pergunta como se tivesse sido gritada em seu ouvido.

Então o momento passou. Baseema sacudiu a cabeça, o olhar vazio retornou quando ela começou a dançar novamente. Assustada, Nahri deu alguns passos para trás. Um suor frio brotou em sua pele.

Rana estava ao ombro da curandeira.

— Ya, Nahri?

— Ouviu aquilo? — sussurrou ela.

Rana ergueu as sobrancelhas.

— Ouvi o quê?

Não seja tola. Nahri sacudiu a cabeça, sentindo-se ridícula.

— Nada. — Levantando a voz, ela se voltou para a multidão. — Todo louvor ao Todo-Poderoso — declarou a curandeira, tentando não gaguejar. — Oh, guerreiro, agradecemos a você. — Ela chamou a menina que segurava a galinha. — Por favor, aceite nossa oferenda e faça as pazes com a querida Baseema. — Com as mãos trêmulas, Nahri segurou a galinha sobre uma tigela de pedra desgastada e sussurrou uma oração antes de cortar o pescoço da ave. Sangue jorrou para dentro da tigela, manchando os pés de Nahri.

A tia de Baseema levou a galinha para ser preparada, mas o trabalho de Nahri estava longe de acabar.

— Suco de tamarindo para nosso convidado — pediu ela. — Os djinns gostam do sabor azedo. — Nahri forçou um sorriso e tentou relaxar.

Shams trouxe um pequeno copo do suco escuro.

— Você está bem, kodia?

— Deus seja louvado — disse Nahri. — Apenas cansada. Você e Rana podem distribuir a comida?

— É claro.

Baseema ainda estava se balançando, com os olhos semicerrados e um sorriso onírico no rosto. Nahri pegou as mãos da jovem e a puxou para o chão cuidadosamente, ciente de que grande parte do grupo estava observando.

— Beba, criança — disse ela, oferecendo a xícara. — Vai agradar seu djinn.

A menina segurou o copo com força, derramando quase metade do suco no rosto de Nahri. Ela gesticulou para a mãe, fazendo um ruído baixo no fundo da garganta.

— Sim, habibti. — Nahri acariciou os cabelos de Baseema, induzindo-a a se acalmar. A jovem ainda estava desequilibrada, mas sua mente não parecia tão desesperada. Apenas Deus sabia quanto duraria. Nahri chamou a mãe de Baseema e uniu as mãos das duas.

Havia lágrimas nos olhos da mulher mais velha.

— Ela está curada? O djinn a deixará em paz?

Nahri hesitou.

— Deixei ambos contentes, mas o djinn é forte e provavelmente está com ela desde que nasceu. Para uma coisa tão tenra... — Nahri apertou a mão de Baseema. — Foi provavelmente mais fácil se submeter aos desejos dele.

— O que isso quer dizer? — perguntou a outra mulher, com a voz falhando.

— O estado de sua filha é a vontade de Deus. O djinn a manterá segura, dará a ela uma rica vida interior — mentiu a curandeira, esperando que isso confortasse a mulher. — Mantenha ambos contentes. Deixe que ela fique com você e seu marido, dê a ela coisas para fazer com as mãos.

— Ela... ela algum dia vai falar?

Nahri virou o rosto.

— Com a vontade de Deus.

A mulher mais velha engoliu em seco, obviamente percebendo o desconforto de Nahri.

— E os djinns?

Ela tentou pensar em algo fácil.

— Faça com que ela beba suco de tamarindo todas as manhãs, isso vai agradá-lo. E leve-a ao rio para se banhar na primeira jumu'ah, a primeira sexta-feira, de todo mês.

A mãe de Baseema respirou fundo.

— Deus sabe o que é melhor — disse ela, baixinho, aparentemente mais para si mesma do que para Nahri. Mas não havia mais lágrimas. Em vez disso, conforme Nahri observava, a mulher mais velha pegou a mão da filha, já parecendo mais em paz. Baseema sorriu.

As palavras de Yaqub invadiram o coração de Nahri diante cena carinhosa. *Você não tem família, nenhum marido para defendê-la, para protegê-la...*

Nahri ficou de pé.

— Com licença.

Assim como kodia, não tinha escolha a não ser ficar até a refeição ser servida, assentindo educadamente para as fofocas das mulheres e tentando evitar uma prima idosa que Nahri sentiu ter uma massa se espalhando nos dois seios. Nahri jamais tentara curar nada como aquilo, e não achava que era uma boa noite para tentar – embora isso não tivesse deixado o rosto sorridente da mulher mais fácil de suportar.

A cerimônia finalmente chegou ao fim. A cesta de Nahri estava transbordando, cheia de uma variedade aleatória das diversas moedas usadas no Cairo: fils de cobre desgastados, um punhado de paras de prata e um único e antigo dinar da família de Baseema. Outras mulheres tinham posto pequenas peças de joias baratas, todas trocadas pela benção que Nahri deveria lhes trazer. A curandeira deu a Shams e Rana dois paras cada, e deixou que as duas levassem a maior parte das joias.

Estava prendendo o tecido exterior e desviando dos repetidos beijos da família de Baseema quando sentiu um leve formigar na nuca. Tinha passado anos demais perseguindo alvos e sendo ela mesma perseguida para não reconhecer a sensação. Nahri olhou para cima.

Do lado oposto do pátio, Baseema a encarava de volta. A jovem estava completamente imóvel, com braços e pernas em perfeito controle. Nahri a encarou de volta, surpresa com a calma da jovem.

Havia algo curioso e calculista nos olhos escuros de Baseema. Mas então, quando Nahri reparou com atenção, sumiu. A jovem uniu as mãos e começou a se balançar, dançando como Nahri lhe mostrara.

NAHRI

Alguma coisa aconteceu com aquela menina.
    Nahri beliscava as migalhas do feteer há muito devorado. Com a mente acelerada depois do zar, tinha parado em um café local em vez de seguir para casa e, horas depois, ainda estava lá. Ela girou o copo; a borra vermelha do chá de hibisco correu pelo fundo.
    Nada aconteceu, sua idiota. Você não escutou voz nenhuma. Nahri bocejou, apoiando os cotovelos na mesa e fechando os olhos. Entre o compromisso de antes do alvorecer com o basha e a longa caminhada a outro lado da cidade, estava exausta.
    Uma tosse baixa chamou sua atenção. Nahri abriu os olhos e encontrou um homem com a barba cheia e uma expressão esperançosa parado perto de sua mesa.
    Nahri sacou a adaga antes que o homem conseguisse falar e bateu com o cabo contra a superfície de madeira. O homem sumiu, e um sussurro percorreu o café. As peças de dominó de alguém caíram no chão.
    O dono olhou com raiva e Nahri suspirou, sabendo que estava prestes a ser expulsa. Inicialmente, o homem lhe recusara serviço, alegando que nenhuma mulher honrada ousaria sair desa-

companhada à noite, ainda mais visitar um café cheio de homens estranhos. Depois de exigir saber repetidas vezes se os homens da família dela sabiam onde estava, a visão das moedas do zar tinham finalmente feito com que se calasse, mas Nahri suspeitava que aquela breve acolhida estava prestes a terminar.

Ela se levantou, deixou algum dinheiro na mesa e partiu. A rua estava escura e incomumente deserta; o toque de recolher dos franceses tinha assustado até mesmo o mais noturno dos egípcios para que ficasse do lado de dentro.

Nahri manteve a cabeça baixa enquanto caminhava, mas não demorou para perceber que estava perdida. Embora a lua estivesse forte, aquela parte da cidade lhe era estranha, e Nahri circundou o mesmo beco duas vezes, procurando pela rua principal sem sucesso.

Cansada e irritada, parou do lado de fora da entrada de uma mesquita silenciosa, contemplando a ideia de se abrigar ali pela noite. A visão de um mausoléu distante acima do domo da mesquita chamou sua atenção. Nahri congelou. El Arafa: a Cidade dos Mortos.

Uma extensa e linda massa de campos fúnebres e tumbas. El Arafa refletia a obsessão do Cairo com todas as coisas funerárias. O cemitério percorria o limite leste da cidade, uma coluna de ossos quebradiços e tecido pútrido onde todos, desde os fundadores do Cairo até seus viciados, eram enterrados. E até a praga resolver a escassez de moradias no Cairo alguns anos antes, servira inclusive como abrigo para migrantes sem terem para onde ir.

Foi uma ideia que a fez estremecer. Nahri não compartilhava do conforto que a maioria dos egípcios sentia perto dos mortos, ainda mais do desejo de ir morar com uma pilha de ossos em decomposição. Achava cadáveres ofensivos; o cheiro deles, o silêncio, era tudo errado. De alguns dos comerciantes mais viajados, ela ouvira histórias de gente que queimava os mortos, estrangeiros que achavam que eram espertos ao se esconder do julgamento de Deus – gênios, pensava Nahri. Subir em uma fogueira crepitante soava maravilhoso em comparação com ser enterrada sob as areias sufocantes de El Arafa.

Mas ela também sabia que o cemitério era sua melhor esperança de chegar em casa. Podia seguir o limite norte até chegar a bairros mais familiares, e era um bom lugar para se esconder se desse com algum soldado francês em busca de fazer cumprir o toque de recolher; estrangeiros em geral compartilhavam da apreensão de Nahri com relação à Cidade dos Mortos.

Depois de entrar no cemitério, Nahri se ateve ao caminho mais exterior. Estava ainda mais deserto do que as ruas; os únicos indícios de vida eram o cheiro de uma fogueira para cozinhar há muito extinta e os gritos de gatos brigando. As crenas pontiagudas e os domos lisos dos túmulos projetavam sombras insanas sobre o chão arenoso. As construções antigas pareciam negligenciadas; os governantes otomanos do Egito tinham preferido ser enterrados na terra natal turca, e não consideraram a manutenção do cemitério importante – um dos muitos insultos que infligiram aos compatriotas de Nahri.

A temperatura parecia ter caído muito subitamente, e Nahri estremeceu. As sandálias de couro desgastadas, coisas em farrapos, há muito pedindo substituição, pressionavam o chão macio. Não havia outro som a não ser o das moedas tilintando na cesta. Já nervosa, Nahri evitava olhar para as tumbas, contemplando, em vez disso, o tópico muito mais agradável de invadir a casa do basha enquanto ele estava em Faiyum. Ao inferno se Nahri permitiria que algum irmãozinho tísico a afastasse de um roubo lucrativo.

Não estava andando há muito tempo quando ouviu um sussurro atrás de si, seguido por um lampejo de movimento que Nahri viu pelo canto do olho.

Poderia ser outra pessoa tomando um atalho, disse ela a si mesma, com o coração acelerado. O Cairo era relativamente seguro, mas Nahri sabia que havia poucos finais felizes para uma jovem mulher sendo seguida à noite.

A curandeira manteve o ritmo, mas levou a mão para a adaga antes de fazer uma curva abrupta mais para dentro do cemitério. Nahri correu pelo caminho, assustando um vira-lata sonolento, então se abaixou atrás da entrada de um dos antigos túmulos do período fatímida.

Os passos seguiram. E pararam. Nahri respirou fundo e ergueu a lâmina, preparando-se para berrar e ameaçar quem quer que fosse. Ela avançou.

E congelou.

— *Baseema?*

A jovem estava no meio do beco, a cerca de doze passos de distância, com a cabeça descoberta, a abaya manchada e rasgada. Baseema sorriu para Nahri. Os dentes dela refletiram o luar quando uma brisa soprou seus cabelos.

— Fale de novo — exigiu Baseema, com uma voz forçada e rouca pelo desuso.

Nahri arquejou. Tinha realmente ajudado a menina? E se sim, por que, em nome de Deus, ela perambulava por um cemitério no meio da noite?

Nahri abaixou o braço e correu para a jovem.

— O que está fazendo sozinha aqui, menina? Sua mãe ficará preocupada.

Ela parou. Embora estivesse escuro, nuvens repentinas haviam encoberto a lua, ela conseguia ver borrões esquisitos manchando as mãos de Baseema. Nahri inspirou profundamente, sentindo o cheiro de algo defumado e chamuscado e *errado*.

— Isso é... sangue? Pelo Mais Alto, Baseema, o que aconteceu?

Obviamente alheia à preocupação de Nahri, Baseema bateu palmas, extasiada.

— Será que é mesmo você? — Ela circundou Nahri devagar. — A idade certa... — refletiu a jovem. — E juraria que vejo aquela bruxa em suas feições, mas, exceto isso, parece tão *humana*. — O olhar de Baseema recaiu sobre a faca na mão da curandeira. — Mas imagino que só haja uma forma verdadeira de saber.

Assim que as palavras deixaram a boca da menina, ela pegou a adaga, com movimentos impossivelmente rápidos. Nahri cambaleou para trás com um grito de surpresa, e Baseema gargalhou.

— Não se preocupe, curandeirinha. Não sou tola; não tenho intenção de provar seu sangue eu mesma. — Baseema agitou a adaga em uma das mãos. — Mas acho que vou tomar *isto* antes que você tenha alguma ideia.

Nahri ficou sem palavras. Ela observou Baseema com um novo olhar. A criança assustada e atormentada não estava mais lá. À exceção das declarações bizarras, Baseema se portava com uma nova confiança, o vento esvoaçando seus cabelos.

Baseema semicerrou os olhos, talvez percebendo a confusão de Nahri.

— Certamente sabe o que sou. O marid deve ter avisado a você sobre nós.

— O *quê*? — Nahri estendeu a mão, tentando proteger os olhos de um sopro de vento arenoso. O tempo piorara. Atrás de Baseema, nuvens cinza-escuro e laranja percorriam o céu, apagando as estrelas. O vento uivou novamente, como o pior dos khamaseen, mas ainda não era a estação das tempestades de areia primaveris do Cairo.

Baseema olhou para o céu. Uma expressão de alarme brotou em seu rosto pequeno. Ela se virou para Nahri.

— Aquela magia humana que fez... quem chamou?

Magia? Nahri ergueu as mãos.

— Não fiz magia nenhuma!

Baseema se moveu em um piscar de olhos. Ela empurrou Nahri contra a parede do túmulo mais próximo, pressionando o cotovelo com força contra o pescoço da curandeira.

— Para quem cantou?

— Eu... — Nahri arquejou, chocada com a foça dos braços finos da jovem. — Um... guerreiro, acho. Mas não foi nada. Apenas uma velha canção zar.

Baseema recuou um passo quando uma brisa quente irrompeu pelo beco, cheirando a fogo.

— Não é possível — sussurrou ela. — Ele está morto. Estão todos mortos.

— Quem está morto? — Nahri precisou gritar por cima do vento. — Espere, Baseema! — gritou ela, quando a jovem fugiu pelo beco oposto. — Aonde vai?

Nahri não teve muito tempo para se perguntar. Um estalo partiu o ar, mais alto do que um canhão. Tudo ficou silencioso, então Nahri foi arrancada do chão, atirada contra um dos túmulos.

Ela atingiu a pedra com força quando um clarão a cegou. A curandeira se encolheu no chão, zonza demais para proteger o rosto da chuva de areia abrasiva.

O mundo ficou silencioso, retornando com as batidas constantes do coração de Nahri, o sangue fluindo para a cabeça. Pontos pretos surgiam em sua visão. A curandeira alongou os dedos das mãos e estalou os dos pés, aliviada por ainda estarem no lugar. O estampido do coração foi aos poucos substituído por um apito nos ouvidos. Nahri hesitantemente tocou o galo latejante na parte de trás da cabeça, contendo um grito ao sentir a dor lancinante.

Ela tentou se libertar da areia que quase a enterrava, ainda cega pelo clarão. Não, não pelo clarão, percebeu a curandeira. A luz branca e forte ainda estava no beco, apenas condensando-se, ficando menor e revelando túmulos chamuscados pelo fogo conforme se retraía para dentro de si mesma. Conforme se retraía para dentro de *algo*.

Baseema não estava em lugar algum. Freneticamente, Nahri começou a soltar as pernas. Tinha acabado de conseguir descobri-las quando ouviu a voz, nítida como um sino e irritada como um tigre, na língua que procurara a vida toda.

— Pelo olho de Suleiman! — rugiu a voz. — Vou *matar* quem me chamou aqui!

Não existe magia, não existe djinn, nenhum espírito esperando para nos devorar. Suas próprias palavras decisivas para Yaqub voltaram a ela, debochando conforme a curandeira olhava por cima da lápide para trás da qual disparara quando ouviu a voz dele pela primeira vez. O ar ainda cheirava a cinzas, mas a luz que preenchera o beco diminuíra, quase como se tivesse sido sugada pela figura no centro. Parecia um homem, envolto em uma túnica escura que rodopiava em torno de seus pés como fumaça.

Ele deu um passo adiante quando a luz restante sumiu dentro de seu corpo, e, imediatamente, perdeu o equilíbrio, agarrando-se a um tronco de árvore ressecado. Quando o homem se equilibrou, a casca da árvore incendiou-se sob a mão dele. Em vez de recuar, o homem se recostou contra a árvore incandescente com um suspiro, as chamas lambendo a túnica inofensivamente.

Chocada demais para formar um pensamento coerente, ainda mais para fugir, Nahri rolou de volta contra a lápide quando o homem chamou novamente.

— Khayzur... se esta for sua ideia de uma brincadeira, juro por meus ancestrais que o despedaçarei pena por pena!

A ameaça bizarra pairou na mente de Nahri; as palavras não faziam sentido, mas a língua era tão familiar que parecia tangível.

Por que uma criatura de fogo lunática está falando minha língua?

Incapaz de vencer a curiosidade, Nahri se virou, olhando além da lápide.

A criatura cavava a areia, murmurando consigo mesmo e xingando. Enquanto Nahri observava, ele puxou uma cimitarra e a prendeu na cintura. A arma foi rapidamente acompanhada por duas adagas, uma enorme maça, um machado, uma longa aljava de flechas e um arco prateado reluzente.

Com o arco na mão, ele finalmente cambaleou para cima e olhou para o fim do beco, obviamente procurando quem quer que – como ele dissera? – o "chamara". Embora não parecesse muito mais alto do que Nahri, a ampla variedade de armas – o suficiente para combater uma tropa inteira de soldados franceses – era assustadora e um pouco ridícula. Parecia ser o que um menino vestiria quando brincasse de ser algum guerreiro antigo.

Um guerreiro. Ah, pelo Mais Alto...
Ele procurava por Nahri. Fora ela quem o chamara.
— Onde você está? — gritou o homem, caminhando para a frente com o arco erguido. Estava chegando perigosamente perto da lápide de Nahri. — Vou despedaçar você em quatro! — Ele falava a língua dela com um sotaque letrado, o tom poético destoante da ameaça apavorante.

Nahri não tinha o desejo de descobrir o que ser "despedaçada em quatro" significava. Ela tirou as sandálias. Depois que o homem passou sua lápide, ela rapidamente se levantou e silenciosamente fugiu pela travessa oposta.

Infelizmente, esquecera-se da cesta. Conforme se moveu, as moedas tilintaram na noite silenciosa.

O homem rugiu:
— Pare!
Nahri acelerou, os pés descalços surrando o chão. Ela virou para uma travessa sinuosa e então para outra, esperando confundi-lo.

Ao ver um portal escuro, a curandeira se esquivou para dentro. O cemitério estava silencioso, livre dos sons de pés em perseguição ou de ameaças coléricas. Poderia tê-lo despistado?

A curandeira se recostou contra a pedra fria, tentando recuperar o fôlego e desejando desesperadamente sua adaga – não que sua lâmina medíocre oferecesse muita proteção contra o homem excessivamente armado que a caçava.

Não posso ficar aqui. Mas Nahri não conseguia ver nada além de túmulos diante de si e não tinha ideia de como voltar para as travessas. Trincou os dentes, tentando reunir coragem.

Por favor, Deus... ou quem quer que esteja ouvindo, rezou a curandeira. *Apenas me tire desta, e juro que pedirei a Yaqub por um noivo amanhã. E nunca mais farei outro zar.* Nahri deu um passo hesitante.

Uma flecha sibilou pelo ar.

Nahri gritou quando a arma cortou sua têmpora. Ela cambaleou para a frente e levou a mão à cabeça, sentindo os dedos imediatamente pegajosos com sangue.

A voz fria falou.

— Pare onde está ou a próxima atravessa seu pescoço.

Ela congelou, com a mão ainda pressionada contra o ferimento. O sangue já estava coagulando, mas não queria dar a criatura uma desculpa para lhe fazer outro buraco.

— Vire-se.

Nahri engoliu o medo e se virou, mantendo as mãos paradas e os olhos no chão.

— P-por favor, não me mate — gaguejou ela. — Eu não tive a intenção...

O homem – ou o que quer que fosse – inspirou, o ruído era como carvão se apagando.

— Você... é humana — sussurrou ele. — Como conhece divasti? Como pode sequer me *ouvir?*

— Eu... — Nahri pausou, surpresa ao finalmente descobrir o nome da língua que conhecia desde a infância. *Divasti*.

— Olhe para mim. — Ele se aproximou, o ar entre os dois ficou morno com o cheiro de limão queimado.

O coração de Nahri batia tão forte que ela conseguia ouvir como se estivesse nos ouvidos. A curandeira inspirou fundo, obrigando-se a encará-lo.

O rosto dele estava coberto como o de um viajante do deserto, mas mesmo que estivesse visível, Nahri duvidava que teria visto qualquer coisa além dos olhos verdes. Mais verdes do que esmeraldas, eram quase fortes demais para se encarar diretamente.

Os olhos dele se semicerraram. O homem afastou o lenço de cabeça de Nahri e ela se encolheu quando ele tocou sua orelha direita. As pontas dos dedos eram tão quentes que até mesmo o breve toque foi o suficiente para escaldar sua pele.

— Shafit — disse o homem, baixinho, mas diferentemente das outras palavras, o termo continuou incompreensível na mente de Nahri. — Mova a mão, menina. Deixe-me ver seu rosto.

Ele afastou a mão dela antes que Nahri pudesse obedecer. Àquela altura, o sangue tinha coagulado. Exposto ao ar, o ferimento de Nahri coçava; ela soube que a pele estava se unindo de novo diante dos olhos dele.

O homem saltou para trás, quase se chocando contra a parede oposta.

— Pelo olho de Suleiman! — O homem a olhou de cima a baixo de novo, farejando o ar como um cão. — Como... como fez isso? — indagou. Seus olhos intensos brilharam. — É algum tipo de truque? Uma armadilha?

— Não! — Nahri ergueu as mãos, rezando para que parecesse inocente. — Nenhum truque, nenhuma ameaça, eu juro!

— Sua voz... foi você quem me chamou. — Ele levantou a espada e encostou a lâmina curva no pescoço da curandeira, com a suavidade da mão de um amante. — Como? Para quem está trabalhando?

O estômago de Nahri se revirou em um nó apertado. Ela engoliu em seco, resistindo à vontade de recuar da lâmina no pescoço – sem dúvida que tal movimento terminaria mal.

Ela pensou rápido.

— Sabe... tinha uma outra menina aqui. Aposto que ela chamou você. — Nahri apontou para a travessa oposta com o indicador, tentando forçar alguma confiança para a voz. — Ela foi por ali.

— Mentirosa! — sibilou o homem, e a lâmina fria pressionou mais firme. — Acha que não reconheço sua voz?

Nahri entrou em pânico. Era normalmente boa sob pressão, mas tinha pouca prática em ser mais esperta do que espíritos de fogo enfurecidos.

— Desculpe! E-eu apenas cantei uma música... Não tive a intenção de... ai! — gritou ela, quando o homem pressionou a lâmina com mais força, furando seu pescoço.

Ele afastou a lâmina e a aproximou do rosto, estudando a mancha de sangue vermelho na superfície de metal. O homem a farejou, levando-a para perto da cobertura de seu rosto.

— Ah, Deus... — O estômago de Nahri se revirou. Yaqub estava certo; tinha mexido com magia que não entendia e agora pagaria por isso. — Por favor... apenas seja rápido. — Nahri tentou se acalmar. — Se vai me comer...

— *Comer* você? — O homem fez um ruído de nojo. — Apenas o cheiro de seu sangue basta para me tirar a fome por um mês. — Ele abaixou a espada. — Você tem cheiro de mestiça. Não é uma ilusão.

Nahri piscou, mas antes que pudesse questionar aquela afirmação bizarra, o chão estremeceu súbita e violentamente.

O homem tocou o túmulo ao lado dos dois e deu um olhar obviamente nervoso para as lápides trêmulas.

— Este é um cemitério?

Nahri achou que aquilo era relativamente óbvio.

— O maior do Cairo.

— Então não temos muito tempo. — O homem olhou de um lado para outro do beco antes de se virar novamente para ela. — Responda-me, e seja rápida e honesta. Teve a intenção de me chamar aqui?

— Não.

— Tem alguma outra família aqui?

Como isso poderia ser importante?

— Não, apenas eu.

— E já fez algo assim antes? — indagou ele, com urgência no tom de voz. — Alguma coisa fora do comum?

Apenas minha vida inteira. Nahri hesitou. Mas por mais que estivesse apavorada, o som da língua nativa era inebriante, e não queria que o estranho misterioso parasse de falar.

Então a resposta saiu de dentro dela antes que pudesse pensar duas vezes.

— Jamais "chamei ninguém" antes, mas eu curo. Como você viu. — Ela tocou a pele da têmpora.

O homem a encarou, com os olhos tornando-se tão intensos que Nahri precisou desviar o olhar.

— Pode curar outros? — Ele fez a pergunta em um tom estranhamente baixo e desesperado, como se tanto soubesse como temesse a resposta.

O chão cedeu, e a lápide entre os dois se desfez em pó. Nahri arquejou e olhou para os prédios que os cercavam, subitamente ciente de como pareciam antigos e frágeis.

— Um terremoto...

— Se tivermos sorte. — Ele agilmente passou pela lápide desmanchada e pegou o braço de Nahri.

— Ya! — protestou ela; o toque quente do homem queimou a manga fina dela. — Solte-me!

Ele a segurou com mais força.

— Como saímos daqui?

— Não vou a lugar algum com você! — Nahri tentou se desvencilhar, então parou.

Duas figuras magras e curvadas estavam na ponta de uma das travessas estreitas do cemitério. Uma terceira pendia de uma janela cuja gelosia estava estilhaçada no chão abaixo. Nahri não precisou ouvir a ausência de batidas do coração deles para saber que os três estavam mortos. Os restos esfarrapados de mantos fúnebres pendiam das estruturas ressecadas deles, o cheiro de podridão enchia o ar.

— Deus seja piedoso — sussurrou Nahri, e sua boca secou. — O que... o que são...

— Ghouls — respondeu o homem. Ele soltou o braço de Nahri e empurrou a espada para as mãos dela. — Tome isto.

Nahri mal conseguiu erguer a maldita coisa. Ela a segurava de forma esquisita, com as duas mãos, quando o homem pegou o arco e armou uma flecha.

— Vejo que encontrou meus servos.

A voz veio de detrás deles, jovem e infantil. Nahri se virou. Baseema estava a poucos passos.

Em um piscar de olhos o homem estava com uma flecha apontada para a jovem.

— Ifrit — sibilou ele.

Baseema sorriu educadamente.

— Afshin — cumprimentou ela. — Que surpresa agradável. Pela última notícia que tive, estava morto, tendo ficado completamente louco a serviço de seus mestres humanos.

Ele se encolheu e puxou mais o arco.

— Vá para o inferno, demônio.

Baseema gargalhou.

— Aye, não há necessidade disso. Estamos do mesmo lado agora, não soube? — A jovem sorriu e se aproximou. Nahri conseguia ver um brilho malicioso nos olhos pretos dela. — Certamente fará *qualquer* coisa para ajudar a mais nova Banu Nahida.

Mais nova o quê? Mas o termo devia significar algo para o homem: as mãos dele tremeram no arco.

— Os Nahid estão mortos — disse ele, com a voz trêmula. — Seus demônios mataram a todos.

Baseema deu de ombros.

— Tentamos. Tudo no passado agora, suponho. — Ela piscou para Nahri. — Venha. — A jovem a chamou para que avançasse. — Não há motivo para dificultar isso.

O homem – Afshin, como Baseema chamara – se colocou entre as duas.

— Arrancarei você do corpo dessa pobre criança se chegar mais perto.

Baseema deu um aceno grosseiro para os túmulos.

— Olhe em volta, seu tolo. Tem ideia de quantos aqui têm dívidas com o meu povo? Preciso apenas dizer uma palavra e ambos serão devorados.

Devorados? Nahri imediatamente se afastou de Afshin.

— Espere! Quer saber? Talvez eu devesse apenas...

Algo frio e afiado pegou seu tornozelo. Ela olhou para baixo. A mão ossuda de alguém, o restante do corpo ainda enterrado, a segurava firme. E puxou com força, fazendo Nahri tropeçar e cair no momento em que uma flecha passou por cima de sua cabeça.

Nahri cortou a mão esquelética com a espada de Afshin, tentando não amputar acidentalmente o próprio pé.

— Saia, saia! — ela gritou, a sensação de ossos na pele fazendo com que cada pelo do corpo se arrepiasse. De esguelha, Nahri viu Baseema cair.

Afshin correu para o lado dela, colocando-a de pé enquanto Nahri esmagava com o cabo da espada a mão que segurava seu tornozelo. Ela se desvencilhou e empunhou a espada.

— Você a matou!

Afshin recuou com um salto para evitar a lâmina.

— Você estava indo até ela! — Os ghouls gemeram, e ele tomou a espada de volta antes de segurar a mão de Nahri. — Não há tempo para discutir. Vamos!

Eles correram pela travessa mais próxima quando o chão tremeu. Um dos túmulos se abriu com um estouro, e dois cadáveres se atiraram contra Nahri. A espada de Afshin disparou, fazendo as cabeças deles rolarem.

Ele a puxou para um beco estreito.

— Precisamos sair daqui. Os ghouls provavelmente não podem sair do cemitério.

— *Provavelmente?* Quer dizer que há uma chance de essas coisas saírem e começarem a se banquetear de todos no Cairo?

Ele pareceu pensativo.

— Isso forneceria uma distração... — Talvez reparando no horror de Nahri, Afshin rapidamente mudou de assunto. — De qualquer forma, precisamos sair.

— Eu... — Nahri olhou em volta, mas estavam no centro do cemitério. — Eu não sei como.

Ele suspirou.

— Então precisaremos fazer nossa saída. — Afshin indicou com a cabeça os mausoléus ao redor. — Acha que consigo encontrar um tapete em algum destes prédios?

— Um *tapete*? Como um tapete vai nos ajudar?

As lápides perto deles tremeram. Afshin chiou para que ela se calasse.

— Fale baixo — sussurrou ele. — Vai acordar mais.

Nahri engoliu em seco, pronta para se juntar a esse Afshin se fosse a melhor forma de evitar se tornar refeição para os mortos.

— O que precisa que eu faça?

— Encontre um tapete, uma tapeçaria, cortinas... algo de tecido e grande o suficiente para nós dois.

— Mas por que...

Ele a interrompeu, apontando com um dedo para a direção dos sons que vinham do beco oposto.

— Chega de perguntas.

Nahri avaliou as tumbas. Uma vassoura estava do lado de fora de uma, e as gelosias da janela de madeira pareciam novas. Era grande, provavelmente do tipo que tinha uma pequena sala para visitantes.

— Vamos tentar aquela.

Eles seguiram sorrateiramente pelo beco. Nahri tentou a porta, mas não cedeu.

— Está trancada — disse ela. — Me dê uma de suas adagas, vou arrombá-la.

Afshin ergueu as palmas das mãos. A porta explodiu para dentro, farpas de madeira se espalharam no chão.

— Vá, eu vigio a entrada.

Nahri olhou para trás. O ruído já chamara atenção; um grupo de ghouls corria na direção deles.

— Eles estão ficando mais... *rápidos*?

— A maldição leva tempo para aquecer.

Nahri empalideceu.

— Não pode matar todos.

Ele a empurrou.

— Então corra!

Nahri fez uma careta, mas seguiu apressadamente aos tropeços sobre a porta arruinada. A tumba estava ainda mais escura do que o beco, a única iluminação vinha do luar que atravessava as gelosias entalhadas e projetava desenhos elaborados no chão.

Nahri deixou seus olhos se ajustarem. O coração dela estava acelerado. *É exatamente como sondar uma casa. Já fez isso centenas de vezes.* A curandeira se ajoelhou para passar as mãos pelo conteúdo de uma caixa aberta no chão. Dentro havia uma panela empoeirada e vários copos, empilhados ordenadamente uns sobre os outros, esperando visitantes sedentos. Ela avançou. Se a tumba tinha sido preparada para convidados, haveria um local para visitas. E se Deus fosse bondoso e a família daquele morto em particular fosse respeitável, teriam tapetes ali.

Nahri avançou mais para dentro, mantendo uma das mãos na parede para se orientar conforme tentava adivinhar qual era a disposição do espaço. Ela jamais estivera dentro de uma tumba antes; ninguém que conhecia iria querer alguém como ela perto dos ossos dos ancestrais.

O grito gutural de um ghoul cortou o ar, seguido rapidamente por um estampido pesado contra a parede exterior. Movendo-se com mais rapidez, Nahri olhou para a escuridão, discernindo duas salas separadas. A primeira tinha quatro pesados sarcófagos enfurnados dentro, mas a seguinte parecia conter uma pequena área de estar. Algo estava enrolado em um canto escuro. Nahri correu e o tocou: um tapete. Graças ao Mais Alto.

O tapete enrolado era mais longo do que ela, e pesado. Nahri o arrastou pela tumba, mas chegara à metade do caminho quando um ruído baixo chamou sua atenção. Olhou para cima, engolindo um punhado de areia que voou por seu rosto. Mais areia foi varrida pelos pés dela, como se fosse sugada da tumba.

Tinha ficado estranhamente silencioso. Um pouco preocupada, Nahri soltou o tapete e olhou por uma das gelosias.

O cheiro de podridão e decomposição quase a sobrepujou, mas ela viu Afshin, de pé, sozinho em meio a uma pilha de corpos. O arco dele havia sumido; em uma das mãos, segurava a maça, coberta de vísceras, e na outra a espada, com fluido escuro pingando do aço reluzente. Os ombros do homem estavam curvados, a cabeça dele baixa, em derrota. No fim da travessa, Nahri via mais ghouls chegando. Por Deus, será que todos enterrados ali tinham uma dívida com um demônio?

Afshin jogou as armas no chão.

— O que está fazendo? — gritou Nahri quando ele lentamente ergueu as mãos vazias, como se orasse. — Há mais...
— O aviso dela se dissipou.

Cada partícula de areia, cada grão de poeira à vista se apressou em imitar o movimento das mãos dele, condensando-se e rodopiando em um funil espiralado no centro da travessa. Afshin respirou fundo e empurrou as mãos para fora.

O funil explodiu na direção dos ghouls em disparada, um estalo se partiu pelo ar. Nahri sentiu uma onda de pressão estremecer a parede, areia a golpeou vinda da gelosia aberta.

E eles controlarão os ventos e serão os senhores dos desertos. E qualquer viajante que se perca em sua terra estará condenado...

As frases vieram repentinamente a ela, algo que ouvira durante os anos em que fingira ser sábia a respeito do sobrenatural.

Havia apenas uma criatura à qual aquela linha se referia, apenas um ser que infligia o terror em guerreiros calejados e mercadores experientes do Magreb ao Hind. Um ser antigo que se dizia viver para enganar e aterrorizar a humanidade. Um djinn.

Afshin era um djinn. Um djinn de verdade mesmo.

Foi uma percepção que a distraiu, que a fez se esquecer momentaneamente de onde estava. Então, quando aquela mão ossuda a puxou para trás e dentes se enterraram em seus ombros, Nahri foi compreensivelmente pega desprevenida.

Ela gritou, mais de surpresa do que de dor, pois a mordida não foi profunda. Lutou para tirar o ghoul das costas, mas ele envolveu seu corpo com as pernas e a jogou no chão, agarrando-se ao corpo da curandeira como um caranguejo.

Conseguindo desvencilhar um cotovelo, Nahri o empurrou com força. O ghoul caiu longe, mas levou um bom pedaço do ombro de Nahri consigo. Ela arquejou; a ardência de carne exposta fez pontos surgirem em sua visão.

O ghoul bateu os dentes para o pescoço dela, e Nahri se afastou atrapalhadamente. O corpo da criatura não era muito velho; carne inchada e um manto funerário surrado ainda cobriam braços e pernas. Mas os olhos dele eram uma ruína horrorosa e pestilenta de vermes se contorcendo.

Nahri sentiu tarde demais movimento atrás de si. Um segundo ghoul a puxou para perto, prendendo seus braços.

A curandeira gritou:

— Afshin!

Os ghouls a puxaram para o chão. O primeiro rasgou uma fenda na abaya dela, raspando suas unhas afiadas na barriga da curandeira. A criatura suspirou de satisfação ao passar a língua áspera na pele ensanguentada dela, e o corpo inteiro de Nahri estremeceu em resposta, repulsa fluindo pelo sangue. Ela se debateu contra eles, finalmente conseguindo enterrar o punho no rosto do segundo ghoul quando ele se inclinou na direção do pescoço dela.

— Saia de cima de mim! — gritou a curandeira. Ela tentou acertar o ghoul novamente, mas ele agarrou seu punho, girando o braço dela para longe. Algo estalou no cotovelo de Nahri, mas a dor mal foi registrada por ela.

Porque, ao mesmo tempo, a criatura rasgou seu pescoço.

Sangue encheu a boca de Nahri. Os olhos dela viraram para trás. A dor estava diminuindo, a visão dela escurecia, de modo que a curandeira não viu o djinn se aproximar, apenas ouviu um rugido enfurecido, o zunido de uma lâmina e dois estampidos. Um dos ghouls desabou sobre Nahri.

Sangue grudento e morno se empoçou no chão sob o corpo da curandeira.

— Não... não, por favor — ela murmurou ao ser pega do chão e carregada para fora da tumba. O ar noturno refrescou sua pele.

Estava sobre algo macio e então, subitamente, sem peso. Havia a leve sensação de movimento.

— Desculpe, menina — sussurrou uma voz, em uma língua que até então Nahri jamais ouvira outro falar. — Mas você e eu ainda não terminamos.

NAHRI

Nahri sabia que algo estava errado antes de abrir os olhos.

O sol estava claro – claro demais – contra as pálpebras ainda fechadas, e a abaya se agarrava, úmida, à barriga. Uma brisa suave brincava sobre seu rosto. A curandeira gemeu e virou, tentando se abrigar no cobertor.

Em vez disso, enterrou o rosto na areia. Cuspindo, Nahri se sentou e limpou os olhos. Ela piscou.

Definitivamente não estava no Cairo.

Um pomar sombreado de tamareiras e arbustos espinhentos a cercava; penhascos rochosos bloqueavam parte do céu azul-claro. Com exceção das árvores não havia nada além de deserto, areia dourada reluzente em todas as direções.

E diante dela estava o djinn.

Agachado como um gato sobre os restos em brasa de uma pequena fogueira – o cheiro forte de madeira verde queimada preenchia o ar –, o djinn a encarava com um tipo de curiosidade cautelosa nos intensos olhos verdes. Uma fina adaga, com o cabo cravejado em padrão espiral de lápis-lazúli e cornalina, estava em uma das mãos cobertas de fuligem. O djinn a passou pela areia ao observar, a lâmina reluzindo à luz do sol. As outras armas do djinn estavam empilhadas atrás dele.

Nahri pegou o primeiro graveto em que sua mão se fechou e o estendeu de uma forma que esperava ser ao menos ameaçadora.

— Fique longe — avisou ela.

O djinn contraiu os lábios, obviamente nada impressionado. Mas o gesto chamou a atenção de Nahri para a boca dele, e ela ficou espantada com a primeira boa olhada no rosto descoberto dele. Embora não houvesse asa ou chifre à vista, a pele marrom-clara dele reluzia com um brilho sobrenatural, e as orelhas se torciam em pontas longas. Cabelos cacheados – tão impossivelmente pretos quanto os dela – caíam até a altura dos ombros, emoldurando um rosto de beleza severa com olhos de longos cílios e sobrancelhas fartas. Uma tatuagem preta marcava a têmpora esquerda dele, uma única flecha cruzada sobre uma asa estilizada. A pele de Afshin não tinha rugas, mas havia algo etéreo a respeito do olhar dele, intenso como uma joia. Podia ter tanto trinta quanto cento e trinta anos.

Era lindo – assombrosamente, *assustadoramente* lindo, com o tipo de atração que Nahri imaginou que um tigre exerceria logo antes de abrir seu pescoço. O coração dela perdeu o compasso, embora seu estômago se apertasse de medo.

Ela fechou a boca, subitamente consciente de que tinha se escancarado.

— P-para onde me trouxe? — Nahri gaguejou em... como ele chamara a língua dela de novo? Divasti? Era isso. Divasti.

Afshin não tirou os olhos dela, o rosto deslumbrante estava indecifrável.

— Leste.

— *Leste*? — repetiu Nahri.

O djinn inclinou a cabeça, encarando-a como se fosse uma idiota.

— A direção oposta do sol.

Uma faísca de irritação se acendeu dentro dela.

— Sei o que a palavra significa... — O djinn franziu a testa para o tom de voz, e Nahri olhou nervosamente para a adaga. — Você... você está claramente ocupado com isso — disse ela, em tom de voz mais conciliatório, indicando a arma ao se levantar. — Então por que não o deixo em paz e...

— Sente-se.

— Sério, não é...

— *Sente-se.*

Nahri se jogou no chão. Mas quando o silêncio se estendeu demais entre os dois, ela perdeu a calma, os nervos finalmente vencendo.

— Eu me sentei. E agora? Vai me matar como matou Baseema, ou vamos apenas nos encarar até eu morrer de sede?

Afshin contraiu os lábios de novo, e Nahri tentou não encarar, sentindo uma pontada de empatia pelos clientes mais apaixonados. Mas o que ele falou a seguir tirou esses pensamentos de sua mente.

— O que eu fiz com aquela garota foi uma misericórdia. Ela estava condenada desde o momento em que o ifrit a possuiu: eles queimam os hospedeiros.

Nahri cambaleou. *Ah, Deus... Baseema, perdoe-me.*

— Eu-eu não tive a intenção de chamar... de feri-la. Eu juro. — Nahri inspirou, trêmula. — Quando você a matou... matou o ifrit também?

— Tentei. Pode ter escapado antes de ela morrer.

Nahri mordeu o lábio, lembrando do sorriso bondoso de Baseema e da força silenciosa da mãe dela. Mas precisou afastar a culpa por enquanto.

— Então... se aquele era um ifrit, você é o quê? Algum tipo de djinn?

Ele fez uma expressão de nojo.

— Não sou djinn, menina. Sou Daeva. — A boca dele se contraiu com desprezo. — Daevas que se dizem djinn não têm respeito por nosso povo. São traidores, dignos apenas de aniquilação.

O ódio na voz dele lançou uma nova descarga de medo pelo corpo de Nahri.

— Ah — arquejou ela. Tinha pouca ideia de qual era a diferença entre os dois, mas pareceu inteligente não insistir no assunto. — Erro meu. — Ela pressionou as palmas das mãos contra os joelhos para esconder a tremedeira. — Você... você tem nome?

Os olhos intensos dele se semicerraram.

— Você deveria saber que não se pode perguntar isso.

— Por quê?

— Há poder em nomes. Não é algo que meu povo entrega tão facilmente.

— Baseema chamou você de Afshin.

O daeva sacudiu a cabeça.

— Isso é apenas um título... e um antigo e bastante inútil, na verdade.

— Então não vai me dizer seu nome verdadeiro?

— Não.

Ele soou ainda mais hostil do que parecera na noite anterior. Nahri pigarreou, tentando manter a calma.

— O que quer comigo?

Ele ignorou a pergunta.

— Está com sede?

Sede era um eufemismo; parecia que areia tinha sido despejada pela garganta de Nahri, e considerando os eventos da noite anterior, havia uma boa chance de ser, de fato, verdade. O estômago dela também roncava, lembrando a curandeira de que não comia nada havia horas.

O daeva puxou um cantil da túnica, mas quando Nahri estendeu a mão para o objeto, ele o puxou de volta.

— Vou fazer umas perguntas primeiro. Vai respondê-las. E *honestamente*. Você me parece uma mentirosa.

Você não faz ideia.

— Tudo bem. — Nahri manteve o tom neutro.

— Conte-me a seu respeito. Seu nome, sua família. De onde vem seu povo.

Ela ergueu uma sobrancelha.

— Por que você pode saber meu nome se eu não posso saber o seu?

— Porque tenho água.

Ela fez cara feia, mas decidiu contar a verdade – por enquanto.

— Meu nome é Nahri. Não tenho família. Não faço ideia de onde vem meu povo.

— Nahri — repetiu ele, pronunciando a palavra com a testa franzida. — Nenhuma família... tem certeza?

Era a segunda vez que ele perguntava sobre a família dela.

— Até onde sei.

— Então quem ensinou divasti a você?

— Ninguém me ensinou. Acho que é minha língua nativa. Pelo menos sempre a soube. Além disso... — Nahri hesitou. Jamais falava sobre tais coisas, tendo aprendido as consequências quando criança.

Ah, por que não? Talvez ele tenha mesmo algumas respostas para mim.

— Sou capaz de aprender qualquer língua desde criança — acrescentou ela. — Todo dialeto. Consigo entender e responder, em qualquer língua falada comigo.

Ele se recostou, inspirando profundamente.

— Posso testar isso — disse. Mas não em divasti, em uma nova língua com sílabas estranhamente arredondadas e esganiçadas.

Nahri absorveu os sons, deixando que a percorressem. A resposta lhe veio assim que abriu a boca.

— Vá em frente.

Ele se inclinou para a frente com um brilho desafiador nos olhos.

— Você parece um ouriço que foi arrastado por um ossuário.

Essa língua era ainda mais estranha, musical e grave, mais como um murmúrio do que discurso. Nahri olhou de volta com raiva.

— Queria que alguém arrastasse você por um ossuário.

Os olhos do daeva ficaram sombrios.

— É como você diz, então — murmurou ele, em divasti. — E não faz ideia de suas origens?

Nahri ergueu as mãos.

— Quantas vezes preciso dizer?

— E quanto a sua vida agora? Como vive? É casada? — A expressão dele ficou mais obscura. — Tem filhos?

Nahri não conseguia tirar os olhos do cantil.

— Por que se importa? *Você* é casado? — disparou ela de volta, irritada. Ele fez expressão de raiva. — Tudo bem. Não sou casada. Moro sozinha. Trabalho em um boticário... como um tipo de assistente.

— Ontem à noite mencionou arrombar fechaduras.

Maldição, ele era observador.

— Às vezes pego... trabalhos *alternativos* para suplementar minha renda.

O djinn – *Não, o daeva*, corrigiu-se Nahri – semicerrou os olhos.

— Você é um tipo de ladra, então?

— Essa é uma forma bastante limitada de enxergar. Prefiro pensar em mim como uma mercadora de tarefas delicadas.

— Isso não a torna menos criminosa.

— Ah, no entanto há uma leve diferença entre djinn e daeva?

Ele a olhou com irritação, a bainha da túnica se transformou em fumaça, e Nahri rapidamente mudou de assunto.

— Eu faço outras coisas. Amuletos, realizo algumas curas...

Ele piscou, com os olhos ficando mais brilhantes, mais intensos.

— Então você *pode* curar os outros? — A voz dele ficou inexpressiva. — Como?

— Não sei — ela admitiu. — Em geral posso sentir doença melhor do que posso curá-la. Algo cheira errado, ou há uma sombra sobre a parte do corpo. — Nahri parou, tentando encontrar as palavras certas. — É difícil explicar. Posso fazer partos muito bem porque sinto a posição dos bebês. E quando encosto as mãos nas pessoas... Meio que desejo o bem a elas... Penso nas partes se consertando; às vezes funciona. Às vezes não.

A expressão dele ficava mais tempestuosa conforme Nahri falava. Ele cruzou os braços; dos membros musculosos esticou o tecido fumegante.

— E aqueles que não pode curar... presumo que os reembolse?

Ela começou a rir, então percebeu que ele falava sério.

— Claro.

— Isso é impossível — declarou o daeva. Então se levantou, caminhando para longe com uma graciosidade que traía sua verdadeira natureza. — Os Nahid jamais... não com um humano.

Aproveitando-se da distração dele, Nahri pegou o cantil do chão e arrancou a tampa. A água estava deliciosa, gelada e adocicada, como nada que já tivesse provado.

O daeva se voltou para Nahri novamente.

— Então simplesmente vive em silêncio com esses poderes? — indagou ele. — Nunca se perguntou por que os tem? Pelo olho de Suleiman... poderia derrubar governos, e em vez disso rouba de camponeses!

As palavras do daeva a enfureceram. Nahri soltou o cantil.

— Eu não *roubo* de camponeses — disparou ela. — E você não sabe nada do meu mundo, então não me julgue. Tente viver nas ruas com cinco anos e uma língua que ninguém entende. Quando é expulsa de todos os orfanatos depois de prever qual criança morrerá a seguir de tuberculose e de dizer à governanta que ela tem uma sombra crescendo na cabeça. — Nahri fervilhou, tomada brevemente pelas memórias. — Faço o que preciso para sobreviver.

— E me chamar? — perguntou ele, sem tom de desculpas na voz. — Fez isso para sobreviver?

— Não, fiz isso como parte de uma cerimônia tola. — Ela parou. Não era tão tola, no fim das contas; Yaqub estivera certo a respeito dos perigos de interferir em tradições que não eram dela. — Cantei uma das músicas em divasti, não fazia ideia do que aconteceria. — Dizer isso em voz alta fez pouco para aliviar a culpa que Nahri sentia por causa de Baseema, mas ela insistiu. — Além do que posso fazer, nunca vi qualquer outra coisa estranha. Nada mágico, certamente nada como *você*. Não achei que tais coisas existiam.

— Ora, isso foi idiotice. — Nahri o olhou com raiva, mas o daeva apenas deu de ombros. — Suas habilidades não eram prova o suficiente?

Ela sacudiu a cabeça.

— Você não entende. — Ele não tinha como. Não vivera a vida dela, o fluxo constante de negócios que precisava atrair para se manter sem dívidas, com os subornos pagos. Não havia tempo para mais nada. A única coisa que importava eram as moedas na mão, o único verdadeiro poder que tinha.

E por falar nisso... Nahri olhou em volta.

— A cesta que eu estava carregando... onde está? — Diante do olhar inexpressivo dele, ela entrou em pânico. — Não me diga que a deixou para trás! — Nahri se colocou de pé para procurar, mas não viu nada além do tapete aberto na sombra de uma grande árvore.

— Estávamos fugindo para nos salvar — disse ele, sarcasticamente. — Esperava que eu desperdiçasse tempo assegurando seus pertences?

As mãos de Nahri subiram às têmporas. Tinha perdido uma pequena fortuna em uma noite. E tinha ainda mais a perder escondido na barraca, em casa. O coração de Nahri acelerou; precisava voltar para o Cairo. Entre quaisquer que fossem os boatos que sem dúvida correriam depois do zar e de sua ausência, não demoraria muito até que seu senhorio saqueasse o lugar.

— Preciso voltar — disse ela. — Por favor. Não tive a intenção de chamar você. E sou grata por ter me salvado dos ghouls — acrescentou ela, imaginando que um pouco de gratidão não podia fazer mal. — Mas só quero ir para casa.

Um olhar sombrio percorreu o rosto dele.

— Ah, você vai para casa, suspeito. Mas não será o Cairo.

— Como é?

Ele já dava as costas.

— Não pode voltar para o mundo humano. — O daeva se sentou pesadamente no tapete sob a sombra de uma árvore e tirou as botas. Parecia ter envelhecido durante a breve conversa deles, com o rosto obscurecido pela exaustão. — É contra nossa lei, e os ifrits provavelmente já estão rastreando você. Não duraria um dia.

— Isso não é problema seu!

— É sim. — Ele se deitou, cruzando os braços atrás da cabeça. — Assim como você, infelizmente.

Um calafrio percorreu as costas de Nahri. As perguntas precisas sobre sua família, o desapontamento mal escondido quando descobriu sobre as habilidades dela.

— O que sabe sobre mim? Sabe por que posso fazer essas coisas?

Ele deu de ombro.

— Tenho minhas suspeitas.

— Que *são*...? — insistiu Nahri, quando ele se calou. — Diga-me.

— Vai parar de me importunar se eu disser?

Não. Ela assentiu.

— Sim.

— Acho que você é uma shafit.

Ele a chamara assim no cemitério também. Mas a palavra permanecia desconhecida.

— O que é uma shafit?

— É como chamamos alguém com sangue mestiço. É o que acontece quando minha raça fica um pouco... *indulgente* com humanos.

— Indulgente? — Ela arquejou, o significado das palavras se tornando claro. — Acha que tenho sangue daeva? Acha que sou como você?

— Acredite quando digo que acho tal coisa igualmente perturbadora. — O daeva estalou a língua com reprovação. — Jamais teria achado que um Nahid seria capaz de tal transgressão.

Nahri ficava mais confusa a cada minuto.

— O que é um Nahid? Baseema me chamou de algo assim também, não foi?

Um músculo se contorceu no maxilar dele, e ela percebeu um lampejo de emoção nos olhos do daeva. Foi breve, mas estava ali. Ele pigarreou.

— É um sobrenome — respondeu o daeva por fim. — Os Nahid são uma família de curandeiros daeva.

Curandeiros daeva? Nahri ficou boquiaberta, mas antes que pudesse responder, ele a calou com um gesto.

— Não. Eu disse o que acho, e você prometeu me deixar em paz. Preciso descansar. Fiz muita magia ontem à noite, e quero estar pronto caso os ifrits venham fuçar atrás de você de novo.

Nahri estremeceu, a mão dela foi institivamente para o pescoço.

— O que pretende fazer comigo?

Ele fez um som de irritação e levou a mão ao bolso. Nahri deu um salto, esperando uma arma, mas, em vez disso, ele pegou uma pilha de roupas que pareciam grandes demais para caber no espaço, então as atirou na direção dela sem abrir os olhos.

— Há um lago perto do penhasco. Sugiro que o visite. Tem um cheiro ainda mais desprezível do que o restante do seu povo.

— Não respondeu minha pergunta.

— Porque ainda não sei. — Ela conseguia ouvir a incerteza na voz do daeva. — Chamei alguém para ajudar. Esperaremos.

Exatamente do que ela precisava – um segundo djinn para dar palpite em seu destino. Nahri pegou o monte de roupas.

— Não está com medo que eu fuja?

Ele soltou uma risada arrastada.

— Boa sorte ao tentar sair do deserto.

O oásis era pequeno, e não demorou para que ela chegasse ao lago mencionado por ele, sombreado e alimentado pelo gotejar constante de nascentes de uma projeção rochosa e cercado por arbusto espinhentos. Ela não viu sinal de cavalos ou camelos; não conseguia imaginar como tinham chegado até ali.

Dando de ombros, Nahri tirou a abaya destruída, entrou e mergulhou.

A pressão da água fria foi como o toque de um amigo. Ela fechou os olhos, tentando digerir a loucura do dia anterior. Tinha sido sequestrada por um djinn. Um daeva. O que fosse. Uma criatura mágica com armas demais e que não parecia particularmente afeita a ela.

Nahri boiou de costas, traçando formas na água e encarando o céu emoldurado pelas palmeiras.

Ele acha que tenho sangue de daeva. A ideia de que era de alguma forma parente da criatura que conjurara uma tempestade de areia na noite anterior pareceu risível, mas ele estava certo a respeito de ignorar as implicações das habilidades de cura. Nahri tinha passado a vida inteira tentando se misturar àqueles ao seu redor apenas para sobreviver. Aqueles instintos se debatiam mesmo agora: a animação por ter descoberto o que era e a ânsia de fugir de volta para a vida que trabalhara tanto para estabelecer para si no Cairo.

Mas sabia que as chances de sobreviver sozinha no deserto eram baixas, então tentou relaxar, aproveitando o lago até que as pontas de seus dedos se enrugassem. Nahri esfoliou a pele com uma casca de palmeira e massageou os cabelos na água, apreciando a sensação de limpeza. Não era sempre que conseguia se banhar – em casa, as mulheres do hammam local deixavam claro que ela não era bem-vinda, talvez temendo que Nahri amaldiçoasse a água do banho.

Havia pouco que podia ser feito para salvar sua abaya, mas ela lavou o que restava, esticando sobre uma rocha iluminada pelo sol para secar antes de voltar a atenção para as roupas que o daeva lhe dera.

Eram obviamente dele; cheiravam a lima queimada e o corte acomodava um homem musculoso, não uma mulher cronicamente faminta. Nahri esfregou o tecido cor de cinzas entre os dedos e se maravilhou com a qualidade. Era macio como seda, mas resistente como feltro. Também era inteiramente sem costuras; por mais que tentasse, não conseguiu encontrar um único ponto. Provavelmente venderia por uma boa soma se escapasse. Foi preciso esforço para que as roupas servissem; a túnica pendia comicamente larga em volta da cintura e terminava além dos joelhos. Nahri enrolou as mangas o melhor que pôde e voltou sua atenção para a calça. Depois de rasgar uma faixa da abaya para usar como cinto e enrolar a bainha, a calça parou razoavelmente bem no lugar, mas a curandeira podia imaginar o quanto devia parecer ridícula.

Com uma pedra afiada, Nahri cortou um pedaço mais longo da abaya como lenço de cabeça. Os cabelos tinham secado em uma confusão selvagem de cachos pretos que Nahri tentou trançar antes de amarrar a echarpe improvisada em volta da cabeça. Ela bebeu à vontade do cantil – parecia encher-se de novo sozinho –, mas a água fez pouco para ajudar com a fome que lhe corroía o estômago.

As palmeiras estavam carregadas com tâmaras inchadas e douradas, e outras, maduras demais, cobertas de formigas, enchiam o chão. Nahri tentou tudo em que conseguiu pensar para chegar àquelas nas árvores: sacudir os troncos, atirar pedras, até mesmo uma tentativa especialmente fatídica de escalar, mas nada funcionou.

Daevas comiam? Se sim, ele devia ter alguma comida, provavelmente escondida naquela túnica. Nahri voltou ao pequeno pomar. O sol tinha subido, quente e incinerador, e ela sibilou quando passou por um trecho de areia queimada. Só Deus sabia o que tinha acontecido com suas sandálias.

O daeva ainda estava dormindo; o chapéu cinza estava puxado sobre os olhos, o peito subindo e descendo lentamente à luz que se dissipava. Nahri se aproximou de fininho, estudando-o de uma forma que estivera temerosa demais para fazer antes. A túnica dele esvoaçava à brisa, ondulando como fumaça, e calor embaçado subia do corpo dele, como se fosse um fogão de pedra quente. Fascinada, ela se aproximou ainda mais. Nahri se perguntou se corpos de daeva eram como aqueles de humanos: cheios de sangue e humores, um coração batendo e pulmões inflados. Ou talvez fossem completamente fumaça, e a aparência fosse apenas uma ilusão.

Fechando os olhos, ela estendeu os dedos na direção dele e tentou se concentrar. Teria sido melhor tocá-lo, mas Nahri não ousou. Ele lhe parecia ser o tipo que acordava de mau humor.

Depois de alguns minutos, ela parou, perturbada. Não havia nada. Nenhum coração batendo, nenhum sangue ou bile correndo. Ela não conseguiu sentir órgãos, nada das faíscas e dos gorgolejos das centenas de processos naturais que mantinham ela e qualquer outra pessoa que já conhecera vivas. Mesmo a respiração dele era errada, o movimento do peito era falso. Como se alguém tivesse criado a imagem de uma pessoa, um homem de barro, mas se esquecido de dar a ele uma última faísca de vida. Ele era... inacabado.

Mas não era um pedaço de barro malformado... O olhar de Nahri permaneceu no corpo dele, e então ela ficou imóvel, vendo um lampejo verde na mão esquerda do daeva.

— Que Deus seja louvado — sussurrou ela. Um enorme anel de esmeralda, grande o bastante para uma sultana, repousava no dedo médio do daeva. A base parecia ser de ferro bastante desgastado, mas Nahri percebeu com um único olhar que a joia era inestimável. Empoeirada, mas perfeitamente cortada, sem uma única falha. Algo como aquilo devia valer uma fortuna.

Enquanto Nahri contemplava o anel, uma sombra passou acima. Distraidamente, ela olhou para o alto. Então, com um grito, mergulhou na vegetação arbustiva espessa para se esconder.

Nahri olhava por uma tela de folhas quando a criatura voou sobre o oásis, enorme contra as árvores retorcidas, e então aterrissou ao lado do daeva dormindo. Era algo que apenas uma mente doentia poderia sonhar, um cruzamento profano entre um velho, um papagaio verde e um mosquito. Todo pássaro do peito para baixo, ele se balançava como uma galinha conforme avançava no par de pernas espessas e penosas que terminavam em garras afiadas. O restante da pele da criatura – se é que podia se chamar de pele – estava coberto por escamas cinza-prateadas que brilhavam conforme se movia, refletindo a luz do sol poente.

A criatura parou para esticar dois braços penosos. As asas eram extraordinárias, as penas brilhantes, da cor do limão, quase tão longas quanto Nahri era alta. Ela começou a se levantar, perguntando-se se deveria alertar o daeva. A criatura estava concentrada nele e, aparentemente, alheia à presença dela, uma situação que Nahri preferia. Mas se a criatura matasse o daeva, não haveria ninguém para tirar a curandeira do deserto.

O homem-pássaro soltou um pio que fez cada pelo do corpo de Nahri se arrepiar, e o som despertou o daeva, resolvendo o problema dela. Ele piscou os olhos esmeralda lentamente, sombreando o rosto para ver quem estava adiante.

— Khayzur... — O daeva exalou. — Pelo Criador, estou feliz em te ver.

A criatura estendeu a mão delicada e puxou o daeva para um abraço fraternal. Os olhos de Nahri se arregalaram. *Aquela* era a pessoa por quem o daeva estivera esperando?

Eles se acomodaram de volta no tapete.

— Vim assim que recebi seu sinal — cacarejou a criatura. Qualquer que fosse a língua que falavam, não era divasti; era cheia de rompantes em *staccato* e pios graves como canto de pássaros. — Qual é o problema, Dara?

A expressão do daeva se azedou.

— É melhor visto do que explicado. — Ele olhou ao redor do oásis, e seus olhos se fixaram no esconderijo de Nahri. — Saia, menina.

Nahri fervilhou de ódio, irritada por ter sido encontrada tão facilmente, e então por receber ordens como um cão. Mas emergiu mesmo assim, afastando as folhas e avançando para se juntar a eles.

A curandeira conteve um arquejo quando o homem-pássaro se virou para ela – o tom cinza da pele a lembrava demais dos ghouls. Destoava da pequena e quase bonita boca rosada, e das distintas sobrancelhas verdes que se uniam no meio da testa dele. Os olhos do homem não tinham cor, e ele tinha apenas os mais ralos fiapos de uma barba grisalha.

O homem-pássaro escancarou a boca, parecendo igualmente surpreso ao ver Nahri.

— Você... você tem uma companheira — disse ele ao daeva. — Não que eu esteja insatisfeito, mas preciso dizer, Dara... Não achei que humanas fossem seu tipo.

— Ela não é minha companheira. — O daeva se irritou. — E não é totalmente humana. É shafit. Ela... — Ele pigarreou, com a voz subitamente embargada. — Parece que tem sangue nahid.

A criatura se virou.

— Por que acha isso?

A boca do daeva se contorceu com desprazer.

— Ela se curou diante de meus olhos. Duas vezes. E tem o dom deles para línguas.

— Que o Criador seja louvado. — Khayzur oscilou para frente, e Nahri se esquivou para trás. Os olhos sem cor dele percorreram o rosto dela. — Achei que os Nahid tivessem sido destruídos há anos.

— Assim como eu — disse o daeva. Ele parecia inabalado. — E para se curar da forma como ela fez... não pode ser apenas uma descendente distante. Mas parece completamente humana, eu a tirei de uma cidade humana ainda mais a oeste do que estamos agora. — O daeva sacudiu a cabeça. — Tem algo errado, Khayzur. Ela alega que não sabia de nada sobre o nosso mundo até ontem à noite, mas de alguma forma me arrastou até o meio do...

— *Ela* pode falar sozinha — disse Nahri, em tom ácido. — E não tive a intenção de arrastar você para lugar nenhum! Estaria mais feliz se jamais o tivesse conhecido.

Ele riu com deboche.

— Teria sido assassinada por aquela ifrit se eu não tivesse aparecido.

Khayzur subitamente ergueu as mãos para silenciar os dois.

— Os ifrits sabem sobre ela? — ele perguntou em tom afiado.

— Mais do que eu — admitiu o daeva. — Uma apareceu logo antes de mim e não estava nada surpresa ao vê-la. Por isso chamei você. — Ele gesticulou com a mão. — Vocês peris sempre sabem mais do que o restante de nós.

As asas de Khayzur se fecharam.

— Não sobre esse assunto, embora queria saber. Certo, as circunstâncias são estranhas. — Ele beliscou o osso do nariz, o gesto era estranhamente humano. — Preciso de uma xícara de chá. — O homem-pássaro retornou abruptamente para o tapete, indicando que Nahri o seguisse. — Venha, criança.

Ele se abaixou, semiagachado, e um grande samovar, perfumado com pimenta-do-reino e flor de noz-moscada, subitamente surgiu em suas mãos. O homem-pássaro estalou os dedos e três xícaras de vidro surgiram. Ele as encheu e entregou a primeira a Nahri.

Ela examinou a xícara espantada; o vidro era tão fino que quase parecia que o chá fumegante flutuava em sua mão.

— *O que* é você?

O homem-pássaro deu a Nahri um sorriso gentil que revelou dentes pontiagudos.

— Sou um peri. Meu nome é Khayzur. — Ele tocou a testa. — Uma honra conhecê-la, senhorita.

Bem, o que quer que fosse um peri, eles obviamente tinham modos melhores do que daevas. Nahri tomou um gole do chá. Estava espesso e apimentado, queimando a garganta de modo estranhamente agradável. Em um instante, o corpo inteiro de Nahri pareceu preencher-se com calor – e, mais importante, sua fome foi saciada.

— Está delicioso! — Nahri sorriu, a pele formigando com o líquido.

— Minha receita — disse Khayzur, orgulhoso. Ele olhou de esguelha para o daeva e assentiu para a terceira xícara. — Se quiser deixar de ficar emburrado e se juntar a nós, essa é sua, Dara.

Dara. Era a terceira vez que peri o chamava assim. Nahri lançou um sorriso triunfante para o daeva.

— Sim, *Dara* — disse ela, quase ronronando o nome. — Por que não se junta a nós?

O daeva lançou um olhar sombrio para a curandeira.

— Prefiro algo mais forte. — Mas ele aceitou a xícara e se sentou ao lado dela.

O peri bebericou do chá.

— Acha que os ifrits virão atrás dela?

Dara assentiu.

— Estava bastante determinada a levá-la. Tentei matá-la antes de abandonar a hospedeira, mas há uma boa chance de ter escapado.

— Então pode já ter contado a seus pares. — Khayzur estremeceu. — Não tem tempo para desvendar as origens dela, Dara. Precisa levá-la a Daevabad o mais rápido possível.

Dara já sacudia a cabeça.

— Não posso. *Não vou*. Pelo olho de Suleiman, sabe o que o djinn diria se eu levasse uma shafit de Nahid?

— Que seus Nahid eram hipócritas — respondeu Khayzur. Os olhos de Dara brilharam. — E daí? Para salvar a vida dela não vale a pena envergonhar os ancestrais da menina?

Nahri certamente achava que a vida dela era muito mais importante do que a reputação de alguns parentes daeva mortos, mas Dara não pareceu convencido.

— Você poderia levá-la — suplicou ele ao peri. — Deixe-a às margens do Gozan.

— E torço para que ela encontre o caminho além do véu? Torço para que a família Qahtani acredite na palavra de alguma menina de aparência humana perdida caso ela, de alguma forma, chegue ao palácio? — Khayzur pareceu estarrecido. — Você é um Afshin, Dara. A vida dela é sua responsabilidade.

— Por isso ela estaria melhor em Daevabad sem mim — argumentou Dara. — Aquelas moscas da areia provavelmente a assassinariam apenas para me punir pela guerra.

A *guerra*?

— Espere — interrompeu Nahri, não gostando nada da ideia dessa Daevabad. — Qual guerra?

— Uma que acabou há quatorze séculos e pela qual ele ainda guarda rancor — respondeu Khayzur. Ao escutar isso, Dara derramou a xícara de chá e saiu batendo os pés. — Uma habilidade na qual é bastante experiente — acrescentou o peri. O daeva lançou a ele um olhar irritadiço com os olhos de joias, mas o peri insistiu. — Você é apenas um homem, Dara; não pode manter os ifrits afastados para sempre. Eles a matarão se a encontrarem. Devagar e com satisfação. — Nahri estremeceu, um arrepio de medo percorreu sua pele. — E será completamente sua culpa.

Dara caminhava de um lado para outro na beira do tapete. Nahri falou de novo, pouco interessada em dois seres mágicos se bicando ao decidir seu destino sem qualquer palpite dela.

— Por que essa Daevabad seria mais segura do que o Cairo?

— Daevabad é o lar ancestral de sua família — respondeu Khayzur. — Nenhum ifrit pode passar pelo véu... ninguém pode, exceto nossa raça.

Ela olhou para Dara. O daeva encarou o sol poente, murmurando irritado conforme fumaça se enroscava em torno das orelhas dele.

— Então está cheia de gente como ele?

O peri deu a Nahri um sorriso frágil.

— Tenho certeza de que encontrará uma maior... *variedade* de temperamentos na própria cidade.

Que encorajador.

— Por que os ifrits estão atrás de mim para início de conversa?

Khayzur hesitou.

— Creio que precisarei deixar essa explicação para seu Afshin. É longa.

Meu Afshin? Nahri queria perguntar. Mas Khayzur já voltara a atenção para Dara de novo.

— Já recobrou a razão? Ou pretende deixar essa besteira sobre pureza de sangue arruinar outra vida?

— Não — grunhiu o daeva, mas Nahri conseguia ouvir a indecisão na voz dele. Dara entrelaçou as mãos às costas, recusando-se a olhar para qualquer um dos dois.

— Pelo Criador... vá para *casa*, Dara — suplicou Khayzur. — Não sofreu o bastante por essa guerra antiga? O restante da tribo Daeva encontrou a paz há muito tempo. Por que você não consegue?

Dara girou o anel, com as mãos trêmulas.

— Porque eles não a testemunharam — disse ele, baixinho. — Mas está certo a respeito dos ifrits. — Ele suspirou e se virou, com a expressão ainda perturbada. — A garota estará mais segura, de toda forma, em Daevabad.

— Que bom. — Khayzur pareceu aliviado. Ele estalou os dedos, e os suprimentos de chá sumiram. — Então vá. Viaje o mais rápido possível. Mas discretamente. — Ele apontou para o tapete. — Não se fie demais nisto. Quem quer que o tenha vendido a você fez um trabalho terrível no encanto. Os ifrits podem conseguir rastrear.

Dara fez cara feia de novo.

— *Eu* fiz o feitiço.

O peri ergueu as delicadas sobrancelhas.

— Bem... então talvez as mantenha por perto — sugeriu ele, com um aceno de cabeça para as armas empilhadas sob a árvore. O peri se levantou, abrindo as asas com um tremor. — Não vou mais atrasar você. Mas verei o que consigo descobrir sobre a menina... Caso seja útil, tentarei te encontrar. — Ele fez uma reverência na direção de Nahri. — Uma honra conhecer você, Nahri. Boa sorte aos dois.

Com um único bater das asas, ele subiu ao ar e desapareceu no céu carmesim.

Dara calçou as botas e passou o arco prateado por cima de um dos ombros antes de alisar o tapete.

— Vamos — disse ele, jogando as outras armas no tapete.

— Vamos *conversar* — replicou Nahri, cruzando as pernas. Ela não sairia do tapete. — Não vou a lugar algum até obter algumas respostas.

— Não. — Ele se abaixou ao lado dela no tapete, com a voz firme. — Salvei sua vida. Vou escoltá-la até a cidade de meus inimigos. Isso basta. Pode encontrar alguém em Daevabad para incomodar com suas perguntas. — Dara suspirou. — Suspeito que esta jornada já será longa o bastante.

Colérica, Nahri abriu a boca para discutir, então, parou, percebendo que o tapete agora continha todos os suprimentos deles, assim como ela e Dara.

Nenhum cavalo. Nenhum camelo. O coração de Nahri deu um salto.

— Não vamos realmente...

Dara estalou os dedos e o tapete disparou para o ar.

4

ALI

Era uma manhã horrível em Daevabad.

Embora o adhan, o chamado para a oração do alvorecer, ecoasse pelo ar úmido, não havia sinal do sol no céu nebuloso. Neblina encobria a grande cidade de bronze, obscurecendo os altos minaretes de vidro jateado e metal moldado, e ocultando os domos dourados. Chuva escorria dos telhados jade dos palácios de mármore e enchia as ruas de pedra, condensando-se nos rostos plácidos dos antigos fundadores Nahid transformados em memoriais nos murais que cobriam as magníficas muralhas.

Uma brisa fria varreu as ruas sinuosas, além de casas de banho de azulejos intricados e das portas espessas que protegiam templos de fogo cujos altares haviam queimado há milênios, trazendo o cheiro de terra úmida e seiva de árvore das montanhas densamente florestadas que cercavam a ilha. Era o tipo de manhã que fazia a maioria dos djinns correr para dentro como gatos fugindo de chuva, de volta para camas de brocado de seda fumegante e companheiros quentes, queimando as horas até que o sol ressurgisse quente e adequado para escaldar a cidade de volta à vida.

O príncipe Alizayd al Qahtani não era um deles. Ele puxou a ponta do turbante sobre o rosto e estremeceu, curvando os ombros contra a chuva fria conforme caminhava. A respiração dele vinha como um sussurro condensado, o som ampliado contra o tecido úmido. Chuva pingou da testa dele, evaporando conforme cruzava sua pele fumegante.

Ele repassou as acusações mais uma vez na mente. *Precisa falar com ele*, disse o príncipe a si mesmo. *Não tem escolha. Os boatos estão fugindo ao controle.*

Ali se manteve às sombras enquanto se aproximava do Grande Bazar. Mesmo tão cedo, o bazar estaria cheio: mercadores sonolentos desfazendo as maldições que tinham protegido suas mercadorias ao longo da noite, boticários cozinhando poções para energizar os primeiros clientes, crianças carregando mensagens feitas de vidro queimado que se estilhaçava ao revelar as palavras – sem falar dos corpos de viciados semiconscientes arrasados por intoxicantes humanos contrabandeados. Com pouca vontade de ser visto por qualquer um deles, Ali virou em uma rua escura, um desvio que o levou tão profundamente para a cidade que não conseguiu mais ver as altas muralhas de bronze que a cercavam.

A vizinhança em que entrou era antiga, cheia de prédios antigos imitando arquitetura humana perdida para o tempo: colunas entalhadas com grafite nabateu, frisos de sátiros etruscos e intricados pagodes da dinastia Máuria. Civilizações há muito mortas, cujas memórias foram capturadas pelos curiosos djinns que passavam – ou por shafits nostálgicos tentando recriar os lares perdidos.

Uma grande mesquita de pedra com um minarete espiral impressionante e arcos pretos e brancos se erguia no fim da rua. Um dos poucos lugares em Daevabad onde os djinns puros-sangues e os shafits ainda adoravam juntos. A popularidade da mesquita com mercadores e viajantes do Grande Bazar criava uma comunidade incomumente transiente... e um bom lugar para ser invisível.

Ali se abaixou ao entrar, ansioso para escapar da chuva. Assim que tirou as sandálias, elas foram levadas por um zeloso ishtas, pequenas criaturas escamosas, obcecadas com organização e calçados. Por um pouco de fruta e negociação, os sapatos de Ali seriam devolvidos a ele depois da oração, limpos e perfumados com sândalo. Ele prosseguiu, passando por um par de fontes de ablução de mármore combinando, uma fluindo com água para os shafits, enquanto a companheira dela rodopiava com a areia preta e morna que a maioria dos puros-sangues preferiam.

A mesquita, uma das mais antigas em Daevabad, consistia em quatro corredores cobertos que cercavam um pátio aberto para o céu cinza. Desgastado pelos pés e testas de séculos de adoradores, o tapete vermelho e dourado era fino, porém imaculado – quaisquer que fossem os encantamentos de autolimpeza colocados sobre os fios, ainda se sustentavam. Lanternas grandes e embaçadas de vidro, cheias de chamas encantadas, pendiam do teto, e pedaços de incenso queimavam em braseiros nos cantos.

Estava praticamente vazia naquela manhã, os benefícios da oração comunal talvez não suplantassem o tempo cruel para muitos dos congregantes habituais. Ali respirou fundo o ar perfumado ao observar os adoradores dispersados, mas o homem que procurava ainda não havia chegado.

Talvez tenha sido preso. Ali tentou ignorar o pensamento sombrio ao se aproximar do mirabe de mármore cinza, o nicho na parede que indicava a direção da oração. Ele ergueu as mãos. Apesar dos nervos, quando Ali começou a rezar, sentiu uma pequena pontada de paz. Sempre sentia.

Mas não durou muito. Estava terminando o segundo rakat de orações quando um homem se ajoelhou silenciosamente ao seu lado. Ali ficou imóvel.

— Que a paz esteja com você, irmão — sussurrou o homem.

Ali evitou o olhar dele.

— E com você a paz — respondeu, baixinho.

— Conseguiu aquilo?

Ali hesitou. "Aquilo" era a bolsa gorda escondida na túnica dele, e que continha uma pequena fortuna do abarrotado cofre pessoal no Tesouro.

— Sim. Mas precisamos conversar.

Pelo canto do olho, Ali viu o companheiro franzir a testa, mas antes que pudesse responder, o imã da mesquita se aproximou do mirabe.

Ele deu um olhar cansado ao grupo de homens encharcados de chuva.

— Endireitem as fileiras — ele advertiu. Ali ficou de pé quando uma dúzia ou mais de adoradores sonolentos arrastou os pés até o lugar. Ele tentou se concentrar enquanto o imã os liderava em oração, mas era difícil. Boatos e acusações giravam em sua mente, denúncias que se sentia mal preparado para imputar sobre o homem cujo ombro roçava o seu.

Quando a oração terminou, Ali e o companheiro permaneceram sentados, silenciosamente esperando enquanto o restante dos adoradores saía. O imã foi o último. Ele ficou de pé, murmurando aos sussurros. Quando viu os dois homens que restavam, congelou.

Ali abaixou o olhar, deixando que o turbante sombreasse seu rosto, mas a atenção do imã estava concentrada em seu companheiro.

— Sheik Anas... — ele arquejou. — Q-que a paz esteja com você.

— E com você a paz — respondeu Anas, tranquilamente. Ele tocou o coração e gesticulou para Ali. — Você se importaria de dar um momento a sós a mim e ao irmão aqui?

— É claro que não — disse apressadamente o imã. — Tomem todo o tempo necessário; eu me certificarei de que ninguém os perturbe. — Ele correu para fora, fechando a porta interior.

Ali esperou mais um momento antes de falar, mas estavam sozinhos; o único som era o pingar constante da chuva no pátio.

— Sua reputação cresce — observou ele, um pouco ansioso com a deferência do imã.

Anas deu de ombros e se recostou sobre as palmas das mãos.

— Ou ele saiu para avisar a Guarda Real.

Ali se sobressaltou. O sheik dele sorriu. Embora Anas Bhatt estivesse na casa dos cinquenta anos – uma idade na qual os djinns puros-sangues ainda eram considerados jovens adultos –, ele era shafit, e cinza salpicava sua barba preta, rugas marcavam seus olhos. Ainda que devesse haver uma ou duas gotas de sangue djinn nas veias dele – os ancestrais de Anas não poderiam ter atravessado para Daevabad sem isso –, Anas poderia ter se passado por humano e não tinha habilidades mágicas. Estava vestindo uma kurta branca com chapéu bordado e tinha um grosso xale de caxemira envolto nos ombros.

— Foi uma brincadeira, meu príncipe — acrescentou ele, quando Ali não respondeu ao sorriso. — Mas qual é o problema, irmão? Parece que viu um ifrit.

Prefiro um ifrit a meu pai. Ali observou a mesquita escura, em parte esperando ver espiões aninhados nas sombras do templo.

— Sheik, estou começando a ouvir... certas *coisas* a respeito dos Tanzeem de novo.

Anas suspirou.

— O que o palácio alega que fizemos agora?

— Tentaram contrabandear um canhão sem conhecimento da Guarda Real.

— Um canhão? — Anas deu a ele um olhar cético. — O que eu faria com um canhão, irmão? Sou shafit. Conheço a lei. Possuir sequer uma faca de cozinha excessivamente grande me faria ser jogado na prisão. E os Tanzeem são uma organização de caridade; fazemos comércio com livros e comida, não armas. Além do mais, como vocês puros-sangues saberiam como é um canhão mesmo? — Ele riu com escárnio. — Quando foi a última vez que alguém na Cidadela visitou o mundo humano?

Ele tinha razão nisso, mas Ali insistiu.

— Há relatos há meses de que os Tanzeem estão tentando comprar armas. As pessoas dizem que seus comícios se tornaram violentos, que alguns de seus apoiadores estão até mesmo clamando para que os daevas sejam mortos.

— Quem espalha tais mentiras? — indagou Anas. — Aquele infiel daeva que seu pai chama de grão-vizir?

— Não é apenas Kaveh — argumentou Ali. — Prendemos um homem shafit na semana passada por esfaquear dois sangues-puros no Grande Bazar.

— E sou responsável? — Anas esticou as mãos. — Serei responsabilizado pelas ações de todo shafit em Daevabad? Sabe como nossas vidas são desesperadas aqui, Alizayd. Seu povo deveria ficar feliz por mais de nós não termos recorrido à violência!

Ali se encolheu.

— Está justificando tal coisa?

— É claro que não — respondeu Anas, parecendo irritado. — Não seja absurdo. Mas quando nossas meninas são levadas das ruas para serem usadas como escravas na cama, quando nossos homens são cegados por olharem torto para uma puro-sangue... não é esperado que alguns revidem da forma que puderem? — Ele lançou a Ali um olhar inabalado. — É culpa de seu pai que as coisas ficaram tão ruins assim. Se os shafits recebessem proteção igual, não seríamos forçados a praticar a lei com as próprias mãos.

Era um golpe baixo, embora justificado, mas a negação revoltada de Anas não fazia muito para apaziguar a preocupação de Ali.

— Sempre fui claro com você, sheik. Dinheiro por livros, comida, remédios, qualquer coisa do tipo... Mas se o seu povo está se armando contra os cidadãos de meu pai, não posso ser parte disso. Não serei.

Anas ergueu uma sobrancelha escura.

— O que está dizendo?

— Quero ver como está gastando meu dinheiro. Certamente fez algum tipo de registro.

— *Registro?* — O sheik pareceu incrédulo... e então ofendido. — Minha palavra não basta? Gerencio uma escola, um orfanato, uma clínica médica... Tenho viúvas para abrigar e alunos para ensinar. Mil responsabilidades e agora quer que eu perca tempo em que, exatamente... uma auditoria de meu benfeitor adolescente que se acha um contador?

As bochechas de Ali coraram, mas ele não recuaria.

— Sim. — O príncipe tirou a bolsa da túnica. As moedas e joias dentro dela tilintaram quando atingiram o chão. — Caso contrário, esta será a última. — Ele se levantou.

— Alizayd — disse Anas. — Irmão. — O sheik dele se levantou atrapalhadamente, colocando-se entre Ali e a porta. — Está agindo de forma precipitada.

Não, fui precipitado quando comecei a custear um pregador de rua shafit sem verificar a história dele. Ali queria dizer isso, mas segurou a língua, evitando os olhos do homem mais velho.

— Sinto muito, sheik.

Anas estendeu a mão.

— Apenas espere. Por favor. — Havia uma pontada de pânico na voz normalmente calma dele. — E se eu pudesse mostrar a você?

— Me mostrar?

Anas assentiu.

— Sim — disse ele, com a voz ficando mais firme, como se tivesse tomado uma decisão. — Consegue fugir da Cidadela de novo esta noite?

— A-acho que sim. — Ali franziu a testa. — Mas não vejo o que isso tem a ver com...

O sheik o interrompeu.

— Então me encontre no Portão Daeva esta noite, depois da oração isha. — Ele passou os olhos pelo corpo de Ali.

— Vista-se como um nobre da tribo de sua mãe, com todo o requinte que tiver. Vai passar com facilidade.

Ali se encolheu diante do comentário.

— Isso não...

— Vai aprender esta noite o que minha organização faz com seu dinheiro.

Ali seguiu as instruções do sheik com precisão, escapulindo depois da oração isha com uma trouxinha sob um dos braços. Depois de tomar um caminho intricado pelo Grande Bazar, ele se enfiou em um beco escuro e sem janelas. Ali, abriu a trouxa – uma das exuberantes túnicas azuis de que os Ayaanle, os homens do povo de sua mãe, gostavam – e vestiu sobre o uniforme.

Um turbante da mesma cor foi colocado a seguir, frouxamente enrolado em torno do pescoço, à moda dos Ayaanle. Então, um colar de ouro profundamente ostensivo, trabalhado com corais e pérolas. Ali odiava joias – de fato, um desperdício mais inútil de recursos jamais fora criado –, mas sabia que nenhum nobre ayaanle de valor ousaria sair sem adornos. Embora seu cofre transbordasse com tesouros da rica Ta Ntry, terra natal de sua mãe, o colar já estava à mão, alguma herança familiar que a irmã dele, Zaynab, insistira para que Ali usasse em um casamento ayaanle ao qual fora obrigado a ir alguns meses antes.

Por fim, tirou um minúsculo frasco de vidro do bolso. Uma poção que parecia creme batido se agitou dentro, um encantamento cosmético que tornaria os olhos dele dourados intensos como os de um homem ayaanle por algumas horas. Ali hesitou; não queria mudar a cor dos olhos, não por um momento.

Não havia muita gente em Daevabad como Ali e a irmã dele, nobres djinns puros-sangues com herança tribal mestiça. Separados em seis tribos pelo próprio rei-profeta humano, a maioria dos djinns preferia a companhia de seus pares; de fato, Suleiman supostamente os dividira com o propósito declarado de causar o máximo de conflito possível. Quanto mais tempo os djinns passassem lutando uns contra os outros, menos passariam assediando humanos.

Mas o casamento dos pais de Ali fora igualmente proposital, uma aliança política destinada a fortalecer a entre os Geziri e as tribos Ayaanle. Era uma aliança estranha, normalmente tensa. Os Ayaanle eram um povo abastado que valorizava a erudição e o comércio, raramente deixando os belos palácios de coral e os salões sofisticados de Ta Ntry, sua terra natal na costa leste da África. Em contraste, Am Gezira, com o coração nos mais desolados desertos do sul da Arábia, devia ter parecido uma terra estéril, as areias intimidadoras cheias de poetas errantes e guerreiros analfabetos.

No entanto, Am Gezira possuía completamente o coração de Ali. Ele sempre preferira os Geziri, uma lealdade da qual sua aparência debochava inteiramente. Ali se parecia tão impressionantemente com o povo de sua mãe, que teria provocado fofocas caso o pai dele não fosse o rei. Compartilhava a altura desengonçada e a pele negra deles, a boca severa e as bochechas altas eram quase réplicas das da mãe. Tudo que herdara do pai tinham sido os olhos pretos como aço. E, naquela noite, precisaria abrir mão até mesmo deles.

Ali abriu o frasco e pingou algumas gotas em cada olho. E conteve um xingamento. Por Deus, aquilo queimava. Tinha sido avisado que aconteceria, mas a dor o pegou desprevenido.

Ali seguiu com os olhos embaçados até a midan, a praça central no coração de Daevabad. Estava vazia tão tarde da noite; a fonte negligenciada no centro projetava sombras selvagens no chão. A midan era cercada por uma parede de cobre que se esverdeara com a idade. A parede, por sua vez, era interrompida por sete portões igualmente espaçados. Cada portão dava para um distrito tribal diferente, e o sétimo se abria para o Grande Bazar e os bairros shafits superpopulosos dele.

Os portões da midan eram sempre uma visão e tanto. Havia o Portão Sahrayn, com pilastras de azulejos pretos e brancos envoltas em vinhas carregadas com frutas roxas. Ao lado desse havia aquele dos Ayaanle, duas pirâmides estreitas encrustadas de tachas e encimadas por um pergaminho e um tablete de sal. O Portão Geziri era o seguinte, nada além de uma pedra perfeitamente lapidada; o povo do pai de Ali preferia função à forma, como sempre. Parecia ainda mais simples ao lado do luxuosamente decorado Portão Agnivanshi, com arenito cor de rosa esculpido em dúzias de figuras dançantes, as mãos delicadas segurando lâmpadas a óleo tremeluzentes tão pequenas que se assemelhavam a estrelas. Ao lado do que era o Portão Tukharistani, uma tela de jade polida que refletia o céu noturno, entalhada em um padrão impossivelmente intricado.

No entanto, por mais que fossem impressionantes, o último portão – o portão que pegaria os primeiros raios da luz do sol todas as manhãs, o portão do povo original de Daevabad – ofuscava a todos.

O Portão Daeva.

A entrada para o quarteirão dos daevas – pois os adoradores do fogo tinham arrogantemente tomado o nome original da raça deles como nome da própria tribo – ficava diretamente diante do Grande Bazar, as imensas portas com painéis pintadas de azul pálido que poderia ter sido recolhido diretamente de um céu recém lavado, e embutido com discos de arenito brancos e dourados dispostos em um padrão triangular. As portas eram mantidas abertas por dois imensos shedus de bronze; as estátuas eram tudo que restara dos leões alados míticos que se dizia que os antigos Nahid montaram para a batalha contra os ifrits.

Ele seguiu em direção à entrada, mas mal tinha chegado ao meio do caminho quando duas figuras saíram de debaixo da sombra do portão. Ali parou. Um dos homens rapidamente ergueu as mãos e avançou para o luar. Anas.

O sheik sorriu.

— Que a paz esteja com você, irmão. — Ele vestia uma túnica feita em casa da cor de água de lavar louça suja, a cabeça incomumente exposta.

— E que com você esteja a paz. — Ali olhou para o segundo homem. Ele era shafit, isso era aparente pelas orelhas redondas, mas parecia um sahrayn, com os cabelos preto-avermelhados incandescentes da tribo norte-africana e os olhos cobre. Ele usava galabiyya listrada com o capuz borleado parcialmente puxado.

Os olhos do homem se arregalaram diante de Ali.

— *Este* é seu novo recruta? — Ele gargalhou. — Estamos tão desesperados por lutadores que aceitamos crocodilos que mal saíram da casca?

Indignado com o insulto ao sangue ayaanle, Ali abriu a boca para protestar, mas Anas interrompeu.

— Cuidado com a língua, irmão Hanno — avisou ele. — Somos todos djinns aqui.

Hanno não pareceu incomodado com a reprimenda.

— Ele tem nome?

— Não um que lhe interesse — disse Anas, com firmeza. — Ele está aqui apenas para observar. — Ele assentiu para Hanno. — Então vá em frente. Sei que gosta de se exibir.

O outro homem gargalhou.

— É justo. — Ele bateu palmas e um redemoinho de fumaça envolveu seu corpo. Quando se dissipou, a galabiyya suja tinha sido substituída por um xale iridescente, um turbante de cor mostarda decorado com penas agradáveis e um dhoti verde-intenso, o tecido da cintura, tipicamente usado por homens agnivanshi. Enquanto Ali observava, as orelhas do homem se alongaram, e a pele dele clareou até um tom de marrom-escuro reluzente. Tranças pretas desceram por baixo do turbante dele, esticando-se até varrerem o cabo da talwar hindustani agora embainhada na cintura dele. Hanno piscou, os olhos cor de cobre adquiriram a cor de alumínio de um puro-sangue agnivanshi. Um bracelete de aço que era uma relíquia caiu no lugar em torno do pulso dele.

A boca de Ali se escancarou.

— Você é *metamorfo*? — ele arquejou, quase não acreditando na visão diante de si. Metamorfosear-se era uma habilidade incrivelmente rara, uma que apenas poucas famílias de cada tribo possuíam e que menos ainda conseguiam dominar. Metamorfos talentosos valiam seu peso em ouro. — Pelo Mais Alto... Não achei que os shafits sequer fossem capazes de usar magia tão avançada.

Hanno riu com desprezo.

— Vocês puros-sangues sempre nos subestimam.

— Mas... — Ali ainda estava chocado —... se pode parecer puro-sangue, por que sequer viver como um shafit?

O humor sumiu do novo rosto de Hanno.

— Porque eu sou shafit. O fato de conseguir usar minha magia melhor do que um puro-sangue, de o sheik aqui conseguir dar voltas intelectuais em torno dos estudiosos da Biblioteca Real... isso é prova de que não somos tão diferentes do restante de você. — Ele olhou com raiva para Ali. — Não é algo que quero esconder.

Ali se sentiu como um tolo.

— Sinto muito. Eu não queria...

— Tudo bem — interrompeu Anas. Ele pegou o braço de Ali. — Vamos.

Ali parou subitamente ao perceber aonde o sheik o levava.

— Espere... não quer realmente *entrar* no Quarteirão Daeva, quer? — Ele presumiu que o portão fosse apenas um local de encontro.

— Com medo de alguns adoradores do fogo? — provocou Hanno. Ele bateu no cabo da talwar. — Não se preocupe, menino. Não deixarei que nenhum fantasma de Afshin devore você.

— Não tenho medo dos Daeva — disparou Ali. Estava farto daquele homem. — Mas conheço a lei. Não permitem estrangeiros no quarteirão deles depois do pôr do sol.

— Bem, então acho que precisaremos ser discretos.

Eles passaram sob as estátuas dos shedus rosnando para dentro do Quarteirão Daeva. Ali viu de relance o boulevard principal – cheio naquela hora da noite com compradores vasculhando o mercado e homens jogando xadrez enquanto bebiam xícaras de chá intermináveis – antes de Anas o puxar para os fundos do prédio mais próximo.

Um beco escuro se estendia diante deles, ladeado por caixas perfeitamente empilhadas de lixo esperando ser descartado. Ele serpenteava para longe, desaparecendo à distância escura.

— Fique abaixado e fique calado — avisou Anas. Ficou rapidamente claro que os homens Tanzeem tinham feito aquilo antes; navegavam o labirinto de becos com facilidade, desviando para as sombras sempre que uma porta dos fundos se escancarava.

Quando finalmente saíram, foi em um bairro que tinha pouca semelhança com o reluzente boulevard central. Os prédios antigos pareciam escavados diretamente das colinas rochosas de Daevabad, cabanas de madeira aos pedaços, esmagadas, em todo espaço disponível. Um complexo baixinho de tijolos ficava ao fim da rua, luz do fogo tremeluzia por trás das cortinas em frangalhos.

Conforme se aproximaram, Ali conseguiu ouvir as risadas bêbadas e a melodia de algum tipo de instrumento de corda escapando de uma porta aberta. O ar estava enevoado; fumaça fluía em torno dos homens deitados em almofadas manchadas, espiralando além de cachimbos de vapor e taças escuras de vinho. Os clientes eram todos daevas, muitos com tatuagens pretas de casta e insígnias familiares estampadas nos braços marrom-dourados.

Um homem atarracado usando um colete manchado com uma cicatriz cortando uma das bochechas guardava a entrada. Ele se levantou quando se aproximaram, bloqueando a porta com um enorme machado.

— Está perdido? — grunhiu o homem.

— Estamos aqui para ver Turan — disse Hanno.

Os olhos pretos do guarda se voltaram para os de Anas. Ele riu com escárnio.

— Você e seu amigo crocodilo podem entrar, mas o sangue-imundo fica aqui fora.

Hanno avançou até ele, com a mão na talwar.

— Pelo que estou pagando ao seu chefe, meu criado fica comigo. — Ele indicou o machado com a cabeça. — Importa-se?

O outro homem não pareceu contente, mas saiu da frente e Hanno entrou na taverna, com Anas e Ali ao encalço.

Além de alguns olhares hostis – a maioria voltada para Anas –, os clientes os ignoraram. Parecia o tipo de lugar para o qual as pessoas iam para serem esquecidas, mas Ali teve dificuldades para não encarar. Jamais estivera em uma taverna – jamais sequer passara muito tempo perto dos adoradores do fogo. Poucos daevas podiam servir na Guarda Real, e, daqueles que serviam, Ali suspeitava que nenhum estava interessado em fazer amizade com o jovem Qahtani.

Ele desviou do caminho quando um homem bêbado caiu do otomano com uma risada fumegante. O som de risadas femininas chamou atenção de Ali e ele olhou em sua direção, encontrando um trio de mulheres daeva conversando em um divasti acelerado em uma mesa espelhada coberta de peças de um jogo feitas de bronze, taças meio vazias e moedas reluzentes. Embora a conversa parecesse baboseira – Ali jamais se incomodara em aprender divasti –, cada mulher era mais deslumbrante do que a anterior; os olhos pretos delas brilhavam quando riam. Usavam blusas bordadas com decote profundo e justas sobre os seios, as cinturas douradas finas estavam envoltas em correntes de joias.

Ali subitamente perdeu a batalha que estava travando contra encarar. Jamais vira uma mulher daeva adulta descoberta, ainda mais uma exibindo os charmes daquelas três. Da mais conservadora das tribos, as mulheres daeva se cobriam quando deixavam os lares, com muitas delas – principalmente as de famílias abastadas – recusando-se a sequer conversar com homens de fora.

Não aquelas três. Ao repararem em Ali, uma das mulheres se esticou, encarando-o desafiadoramente com um sorriso malicioso.

— Aye, querido, gosta do que vê? — perguntou ela, em um djinistani carregado de sotaque. Ela umedeceu os lábios, fazendo o coração de Ali galopar diversas vezes, e assentiu para o colar encrustado de joias em torno do pescoço dele. — Parece que poderia pagar por mim.

Anas se colocou entre os dois.

— Abaixe os olhos, irmão — observou ele, suavemente.

Envergonhado, Ali abaixou o olhar. Hanno deu risadinhas, mas Ali não ergueu o rosto até que tivessem sido levados para uma pequena sala nos fundos. Era melhor adornada do que a taverna; tapetes intricadamente tecidos retratando árvores frutíferas e dançarinas cobriam o chão enquanto lustres de vidro lapidado pendiam do teto.

Hanno empurrou Ali para uma das almofadas felpudas que cobriam a parede.

— Fique calado — avisou ele, ocupando um assento ao lado do rapaz. — Levei muito tempo para organizar isto. — Anas permaneceu de pé, com a cabeça curvada de forma incomumente subserviente.

Uma cortina espessa de feltro no centro da sala se abriu e revelou um homem daeva de casaco carmesim de pé na entrada de um corredor escuro.

Hanno sorriu.

— Saudações, sahib — vociferou ele, com um sotaque agnivanshi. — Deve ser Turan. Que as chamas queimem intensamente para você.

Turan não devolveu o sorriso ou a benção.

— Está atrasado.

O metamorfo ergueu as sobrancelhas escuras com surpresa.

— O mercado de crianças roubadas é pontual?

Ali se sobressaltou, mas antes que pudesse abrir a boca, Anas o encarou do outro lado da sala e deu um leve aceno de cabeça. Ali permaneceu calado.

Turan cruzou os braços, parecendo irritado.

— Posso encontrar outro comprador se a sua consciência o incomoda.

— E desapontar minha esposa? — Hanno sacudiu a cabeça. — De forma alguma. Ela já montou o quarto do bebê.

Os olhos de Turan se voltaram para Ali.

— Quem é seu amigo?

— Dois amigos — corrigiu Hanno, batendo na espada à cintura. — Espera que eu perambule pelo Quarteirão Daeva com a quantidade ridícula de dinheiro que você exige e não traga proteção?

O olhar frio de Turan permaneceu fixo no rosto de Ali. O coração dele acelerou; Ali conseguia pensar em poucos lugares piores para ser reconhecido como um príncipe Qahtani do que em uma taverna daeva cheia de homens bêbados com diversos talentos criminosos.

Anas falou pela primeira vez.

— Ele está enrolando, mestre — avisou. — Provavelmente já vendeu o menino.

— Cale a boca, shafit — disparou Turan. — Ninguém lhe deu permissão para falar.

— Basta. — Hanno interrompeu. — Mas vamos lá, homem, tem o menino ou não? Toda essa reclamação sobre meu atraso e agora está desperdiçando tempo encarando meu companheiro.

Os olhos de Turan brilharam, mas ele desapareceu atrás da cortina de feltro.

Hanno revirou os olhos.

— E os daevas se perguntam por que ninguém gosta deles.

Ouviu-se uma torrente colérica de divasti vinda de detrás da cortina, então uma menininha suja, carregando uma grande bandeja de cobre, foi empurrada para a sala. Ela parecia tão humana quanto Anas. Tinha a pele opaca, e estava usando um vestido de linho sem corte, completamente inadequado para o frio da noite, com os cabelos raspados de forma tão grosseira, que havia sulcos cicatrizando no couro cabeludo exposto. Mantendo o olhar baixo, a menina se aproximou descalça, oferecendo, muda, a bandeja na qual havia duas xícaras fumegantes de licor de damasco. Não devia ter mais que dez anos de idade.

Ali viu os hematomas no pulso da menina ao mesmo tempo que Hanno, mas o metamorfo se esticou primeiro.

Ele sibilou.

— Vou matar aquele homem.

A menininha recuou atrapalhada, e Anas correu para o lado dela.

— Está tudo bem, pequenina, ele não teve a intenção de assustar você... Hanno, *guarde sua arma* — avisou ele quando o metamorfo sacou a talwar. — Não seja tolo.

Hanno grunhiu, mas embainhou a espada quando Turan entrou de novo.

O homem daeva deu uma olhada para a cena adiante e se virou com raiva para Anas.

— Saia de perto de minha criada. — A menina recuou até um canto escuro, encolhendo-se atrás da bandeja.

O temperamento de Ali se inflamou. Ele ouvira Anas falar durante anos sobre a condição dos shafits, mas, de fato *testemunhá-la*, ouvir como o daeva falava com Anas, ver os hematomas na menininha apavorada... Talvez Ali estivesse errado em questioná-lo mais cedo.

Turan se aproximou. Um bebê – bem embrulhado e dormindo profundamente – estava aninhado em seus braços. Hanno imediatamente estendeu o braço para ele.

Turan se conteve.

— O dinheiro primeiro.

Hanno assentiu para Anas, e o sheik deu um passo adiante, com a bolsa que Ali dera a ele mais cedo. Despejou o conteúdo no tapete, uma mistura de moedas, inclusive dinares humanos, tabletes de jade tukharistani, torrões de sal e um único, pequeno rubi.

— Conte você mesmo — disse Hanno, bruscamente. — Mas me deixe ver o menino.

Turan passou o bebê, e Ali precisou se esforçar para conter a surpresa. Esperava outra criança shafit, mas as orelhas do bebê eram pontiagudas como as dele, e a pele marrom reluzia com a luminescência de um puro-sangue. Hanno brevemente abriu uma pálpebra fechada, revelando olhos da cor do alumínio. O bebê soltou um chorinho abafado em protesto.

— Ele vai passar — assegurou Turan. — Confie em mim. Estou neste negócio há tempo o suficiente para saber. Ninguém jamais suspeitará de que ele é shafit.

Shafit? Ali olhou para o menino de novo, espantado. Mas Turan estava certo: ele não parecia nem um pouco com um sangue-mestiço.

— Teve problemas para tirá-lo dos pais? — perguntou Hanno.

— O pai não foi um problema. Puro-sangue agnivanshi que só queria o dinheiro. A mãe era uma criada que fugiu quando ele a engravidou. Levei um tempo para encontrá-la.

— E ela concordou em vender a criança?

Turan deu de ombros.

— Ela é shafit. Isso importa?

— Importa se ela for criar problemas para mim depois.

— Ela ameaçou ir aos Tanzeem. — Turan riu com escárnio. — Mas aqueles radicais de sangue imundo não são nada com que se preocupar, e os shafits procriam como coelhos. Terá outro bebê para distraí-la em um ano.

Hanno sorriu, mas a expressão não chegou aos olhos dele.

— Talvez outra oportunidade de negócio para você. — Ele olhou para Ali. — E o que acha? — perguntou, com a voz determinada. Hanno virou o bebê adormecido para Ali. — Poderia se passar por meu?

Ali franziu a testa, um pouco confuso com a pergunta. Olhou do bebê para Hanno, mas é claro que Hanno não se parecia com ele realmente. Tinha mudado de forma. Mudado para um rosto agnivanshi bastante particular, e, subitamente, o motivo se tornou terrivelmente claro.

— S-sim — respondeu o príncipe, engasgando, engolindo o nó na garganta e tentando esconder o horror na voz. Era a verdade, afinal de contas. — Facilmente.

Hanno não pareceu tão satisfeito.

— Talvez. Mas é mais velho do que o prometido, certamente não vale o preço ridículo que está exigindo — ele reclamou com Turan. — Minha mulher teria dado à luz uma criança crescida?

— Então vá. — Turan ergueu as palmas. — Terei outro comprador em uma semana, e você voltará para uma esposa esperando ao lado de um berço vazio. Passe mais meio século tentando conceber. Não faz diferença para mim.

Hanno pareceu refletir mais um momento. Olhou para a menininha ainda agachada nas sombras.

— Estamos procurando uma nova criada. Inclua aquela ali com o menino e pagarei seu preço.

Turan fez cara de irritação.

— Não vou vender uma escrava doméstica por uma mixaria.

— Eu a compro — interrompeu Ali. Os olhos de Hanno brilharam, mas Ali não se importou. Queria encerrar tudo com aquele demônio daeva, tirar aquelas almas inocentes daquele lugar infernal onde as vidas delas eram valorizadas apenas pela aparência. Mexeu na presilha do colar de ouro, e a joia caiu pesadamente sobre seu colo. Ali atirou o colar para Turan, as pérolas reluziram à luz tênue. — Isto basta?

Turan não tocou o objeto.

— Como disse que era seu nome?

Ali suspeitou que tinha acabado de cometer um erro terrível.

Mas antes que pudesse gaguejar uma resposta, a porta que dava para a taverna se abriu e um dos garçons entrou às pressas. Ele se abaixou para sussurrar ao ouvido de Turan. A expressão do escravocrata se intensificou.

— Problemas? — indagou Hanno.

— Um homem cujo desejo de beber se sobrepõe à habilidade de pagar. — Turan ficou de pé, com a boca contraída em uma linha de irritação. — Se me dão licença um momento...
— Ele seguiu para a taverna, com o garçom ao encalço. Os dois fecharam a porta ao sair.

Hanno se virou para Ali.

— Seu *idiota*. Eu não te mandei ficar de boca fechada? — Ele indicou o colar. — Essa coisa poderia comprar uma dúzia de meninas como ela!

— E-eu sinto muito — Ali respondeu às pressas. — Só estava tentando ajudar!

— Esqueça isso por enquanto. — Anas apontou para o bebê. — Ele tem a marca?

Hanno lançou outro olhar transtornado para Ali, mas então, gentilmente, puxou um dos braços do bebê enrolado na manta e virou o pulso dele para a luz. Uma pequena marca de nascença azul – como um traço de caneta – maculava a pele macia.

— Sim. Mesma história que a da mãe também. É ele. — Ele apontou para a menina que ainda se encolhia no canto. — Mas ela não vai ficar aqui com aquele monstro.

Anas olhou para o metamorfo.

— Eu não disse que ficaria.

Ali estava chocado pelo que acabara de presenciar.

— O menino... isso é comum?

Anas suspirou, com a expressão sombria.

— Bastante. Os shafits sempre foram mais férteis do que os puros-sangues, uma benção e uma maldição de nossos ancestrais humanos. — Ele indicou a pequena fortuna brilhando no tapete. — É um negócio lucrativo, um que se estende há séculos. Há provavelmente milhares em Daevabad como esse menino, criados como puros-sangues sem fazer ideia da verdadeira ascendência.

— Mas os pais shafits deles... não podem rogar a m... ao rei?

— *"Rogar ao rei"*? — repetiu Hanno, com a voz carregada de deboche. — Pelo Mais Alto, essa é a primeira vez que deixou a mansão de sua família, menino? Shafits não podem rogar ao rei. Eles vêm até nós... somos os únicos que podem ajudar.

Ali abaixou o olhar.

— Eu não fazia ideia.

— Então talvez pense nesta noite caso decida me questionar de novo a respeito dos Tanzeem — interrompeu Anas, com a voz mais fria do que Ali jamais ouvira. — Fazemos o que é preciso para proteger nosso povo.

Hanno franziu subitamente a testa. Ele encarou o dinheiro no chão, movendo o bebê que dormia ainda aninhado em seus braços.

— Algo não está certo. — Ele ficou de pé. — Turan não devia ter nos deixado aqui com o dinheiro e o menino. — Ele estendeu a mão à porta que dava para a taverna e então saltou para trás com um grito, o chiado de pele queimada empesteando o ar. — O desgraçado nos amaldiçoou aqui dentro!

Acordado pelo grito de Hanno, o bebê começou a chorar. Ali ficou de pé. Ele se juntou aos outros dois à porta, rezando para que Hanno estivesse errado.

Deixou que as pontas dos dedos pairassem logo acima da superfície de madeira, mas Hanno estava certo: fervilhava com magia. Felizmente, Ali era treinado na Cidadela – e os daevas eram tão encrenqueiros, que quebrar os encantamentos usados por eles para guardar seus lares e negócios era uma habilidade ensinada aos cadetes mais jovens. Ali fechou os olhos, murmurando o primeiro encantamento que lhe veio à mente. A porta se abriu.

A taverna estava vazia.

Havia sido abandonada às pressas. Taças ainda estavam cheias, fumaça espiralava em torno de cachimbos esquecidos, e peças de jogo espalhadas reluziam na mesa onde as mulheres daeva estiveram jogando. Mesmo assim, Turan tomara o cuidado de extinguir as lâmpadas, mergulhando a taverna na escuridão. A única iluminação vinha do luar que penetrava pelas cortinas em farrapos.

Atrás de Ali, Hanno xingou e Anas sussurrou uma oração de proteção. Ali levou a mão à zulfiqar escondida, a cimitarra bifurcada e feita de cobre que sempre carregava, então parou. A famosa arma geziri nas mãos de um jovem rapaz de aparência ayaanle o entregaria de imediato. Em vez disso, o príncipe seguiu sorrateiro pela taverna. Com o cuidado de permanecer escondido, ele olhou além da cortina.

A Guarda Real estava do outro lado.

Ali inspirou. Uma dúzia de soldados – ele reconheceu quase todos – estava silenciosamente enfileirada em formação do outro lado da rua da taverna, com as zulfiqars de cobre e as lanças reluzindo ao luar. Mais chegavam; Ali conseguia ver movimento sombreado na direção da midan.

Ele recuou um passo. O pesar, mais opressor do que qualquer coisa que tivesse sentido, tomou conta dele, como gavinhas pressionando seu peito. Ele voltou para os demais.

— Precisamos ir. — Ali ficou surpreso com a calma na voz; certamente não combinava com o pânico que subia dentro dele. — Há soldados do lado de fora.

Anas empalideceu.

— Conseguimos chegar ao esconderijo? — perguntou ele a Hanno.

O metamorfo balançava o bebê aos berros.

— Precisaremos tentar... mas não será fácil com este aqui chorando à toda.

Ali pensou rápido, olhando ao redor da sala. Ele viu a bandeja de cobre, abandonada pela menina shafit que agora agarrava a mão de Anas. Ele atravessou a sala, pegando uma das xícaras de licor de damasco.

— Isso funcionaria?

Anas pareceu estarrecido.

— Perdeu a cabeça?

Mas Hanno assentiu.

— Pode funcionar. — Ele segurou o bebê enquanto Ali tentava desastrosamente derramar o licor na boca chorosa. O príncipe conseguia sentir o peso do olhar do metamorfo. — O que fez com a porta... — A voz de Hanno fervilhava com acusação. — É da Guarda Real, não é? Um daqueles meninos que se trancam na Cidadela até o primeiro quarto de século?

Ali hesitou. *Sou mais do que isso.*

— Estou aqui com você, não estou?

— Suponho que sim. — Hanno embalou o menino com uma facilidade habilidosa. O bebê finalmente se calou, e Hanno sacou a talwar, a lâmina de aço reluzente era da extensão do braço de Ali. — Precisaremos procurar por uma saída nos fundos. — Ele indicou a cortina vermelha com a cabeça. — Entenderá se eu insistir em sair primeiro.

Ali assentiu, estava com a boca seca. Que escolha tinha? Afastou a cortina e entrou no corredor escuro.

Um labirinto de armazéns o recebeu. Barris de vinho estavam empilhados até o teto, e caixas altas de cebolas cabeludas e frutas maduras demais perfumavam o ar. Mesas quebradas, paredes semierguidas e mobília coberta com mantos estavam aleatoriamente espalhadas por toda parte. Ali não viu saídas, apenas esconderijos.

Um lugar perfeito para ser emboscado. Ele piscou; seus olhos tinham parado de queimar. A poção devia ter passado. Não que importasse – Ali crescera com os homens do lado de fora; eles o reconheceriam de qualquer forma.

Ali sentiu um leve puxão na túnica. A menininha ergueu a mão trêmula e apontou para uma porta preta no fim do corredor.

— Aquela dá no beco — sussurrou ela, com os olhos pretos arregalados como pires.

Ali sorriu para a menina.

— Obrigado — sussurrou de volta.

O grupo seguiu pelo corredor na direção do último armazém. De longe, Ali viu um filete de luar perto do chão: uma porta. Infelizmente, foi tudo que viu. O armazém estava mais escuro do que breu, e, a julgar pela distância até a porta, enorme. Ali entrou, seu coração batia tão lentamente que dava para ouvir nas próprias orelhas.

Não foi tudo que ele ouviu. Um sussurro soou, então algo passou como um sopro pelo rosto de Ali, roçando o nariz dele, com cheiro de ferro. Ali se virou quando a menina gritou, mas não conseguiu ver nada na sala preta, seus olhos ainda não haviam se ajustado à escuridão.

Anas gritou.

— Solte-a!

Ao inferno com a discrição. Ali sacou a zulfiqar. O cabo esquentou nas mãos dele. *Ilumine*, ordenou o príncipe.

A arma se acendeu em chamas.

Fogo lambeu a cimitarra de cobre, chamuscando a ponta bifurcada e lançando luz selvagem pela sala. Ali viu dois daevas: Turan e o guarda da taverna, com o imenso machado na mão. Turan tentava puxar a menina aos berros dos braços de Anas, mas ele se virou ao ver a incandescente zulfiqar. Os olhos pretos do daeva se encheram de medo.

O guarda não ficou igualmente impressionado. Ele avançou contra Ali.

Ali subiu a zulfiqar no momento certo, faíscas dispararam de onde a lâmina acertou o machado. A cabeça do machado devia ser de ferro, o metal era uma das poucas substâncias que podia enfraquecer magia. Ali empurrou com força, afastando o homem.

O daeva atacou novamente. Ali se abaixou, desviando do golpe seguinte, a situação toda era surreal. Havia passado metade da vida lutando; o movimento da lâmina, os pés, era tudo familiar. Familiar demais; parecia impossível imaginar que aquele adversário quisesse de fato *matá-lo*, que um passo em falso não resultaria em provocações durante uma xícara de café, mas em uma morte sangrenta, no chão sujo de uma sala escura onde Ali nem deveria estar para início de conversa.

O príncipe desviou de outro golpe. Ainda não havia atacado o outro homem. Como poderia? Tivera o melhor treinamento marcial disponível, mas nunca matou ninguém – jamais intencionalmente ferira outro. Era menor de idade, estava a anos de ver um combate. E era o filho do rei! Não podia assassinar um dos cidadãos do pai – um daeva, de todos os povos. Começaria uma guerra.

O guarda ergueu a arma de novo. Então, empalideceu. O machado permaneceu congelado no ar.

— Pelo olho de Suleiman — arquejou o homem. — Você... você é Ali...

Uma lâmina de aço rasgou seu pescoço.

—... al Qahtani — concluiu Hanno. Ele girou a lâmina, roubando as últimas palavras do homem ao roubar sua vida. Hanno empurrou o morto do talwar com um pé, permitindo que deslizasse até o chão. — *Alizayd al Qahtani, porra.* — Ele se virou para Anas, com o rosto iluminado pelo ódio. — Ah, sheik... como pôde?

Turan ainda estava ali. Ele olhou para Ali e então para os homens Tanzeem. Uma compreensão horrorizada iluminou seu rosto. O homem avançou para a porta, fugindo para o corredor.

Ali não se moveu, não falou. Ainda encarava o guarda daeva morto.

— Hanno... — A voz de Anas estava trêmula. — O príncipe... ninguém pode saber.

O metamorfo soltou um suspiro exasperado. Entregou o bebê a Anas e pegou o machado. E seguiu Turan.

A percepção veio a Ali tarde demais.

— E-espere. Não precisa.

Ouviu-se um grito breve no corredor, seguido por um ruído de esmagamento. Então um segundo. Um terceiro. Ali oscilou de pé, náusea ameaçava sobrepujá-lo. *Isto não está acontecendo.*

— Alizayd. — Anas estava diante do príncipe. — Irmão, olhe para mim. — Ali tentou se concentrar no rosto do sheik. — Ele vendia crianças. Teria revelado você. Precisava morrer.

O som distinto da porta da taverna sendo arrombada soou.

— Anas Bhatt! — gritou uma voz familiar. *Wajed... ah, Deus, não...* — Sabemos que está aqui!

Hanno correu de volta para a sala. Pegou o bebê e chutou a porta para abri-la.

— Vamos!

A ideia de Wajed – o amado qaid de Anas, o general de olhos dissimulados que praticamente o criou – encontrando Ali, de pé sobre os corpos de dois puros-sangues assassinados, o despertou novamente. Ali correu atrás de Hanno, com Anas no encalço.

Eles emergiram em um beco cheio de lixo. Correram até chegar ao fim, a imponente parede de cobre que separava os bairros tukharistani e daeva. A única saída era uma abertura estreita que dava de volta à rua.

Hanno olhou pela abertura, então recuou de novo.

— Arqueiros daeva.

— *O quê?* — Ali se juntou a ele, ignorando a forte cotovelada na lateral do corpo. Na ponta mais afastada da rua ficava a taverna, acesa pelas zulfiqars incandescentes da torrente de soldados que entrava. Meia dúzia de arqueiros daeva esperava sobre elefantes, com os arcos prateados reluzindo sob a luz das estrelas.

— Temos um esconderijo no bairro tukharistani — explicou Hanno. — Há um ponto em que podemos travessar a muralha, mas precisaremos atravessar a rua primeiro.

O coração de Ali pesou.

— Jamais conseguiremos. — Os soldados podiam estar concentrados na taverna, mas não havia a menor chance de algum deles não reparar em três homens, uma menina e um bebê disparando pela rua. Os adoradores do fogo era arqueiros infernalmente bons, os daevas eram tão devotados aos arcos quanto os geziris às zulfiqars – e era uma rua ampla.

Ele se virou para Anas.

— Precisaremos encontrar outro caminho.

Anas assentiu. Ele olhou para o bebê nos braços de Hanno e então para a menininha que segurava sua mão.

— Tudo bem — ele respondeu, baixinho. Então se ajoelhou para encarar a menina, soltando seus dedos dos dela. — Minha querida, preciso que vá com o irmão aqui. — Ele apontou para Ali. — Ele vai levá-la a um lugar seguro.

Ali encarou Anas, embasbacado.

— O quê? Espere... não pretende...

— É de mim que estão atrás. — Anas se levantou. — Não vou arriscar as vidas de crianças para salvar a minha. — Ele deu de ombros, mas estava com a voz embargada quando falou de novo. — Eu sabia que este dia chegaria... E-eu vou tentar distraí-los... dar a vocês o máximo de tempo possível.

— De maneira nenhuma — declarou Hanno. — Os Tanzeem precisam de você. Eu vou. Tenho mais chance de derrubar alguns desses puros-sangues mesmo.

Anas sacudiu a cabeça.

— É mais bem equipado do que eu para levar o príncipe e as crianças para a segurança.

— *Não*. — A palavra foi arrancada da garganta de Ali, mais como oração do que súplica. Não podia perder seu sheik, não assim. — Eu vou. Certamente posso negociar algum tipo de...

— Não vai negociar nada — interrompeu Anas, com a voz severa. — Se contar a seu pai sobre esta noite, está morto, entende? Os daevas se revoltariam se soubessem de seu envolvimento. Seu pai não vai arriscar isso. — Ele apoiou a mão no ombro de Ali. — E você é valioso demais para ser perdido.

— Ao inferno que é — replicou Hanno. — Vai acabar sendo morto só para que um Qahtani mimado possa...

Anas o interrompeu com um movimento brusco da mão.

— Alizayd al Qahtani pode fazer mais pelos shafits do que mil grupos como os Tanzeem. E ele fará — acrescentou o sheik, dando a Ali um olhar determinado. — Mereça isto. Não me importo se precisar dançar em meu túmulo. Salve-se, irmão. Viva para lutar de novo. — Ele empurrou a menininha na direção do príncipe. — Tire-os daqui, Hanno. — Sem mais uma palavra, Anas se virou, seguindo para a taverna.

A menina shafit olhou para Ali, os olhos castanhos dela estavam arregalados de medo. Ali piscou para conter lágrimas. Anas selara seu destino; o mínimo que Ali poderia fazer era obedecer a seu último comando. Ele pegou a menina e ela se agarrou a seu pescoço, com o coração acelerado contra o peito.

Hanno lançou a Ali um olhar que era veneno puro.

— Você e eu, al Qahtani, teremos uma longa conversa depois que isto acabar. — Ele tirou o turbante da cabeça de Ali, rapidamente transformando-o em um carregador para o bebê.

Ali imediatamente se sentiu mais exposto.

— Tem algo de errado com o seu?

— Você irá correr mais rápido se tiver medo de ser reconhecido. — Ele assentiu para a zulfiqar de Ali. — Guarde isso.

Ali enfiou a zulfiqar sob a túnica, passando a menina para as costas enquanto esperavam. Um grito soou da taverna, seguido por um segundo grito mais exultante. *Que Deus o proteja, Anas.*

Os arqueiros se viraram na direção da taverna. Um sacou o arco prateado, mirando uma flecha na entrada.

— Vá — disse Hanno, e disparou, com Ali ao encalço. Ali não olhou para os soldados, o mundo dele fora reduzido a correr pelas pedras de pavimentação rachadas o mais rápido que suas pernas permitiam.

Um dos arqueiros gritou um aviso.

Ali estava a meio caminho quando a primeira flecha passou zunindo por sua cabeça. Ela explodiu em fragmentos em chamas, e a menina gritou. A segunda flecha rasgou sua túnica, roçando sua panturrilha. Ele continuou correndo.

Tinham atravessado. Ali se jogou para trás de uma balaustrada de pedra, mas o refúgio teve vida curta. Hanno avançou para uma treliça de madeira intricada anexa ao prédio. Estava coberta de rosas em um arco-íris de cores, estendendo-se três andares até alcançar o telhado distante.

— Suba!

Suba? Os olhos de Ali se arregalaram quando ele encarou a delicada treliça. A coisa mal parecia forte o bastante para conter as flores, quem diria o peso de dois homens adultos.

Uma flecha embebida em piche incandescente atingiu o chão perto dos seus pés. Ali saltou para trás, e o som de elefantes barrindo preencheu o ar.

Então seria a treliça mesmo.

A estrutura de madeira tremeu violentamente quando ele subiu, os ramos espinhentos rasgaram suas mãos. A menina se agarrava às costas do príncipe, com as bochechas úmidas de lágrimas. Outra flecha passou zunindo pelas cabeças deles, e a menina gritou – dessa vez de dor.

Ali não tinha como verificá-la. Continuou subindo, tentando permanecer o mais encostado possível ao prédio. *Por favor, Deus, por favor*, implorou. Estava apavorado demais para pensar em uma oração mais coerente.

Ele estava quase no telhado, Hanno já subira, quando a treliça começou a se soltar da parede.

Por um momento de parar o coração, Ali caiu para trás. A estrutura de madeira se desfez em suas mãos. Um grito gorgolejou em sua garganta.

Hanno agarrou o pulso do príncipe.

O shafit metamorfo o arrastou para o telhado, e Ali desabou imediatamente.

— A m-menina... — sussurrou ele. — Uma flecha...

Hanno a tirou das costas de Ali e examinou rapidamente a nuca da menina.

— Está tudo bem, pequenina — ele a reconfortou. — Vai ficar tudo bem. — Hanno olhou para Ali. — Ela vai precisar de uns pontos, mas o ferimento não parece profundo. — Ele soltou o carregador do bebê. — Vamos trocar.

Ali pegou o bebê, vestindo o carregador.

Eles ouviram um grito vir de baixo.

— Estão no telhado!

Hanno colocou Ali de pé.

— Vá!

Ele disparou, e Ali seguiu. Os dois correram pelo telhado, saltando por cima do espaço estreito até o prédio seguinte. Então, fizeram o mesmo outra vez, correndo por fileiras de roupas secando e árvores frutíferas plantadas em potes. Ali tentou não olhar para o chão enquanto pulavam, o coração dele estava na garganta.

Os dois chegaram ao último telhado, mas Hanno não parou. Em vez disso, acelerou ao se aproximar da beirada. Então – para o horror de Ali –, ele se atirou para a frente.

Ali arquejou, parando subitamente logo antes da beirada. Mas o metamorfo não estava estatelado no chão abaixo; em vez disso, havia aterrissado sobre a parede de cobre que separava os quarteirões tribais. A parede talvez tivesse meio corpo a menos de comprimento, e estava a uns bons dez passos de distância. Era um salto impossível, que Hanno conseguira realizar por pura sorte.

Ali deu um olhar de incredulidade ao metamorfo.

— Você é *louco?*

Hanno sorriu, exibindo os dentes.

— Vamos lá, al Qahtani. Certamente se um shafit consegue, você consegue.

Ali sibilou em resposta. Caminhou pela beirada do telhado. Cada instinto racional que tinha gritava para que não pulasse.

O som dos soldados em perseguição ficou mais alto. Estariam no telhado a qualquer minuto. Ali deu alguns passos para trás, tentando reunir coragem para dar um salto em corrida.

Isso é loucura. Ele sacudiu a cabeça.

— Não posso.

— Não tem escolha. — O humor sumiu da voz de Hanno. — Al Qahtani... *Alizayd* — insistiu Hanno quando Ali não respondeu. — Ouça-me. Ouviu o que o sheik disse. Acha que pode voltar agora? Implorar a seu abba por misericórdia? — Ele sacudiu a cabeça. — Conheço os Geziri. Seu povo não brinca com lealdade. — Hanno encarou Ali, os olhos dele estavam sombrios com o aviso. — O que acha que seu pai vai fazer quando descobrir que seu próprio sangue o traiu?

Jamais tive a intenção de traí-lo. Ali respirou fundo.

Então ele pulou.

NAHRI

— Não caia no sono, ladrazinha. Aterrissaremos em breve.

As pálpebras de Nahri estavam tão pesadas quanto uma saca de dirrãs, mas não estava dormindo. De forma alguma poderia estar, com apenas um retalho de tecido evitando que mergulhasse para a morte. Ela rolou no tapete, um vento frio acariciou seu rosto enquanto voavam. O céu do alvorecer corou quando o sol se aproximou, a escuridão da noite deu lugar a tons claros de rosa e azul conforme as estrelas se apagavam. Ela encarou o céu. Exatamente uma semana antes, estivera olhando para outro pôr do sol no Cairo, esperando o basha, ignorando o quanto sua vida estava para mudar tão drasticamente.

O djinn – *Não, o daeva*, corrigiu-se Nahri; Dara tinha tendência a ataques de raiva quando ela o chamava de djinn – estava sentado ao seu lado, o calor fumegante da túnica dele fazia cócegas em seu nariz. Os ombros de Dara estavam curvados, e os olhos esmeralda estavam sombrios e concentrados em algo ao longe.

Meu captor parece particularmente cansado esta manhã. Nahri não o culpava; tinha sido a semana mais bizarra e desafiadora da vida dela, e, embora Dara parecesse se amansar com ela, a curandeira sentia que ambos estavam completamente exaustos. O arrogante guerreiro daeva e a ardilosa ladra humana não eram a mais natural das duplas; às vezes, Dara podia ser tão tagarela quanto uma amiga de infância, fazendo centenas de perguntas sobre a vida dela, desde a cor preferida até os tipos de tecido vendidos nos bazares do Cairo. Então, sem mais aviso, ficava emburrado e hostil, talvez enojado ao ver que gostava de conversar com uma mestiça.

Nahri, por sua vez, era forçada a controlar a própria curiosidade em grande parte; perguntar a Dara qualquer coisa sobre o mundo mágico o deixava de mau humor imediatamente.

— Pode importunar os djinns de Daevabad com todas as suas perguntas — desdenhava ele, voltando a polir as armas.

Mas estava errado.

Nahri não podia fazer aquilo. Porque definitivamente *não* iria para Daevabad.

Uma semana com Dara fora o suficiente para que soubesse que de forma alguma se aprisionaria em uma cidade repleta de mais djinns mal-humorados. Estaria melhor sozinha. Certamente poderia encontrar uma forma de evitar os ifrits; eles não poderiam vasculhar todo o mundo humano, e ela não faria outro zar de jeito nenhum.

Então, ansiosa para escapar, Nahri ficou atenta a uma oportunidade – mas não havia para onde fugir no amplo e ininterrupto monólito de deserto pelo qual viajavam, cheio de areias iluminadas pelo luar à noite e oásis sombreados durante o dia. No entanto, ao se sentar naquele momento e ver um lampejo do chão abaixo, esperança cresceu em seu peito.

O sol tinha subido no horizonte para iluminar uma paisagem alterada. Em vez de deserto, colinas de arenito se derretiam em um rio amplo e escuro que se retorcia na direção sudoeste até onde a vista alcançava. Aglomerados brancos de construções e fogueiras para cozimento cobriam suas margens. As planícies áridas diretamente abaixo eram rochosas, interrompidas por arbustos e árvores cônicas finas.

Nahri observou o terreno, ficando alerta.

— Onde estamos?

— Hierápolis.

— *Onde*? — Ela e Dara podiam falar a mesma língua, mas estavam separados por séculos na geografia. Ele conhecia tudo com um nome diferente: rios, cidades, até mesmo as estrelas no céu. As palavras que o daeva usava eram completamente desconhecidas, e as histórias que contava para descrever tais lugares eram ainda mais bizarras.

— Hierápolis. — O tapete mergulhou para o chão, Dara guiando-o com uma das mãos. — Faz muito tempo desde que estive aqui. Quando eu era jovem, Hierápolis era o lar de um povo muito... *espiritual*. Muito devotado aos rituais dele. Embora eu suponha que qualquer um se devotasse, considerando que adoravam falos e peixes e preferiam orgias à oração. — Ele suspirou, seus olhos se enrugaram com prazer. — Humanos podem ser tão encantadoramente inventivos.

— Achei que você odiasse humanos.

— De maneira alguma. Humanos no mundo deles, e meu povo no meu. Essa é a melhor forma das coisas — disse Dara, com firmeza. — É quando cruzamos que o problema surge.

Nahri revirou os olhos, sabendo que ele acreditava que ela fosse o resultado de tal cruzamento.

— Que rio é aquele?

— O Ufratu.

Ufratu... Nahri revirou a palavra na mente.

— Ufratu... el-Furat... aquele é o Eufrates? — Nahri ficou chocada. Estavam *muito* mais para leste do que esperava.

Dara interpretou seu desapontamento da forma errada.

— Sim. Não se preocupe, é grande demais para atravessarmos aqui.

Nahri franziu a testa.

— Como assim? Nós vamos sobrevoá-lo do mesmo jeito, não vamos?

Ela podia jurar que o daeva tinha corado, um indício de vergonha nos olhos brilhantes dele.

— Eu... eu não gosto de voar sobre tanta água — Dara confessou, finalmente. — Ainda mais quando estou cansado. Descansaremos, então voaremos mais para o norte para encontrar um ponto melhor. Podemos conseguir cavalos do outro lado. Se Khayzur estava certo a respeito do encantamento que usei no tapete ser fácil de rastrear, não quero voar muito longe nele.

Nahri mal ouviu o que ele disse a respeito do tapete, estava com a mente acelerada enquanto observava o rio escuro. *Esta é minha chance*, percebeu ela. Dara podia se recusar a falar sobre si mesmo, mas Nahri o estudara mesmo assim, e a confissão a respeito de voar por cima do rio confirmava suas suspeitas.

O daeva *morria de medo* de água.

Ele se recusara a colocar sequer um dedo nos lagos sombreados dos oásis que haviam visitado, e parecera convencido de que ela se afogaria na mais rasa das lagoas, declarando o apreço de Nahri pela água como antinatural, uma perversão shafit. Não ousaria cruzar o poderoso Eufrates sem o tapete; provavelmente sequer se aproximaria das margens do rio.

Só preciso chegar ao rio. Nahri nadaria toda a maldita extensão dele se esse fosse o único caminho para a liberdade.

Os dois aterrissaram em terreno rochoso, e o joelho de Nahri se chocou contra uma saliência dura. Ela xingou, esfregando o joelho ao se colocar de pé e olhar em volta. Nahri ficou boquiaberta.

— *Quando* disse que visitou pela última vez?

Não haviam aterrissado em um terreno rochoso; tinham aterrissado em uma construção chata. Colunas de mármore quebradas e expostas se enfileiravam nas avenidas, à maioria das quais faltavam seções de pedras de pavimentação. Os prédios estavam destruídos, embora a extensão de algumas paredes amarelas restantes indicasse uma glória passada. Havia grandiosas entradas arqueadas que não davam para nada, e ervas-daninhas escuras e arbustos crescendo entre as pedras e serpenteando para cima das colunas. Do outro lado do tapete, uma enorme pilastra de pedra da cor de céu lavado estava caída, esmagada, no chão. Entalhados na lateral dela estavam os contornos de uma mulher com cauda de sereia e coberta com um véu.

Nahri se afastou do tapete e espantou uma raposa da cor de pó. O animal sumiu atrás de uma parede em ruínas. Olhou de volta para Dara. Ele pareceu igualmente chocado, com os olhos verdes arregalados de choque. O daeva encarou Nahri e forçou um leve sorriso.

— Bem, faz *algum* tempo...

— Algum tempo? — Ela indicou os restos abandonados que os cercavam. Do outro lado da estrada quebrada havia uma enorme fonte cheia de água preta musguenta; uma espuma desagradável manchava o mármore onde o líquido começara a evaporar. Devia precisar de séculos para um lugar ficar daquele jeito. Havia ruínas semelhantes no Egito, e dizia-se que pertenciam a uma antiga raça de adoradores do sol que viveram e morreram antes de os livros sagrados sequer terem sido escritos. Ela estremeceu. — Quantos anos você tem?

Dara deu um olhar de irritação a Nahri.

— Não é da sua conta. — Ele bateu o tapete mais do que era necessário, enrolou-o e então jogou por cima de um dos ombros antes de sair caminhando para o maior dos prédios destruídos. Mulheres-peixe voluptuosas estavam entalhadas em torno da entrada; talvez fosse um dos templos onde as pessoas tinham "adorado".

Nahri seguiu. Precisava daquele tapete.

— Aonde vai? — Ela tropeçou sobre uma coluna quebrada, invejando a força graciosa com que o daeva se movia sobre o chão irregular. Então, pausou ao entrar no templo, impressionada com a grande ruína.

O teto e a parede leste do templo tinham sumido, abrindo a ruína para o céu do alvorecer. Pilastras de mármore se estendiam bem acima da cabeça dela, e paredes de pedra aos pedaços delineavam o que um dia devia ter sido um enorme labirinto de quartos diferentes. A maior parte do interior era escura, sombreada pelas paredes restantes e por alguns ciprestes que haviam rompido o chão.

À esquerda dela havia um altar de pedra grande. Três estátuas estavam posicionadas no alto: outra mulher-peixe, assim como uma fêmea majestosa montada em um leão e um homem usando uma tanga e segurando um disco. Eram todos deslumbrantes, as silhuetas musculosas e a pose de realeza eram hipnotizantes. As pregas das roupas de pedra pareciam tão reais que Nahri se sentiu tentada a tocá-las.

Mas, ao olhar em volta, ela viu que Dara tinha sumido, os passos silenciosos dele na grandiosa ruína. Nahri seguiu o rastro que o daeva deixara na camada espessa de poeira que cobria o chão.

— Oh... — Um ruído baixo de apreciação escapou da garganta dela. O grande templo era diminuído pelo imenso teatro no qual Nahri entrou. Centenas, talvez milhares de assentos de pedra estavam entalhados na colina em um semicírculo em torno do grande palco sobre o qual ela estava.

O daeva ficou de pé na beira do palco. O ar estava quieto e silencioso, exceto pela animação do início da manhã das aves canoras. A túnica dele, azul como a meia-noite, fumegou e oscilou em torno dos pés, e Dara abriu o turbante para permitir que lhe caísse sobre os ombros, com a cabeça coberta apenas por um gorro simples de cor carvão. O bordado branco brilhava rosa à luz rosada da manhã.

Ele parece que pertence a este lugar, pensou a curandeira. *Como um fantasma esquecido no tempo, buscando os companheiros há muito mortos.* A julgar pela forma como ele falava de Daevabad, Nahri presumiu que Dara fosse algum tipo de exilado. Ele provavelmente sentia falta de seu povo.

Ela sacudiu a cabeça; não tinha a intenção de permitir que um lampejo de simpatia a convencesse a continuar bancando a companheira de um daeva solitário.

— Dara?

— Um dia eu assistia a uma peça aqui com meu pai — ele lembrou. — Eu era jovem, provavelmente meu primeiro tour do mundo humano... — Dara estudou o palco. — Tinham atores agitando belas sedas azuis para representar o oceano. Achei que fosse mágico.

— Tenho certeza de que foi lindo. Posso ficar com o tapete?

Ele olhou para trás.

— O quê?

— O tapete. Você dorme nele todo dia. — Nahri deixou que um tom de queixa lhe permeasse a voz. — É minha vez.

— Então compartilhe comigo. — Ele assentiu para o templo. — Encontraremos um lugar à sombra.

Nahri sentiu as bochechas ficarem mornas.

— Não vou dormir ao seu lado em um templo dedicado a orgias de peixe.

Ele revirou os olhos e soltou o tapete. Caiu com força no chão, levantando uma nuvem de poeira.

— Faça como quiser.

Pretendo. Nahri esperou até que Dara tivesse voltado para o templo antes de arrastar o tapete para a outra ponta do palco. Ela o soltou com um empurrão e se encolheu diante do pesado estampido, meio que esperando que o daeva corresse até lá e dissesse a ela que se calasse. Mas o teatro permaneceu vazio.

Nahri se ajoelhou no tapete. Embora o rio estivesse a uma longa e quente caminhada de distância, Nahri não queria partir até ter certeza de que Dara estivesse dormindo profundamente. Não costumava demorar muito. O comentário a respeito de sobrevoar o rio não foi a primeira vez em que ele mencionou se tornar exausto devido à magia. Nahri supôs que fosse um tipo de trabalho, como qualquer outro.

Ela revisou seus suprimentos. Não era muito. Além das roupas nas costas e uma sacola que fizera dos restos da abaya, tinha o cantil e uma lata de manna – biscoitos de sal com gosto de velhos que Dara lhe dera e que caíam no estômago como pesos. A água e o manna poderiam mantê-la alimentada, mas não colocariam um teto sobre sua cabeça.

Não importa. Talvez não tenha outra oportunidade como esta. Afastando as dúvidas, Nahri fechou a sacola com um nó e envolveu de novo o lenço de cabeça. Então, pegou alguns gravetos e voltou de fininho para o templo.

Ela seguiu o cheiro de fumaça até encontrar o daeva. Como sempre, Dara acendera uma pequena fogueira, deixando queimar ao lado dele enquanto dormia. Embora Nahri jamais perguntasse por quê – obviamente não era pelo calor durante os dias quentes do deserto –, a presença das chamas parecia confortá-lo.

Dara estava em sono profundo sob a sombra de um arco aos pedaços. Pela primeira vez desde que tinham se conhecido, havia tirado a túnica e a usava como travesseiro. Por baixo, ele usava uma túnica sem manga da cor de azeitonas verdes e calça larga, da cor de osso. A adaga estava enfiada em um largo cinto preto, preso com firmeza na cintura dele, e o arco, a aljava de flechas e a cimitarra estavam entre o corpo do daeva e a parede. A mão direita repousava nas armas. O olhar de Nahri se deteve na cena do peito de Dara subindo e descendo no sono. Algo se revirou no fundo do estômago dela.

Nahri ignorou a sensação e acendeu os gravetos. A fogueira de Dara aumentou e à luz mais forte ela reparou nas tatuagens pretas que cobriam os braços dele, formas geométricas bizarras, como se um calígrafo tivesse enlouquecido na pele do daeva. A maior marca era uma estrutura fina, parecida com uma escada, com o que parecia ser centenas de degraus meticulosamente desenhados, sem suporte, serpenteando a palma da mão esquerda e dando a volta ao subir pelo braço dele para desaparecer sob a túnica.

E eu achei que a tatuagem no rosto dele fosse estranha...

Conforme Nahri acompanhava as linhas, a luz iluminou outra coisa também.

O anel de Dara.

Nahri parou; a esmeralda piscou à luz do fogo, como se a cumprimentasse. Tentando-a. A mão esquerda de Dara repousava levemente sobre a barriga. Nahri encarou o anel, perplexa. Devia valer uma fortuna, e sequer parecia justa no dedo. *Eu poderia pegá-la,* percebeu ela. *Já peguei joias de pessoas quando estavam* acordadas.

Os gravetos ficaram quentes na mão dela, o fogo queimava desconfortavelmente perto. Não. Não valia o risco. Nahri deu uma última olhada para o daeva ao partir. Não conseguiu deixar de sentir uma pontada de arrependimento; sabia que Dara representava a melhor chance de descobrir sobre suas origens, sua família e suas habilidades. Sobre, bem... tudo. Mas não valia a liberdade.

Nahri voltou para o teatro. Soltou os gravetos no tapete. Anos em uma tumba e uma semana no ar do deserto haviam sugado cada gota de umidade da lã velha. Ele se incendiou como se tivesse sido embebido em óleo. Nahri tossiu, abanando fumaça para longe do rosto. Quando Dara acordasse, não passaria de cinzas. Sairia atrás dela a pé, e Nahri teria tido meio dia de vantagem.

— Apenas chegue ao rio — sussurrou Nahri consigo mesma. Ela pegou a sacola e começou a subir as escadas que davam para fora do teatro.

A sacola era pateticamente leve, um lembrete físico de como as circunstâncias estavam difíceis. *Não serei nada. As pessoas rirão quando eu disser que posso curar.* A disposição de Yaqub em ser parceiro dela era rara, e isso depois que Nahri já estabelecera uma reputação como curandeira, uma reputação que levara anos de cultivo cuidadoso.

Mas não precisaria se preocupar se tivesse aquele anel. Poderia vendê-lo, alugar uma casa para não precisar dormir na rua. Comprar remédios para usar no trabalho, materiais com os quais fazer amuletos. Ela reduziu a velocidade, nem mesmo na metade da escada. *Sou uma boa ladra. Roubei coisas muito mais desafiadoras.* E Dara dormia como os mortos; nem mesmo acordara quando Khayzur quase aterrissou nele.

— Sou uma tola — sussurrou Nahri, mas já estava dando a volta, correndo levemente pelos degraus e além do tapete aceso. Ela seguiu de fininho de volta para o templo, serpenteando em torno das colunas caídas e das estátuas esmagadas.

Dara estava em sono profundo. Nahri cuidadosamente apoiou a bolsa e tirou de dentro o cantil. Ela borrifou algumas gotas no dedo dele, com o coração acelerado enquanto observava em busca de alguma reação. Nada. Movendo-se cautelosamente, a curandeira gentilmente segurou o anel entre o polegar e o indicador. Então puxou.

O anel pulsou e ficou quente. Uma dor repentina surgiu na cabeça de Nahri. Ela entrou em pânico e tentou soltar, mas os dedos não se abriam. Era como se alguém tivesse tomado controle de sua mente. O templo sumiu, e a visão de Nahri se embaçou, substituída por uma série de formas fumegantes que rapidamente se solidificaram em algo completamente novo. Uma planície seca sob um sol branco ofuscante...

Estudo a terra morta com um olho experiente. Este lugar um dia foi gramado e verde, rico com campos irrigados e pomares, mas o exército de meu mestre esmagou qualquer sinal de fertilidade, deixando nada além de lama e pó. Os pomares foram pelados e queimados, o rio foi envenenado há uma semana, na esperança de levar a cidade a se render.

Invisível para os humanos ao meu redor, subo aos ares como fumaça para melhor avaliar nossas forças. Meu mestre tem um exército formidável: milhares de homens em malha metálica e couro, dezenas de elefantes e centenas de cavalos. Os arqueiros dele são os melhores do mundo humano, aperfeiçoado por minhas instruções cuidadosas. Mas a cidade murada permanece intransponível.

Encaro os antigos quarteirões, perguntando-me que espessura têm, quantos outros exércitos repeliram. Nenhum aríete os derrubará. Farejo cuidadosamente; o fedor da fome perfuma o ar.

Eu me viro para meu mestre. Ele é um dos maiores humanos que já encontrei; o topo de minha cabeça mal chega aos ombros dele. Incapaz de lidar com o calor das planícies, está constantemente rosado e úmido e completamente desagradável. Mesmo a barba vermelha está úmida com suor, e a túnica ornada com filigranas fede. Franzo o nariz; tal vestimenta é frívola em tempo de guerra.

Eu me acomodo no chão ao lado do cavalo dele e olho para meu mestre.

— Mais dois ou três dias — digo, tropeçando nos sons. Embora tenha pertencido a ele há um ano, sua língua ainda me é estranha, cheia de consoantes ásperas e grunhidos. — Não podem aguentar por muito mais tempo.

Ele faz cara feia e acaricia o cabo da espada.

— É muito tempo. Disse que estariam prontos para se render na semana passada.

Paro, a impaciência na voz dele provoca um pequeno nó de pesar em meu estômago. Não quero saquear esta cidade. Não porque me importe com os milhares que morrerão – séculos de escravidão cultivaram um ódio profundo por humanos em minha alma –, mas porque não desejo ver o saque de cidade alguma. Não quero ver a violência, imaginar como minha amada Daevabad sofreu um destino semelhante nas mãos dos Qahtani.

— Está demorando mais porque são corajosos, meu senhor. Tal coisa deveria ser admirada. — Meu mestre não parece me ouvir, então prossigo: — Vai ganhar uma paz mais duradoura ao negociar.

Meu mestre respira fundo.

— Não fui claro? — ele dispara, inclinando o corpo para baixo na sela para me olhar com raiva. O rosto dele é marcado pela catapora. — Não o comprei por seu conselho, escravo. Desejo que me garanta a vitória. Desejo esta cidade. Desejo ver meu primo de joelhos diante de mim.

Censurado, abaixo a cabeça. Os desejos dele recaem pesadamente sobre meus ombros, envolvendo-se em braços e pernas. Energia dispara de meus dedos.

Não há como lutar; aprendi isso há muito tempo.

— Sim, mestre. — *Levanto as mãos e concentro a atenção na parede.*

O chão começa a tremer. O cavalo dele recua, e alguns homens gritam alarmados. Ao longe, a parede geme, as pedras antigas protestam contra minha magia. Minúsculas figuras correm pelo topo, fugindo dos postos.

Fecho as mãos em punhos, e a parede desaba como se feita de areia. Um rugido percorre o exército de meu mestre. Humanos, o sangue deles dança diante da perspectiva de brutalizar o próprio povo...

Não! Nahri arquejou, uma voz baixinha gritou em sua mente. *Esta não sou eu! Isso não é real!* Mas a voz foi abafada pelos gritos da visão seguinte.

Estamos dentro da cidade. Voo ao lado do cavalo de meu mestre por ruas sangrentas repletas de cadáveres. Os soldados deles incendeiam as lojas e as casas estreitas, cortando quaisquer moradores tolos o bastante para enfrentá-los. Um homem em chamas cai no chão ao meu lado, atirado de uma varanda, e uma menina grita quando dois soldados a tiram de debaixo de uma carroça virada.

Preso pelo desejo, não posso deixar o lado de meu mestre. Arrasto os pés pelo sangue com uma espada em cada mão, matando qualquer um que se aproxime. Conforme chegamos perto do castelo, os agressores são numerosos demais para minhas espadas. Atiro as armas longe, e a maldição do escravo me percorre conforme queimo um grupo inteiro com um único olhar. Os gritos deles sobem pelos ares, gemidos terríveis, como de animais.

Antes que me dê conta, estamos no castelo e então em um dormitório. O quarto é opulento e tem cheiro forte de cedro, o qual leva lágrimas a meus olhos. Era o que minha tribo Daeva queimava para honrar o Criador e Seus abençoados Nahid... mas não posso honrar ninguém em minha condição maculada. Em vez disso, abro caminho entre os guardas. O sangue deles jorra nas coberturas de seda das paredes.

Um homem calvo se acovarda em um canto; consigo sentir o cheiro dos seus intestinos aliviados. Uma mulher de olhos determinados se atira diante dele, com uma faca na mão. Quebro o pescoço dela ao jogá-la de lado, e então agarro o homem aos prantos, forçando-o a se ajoelhar diante de meu mestre.

— Seu primo, meu lorde.

Meu mestre sorri, e o peso do desejo se levanta de meus ombros. Exausto pela magia e enjoado com o cheiro de tanto sangue humano, caio de joelhos. Meu anel se acende, iluminando o registro negro da escravidão marcado em minha pele. Fixo o olhar em meu mestre, cercado pela carnificina que ele ordenou, observando enquanto ele debocha da histeria do primo. Ódio inunda meu coração.

Verei você morto, humano, eu juro. Verei sua vida reduzida a uma mera marca em meu braço...

O dormitório se dissolveu diante dos olhos de Nahri quando os dedos dela foram arrancados do anel, e a sua mão empurrada com tanta força que a curandeira caiu para trás contra o chão de pedra. Sua mente girava conforme desesperadamente tentava entender o que acabara de acontecer.

A resposta pairava sobre ela, ainda agarrando seu pulso.

Na verdade, Dara parecia mais chocado por se ver acordado de tal forma. Ele olhou para a mão, os dedos ainda seguravam o pulso de Nahri. O anel dele se iluminou, espelhando o brilho esmeralda dos olhos. O daeva soltou um grito espantado.

— *Não!* — Os olhos dele se arregalaram de pânico, e ele soltou o pulso de Nahri, recuando. O corpo inteiro de Dara tremia. — O que você fez? — gritou ele, estendendo a mão como se esperasse que o anel explodisse.

Dara.

O homem na visão de Nahri era *Dara*. E o que ela vira... aquelas eram as *memórias* dele? Pareciam reais demais para terem sido sonhos.

Nahri se obrigou a encarar o daeva.

— Dara... — Ela tentou manter a voz suave. O daeva estava pálido de medo, com os olhos selvagens. — Por favor, apenas se acalme. — Ele tinha recuado sem qualquer das armas. A curandeira resistiu à vontade de olhar para elas, temendo que o daeva reparasse. — Eu não...

Ele pareceu ler sua mente, avançando para as armas ao mesmo tempo que Nahri. Ele era mais rápido, mas Nahri estava mais próxima. Ela pegou a espada dele e saltou para trás quando Dara avançou contra ela com a adaga.

— Não! — Nahri ergueu a espada, com as mãos trêmulas ao segurar firme. Dara recuou com um chiado, exibindo os dentes. Nahri entrou em pânico. De forma alguma poderia ser mais rápida do que ele, e de forma alguma poderia derrotá-lo em combate. O daeva parecia ter enlouquecido; Nahri em parte esperava que ele começasse a espumar pela boca. As visões percorreram sua mente de novo: corpos dilacerados, homens queimados até a morte. E Dara fizera tudo aquilo.

Não. Devia haver uma explicação. Então ela se lembrou. Mestre, ele chamara aquele homem de seu mestre.

Ele é um escravo. Todas as histórias que Nahri ouvira a respeito dos djinns percorreram sua mente, e a boca dela se escancarou em choque. *Um escravo djinn realizador de desejos.*

Essa percepção não ajudou sua situação.

— Dara, por favor... Não sei o que aconteceu, mas não tive a intenção de ferir você. Eu juro!

A mão esquerda do daeva pressionava o peito dele, o anel ao lado do coração – se é que daevas tinham coração. Ele apontou a adaga com a mão direita, circundando Nahri como um gato. Dara fechou os olhos por um momento e quando os abriu, parte da loucura tinha se dissipado.

— Não... Eu... — Ele engoliu em seco, parecendo quase em prantos. — Ainda estou aqui. — Ele tomou um fôlego trêmulo, alívio invadiu seu rosto. — Ainda estou livre. — Ele se apoiou pesadamente contra uma das colunas de mármore. —

Mas aquela cidade... — engasgou Dara. — Aquelas pessoas...
— Ele deslizou até o chão, abaixando a cabeça nas mãos.

Nahri não abaixou a espada. Não fazia ideia do que dizer, dividida entre culpa e medo.

— Eu... eu sinto muito — disse ela, por fim. — Só queria o anel. Não fazia ideia...

— Queria o anel? — Dara olhou para cima rispidamente, com um toque de suspeita de volta à voz. — Por quê?

Dizer a verdade parecia mais seguro do que presumir algum tipo de malícia mágica da parte dela.

— Eu estava tentando roubá-lo — confessou ela. — Eu estou... eu *estava* — corrigiu Nahri, percebendo que de forma alguma se livraria agora — tentando escapar.

— Escapar? — O daeva semicerrou os olhos. — E precisava de meu anel para isso?

— Já viu o tamanho dele? — Nahri soltou uma risada nervosa. — Essa esmeralda poderia me levar de volta para o Cairo com dinheiro de sobra.

Ele deu a Nahri um olhar incrédulo e então sacudiu a cabeça.

— E a glória dos Nahid continua. — Dara ficou de pé, aparentemente alheio a quão rápido ela recuou. — Por que sequer iria querer escapar? Sua vida humana parece terrível.

— O quê? — perguntou ela, ofendida o suficiente para momentaneamente se esquecer do medo. — Por que diria isso?

— *Por quê?* — Dara pegou a túnica e cobriu os ombros com ela. — Por onde começo? Se simplesmente ser humana já não é desgraça o suficiente, precisava mentir e roubar constantemente para sobreviver. Morava sozinha, sem família ou amigos, em medo constante de ser presa e executada por bruxaria. — Ele empalideceu. — E voltaria para *aquilo*? Em vez de Daevabad?

— Não era tão ruim assim — insistiu Nahri, espantada com a resposta dele. Todas aquelas perguntas que fizera sobre a vida dela no Cairo... estava mesmo ouvindo as respostas.

— Minhas habilidades me davam muita independência. E eu tinha um amigo — acrescentou a curandeira, embora não tivesse certeza se Yaqub concordaria com essa definição do relacionamento deles. — Além disso, age como se eu estivesse enfrentando algo melhor. Não vai me entregar para algum rei djinn que assassinou minha família?

— Não — respondeu Dara, acrescentando, um pouco mais hesitante: — Não foi... *tecnicamente* ele. Seus ancestrais eram inimigos, mas Khayzur falou corretamente. — Ele suspirou. — Foi há muito tempo — acrescentou o daeva, terrivelmente, como se isso explicasse tudo.

Nahri encarou.

— Então ser entregue a *meu inimigo ancestral* deve fazer com que eu me sinta melhor?

Dara pareceu ainda mais irritado.

— *Não*. Não é assim. — Ele fez um ruído de impaciência. — Você é uma curandeira, Nahri. A última deles. Daevabad precisa de você tanto quanto você precisa dela, talvez até mais. — Dara fez cara feia. — E quando os djinns descobrirem que fui eu quem encontrou você? A Desgraça de Qui-zi, forçado a bancar dama de companhia de uma mestiça? — Ele sacudiu a cabeça. — Os Qahtani vão amar. Provavelmente lhe darão a própria ala no palácio.

Minha própria ala do quê?

— A Desgraça de Qui-zi? — perguntou Nahri, em vez disso.

— Um gracejo que ganhei deles. — O olhar verde de Dara repousou sobre a espada ainda presa às mãos da curandeira. — Não precisa disso. Não vou ferir você.

— Não? — Nahri arqueou uma sobrancelha. — Porque acabei de ver você ferir muita gente.

— Você viu aquilo? — Quando Nahri assentiu, a expressão dele se fechou. — Queria que não tivesse visto. — Ele cruzou o chão para pegar a sacola dela, tirando a poeira antes de devolver. — O que você viu... Não fiz aquelas coisas por escolha. — A voz de Dara estava baixa quando ele se virou de volta e pegou o turbante.

Nahri hesitou.

— Em meu país, temos histórias de djinns... Djinns que são aprisionados como escravos e forçados a realizar desejos para humanos.

Dara se encolheu, os dedos dele agitando-se enquanto refazia o turbante.

— Não sou um djinn.

— Mas é um escravo?

Ele não respondeu, e o temperamento de Nahri se exaltou.

— Esqueça — disparou ela. — Não sei por que me incomodei em perguntar. Você nunca responde minhas perguntas. Me deixa em pânico por causa desse rei Qahtani por uma semana inteira só porque não pôde se incomodar em...

— Não mais. — A resposta de Dara foi um sussurro, uma coisa frágil que pairou no ar... a primeira verdade de fato que ele ofereceu. Dara se virou; luto antigo estava estampado em seu rosto. — Não sou mais um escravo.

Antes que Nahri pudesse responder, o chão tremeu sob os pés dela.

Uma pilastra próxima rachou quando um segundo tremor – muito mais forte – agitou o templo. Dara xingou, pegou as armas e segurou a mão dela.

— Vamos!

Eles correram pelo templo e saíram para o palco aberto, evitando por pouco uma coluna em queda. O chão tremeu mais forte, e Nahri lançou um olhar nervoso para o teatro, procurando por sinais dos mortos recentemente despertos.

— Talvez este seja um terremoto?

— Logo depois de você ter usado seus poderes em mim? — Dara vasculhou o palco. — Onde está o tapete?

Ela hesitou.

— Talvez eu o tenha queimado.

Dara se virou para a curandeira.

— Você o *queimou*?

— Não queria que me seguisse!

— Onde o queimou? — ele perguntou, nem mesmo esperando por uma resposta antes de farejar o ar e correr na direção da beira do palco.

Quando Nahri o alcançou, ele estava agachado diante das brasas acesas, com as mãos pressionadas contra as cinzas restantes do tapete.

— Queimou... — murmurou ele. — Pelo Criador, você realmente não sabe nada sobre nós.

Minhoquinhas de chamas brancas ofuscantes saíram dos dedos dele, reacendendo as cinzas e tecendo-as em longas cordas que cresceram e se esticaram sob os pés do daeva. Enquanto Nahri observava, elas rapidamente se multiplicaram, formando um tapete incandescente mais ou menos do mesmo tamanho e forma do tapete.

O fogo piscou e se extinguiu, revelando as cores desgastadas do velho tapete deles.

— Como *fez* isso? — sussurrou Nahri.

Dara fez uma careta ao passar a mão pela superfície.

— Não vai durar muito, mas deve nos levar ao outro lado do rio.

O chão rugiu de novo, e um gemido saiu de dentro do templo. O som era familiar demais. Dara estendeu a mão para pegar a dela. Nahri recuou.

Os olhos dele brilharam em alerta.

— Ficou louca?

Provavelmente. Nahri sabia que o que estava prestes a fazer era arriscado, mas também sabia que o melhor momento para negociar era quando seu alvo estava desesperado.

— Não. Não vou subir nesse tapete a não ser que me dê algumas respostas.

Outro grito alto, vagamente humano, soou do lado de dentro do templo. O chão tremeu mais forte, e uma rachadura percorreu o teto alto.

— Quer respostas *agora*? Por quê? Para estar melhor informada quando os ghouls devorarem você? — Dara tentou pegar o tornozelo de Nahri, mas ela dançou para trás. — Nahri, por favor! Pode me perguntar o que quer quiser depois que formos embora, eu juro!

Mas ela não estava convencida. O que o impediria de mudar de ideia assim que estivessem em segurança?

Então lhe veio a ideia.

— Diga-me seu nome e irei com você — sugeriu Nahri. — Seu nome verdadeiro. — Ele dissera a ela que havia poder nos nomes. Não era muito, mas era algo.

— Meu nome não... — Nahri deu um passo deliberado na direção do templo, e pânico iluminou o rosto dele. — Não, pare!

— Então me diga seu nome! — gritou Nahri, sendo vencida pelo próprio medo. Estava acostumada a blefar, mas não com a ameaça iminente de ser comida pelos mortos-vivos. — E seja rápido!

— Darayavahoush! — O daeva subiu para o palco. — Darayavahoush e-Afshin é meu nome. Agora *venha cá*!

Nahri tinha certeza de que não poderia ter repetido aquilo corretamente mesmo que tivesse sido paga, mas quando os ghouls gritaram de novo, e o cheiro de podridão passou pelo rosto dela, a curandeira decidiu que não importava.

Dara estava pronto para ela, pegando o cotovelo da curandeira e puxando-a para o tapete ao aterrissar suavemente ao lado de Nahri. Sem mais uma palavra, o tapete subiu, avançando sobre o telhado do templo quando três ghouls saíram aos tropeços para o palco.

Dara estava completamente transtornado quando subiram acima das nuvens.

— Tem *alguma* ideia do quanto aquilo foi perigoso? — Ele ergueu as mãos. — Não apenas você tentou destruir nosso único método de escapar dos ifrits, mas estava pronta para arriscar a própria vida apenas para...

— Ah, esqueça isso — disse ela, ignorando-o. — Foi você quem me levou a tal extremo, Afshin Daryevu...

— "Dara" continua sendo muito bom — interrompeu ele. — Não precisa massacrar meu nome. — Uma taça apareceu na mão dele, cheia da escuridão familiar do vinho de tâmara. Dara tomou um longo gole. — Pode me chamar de maldito djinn de novo se prometer não sair correndo atrás de ghouls.

— Tanta afeição pela ladra shafit? — Nahri ergueu uma sobrancelha. — Não gostava tanto de mim há uma semana.

Ele grunhiu.

— Posso mudar de ideia, não posso? — Uma vermelhidão invadiu as bochechas dele. — Sua companhia não é... *totalmente* desagradável. — Dara pareceu profundamente desapontado consigo mesmo.

Nahri revirou os olhos.

— Bem, está na hora de *sua* companhia se tornar muito mais informativa. Prometeu responder às minhas perguntas.

Ele olhou em volta, indicando as nuvens.

— Agora mesmo?

— Está ocupado com alguma outra coisa?

Dara exalou.

— *Tudo bem*. Vá em frente.

— O que é um daeva?

Ele suspirou.

— Já expliquei isso: somos djinns. Só temos a decência de nos chamar pelo verdadeiro nome.

— Isso não explica nada.

Dara fez cara feia.

— Somos seres com alma, como os humanos, mas somos criados do fogo, não da terra. — Um delicado tendão de chama laranja serpenteou em torno da mão direita dele e se entrelaçou pelos dedos. — Todos os elementos: terra, fogo, água e ar têm suas próprias criaturas.

Nahri pensou em Khayzur.

— Os peris são criaturas do ar?

— Uma dedução estarrecedora.

Nahri lançou um olhar maligno para ele.

— A atitude dele era melhor do que a sua.

— Sim, é extraordinariamente gentil para um ser que poderia trazer a paisagem abaixo e matar toda forma de vida a quilômetros de distância com um único bater de asas.

Nahri sentiu o sangue ser drenado de seu rosto.

— Verdade? — Quando Dara assentiu, ela continuou. — Há muitas criaturas assim?

Ele deu um sorriso de certa forma malicioso para ela.

— Ah, sim. Dúzias. Pássaros rukh, karkadanns, shedus... coisas com dentes afiados e temperamentos terríveis. Um zahhak quase me partiu ao meio certa vez.

Nahri o olhou boquiaberta. A chama brincando pelo dedo de Dara se estendeu em um lagarto alongado que cuspiu uma nuvem incandescente.

— Imagine uma serpente cuspidora de fogo com braços e pernas. São raros, graças ao Criador, mas não dão muito aviso quando atacam.

— E humanos não reparam em nada disso? — Os olhos de Nahri se arregalaram quando a besta fumegante deixou o braço de Dara e voou em torno da cabeça dele.

O daeva sacudiu a cabeça.

— Não. Aqueles criados da terra, como humanos, em geral não podem ver o restante de nós. Além do mais, a maioria dos seres mágicos prefere lugares selvagens, lugares já vazios de seu tipo. Se um humano tivesse o azar de cruzar com um, poderia sentir algo, ver um borrão no horizonte ou uma sombra pelo canto do olho. Mas provavelmente estaria morto antes de pensar duas vezes.

— E se cruzasse com um daeva?

Dara abriu a palma da mão, e o bicho de estimação incandescente voou até ela, dissolvendo-se em fumaça.

— Ah, nós o comeríamos. — Diante do espanto no rosto de Nahri, ele gargalhou e tomou outro gole do vinho. — Uma brincadeira, ladrazinha.

Mas Nahri não estava com humor para as brincadeiras dele.

— E quanto aos ifrits? — ela insistiu. — O que são eles?

A diversão sumiu do rosto de Dara.

— Daevas. Pelo menos... um dia foram.

— Daevas? — repetiu ela. — Como você?

— Não. — Ele pareceu ofendido. — Não como eu. Não mesmo.

— Então como o quê? — Nahri cutucou o joelho dele quando Dara ficou calado. — Você prometeu...

— Eu sei, eu sei. — Ele tirou o gorro para esfregar a testa, passando os dedos pelos cabelos pretos.

Foi um movimento destinado inteiramente a distrair. Os olhos de Nahri acompanharam a mão dele, mas ela afastou os pensamentos destoantes, ignorando o frio na barriga.

— Você sabe que se tem sangue Nahid provavelmente vai viver alguns séculos. — Dara se recostou no tapete e se apoiou em um punho flexionado. — Deveria trabalhar em sua paciência.

— Nesse ritmo, levaremos alguns séculos apenas para terminar essa conversa.

Isso levou um sorriso sarcástico para o rosto dele.

— Tem o sarcasmo deles, devo admitir. — Ele estalou os dedos e outra taça surgiu em sua mão. — Beba comigo.

Nahri deu uma farejada desconfiada na taça. Tinha cheiro doce, mas ela hesitou. Jamais tomara uma gota de vinho na vida; tal luxo proibido estava muito além de suas condições, e não tinha certeza de como reagiria ao álcool. Bêbados sempre tinham sido alvos fáceis para uma ladra.

— Rejeitar hospitalidade é uma grave ofensa entre meu povo — avisou Dara.

Em grande parte para acalmá-lo, Nahri tomou um pequeno gole. O vinho estava intensamente doce, mais parecido com um xarope do com outro líquido.

— É mesmo?

— De forma alguma. Mas estou cansado de beber sozinho.

Nahri abriu a boca para protestar, irritada por ter sido enganada tão facilmente, mas o vinho já estava funcionando, descendo pela garganta dela e espalhando uma sonolência morna pelo corpo. Ela oscilou, agarrando o tapete.

Dara a firmou, com os dedos quentes no pulso da curandeira.

— Cuidado.

Nahri piscou, com a visão zonza por mais um momento.

— Pelo Mais Alto, seu povo não deve fazer nada se bebem coisas como essa.

Ele deu de ombro.

— Uma observação justa sobre nosso povo. Mas deseja saber sobre os ifrits.

— E por que acha que querem me matar — esclareceu ela. — Basicamente isso.

— Chegaremos a essa parte sobre má sorte mais tarde — respondeu Dara, tranquilamente. — Primeiro, precisa entender que os primeiros daevas eram verdadeiras criaturas do fogo, formadas e sem forma ao mesmo tempo. E muito, muito poderosas.

— Mais poderosas do que você é agora?

— Muito mais. Poderíamos possuir e imitar qualquer criatura, qualquer objeto desejado, e nossas vidas duravam eras. Éramos maiores do que peris, talvez até mesmo maiores do que os marids.

— Marids?

— Elementais da água — respondeu ele. — Ninguém vê um há milênios, seriam como deuses para seu tipo. Mas os daevas estavam em paz com todas as criaturas. Ficávamos nos nossos desertos enquanto os peris e os marids ficavam nos seus reinos de céu e água. Mas, então, os humanos foram criados.

Dara girou a taça na mão.

— Meu tipo pode ser irracional — confessou ele. — Tempestuoso. Ao ver tais criaturas fracas marchando por nossas terras, construindo as cidades imundas de terra e sangue sobre nossas areias sagradas... foi enlouquecedor. Eles se tornaram um alvo... uma peça de jogo.

Arrepios percorreram a pele dela.

— E como, exatamente, os daevas *jogavam*?

Um lampejo de vergonha passou pelos olhos intensos dele.

— De todas as formas — murmurou Dara, conjurando uma pequena pilastra de fumaça branca que ficou mais espessa conforme Nahri observava. — Sequestrando recém-casados, causando tempestades de areia para confundir uma caravana, encorajando... — Ele pigarreou. — Você sabe... a adoração.

A boca de Nahri se escancarou. Então as histórias mais sombrias sobre os djinns realmente estavam enraizadas na verdade.

— Não, não posso dizer que sei. Jamais assassinei mercadores por diversão!

— Ah, sim, minha ladra. Perdoe-me por me esquecer que você é um modelo de honestidade e bondade.

Nahri se irritou.

— Então, o que aconteceu a seguir?

— Supostamente, os peris ordenaram que parássemos. — A pilastra fumegante de Dara ondulou ao vento do lado dele. — O povo de Khayzur voa até o limite do Paraíso, eles ouvem coisas... pelo menos acham que ouvem. Eles avisaram que os humanos deviam ser deixados em paz. Cada raça elemental deveria cuidar da própria vida. Mexermos uns com os outros... principalmente com uma criatura inferior... era absolutamente proibido.

— E os daevas não ouviram?

— Nem um pouco. Então fomos amaldiçoados. — Dara fez cara de irritação. — Ou "abençoados", como os djinns veem agora.

— Como?

— Um homem foi chamado de entre os humanos para nos punir. — Um toque de medo cruzou o rosto de Dara. — Suleiman — sussurrou ele. — Que seja misericordioso.

— Suleiman? — Nahri repetiu, incrédula. — Como o *profeta* Suleiman? — Quando Dara assentiu, ela arquejou. Sua única educação podia ter consistido em fugir da lei, mas até mesmo Nahri sabia quem era Suleiman. — Mas ele morreu há milhares de anos!

— Três mil — corrigiu Dara. — Alguns séculos a mais ou a menos.

Um pensamento apavorante se enraizou na mente de Nahri.

— Você... você não tem três mil anos...

— Não — interrompeu Dara, com a voz ríspida. — Isso foi antes de meu tempo.

Nahri exalou.

— É claro. — Ela mal conseguia entender quanto tempo eram três mil anos. — Mas Suleiman era humano. O que ele poderia fazer com um daeva?

Uma expressão sombria percorreu o rosto de Dara.

— O que quisesse, aparentemente. Suleiman recebeu o anel com uma insígnia, alguns dizem que do próprio Criador, que lhe garantia a habilidade de nos controlar. Uma coisa que ele fez como vingança depois que nós... bem, *supostamente* houve algum tipo de guerra humana que os daevas *podem* ter tido um papel em instigar...

Nahri estendeu a mão.

— Sim, sim, tenho certeza de que foi uma punição muito injusta. O que ele fez?

Dara empurrou a pilastra fumegante para a frente.

— Suleiman arrancou nossas habilidades com uma única palavra e ordenou que todos os daevas se apresentassem diante dele para serem julgados.

A fumaça se espalhou diante deles; um canto se condensou para se tornar um trono de névoa, enquanto o restante se dissipou em centenas de figuras incandescentes do tamanho do polegar dela. Elas passaram pelo tapete, as cabeças fumegantes se curvaram diante do trono.

— A maioria obedeceu; não eram nada sem os poderes. Foram ao reino dele e trabalharam por cem anos. — O trono sumiu, e as criaturas de fogo rodopiaram, transformando-se em trabalhadores aquecendo tijolos e empilhando enormes pedras com várias vezes o tamanho delas. Um amplo templo começou a crescer no céu. — Aquelas que cumpriram penitência foram perdoadas, mas havia uma armadilha.

Nahri observou o templo se erguer, hipnotizada.

— Qual era?

O templo sumiu, e os daevas estavam mais uma vez curvados para o trono distante.

— Suleiman não confiava em nós — respondeu Dara. — Ele disse que nossa própria natureza metamórfica nos tornava manipuladores e trapaceiros. Então fomos perdoados, mas alterados para sempre.

Em um instante, o fogo se extinguiu da pele fumegante dos daevas curvados. Eles se encolheram, e alguns ficaram curvados, as espinhas retorcidas pela idade.

— Ele nos aprisionou em corpos humanoides — explicou Dara. — Corpos com habilidades limitadas e que só duravam alguns séculos. O que significava que aqueles daevas, que originalmente atormentaram a humanidade, morreriam e seriam substituídos pelos descendentes deles, descendentes que Suleiman acreditava serem menos destrutivos.

— Que Deus nos livre — interrompeu Nahri. — Viver apenas por alguns séculos com habilidades mágicas... que destino terrível.

Dara ignorou o sarcasmo.

— Era terrível. Terrível demais para alguns. Nem todos os daevas estavam dispostos a se sujeitar ao julgamento de Suleiman para início de conversa.

O ódio familiar retornou ao rosto dele.

— Os ifrits — adivinhou Nahri.

Ele assentiu.

— Aqueles mesmos.

—*Aqueles* mesmos? — repetiu ela. — Quer dizer que ainda estão vivos?

— Infelizmente. Suleiman os prendeu aos corpos originais de daeva, mas aqueles corpos estavam destinados a sobreviver durante milênios. — Ele voltou um olhar sombrio para a curandeira. — Tenho certeza de que consegue imaginar o que três mil anos de ressentimento fervoroso fazem com a mente.

— Mas Suleiman tomou os poderes deles, não? Até que ponto podem ser uma ameaça?

Dara ergueu as sobrancelhas.

— A coisa que possuiu sua amiga e ordenou que os mortos nos matassem parecia impotente? — Ele sacudiu a cabeça. — Os ifrits tiveram milênios para testar os limites da punição de Suleiman e foram espetacularmente bem-sucedidos. Muitos de meu povo acreditam que desceram ao próprio inferno, vendendo suas almas para aprender nova magia. — Dara girou o anel de novo. — E são obcecados com vingança. Acreditam que a humanidade é parasita e consideram meu tipo os piores traidores por nos rendermos a Suleiman.

Nahri estremeceu.

— Então onde eu me encaixo em tudo isso? Se sou apenas uma shafit inferior de sangue mestiço, por que se incomodam comigo?

— Suspeito que seja alguém cujo sangue, ainda que pouco, está em você e que provocou o interesse deles.

— Desses Nahid? A família de curandeiros que mencionou?

Dara assentiu.

— Anahid foi a vizir de Suleiman, e a única daeva em quem ele confiou. Quando a penitência dos daevas terminou, Suleiman não apenas deu a Anahid habilidades de cura, deu a ela o anel com a insígnia, e com isso a habilidade de desfazer qualquer magia, fosse um feitiço inofensivo que tivesse dado errado ou uma maldição ifrit. Essas habilidades foram passadas aos descendentes dela, e os Nahid se tornaram os inimigos jurados dos ifrits. Até mesmo sangue Nahid era venenoso para um ifrit, mais fatal do que qualquer lâmina.

Nahri ficou subitamente muito ciente de como Dara falava dos Nahid.

— *Era* venenoso?

— A família Nahid não existe mais — disse Dara. — Os ifrits passaram séculos caçando-os e mataram os últimos, dois irmãos, há cerca de vinte anos.

O coração de Nahri deu um salto.

— Então o que está dizendo — começou ela, com a voz rouca — é que acha que sou a última descendente viva de uma família que um grupo de antigos daevas malucos e obcecados por vingança tem tentado exterminar durante os últimos três mil anos?

— Você queria saber.

Ela estava muito tentada a empurrar Dara do tapete.

— Não achei... — Nahri parou de falar ao reparar nas cinzas voando ao redor. Ela olhou para baixo.

O tapete estava se dissolvendo.

Dara acompanhou o olhar da curandeira e soltou um grito de surpresa. Ele recuou para um trecho mais sólido em um piscar de olhos, e estalou os dedos. Com as bordas fumegando, o tapete acelerou conforme desceu na direção do reluzente Eufrates.

Nahri tentou avaliar a água conforme disparavam pelo ar acima dela. A corrente estava forte, mas não tão turbulenta quanto em outros pontos; ela provavelmente conseguiria chegar à margem.

Então, olhou para Dara. Os olhos dele estavam tão brilhantes em alerta que era difícil olhar para o rosto dele.

— Sabe nadar?

— Se eu sei *nadar*? — disparou o daeva, como se a mera ideia o ofendesse. — Você sabe queimar?

Mas a sorte deles persistiu. Já estavam no raso quando o tapete por fim se extinguiu em brasas carmesim incandescentes. Nahri caiu aos tropeços em um trecho na altura dos joelhos do rio, enquanto Dara saltou para a margem rochosa. Ele farejou com desprezo quando a curandeira cambaleou na direção da margem do rio coberta de lama.

Nahri arrumou a faixa improvisada da bolsa. Então parou. Não tinha o anel de Dara, mas tinha seus suprimentos. Estava no rio, separada com segurança do daeva por uma faixa de água que sabia que ele não atravessaria.

Dara devia ter notado a hesitação.

— Ainda deseja tentar a sorte sozinha com os ifrits?

— Tem muito mais que você não me contou — observou a curandeira. — Sobre os djinns, sobre o que acontece quando chegarmos a Daevabad.

— Contarei. Prometo. — Ele indicou o rio, com o anel reluzente à luz do sol poente. — Mas não tenho desejo de passar os próximos dias sendo visto como um vilão sequestrador. Se quer voltar ao mundo humano, se deseja arriscar os ifrits negociando seus talentos por moedas roubadas, fique na água.

Nahri olhou de volta para o Eufrates. Em algum lugar do outro lado do rio, do outro lado de desertos mais amplos do que mares, estava o Cairo, o único lar que ela já conhecera. Um lugar difícil, mas familiar e previsível... totalmente diferente do futuro que Dara oferecia.

— Ou me siga — prosseguiu ele, com a voz suave. Suave demais. — Descubra o que é de verdade, o que realmente existe neste mundo. Venha para Daevabad, onde até mesmo uma gota de sangue Nahid lhe trará mais honra e riquezas do que pode imaginar. Sua própria enfermaria, o conhecimento de milhares de curandeiros anteriores na ponta dos dedos. *Respeito*.

Dara ofereceu a mão dele.

Nahri sabia que deveria desconfiar, mas, por Deus, as palavras dele tocaram seu coração. Por quantos anos sonhara com Istambul? Com estudar medicina de verdade com acadêmicos respeitados? Aprender a ler livros em ver de fingir ler palmas? Com que frequência contara sua poupança desapontada e afastara as esperanças de um grande futuro?

Nahri aceitou a mão do daeva.

Ele a puxou da lama, seus dedos escaldaram os dela.

— Vou cortar seu pescoço enquanto estiver dormindo se for mentira — avisou Nahri, e Dara sorriu, parecendo deliciar-se com a ameaça. — Além disso, como chegaremos a Daevabad? Perdemos o tapete.

O daeva assentiu para o leste. Dispostas contra o rio escuro e os penhascos distantes, Nahri conseguia discernir as leves silhuetas de tijolos de uma grande cidade.

— Você é a ladra — desafiou ele. — Vai nos roubar uns cavalos.

6

ALI

Wajed foi buscá-lo ao alvorecer.

— Príncipe Alizayd?

Ali se sobressaltou e ergueu os olhos das anotações. A visão do qaid da cidade – o comandante da Guarda Real – teria feito a maioria dos djinns se sobressaltar, mesmo que não estivessem esperando ser presos por traição a qualquer minuto. Era um guerreiro de compleição imensa, coberto por dois séculos de cicatrizes e inchaços.

Mas Wajed apenas sorriu ao entrar na biblioteca da Cidadela, o mais próximo que Ali tinha de aposentos próprios.

— Já trabalhando duro, pelo que vejo — disse o qaid, indicando os livros e os pergaminhos espalhados no tapete.

Ali assentiu.

— Tenho uma lição para preparar.

Wajed riu com deboche.

— Você e suas lições. Se não fosse tão perigoso com essa zulfiqar, poderiam pensar que criei um economista em vez de um guerreiro. — O sorriso dele sumiu. — Mas temo que seus alunos, ainda que poucos, precisarão esperar. Seu pai está farto de Bhatt. Não conseguem tirar mais nenhuma informação dele, e os daevas estão pedindo seu sangue.

Embora Ali estivesse esperando por aquele momento desde que ouvira pela primeira vez que Anas fora capturado vivo, seu estômago se revirou, e ele lutou para manter a voz tranquila.

— Ele foi...?

— Ainda não. O grão-vizir quer um espetáculo, diz que é a única coisa que satisfará sua tribo. — Wajed revirou os olhos; ele e Kaveh jamais tinham se entendido. — Então nós dois precisaremos estar lá.

Um espetáculo. A boca de Ali secou, mas ele ficou de pé. Anas havia se sacrificado para que Ali escapasse; ele merecia ter um rosto amigo na execução.

— Me deixe trocar de roupa.

Wajed saiu e Ali rapidamente vestiu o uniforme, uma túnica da cor de obsidiana, um lenço de cintura branco e um turbante cinza com borlas nas pontas. Ele prendeu a zulfiqar à cintura e enfiou a khanjar – a adaga curva usada por todos os homens geziri – no cinto. Pelo menos interpretaria o papel do soldado leal.

Ali se juntou a Wajed nas escadas, e os dois desceram a torre até o coração da Cidadela. Um grande complexo de pedra da cor de areia, a Cidadela era o lar da Guarda Real, abrigando o quartel, os escritórios e a área de treino do exército djinn. Os ancestrais dele a construíram logo depois de conquistar Daevabad. O pátio ameado e a afiada torre de pedra eram uma homenagem a Am Gezira, sua distante terra natal.

Mesmo tão cedo, a Cidadela era uma colmeia de atividades. Cadetes treinavam com zulfiqars no pátio e lanceiros praticavam em uma plataforma elevada. Meia dúzia de rapazes se reuniam em torno de uma porta avulsa, tentando arrombar o encantamento que a trancava. Enquanto Ali assistia, um deles voou para longe da porta, a madeira chiou enquanto os amigos dele caíram em gargalhadas. No canto oposto, um guerreiro-acadêmico tukharistani que usava um longo casaco de feltro, chapéu de pele e luvas pesadas, apresentava um escudo de ferro a um grupo de estudantes reunidos em torno dele. O homem gritou um encantamento, e um revestimento de gelo envolveu o escudo. O acadêmico bateu nele com o cabo de uma adaga e a coisa toda se estilhaçou.

— Quando foi a última vez que viu sua família? — perguntou Wajed, quando chegaram aos cavalos à espera no fim do pátio.

— Há alguns meses... bem, mais do que alguns, suponho. Não desde Eid — admitiu Ali. Ele subiu na sela.

Wajed emitiu um *tsc* quando passaram pelo portão.

— Deveria fazer mais esforço, Ali. É abençoado por tê-los tão próximos.

Ali fez uma careta.

— Eu visitaria com mais frequência se isso não envolvesse ir até aquele palácio assombrado por Nahid que eles chamam de lar.

O palácio surgiu à vista bem nesse momento, quando passaram por uma curva na estrada. Os domos dourados reluziram forte contra o sol nascente, a fachada de mármore branco e as paredes brilhando rosa sob a luz rosada do alvorecer. O prédio principal, um imenso zigurate, repousava pesadamente sobre os penhascos severos que davam para o lago de Daevabad. Cercada por jardins ainda nas sombras, parecia que a imensa pirâmide de degraus era engolida pelos topos pontiagudos das árvores escuras.

— Não é assombrado — replicou Wajed. — Apenas... sente falta da família que o fundou.

— As escadas sumiram de debaixo de mim quando estive lá da última vez, tio — observou Ali. — A água nas fontes se transforma em sangue tão frequentemente que as pessoas não a bebem.

— Então sente muita falta deles.

Ali sacudiu a cabeça, mas ficou calado enquanto atravessavam a cidade que despertava. Subiram a estrada íngreme que dava para o palácio e entraram na arena real pelos fundos. Era um lugar mais apropriado para dias ensolarados de competição, para homens presunçosos fazendo malabarismos com objetos em chamas e mulheres apostando corrida com pássaros de fogo simurgh cobertos de escamas. Por diversão.

É exatamente o que isto é para essas pessoas. Ali olhou para a multidão com desprezo. Embora fosse cedo, muitos dos assentos de pedra já estavam ocupados, cheios de uma variedade de nobres competindo pela atenção do pai dele, curiosos plebeus puros-sangues, daevas irritados e o que pareciam ser todos os ulemás – Ali suspeitava que os clérigos tivessem recebido ordens de testemunhar o que acontecia quando fracassavam em controlar os fiéis.

Ele subiu até a plataforma de observação real, um alto terraço de pedra sombreado por palmeiras plantadas em potes e cortinas de linho listradas. Ali não viu o pai, mas avistou Muntadhir próximo à frente. Seu meio-irmão mais velho não parecia nem um pouco mais feliz do que Ali por estar ali. Os cabelos pretos cacheados dele estavam penteados com mousse, e ele parecia vestir as mesmas roupas com que provavelmente saíra na noite anterior, um casaco agnivanshi bordado, pesado com pérolas e um lenço de cintura de seda da cor de lápis-lazúli, ambos amarrotados.

Ali conseguia sentir o cheiro de vinho no hálito de Muntadhir a três passos de distância, e suspeitava que o irmão provavelmente acabara de ser arrastado de uma cama que não era a dele.

— Que a paz esteja com você, emir.

Muntadhir deu um salto.

— Pelo Mais Alto, akhi — disse ele, com a mão no coração. — Precisa chegar de fininho até mim, como algum assassino?

— Deveria trabalhar em seus reflexos. Onde está abba?

Muntadhir assentiu grosseiramente para um homem magro usando vestes daeva na beira do terraço.

— Aquele ali insistiu em uma leitura pública de todas as acusações. — Ele bocejou. — Abba não desperdiçaria tempo com isso, não quando tem a mim para fazer isso por ele. Vai chegar logo.

Ali olhou para o homem daeva: Kaveh e-Pramukh, o grão-vizir de seu pai. Concentrado no chão abaixo, Kaveh não pareceu reparar na chegada de Ali. Um sorriso satisfeito brincava nos lábios dele.

Ali suspeitava saber o motivo. Ele respirou fundo e foi até a beira do terraço.

Anas estava ajoelhado na areia abaixo.

Seu sheik havia sido despido até a cintura, queimado e açoitado, com a barba raspada em desrespeito. A cabeça estava curvada, as mãos atadas atrás dele. Embora fizessem apenas duas semanas desde sua prisão, Anas claramente passara fome, as costelas dele eram visíveis e braços e pernas ensanguentados estavam magros. E esses eram apenas os ferimentos que Ali conseguia ver. Haveria outros, ele sabia. Poções que faziam com que você se sentisse esfaqueado por mil facas, ilusionistas que podiam lhe causar alucinações com a morte dos entes queridos, cantores que conseguiam chegar a uma nota tão alta que deixaria você de joelhos enquanto suas orelhas sangravam. Homens não sobreviviam aos calabouços de Daevabad. Não com as mentes intactas.

Oh, sheik, sinto muito... A visão diante dele, um único homem shafit sem habilidades mágicas cercado por centenas de sangues-puros vingativos – parecia uma piada cruel.

— Quanto ao crime de incitação religiosa...

O sheik se balançou, e um dos guardas o endireitou. Ali gelou. Todo o lado direito do rosto de Anas estava esmagado, o olho dele inchara até se fechar, o nariz estava quebrado. Uma linha de saliva pingava da boca do sheik, escapando por dentes quebrados e lábios inchados.

Ali apertou o estojo da zulfiqar. Anas o encarou. Os olhos do sheik brilharam, o mais breve aviso antes de ele abaixar a cabeça de novo.

Mereça isto. Ali se lembrou da última ordem do sheik. Ele tirou a mão da arma, ciente dos olhos da plateia sobre si. O príncipe recuou para se juntar a Muntadhir.

O juiz prosseguiu.

— A posse ilegal de armas...

Ouviu-se um ronco impaciente do outro lado da arena, o karkadann do pai de Ali, enjaulado e escondido por um portão em chamas. O chão tremeu quando a besta bateu os pés. Um cruzamento horrível entre cavalo e elefante, o karkadann tinha duas vezes o tamanho de ambos, a pele cinza escamosa estava manchada e tingida de sangue. A poeira na arena pesava com o cheiro do animal, o almíscar do sangue velho. Ninguém banhava um karkadann; ninguém chegava perto de um, exceto pela dupla de minúsculos rouxinóis enjaulados ao lado da criatura. Enquanto Ali ouvia, os pássaros começaram a cantar. O karkadann se acalmou, tranquilizado por enquanto.

— E quanto à acusação de...

— Pelo Mais Alto... — Uma voz bradou de detrás de Ali enquanto a multidão inteira se colocou de pé. — Isso *ainda* está acontecendo?

O pai dele tinha chegado.

O rei Ghassan ibn Khader al Qahtani, governante do reino, Defensor da Fé. Apenas o nome fazia seus súditos tremerem e olharem por cima do ombro em busca de espiões. Era um homem imponente, imenso, na verdade, uma combinação de músculos grandes e apetite voraz. Tinha a compleição de um barril, e, aos duzentos anos, seus cabelos apenas começavam a ficar grisalhos, salpicando de prata a barba preta. Isso apenas o deixava mais intimidador.

Ghassan caminhou até a beira do terraço. O juiz parecia pronto para se mijar, e Ali não podia culpá-lo. Seu pai parecia irritado, e Ali sabia que apenas pensar em enfrentar a lendária ira do rei fizera com que os intestinos de mais de um homem se afrouxassem.

Ghassan deu ao sheik ensanguentado um olhar de desprezo antes de se virar para o grão-vizir.

— Os Tanzeem vêm aterrorizando Daevabad há bastante tempo. Conhecemos os crimes deles. É o líder que quero, junto com os homens que o ajudaram a assassinar dois de meus cidadãos.

Kaveh sacudiu a cabeça.

— Ele não os entregará, meu rei. Tentamos de tudo.

— Os antigos soros de Banu Manizheh?

O rosto pálido de Kaveh se fechou.

— Isso matou o acadêmico que tentou. Os Nahid não queriam que as poções deles fossem usadas por outros.

Ghassan fez um biquinho.

— Então ele é inútil para mim. — O rei assentiu para os guardas de pé ao lado de Anas. — Retornem para seus postos.

Um arquejo soou da direção dos ulemás, uma oração sussurrada. *Não*. Ali deu um passo adiante, sem pensar. Havia punição, e havia *aquilo*. Ele abriu a boca.

— Queime no inferno, seu asno encharcado de vinho.

Fora Anas. Vários murmúrios de choque vieram da multidão, mas Anas prosseguiu, com o olhar selvagem fixo no rei.

— Apóstata — disparou ele, por entre os dentes quebrados. — Você nos traiu, o mesmo povo que sua família deveria proteger. Acha que importa como me mata? Cem mais se erguerão em meu lugar. Você sofrerá... neste mundo e no seguinte. — Uma ansiedade selvagem tomara sua voz. — E Deus arrancará de você aqueles que lhe são mais caros.

Os olhos do pai de Ali brilharam, mas ele permaneceu calmo.

— Soltem as mãos dele antes de voltarem a seus postos — disse ele aos guardas. — Vamos vê-lo fugir.

Talvez sentindo as intenções do mestre, o karkadann rugiu, e a arena estremeceu. Ali sabia que os roncos ecoariam por Daevabad, um aviso a qualquer um que desobedecesse ao rei.

Ghassan ergueu a mão direita. Uma marca impressionante na bochecha esquerda dele – uma estela cor de ébano de oito pontas – começou a brilhar.

Cada tocha na arena se apagou. As bandeiras pretas severas que significavam o reinado de sua família pararam de oscilar, e a zulfiqar de Wajed perdeu o brilho incandescente. Ao lado dele, Muntadhir inspirou, e uma onda de fraqueza inerte percorreu Ali. Tal era o poder da insígnia de Suleiman. Quando usada, toda magia, todo truque e ilusão dos djinns – dos peris, dos marids, de só Deus sabia quantas raças mágicas – falhava.

Inclusive o portão incandescente que mantinha o karkadann preso.

A besta deu um passo adiante, batendo no chão com um dos pés amarelos de três dedos. Apesar da imensa compleição, era o chifre dele – da extensão de um homem e mais duro do que aço – que era o mais temido. Ele se projetava diretamente da testa ossuda, coberto com o sangue seco das centenas de vítimas anteriores.

Anas encarou a besta. Ele esticou os ombros.

E no fim houve pouca diversão para o rei. Anas não fugiu, não tentou escapar ou implorar por misericórdia. E parecia que a besta não estava a fim de torturar a presa. Saiu correndo com um urro e empalou o sheik pela cintura antes de levantar a cabeça e atirar o condenado ao pó.

Estava acabado, fora rápido. Ali soltou um fôlego que não percebeu que tinha segurado.

Mas então Anas se moveu. O karkadann reparou. A besta se aproximou mais devagar desta vez, farejando e roncando contra o chão. E cutucou Anas com o focinho.

O karkadann acabara de erguer um dos pés sobre o corpo de Anas, que estava de barriga para baixo, quando Muntadhir se encolheu e desviou o olhar. Ali não desviou os olhos, não vacilou nem mesmo quando o breve grito de Anas foi abruptamente encerrado por um esmagar nauseante. De alguma distância, um dos soldados vomitou.

O pai de Ali encarou o cadáver destruído que fora o líder dos Tanzeem e então lançou um olhar longo e determinado para os ulemás antes de se virar para os filhos.

— Venham — disse ele, grosseiramente.

A multidão se dispersou enquanto o karkadann cutucava com a pata seu prêmio ensanguentado. Ali não se moveu. Os olhos dele estavam fixos no corpo de Anas, o grito de seu sheik ecoava nos ouvidos.

— Yalla, Zaydi. — Muntadhir, ainda parecendo enjoado, cutucou o ombro do irmão. — Vamos.

Mereça isso. Ali assentiu. Não tinha lágrimas a combater. Estava chocado demais para chorar, entorpecido demais para fazer qualquer coisa que não fosse seguir seu irmão até o palácio em silêncio.

O rei percorreu o longo corredor, a túnica cor de ébano beijando o chão. Dois criados subitamente deram meia-volta para correr por um corredor oposto, e um secretário de posição inferior se atirou ao chão em prostração.

— Quero aqueles fanáticos fora — exigiu Ghassan, com a voz alta direcionada a ninguém em especial. — De vez agora. Não quero mais um tolo shafit se declarando sheik e aparecendo para causar o caos nas ruas no mês que vem. — Ele escancarou a porta do escritório, fazendo os criados designados para a tarefa cambalearem.

Ali seguiu Muntadhir para dentro, Kaveh e Wajed estavam no encalço deles. Acomodado entre os jardins e a corte real, o espaço do aposento era uma mistura deliberada de decoração daeva e geziri. Artistas da província próxima de Daevastana eram responsáveis pelas delicadas tapeçarias de figuras lânguidas e mosaicos florais pintados, enquanto os carpetes geométricos mais simples e os instrumentos musicais toscamente entalhados eram da terra natal bem austera dos Qahtani, Am Gezira.

— Haverá desgosto nas ruas, meu rei — avisou Wajed. — Bhatt era um homem bem-quisto, e os shafits são provocados com facilidade.

— Que bom. Espero que se revoltem — respondeu Ghassan. — Vai tornar mais fácil distinguir os encrenqueiros.

— A não ser que matem mais dos homens de minha tribo primeiro — interrompeu Kaveh, com a voz aguda. — Onde estavam seus soldados, qaid, quando dois daevas foram cortados até a morte no próprio quarteirão? Como os Tanzeem sequer passaram pelo portão quando deveria ser vigiado?

Wajed fez uma careta.

— Nossos números são escassos, grão-vizir. Sabe disso.

— Então nos deixe ter nossos próprios guardas! — Kaveh ergueu as mãos. — Você tem pregadores djinns declarando que os daevas são infiéis, os shafits pedindo que sejamos queimados até a morte no Grande Templo... pelo Criador, ao menos nos dê uma chance de nos proteger!

— *Calma*, Kaveh — interrompeu Ghassan. Ele desabou em uma cadeira baixa atrás da mesa e derrubou um pergaminho fechado. O objeto saiu rolando, mas Ali duvidava que seu pai se importasse. Como muitos djinns privilegiados, o rei era analfabeto e acreditava que ler era inútil se você tinha escribas que o fizessem para você. — Vejamos se os próprios daevas conseguem passar meio século sem se rebelar. Sei com que facilidade seu povo fica cego com relação ao passado.

Kaveh calou a boca e Ghassan prosseguiu.

— Mas concordo: está na hora de os mestiços serem lembrados do lugar deles. — O rei apontou para Wajed. — Quero que comece a fazer cumprir o banimento a mais de dez shafits reunidos em uma residência privada. Sei que caiu em desuso.

Wajed pareceu relutante.

— Parecia cruel, meu senhor. Os mestiços são pobres... eles vivem com o maior número possível em um quarto.

— Então não deveriam se rebelar. Quero qualquer um com a mais ínfima simpatia para com Bhatt fora. Que seja divulgado que se tiverem filhos, eu os venderei. Se tiverem mulheres, eu as entregarei a meus soldados.

Horrorizado, Ali abriu a boca para protestar, mas Muntadhir foi mais rápido.

— Abba, não pode realmente...

Ghassan voltou o olhar determinado para o filho mais velho.

— Eu deveria então deixar esses fanáticos saírem impunes? Esperar até que tenham inflamado a cidade toda? — O rei sacudiu a cabeça. — Esses são os mesmos homens que alegam que poderíamos liberar empregos e casas para os shafits ao incendiar os daevas no Grande Templo.

A cabeça de Ali se ergueu. Ele tinha ignorado a acusação quando Kaveh a fizera, mas seu pai não era inclinado a exageros. Ali sabia que Anas, como a maioria dos shafits, tinha muitos rancores quando se tratava dos daevas – fora a fé deles que clamara para que os shafits fossem segregados, os Nahid deles que um dia ordenaram sistematicamente as mortes de mestiços com a mesma emoção com que se livraria uma casa de ratos. Mas Anas não teria realmente pedido a aniquilação dos daevas... teria?

O comentário seguinte de seu pai afastou Ali dos pensamentos dele.

— Precisamos cortar os fundos deles. Tirando isso, os Tanzeem são pouco mais do que pedintes puritanos. — O rei fixou os olhos cinza em Kaveh. — Fez mais algum progresso para revelar as fontes deles?

O grão-vizir ergueu as mãos.

— Ainda sem provas. Só tenho suspeitas.

Ghassan riu com escárnio.

— Armas, Kaveh. Uma clínica em Maadi. Distribuição de comida. Isso é trabalho dos ricos. Riqueza de alta casta, puro-sangue. Como não consegue encontrar os benfeitores deles?

Ali ficou tenso, mas estava claro pela frustração de Kaveh que ele não tinha mais respostas.

— As finanças deles são sofisticadas, meu rei; o sistema de coleta deles pode ter sido desenvolvido por alguém no Tesouro. Eles usam moedas tribais diferentes, trocam suprimentos com um dinheiro de papel ridículo usado pelos humanos...

Ali sentiu o sangue drenar de seu rosto quando Kaveh listou apenas algumas das muitas brechas na economia de Daevabad sobre as quais ele mesmo reclamara com explicações detalhadas – com Anas ao longo dos anos.

O rosto de Wajed se ergueu.

— Dinheiro humano? — Ele indicou o polegar para Ali. — Você está sempre tagarelando sobre essa baboseira de moeda. Já olhou as provas de Kaveh?

O coração de Ali acelerou. Não pela primeira vez, ele agradeceu ao Mais Alto pelos Nahid estarem mortos. Mesmo um dos filhos mal treinados deles saberia dizer que o príncipe mentia.

— Eu... não. O grão-vizir não perguntou a mim. — Ali pensou rápido, sabendo que Kaveh acreditava que ele era um idiota entusiasmado. Ele abaixou o rosto para o daeva. — Suponho que se está tendo *problemas*...

Kaveh fervilhou.

— Tenho as mentes mais aguçadas da guilda de acadêmicos me ajudando; duvido que o príncipe possa oferecer mais. — Ele deu um olhar desencorajador a Ali. — *Estou* ouvindo diversos nomes ayaanle entre os supostos benfeitores deles — acrescentou o grão-vizir friamente antes de se voltar para o rei. — Inclusive um que pode interessar a você. Ta Musta Ras.

Wajed piscou, surpreso.

— Ta Musta Ras? Não é um dos primos da rainha?

Ali se encolheu à menção da mãe, e o pai dele se irritou.

— Ele é, e um que eu consigo facilmente ver apoiando um bando de terroristas de sangue sujo. Os Ayaanle sempre gostaram de tratar a política de Daevabad como um jogo de xadrez para diversão própria... principalmente quando estão seguramente entocados em Ta Ntry. — Ghassan fixou o olhar em Kaveh. — Mas sem provas, você diz?

O grão-vizir sacudiu a cabeça.

— Nenhuma, meu rei. Mas muitos boatos.

— Não posso prender o primo de minha esposa por causa de boatos. Principalmente não com o ouro e o sal dos Ayaanle compondo um terço de meu tesouro.

— A rainha Hatset está em Ta Ntry agora — observou Wajed. — Acha que ele daria atenção a ela?

— Ah, não duvido — disse Ghassan, sombriamente. — Talvez já dê.

Ali encarou os próprios pés, suas bochechas ficaram mais quentes enquanto discutiam sua mãe. Ele e Hatset não eram próximos. Ali fora levado do harém quando tinha cinco anos e entregue a Wajed para ser preparado como o futuro qaid de Muntadhir.

O pai dele suspirou.

— Precisará ir pessoalmente, Wajed. Não confio em mais ninguém para falar com ela. Deixe que ela e a maldita família inteira saibam que ela não volta para Daevabad até que o dinheiro pare. Se quiser ver seus filhos de novo, a escolha é dela.

Ali conseguia sentir os olhos de Wajed sobre si.

— Sim, meu rei — disse Wajed, baixinho.

Kaveh parecia alarmado.

— Quem servirá de qaid enquanto ele estiver fora?

— Alizayd. É apenas por alguns meses e será um bom treino para quando eu estiver morto e este aqui — Ghassan indicou com a cabeça a direção de Muntadhir — estiver ocupado demais com dançarinas para governar o reino.

A boca de Ali se escancarou, e Muntadhir caiu na gargalhada.

— Bem, isso deve diminuir os roubos. — O irmão dele fez um gesto de corte nos pulsos. — Muito literalmente.

Kaveh empalideceu.

— Meu rei. O príncipe Alizayd é uma *criança*. Não está nem perto do primeiro quarto de século. Não pode realmente confiar a segurança da cidade para um menino de dezesseis...

— *Dezoito* — corrigiu Muntadhir, com um sorriso malicioso. — Vamos lá, grão-vizir, há uma enorme diferença.

Kaveh obviamente não compartilhava do humor do emir. A voz dele ficou mais esganiçada.

— Menino de dezoito anos. Um menino que, devo lembrá-los, um dia fez um nobre daeva ser açoitado na rua como um ladrão shafit qualquer!

— Ele *era* um ladrão — defendeu Ali. Ele se lembrava do incidente, mas ficou surpreso por Kaveh se lembrar; fazia anos desde a primeira, e última, vez que Ali teve permissão de patrulhar o Quarteirão Daeva. — A lei de Deus se aplica igualmente a todos.

O grão-vizir respirou fundo.

— Confie em mim, príncipe Alizayd, é para meu grande desapontamento que você não está no Paraíso onde todos seguimos a lei de Deus... — Ele não fez uma pausa longa o suficiente para que o duplo sentido das palavras fosse entendido, mas Ali entendeu muito bem. — Mas sob a lei de Daevabad, os shafits não são iguais aos sangues-puros. — Ele olhou suplicante para o rei. — Não acabou de executar alguém por dizer o mesmo?

— Executei — concordou Ghassan. — Uma lição que lhe faria bem lembrar, Alizayd. O qaid impõe a *minha* lei, não as próprias crenças.

— É claro, abba — disse Ali, rapidamente, sabendo que seria tolo de falar tão abertamente diante deles. — Farei como ordena.

— Está vendo, Kaveh? Nada a temer. — Ghassan assentiu na direção da porta. — Pode sair. A corte será feita após a oração do meio-dia. Espalhe a notícia sobre esta manhã; talvez isso reduza o número de suplicantes me assediando.

O ministro daeva parecia ter mais a dizer, mas apenas assentiu, lançando um olhar cruel a Ali conforme se retirava.

Wajed bateu a porta atrás de si.

— Aquela cobra tem a língua deturpada, Abu Muntadhir — disse ele ao rei, trocando para o idioma geziriyya. — Gostaria de fazer com que ele se contorcesse como uma víbora. — O qaid acariciou a zulfiqar. — Apenas uma vez.

— Não dê ideias a seu protegido. — Ghassan abriu o turbante, deixando a seda brilhante em uma pilha na mesa. — Kaveh não está errado em se sentir chateado, e nem sabe de metade da história. — O rei assentiu para uma grande caixa ao lado da varanda. Ali não reparara nela mais cedo. — Mostre a eles.

O qaid suspirou, mas foi até a caixa.

— Um imã que dirige uma mesquita perto do Grande Bazar contatou a Guarda Real há algumas semanas e disse que suspeitava que Bhatt estava recrutando um dos congregantes dele. — Wajed soltou a khanjar e entreabriu as ripas de madeira da caixa. — Meus soldados seguiram aquele homem até um dos esconderijos dele. — O qaid gesticulou para Ali e Muntadhir. — Encontramos isto lá.

Ali se aproximou um passo, já enjoado. No coração, sabia o que havia na cratera.

As armas que Anas jurara não ter estavam bem guardadas. Clavas de ferro cru e adagas de aço martelado, maças com espinhos e duas bestas. Meia dúzia de espadas e alguns dos longos dispositivos incendiários – rifles? – que os humanos tinham inventado, junto com uma caixa de munição. Os olhos incrédulos de Ali avaliaram a caixa, e então seu coração saltou.

Lâminas de treino zulfiqar.

As palavras saíram da boca de Ali antes que pudesse se impedir.

— Alguém na Guarda Real roubou isto.

Wajed deu um aceno sombrio para ele.

— Só pode ser. Um homem geziri; só deixamos os nossos perto dessas lâminas. — O qaid cruzou os braços sobre o imenso peito. — Devem ter sido roubadas da Cidadela, mas suspeito que o restante tenha sido comprado de traficantes. — Ele encontrou o olhar horrorizado de Ali. — Havia mais três caixas como esta.

Ao lado dele, Muntadhir exalou.

— O que em nome de Deus planejavam fazer com tudo isso?

— Não tenho certeza — admitiu Wajed. — Poderiam ter armado algumas dúzias de homens shafits no máximo. Não seria páreo de fato para a Guarda Real, mas...

— Poderiam ter assassinado um monte de gente fazendo compras no Grande Bazar — interrompeu o rei. — Poderiam ter espreitado do lado de fora do templo dos daevas em um dos dias sagrados e massacrado cem peregrinos antes que ajuda viesse. Poderiam ter começado uma guerra.

Ali segurou a caixa, embora não tivesse lembrança de estender a mão para ela. Na mente dele, via os guerreiros com os quais crescera – os cadetes que caíram no sono uns nos ombros dos outros após longos dias de treinamento, os rapazes que provocaram e insultaram uns aos outros enquanto saíam nas primeiras patrulhas. Aqueles que Ali em breve juraria liderar e proteger como qaid. Eram eles que provavelmente teriam enfrentado essas armas.

Ódio, breve e selvagem, o percorreu, mas Ali não tinha ninguém a quem culpar a não ser ele mesmo. *Deveria saber. Quando os primeiros boatos de armas chegaram a você, deveria ter parado.* Mas Ali não tinha parado. Em vez disso, acompanhara Anas àquela taverna. Ficara parado enquanto dois homens eram mortos.

Ali respirou fundo. Pelo canto do olho, viu Wajed lhe dar um olhar curioso. Ele se endireitou.

— Mas por quê? — insistiu Muntadhir. — O que os Tanzeem teriam a ganhar?

— Não sei — respondeu Ghassan. — E não me importo. Levei anos para trazer paz para Daevabad depois das mortes dos últimos Nahid. Não pretendo deixar que uns fanáticos mestiços ansiosos por martírio nos destruam. — Ele apontou para Wajed. — A Cidadela encontrará os homens responsáveis e os executará. Se forem geziri, façam isso discretamente. Não preciso que os daevas pensem que nossa tribo apoia os Tanzeem. E você colocará em vigor novas restrições sobre os shafits. Banir as reuniões deles. Atirá-los na prisão se sequer pisarem no pé de um puro-sangue. Pelo menos por enquanto. — Ele sacudiu a cabeça. — Com a vontade de Deus, superaremos os próximos meses sem surpresas e poderemos tranquilizá-los de novo.

— Sim, meu rei.

Ghassan gesticulou para a caixa.

— Livre-se dessa coisa antes que Kaveh a fareje. Já tive o bastante dos discursos dele por hoje. — O rei esfregou a testa e mergulhou de volta na cadeira, os anéis encrustados de joias reluzindo. Então ergueu o rosto, fixando o olhar afiado em Muntadhir. — Também... se for preciso executar outro traidor shafit, meu emir observará sem se encolher ou se encontrará executando a próxima sentença.

Muntadhir cruzou os braços, recostando-se contra a mesa de uma forma familiar que Ali jamais ousaria.

— Ya, abba, se eu soubesse que teria feito com que esmagassem a cabeça dele feito um melão maduro, eu teria pulado o café da manhã.

Os olhos de Ghassan brilharam.

— Seu irmão mais novo conseguiu se controlar.

Muntadhir gargalhou.

— Sim, mas Ali foi treinado na Cidadela. Ele dançaria na frente do karkadann se você ordenasse.

O pai deles não pareceu gostar da brincadeira, sua expressão ficou tempestuosa.

— Ou talvez passar todo o tempo bebendo com cortesãos e poetas tenha enfraquecido sua constituição. — Ghassan se enfureceu. — Deveria agradecer pelo treinamento de seu futuro qaid, Deus sabe que você provavelmente precisará dele. — O rei se levantou da mesa. — E por falar nisso, preciso falar com seu irmão sozinho.

O quê? Por quê? Ali mal continha as emoções; não queria estar sozinho com o pai.

Wajed apertou o ombro dele e rapidamente se inclinou para a orelha de Ali.

— Respire, menino — sussurrou o qaid. — Ele não morde. — Wajed lançou um sorriso reconfortante a Ali e seguiu Muntadhir para fora do escritório.

Passou-se um longo momento de silêncio. O pai de Ali estudou o jardim, com as mãos unidas atrás do corpo.

Ele ainda estava de costas para Ali quando perguntou:

— Acredita naquilo?

A voz de Ali saiu como um gritinho.

— Acredito em quê?

— No que você disse antes. — O pai dele se virou, com os olhos cinza-escuros determinados. — Sobre a lei de Deus se aplicar igualmente... Pelo Mais Alto, Alizayd, pare de *tremer*. Preciso poder conversar com meu qaid sem que ele se transforme em uma confusão trêmula.

A vergonha de Ali foi aplacada por alívio – muito melhor que Ghassan culpasse a ansiedade dele nos nervos por ter sido feito qaid.

— Desculpe.

— Tudo bem. — Ghassan o encarou de novo. — Responda à pergunta.

Ali pensou rápido, mas não tinha como mentir. A família sabia que ele era devoto – fora desde a infância – e a religião deles era clara no assunto dos shafits.

— Sim — respondeu ele. — Acredito que os shafits deveriam ser tratados igualmente. Por isso nossos ancestrais vieram para Daevabad. Por isso Zaydi al Qahtani entrou em guerra com os Nahid.

— Uma guerra que quase destruiu nossa raça inteira. Uma guerra que acabou com um saque de Daevabad e nos garantiu a inimizade da tribo Daeva até os dias de hoje.

Ali se sobressaltou com as palavras do pai.

— Não acha que valeu a pena?

Ghassan pareceu irritado.

— É claro que acho que valeu a pena. Sou simplesmente capaz de ver os dois lados de um problema. É uma habilidade que você deveria tentar desenvolver. — As bochechas de Ali ficaram quentes e o pai dele prosseguiu. — Além do mais, não havia tantos shafits assim na época de Zaydi.

Ali franziu a testa.

— São tão numerosos assim agora?

— Quase um terço da população. Sim — disse o rei, ao reparar na surpresa no rosto de Ali. — Os números cresceram imensamente nas últimas décadas, informação que é melhor guardar para você. — Ele indicou as armas. — Há agora quase tantos shafits em Daevabad quanto há daevas, e, sinceramente, meu filho, se fossem para a guerra nas ruas, não tenho certeza se a Guarda Real poderia impedi-los. Os daevas venceriam no fim, é claro, mas seria sangrento, e destruiria a paz da cidade por gerações.

— Mas isso não vai acontecer, abba — argumentou Ali. — Os shafits não são tolos. Só querem uma vida melhor para eles. Querem poder trabalhar e viver em prédios que não estejam desabando ao redor deles. Cuidar das famílias sem temer que os filhos sejam roubados por algum puro-...

Ghassan interrompeu.

— Quando inventar uma forma de fornecer empregos e moradia para milhares de pessoas, me avise. E se as vidas deles fossem facilitadas, eles apenas se reproduziriam mais rápido.

— Então deixe que eles *partam*. Deixe que tentem construir vidas melhores no mundo humano.

— Deixar que causem caos no mundo humano, é o que quer dizer. — O pai de Ali sacudiu a cabeça. — De jeito nenhum. Eles podem parecer humanos, mas muitos ainda têm magia. Estaríamos convidando outro Suleiman a nos amaldiçoar. — Ele suspirou. — Não há resposta fácil, Alizayd. Tudo o que podemos fazer é chegar a um equilíbrio.

— Mas não estamos chegando a um equilíbrio — argumentou Ali. — Estamos escolhendo os adoradores do fogo aos shafits que nossos ancestrais vieram até aqui proteger.

Ghassan se virou para ele.

— Os *adoradores do fogo*?

Tarde demais, Ali se lembrou de que os daevas odiavam aquele termo para sua tribo.

— Não quis dizer...

— Então nem mesmo repita tal coisa em minha presença. — O pai de Ali olhou com raiva para ele. — Os daevas estão sob minha proteção, assim como nossa tribo. Não me importa que fé praticam. — O rei ergueu as mãos. — Maldição, talvez estejam certos na obsessão por pureza do sangue. Em todos os meus anos, jamais encontrei um shafit daeva.

Eles provavelmente os sufocam nos berços. Mas Ali não disse isso. Fora um tolo ao começar tal briga naquele dia.

Ghassan passou a mão pelo parapeito molhado da janela e agitou as gotas-d'água que haviam se acumulado nas pontas de seus dedos.

— Está sempre molhado aqui. Sempre frio. Não volto a Am Gezira faz um século, mas toda manhã acordo sentindo falta das areias quentes. — Ele olhou de volta para Ali. — Este não é o nosso lar. Jamais será. Sempre pertencerá aos daevas primeiro.

É meu lar. Ali estava acostumado com o frio úmido de Daevabad e gostava da mistura diversificada de povos que enchiam as ruas. Ele se sentira deslocado nas raras viagens a Am Gezira, sempre consciente da aparência meio ayaanle.

— É o lar deles — prosseguiu Ghassan. — E sou o rei deles. Não permitirei que os shafits, um problema de cuja criação os daevas não participaram, os ameacem em seus próprios lares. — Ele se virou para encarar Ali. — Se será qaid, precisa respeitar isso.

Ali abaixou o olhar. Não respeitava; discordava completamente.

— Perdoe minha impertinência.

Ele suspeitava que aquela não era a reposta que Ghassan queria – os olhos do pai permaneceram aguçados por mais um momento antes que ele atravessasse a sala abruptamente na direção das prateleiras de madeira que cobriam a parede oposta.

— Venha cá.

Ali seguiu. Ghassan pegou um longo estojo preto envernizado de uma das prateleiras superiores.

— Só ouço elogios da Cidadela sobre seu progresso, Alizayd. Tem a mente aguçada para a ciência militar e é um dos melhores zulfiqari de nossa geração. Ninguém refutaria isso. Mas é muito jovem.

Ghassan soprou a poeira do estojo, então o abriu, tirando uma flecha de prata de uma cama de lenços frágeis.

— Sabe o que é isto?

Ali certamente sabia.

— É a última flecha disparada por um Afshin.

— Dobre-a.

Um pouco confuso, Ali, mesmo assim, tirou a flecha do pai. Embora fosse incrivelmente leve, ele não a conseguia dobrar nem um pouco. A prata ainda brilhava, depois de tantos anos, apenas a ponta falciforme estava fosca devido ao sangue. O mesmo sangue que corria nas veias de Ali.

— Os Afshin também eram bons soldados — disse Ghassan, baixinho. — Provavelmente os melhores guerreiros de nossa raça. Mas agora estão mortos, os líderes Nahid deles estão mortos e o nosso povo tem governado Daevabad há quatorze séculos. E sabe por quê?

Porque eram infiéis e Deus desejou que nós fôssemos os vencedores? Ali segurou a língua; ele suspeitava que se dissesse aquilo, a flecha ganharia uma nova camada de sangue qahtani.

Ghassan pegou a flecha de volta.

— Porque eram como esta flecha. Como você. Relutantes em se curvar, relutantes em ver que nem tudo se encaixava em seu mundo perfeitamente ordeiro. — O rei colocou a arma de volta no estojo e o fechou. — Há mais a respeito de ser qaid do que ser um bom soldado. Com a vontade de Deus, Wajed e eu teremos mais um século de vinho e peticionários ridículos adiante, mas um dia Muntadhir será rei. E quando ele precisar de orientação, quando precisar discutir coisas que apenas seu próprio sangue pode ouvir, precisará de você.

— Sim, abba. — Ali estava disposto a dizer qualquer coisa àquela altura para partir, qualquer coisa que o permitisse escapar do olhar crítico do pai.

— Mais uma coisa. — O pai dele se afastou da prateleira. — Vai se mudar de volta para o palácio. Imediatamente.

A boca de Ali se escancarou.

— Mas a Cidadela é meu lar.

— Não... *meu* lar é seu lar — respondeu Ghassan, parecendo irritado. — Seu lugar é aqui. Está na hora de começar a participar da corte para ver como é o mundo fora de seus livros. E poderei ficar de olho em você... Não gosto da forma como está falando sobre os daevas.

Pesar se acumulou dentro de Ali, mas seu pai não insistiu no assunto.

— Pode ir agora. Esperarei você na corte quando estiver acomodado.

Ali assentiu e fez uma reverência; foi tudo que pôde fazer para evitar correr até a porta.

— Que a paz esteja sobre você.

Assim que saiu cambaleante para o corredor, Ali esbarrou no irmão sorridente.

Muntadhir o puxou em um abraço.

— Parabéns, akhi. Tenho certeza de que será um qaid assustador.

— Obrigado — murmurou Ali. Acabara de testemunhar a morte brutal de seu amigo mais próximo. O fato de que em breve estaria no comando da manutenção da segurança de uma cidade de djinns em conflito era algo que ainda precisava absorver.

Muntadhir não pareceu perceber o nervosismo do irmão.

— Abba lhe contou a outra boa notícia? — Quando Ali fez um ruído inexpressivo, ele prosseguiu. — Você vai se mudar de volta para o palácio!

— Ah. — Ali franziu a testa. — Isso.

A expressão do irmão se fechou.

— Não parece muito animado.

Uma nova onda de culpa percorreu Ali diante da mágoa na voz de Muntadhir.

— Não é isso, Dhiru. É... foi uma longa manhã. Substituir Wajed, a notícia sobre as armas... — Ali exalou. — Além disso, nunca me senti muito... — Ele buscou um modo de evitar insultar todo o círculo social do irmão. —... *confortável* perto das pessoas daqui.

— Ah, vai ficar bem. — Muntadhir passou o braço em torno do ombro de Ali, em parte arrastando-o pelo corredor. — Fique ao meu lado e garantirei que será envolvido apenas nos escândalos mais agradáveis. — Ele riu quando Ali lhe deu um olhar de espanto. — Vamos. Zaynab e eu escolhemos aposentos perto da cachoeira. — Eles viraram a esquina. — Com a mobília mais entediante e as regalias menos confortáveis. Vai se sentir bastante em ca... Uau.

Os irmãos pararam imediatamente. Precisaram. Uma parede estava no caminho deles, um mural com cor de joias pintado na pedra.

— Bem... — A voz de Muntadhir estava trêmula. — Isso é novo.

Ali se aproximou.

— Não... não é — disse ele, baixinho, reconhecendo a cena e lembrando-se das antigas aulas de história. — É um dos velhos murais nahid. Costumavam cobrir as paredes do palácio antes da guerra.

— Não estava aqui ontem. — Muntadhir tocou o sol forte do mural. Ele se acendeu sob as pontas de seus dedos, e os dois rapazes deram um salto.

Ali lançou um olhar desconfortável para o mural.

— E você se pergunta por que não estou animado para me mudar de volta para este palácio assombrado pelos Nahid?

Muntadhir fez uma careta.

— Não costuma ser tão ruim assim. — Ele assentiu para uma das figuras da fachada de gesso rachado. — Sabe quem deveria ser?

Ali estudou a imagem. A figura parecia humana, um homem com uma barba branca esvoaçante e um halo prateado acima da cabeça coroada. Ele estava diante de um sol carmesim, com uma das mãos nas costas de um shedu rugindo, e a outra segurando um cajado com uma insígnia de oito pontas. A mesma insígnia que estava na têmpora direita de Ghassan.

— É Suleiman — percebeu Ali. — Que a paz esteja com ele. — Ali olhou para o restante da pintura. — Acho que retrata a ascensão de Anahid quando ela recebeu as habilidades e a insígnia de Suleiman. — Os olhos dele recaíram sobre a figura curvada aos pés de Suleiman. Apenas as costas dela estavam visíveis, apenas as orelhas pontiagudas denunciavam que era djinn. Ou daeva, na verdade. Anahid, primeira de sua linhagem.

Tinta azul inundava a túnica de Suleiman.

— Estranho — observou Muntadhir. — Eu me pergunto por que escolheu hoje entre todos os dias para começar a tentar consertar quatorze séculos de danos.

Um calafrio percorreu a espinha de Ali.

— Não sei.

NAHRI

— Levante mais o braço.

Nahri ergueu o cotovelo, segurando a adaga com mais força.

— Assim?

Dara fez uma careta.

— Não. — Ele avançou até ela, o cheiro da pele fumegante fez cócegas no nariz da curandeira, e ajustou o braço. — Solte-se; precisa estar relaxada. Está atirando uma faca, não espancando alguém com uma vareta.

A mão de Dara se deteve um momento além do necessário no cotovelo dela, o hálito dele morno contra o pescoço de Nahri. Ela estremeceu; relaxar era mais fácil de falar do que fazer quando o lindo daeva estava tão perto. Ele finalmente se afastou, e Nahri fixou os olhos na árvore franzina. Ela atirou a adaga, e a arma disparou além da árvore para cair em um trecho de arbustos.

Dara caiu na gargalhada quando Nahri xingou.

— Não tenho certeza se conseguiremos transformar você em uma boa guerreira. — Ele abriu a palma da mão e a adaga voou de volta até ali.

Nahri lhe lançou um olhar de inveja.

— Não pode me ensinar a fazer isso?

Dara ofereceu a faca de volta.

— Não. Já disse várias vezes...

—... a magia é imprevisível — terminou Nahri. Ela atirou a adaga de novo, podia jurar que caiu um pouco mais perto da árvore, mas poderia ter sido apenas a vontade dela. — E se for? Tem realmente medo do que eu possa fazer?

— Sim — respondeu Dara, diretamente. — Até onde sei, vai lançar cinquenta dessas facas voando de volta até nós.

Ah, bem, talvez ele tivesse razão. Nahri dispensou a faca quando o daeva tentou entregar de volta.

— Não. Já basta por hoje para mim. Não podemos descansar? Estamos viajando como se...

— Como se um bando de ifrits estivesse atrás de nós? — Dara ergueu as sobrancelhas. — Viajaríamos mais rápido se não estivéssemos arrastando uma caravana de mercadorias roubadas por aí — disse ele, tirando um galho de uma árvore semimorta e deixando que queimasse até virar cinzas nas mãos. — De quantas roupas realmente precisa? E nem mesmo está comendo as laranjas... sem falar daquela flauta totalmente inútil.

— Aquela flauta é de marfim, Dara. Vale uma fortuna. Além do mais... — Nahri estendeu os braços, admirando rapidamente a túnica bordada e as botas de couro marrom que roubara de uma barraca pela qual passaram em uma das cidades do rio. — Só estou tentando manter nossos suprimentos bem abastecidos.

Os dois chegaram ao acampamento, embora "acampamento" fosse talvez uma palavra generosa demais para a pequena clareira na qual Nahri amassara a grama antes de soltar as bolsas. Os cavalos estavam pastando em um campo distante, comendo qualquer trecho verde até as raízes. Dara se ajoelhou e reacendeu a fogueira com um estalo dos dedos. As chamas saltaram, iluminando a tatuagem escura no rosto franzido dele.

— Seus ancestrais teriam ficado horrorizados ao ver com que facilidade você rouba.

— De acordo com você, meus ancestrais teriam ficado horrorizados ao saber da minha mera existência. — Ela pegou um pedaço bem embalado de pão velho. — E é a forma como o mundo funciona. A esta altura, as pessoas certamente já invadiram minha casa no Cairo e roubaram minhas coisas.

Dara jogou um galho partido na fogueira, fazendo com que faíscas subissem.

— Como isso torna as coisas melhores?

— Alguém rouba de mim, eu roubo de outros, e tenho certeza de que as pessoas de quem roubei eventualmente tomarão algo que não pertence a elas. É um ciclo — acrescentou Nahri sabiamente ao morder um pedaço do pão duro.

Dara a encarou por uns bons segundos antes de falar.

— Tem algo muito errado com você.

— Provavelmente vem de meu sangue daeva.

Ele fez uma careta.

— É sua vez de buscar os cavalos.

Nahri gemeu; tinha pouca vontade de deixar a fogueira.

— E o que você vai fazer?

Mas Dara já estava recuperando uma panela surrada de uma das bolsas deles. Nahri roubara no caminho, esperando encontrar algo para cozinhar que não fosse manna. E, depois de ouvir a reclamação dela sobre a situação da comida durante dias, Dara tomou para si a tarefa de descobrir como conjurar algo diferente. Mas Nahri não tinha esperanças. Tudo que ele conseguira até então fora uma sopa levemente morna que tinha o gosto do cheiro dos ghouls.

A noite havia caído quando Nahri retornou com os cavalos. A escuridão naquela terra descia rapidamente e era densa o bastante para se sentir, uma escuridão pesada e impenetrável, que a teria deixado nervosa se Nahri não tivesse a fogueira do acampamento para guiá-la. Mesmo o espesso dossel das estrelas acima fazia pouco para aliviar o escuro, a luz delas era capturada pelas montanhas brancas que os cercavam. Estavam cobertas de neve, explicara Dara, um conceito que Nahri mal conseguia imaginar. Aquele país era completamente estranho para ela, e embora fosse novo e, de algumas formas, até mesmo belo, ela se via desejando as ruas tumultuadas do Cairo, os bazares lotados e os mercadores discutindo. Nahri sentia falta do deserto dourado que abraçava sua cidade e do amplo e marrom Nilo que serpenteava por ela.

Nahri amarrou os cavalos a uma árvore magricela. A temperatura tinha caído dramaticamente com o sol, e os dedos gelados dela se atrapalharam com o nó. Nahri envolveu um dos cobertores nos ombros e ocupou um assento, o mais próximo à fogueira que ela ousou.

Dara nem mesmo usava a túnica. Nahri encarou, com inveja, os braços expostos dele. *Deve ser legal ser feito de fogo.* Qualquer que fosse a quantidade de sangue daeva nela, obviamente não era o suficiente para afastar o frio.

A panela fumegava aos pés dele; Dara a empurrou com um sorriso triunfante.

— Coma.

Nahri cheirou, desconfiada. O cheiro era bom, como lentilha com cebola amanteigadas. Ela arrancou uma fatia de pão da bolsa e a mergulhou na panela. Então deu uma mordida cautelosa e mais outra. O gosto era tão bom quanto o cheiro, como creme e lentilhas e algum tipo de vegetal folhoso. Nahri esticou a mão rapidamente para pegar mais pão.

— Gostou? — perguntou Dara, levantando a voz esperançoso.

Depois de todo o manna, qualquer coisa comestível teria sido apetitosa, mas aquilo era verdadeiramente delicioso.

— Amei! — Nahri colocou mais na boca, saboreando o ensopado morno. — Como finalmente conseguiu, então?

Dara pareceu imensamente satisfeito consigo mesmo.

— Tentei me concentrar no prato que conhecia melhor. Acho que a concentração ajudou... muito da magia tem a ver com suas intenções. — Ele parou, e seu sorriso se desfez. — Era algo que minha mãe costumava fazer.

Nahri quase engasgou; Dara não revelara nada a respeito do passado dele, e mesmo agora ela via uma expressão de reserva percorrer seu rosto. Esperando que o daeva não mudasse de assunto, ela respondeu rapidamente:

— Ela deve ser uma cozinheira muito boa.

— Ela era. — Dara engoliu o restante do vinho e a taça se encheu de novo imediatamente.

— Era? — arriscou Nahri.

Dara encarou a fogueira; os dedos dele se contorceram como se o daeva desejasse tocar nela.

— Está morta.

Nahri largou o pão.

— Ah. Dara, sinto muito, não percebi...

— Está tudo bem — interrompeu ele, embora o tom da voz indicasse que não estava nada bem. — Foi há muito tempo.

Nahri hesitou, mas não conseguiu conter a curiosidade.

— E o restante de sua família?

— Também está morto. — Ele lançou um olhar aguçado para ela, os olhos esmeralda brilhantes. — Não resta mais ninguém além de mim.

— Entendo — ela respondeu, baixinho.

— De fato. Suponho que entenda. — Uma taça subitamente se materializou na mão de Nahri. — Beba comigo, então — ordenou Dara, erguendo a taça na direção dela. — Vai engasgar se não molhar essa comida. Acho que nunca vi alguém comer tão rápido.

Ele estava mudando de assunto, e ambos sabiam. Nahri deu de ombros, tomando um gole do vinho.

— Faria o mesmo se tivesse crescido como eu. Às vezes eu não sabia quando comeria de novo.

— Percebi. — Ele soltou um ronco de deboche. — Não parecia muito mais cheia do que os ghouls quando a encontrei. Pode xingar o manna quanto quiser, mas pelo menos ele a encheu um pouquinho.

Nahri ergueu uma sobrancelha.

— "Me encheu um pouquinho"? — ela repetiu.

Dara ficou imediatamente vermelho.

— E-eu não quis dizer de um jeito ruim. Só que, você sabe... — Ele fez um gesto vago de abrangência na direção do corpo dela, então corou, talvez percebendo que tal gesto não ajudava. — Esqueça — murmurou o daeva, abaixando o olhar envergonhado.

Ah, eu sei, acredite em mim. Apesar de todo o suposto desprezo de Dara pelos shafits, Nahri o surpreendera olhando para ela mais de uma vez, e a lição de lançamento de adaga não fora a primeira vez em que a mão dele se detivera no corpo dela por tempo demais.

Nahri manteve o olhar sobre o daeva, estudando a ampla linha dos ombros dele e observando enquanto ele brincava, nervoso, com a taça, ainda evitando os olhos dela. Os dedos de Dara tremiam na borda, e por um momento Nahri não pôde deixar de se perguntar se fariam o mesmo sobre a pele dela.

Porque as coisas já não estão confusas o suficiente entre nós sem acrescentar isso *à mistura.* Antes que a mente dela pudesse ir ainda mais longe, Nahri mudou de assunto outra vez, para algo que ela sabia que destruiria completamente o clima.

— Então, me conte a respeito desses Qahtani.

Dara se sobressaltou.

— O quê?

— Esses djinns que você vive insultando, os que supostamente lutaram contra meus ancestrais. — Nahri tomou um gole do vinho. — Conte-me a respeito deles.

Dara fez uma expressão de quem comeu algo azedo. Objetivo alcançado.

— Precisamos mesmo fazer isso agora? Está tarde...

Nahri agitou o dedo para ele.

— Não me faça sair atrás de outro ghoul para ameaçar você até que fale.

Dara não riu da piada, em vez disso, pareceu mais perturbado.

— Não é uma história agradável, Nahri.

— Outro motivo para acabar com isso.

Ele tomou um gole de vinho, um longo gole, como se precisasse de uma dose de coragem.

— Eu disse a você antes que Suleiman era um homem inteligente. Antes da maldição dele, todos os daevas eram iguais. Aparência semelhante, falávamos uma única língua, praticávamos rituais idênticos. — Dara chamou a fogueira deles e os tendões de fumaça correram até as mãos dele como uma amante ansiosa. — Quando Suleiman nos libertou, ele nos espalhou pelo mundo que conhecia, mudando nossas línguas e aparências para se assemelhar as dos humanos em nossas novas terras.

Dara espalmou as mãos. A fumaça se achatou e condensou para formar um mapa espesso no céu diante de Nahri, com o templo de Suleiman no centro. Enquanto Nahri assistia, pontinhos de luz incandescentes dispararam para fora do tempo pelo mundo, caindo no chão como meteoritos e quicando de volta como pessoas totalmente formadas.

— Ele nos dividiu em seis tribos. — Dara apontou para uma mulher pálida sopesando moedas de jade no limite leste do mapa, talvez na China. — Os Tukharistani. — Ele gesticulou para o sul, para uma dançarina coberta de joias que rodopiava no subcontinente indiano. — Os Agnivanshi. — Um minúsculo cavaleiro irrompeu da fumaça, galopando pela Arábia meridional e empunhando uma espada em chamas. Dara contraiu os lábios e com um estalar dos dedos arrancou a cabeça da figura. — Os Geziri. — Ao sul do Egito, um acadêmico de olhos dourados jogou uma echarpe azul brilhante sobre o ombro enquanto lia um pergaminho. Dara assentiu para ele. — Os Ayaanle — disse o daeva, então apontou para um homem de cabelos de fogo consertando um barco na costa do Marrocos. — Os Sahrayn.

— E quanto ao seu povo?

— *Nosso* povo — corrigiu ele, e indicou as planícies baixas do que parecia ser a Pérsia para Nahri, ou talvez o Afeganistão. — Daevastana — disse ele, calorosamente. — A terra dos Daeva.

Ela franziu a testa.

— Sua tribo tomou o nome original da raça daeva inteira como seu?

Dara deu de ombros.

— Estávamos no comando.

Ele estudou o mapa. As figuras fumegantes se calaram e gesticularam umas para as outras.

— Diz-se que foi uma época violenta e assustadora. A maioria das pessoas aceitou as novas tribos, unindo-se pela sobrevivência e formando dentro das tribos grupos de castas determinadas pelas novas habilidades. Alguns eram metamorfos, outros podiam manipular metais, alguns conjuravam bens raros, e assim por diante. Ninguém conseguia fazer de tudo, e as tribos estavam ocupadas demais lutando umas contra as outras para sequer considerar vingança contra Suleiman.

Nahri sorriu, impressionada.

— É certo que até você precisa admitir que foi uma ação genial de Suleiman.

— Talvez — respondeu Dara. — Mas por mais que ele fosse brilhante, Suleiman fracassou em considerar as consequências de dar a meu povo corpos mortais sólidos.

As minúsculas figuras continuaram a se multiplicar, construindo pequenas cidades e atravessando o amplo mundo em caravanas esguias. Ocasionalmente, um tapete voador em miniatura disparava pelas nuvens fumegantes.

— Que consequências? — perguntou Nahri, confusa.

Ele deu a ela um sorriso brincalhão que não chegou a seus olhos.

— Podíamos acasalar com humanos.

— E fazer shafits — percebeu ela. — Pessoas como eu. Dara assentiu.

— Totalmente proibido, saiba você. — Ele suspirou. — Pode ter percebido a esta altura que não somos muito bons em seguir as regras.

— Imagino que aqueles shafits tenham se multiplicado bem rapidamente?

— Muito. — Dara indicou o mapa de fumaça. — Como digo, magia é imprevisível. — Uma cidade minúscula no Magreb se incendiou. — E fica ainda mais nas mãos de praticantes mestiços e sem treino. — Imensos navios, em uma variedade de formas bizarras, atravessaram o mar Vermelho, e gatos alados com rostos humanos planaram sobre o Hind. — Embora a maioria dos shafits não tivesse habilidade nenhuma, os poucos que têm possuem a capacidade de infligir danos terríveis nas sociedades humanas deles.

Danos como liderar um bando de ghouls pelo Cairo e enganar bashas para tomar a riqueza deles? Nahri tinha pouco a dizer sobre isso.

— Mas por que os daevas, ou djinns ou como quer que se chamassem na época, se importavam? — ela perguntou. — Achei que sua raça não gostasse muito dos humanos mesmo.

— Não teriam — admitiu Dara. — Mas Suleiman deixou bem claro que outro tomaria seu lugar para nos punir de novo caso ignorássemos a lei dele. O Conselho Nahid lutou durante anos para conter o problema dos shafits, ordenando que humanos suspeitos de terem sangue mágico fossem levados a Daevabad para viver suas vidas.

Nahri ficou imóvel.

— O Conselho *Nahid*? Mas achei que fossem os Qahtani que...

— Chegarei a essa parte — interrompeu Dara, com a voz um pouco mais fria, e levemente mais arrastada, do que o normal. Ele tomou mais um longo gole de vinho. A taça jamais parecia se esvaziar, então Nahri só conseguia imaginar quanto o daeva teria consumido até então. Muito mais do que ela, e a cabeça da curandeira começava a girar.

Uma cidade se ergueu do mapa de fumaça em Daevastana, no centro de um lago escuro. As paredes reluziam como bronze, lindas contra o céu escuro.

— Isso é Daevabad? — perguntou Nahri.

— Daevabad — confirmou Dara. Os olhos dele ficaram sombrios enquanto encarava a minúscula cidade com a expressão desejosa. — Nossa maior cidade. Em que Anahid construiu o palácio e de onde os descendentes dela governaram o reino até serem destronados.

— Deixe-me adivinhar... por todos os shafits sequestrados que mantinham trancafiados?

Dara sacudiu a cabeça.

— Não. Nenhum shafit poderia ter feito tal coisa; são fracos demais.

— Então quem foi?

O rosto de Dara ficou sombrio.

— Quem não fez? — Quando Nahri franziu a testa, confusa, ele prosseguiu. — As outras tribos jamais deram muita atenção ao decreto de Suleiman. Ah, *alegavam* concordar que humanos e daevas deveriam ser segregados, mas elas eram a fonte dos shafits.

Dara assentiu para o mapa.

— Os Geziri eram os piores. Eram fascinados pelos humanos na terra deles, idolatrando os profetas deles e adotando sua cultura, com alguns inevitavelmente se aproximando demais. Eram a tribo mais pobre, um bando de fanáticos religiosos que acredita que o que Suleiman fez conosco foi uma benção, não uma maldição. Eles em geral se recusavam a entregar parentes shafits, e quando o Conselho Nahid ficou mais severo no cumprimento da lei, os Geziri não reagiram bem.

Um enxame preto subiu no Rub al Khali, o deserto proibido ao norte do Iêmen.

— Começaram a se chamar de "djinn" — falou Dara. — A palavra que os humanos na terra deles usavam para nossa raça. E quando o líder, um homem chamado Zaydi al Qahtani, incitou uma invasão, as outras tribos se juntaram a ele. — A nuvem negra ficou enorme ao descer sobre Daevabad e manchar o lago. — Ele derrubou o Conselho Nahid e roubou a insígnia de Suleiman. — As palavras seguintes de Dara saíram como um sibilo. — Os descendentes dele governam Daevabad até hoje.

Nahri observou enquanto a cidade lentamente se tornava preta.

— Há quanto tempo foi tudo isso?

— Cerca de mil e quatrocentos anos. — A boca de Dara era uma linha fina. Dentro do mapa fumegante, a minúscula versão de Daevabad, agora preta como carvão, desabou.

— Há mil e quatrocentos anos? — Nahri estudou o daeva, reparando na forma tensa com que ele esticava o corpo e na careta no belo rosto. Algo se agitou em sua memória. — Essa... essa é a guerra que você estava discutindo com Khayzur, não é? — A boca de Nahri se escancarou. — Não disse que a *testemunhou*?

Dara tomou o resto do vinho.

— Você não deixa passar muita coisa, não é?

A cabeça de Nahri girou diante da admissão.

— Mas como? Você disse que os djinns só viviam por alguns séculos!

— Não importa. — Ele a dispensou com um gesto da mão, mas o movimento não foi tão gracioso quanto de costume. — Minha história é apenas isso: minha.

Ela estava incrédula.

— E não acha que esse rei vai querer uma explicação quando aparecermos em Daevabad?

— Não vou para Daevabad.
— *O quê?* Mas achei... aonde vamos, então?
Dara virou o rosto.
— Levarei você até os portões da cidade. Pode ir sozinha até o palácio dali. Será melhor recebida sozinha, confie em mim.

Nahri recuou, chocada e muito mais magoada do que deveria se sentir.
— Vai simplesmente me abandonar?
— Não vou *abandonar* você. — Dara exalou e ergueu as mãos, gesticulando grosseiramente para a pilha de armas atrás dele. — Nahri, que tipo de história acha que tenho com essas pessoas? Não posso voltar.

O temperamento dela se inflamou e a curandeira ficou de pé.
— Seu covarde — acusou ela. — Você me enganou no rio e sabe disso. Jamais teria concordado em ir a Daevabad com você se soubesse que tinha tanto medo dos djinns que estava planejando...
— *Não* tenho medo dos djinns. — Dara também ficou de pé, seus olhos se incendiaram. — Vendi minha alma pelos Nahid! Não vou passar a eternidade definhando em um calabouço enquanto ouço os djinns zombarem deles por serem hipócritas.
— Mas eles *eram* hipócritas... olhe para mim! Sou a prova viva!

A expressão dele ficou sombria.
— Estou bastante ciente disso.

Isso a feriu, Nahri não pôde negar.
— É esse o problema aqui, então? Tem vergonha de mim?
— Eu... — Dara sacudiu a cabeça. Algo como arrependimento pareceu percorrer brevemente o rosto dele antes de o daeva se virar. — Nahri, você não cresceu em meu mundo. Não pode entender.
— Graças a Deus que não cresci! Provavelmente teria sido morta antes do meu primeiro aniversário!

Dara não disse nada, o silêncio dele foi mais revelador do que qualquer negação. O estômago da curandeira se revirou. Estava imaginando os ancestrais como nobres curandeiros, mas o que Dara sugeria pintava uma cena muito mais sombria.

— Então fico feliz que os djinns tenham invadido — disse ela, com a voz rouca. — Espero que tenham se vingado por todos os shafits que meus ancestrais assassinaram!

— Vingança? — Os olhos de Dara brilharam, fumaça espiralou para fora do colarinho dele. — Zaydi al Qahtani assassinou até o último homem, mulher e criança daeva quando tomou a cidade. Minha *família* estava naquela cidade. Minha irmã não tinha nem a metade da sua idade!

Nahri imediatamente recuou, vendo o luto no rosto dele.

— Sinto muito. Eu não…

Mas Dara já se virara. Ele seguiu para os suprimentos deles, movendo-se tão rápido que a grama ficou chamuscada sob os pés dele.

— Não preciso ouvir isto. — O daeva pegou uma sacola do chão, passou o arco e a aljava pelo ombro antes de lançar um olhar hostil a ela. — Acha que seus ancestrais, *meus* líderes, são tais monstros, que os Qahtani são tão honrados… — Ele inclinou a cabeça na direção da escuridão abrangente. — Por que não tenta cantar para que um djinn a salve da próxima vez?

E então, antes que Nahri pudesse dizer alguma coisa, antes que pudesse realmente compreender o que estava acontecendo, ele saiu batendo os pés, desaparecendo noite afora.

8

ALI

Onde ele está?

Ali caminhava de um lado para outro do lado de fora do escritório do pai. Muntadhir deveria encontrá-lo ali antes da corte, mas estava ficando tarde e ainda não havia sinal do irmão eternamente atrasado.

O príncipe olhou ansiosamente para a porta fechada do escritório. As pessoas passavam durante toda a manhã, mas Ali ainda não conseguira reunir coragem para entrar. Ele se sentia terrivelmente despreparado para o primeiro dia na corte e mal dormira na noite anterior, a cama espaçosa nos extravagantes aposentos novos era macia demais e coberta com uma quantidade alarmante de almofadas com miçangas. Ali finalmente se decidiu por dormir no chão, apenas para ser atacado por pesadelos em que era atirado ao karkadann.

Ele suspirou. Olhou uma última vez pelo corredor, mas não havia sinal de Muntadhir.

Um borrão de atividade o recebeu quando Ali entrou no escritório; escribas e secretários cheios de pergaminhos passavam em disparada por diferentes ministros discutindo em uma dúzia de línguas diferentes. O pai de Ali estava à mesa, ouvindo atentamente a Kaveh enquanto um criado agitava um incensário com olíbano incandescente acima da cabeça dele e outro ajustava o colarinho rígido do dishdasha que ele vestia sob a túnica preta imaculada.

Ninguém pareceu reparar em Ali, e ele estava feliz em manter as coisas dessa forma. Desviando de um garçom, o príncipe encostou na parede.

Como se por um sinal previamente combinado, a sala começou a se dispersar, os criados escassearam e os ministros e secretários seguiram para as portas que davam para o imenso salão de audiência do rei. Ali observou Kaveh fazer uma anotação no papel em sua mão e assentir.

— Eu me certificarei de dizer aos Grão-Sacerdotes que...
— Ele parou de falar e então abruptamente esticou o corpo ao reparar em Ali. A expressão do grão-vizir se tornou tempestuosa. — Isso é alguma piada?

Ali não fazia ideia do que já havia feito de errado.
— Eu... eu deveria vir até aqui, certo?

Kaveh indicou grosseiramente as roupas do príncipe.
— Você *deveria* estar usando roupas cerimoniais, príncipe Alizayd. Vestes de estado. Mandei alfaiates para você ontem à noite.

Ali se amaldiçoou mentalmente. Dois daevas ansiosos *tinham* de fato se apresentado a ele na noite anterior, gaguejando algo a respeito de medidas, mas Ali os dispensara, sem pensar muito no momento. Não desejava ou precisava de roupas novas.

Ele olhou para baixo. Sua túnica cinza e sem mangas tinha apenas uns dois buracos onde fora atingida durante o treino, e o lenço de cintura índigo era escuro o suficiente para esconder as queimaduras da zulfiqar. Parecia bom para ele.

— Estas estão limpas — argumentou o rapaz. — Eu só as vesti ontem. — O príncipe indicou o turbante; o tecido carmesim indicava sua nova posição como qaid. — Isto é tudo que importa, não?

— Não! — Kaveh parecia incrédulo. — Você é um príncipe Qahtani... não pode ir para a corte parecendo que alguém acaba de arrastá-lo de um treino de luta! — O grão-vizir ergueu as mãos e se virou para o rei. Ghassan não dissera nada, simplesmente os observara lutar com um brilho estranho nos olhos. — Está vendo isso? — Indagou ele. — Agora precisaremos começar tarde para que seu filho possa ser adequadamente...

Ghassan gargalhou.

Foi uma gargalhada do fundo da garganta, sincera, uma que Ali não ouvia do pai havia anos.

— Aye, Kaveh, deixe-o em paz. — O rei veio de detrás da mesa e deu tapinhas nas costas de Ali. — Ele tem Am Gezira no sangue — disse ele, orgulhoso. — Em nossa terra, jamais nos incomodamos com toda essa besteira cerimonial. — Ghassan riu ao levar Ali até a porta. — Se ele parece que acabou de destruir alguém com uma zulfiqar, que assim seja.

O elogio do pai não era algo distribuído com frequência, e Ali não pôde deixar de sentir seu humor melhorar. Ele olhou ao redor quando um criado estendeu a mão para a porta que dava para a câmara de audiências.

— Abba, onde está Muntadhir?

— Com a ministra de comércio do Tukharistan. Está... *negociando* um acordo para reduzir a dívida que temos pelos novos uniformes da Guarda Real.

— Muntadhir está negociando nossas dívidas? — perguntou Ali, com ceticismo. O irmão dele e números não combinavam muito. — Não achei que economia fosse o forte dele.

— Não é esse tipo de negociação. — Quando o franzir confuso de Ali apenas se aprofundou, Ghassan sacudiu a cabeça. — Venha, menino.

Fazia anos desde que Ali vira o salão do trono do pai dele pela última vez, e o príncipe parou para apreciar por completo quando entraram. A câmara era enorme, ocupando todo o primeiro andar do zigurate palaciano, e sustentada por colunas de mármore tão altas que desapareciam no teto distante. Embora estivessem cobertas por tinta desbotada e mosaicos quebrados, ainda era possível distinguir as vinhas floridas e as antigas criaturas daevastani que um dia decoraram a superfície – assim como os sulcos em que os ancestrais de Ali tinham arrancado gemas; os Geziri não desperdiçavam recursos com ornamentação.

O lado oeste do salão se abria para jardins formais tratados. Enormes janelas – quase da altura do teto – interrompiam as paredes restantes, protegidas por telas de madeira intricadamente entalhadas, que mantinham o espaço cavernoso frio enquanto permitiam a entrada de luz e ar fresco. Fontes cheias de flores dispostas contra a parede faziam o mesmo, a água era encantada para fluir continuamente sobre canais de gelo cortado. Braseiros lustrosos e espelhados com cedro queimando pendiam de correntes de prata acima do piso de mármore verde com arabescos de veios brancos. O piso subia ao chegar à parede leste e se separava em cinco andares, cada um designado a um ramo diferente do governo.

Ali e o pai caminharam até o nível superior, e conforme se aproximavam do trono, Ali não pôde deixar de admirá-lo. Com duas vezes sua altura e entalhado de um mármore azul-celeste, o trono originalmente pertenceu aos Nahid e assim se parecia, um monumento à extravagância que os levara a ser destronados. Fora projetado para transformar seu ocupante em um shedu vivo, o lendário leão alado que era o símbolo da família deles. Rubis, cornalinas e topázios rosa e laranja estavam encrustados acima da cabeça para representar o sol nascente, enquanto os braços do trono eram semelhantemente encrustados para imitar asas, as pernas escavadas em pesadas patas com garras.

As joias brilhavam à luz do sol – assim como os milhares de olhos que ele subitamente percebeu que estavam sobre si. Ali imediatamente baixou o olhar. Não havia nada que unisse as tribos mais do que fofoca sobre seus líderes, e ele suspeitava que a visão do segundo filho de Ghassan admirando o trono no primeiro dia na corte colocaria cada língua em ação.

O pai de Ali assentiu para a almofada coberta de joias abaixo do trono.

— Seu irmão não está aqui. Pode ocupar o assento dele. *Mais fofoca.*

— Ficarei de pé — respondeu Ali, rapidamente, afastando-se da almofada de Muntadhir.

O rei deu de ombros.

— A escolha é sua. — Ele se acomodou no trono, Ali e Kaveh o flanquearam. Ali se obrigou a olhar para a multidão de novo. Embora o salão do trono pudesse abrigar dez mil, Ali supôs que cerca de metade desse número estivesse ali no momento. Nobres de todas as tribos (cuja presença regular era requerida para provar lealdade) compartilhavam o espaço com os clérigos de turbantes brancos, enquanto escribas da corte, vizires inferiores e oficiais do Tesouro se amontoavam em uma variedade estonteante de vestes cerimoniais.

Mas a maior parte da multidão parecia ser composta de plebeus. Nenhum shafit, é claro, exceto por criados, mas muita herança tribal mestiça como Ali. Todos estavam bem vestidos – nenhum se apresentaria na corte caso contrário –, mas alguns eram obviamente das classes inferiores de Daevabad, com vestes limpas, porém remendadas, ornamentos que eram pouco mais do que braceletes de metal.

Uma mulher ayaanle com vestes de cor mostarda e uma faixa preta de escriba em volta do colarinho se levantou.

— Em nome do rei Ghassan ibn Khader al Qahtani, defensor da Fé, e no nonagésimo quarto Rabi' al Thani da vigésima sétima geração depois da Benção de Suleiman, peço ordem a esta sessão! — Ela acendeu uma lâmpada a óleo de vidro cilíndrico e colocou no altar diante de si. Ali sabia que o pai ouviria petições até que o óleo acabasse, mas enquanto observava oficiais da corte reunirem a multidão abaixo em algo que se assemelhava à ordem, ficou boquiaberto diante da mera quantidade. O pai não tinha a intenção de ouvir a todas aquelas pessoas, tinha?

Os primeiros peticionários foram trazidos adiante e apresentados: um mercador de seda de Tukharistan e seu insatisfeito cliente agnivanshi. Eles se prostraram diante do pai de Ali e se levantaram quando Ghassan pediu que se erguessem.

O homem agnivanshi falou primeiro.

— Que a paz esteja com você, meu rei. Sinto-me humilde e honrado por estar em sua presença. — Ele indicou com o polegar o mercador de seda, as pérolas em torno do pescoço se agitaram. — Apenas imploro seu perdão por ter arrastado para diante de você um mentiroso descarado e ladrão impenitente!

O pai de Ali suspirou quando o mercador de seda revirou os olhos.

— Por que simplesmente não explica o problema?

— Ele concordou em me vender meia dúzia de rolos de seda por dois barris cada de canela e pimenta, até mesmo acrescentei três caixas de manga como boa-fé. — O homem se virou para o outro mercador. — Cumpri com minha parte, mas quando voltei para casa, metade de sua seda tinha se tornado fumaça!

O homem tukharistani deu de ombros.

— Sou apenas um intermediário. Avisei a você que se tivesse problemas com o produto, precisaria falar com o fornecedor. — Ele fungou, nada impressionado. — E suas mangas de boa-fé estavam azedas.

O homem agnivanshi fervilhou de ódio como se o mercador tivesse insultado a mãe dele.

— *Mentiroso!*

Ghassan ergueu a mão.

— Acalmem-se. — Ele voltou o olhar de gavião para o mercador de seda. — O que ele diz é verdade?

O mercador se inquietou.

— Pode ser.

— Então pague a ele pela seda que desapareceu. É sua responsabilidade recuperar a perda dos fornecedores. O Tesouro determinará o preço. Deixaremos a questão da acidez das mangas com Deus. — Ele os dispensou. — Próximo!

Os mercadores discutindo foram substituídos por uma viúva sahrayn deixada destituída pelo marido perdulário. Ghassan imediatamente concedeu a ela uma pequena pensão, junto com uma vaga para o jovem filho da mulher na Cidadela. Ela foi seguida por um acadêmico requisitando fundos para pesquisar as propriedades incendiárias das bexigas dos zahhaks (terminantemente negado), e um apelo por ajuda contra um rukh devastando aldeias no oeste de Daevastana, e muitas outras acusações de fraude – uma incluindo poções Nahid falsificadas com resultados bastante vergonhosos.

Horas depois, as queixas eram um borrão, uma torrente de exigências – algumas tão completamente insensatas que Ali queria sacudir o peticionário. O sol tinha subido além das telas da janela de madeira, a câmara de audiências ficava quente, e Ali cambaleou de pé, encarando desejosamente a almofada que rejeitara.

Nada daquilo parecia incomodar seu pai. Ghassan estava tão tranquilamente impassível naquele momento quanto quando entraram – ajudado, talvez, pela taça que um garçom mantinha atenciosamente cheia. Ali jamais vira o próprio pai como um homem paciente, no entanto, ele não mostrava irritação com os súditos, ouvindo tão atentamente a viúvas destituídas quanto a nobres ricos brigando por vastos trechos de terra. Sinceramente... Ali estava impressionado.

Mas, por Deus, como queria que aquilo acabasse.

Quando a luz da lâmpada a óleo finalmente se extinguiu, Ali se conteve para não cair no chão em prostração. O pai dele se levantou do trono e foi prontamente seguido por uma multidão de escribas e ministros. Ali não se importava; estava ansioso para escapar para uma xícara de chá tão forte que poderia manter uma colher de pé. Ele seguiu para a saída.

— Qaid?

Ali não deu atenção à voz até que o homem chamou novamente, e então percebeu, com um pouco de vergonha, que agora ele era qaid. Ele se virou e viu um homem geziri baixinho atrás de si. Usava o uniforme da Guarda Real, um turbante de borda preta indicando que era um secretário militar. Tinha a barba bem-feita e olhos cinza bondosos. Ali não o reconheceu, mas isso não era surpreendente. Havia toda uma seção da Guarda Real dedicada ao palácio, e se o homem era secretário, talvez fizesse décadas desde que treinara na Cidadela.

O homem rapidamente tocou o coração e a testa como a saudação geziri.

— Que a paz esteja sobre você, qaid. Sinto muito por incomodá-lo.

Depois de horas de queixas civis, um colega guerreiro geziri era uma visão bem-vinda. Ali sorriu.

— Não é incômodo nenhum. Como posso ajudar?

O secretário segurava um rolo grosso de pergaminho.

— Estes são os registros sobre os suspeitos de manufaturar os tapetes defeituosos que bateram em Babili. — Ali o encarou sem entender nada.

— O quê?

O secretário semicerrou os olhos.

— O incidente Babili... aquele a cujos sobreviventes seu pai acaba de garantir compensação. Ele deu ordens para prendermos os fabricantes e apreendermos o restante do estoque de tapetes antes que sejam vendidos.

Ali se lembrava vagamente de algo assim ser mencionado.

— Ah... é claro. — Ele levou a mão ao pergaminho.

O outro homem recuou.

— Talvez eu devesse dá-lo a seu secretário — disse ele, delicadamente. — Perdoe-me, meu príncipe, mas você parece um pouco... sobrecarregado.

Ali se encolheu. Ele não percebera que era tão óbvio.

— Não tenho um secretário.

— Então quem tomou notas para você durante a sessão de hoje? — Alarme se elevou na voz no homem. — Havia no mínimo uma dúzia de assuntos que diziam respeito à Guarda Real.

Eu deveria pedir que alguém tomasse notas? Ali vasculhou o cérebro. Wajed explicara com detalhes as novas responsabilidades de Ali antes de partir para Ta Ntry, mas, ainda chocado com a execução de Anas e a revelação sobre as armas, Ali tivera dificuldade para prestar atenção.

— Ninguém — confessou. Ali olhou para o mar de escribas... certamente um deles teria a transcrição da sessão daquele dia.

O outro homem pigarreou.

— Se me permite a ousadia, qaid... Eu costumo tomar notas para mim no que diz respeito a assuntos da Cidadela. Ficaria feliz em compartilhar com você. E embora tenha certeza de que preferiria nomear um parente ou membro da nobreza como seu secretário, se precisar de alguém no meio...

— Sim — interrompeu Ali, aliviado. — Por favor... — Ele parou de falar com alguma vergonha. — Sinto muito. Acho que não perguntei seu nome.

O secretário levou a mão ao coração de novo.

— Rashid ben Salkh, meu príncipe. — Os olhos dele brilharam. — Estou ansioso por trabalhar com você.

Ali se sentiu melhor ao se dirigir de volta aos aposentos. Com exceção das vestes e de se esquecer de tomar notas, não achou que tivesse se saído tão mal na corte.

Mas, por Deus, aqueles olhos... Era ruim o bastante ficar de pé e ouvir petições fúteis durante horas; ser examinado por milhares de estranhos enquanto fazia isso era tortura. Ele mal podia culpar o pai por beber.

Um guarda do palácio fez reverência quando Ali se aproximou.

— Que a paz esteja sobre você, príncipe Alizayd. — Ele abriu a porta para Ali, então saiu da frente.

Os irmãos podiam ter tentado encontrar acomodações simples para Ali, mas ainda era um apartamento no palácio, com duas vezes o tamanho do quartel que um dia dividira com duas dúzias de cadetes iniciantes. O quarto era simples, mas grande, contendo a cama excessivamente macia e o único baú de pertences que Ali trouxera da Cidadela empurrado contra a parede. Anexo ao quarto havia um escritório cercado por estantes de livros já cheias pela metade – melhor acesso à Biblioteca Real era o único benefício da vida no palácio que Ali pretendia usar.

Ele entrou no quarto e tirou as sandálias. O aposento dava para o canto mais selvagem dos jardins do harém, uma selva verdejante completa com macacos guinchando e pássaros mainá gritando. Um pavilhão coberto de mármore e cheio de balanços dava para as águas frias do canal corrente.

Ali desenrolou o turbante. A luz do fim da tarde entrava filtrada pelas cortinas de linho translúcido, e estava piedosamente silencioso. Ele atravessou o tapete até a mesa e folheou as pilhas de papelada: relatórios de crimes, pedidos de apropriação, convites a incontáveis eventos sociais dos quais ele não tinha intenção de participar, bilhetes estranhamente pessoais requisitando favores, perdões... Ali separou aquilo rapidamente, descartando qualquer coisa que soasse desnecessária ou ridícula, e colocando os papéis mais importantes em ordem.

O brilho do canal chamou sua atenção, tentando-o. Embora a mãe tivesse ensinado Ali a nadar quando criança, fazia anos desde que fizera isso pela última vez, envergonhado de participar de um hobby tão fortemente associado aos Ayaanle – e um que era visto com repulsa e horror por muitos da tribo do pai dele.

Mas não havia ninguém para vê-lo agora. Ali afrouxou o colarinho, levando a mão à bainha da camisa conforme seguia para o pavilhão.

Ele parou. Recuou para olhar de novo para o arco aberto que dava para o cômodo seguinte, mas seus olhos não o haviam enganado.

Havia duas mulheres à espera na cama dele.

As duas caíram na gargalhada.

— Acho que ele finalmente nos viu — disse uma delas, com um sorriso. A mulher estava deitada de barriga para baixo, com os tornozelos delicados cruzados para cima. Os olhos de Ali observaram as camadas de saias transparentes, curvas suaves e cabelos pretos antes de rapidamente fixar o olhar no rosto dela.

Não que isso ajudasse; ela era linda. Shafit; isso estava claro pelas orelhas arredondadas e a pele marrom fosca. Os olhos da mulher estavam delineados com kajal e brilhavam com diversão. Ela se levantou da cama, os sinos nos tornozelos tilintaram quando se aproximou. A mulher mordeu um lábio pintado e o coração de Ali disparou.

— Estávamos nos perguntando quanto tempo levaria para olhar além de todos os papéis — ela provocou. A mulher estava subitamente diante de Ali, com os dedos tracejando o interior do pulso dele.

Ali engoliu em seco.

— Acho que houve algum engano.

Ela sorriu de novo.

— Engano nenhum, meu príncipe. Fomos enviadas para lhe dar as boas-vindas adequadas ao palácio. — A mulher levou a mão ao nó da faixa da cintura dele.

Ali recuou tão rápido que quase tropeçou.

— Por favor... isso não é necessário.

— Ah, Leena, pare de assustar o menino. — A segunda mulher ficou de pé, movendo-se para a luz do sol. Ali gelou, o ardor que estava lutando para controlar subitamente se foi.

Era uma das cortesãs daeva da taverna de Turan.

Ela avançou com muito mais graciosidade do que a menina shafit, os olhos pretos líquidos fixos no rosto dele. Não pareceu haver qualquer reconhecimento ali, mas a noite voltou como uma torrente para Ali: a taverna enfumaçada, a lâmina irrompendo pela garganta do guarda, a mão de Anas em seu ombro.

A forma como o grito dele cessara abruptamente na arena. O olhar da cortesã percorreu Ali.

— Gosto dele — disse ela à outra. — Parece mais doce do que dizem. — Ela deu um sorriso suave a Ali. Fora-se a mulher risonha que aproveitava uma noite fora com amigas; era somente negócios agora.

— Não há necessidade de ficar tão nervoso, meu príncipe — acrescentou ela, baixinho. — Nosso mestre deseja apenas sua satisfação.

As palavras da mulher cortaram a névoa de medo e desejo que anuviava a mente de Ali, mas antes que ele pudesse questionar, outra risada feminina veio da direção do pavilhão – essa era familiar demais.

— Ora... certamente não levou muito tempo para se acomodar.

Ali recuou da cortesã quando a irmã dele entrou no quarto. As outras mulheres imediatamente caíram de joelhos.

Os olhos cinza-dourados de Zaynab brilharam com o prazer malicioso que apenas os olhos de irmãos poderiam conter. Ela era menos de uma década mais velha do que Ali, e, quando adolescentes, poderiam ter se passado por gêmeos, embora as bochechas marcadas e as feições alongadas da mãe deles caíssem muito melhor em Zaynab. A irmã de Ali estava vestida à moda dos Ayaanle naquele dia, um vestido roxo e dourado com um lenço de cabeça combinando, bordado com pérolas. Ouro cobria seus pulsos e pescoço, joias reluziam nas orelhas dela; mesmo na privacidade do harém, a única filha de Ghassan tinha a aparência de uma princesa.

— Perdoe a interrupção. — Ela entrou mais no quarto. — Viemos nos certificar de que a corte não o engoliu vivo, mas você obviamente não precisa de ajuda. — Zaynab se jogou na cama de Ali e chutou o cobertor que estava cuidadosamente dobrado no chão com um revirar de olhos. — Não me diga que dormiu no chão, Alizayd.

— Eu...

A segunda parte do "viemos" entrou no quarto antes que Ali conseguisse terminar o protesto. Muntadhir parecia mais desleixado do que o habitual, com o dishdasha desabotoado no colarinho e os cabelos cacheados descobertos. Ele sorriu diante da visão.

— *Duas?* Não acha que deveria ir devagar, Zaydi?

Ali estava feliz porque os irmãos se divertiam às custas dele.

— Não é o que isso significa — disparou ele. — Não disse a elas que viessem!

— Não? — A diversão deixou o rosto de Muntadhir e ele olhou para as cortesãs ajoelhadas no chão. — Levantem-se, por favor. Não há necessidade disso.

— Que a paz esteja sobre você, emir — murmurou a cortesã daeva ao se levantar.

— E sobre você a paz. — Muntadhir sorriu, mas a expressão não chegou a seus olhos. — Sei que eu resisti à vontade, então digam-me... quem solicitou que meu irmãozinho recebesse boas-vindas tão prazerosas ao lar?

As duas mulheres trocaram um olhar, a atitude brincalhona se fora. A cortesã daeva finalmente voltou a falou, com a voz hesitante.

— O grão-vizir.

Imediatamente indignado, Ali abriu a boca, mas Muntadhir ergueu a mão, interrompendo-o.

— Por favor, agradeçam a Kaveh pelo gesto, mas temo que precisarei interromper. — Muntadhir assentiu para a porta. — Podem ir.

As duas mulheres ofereceram "salaams" mudos e correram para fora.

Muntadhir olhou para a irmã deles.

— Zaynab, você se importaria? Acho que Ali e eu precisamos conversar.

— Ele cresceu em uma Cidadela cheia de homens, Dhiru... Acho que já teve "a conversa". — Zaynab riu da própria piada, mas se levantou da cama, ignorando o olhar de irritação que Ali disparou na direção dela. A princesa tocou o ombro dele ao passar. — *Tente* ficar longe de problemas, Ali. Espere pelo menos uma semana antes de se atirar a guerras sagradas. E não suma — disparou Zaynab por cima do ombro conforme seguia para o jardim. — Espero que venha me ouvir fofocar pelo menos uma vez por semana.

Ali ignorou aquilo, se voltando imediatamente para as portas que davam para o palácio.

— Se me dá licença, akhi. Obviamente preciso trocar umas palavras com o grão-vizir.

Muntadhir se colocou diante dele.

— E o que vai dizer a ele?

— Que mantenha as vadias adoradoras de fogo para si!

Muntadhir ergueu uma sobrancelha escura.

— E como acha que isso vai terminar? — perguntou ele. — O filho adolescente do rei, de quem já dizem os boatos ser algum tipo de fanático religioso, repreendendo um dos mais respeitados daevas da cidade, um homem cuja lealdade serviu ao pai dele durante décadas? E pelo quê... um presente que a maioria dos rapazes ficaria feliz por receber?

— Não sou assim, e Kaveh sabe...

— Sim, ele sabe — concluiu Muntadhir. — Sabe muito bem, e tenho certeza de que garantiu que estaria situado em algum lugar onde haveria um grande número de testemunhas para a cena que você está disposto a fazer.

Ali ficou perplexo.

— O que está dizendo?

O irmão deu um olhar sombrio para Ali.

— Que ele está tentando chatear você, Ali. Quer você longe de abba, idealmente longe de Daevabad e de volta a Am Gezira, onde não pode fazer nada para ferir o povo dele.

Ali ergueu as mãos.

— Eu não fiz nada ao povo dele!

— Ainda não. — Muntadhir cruzou os braços sobre o peito. — Mas vocês sujeitos religiosos dificilmente escondem os sentimentos em relação aos daevas. Kaveh tem medo de você; provavelmente acha que sua presença aqui é uma ameaça. Que vai transformar a Guarda Real em algum tipo de polícia da moralidade e fará com que espanquem todos os homens usando marcas de cinzas. — Muntadhir deu de ombros. — Sinceramente, não posso culpá-lo; os daevas tendem a sofrer quando pessoas como você se aproximam do poder.

Ali se recostou contra a mesa, chocado com as palavras do irmão. Já estava tendo que substituir Wajed enquanto escondia seu envolvimento com os Tanzeem. Não se sentia capaz de igualar sua esperteza política à de um Kaveh paranoico naquele momento.

Ele esfregou as têmporas.

— O que faço?

Muntadhir se sentou à janela.

— Poderia tentar dormir com a próxima cortesã que ele enviar — respondeu o irmão, com um sorriso. — Ah, Zaydi, não me olhe assim. Deixaria Kaveh perplexo. — Muntadhir girou um pouco de chamas distraidamente entre os dedos. — Até que ele se virasse e denunciasse você como um hipócrita, é claro.

— Não está me deixando com muitas opções.

— Poderia tentar não sair por aí como a versão real dos Tanzeem — sugeriu Muntadhir. — Na verdade, não sei... Tentar ficar amigo de um daeva? Jamshid gostaria de aprender a usar uma zulfiqar. Por que não dá aulas a ele?

Ali estava incrédulo.

— Quer que eu ensine o *filho de Kaveh* a usar uma arma geziri?

— Ele não é apenas o filho de Kaveh — argumentou Muntadhir, soando um pouco irritado. — É meu melhor amigo, e foi você quem me pediu conselhos.

Ali suspirou.

— Desculpe. Você está certo. É que foi um dia longo. — Ele se agitou contra a mesa, derrubando imediatamente uma das pilhas de papéis que haviam sido organizadas cuidadosamente. — Um dia sem sinais de que vai acabar tão cedo.

— Talvez devesse ter deixado você com as mulheres. Poderiam ter melhorado sua atitude. — Muntadhir se levantou da janela. — Só queria me certificar de que sobrevivesse ao primeiro dia na corte, mas parece que você tem muito trabalho. Pelo menos pense no que eu disse sobre os daevas. Sabe que só estou tentando ajudar.

— Eu sei. — Ali exalou. — Suas negociações foram bem-sucedidas?

— Minhas o quê?

— Suas negociações com a ministra tukharistani — lembrou Ali. — Abba disse que estava tentando reduzir uma dívida.

Os olhos de Muntadhir brilharam com diversão. Ele pressionou os lábios como se contivesse um sorriso.

— Sim. Ela se revelou bastante... receptiva.

— Que bom. — Ali recuperou os papéis, alinhando as pilhas na mesa. — Avise se quiser que eu verifique os números com que concordaram. Sei que matemática não é o seu... — Ele parou, surpreso pelo beijo que Muntadhir lhe deu subitamente na testa. — O que foi?

Muntadhir apenas sacudiu a cabeça, com afeição exasperada na expressão.

— Ai, akhi... você será engolido vivo aqui.

NAHRI

Frio. Foi o primeiro pensamento dela ao acordar. Nahri tremeu violentamente e se enroscou em uma bola, puxando o cobertor sobre a cabeça e acomodando as mãos congeladas sob o queixo. Será que já era de manhã? O rosto dela parecia úmido, e a ponta do nariz estava completamente dormente.

O que viu quando abriu os olhos foi tão esquisito que se sentou imediatamente.

Neve.

Só podia ser; combinava com a descrição de Dara perfeitamente. O chão estava coberto de uma camada fina de branco com apenas alguns trechos escuros de solo visíveis. O próprio ar parecia mais quieto do que o habitual, congelado em silêncio pela chegada da neve.

Dara ainda estava fora, assim como os cavalos. Nahri embrulhou o cobertor em volta dos ombros e alimentou o fogo que morria com o galho mais seco que encontrou, tentando não deixar que os nervos levassem a melhor. Talvez ele tivesse apenas levado os cavalos para pastar.

Ou talvez tivesse realmente partido. Ela forçou para dentro algumas garfadas de ensopado frio e começou a empacotar os suprimentos escassos. Havia algo a respeito do silêncio e da beleza solitária da nevasca fresca que tornava a solidão mais intensa.

O pão velho e o ensopado temperado deixaram sua boca seca. Nahri buscou pelo pequeno acampamento deles, mas o cantil não estava em lugar nenhum. Agora ela começou mesmo a entrar em pânico. Será que Dara realmente a deixaria sem água?

Aquele desgraçado. Aquele desgraçado arrogante e convencido. Ela tentou derreter alguma neve nas mãos, mas só conseguiu um punhado de lama. Nahri cuspiu, irritada, então calçou as botas. Maldito Dara. Ela reparou em um córrego no bosque minguado atrás do acampamento. Se ele não estivesse de volta até que ela retornasse, bem… Nahri precisaria começar a fazer outros planos.

Saiu batendo os pés na direção da floresta. *Se eu morrer aqui, espero voltar como um ghoul. Vou caçar aquele daeva arrogante encharcado de vinho até o Dia do Julgamento.*

Conforme Nahri caminhou para as profundezas da floresta, os sons de pássaros cantando sumiram. Estava escuro; as árvores altas e antigas bloqueavam a pouca luz que penetrava pelo céu matinal nublado. Folhas de pinheiro inflexíveis sustentavam minúsculos cálices de neve gelada no ar ao redor dela.

Uma fina camada de gelo cobria o córrego apressado. Nahri a quebrou com facilidade usando uma pedra e se ajoelhou para beber. A água estava tão fria que fez seus dentes doerem, mas ela forçou mais alguns goles para dentro e jogou um pouco no rosto, seu corpo inteiro tremeu. Nahri ansiava pelo Cairo; o calor e as multidões seriam o remédio perfeito para aquele lugar frio e solitário.

Um clarão chamou sua atenção de volta para o córrego, e Nahri olhou para baixo e viu um peixe passar por trás de uma rocha submersa. Ele reapareceu brevemente para lutar contra a corrente ágil, com as escamas brilhando à luz fraca.

Nahri pressionou as palmas das mãos contra a margem lamacenta e se inclinou para mais perto. O peixe era de um prateado impressionante, com faixas brilhantes azuis e verdes cruzando o corpo. Embora tivesse apenas o cumprimento da mão dela, parecia gordinho, e Nahri subitamente se perguntou qual seria o gosto dele assado na fraca fogueira do acampamento.

O peixe devia ter adivinhado a intenção da curandeira. No momento em que ela considerava o melhor modo de pegá-lo, ele sumiu atrás das pedras de novo, e uma brisa soprou diretamente através do fino lenço na cabeça de Nahri. Ela estremeceu e ficou em pé; o peixe não valia ficar mais tempo ali.

Nahri voltou para o limite da floresta, então parou.

Dara estava de volta.

Ela duvidava que ele a tivesse visto. Estava de pé entre os cavalos, de costas para as árvores, e enquanto Nahri observava, o daeva pressionou a testa contra a bochecha peluda de um dos animais, dando ao focinho dele uma coçada carinhosa.

Ela não se sentiu comovida pelo gesto. Dara provavelmente achava que até mesmo animais eram superiores a shafit como ela.

Mas havia alívio evidente na expressão dele quando a curandeira entrou no acampamento.

— Onde estava? — indagou ele. — Estava preocupado que alguma coisa a tivesse devorado.

Nahri passou direto por Dara, até o cavalo.

— Desculpe desapontar. — Ela agarrou a beira da sela e enfiou um pé no estribo.

— Deixe-me ajudar...

— Não me toque. — Dara recuou e Nahri se impulsionou desajeitadamente para a sela.

— Ouça... — Ele começou de novo, parecendo repreendido. — Quanto à ontem à noite. Eu estava bêbado. Faz muito tempo desde que tive companhia. — Dara mordeu o lábio. — Suponho que tenha esquecido meus modos.

Ela de virou para ele.

— Seus *modos*? Você começa um discurso louco sobre os djinns, sabe, aqueles que impediram o massacre indiscriminado de shafits como eu, me insulta quando mostro algum alívio diante da notícia da vitória deles, e então anuncia que está planejando me deixar nos portões daquela maldita cidade mesmo assim? E atribui toda a culpa ao vinho e a sua falta de *modos*? — Nahri soltou um ronco de escárnio. — Pelo Mais Alto, você é tão arrogante que não consegue nem pedir desculpas direito.

— Tudo bem. *Desculpe-me* — disse ele, exagerando as palavras. — É o que você quer ouvir? É a primeira shafit com quem já passei tempo. Não sabia... — Dara pigarreou, brincando nervosamente com as rédeas. — Nahri, você precisa entender que quando eu estava crescendo, éramos ensinados que o próprio Criador nos puniria se nossa raça continuasse quebrando as leis de Suleiman. Que outro humano se levantaria para arrancar nossos poderes e transformar nossas vidas se não colocássemos as outras tribos na linha. Nossos líderes disseram que os shafits não tinham alma, que qualquer coisa que saísse das bocas deles era um ardil. — Ele sacudiu a cabeça. — Jamais questionei isso. Ninguém questionou. — Ele hesitou, com os olhos brilhando de arrependimento. — Quando penso em algumas das coisas que fiz...

— Acho que já ouvi o suficiente. — Nahri puxou as rédeas das mãos dele. — Vamos logo. Quanto antes chegarmos a Daevabad, mais cedo nos livraremos um do outro.

Ela chutou o cavalo um pouco mais forte do que o habitual, e o animal soltou um ronco irritadiço antes de se apressar em um trote. Nahri agarrou as rédeas e apertou as pernas, rezando para que o movimento brusco não a jogasse no chão. Era péssima montadora, enquanto Dara parecia ter nascido na sela.

Ela tentou relaxar, sabendo por experiência própria que a forma mais confortável de cavalgar era deixar que o corpo acompanhasse os movimentos do animal, deixando o quadril solto para se balançar em vez de quicar para todo lado. Atrás dela, Nahri ouviu o cavalo de Dara bater no solo congelado.

Ele rapidamente a alcançou.

— Ah, não fuja assim. Eu pedi desculpas. Além do mais... — Nahri ouviu a voz dele embargar, e quando Dara falou de novo, ela mal conseguiu ouvi-lo. — Levarei você para Daevabad.

— Sim, eu sei. Até os portões. Já falamos sobre isso.

Dara sacudiu a cabeça.

— Não. Levarei você *para dentro* de Daevabad. Vou escoltá-la pessoalmente até o rei.

Nahri imediatamente puxou as rédeas para diminuir a velocidade do cavalo.

— Isso é um truque?

— Não. Juro pelas cinzas de meus pais. Levarei você até o rei.

Excetuando-se o juramento macabro, Nahri achou difícil confiar naquela mudança súbita de ideia.

— Não vou envergonhar o legado de seus preciosos Nahid?

Dara abaixou os olhos para estudar as rédeas, parecendo envergonhado.

— Não importa. Na verdade, não consigo prever como os djinns reagirão e... — Um rubor corou as bochechas dele. — Eu não suportaria se algo acontecesse com você. Jamais me perdoaria.

Ela abriu a boca para debochar da afeição relutante do daeva pela "ladra de sangue imundo", então parou, tocada pelo tom suave da voz dele e pela forma como estava ansiosamente girando o anel. Dara parecia tão nervoso quanto um pretendente a noivo. Estava dizendo a verdade.

Nahri o encarou, vendo de relance a espada na cintura do daeva. O arco prateado dele reluzia à luz da manhã. Não importavam as coisas perturbadoras que ocasionalmente saíam da boca de Dara, ele era um bom aliado para se ter.

A curandeira estaria mentindo se dissesse que seu olhar não se deteve por um momento além do necessário. O coração dela deu um salto. *Aliado*, lembrou-se Nahri. *Nada mais*.

— E como *você* espera ser recebido em Daevabad? — perguntou ela. Dara olhou para cima com um sorriso sarcástico no rosto. — Você mencionou ser trancafiado em um calabouço — lembrou Nahri.

— Então é uma sorte eu estar viajando com a melhor arrombadora de fechaduras do Cairo. — Dara sorriu maliciosamente para ela antes de comandar o cavalo. — Tente acompanhar. Parece que não posso me dar o luxo de perder você agora.

Eles viajaram pela manhã, disparando pelas planícies incrustadas com gelo, os cascos dos cavalos soavam alto contra o chão congelado. A neve havia desaparecido, mas o vento acelerou, varrendo nuvens cinza apressadas sobre o horizonte sul e açoitando as vestes de Nahri. Sem a neve, ela conseguia ver as montanhas azuis que os cercavam, encimadas por gelo e envoltas por florestas escuras, as árvores ficando mais esparsas conforme os penhascos rochosos se erguiam. Em certo momento, eles assustaram um grupo de bodes selvagens que engordara com grama, de pelagens espessas e malhadas e chifres de curvas acentuadas.

Nahri olhou para eles com fome.

— Acha que conseguiria pegar um? — perguntou ela a Dara. — Tudo que faz com esse arco é polir.

Ele olhou para os bodes franzindo a testa.

— Pegar um? Por quê? — A confusão do daeva se transformou em repulsa. — Quer dizer para *comer*? — Dara fez um ruído de nojo. — De jeito nenhum. Não comemos carne.

— O quê? Por que não? — Carne fora um luxo raro com a renda limitada dela no Cairo. — É delicioso!

— É impura. — Dara estremeceu. — Sangue polui. Nenhum daeva deveria consumir tal coisa. Especialmente não uma Banu Nahida.

— Uma Banu Nahida?

— O título que damos a líderes Nahid do sexo feminino. Uma posição de honra — acrescentou ele, com um pouco de reprovação na voz. — De responsabilidade.

— Então está me dizendo que eu deveria esconder meus kebabs?

Dara suspirou.

Eles continuaram cavalgando, mas as pernas de Nahri doíam quando a tarde chegou. Ela se virou na sela para esticar os músculos doloridos e apertou mais o cobertor contra o corpo, desejando uma xícara do chá temperado quente de Khayzur. Estavam viajando havia horas; certamente estava na hora de uma pausa. Nahri pressionou os calcanhares contra a lateral do cavalo, tentando cobrir a distância entre ela e Dara para poder sugerir que parassem.

Irritado com a amazona inexperiente, o cavalo dela bufou e guinou para a esquerda antes de galopar adiante e ultrapassar Dara.

O daeva riu.

— Está com alguns problemas?

Nahri xingou e puxou as rédeas para trás, forçando o cavalo a caminhar.

— Acho que ele me ode... — Ela parou de falar, seus olhos foram atraídos para um borrão carmesim-escuro no céu. — Ya, Dara... enlouqueci ou tem um pássaro do tamanho de um camelo voando na nossa direção?

O daeva se virou, então puxou o cavalo até parar, xingando, e arrancando as rédeas das mãos de Nahri.

— Pelo olho de Suleiman. Não acho que nos viu, mas... — O daeva pareceu preocupado. — Não tem lugar para nos escondermos.

— Esconder? — Perguntou Nahri, abaixando a voz quando Dara mandou que se calasse. — Por quê? É apenas um pássaro.

— Não, é um rukh. Criaturas sedentas por sangue; comem qualquer coisa que encontram.

— Qualquer coisa? Quer dizer, como nós? — Ela gemeu quando Dara assentiu. — Por que tudo em seu mundo quer nos *comer*?

Dara soltou o arco cuidadosamente enquanto observava o rukh circundar a floresta.

— Acho que encontrou nosso acampamento.

— Isso é ruim?

— Têm um excelente olfato. Conseguirá nos rastrear. — Dara inclinou a cabeça para o norte, na direção das montanhas densamente florestadas. — Precisamos chegar àquelas árvores. Os rukh são grandes demais para caçar na floresta.

Nahri virou o rosto para o pássaro, que planava mais perto do chão, então olhou para o limite da floresta. Era impossivelmente longe.

— Jamais conseguiremos.

Dara tirou o turbante, o gorro e a túnica e os jogou para Nahri. Confusa, ela observou enquanto o daeva prendia a espada à cintura.

— Não seja tão pessimista. Tenho uma ideia. Algo que ouvi em uma história. — Ele engatilhou uma das reluzentes flechas de prata. — Apenas fique abaixada e se segure no cavalo. Não olhe para baixo e não pare. Não importa o que vir. — Ele puxou as rédeas de Nahri e virou o cavalo dela para a direção certa, então impulsionou os dois animais em um trote.

A curandeira engoliu em seco com o coração na garganta.

— E você?

— Não se preocupe comigo.

Antes que pudesse protestar, Dara bateu com força nas ancas do cavalo dela. Nahri conseguia sentir o calor da mão dele na sela; o animal relinchou em protesto e disparou para a floresta.

Nahri se atirou para a frente, com uma das mãos agarrada à sela e a outra envolta na crina úmida do cavalo. Foi preciso cada gota de autocontrole para que não gritasse. O corpo da curandeira quicava descontroladamente, e ela apertou as pernas, torcendo desesperadamente para que não fosse atirada longe. Nahri viu de relance o solo em disparada antes de apertar os olhos bem fechados.

Um longo grito atravessou o ar, tão esganiçado que pareceu perfurá-la. Incapaz de tapar as orelhas, Nahri pôde apenas rezar. *Ó, Misericordioso*, implorou ela, *por favor, não deixe que essa coisa me coma*. Nahri sobrevivera a uma ifrit possuidora de corpos, a ghouls famintos e a um daeva lunático. Aquilo não podia acabar com ela sendo engolida por um pombo grandalhão.

Nahri tirou o rosto da crina do cavalo, mas a floresta não pareceu muito mais próxima. Os cascos do cavalo dela batiam contra o chão, e Nahri conseguia ouvi-lo ofegando. E onde estava Dara?

O rukh guinchou de novo, parecendo furioso. Preocupada com o daeva, ela ignorou o aviso dele e olhou para trás.

— Que Deus me guarde. — A oração sussurrada veio a seus lábios sem ser solicitada quando Nahri viu o rukh. Ela subitamente soube por que jamais ouvira falar deles.

Ninguém sobrevivia para contar a história.

Do tamanho de um camelo era um eufemismo terrível; maior do que a loja de Yaqub e com a envergadura das asas capaz de cobrir a extensão da rua em que Nahri morava no Cairo, o pássaro monstruoso provavelmente comia camelos como lanchinho. Tinha olhos ébano do tamanho de bandejas e penas reluzentes da cor de sangue úmido. O longo bico negro acabava em uma ponta de curva acentuada. Parecia grande o suficiente para engolir Nahri inteira, e estava se aproximando. Sem chance de ela chegar à floresta.

Dara subitamente entrou no campo visual de Nahri. As botas dele estavam agarradas aos estribos, e o daeva estava quase de pé no cavalo, virado de frente para o rukh. Ele puxou o arco e disparou uma flecha que acertou a criatura logo abaixo do olho. O rukh virou a cabeça para trás e guinchou. Pelo menos uma dúzia de flechas de prata perfuraram o corpo do pássaro, mas não reduziram nem um pouco a velocidade dele. Dara disparou mais duas vezes no rosto, e o rukh mergulhou até ele, com as imensas garras esticadas.

— Dara! — gritou Nahri quando o daeva fez uma curva acentuada para o leste. O rukh acompanhou, preferindo um daeva inconsequente a uma humana em fuga.

Havia poucas chances de ele conseguir ouvir a curandeira por cima dos gritos enfurecidos do rukh, mas Nahri gritou mesmo assim:

— Está indo para o lado errado! — Não havia nada no leste a não ser planícies lisas, será que estava tentando ser morto?

Dara disparou outra vez contra a criatura e atirou o arco e a aljava longe. Ele se agachou na sela do cavalo e abraçou a espada contra o peito com um dos braços.

O rukh gritou de triunfo ao se aproximar do daeva. E abriu bem as garras.

— Não! — gritou Nahri quando o rukh pegou o cavalo e Dara com a mesma facilidade com que um gavião poderia pegar um rato. O pássaro subiu para o ar enquanto o cavalo gritava e dava coices, e então guinou de volta para o sul.

Nahri puxou com força as rédeas para virar o cavalo dela, que disparava. O animal deu um pinote, tentando jogar Nahri para fora, mas ela segurou firme e o cavalo virou.

— Yalla, vá! Vá! — gritou a curandeira, falando árabe, em pânico. Ela chutou com força, e o cavalo disparou atrás do rukh.

O pássaro voava para longe com Dara preso às garras. Ele gritou mais uma vez e atirou Dara e o cavalo para o alto no ar. E abriu bem a boca.

Foram apenas segundos, mas o momento entre ver Dara atirado ao ar e vê-lo sumir pareceu durar uma eternidade, revirando algo no fundo do peito de Nahri. O rukh pegou o cavalo de novo com um pé, mas o daeva não estava visível.

Nahri procurou no céu, esperando que ele reaparecesse, que piscasse e passasse a existir como o vinho que Dara conjurava. Aquele era Dara, o ser mágico que viajava por tempestades de areia e a salvara de um bando de ghouls. Devia ter um plano; não podia simplesmente sumir pela garganta de algum pássaro sedento por sangue.

Mas o daeva não reapareceu.

Lágrimas arderam nos olhos de Nahri, a mente dela sabia o que seu coração negava. O cavalo diminuiu a velocidade, parando com os chutes dela. Obviamente era mais racional do que ela; a única coisa que poderiam oferecer ao rukh era a sobremesa.

Nahri conseguia ver a silhueta do pássaro carmesim contra as montanhas; não tinha ido muito longe, mas subitamente disparou para o alto no céu, batendo as asas freneticamente. Enquanto Nahri observava, ele começou a cair, então, momentaneamente, se endireitou, soltando um guincho que soou mais espantado do que triunfante. Então caiu novamente, rolando pelo ar e chocando-se contra o chão congelado.

A força do impacto distante fez o cavalo de Nahri estremecer. Ela quis gritar. Nada poderia sobreviver a uma queda como aquela.

Ela não permitiu que seu cavalo reduzisse o ritmo até chegarem à cratera rasa que o corpo do rukh abrira no chão. A curandeira tentou reunir coragem, mas precisou afastar o rosto do cavalo morto de Dara. O animal dela estava espantado e inquieto. Nahri lutou para controlá-lo quando se aproximou do imenso corpo do rukh. Elevava-se acima deles, com uma enorme asa esmagada sob o peso morto. As penas reluzentes tinham duas vezes a altura de Nahri.

Ela começou a circundar o pássaro, mas o daeva não estava em lugar algum. Nahri conteve um soluço. Será que o animal realmente o devorara? Isso poderia ter sido mais rápido do que desabar no chão, mas...

Uma sensação gélida, lancinante, perfurou Nahri e ela cambaleou, tomada por emoção. A curandeira viu a cabeça curvada da criatura, com sangue preto escorrendo da boca. Essa visão encheu Nahri de ódio, substituindo o luto e o desespero. Ela pegou a adaga, inundada apela necessidade irracional de arrancar os olhos do animal e rasgar o pescoço dele.

O pescoço do rukh estremeceu.

Nahri deu um salto e o cavalo dela recuou. A curandeira segurou as rédeas com mais força, pronta para fugir, então o pescoço estremeceu de novo... não, ele *inflou*, como se houvesse algo dentro.

Nahri já descera do cavalo quando uma lâmina escura finalmente surgiu de dentro do pescoço do rukh, cortando com dificuldade uma longa laceração vertical antes de ser jogada no chão. O daeva veio a seguir, banhado em uma onda de sangue preto. Ele desabou de joelhos.

— Dara! — Nahri correu e se ajoelhou ao lado dele, abraçando o daeva antes que sua mente conseguisse acompanhar as ações. O sangue quente do rukh umedeceu as roupas dela.

— Eu... — Ele cuspiu um escarro de sangue preto no chão antes de se desvencilhar do abraço dela e se levantar com dificuldades. O daeva limpou o sangue dos olhos, com as mãos trêmulas. — Fogo — disse ele, rouco. — Preciso de uma fogueira.

Nahri olhou em volta, mas o chão estava coberto de neve branca, e não havia galhos à vista.

— O que posso fazer? — gritou ela, enquanto o daeva arquejava para tomar fôlego. Ele desabou no chão de novo. — Dara!

Ela estendeu a mão até ele.

— Não — protestou Dara. — Não me toque... — Ele enterrou os dedos no chão, lançando faíscas para cima que foram rapidamente extintas pela terra gélida. Um ruído terrível de sucção veio da boca de Dara.

Nahri se aproximou apesar do aviso dele, ansiando por fazer algo quando um tremor profundo percorreu o corpo dele.

— Me deixe curar você.

Dara deu um tapa para afastar a mão dela.

— Não. Os ifrits...

— Não tem nenhum maldito ifrit aqui!

Gotas de cinzas rolaram pelo rosto dele. Antes que Nahri conseguisse tocá-lo de novo, Dara gritou subitamente.

Era como se o próprio corpo dele tivesse se tornado fumaça momentaneamente. Os olhos dele ficaram escuros, e enquanto os dois observavam, as mãos dele ficaram translúcidas por um instante. E embora Nahri não soubesse nada sobre como os corpos de daevas funcionavam, ela percebia pelo pânico no rosto de Dara que não era normal.

— Criador, não — sussurrou ele, encarando horrorizado as próprias mãos. — Agora não... — Ele ergueu o rosto para Nahri, uma mistura de medo e tristeza na expressão. — Ah, ladrazinha, me desculpe.

Assim que Dara se desculpou, o corpo dele inteiro ondulou como vapor e o daeva caiu no chão.

— Dara! — Nahri se ajoelhou ao lado dele e o examinou, com os instintos agindo. Não conseguia ver nada além de sangue preto viscoso, e se era do daeva ou do rukh, ela não fazia ideia. — Dara, fale comigo! — suplicou a curandeira. — Me diga o que fazer! — Ela tentou abrir a túnica de Dara, esperando ver algum tipo de ferimento que pudesse curar.

A bainha se desfez em cinzas. Nahri arquejou, tentando não entrar em pânico quando a pele do daeva assumiu o mesmo tom. Ele se tornaria pó nos braços dela?

A pele de Dara se firmou brevemente mesmo enquanto o corpo dele expandia luz. Os olhos do daeva estremeceram e se fecharam, e Nahri gelou.

— Não — disse ela, limpando as cinzas dos olhos fechados de Dara. *Assim não, não depois de tudo que passamos.* Ela vasculhou a memória, tentando pensar em qualquer coisa útil a respeito de como os Nahid curavam.

Dara dissera que eles podiam desfazer venenos e maldições, ela se lembrava disso. Mas não contara como. Será que tinham os próprios remédios, os próprios feitiços? Ou será que faziam somente pelo toque?

Bem, o toque era tudo o que Nahri tinha. Ela abriu a camisa dele e pressionou as mãos trêmulas contra o peito do daeva. A pele dele estava tão fria que deixou seus dedos dormentes. *Intenção*, mencionara ele, mais de uma vez. Intenção era algo crítico para a magia.

Nahri fechou os olhos, concentrando-se completamente em Dara.

Nada. Não havia batidas do coração, nenhuma respiração. Nahri franziu a testa, tentando sentir alguma coisa errada, tentando imaginá-lo saudável e alerta. Os dedos dela ficaram gelados, e a curandeira os pressionou com mais força contra o peito do daeva, e o corpo dele se contorceu em resposta.

Algo úmido fez cócegas nos pulsos de Nahri, ficando mais ágil e mais espesso, como vapor de uma panela em ebulição. Nahri não se moveu, mantendo a imagem de um Dara saudável, com o sorriso malicioso de sempre, firme na mente. A pele dele ficou um pouco morna. *Por favor, que esteja funcionando*, implorou ela. *Por favor, Dara. Não me deixe.*

Uma dor lancinante subiu da base do crânio de Nahri. Ela ignorou a dor. Sangue morno pingou de seu nariz, e ela lutou contra uma onda de tontura. O vapor vinha mais rápido. Nahri sentiu a pele dele ficar firme sob as pontas dos dedos.

E então a primeira lembrança lampejou diante de seus olhos. Uma planície verde, exuberante e completamente desconhecida, cortada ao meio por um reluzente rio azul. Uma jovem com olhos pretos como obsidiana. Ela estendeu um arco de madeira malfeito.

— Olhe, Daru!

— Uma obra-prima! — exclamou, e ela sorri. *Minha irmãzinha, sempre uma guerreira. Que o Criador ajude o homem com quem ela se casar...*

Nahri sacudiu a cabeça, desfazendo a lembrança, precisava permanecer concentrada. A pele de Dara estava finalmente ficando quente outra vez, os músculos se solidificavam sob suas mãos.

Uma corte luxuosa, as paredes do palácio cobertas de metais preciosos e joias. Inspiro o cheiro de sândalo e me curvo.

— Isto lhe agrada, meu mestre? — pergunto, com o sorriso gracioso como sempre. Estalo os dedos e um cálice de prata surge em minha mão. — A melhor bebida dos antigos, como pedido. — Entrego ao tolo humano sorridente o cálice e espero que ele morra, a bebida não passa de cicuta concentrada. Talvez meu próximo mestre seja mais cuidadoso com a formulação dos desejos.

Nahri afastou a imagem assustadora. Ela se inclinou para se concentrar. Só precisava de um pouco mais de tempo...

Mas era tarde demais. A escuridão por trás de seus olhos fechados se afastou novamente, substituída por uma cidade em ruínas, cercada por colinas rochosas. Um fiapo de lua despejava luz tênue em alvenaria quebrada.

Eu me debato contra os ifrits, arrastando os pés no chão quando eles me puxam na direção do sumidouro, os resquícios de um antigo poço. A água escura brilha, indicando profundidades ocultas.

— Não! — grito, sem me importar com minha honra pela primeira vez. — Por favor! Não façam isso!

Os dois ifrits riem.

— Vamos lá, general Afshin! — A fêmea oferece uma saudação debochada. – Não quer viver para sempre?

Tento lutar, mas a maldição já me enfraqueceu. Eles amarram meus pulsos com corda, sem se incomodar com ferro, e então enroscam a corda em torno de uma das pedras pesadas que cercam o poço.

— Não! — imploro, quando me atiram pela borda. — Agora não! Não enten... — O tijolo me atinge no estômago. Os sorrisos negros deles são a última coisa que vejo antes de a água escura se fechar sobre meu rosto.

O tijolo mergulha para o fundo do poço, me arrastando junto, de cabeça. Contorço freneticamente os pulsos, agarrando e rasgando minha pele. Não, não posso morrer assim. Não com a maldição ainda sobre mim!

A pedra bate no fundo, meu corpo quica contra a corda. Meus pulmões ardem, a pressão da água escura contra minha pele é apa-

vorante. Sigo a corda, tentando desesperadamente encontrar o nó que a amarra à pedra. Minha própria magia se perdeu para mim, a maldição dos ifrits corre por meu sangue, preparando-se para me tomar assim que eu puxar meu último fôlego.

Serei um escravo. *A ideia ecoa em minha mente enquanto busco o nó. Quando abro os olhos a seguir, será para ver os olhos humanos para cujos desejos estaria completamente obrigado. Horror me percorre. Não, Criador, não. Por favor.*

O nó não se desfaz. Meu peito está afundando, minha cabeça gira. Um fôlego, o que eu faria por apenas um fôlego...

Um grito soou de outro mundo, um mundo distante em uma planície nevada, gritando um nome estranho que não significava nada.

A água finalmente passa por meu maxilar trincado, escorrendo por minha garganta. Uma luz forte floresce diante de mim, tão exuberante e verde quanto os vales de minha terra natal. Ela chama, quente e acolhedora.

E então Nahri apagou.

— Nahri, acorde! Nahri!

Os gritos apavorados de Dara repuxavam a mente dela, mas Nahri os ignorou, quente e confortável na escuridão espessa que a cercava. Ela afastou a mão que sacudia seu ombro, acomodando-se mais profundamente nos carvões quentes e saboreando as cócegas do fogo que lambia seus braços.

Fogo?

Assim que Nahri abriu os olhos e viu um conjunto de chamas dançando, ela gritou e se levantou de um salto. A curandeira bateu os braços e as gavinhas de fogo se extinguiram, caindo no chão como cobras e derretendo-se na neve.

— Está tudo bem! Está tudo bem!

A voz de Dara mal foi registrada quando Nahri examinou o corpo freneticamente. Mas em vez de pele queimada e roupas incineradas, ela só encontrou pele normal. A túnica mal parecia quente ao toque. O que em nome de tudo... Nahri olhou para cima, dando um olhar selvagem ao daeva.

— Você colocou *fogo* em mim?

— Você não acordava — protestou ele. — Achei que pudesse ajudar. — O rosto de Dara estava mais pálido do que o normal, a tatuagem com a asa e a flecha cruzadas no rosto dele se destacava como carvão. E os olhos de Dara estavam mais brilhantes, mais próximos de como pareceram no Cairo. Mas ele estava de pé, saudável e inteiro, e, ainda bem, não translúcido.

O rukh... Nahri se lembrou, com a sensação na cabeça de que tinha tomado muito vinho. A curandeira esfregou as têmporas, cambaleando de pé. *Eu o curei e então...*

Nahri arquejou, a memória de água escorrendo pela garganta foi forte o bastante para deixá-la enjoada. Mas não fora a garganta dela, não fora a memória dela. Ela engoliu em seco, observando a visão do daeva ansioso de novo.

— Que deus seja misericordioso — sussurrou Nahri. — Você está morto. Eu te vi morrer... Eu senti você *se afogar*.

A sombra devastadora que tomou conta da expressão dele foi confirmação ao suficiente. Nahri arquejou e instintivamente recuou um passo, esbarrando no corpo ainda quente do rukh.

Sem respiração, sem pulsação. Nahri fechou os olhos, tudo se encaixando tão rápido.

— E-eu não entendo — gaguejou ela. — Você é... você é algum tipo de fantasma? — A palavra soou ridícula para ela, mesmo quando a implicação partiu seu coração. Os olhos de Nahri se encheram subitamente de lágrimas. — Você sequer está *vivo*?

— Sim! — As palavras rolaram para fora apressadas. — Quero dizer, a-acho que sim. É... é complicado.

Nahri ergueu as mãos.

— Se você está ou não vivo não deveria ser *complicado*! — Ela virou o rosto, entrelaçando os dedos atrás da cabeça e sentindo-se mais cansada do que em qualquer momento durante a exaustiva jornada deles. Nahri caminhou de um lado para outro pela extensão da barriga do rukh. — Não entendo por que cada... — E então ela parou, distraída pela visão de algo amarrado a uma das imensas garras do rukh.

Ela estava ao pé do rukh em um instante, rasgando o embrulho das amarras. O retalho preto de tecido estava imundo e rasgado, mas as moedas baratas eram reconhecíveis. Assim como o pesado anel de ouro preso em uma ponta. O anel do basha. Nahri desatou ambos, estendendo o anel contra a luz do sol.

Dara correu até ela.

— Não toque nisso. Pelo olho de Suleiman, Nahri, nem mesmo você poderia querer isso. São provavelmente da última vítima dele.

— São meus — disse ela, baixinho, com pavor silencioso tomando seu coração. Ela esfregou o anel, lembrando-se de como cortara a palma de sua mão há tantas semanas. — São da minha casa no Cairo.

— O quê? — Dara se aproximou e pegou o lenço de cabeça das mãos da curandeira. — Deve estar enganada. — Ele revirou o tecido imundo e o pressionou contra o rosto, respirando fundo.

— Não estou enganada! — Nahri soltou o anel, sem querer mais nada com ele subitamente. — Como isso é possível?

Dara abaixou o lenço de cabeça; havia pânico nos olhos brilhantes dele.

— Estava nos caçando.

— Quer dizer que pertencia aos ifrits? Eles arrombaram minha casa? — perguntou Nahri, elevando a voz. A pele dela se arrepiou quando pensou naquelas criaturas em sua minúscula barraca, vasculhando as poucas coisas preciosas que possuía. E se aquilo não tivesse bastado? E se tivessem ido atrás dos vizinhos dela? Atrás de Yaqub? O peito de Nahri se apertou.

— Não foi um ifrit. Os ifrits não podem controlar os rukhs.

— Então o que pode? — Nahri não gostou da quietude fria que tomou conta dele.

— Peris. — Dara jogou o lenço de cabeça no chão, o movimento foi súbito e violento. — As únicas criaturas que podem controlar rukhs são peris.

— Khayzur. — Nahri tomou um fôlego trêmulo. — Mas por quê? — gaguejou ela. — Achei que ele gostasse de mim.

Dara sacudiu a cabeça.

— Khayzur não.

Ela não conseguia acreditar na ingenuidade dele.

— Que outros peris sequer sabem sobre mim? — observou Nahri. — E ele saiu correndo depois que descobriu sobre minha herança Nahid, provavelmente para contar aos amigos. — Ela começou a caminhar na direção da outra perna do rukh. — Aposto que minha xícara de chá está amarrada aqui...

— Não. — Dara pegou a mão dela. Nahri se encolheu e ele recuou imediatamente, com um lampejo de mágoa no rosto. — Eu... Me desculpe. — O daeva engoliu em seco e se virou para o cavalo. — Tentarei não tocar em você de novo. Mas precisamos partir. Agora.

A tristeza na voz dele a cortou profundamente.

— Dara, sinto muito. Eu não pretendi...

— Não há tempo. — Ele gesticulou para que Nahri subisse na sela, e ela o fez com relutância, pegando a espada ensanguentada quando Dara a entregou.

— Precisarei cavalgar com você — explicou ele, subindo e acomodando-se atrás dela. — Pelo menos até encontrarmos outro cavalo.

Dara impulsionou o cavalo para que iniciasse um trote, e, apesar da promessa dele, Nahri se recostou no corpo do daeva, momentaneamente espantada com o calor fumegante e o toque morno. *Não está morto*, ela tentou se assegurar. *Não pode estar.*

Dara parou o cavalo subitamente onde havia jogado o arco e a aljava. Ele ergueu as mãos, e os objetos voaram até elas como leais gaviões.

Nahri se abaixou quando ele passou as armas por cima da cabeça dela, prendendo ambas no ombro esquerdo.

— Então, o que fazemos agora? — Nahri lembrou da leve provocação de Khayzur e da réplica de Dara sobre como os peris poderiam reorganizar a paisagem com um único bater das asas.

— A única coisa que podemos — disse ele, com o fôlego suave contra a orelha dela. Dara pegou as rédeas de novo, segurando-a firme. Não havia nada carinhoso ou remotamente romântico em relação ao gesto; era desespero, como um homem agarrado a um penhasco. — Fugimos.

10

ALI

Ali semicerrou os olhos e bateu na delicada borda das balanças na mesa diante dele, ciente dos olhos ansiosos dos outros três homens na sala.

— Parecem iguais para mim.

Rashid se abaixou para se juntar a ele, as bandejas de prata da balança se refletiram nos olhos cinzentos do secretário militar.

— Poderia estar amaldiçoada — sugeriu ele, em geziriyya. O homem inclinou a cabeça na direção de Soroush, o muhtasib do Quarteirão Daeva. — Ele pode ter criado algum tipo de maldição que pesasse as moedas a seu favor.

Ali hesitou, olhando para Soroush. O muhtasib, o oficial do mercado encarregado de trocar a moeda daeva pela miríade de outras usadas em Daevabad, estava tremendo, o olhar escuro dele fixo no chão. Ali conseguia ver cinzas manchando as pontas de seus dedos; estivera ansiosamente tocando a marca de carvão na testa desde que entraram. A maioria dos daevas religiosos usavam tal marca. Era um sinal da devoção deles ao antigo culto ao fogo dos Nahid.

O homem parecia apavorado, mas Ali não podia culpá-lo – ele acabara de ser visitado pelo qaid e dois membros armados da Guarda Real para uma inspeção surpresa.

Ali se voltou para Rashid novamente.

— Não temos provas — sussurrou ele de volta, em geziriyya.
— Não posso prender um homem sem provas.

Antes que Rashid pudesse responder, a porta da sala se escancarou. O quarto homem na sala, Anu Nuwas – o guarda pessoal de Ali, bastante grosseiro e muito grande – se colocou entre a porta e o príncipe em um momento, com a zulfiqar sacada.

Mas era apenas Kaveh, que não parecia muito impressionado com o imenso guerreiro geziri. Ele olhou por baixo de um dos enormes braços erguidos de Abu Nuwas, a expressão ficando azeda ao encontrar os olhos de Ali.

— Qaid — cumprimento o homem, inexpressivamente. — Você se importa em pedir a seu cão que recue?

— Está tudo bem, Abu Nuwas — disse Ali, antes que o guarda fizesse algo precipitado. — Deixe-o entrar.

Kaveh passou pela ombreira da porta. Ao olhar das balanças reluzentes para o muhtasib assustado, uma pontada de raiva invadiu sua voz:

— O que está fazendo em meu quarteirão?

— Houve vários relatos de fraude vindo daqui — explicou Ali. — Estava *apenas* examinando as balanças...

— Examinando as balanças? É um vizir agora? — Kaveh levantou a mão para interromper Ali antes que ele pudesse responder. — Esqueça... Já desperdicei tempo demais esta manhã procurando por você. — Ele indicou a porta. — Entre, Mir e-Parvez, e dê seu relato ao qaid.

Um murmurinho inaudível veio da porta.

Kaveh revirou os olhos.

— Não me *importo* com o que ouviu. Ele não tem dentes de crocodilo, e não vai comer você. — Ali se encolheu, e Kaveh prosseguiu. — Perdoe-o, ele passou um susto terrível nas mãos dos djinns.

Somos todos djinns. Ali conteve a resposta quando o mercador nervoso avançou. Mir e-Parvez era corpulento e mais velho, sem barba como a maioria dos daevas. Estava vestindo uma túnica cinza e calça escura larga, as vestes típicas dos homens daeva.

O mercador uniu as palmas das mãos em cumprimento, mas manteve o olhar voltado para o chão. As mãos dele estavam trêmulas.

— Perdoe-me, meu príncipe. Quando descobri que estava servindo como qaid, e-eu não queria incomodá-lo.

— É a função do qaid ser incomodado — interrompeu Kaveh, ignorando o olhar de raiva de Ali. — Apenas conte o que aconteceu.

O outro homem assentiu.

— Tenho uma loja do lado de fora do quarteirão que vende mercadorias humanas chiques — começou ele. O djinnistani do homem era macarrônico, maculado por um forte sotaque de divasti.

Ali ergueu as sobrancelhas, já sentindo para onde aquilo iria. As únicas "mercadorias humanas chiques" que um mercador daeva venderia fora do quarteirão dele seriam entorpecentes feitos por humanos. A maioria dos djinns tinha pouca tolerância para bebidas humanas, e eram banidas pelo Livro Sagrado mesmo, então era ilegal vendê-las no restante da cidade. Os daevas não tinham tais problemas e vendiam as coisas livremente, oferecendo a membros de tribos estrangeiras a preços bastante inflacionados.

O homem prosseguiu:

— Tive alguns problemas no passado com os djinns. Minhas janelas quebradas, eles protestam e cospem quando passo. Não digo nada. Não quero problemas. — O daeva sacudiu a cabeça. — Mas ontem à noite, alguns homens invadiram minha loja enquanto meu filho estava lá, e quebraram minhas garrafas e atearam fogo a tudo. Quando meu filho tentou impedi-los, bateram nele e cortaram seu rosto. Eles o acusaram de ser um "adorador do fogo", e disseram que está levando os djinns ao pecado!

Não eram exatamente falsas acusações. Ali se conteve para não dizer isso, sabendo que Kaveh sairia correndo para seu pai com o mínimo sussurro de injustiça contra a tribo.

— Relatou isso à guarda em seu quarteirão?

— Sim, Vossa Majestade — disse o mercador, arruinando o título de Ali, seu djinnistani ficava pior conforme ele se transtornava. — Mas não fazem nada. Isso acontece o tempo todo e é sempre nada. Eles rirem ou "fazem um relatório", mas nada muda.

— Não há guardas o suficiente nos bairros daeva — interrompeu Kaveh. — E não há bastante... diversidade entre eles. Venho dizendo a Wajed há anos.

— Então pediu mais soldados a Wajed, mas não soldados que se pareçam com ele — respondeu Ali, embora soubesse que Kaveh tinha razão. Os soldados patrulhando os mercados costumavam ser os mais jovens, muitos recém-saídos das areias de Am Gezira. Provavelmente temiam que proteger um homem como Mir E-Parvez fosse tão pecaminoso quanto beber as mercadorias dele.

Mas não havia solução fácil; a maior parte dos militares era geziri, e já eram escassos.

— Diga-me, de que distritos tiro esses soldados, Kaveh? — insistiu Ali. — Será que os tukharistanis devem ficar sem para que os daevas se sintam mais seguros vendendo álcool?

— A alocação da guarda não é da minha alçada de responsabilidade, príncipe Alizayd. Talvez se você parasse de aterrorizar meu muhtasib por um momento...

Ali se esticou e deu a volta pela mesa, interrompendo a observação sarcástica de Kaveh. Mir e-Parvez chegou a recuar um passo, dando um olhar nervoso à zulfiqar acobreada de Ali.

Pelo Mais Alto, será que os boatos que o cercavam eram realmente tão ruins? A julgar pela expressão do mercador, era de se pensar que Ali passava sexta-feira sim, sexta-feira não assassinando daevas.

Ele suspirou:

— Seu filho está bem, espero?

O mercador piscou, surpreso.

— Ele... sim, meu príncipe — gaguejou o homem. — Ele vai se recuperar.

— Que Deus seja louvado. Então falarei com meus homens e verei o que podemos fazer a respeito de melhorar a segurança em seu quarteirão. Avalie os danos a sua loja e mande a conta para meu auxiliar, Rashid. O Tesouro cobrirá...

— O rei precisará aprovar... — começou Kaveh.

Ali ergueu a mão.

— Sairá de meus cofres, se necessário — disse ele, firmemente, sabendo que isso acabaria com qualquer dúvida. O fato de que seu avô ayaanle dava um suntuoso dote anual ao neto nobre era um segredo aberto. Ali normalmente achava vergonhoso, não precisava do dinheiro e sabia que o avô só fazia isso para irritar seu pai. Mas, nesse caso, funcionava em sua vantagem

Os olhos do mercador daeva saltaram, e ele caiu no chão e pressionou a testa coberta de cinzas contra o tapete.

— Oh, obrigado, Vossa Majestade. Que as chamas queimem intensamente por você.

Ali conteve um sorriso, achando engraçado que a tradicional benção daeva fosse direcionada a ele de todas as pessoas. O príncipe suspeitava que o mercador lhe apresentaria uma conta bem gorda, mas ficou satisfeito mesmo assim, sentindo que lidara corretamente com a situação. Talvez conseguisse dar conta do papel de qaid, afinal.

— Suponho que terminamos? — perguntou ele a Kaveh quando Rashid abriu a porta. Movimento chamou sua atenção adiante: dois meninos pequenos armados com arcos improvisados brincavam em uma das fontes da praça. Cada um tinha uma flecha na mão, e as cruzavam como espadas.

Kaveh acompanhou o olhar de Ali.

— Gostaria de se juntar a eles, príncipe Alizayd? Está próximo da idade, não está?

Ele se lembrou do aviso de Muntadhir. *Não deixe que ele o afete.*

— Não ousaria. Eles parecem destemidos demais — respondeu Ali, tranquilamente. E sorriu consigo mesmo, saindo de debaixo da balaustrada e para o sol forte, quando o sorriso de Kaveh se tornou uma careta. O céu estava de um azul alegre, com apenas algumas nuvens brancas ralas dançando até ali, vindas do leste. Era mais um belo dia de uma sequência de belos dias, quente e claro, um padrão bem improvável em Daevabad e estranho o suficiente para começar a atrair atenção.

E o tempo não era tudo que estava estranho. Ali ouvira boatos de que o altar de fogo original dos Nahid, apagado depois que Manizheh e Rustam, os irmãos que tinham sido os últimos da família, foram assassinados, tinha, de alguma forma, se reacendido em uma sala trancada. Um pomar abandonado e coberto de ervas daninhas no jardim onde um deles gostava de pintar estava subitamente arrumado e florido, e, na semana passada mesmo, uma das estátuas de shedu que emolduravam as paredes do palácio tinha aparecido no alto do telhado do zigurate, com o olhar de bronze concentrado no lago, como se esperasse um barco.

Então havia aquele mural de Anahid. Contra os desejos de Muntadhir, Ali mandara destruí-lo. Mas passava por ele a cada poucos dias, incomodado com a sensação de que havia algo vivo sob a fachada destruída.

Ali olhou para Kaveh, perguntando-se o que o grão-vizir achava dos sussurros que vinham de sua tribo supersticiosa. Kaveh era um devoto ardente do culto do fogo, e a família Pramukh e os Nahid tinham sido próximos. Muitas das plantas e ervas usadas na tradicional cura Nahid tinham crescido nas amplas propriedades dos Pramukh. O próprio Kaveh tinha ido até Daevabad originalmente como um emissário de comércio, mas subira rapidamente na corte de Ghassan, tornando-se um conselheiro de confiança, embora forçasse os direitos dos daevas de forma agressiva.

Kaveh falou de novo.

— Peço desculpas se minhas meninas o deixaram nervoso na outra semana. Tive a intenção de lhe estender um gesto de bondade.

Ali conteve a primeira réplica que lhe veio à mente. E a segunda. Não estava acostumado com aquele tipo de combate verbal.

— Tais... gestos não são de meu gosto, grão-vizir — disse ele, por fim. — Agradeceria se você se lembrasse disso no futuro.

Kaveh não disse nada, mas Ali conseguia sentir o olhar frio dele sobre si conforme continuaram caminhando. Pelo Mais Alto, o que fizera para conquistar a inimizade daquele homem? Será que ele realmente achava que as crenças de Ali representavam tamanha ameaça para seu povo?

À exceção disso, foi uma caminhada agradável, o Quarteirão Daeva era uma vista muito mais bela quando Ali não estava disparando por ele ao ser perseguido por arqueiros. Os paralelepípedos eram perfeitamente idênticos e varridos. Ciprestes sombreavam a avenida principal, interrompidos por fontes cheias de flores e arbustos de bérberis. As construções de pedra eram finamente polidas e as cercas de palha de madeira eram organizadas e frescas; jamais se pensaria que aquele bairro estava entre os mais antigos da cidade. Adiante, alguns idosos jogavam chatrang e bebiam de pequenos frascos de vidro, provavelmente cheios de algum inebriante humano. Duas mulheres cobertas por véus deslizaram da direção do Grande Templo.

Era uma cena idílica, contrastante com as condições imundas do restante da cidade. Ali franziu a testa. Precisaria ver o que estava acontecendo com a limpeza de Daevabad. Ele se virou na direção de Rashid.

— Marque uma hora para mim com...

Algo passou zunindo pela orelha direita de Ali, deixando uma ardência lancinante. Ele soltou um grito de susto, instintivamente pegando a zulfiqar ao se virar.

De pé na beira da fonte estava um dos meninos que Ali vira brincando, com o arco de brinquedo ainda na mão. Ali imediatamente abaixou a mão. O menino olhou para ele com olhos pretos inocentes; Ali viu que o menino usara carvão para desenhar uma flecha preta torta na bochecha.

Uma flecha afshin. Ali fez uma careta. Era típico dos adoradores do fogo deixarem que seus filhos corressem por aí fingindo ser criminosos de guerra. Tocou a orelha e viu uma mancha de sangue nos dedos.

Abu Nuwas puxou a zulfiqar e deu um passo adiante com um grunhido, mas Ali o conteve.

— Não. É apenas um menino.

Ao ver que não seria punido, o menino deu um sorriso malicioso para eles e saltou para fora da fonte para disparar por um beco sinuoso.

Os olhos de Kaveh brilhavam com escárnio. Do outro lado da praça, uma mulher coberta por um véu cobriu a boca oculta com a mão, embora Ali conseguisse ouvi-la dar risinhos. Os homens mais velhos jogando chatrang fixaram os olhos nas peças do jogo, mas as bocas deles se contorceram com diversão. As bochechas de Ali ficaram mornas de vergonha.

Rashid avançou até ele.

— Você deveria *prender* o menino, qaid — disse o conselheiro, baixinho, em geziriyya. — Ele é jovem. Entregue-o à Cidadela para ser criado direito como um de nós. Seus ancestrais costumavam fazer isso o tempo todo.

Ali pausou, quase convencido pelo tom racional de Rashid. E então parou. *Como isso é diferente de puros-sangues roubando crianças shafits?* E o fato de que podia fazer aquilo, de que Ali poderia estalar os dedos e fazer com que um menino fosse sequestrado do único lar que conhece, arrancado de seus pais e de seu povo...?

Bem, isso subitamente explicava por que alguém como Kaveh poderia olhar para ele com tanta hostilidade.

Ali sacudiu a cabeça, desconfortável.

— Não. Vamos voltar para a Cidadela.

— Ah, meu amor, minha luz, como você roubou minha felicidade!

Ali soltou um suspiro mal-humorado. Era uma linda noite. Uma luz fina pendia sobre o lago escuro de Daevabad, e estrelas brilhavam no céu sem nuvens. O ar estava perfumado com incenso e jasmim. Diante dele apresentavam-se os melhores músicos da cidade, à mão havia uma bandeja de comida do cozinheiro preferido do rei, e os olhos escuros da cantora podiam ter levado uma dúzia de homens a se ajoelhar.

Ali se sentia miserável. Inquietava-se no assento, mantendo o olhar no chão e tentando ignorar o tilintar de sinos de tornozelo e a voz suave da jovem cantando sobre coisas que faziam o sangue dele ferver. O príncipe puxou o colar rígido do novo dishdasha prateado que Muntadhir o obrigara a usar. Bordado com uma dúzia de fileiras de pérolas naturais, era apertado no pescoço.

O comportamento dele não passou despercebido.

— Seu irmãozinho não parece estar se divertindo, meu emir. — Uma voz feminina ainda mais sedosa interrompeu a cantora, e Ali olhou para cima para encontrar o sorriso tímido de Khanzada. — Minhas meninas não são do seu agrado, príncipe Alizayd?

— Não leve para o lado pessoal, minha luz — interrompeu Muntadhir, beijando a mão coberta de hena da cortesã aninhada ao seu lado. — Esta manhã ele levou uma flecha no rosto, atirada por uma criança.

Ali lançou um olhar de irritação para o irmão.

— Precisa ficar mencionando?

— É muito engraçado.

Ali fez uma careta, e Muntadhir deu um leve tapa no ombro dele.

— Ya, akhi, pode pelo menos tentar parecer menos violento? Convidei você até aqui para comemorarmos sua promoção, não para que pudesse aterrorizar meus amigos. — Muntadhir indicou a dúzia de homens reunida em torno deles, um grupo seleto dos nobres mais ricos e influentes da cidade.

— Você não me convidou. — Ali ficou emburrado. — Você ordenou.

Muntadhir revirou os olhos.

— Você é parte da corte de abba agora, Zaydi. — Ele começou a falar em geziriyya e abaixou a voz. — Socializar com essas pessoas é parte disso... Ora, deveria ser uma vantagem.

— Sabe como me sinto com relação a essas — Ali usou a mão para indicar um nobre gargalhando como uma menininha, e o homem abruptamente se calou — *libertinagens*.

Muntadhir suspirou.

— Precisa parar de falar assim, akhi. — Ele indicou a bandeja. — Por que não come algo? Talvez o peso de alguma comida no estômago o tire desse cavalo arrogante.

Ali grunhiu, mas obedeceu, inclinando-se para a frente para pegar um pequeno copo de sorvete de tamarindo azedo. Sabia que Muntadhir só estava tentando ser bom, tentando apresentar aos poucos o esquisito irmão criado na Cidadela para a vida na corte, mas o salão de Khanzada deixava Ali terrivelmente desconfortável. Um lugar como aquele era a epítome da malícia que Anas quisera erradicar em Daevabad.

Ali olhou de esguelha para a cortesã quando ela se aproximou para sussurrar ao ouvido de Muntadhir. Khanzada, dizia-se, era a mais habilidosa dançarina da cidade, vinda de uma família de aclamados ilusionistas agnivanshi. Era belíssima, Ali admitiria isso. Mesmo Muntadhir, seu lindo irmão mais velho, famoso por deixar uma corrente de corações partidos ao encalço, tinha se apaixonado por ela.

Suponho que os charmes de Khanzada bastem para pagar por tudo isto. O salão dela ficava em um dos bairros mais cobiçados da cidade, um enclave vicejante aninhado no coração do distrito do entretenimento do Quarteirão Agnivanshi. A casa dela era grande e bela, três andares de mármore branco e janelas com tela de cedro que cercavam um pátio arejado com árvores frutíferas e uma fonte de azulejos intricados.

Ali gostaria de ver o lugar inteiro derrubado. Ele odiava essas casas de prazer. Não bastava que fossem antros de todo vício e pecado imagináveis, colocados descaradamente em exposição, mas sabia de Anas que a maioria daquelas meninas era de escravas shafits roubadas das famílias e vendidas ao maior pagador.

— Meus senhores.

Ali ergueu o rosto. A menina que estava dançando parou diante deles e fez uma reverência até o chão, pressionando a mão no piso de azulejos. Embora seus cabelos tivessem o mesmo tom preto como a noite feito o de Khanzada e sua pele brilhasse como a de uma puro-sangue, Ali conseguia ver orelhas redondas sob o véu translúcido. Shafit.

— Levante-se, minha querida — falou Muntadhir. — Um rosto tão lindo não pertence ao chão.

A menina se levantou e uniu as palmas das mãos, piscando olhos de avelã com longos cílios para o irmão de Ali. Muntadhir sorriu, e Ali se perguntou se Khanzada teria alguma competição naquela noite. O irmão dele a chamou mais para perto, e enganchou o dedo em um dos braceletes dela. A menina riu, e Muntadhir retirou uma das fileiras de pérolas em torno do próprio pescoço, brincando e colocando-a sobre o véu da moça. Ele sussurrou algo no ouvido dela, e a jovem riu novamente. Ali suspirou.

— Talvez o príncipe Alizayd goste de um pouco de sua atenção, Rupa — provocou Khanzada. — Gosta de seus homens altos, morenos e hostis?

Ali olhou para ela com irritação, mas Muntadhir apenas gargalhou.

— Pode ajudar com sua atitude, akhi — disse ele, ao roçar o pescoço da moça. — É jovem demais para ter abdicado delas completamente.

Khanzada se aproximou mais de Muntadhir. Ela passou os dedos pelo lenço da cintura dele.

— E homens geziri tornam isso tão fácil — disse ela, tracejando a estampa bordada na bainha. — Até mesmo as roupas deles são práticas. — A mulher sorriu e tirou a mão do colo do irmão de Ali para passá-la pelo rosto macio de Rupa.

Ela parece estar avaliando um pedaço de fruta no mercado. Ali estalou os nós dos dedos. Era um homem jovem – estaria mentindo se dissesse que a bela moça não mexia com ele –, mas isso apenas o deixava mais desconfortável.

Khanzada interpretou o desdém de Ali da forma errada.

— Tenho outras meninas se esta não é do seu interesse. Meninos também — acrescentou ela, com um sorriso malicioso. — Talvez tal gosto tão aventureiro seja de fam...

— Basta, Khanzada — interrompeu Muntadhir, com um toque de aviso na voz.

A cortesã gargalhou e deslizou para o colo de Muntadhir. Ela levou uma taça de vinho aos lábios do príncipe.

— Perdoe-me, meu amor.

O humor voltou ao rosto de Muntadhir, e Ali virou o rosto, irritando-se. Não gostava de ver aquele lado do irmão; tal depravação poderia ser uma fraqueza quando ele fosse rei. A menina shafit olhou de um para outro.

Como se esperasse ordens. Algo dentro de Ali estalou. Baixou a colher e cruzou os braços sobre o peito.

— Quantos anos você tem, irmã?

— Eu... — Rupa olhou de novo para Khanzada. — Sinto muito, meu senhor, mas não sei.

— Ela tem idade o suficiente — interrompeu Khanzada.

— Tem mesmo? — perguntou Ali. — Bem, tenho certeza de que você saberia... certamente pegou todos os detalhes do pedigree dela quando a comprou.

Muntadhir exalou.

— Calma, Zaydi.

Mas foi Khanzada quem se irritou.

— Não *compro* ninguém — disse ela, defendendo-se. — Tenho uma lista do tamanho de meu braço de meninas desejando entrar em minha escola.

— Tenho certeza de que sim — disse Ali, debochadamente. — E com quantos de seus clientes elas precisam dormir para sair dessa lista?

Khanzada se esticou, com fogo nos olhos da cor de alumínio.

— Como é?

A discussão deles atraía olhares curiosos; Ali trocou para geziriyya para que apenas Muntadhir pudesse entendê-lo.

— Como pode se sentar aqui, akhi? Já pensou em onde...

Khanzada ficou de pé.

— Se quer me acusar de algo, pelo menos tenha a coragem de dizer em uma língua que eu possa entender, seu fedelho mestiço de tribos!

Muntadhir subitamente se esticou diante das palavras dela. A conversa nervosa dos outros homens cessou, e os músicos pararam de tocar.

— *Do que* o chamou? — indagou Muntadhir. Ali jamais ouvira tanto gelo na voz do irmão.

Khanzada pareceu perceber que cometera um erro. O ódio sumiu da expressão dela, substituído pelo medo.

— E-eu só quis dizer...

— Não me importa o que quis dizer — disparou Muntadhir. — Como ousa dizer tal coisa a seu príncipe? Peça desculpas.

Ali estendeu a mão para o punho do irmão.

— Está tudo bem, Dhiru. Eu não deveria ter...

Muntadhir o interrompeu com a palma da mão erguida.

— Peça desculpas, Khanzada — repetiu ele. — Agora.

Khanzada rapidamente uniu as palmas e abaixou o olhar.

— Perdoe-me, príncipe Alizayd. Não tive a intenção de insultá-lo.

— Que bom. — Muntadhir disparou uma expressão para os músicos que se pareceu tanto com o pai deles que fez a pele de Ali se arrepiar. — O que estão olhando? Toquem!

Ali engoliu em seco, envergonhado demais para encarar qualquer um no salão.

— Eu deveria ir.

— Sim, provavelmente deveria. — Mas antes que Ali pudesse se levantar, o irmão o agarrou pelo pulso. — E nunca mais discorde de mim na frente desses homens novamente — avisou ele, em geziriyya. — Principalmente quando *você* for o canalha. — Ele soltou o braço de Ali.

— Tudo bem — murmurou Ali. Muntadhir ainda tinha um cordão de pérolas envolto no pescoço de Rupa, como se fosse uma coleira extravagante. A menina sorria, mas a expressão não combinava com o seu olhar.

Ali tirou um pesado anel de prata do polegar ao se levantar. Encarou a menina shafit e então soltou o anel na mesa.

— Minhas desculpas.

O príncipe tomou os degraus escuros que davam para a rua, dois degraus de cada vez, afetado pela resposta ágil do irmão. Muntadhir obviamente não concordara com o comportamento de Ali, mas ainda assim o defendera, humilhara a própria amante para fazer isso. Nem mesmo hesitara.

Somos geziri. É o que fazemos. Ali acabara de sair da casa quando uma voz falou atrás dele.

— Não é bem do seu gosto?

Ali olhou para trás. Jamshid e-Pramukh estava parado do lado de fora da porta de Khanzada, fumando um longo cachimbo.

Ali hesitou. Ele não conhecia bem Jamshid. Embora o filho de Kaveh servisse na Guarda Real, fazia isso em um contingente daeva cujo treino era segregado – e propositalmente inferior. Muntadhir falava muito bem do capitão daeva – seu guarda-costas durante mais de uma década e melhor amigo –, mas Jamshid sempre ficava calado na presença de Ali.

Provavelmente porque o pai acha que quero queimar o Grande Templo com todos os daevas dentro dele. Ali só conseguia imaginar as coisas ditas sobre ele na privacidade da casa Pramukh.

— Algo assim — respondeu Ali, finalmente.

Jamshid gargalhou.

— Eu disse a ele que levasse você a algum lugar mais tranquilo, mas conhece seu irmão quando ele coloca algo na cabeça. — Os olhos pretos dele brilhavam, a voz estava acolhedora com afeição.

Ali fez uma careta.

— Felizmente, acho que esgotei meu convite.

— Está em boa companhia, então. — Jamshid deu mais uma tragada no cachimbo. — Khanzada me odeia.

— Mesmo? — Ali não conseguia imaginar o que a cortesã teria contra o guarda de temperamento tranquilo.

Jamshid assentiu e estendeu o cachimbo, mas Ali recusou.

— Acho que vou voltar para o palácio.

— É claro. — Ele indicou o fim da rua. — Seu secretário espera por você na midan.

— Rashid? — Ali franziu a testa. Ele não tinha mais negócios naquela noite de que se lembrava.

— Ele não chegou a dar o nome. — Um toque de irritação percorreu os olhos de Jamshid, que se foi em um momento. — E também não quis esperar aqui.

Estranho.

— Obrigado por me informar. — Ali começou a se virar.

— Príncipe Alizayd? — Quando Ali se virou de novo, Jamshid prosseguiu: — Sinto muito pelo que aconteceu em nosso quarteirão hoje. Não somos todos daquele jeito.

O pedido de desculpas o pegou desprevenido.

— Eu sei — respondeu Ali, sem saber o que mais dizer.

— Que bom. — Jamshid piscou um olho. — Não deixe meu pai afetar você. É algo em que ele é mestre.

Isso levou um sorriso ao rosto de Ali.

— Obrigado — disse ele, com sinceridade. E tocou o coração e a testa. — Que a paz esteja com você, capitão Pramukh.

— E com você a paz.

NAHRI

Nahri tomou um longo gole de água do cantil, agitou o líquido na boca e cuspiu. Daria seu último dirham para beber sem sentir areia nos dentes. A curandeira suspirou e recostou-se pesadamente contra as costas de Dara, deixando as pernas penderem soltas no cavalo.

— Odeio este lugar — murmurou ela ao ombro do daeva. Nahri estava acostumada com areia, ela lidava com as tempestades que cobriam o Cairo com uma poeira amarela nebulosa toda primavera, mas aquilo era insuportável.

Tinham deixado o oásis dias antes, roubado um novo cavalo e feito uma última tentativa no terreno aberto e desprotegido. Dara disse que não havia escolha; tudo entre o oásis e Daevabad era deserto.

Fora uma travessia brutal. Mal tinham se falado, ambos cansados demais para fazer mais do que segurar a sela e continuar em um silêncio cúmplice. Nahri estava imunda; terra e areia se agarravam à pele dela e sujavam seus cabelos. Estava nas roupas dela e na comida, sob as unhas e entre os dedos dos pés.

— Não é muito mais longe — assegurou-a Dara.

— Sempre diz isso — murmurou Nahri. Ela sacudiu um braço dormente e então o passou pela cintura de Dara novamente. Algumas semanas antes, teria se sentido envergonhada demais para abraçá-lo tão ousadamente, mas agora não se importava mais.

A paisagem começou a mudar, colinas e árvores espinhentas e frágeis substituíam a areia pura. O vento ficou mais rápido, nuvens azuis passavam vindas do leste para escurecer o céu.

Quando finalmente pararam, Dara tirou a sela e afastou o tecido imundo que cobria o rosto dele.

— Graças ao Criador.

Nahri pegou a mão dele quando o daeva a ajudou a descer. Não importava quantas vezes a curandeira descesse do cavalo, sempre precisava de alguns minutos para que seus joelhos se lembrarem de como funcionavam.

— Chegamos?

— Chegamos ao rio Gozan — ele respondeu, parecendo aliviado. — O portal de Daevabad fica logo do outro lado da água, e ninguém além de nosso tipo pode passar por ele. Nenhum ifrit, nenhum ghoul, nem mesmo peris.

A terra terminava abruptamente em um penhasco que dava para o rio. À luz tênue, o rio amplo e lamacento era de um cinza-amarronzado nada atraente, e o outro lado não parecia promissor. Tudo que Nahri conseguia ver era mais terra batida.

— Acho que pode ter exagerado os charmes de Daevabad.

— Acha mesmo que deixaríamos uma ampla cidade mágica aberta aos olhos de qualquer observador humano curioso? Está escondida.

— Como vamos atravessar? — Mesmo do alto, ela conseguia ver espuma branca se formando na água corrente.

Dara olhou pela beirada do penhasco de calcário.

— Eu poderia tentar encantar um dos cobertores — ele sugeriu, não parecendo otimista. — Mas vamos esperar até amanhã. — Dara indicou o céu. — Parece que vai cair uma tempestade, e não quero arriscar atravessar com o tempo ruim. Lembro destes penhascos serem cheios de cavernas. Nós nos abrigaremos em uma esta noite. — Ele começou a guiar o cavalo por um caminho sinuoso e estreito.

Nahri seguiu.

— Alguma chance de eu conseguir fazer uma viagem até a margem do rio?

— Por quê?

— Com esse cheiro parece que algo morreu em minhas roupas, e tenho sujeira o suficiente grudada na pele para fazer uma gêmea minha.

Ele assentiu.

— Apenas tome cuidado. O caminho para baixo é íngreme.

— Ficarei bem.

Nahri caminhou pela colina acentuada, ziguezagueando além de pedregulhos e árvores troncudas. Dara não mentira. Ela tropeçou duas vezes e cortou as palmas das mãos nas rochas afiadas, mas a chance de se banhar valia a pena. Nahri ficou perto da margem do rio enquanto esfregava a pele rapidamente, pronta para saltar para trás se a corrente ficasse forte demais.

O céu escurecia a cada minuto; um tom doentio de verde delineava as nuvens. Nahri saiu da água, torceu os cabelos e tremeu. O ar estava úmido e tinha cheiro de relâmpago. Dara estava certo a respeito da tempestade.

Ela estava enfiando os pés molhados nas botas quando sentiu. O toque do vento, tão firme que foi como a mão de alguém sobre seu ombro. Nahri imediatamente se esticou e deu meia-volta, pronta para atirar a bota no que fosse.

Não havia ninguém. Ela observou a margem rochosa, mas estava vazia e quieta, exceto pelas folhas mortas soprando na brisa. Nahri fungou e sentiu o cheiro estranhamente forte de pimenta-do-reino e flor de noz-moscada. Talvez Dara estivesse tentando conjurar um novo prato.

Nahri acompanhou o pequeno rastro de fumaça que flutuava no céu atrás dela até encontrar Dara sentado à boca de uma caverna escura. Com uma panela de ensopado borbulhando sobre as chamas.

Ele olhou para cima e sorriu.

— Finalmente. Estava começando a temer que tivesse se afogado.

O vento açoitou os cabelos molhados dela, e a curandeira tremeu.

— Nunca — declarou Nahri, aconchegando-se à fogueira. — Nado como um peixe.

Ele sacudiu a cabeça.

— Todo seu nado me lembra dos Ayaanle. Preciso verificar seu pescoço em busca de escamas de crocodilo.

— Escamas de crocodilo? — Ela pegou a taça de Dara com a esperança de que o vinho a aquecesse. — Mesmo?

— Ay, é só algo que dizemos sobre eles. — O daeva empurrou a panela na direção de Nahri. — Crocodilos são uma das formas preferidas dos marids. Supostamente os antigos Ayaanle os adoravam. Os descendentes não gostam de falar sobre isso, mas ouvi histórias bizarras sobre os antigos rituais deles. — Dara pegou a taça de volta de Nahri; a taça se encheu novamente com vinho assim que os dedos dele tocaram a borda.

Nahri sacudiu a cabeça.

— O que há esta noite? — perguntou ela, olhando para o ensopado com um sorriso esperto. A pergunta se tornara um jogo: por mais que tentasse, Dara jamais conseguira conjurar nada além do prato de lentilha da mãe.

Ele sorriu.

— Pombos recheados com cebolas fritas e açafrão.

— Que proibido. — Nahri se serviu da comida. — Os Ayaanle vivem perto do Egito, não é?

— Bem no sul; sua terra está cheia demais de humanos para o gosto de nosso povo.

A chuva começou a cair. Trovão ressoou ao longe, e Dara fez uma careta ao limpar água da testa.

— Esta não é uma noite para histórias — declarou o daeva. — Venha. — Ele pegou a panela, indiferente ao metal quente. — Deveríamos sair da chuva e dormir um pouco. — Dara fixou o olhar na cidade escondida além do rio, e a expressão dele se tornou indecifrável. — Temos um longo dia adiante.

Nahri dormiu intermitentemente, com sonhos bizarros e cheios de trovões. Ainda estava escuro quando acordou, a fogueira deles fora reduzida a brasas brilhantes. Chuva fustigava a boca da caverna, e ela conseguia ouvir o vento uivando além dos penhascos.

Dara estava esticado ao lado dela sobre um dos cobertores, mas tinham ficado íntimos o bastante para que a curandeira percebesse pela cadência da respiração dele que o daeva também estava acordado. Ela virou para encará-lo, percebendo que Dara a cobrira com a própria túnica enquanto Nahri dormia. Ele estava deitado de barriga para cima, com as mãos cruzadas sobre ela como um cadáver.

— Problemas para dormir? — perguntou ela.

O daeva não se moveu, estava com o olhar fixo no teto rochoso.

— Acho que sim.

Um lampejo de relâmpago iluminou a caverna, seguido rapidamente por um estrondo de trovão. Nahri observou o perfil de Dara à luz tênue. O olhar dela acompanhou os olhos de longos cílios dele até o pescoço e pelos braços expostos do daeva. O estômago dela se contraiu; Nahri ficou subitamente ciente do pouco espaço que havia entre os dois.

Não que importasse – a mente de Dara estava obviamente a mundos de distância.

— Queria que não estivesse chovendo — disse ele, com a voz incomumente desejosa. — Teria gostado de ver as estrelas caso...

— Caso? — indagou ela quando o daeva se calou.

Ele olhou para Nahri, parecendo quase envergonhado.

— Caso seja minha última noite como um homem livre.

Nahri se encolheu. Ocupada demais vasculhando o céu em busca de mais rukhs e tentando sobreviver à última parte da jornada cruel, ela mal pensara duas vezes na recepção deles em Daevabad.

— Acha mesmo que será preso?

— É provável.

Havia um indício de medo na voz de Dara, mas depois de aprender o quanto era adepto a exageros – principalmente no que dizia respeito aos djinns –, Nahri tentou reconfortá-lo.

— É provavelmente alguma história antiga para eles, Dara. Nem todos são capazes de guardar rancor por quatorze séculos. — Ele fez uma careta e virou o rosto, e Nahri gargalhou. — Ah, vamos lá, estou apenas provocando. — Ela se apoiou sobre um cotovelo e, sem pensar muito, estendeu a mão para bochecha dele para virá-lo para si.

Dara se assustou ao toque de Nahri, os olhos dele brilharam de surpresa. Não, não pelo toque dela, Nahri percebeu um pouco envergonhada, mas pela posição em que acidentalmente os colocara, com metade do corpo sobre o peito dele.

Ela corou.

— Desculpe. Não tive a intenção...

Dara tocou a bochecha dela.

Dara pareceu quase tão chocado quanto ela diante do gesto, como se seus dedos estivessem carinhosamente traçando o maxilar dela por vontade própria. Havia tanto desejo na expressão dele – assim como uma boa dose de indecisão – que o coração de Nahri se acelerou, o calor se acumulou em seu estômago. *Não*, disse ela a si mesma. *Ele é literalmente o inimigo do povo ao qual você está prestes a pedir santuário, e quer acrescentar* isto *aos laços que já os unem?* Apenas um tolo faria tal coisa.

Ela o beijou.

Dara soltou um ruído fraco de protesto contra a boca de Nahri, e então imediatamente entrelaçou as mãos nos cabelos dela. Os lábios do daeva estavam mornos e desejosos, e cada parte de Nahri pareceu comemorar quando ele a beijou de volta, o corpo dela se encheu de uma voracidade contra a qual sua mente gritava avisos.

Dara se afastou.

— Não podemos — ele arquejou, com o hálito morno fazendo cócegas na orelha de Nahri, lançando uma agitação pela espinha dela. — Isto... isto é totalmente inapropriado...

Ele estava certo, é claro. Não a respeito de ser inapropriado – Nahri jamais se importara muito com isso. Mas era *estúpido*. Era assim que idiotas apaixonados arruinavam as próprias vidas, e Nahri fizera o parto de bastardos o suficiente, e cuidara de muitas esposas arrasadas durante os últimos estágios da sífilis para saber. Mas ela acabara de passar um mês com aquele homem arrogante e irritante, cada noite e dia ao lado dele, um mês dos olhos incandescentes e das mãos escaldantes, ambos se demorando demais, mas nunca o suficiente.

Ela passou para cima dele, e o olhar de incredulidade chocada na expressão de Dara valeu a pena.

— Cale a boca, Dara. — E então Nahri o beijou de novo.

Não vieram ruídos de protesto agora. Um arquejo soou – metade por exasperação e metade desejo – então ele puxou Nahri para baixo contra o corpo, e os pensamentos dela deixaram de ser coerentes.

Ela se atrapalhava com o nó enlouquecedoramente complicado no cinto do daeva, as mãos dele deslizavam para baixo da túnica dela quando a caverna estremeceu com o mais alto estrondo de trovão que Nahri já ouvira.

Ela ficou imóvel. Não queria – a boca de Dara acabara de encontrar um ponto maravilhoso na base do pescoço dela e a pressão do quadril dele contra o dela fazia coisas com seu sangue que Nahri jamais achou serem possíveis. Mas então um clarão de relâmpago – mais forte do que os demais – iluminou a caverna. Outra brisa entrou, extinguindo a pequena fogueira e lançando o arco e a aljava de Dara para o chão com um clangor.

Ao som da preciosa arma atingindo o chão, Dara ergueu o rosto, então congelou, reparando na expressão do rosto dela.

— O que foi?

— Eu... eu não sei. — O trovão continuou ressoando, mas sob ele havia algo mais, quase como um sussurro no vento, uma urgência em uma língua que ela não entendia. A brisa entrou de novo, farfalhando e puxando seus cabelos, com o cheiro daqueles mesmos temperos. Pimenta-do-reino e cardamomo. Trevo e flor de noz-moscada.

Chá. O chá de Khayzur.

Nahri imediatamente se afastou, cheia de um presságio que não entendia.

— Acho... Acho que tem algo lá fora.

Ele franziu a testa.

— Não ouvi nada. — Mas Dara se sentou mesmo assim, desenroscando braços e pernas dos de Nahri para recuperar o arco e a aljava.

Ela estremeceu, sentindo frio sem o toque morno do corpo dele. Depois de pegar a túnica de Dara, Nahri a jogou por cima da cabeça.

— Não foi um som — insistiu ela, sabendo que provavelmente parecia louca. — Foi outra coisa.

Outro relâmpago rachou o céu, a luz dele delineando o daeva contra o escuro. Ele franziu a testa.

— Não, eles não ousariam... — sussurrou Dara, quase para si mesmo. — Não tão perto da fronteira.

Mesmo assim, Dara entregou a adaga a ela e engatilhou uma das flechas de prata. Ele caminhou de fininho até a entrada da caverna.

— Fique para trás — avisou ele.

Nahri o ignorou, enfiando a adaga no cinto e juntando-se a Dara na entrada da caverna. Chuva fustigou os rostos deles, mas não estava tão escuro quanto mais cedo; a luz da lua estava refletida nas nuvens inchadas.

Dara ergueu o arco e deu um olhar significativo para Nahri quando a ponta emplumada da flecha tocou a barriga dela.

— Pelo menos *um pouco* para trás.

Ele saiu, e a curandeira permaneceu ao lado dele, sem gostar da forma como Dara se encolheu quando a chuva atingiu seu rosto.

— Tem certeza de que deveria sair neste tempo...

Um raio caiu logo adiante, e Nahri saltou, protegendo os olhos. A chuva parou, o efeito foi tão imediato que parecia que alguém tinha fechado uma torneira.

O vento açoitou os cabelos úmidos dela. Nahri piscou, tentando afastar os pontinhos da visão. A escuridão se dissipava. O relâmpago caíra em uma árvore perto deles, ateando fogo aos galhos mortos.

— Vamos. Vamos voltar para dentro — pediu Nahri. Mas Dara não se moveu, o olhar dele estava fixo na árvore. — O que foi? — ela perguntou, tentando empurrar o braço dele.

O daeva não respondeu – não precisava. Chamas desceram correndo pela árvore, o calor era tão intenso que secou a pele molhada de Nahri imediatamente. Fumaça acre escorreu da madeira, deslizando além das raízes e empoçando-se em tendões pretos enevoados que serpenteavam e rodopiavam, solidificando-se conforme subiam lentamente do chão.

Nahri recuou e estendeu a mão para o braço de Dara.

— É... é outro daeva? — ela perguntou, tentando parecer esperançosa quando as cordas de fumaça se entrelaçaram, mais espessas, mas rápidas.

Os olhos de Dara estavam arregalados.

— Temo que não. — Ele pegou a mão de Nahri. — Acho que deveríamos partir.

Assim que se voltaram para a caverna, mais fumaça preta desceu dos penhascos acima, passando da entrada rochosa como uma cachoeira.

Cada pelo do corpo de Nahri se arrepiou; as pontas dos dedos dela zumbiam com energia.

— Ifrit — sussurrou ela.

Dara recuou tão rápido que tropeçou, a graciosidade habitual se fora.

— O rio — ele gaguejou. — Corra.

— Mas nossos mantimentos...

— Não há tempo. — Mantendo uma das mãos fechada no pulso de Nahri, ele a arrastou para baixo do cume rochoso. — Pode nadar tão bem quanto alega?

Nahri hesitou, pensando na corrente rápida do Gozan. O rio provavelmente estava cheio devido à tempestade, as águas já turbulentas agitadas em frenesi.

— Eu... talvez. Provavelmente — corrigiu ela, vendo um alarme percorrer a expressão de Dara. — Mas você não consegue!

— Não importa.

Antes que Nahri pudesse discutir, ele a puxou, correndo e tropeçando para baixo da colina de calcário. A descida íngreme era traiçoeira no escuro, e Nahri escorregou mais de uma vez nas pedrinhas arenosas soltas.

Estavam correndo por uma beirada estreita quando um ruído grave irrompeu no ar, algo entre o rugido de um leão e o estalo de um incêndio incontrolável. Nahri ergueu o rosto, tendo o mais breve lampejo de algo grande e brilhante antes que se chocasse contra Dara.

A força a jogou para trás, o equilíbrio dela se foi sem o aperto firme do daeva no pulso. Ela procurou um galho de árvore, uma rocha, qualquer coisa enquanto tropeçava, mas seus dedos se arrastavam inutilmente pelo ar. Os pés de Nahri não encontraram nada, e então ela caiu para o outro lado do cume.

Nahri tentou proteger a cabeça ao atingir o chão com força e rolar encosta abaixo com as pedras afiadas cortando seus braços. O corpo dela quicou por cima de outra pequena borda, e então Nahri caiu em uma poça espessa de lama. A parte de trás da cabeça dela bateu em uma raiz escondida de árvore.

A curandeira ficou deitada, quieta, chocada com a dor lancinante, o fôlego sugado para fora dela. Cada parte do corpo doía. Nahri tentou respirar brevemente e gritou com o protesto de uma costela obviamente quebrada.

Apenas respire. Não se mexa. Ela precisava deixar o corpo se curar. Sabia que se curaria; o ardor da pele rasgada já passava. Ela tocou cuidadosamente a parte de trás da cabeça, rezando para que o crânio ainda estivesse intacto. Os dedos dela encontraram cabelos ensanguentados, mas nada mais. Graças ao Mais Alto por aquela gota de sorte.

Algo no abdômen de Nahri se contorceu de volta para o lugar, e ela se sentou, limpando o sangue, lama ou sabia Deus o que em seus olhos. Nahri os semicerrou. O Gozan já estava adiante, a água corrente brilhava enquanto formava ondas de corredeiras.

Dara. Ela ficou de pé e cambaleou para a frente, olhando para o cume na escuridão.

Outro clarão a cegou, e o ar estalou, seguido por um estrondo ensurdecedor que a jogou para trás. Nahri ergueu as mãos para proteger os olhos, mas a luz já se fora, sumira em uma névoa de fumaça azul que evaporava rapidamente.

Então o ifrit estava ali, mais alto do que ela, com braços espessos como galhos de árvore. Levemente musculoso, com a pele reluzente entre o tom branco-acinzentado da fumaça e o laranja tingido de carmesim do fogo. Tinha as mãos e os pés pretos como carvão, o corpo sem pelos e coberto com uma variedade de marcas ébano ainda mais selvagens do que as de Dara.

E era lindo. Estranho e mortal, mas lindo. Nahri congelou quando um par de olhos dourados felinos repousara sobre ela. O ifrit sorriu, com os dentes escuros e afiados. A mão da cor do carvão dele foi até a foice na lateral do corpo.

Nahri ficou de pé com um salto e disparou entre as rochas para a água, aterrissando na parte rasa com um jorro. Mas o ifrit era rápido demais, e agarrou o tornozelo dela quando a curandeira tentou nadar para longe. Ela agarrou o leito lamacento do rio, enganchando os dedos em uma raiz de árvore submersa.

O ifrit era mais forte. Ele puxou e Nahri gritou quando a criatura a arrastou para trás. Tinha ficado mais brilhante, a pele dele pulsava com uma luz amarela quente. Uma cicatriz percorria a cabeça careca do ifrit como um borrão de carvão extinto. A ladra dentro dela não pôde deixar de notar a reluzente armadura peitoral de bronze que ele usava sobre uma faixa de cintura simples de linho. Um cordão de quartzo bruto envolvia o pescoço da criatura.

O ifrit ergueu a mão de Nahri como em uma vitória compartilhada.

— Eu a tenho! — gritou ele, em uma língua que soava como fogo selvagem. O ifrit correu novamente e passou a língua pelos dentes afiados, com um olhar de fome inconfundível nos olhos dourados. — A garota! Eu tenho...

Recobrando os sentidos, Nahri pegou a adaga que Dara lhe dera na caverna. Depois de quase cortar um dos dedos no processo, ela mergulhou a arma profundamente no peito incandescente do ifrit. Ele gritou e soltou o pulso dela, parecendo mais surpreso do que ferido.

O ifrit ergueu uma sobrancelha pintada ao olhar para baixo, para a adaga, obviamente nada impressionado. Então deu um tapa forte no rosto de Nahri.

O golpe a derrubou. Ela cambaleou, pontos escuros piscaram em sua visão. O ifrit libertou a adaga, mal olhando para a arma antes de atirá-la para trás de Nahri.

Ela se atrapalhou para ficar de pé, escorregou e cambaleou ao tentar recuar. Não conseguia tirar os olhos da foice do ifrit. A lâmina de ferro estava manchada de preto, a ponta estava desgastada e cega. Aquilo a mataria, sem dúvida, e doeria. Muito. Nahri se perguntou quantos dos ancestrais Nahid dela tinham encontrado seu fim naquela foice.

Dara. Ela precisava do Afshin.

O ifrit a seguiu com um passo lento.

— Então é você que está causando rebuliço em todas as raças... — disse ele. — A última cria traiçoeira e venenosa de sangue de Anahid.

O ódio na voz dele lançou uma nova onda de medo pelo corpo de Nahri. Ela viu a adaga no chão e a pegou. Talvez não machucasse o ifrit, mas era tudo que possuía. Nahri a estendeu, tentando manter o máximo de distância possível entre os dois.

O ifrit sorriu de novo.

— Está com medo, curandeirazinha? — disse ele, em tom arrastado. — Está tremendo? — O ifrit acariciou a própria lâmina. — O que eu faria para ver o sangue daquela traidora escorrer de você... — Mas então ele abaixou a mão, parecendo arrependido. — Infelizmente fizemos um acordo para devolver você ilesa.

— *Ilesa*? — Nahri pensou no Cairo, a lembrança dos dentes dos ghouls rasgando seu pescoço estava vívida na mente. — Seus ghouls tentaram me devorar!

O ifrit espalmou as mãos, parecendo desculpar-se.

— Meu irmão agiu precipitadamente, admito. — Ele pigarreou como se tivesse problemas para falar, então inclinou a cabeça para observar Nahri. — Chocante, na verdade, preciso dar crédito aos marids. À primeira vista, você é completamente humana, mas olhando além disso e... — O ifrit se aproximou para estudar o rosto dela. — Aí está a daeva.

— Não sou — disse Nahri, rapidamente. — Para quem quer que esteja trabalhando... o que quer que você queira... Sou apenas uma shafit. Não consigo fazer nada — acrescentou ela, esperando que a mentira pudesse lhe dar algum tempo. — Não precisa desperdiçar seu tempo comigo.

— *Apenas uma shafit?* — Ele gargalhou. — É isso o que aquele escravo lunático pensa?

O som de uma árvore caindo chamou a atenção de Nahri antes que pudesse responder. Uma fileira de fogo dançou sobre o cume, consumindo os arbustos espinhentos como se fosse combustível.

O ifrit acompanhou o olhar de Nahri.

— As flechas de seu Afshin podem ser maiores do que a inteligência dele, curandeirazinha, mas vocês dois estão em desvantagem.

— Disse que não queria nos fazer mal.

— Não quero fazer mal a *você* — corrigiu ele. — O escravo encharcado de vinho não era parte de nosso acordo. Mas talvez... se vier voluntariamente... — Ele parou de falar com uma tosse e inspirou profundamente.

Enquanto Nahri observava, ele arquejou e levou a mão a uma árvore próxima para se apoiar. Então tossiu de novo, agarrando o peito onde Nahri o ferira. O ifrit arrancou a armadura peitoral e Nahri arquejou. A pele em torno do ferimento tinha se tornado preta com o que parecia infecção. E estava se espalhando, com minúsculos tendões da cor de carvão serpenteando para fora como veias delicadas.

— O-o que você fez comigo? — gritou o ifrit quando as veias escurecidas deram lugar a cinzas tingidas de azul diante dos olhos deles. Ele tossiu de novo, expelindo um líquido preto viscoso que fumegava ao atingir o chão. Ele cambaleou para mais perto e tentou agarrá-la. — Não... não fez. Diga que não fez! — Os olhos dourados dele estavam arregalados de pânico.

Ainda agarrando a adaga, Nahri recuou, temendo que o ifrit pudesse estar tentando enganá-la. Mas quando ele agarrou o pescoço e caiu de joelhos, suando cinzas, Nahri se lembrou de algo que Dara lhe dissera semanas antes no Eufrates.

Dizia-se que o mero sangue dos Nahid era venenoso para os ifrits, mais fatal do que qualquer lâmina. Como se em transe, o olhar de Nahri lentamente recaiu sobre a adaga. Misturado ao sangue preto do ifrit estava o próprio sangue carmesim dela, de quando se cortou tentando esfaqueá-lo.

Nahri olhou de novo para o ifrit. Ele estava deitado nas rochas, com sangue escorrendo da boca. Os olhos, lindos e apavorados, encontraram os dela.

— Não... — ofegou ele. — Tínhamos um acordo...

Ele me bateu. Ele ameaçou matar Dara. Agindo em um rompante de ódio frio e instinto que provavelmente a teriam assustado se Nahri pensasse duas vezes, ela o chutou forte no estômago. O ifrit gritou e Nahri caiu de joelhos, pressionando a adaga contra o pescoço dele.

— Com quem fez um acordo? — indagou ela. — O que queriam comigo?

O ifrit sacudiu a cabeça e tomou um fôlego trêmulo.

— Escória Nahid imunda... são todos iguais — ele cuspiu —... sabia que era um erro...

— Quem? — indagou Nahri de novo. Quando ele não disse nada, ela cortou a mão e pressionou a palma ensanguentada contra o ferimento dele.

O som que saiu do ifrit era diferente de tudo que Nahri podia imaginar: um guincho que dilacerou a alma dela. Nahri quis se virar, fugir para o rio e mergulhar, escapar de tudo aquilo.

Ela pensou novamente em Dara. Mais de mil anos como escravo, roubado de seu povo e assassinado, entregue aos caprichos de incontáveis mestres cruéis. Ela viu o sorriso carinhoso de Baseema, a mais inocente dos inocentes, morta para sempre. Então apertou com mais força.

Com a outra mão, Nahri segurou a adaga contra o pescoço dele, embora a julgar pelos gritos do ifrit não tivesse sido necessário. Ela esperou até que os gritos se tornassem um choro.

— Conte-me e curarei você.

Ele se encolheu sob a lâmina, os olhos se dilataram brevemente em preto. O ferimento borbulhou, fumegando como um caldeirão transbordando, e um ruído aquoso terrível saiu da garganta da criatura.

— Nahri! — A voz de Dara surgiu de algum lugar na escuridão, uma distração distante. — Nahri!

O olhar febril do ifrit se fixou no rosto dela. Algo brilhou nos olhos dele, algo calculista e vil. Ele abriu a boca.

— Sua mãe — disse ele, chiando. — Fizemos um acordo com Manizheh.

— O quê? — perguntou Nahri, tão espantada que quase soltou a faca. — Minha *o quê*?

O ifrit começou a se convulsionar, um gemido trêmulo saiu de algum lugar no fundo da garganta dele. Seus olhos se dilataram novamente e sua boca se escancarou, uma névoa de vapor disparou para fora dos lábios. Nahri fez uma careta. Ela duvidava que conseguiria mais informação da criatura.

Os dedos do ifrit arranharam seu pulso.

— Me cure... — implorou ele. — Você prometeu.

— Eu menti. — Com um gesto brusco e cruel, Nahri puxou a mão de volta e cortou o pescoço do ifrit. Vapor escuro subiu do pescoço dilacerado dele e conteve o grito. Mas os olhos do ifrit, fixos e cheios de ódio, permaneceram na lâmina de Nahri, observando conforme ela a erguia sobre o peito dele. *O pescoço...* Dara certa vez a instruíra, as fraquezas dos ifrits foram uma das poucas coisas que ele lhe contou.

... os pulmões. Ela desceu a lâmina de novo, mergulhando-a no peito da criatura. Não entrou com facilidade, e Nahri lutou contra a vontade de vomitar quando colocou o peso do corpo na adaga. Sangue preto viscoso jorrou sobre as mãos dela.

O ifrit convulsionou uma vez, duas, então caiu imóvel, com o peito se abaixando como se Nahri tivesse esvaziado uma saca de farinha. Ela observou por mais um instante, mas soube que ele estava morto; sentiu a falta de vida e vigor imediatamente. Tinha-o matado.

Nahri ficou de pé; suas pernas tremeram. *Matei um homem.* Ela encarou o ifrit morto, hipnotizada pela visão do sangue dele escorrendo e fumegando sobre o chão rochoso. *Eu o matei.*

— Nahri! — Dara derrapou até parar diante dela. Ele pegou um dos braços da curandeira quando seus olhos alarmados percorreram as roupas ensanguentadas dela. Dara tocou a bochecha dela, seus dedos roçaram os cabelos úmidos de Nahri. — Pelo Criador, eu estava tão preocupado... Pelo olho de Suleiman!

Ao ver o ifrit, Dara se afastou com um salto, puxando-a para trás de forma protetora.

— Ele... você... — Dara gaguejou, parecendo mais chocado do que Nahri jamais o vira. — Você matou um ifrit. — Ele se virou para ela, com os olhos verdes brilhando. — *Você matou um ifrit?* — repetiu o daeva ao olhar com mais atenção.

Sua mãe... A última alegação do ifrit a provocava. Nahri não conseguia esquecer aquele brilho estranho nos olhos dele antes que falasse. Seria uma mentira? Palavras destinadas a provocar a inimiga que o mataria?

Uma brisa quente passou pelas bochechas de Nahri, e ela ergueu os olhos. Os penhascos estavam em chamas; as árvores úmidas se partiam e rachavam conforme queimavam. O ar tinha um cheiro venenoso, quente e salpicado de minúsculas brasas acesas que varriam a paisagem morta e piscavam sobre o rio escuro.

Nahri pressionou uma das mãos ensanguentadas contra a têmpora quando foi tomada por uma onda de náusea. Ela virou o rosto para longe do ifrit morto, a visão do corpo dele desencadeou uma estranha sensação de justiça da qual ela não gostou.

— Eu... ele disse algo sobre... — Nahri parou de falar. Mais fumaça preta descia pelo penhasco, girando e serpenteando entre as árvores e crescendo até virar uma onda espessa e turva conforme se aproximava deles.

— Para trás! — Dara a puxou para longe, e os tendões fumegantes se afinaram com um sibilo baixo. Dara aproveitou a oportunidade para empurrá-la na direção da água. — Vá, ainda pode alcançar o rio.

O rio. Nahri sacudiu a cabeça; mesmo ao ver um enorme galho de árvore disparar além dela como se tivesse sido atirado de um canhão e a água rugir ao se chocar contra os pedregulhos que entulhavam as margens.

Ela nem mesmo conseguia ver a margem oposta – não tinha como ela conseguir atravessar. E Dara provavelmente se dissolveria.

— Não — respondeu Nahri, com a voz sombria. — Jamais conseguiremos.

A fumaça avançou e começou a se separar, rodopiando e se acumulando em três formas diferentes. O daeva grunhiu e sacou o arco.

— Nahri, entre na água.

Antes que pudesse responder, Dara deu um forte empurrão nela, derrubando-a na corrente fria. Não era funda o suficiente para que Nahri submergisse, mas o rio a combateu conforme ela se levantava outra vez.

Dara disparou uma das flechas, mas a arma planou inutilmente através das formas nebulosas. Ele xingou e disparou de novo quando um dos ifrits brilhou com uma luz incandescente. A mão escura de um deles agarrou a flecha. Ainda segurando-a, o ifrit se incendiou de volta à forma sólida, seguido imediatamente pelos outros dois.

O ifrit com a flecha era ainda maior do que aquele que Nahri matara. A pele em volta dos olhos dele se incendiava em um aro espesso, preto e dourado. Os outros dois eram menores: outro homem e uma mulher usando um diadema de metais trançados.

O ifrit girou a flecha de Dara entre os dedos. Ela começou a derreter, a prata brilhando conforme pingava na terra. O ifrit sorriu, e então a mão dele soltou fumaça. A flecha se foi, substituída por uma enorme maça de ferro. Os espinhos e as saliências da pesada cabeça da arma estavam opacos com sangue. O ifrit ergueu a arma terrível sobre um ombro e deu um passo à frente.

— *Salaam alaykum*, Banu Nahida. — Ele deu um sorriso afiado para Nahri. — Estava *tão ansioso* por este encontro.

O árabe do ifrit era impecável, com apenas o suficiente do sotaque do Cairo para fazer Nahri estremecer. Ele inclinou a cabeça em uma reverência suave.

— Você se chama de Nahri, sim?

Dara puxou mais uma flecha.

— Não responda.

O ifrit levantou as mãos.

— Não há perigo. Eu sei que não é o nome verdadeiro dela. — Ele voltou o olhar dourado de volta para Nahri. — Sou Aeshma, criança. Por que não sai da água?

Nahri abriu a boca para responder, mas então a fêmea passeou até Dara.

— Meu Flagelo, faz muito tempo. — Ela umedeceu os lábios pintados. — Olhe para aquela marca de escravo, Aeshma. Uma beleza. Já viu uma tão longa? — Ela suspirou, seus olhos se enrugaram com prazer. — E ah, como ele as conquistou.

Dara empalideceu.

— Não se lembra, Darayavahoush? — Quando ele não respondeu, a ifrit deu um sorriso triste a ele. — Uma pena. Nunca vi um escravo tão cruel. Por outro lado, você sempre esteve disposto a fazer *qualquer coisa* para permanecer em minhas graças.

Ela olhou para Dara com desejo, e o daeva se encolheu, parecendo enjoado. Uma torrente de ódio tomou conta de Nahri.

— Basta, Qandisha. — Aeshma gesticulou para interromper a companheira. — Não estamos aqui para fazer inimigos.

Algo roçou contra as canelas de Nahri sob a água preta. Ela ignorou, concentrando a atenção no ifrit.

— O que você quer?

— Primeiro: que saia da água. Não há segurança aí dentro para você, curandeirazinha.

— E há segurança com você? Um dos seus no Cairo me prometeu o mesmo e então liberou um bando de ghouls sobre nós. Pelo menos não tem nada aqui tentando me devorar.

Aeshma ergueu o olhar.

— Uma triste escolha de palavras, Banu Nahida. Os habitantes do ar e da água já fizeram a vocês dois mais mal do que sabem.

Ela franziu a testa, tentando esclarecer as palavras dele.

— O que você... — Nahri parou de falar. Um tremor percorreu o rio, como se algo impossivelmente grande se arrastasse pelo leito enlameado. A curandeira olhou para a água ao redor. Ela podia jurar ter visto um clarão de escamas ao longe, um brilho úmido que sumiu tão rapidamente quanto surgira.

O ifrit devia ter notado a reação.

— Vamos lá — insistiu ele. — Você não está segura.

— Está mentindo. — A voz de Dara mal passou de um grunhido. O daeva estava imóvel, o olhar cheio de ódio dele se fixou no ifrit.

O magricela subitamente se esticou, farejando o ar incandescente como um cão antes de correr até o arbusto onde jazia o ifrit assassinado.

— Sakhr! — O ifrit magricela gritou, os olhos luminosos dele estavam arregalados com incredulidade quando tocou o pescoço que Nahri rasgara. — Não... não, não, *não!* — Ele jogou a cabeça para trás e soltou um guincho de desespero que pareceu lacerar o próprio ar antes de se curvar novamente sobre o ifrit morto e pressionar a testa contra a do cadáver.

O luto do ifrit tomou Nahri completamente de surpresa. Dara dissera que eles eram demônios. Ela não teria imaginado que se importavam uns com os outros, muito menos tão intensamente.

O ifrit em prantos silenciou seu grito quando a viu, e ódio encheu seus olhos dourados.

— Sua bruxa assassina! — ele acusou, ficando de pé. — Eu deveria ter matado você no Cairo!

Cairo... Nahri recuou até que a água chegasse à cintura dela. *Baseema*. Fora ele quem possuíra Baseema, que condenara a menininha e mandara os ghouls atrás deles. Os dedos da curandeira estremeceram na adaga.

Ele avançou, mas Aeshma o segurou e o atirou ao chão.

— Não! Fizemos um acordo.

O ifrit magricela ficou de pé com um salto e imediatamente avançou para ela de novo, trincando os dentes e sibilando enquanto tentava se desvencilhar das mãos de Aeshma. A terra sob seus pés soltou faíscas.

— Que o diabo leve seu acordo! Ela o envenenou com sangue... vou arrancar os pulmões e macerar a alma dela até virar pó!

— *Basta!* — Aeshma o atirou ao chão de novo e ergueu a maça. — A menina está sob minha proteção. — Ele ergueu o rosto e encarou Nahri. Havia uma expressão muito mais fria no rosto dele agora. — Mas o escravo não está. Se Manizheh queria o maldito Flagelo dela, deveria ter dito. — Ele abaixou a arma e indicou Dara. — Ele é seu, Vizaresh.

— Espere! — gritou Nahri quando o ifrit magricela saltou sobre Dara, que o golpeou no rosto com o arco, mas então Qandisha, maior do que os dois homens, simplesmente agarrou Dara pelo pescoço e o tirou do chão.

— Afogue-o de novo — sugeriu Aeshma. — Talvez funcione desta vez. — O rio dançou e ferveu em volta dos pés dele quando ele avançou para Nahri.

Dara tentou chutar Qandisha, o grito dele cessando abruptamente quando ela o mergulhou sob a água preta. A ifrit gargalhou quando os dedos de Dara arranharam seu pulso.

— Pare! — gritou Nahri. — Solte-o! — Ela saltou para trás, esperando se desvencilhar de Aeshma na água mais profunda e nadar de volta para Dara.

Mas quando Aeshma se aproximou, o rio recuou, quase como uma onda subindo. Ele recuou da margem, recuou dos tornozelos de Nahri, e em um segundo sumira de vez dos pés dela, deixando-a de pé em trinta centímetros de lama.

Sem o som da corrente agitada, o mundo ficou silencioso. Não havia sequer um indício de vento, o ar estava saturado com o cheiro de sal, fumaça e areia molhada.

Aproveitando-se da distração de Aeshma, Nahri disparou para Dara.

— Marid... — sussurrou a fêmea ifrit, com os olhos dourados arregalados de medo. Ela soltou Dara e pegou o outro ifrit pelo braço magricela, puxando-o para longe. — Corram!

Os ifrits estavam fugindo quando Nahri alcançou Dara. Ele estava segurando o pescoço, puxando fôlego. No momento em que Nahri tentou colocá-lo de pé, os olhos do daeva se fixaram em algo além do ombro dela, e a cor deixou seu rosto.

Nahri olhou para trás. Ela imediatamente desejou não ter feito isso.

O Gozan havia sumido.

Uma trincheira ampla e enlameada estava no lugar do rio, com pedregulhos molhados e depressões profundas marcando seu antigo curso. O ar ainda estava enfumaçado, mas as nuvens de tempestade tinham sumido, revelando uma lua inchada e uma exuberante variedade de estrelas que iluminavam o céu. Ou pelo menos teriam iluminado o céu, caso não estivessem constantemente piscando conforme algo mais escuro do que a noite se erguia diante dos dois.

O rio. Ou o que fora o rio. Tinha recuado e se tornado mais espesso, as corredeiras e as pequenas ondas ainda ondulavam pela superfície, rodopiando e se agitando, desafiando a gravidade para se erguer. Ele se contorcia e oscilava no ar, erguendo-se lentamente acima deles.

A garganta de Nahri se apertou com medo. Era uma serpente. Uma serpente do tamanho de uma pequena montanha e feita completamente da água preta corrente.

A serpente aquosa se agitou e Nahri viu de relance uma cabeça do tamanho de uma construção, com cristas de onda no lugar dos dentes, quando a criatura abriu a boca para rugir novamente para as estrelas. O som irrompeu pelo ar, alguma combinação apavorante do urro de um crocodilo e a arrebentação de uma onda de maré. Atrás da serpente, Nahri viu as colinas arenosas onde Dara dissera que Daevabad estava escondida.

Ele estava congelado de terror agora, e sabendo do medo que Dara tinha de água, Nahri não esperava que isso mudasse. Ela segurou o pulso dele com mais força.

— Levante-se. — Ela o puxou para a frente. — Levante-se! — Quando Dara se moveu devagar demais para o gosto de Nahri, ela deu um tapa forte no rosto dele e apontou para as dunas arenosas. — Daevabad, Dara! Vamos! Pode matar todos os djinns que quiser depois que chegarmos lá!

Se pelo tapa ou pela promessa de assassinato, o terror que tomava conta do daeva pareceu se romper. Ele pegou a mão estendida de Nahri e eles correram.

Outro rugido soou, e uma espessa língua de água açoitou o local em que os dois tinham estado de pé, como um gigante esmagando uma mosca. A língua desabou contra a margem enlameada e água avançou para molhar os pés deles conforme fugiam.

A serpente se revirou e se chocou no chão logo adiante deles. Nahri derrapou até parar, puxando Dara em outra direção para disparar pelo leito vazio do rio. Estava cheio de algas encharcadas e rochas que secavam; Nahri tropeçou mais de uma vez, mas Dara a manteve de pé conforme desviavam dos golpes esmagadores do monstro do rio.

Tinham percorrido pouco mais da metade do caminho quando a criatura subitamente parou. Nahri não se virou para ver por que, mas Dara sim.

Ele arquejou, sua voz voltou.

— Corra! — gritou Dara, como se já não estivessem fazendo isso. — Corra!

Nahri correu, o coração dela estava acelerado, os músculos protestavam. Ela correu tão rápido que nem reparou no fosso, um ponto que deveria ter sido a parte profunda, antes de disparar sobre ele. A curandeira atingiu o fundo irregular com força. O tornozelo dela se torceu ao cair, e Nahri ouviu o estalo antes de sentir a dor do osso quebrado.

Então, do chão, viu o que fizera Dara gritar.

Depois de se erguer mais uma vez para uivar para o céu, a criatura permitia que sua metade inferior se dissolvesse em uma cascata mais alta do que as pirâmides. A água correu na direção deles, a onda era, no mínimo, três vezes da altura de Nahri, e estendia-se para as duas direções. Estavam presos.

Dara estava ao lado de Nahri de novo. Ele a segurou perto do corpo.

— Desculpe — ele sussurrou. Seus dedos percorreram os cabelos molhados dela. Nahri conseguiu sentir o hálito morno do daeva quando ele beijou sua testa. Ela o abraçou forte, aninhando a cabeça no ombro de Dara e respirando fundo o cheiro fumegante dele.

Esperava que fosse seu último fôlego.

E então algo desceu entre eles e a onda.

O chão tremeu e um guincho agudo que teria congelado o sangue do homem vivo mais corajoso partiu o ar. Soava como todo um bando de rukhs descendo sobre a presa.

Nahri ergueu os olhos do ombro de Dara. Contrastando com a onda corrente havia uma ampla extensão de asas, reluzindo com faíscas da cor do limão onde a luz das estrelas as tocava.

Khayzur.

O peri guinchou de novo. Ele abriu as asas, ergueu as mãos e respirou fundo; e, ao inalar, o ar em volta de Nahri pareceu recuar – ela conseguiu senti-lo ser puxado dos pulmões. Então o peri exalou, lançando uma nuvem rápida com o formato de um funil na direção da serpente.

A criatura soltou um urro aquoso quando os ventos sopraram. Uma nuvem de vapor evaporou do lado dela, e a serpente se encolheu, abaixando-se na direção do chão. Khayzur bateu as asas e lançou outra lufada gigante. A serpente soltou um ruído de derrota. Ela desabou ao longe com um estrondo, estatelando-se de volta contra a terra, sumindo em um instante.

Nahri exalou. O tornozelo dela já estava se curando, mas Dara precisou ajudá-la a se levantar e lhe dar um empurrão para que saísse do fosso.

O rio tinha desabado sobre margens diferentes e se ocupava de consumir as árvores e destruir os penhascos dos quais tinham acabado de escapar. Não havia sinal dos ifrits.

Tinham atravessado o Gozan.

Tinham conseguido.

Ela se levantou, dando ao tornozelo uma torção delicada antes de soltar um grito de triunfo. Podia ter jogado a cabeça para trás e urrado para as estrelas também, de tão feliz por estar viva.

— Por Deus, Khayzur sabe escolher o *melhor* momento! — Nahri sorriu, olhando ao redor em busca de Dara.

Mas Dara não estava atrás dela. Em vez disso, Nahri o viu disparar na direção de Khayzur. O peri aterrissou no chão e imediatamente desabou, com as asas batendo em torno do corpo enquanto caía.

Quando Nahri os alcançou, Khayzur estava aninhado nos braços de Dara. As asas da cor do limão dele estavam marcadas com bolhas brancas e escaras cinza que aumentavam diante dos olhos dela. Ele estremeceu e várias penas caíram no chão.

— ... estava seguindo e tentei avisar... — dizia o peri a Dara.

— Vocês estavam tão perto... — Khayzur parou para tomar um fôlego profundo e trêmulo. Ele parecia encolhido, e havia um tom arroxeado em sua pele. Quando ele ergueu o olhar para Nahri, seus olhos sem cor estavam resignados. Condenados.

— Ajude-o — suplicou Dara. — Cure-o!

Nahri se abaixou para tomar a mão dele, mas Khayzur a dispensou.

— Não há nada que possa fazer — sussurrou ele. — Quebrei nossa lei. — Ele estendeu a mão e tocou o anel de Dara com uma das garras. — E não pela primeira vez.

— Apenas deixe-a tentar — implorou Dara. — Isso não pode estar acontecendo porque nos salvou!

Khayzur deu um sorriso amargo para Dara.

— Ainda não entende, Dara, o papel de meu povo. Sua raça jamais entendeu. Séculos depois de serem aleijados por Suleiman por interferirem com os humanos... e ainda não entendem.

Aproveitando-se das divagações distraídas de Khayzur, Nahri tocou com a palma da mão uma das bolhas. O ferimento chiou e ficou gelado ao toque dela, então dobrou de tamanho. O peri gritou e Nahri se afastou.

— Desculpe — disse ela, às pressas. — Jamais curei nada como você.

— E não pode agora — disse ele, suavemente. Khayzur tossiu para limpar a garganta e ergueu a cabeça, suas longas orelhas se esticaram como as de um gato. — Precisa ir. Meu povo está vindo. Os marids também voltarão.

— Não vou deixar você — disse Dara, firmemente. — Nahri pode atravessar o portal sem mim.

— Não é Nahri que eles querem.

Os olhos brilhantes de Dara se arregalaram, e ele olhou em volta, como se esperasse ver uma nova adição ao trio.

— E-eu? — gaguejou o daeva. — Não entendo. Não sou ninguém para sua raça ou os marids!

Khayzur sacudiu a cabeça quando o grito esganiçado de um grande pássaro perfurou o ar.

— Vão. Por favor... — disse ele, rouco.

— *Não*. — Havia um tremor na voz de Dara. — Khayzur, não posso deixar você. Salvou minha vida, minha alma.

— Então faça o mesmo por outra. — Khayzur farfalhou as asas quebradas e indicou o céu. — O que está vindo está além das forças de vocês dois. Salve sua Nahid, Afshin. É seu dever.

Foi como se ele tivesse lançado um feitiço sobre o daeva. Nahri observou Dara engolir em seco e assentir em seguida, qualquer traço de emoção sumiu do rosto dele. Ele deitou o peri cuidadosamente no chão.

— Sinto muito, velho amigo.

— O que está fazendo? — exclamou Nahri. — Ajude-o a se levantar. Precisamos... Dara! — gritou ela, foi quando o daeva a pegou e a atirou sobre o ombro. — Não! Não podemos deixá-lo aqui! — Nahri deu joelhadas no peito do daeva e tentou se afastar das costas dele, mas o aperto era forte demais. — Khayzur! — gritou Nahri, vendo de relance o peri ferido.

Ele deu a ela um olhar longo e triste antes de voltar o rosto para o céu. Quatro formas escuras voaram sobre os penhascos. O vento acelerou, semeando o ar com pedrinhas afiadas. Nahri viu o peri se encolher e puxar uma asa murcha sobre o rosto para se proteger.

— Khayzur! — Ela chutou Dara de novo, mas ele apenas acelerou, esforçando-se para pular uma duna arenosa ainda com Nahri no ombro. — Dara, por favor! Dara, não...

E então ela não conseguiu mais ver Khayzur, e eles se foram.

ALI

Ali se sentiu mais animado enquanto seguia para a midan, alegrado pelas palavras carinhosas de Jamshid. Ele passou sob o Portão Agnivanshi, cujas lamparinas a óleo distribuídas faziam parecer que viajava por uma constelação. Adiante, a midan estava quieta, as canções noturnas dos insetos substituíam o som da música dos festejadores bêbados que deixara para trás. Uma brisa fria soprou fragmentos de lixo e folhas mortas prateadas sobre os paralelepípedos antigos.

Um homem estava à beira da fonte. Rashid. Ali o reconheceu, embora o secretário estivesse sem o uniforme, vestindo uma túnica escura bem simples e um turbante da cor da ardósia.

— Que a paz esteja com você, qaid — cumprimentou Rashid quando Ali avançou.

— E com você a paz — respondeu Ali. — Perdoe-me. Não achei que tivéssemos mais assuntos para tratar esta noite.

— Ah, não! — garantiu Rashid. — Nada oficial, de toda forma. — Ele sorriu, seus dentes eram como um clarão forte no escuro. — Espero que perdoe minha impertinência. Não tive a intenção de tirá-lo de suas diversões noturnas.

Ali fez uma careta.

— Não é incômodo, acredite.

Rashid sorriu de novo.

— Que bom. — Ele indicou o Portão Tukharistani. — Estava a caminho de ver uma velha amiga no Quarteirão Tukharistani, e achei que você gostaria de vir junto. Mencionou que queria ver mais da cidade.

Foi uma oferta gentil, embora estranha. Ali era o filho do rei; não era alguém que se convidava casualmente para o chá.

— Tem certeza? Não gostaria de me intrometer.

— Não é intromissão alguma. Minha amiga tem um orfanato. Na verdade, achei que poderia ser bom que um Qahtani fosse visto lá. Eles estão enfrentando tempos difíceis recentemente. — Rashid deu de ombros. — Sua escolha, é claro. Sei que teve um dia longo.

Ali tivera, mas também estava intrigado.

— Gostaria muito disso, na verdade. — Ele correspondeu ao sorriso de Rashid. — Vá na frente.

Quando chegaram ao coração do Quarteirão Tukharistani, nuvens tinham se fechado sobre o céu, ocultando a lua e trazendo uma leve cortina de chuva. Mas o tempo não fez nada para dissuadir as multidões de animadores e os consumidores noturnos. Crianças djinns corriam atrás umas das outras pela multidão, perseguindo bichos de estimação conjurados em fumaça enquanto os pais fofocavam sob marquises de metal erguidas às pressas para bloquear a chuva. O som das gotas de chuva atingindo as superfícies de cobre desgastadas ecoou pelo quarteirão. Esferas de vidro fechadas com fogo encantado pendiam das fachadas das lojas, refletindo as poças e a variedade estonteante de cores na rua tumultuada.

Ali evitou por pouco dois homens discutindo por uma maçã dourada reluzente. Uma maçã samarkandi, Ali reconheceu; muitos djinns juravam que uma única mordida da fruta era tão eficiente quanto o toque de um Nahid. Embora o tukharistani de Ali não fosse ótimo, ele conseguia ouvir súplicas na voz do potencial comprador, então olhou para trás. Florescências de metal da cor de ferrugem cobriam o rosto do homem, e o braço esquerdo dele terminava em um cotoco.

Ali estremeceu. *Envenenamento por ferro.* Não era terrivelmente incomum, principalmente entre os viajantes djinns que poderiam beber de uma fonte sem perceber que corria por margens ricas do metal mortal. Ferro se acumulava no sangue durante anos, fazendo com que braços, pernas e pele se atrofiassem. Mortal e ligeiro, mas era facilmente curado com uma única visita a um Nahid.

No entanto não havia mais Nahid. E aquela maçã não ajudaria o homem condenado, nem a variedade de outras "curas" que eram oferecidas aos djinns desesperados por trapaceiros inescrupulosos. Não havia substituto para um curandeiro Nahid, e essa era uma verdade sombria na qual a maioria das pessoas – inclusive Ali – tentava não pensar. Ele desviou o olhar.

Trovão ressoou, estranhamente distante. Talvez uma tempestade estivesse se formando além do véu que escondia a cidade. Ali manteve a cabeça baixa, esperando evitar tanto a chuva quanto os olhares curiosos dos transeuntes. Mesmo sem uniforme, a altura e os apetrechos reais o delatavam, provocando "salaams" espantados e reverência apressadas na direção dele.

Quando chegaram a uma bifurcação na estrada principal, Ali reparou em um assombroso monumento de pedra com duas vezes sua altura, feito de arenito desgastado, toscamente moldado como uma tigela alongada, quase como um barco apoiado na popa. O topo tinha começado a ruir, mas quando passaram, Ali viu o incenso recente na base. Uma pequena lamparina a óleo queimava do lado de dentro, projetando luz tremeluzente em uma longa lista de nomes em caligrafia tukharistani.

O memorial Qui-zi. A pele de Ali se arrepiou ao se lembrar do que acontecera à condenada cidade. Aquela atrocidade fora o trabalho de qual Afshin mesmo? Artash? Ou seria Darayavahoush? Ali franziu a testa, tentando se lembrar das aulas de história. Darayavahoush, é claro; Qui-zi fora o motivo pelo qual as pessoas tinham passado a chamá-lo de Flagelo. Um apelido com o qual o demônio daeva se comprometera completamente, a julgar pelos horrores que cometeria mais tarde durante a rebelião.

Ali olhou mais uma vez para o memorial. As flores do lado de dentro estavam frescas, e ele não ficou surpreso. Seu povo tinha memória longa, e o que acontecera em Qui-zi não era algo facilmente esquecido.

Rashid finalmente parou do lado de fora de um modesto prédio de dois andares. Não tinha uma vista particularmente impressionante; as telhas do telhado estavam rachadas e cobertas de mofo preto, e plantas mortas em potes quebrados estavam espalhadas na frente.

O secretário de Ali bateu levemente à porta. Uma jovem abriu. Ela deu a Rashid um sorriso cansado que sumiu assim que viu Ali.

A jovem se abaixou em uma reverência.

— Príncipe Alizayd! Eu... que a paz esteja com você — gaguejou a moça, com o djinnistani envolto no pesado sotaque da classe trabalhadora de Daevabad.

— Pode chamá-lo de qaid, na verdade — corrigiu Rashid. — Pelo menos por enquanto. — Diversão fervilhou na voz dele. — Podemos entrar, irmã?

— É claro. — A jovem segurou a porta aberta. — Prepararei um chá.

— Obrigado. E, por favor, diga a Irmã Fatumai que estamos aqui. Estarei nos fundos. Tem algo que quero mostrar ao qaid.

Tem? Curioso, Ali seguiu silenciosamente Rashid por um corredor escuro. O orfanato parecia limpo – os pisos estavam desgastados, mas bem esfregados – apesar de em terrível estado. Água pingava em panelas do telhado quebrado e orvalho cobria os livros que estavam perfeitamente empilhados em uma pequena sala de aula. Os poucos brinquedos que viu eram coisas tristes: ossos de animais entalhados em peças de jogos, bonecas remendadas e uma bola feita de retalhos.

Quando viraram uma esquina, Ali ouviu uma terrível tosse seca. Ali olhou para o fim do corredor. Estava escuro, mas viu a forma sombreada de uma mulher mais velha apoiando um menininho magricela sobre uma almofada desbotada. O menino começou a tossir novamente, o som seco entremeado por choro abafado.

A mulher esfregou as costas do menino enquanto ele lutava para tomar fôlego.

— Está tudo bem, querido. — Ali a ouviu falar baixinho, ela levou um tecido até a boca da criança, que tossiu de novo. A mulher levou uma xícara fumegante aos lábios dele. — Tome um pouco disto. Vai se sentir melhor.

Os olhos de Ali se fixaram no tecido que ela levou à boca do menino. O pano reluzia com sangue.

— Qaid?

Ali ergueu o rosto, percebendo que Rashid estava a meio caminho do corredor. Ele rapidamente o alcançou.

— Desculpe-me — murmurou o príncipe. — Não tive a intenção de encarar.

— Não tem problema. Essas são coisas que tenho certeza de que é impedido de ver.

Foi uma resposta estranhamente formulada, dita com um toque de repreensão que Ali jamais ouvira do secretário de temperamento tranquilo. Mas antes que conseguisse pensar nela, os dois chegaram a uma grande sala diante de um pátio aberto. Cortinas em frangalhos, remendadas onde possível, eram tudo que separava o cômodo da chuva fria que caía no pátio.

Rashid levou um dedo aos lábios e puxou uma das cortinas. O chão estava cheio de crianças adormecidas, dezenas de meninos e meninas envoltos em cobertores e sacos de dormir, próximos tanto devido ao calor quanto à falta de espaço, imaginou Ali. Ele deu um passo adiante.

Eram crianças shafits. E aninhada sob uma colcha, com os cabelos já começando a crescer, estava a menina da taverna de Turan.

Ali recuou tão rapidamente que tropeçou. *Temos um refúgio no Quarteirão Tukharistani...* Uma percepção horrorizada tomou conta dele.

A mão de Rashid recaiu pesadamente sobre o ombro de Ali. O príncipe deu um salto, quase que esperando uma lâmina.

— Calma, irmão — disse Rashid, baixinho. — Não iria querer assustar as crianças... — Ele segurou a outra mão de Ali quando o príncipe a levou à zulfiqar —... ou sair correndo deste lugar coberto com o sangue de outro. Não quando é tão facilmente reconhecido.

— Seu canalha — sussurrou Ali, chocado com a facilidade com que caíra em uma armadilha tão óbvia, quando pensava melhor. Não costumava xingar, mas as palavras saíram aos tropeços. — Seu traidor de merd...

Os dedos de Rashid apertaram com mais força.

— Chega. — Ele empurrou Ali pelo corredor, indicando a sala ao lado. — Só queremos conversar.

Ali hesitou. Poderia derrotar Rashid em uma briga, disso tinha certeza. Mas seria sangrenta, e barulhenta. A localização deles era intencional. Um único grito e Ali acordaria dezenas de testemunhas inocentes. Não tinha boas opções, então Ali se preparou e passou pela porta. O coração dele pesou imediatamente.

— Se não é o novo qaid — disse Hanno, cumprimentando-o friamente. A mão do metamorfo desceu até a longa faca enfiada no cinto e os olhos de cobre dele brilharam. —

Espero que esse seu turbante vermelho tenha sido digno da vida de Anas.

Ali ficou tenso, mas antes que pudesse responder, uma quarta pessoa – a mulher mais velha do corredor – se juntou a eles à porta.

Ela repreendeu Hanno com um gesto.

— Ora, irmão, isso não é jeito de tratar nosso convidado. — Apesar das circunstâncias, a voz da mulher estava estranhamente alegre. — Faça-se útil, seu velho pirata, e me puxe uma cadeira.

O metamorfo resmungou, mas fez como ordenado, apoiando uma almofada sobre uma caixa de madeira. A mulher entrou, ajudada por uma bengala de madeira preta.

Rashid tocou a sobrancelha.

— Que a paz esteja com você, Irmã Fatumai.

— E sobre você a paz, Irmão Rashid. — Ela se acomodou na almofada escura. Era shafit, isso Ali podia perceber pelos olhos castanho-escuros e as orelhas arredondadas. Os cabelos da mulher eram cinza, semicobertos por um xale de algodão branco. A mulher ergueu os olhos para ele. — Nossa, você *é* alto. Deve ser Alizayd al Qahtani, então. — O mais ínfimo sorriso de interesse iluminou o rosto pálido dela. — Enfim nos conhecemos.

Ali se agitou desconfortavelmente de pé. Era muito mais fácil se enfurecer com os homens tanzeem do que com aquela figura de avó.

— Deveria conhecer você?

— Ainda não, não. Embora eu suponha que esses tempos exijam flexibilidade. — A mulher inclinou a cabeça. — Meu nome é Hui Fatumai. Sou... — O sorriso dela se desfez. — Na verdade, eu era uma das sócias do sheik Anas. Gerencio o orfanato aqui e muitas das obras de caridade dos Tanzeem. Pelas quais preciso agradecer a você. Foi apenas com sua generosidade que conseguimos fazer tanto bem.

Ali ergueu uma sobrancelha.

— Isso aparentemente não é tudo que andaram fazendo com minha "generosidade". Vi as armas.

— O que tem elas? — A mulher assentiu para a zulfiqar à cintura de Ali. — Você usa uma arma para se proteger. Por que o meu povo não deveria ter o mesmo direito?

— Porque é contra a lei. Shafits não têm permissão de portar armas.

— Também lhes é proibida ajuda médica — interrompeu Rashid, dando a Ali um olhar sábio. — Diga-me, irmão, de quem foi a ideia da clínica na Rua Maadi? Quem pagou por aquela clínica e roubou livros médicos da biblioteca real para treinar os funcionários dela?

Ali corou.

— Isso é diferente.

— Não aos olhos da lei — replicou Rashid. — Ambos preservam vidas de shafits, e, portanto, ambos são proibidos.

Ali não tinha resposta para aquilo. Fatumai ainda o estudava. Algo que poderia ser pena percorreu os olhos castanhos da mulher.

— Como você é jovem — observou ela, baixinho. — Muito mais próximo em idade das crianças dormindo no quarto ao lado do que de qualquer um de nós, imagino. — A mulher estalou a língua. — Quase sinto pena de você, Alizayd al Qahtani.

Ali não gostava de como aquilo soava.

— O que quer comigo? — ele perguntou. Seus nervos começavam a levar a melhor sobre Ali, e a voz dele falhou.

Fatumai sorriu.

— Queremos que ajude a salvar os shafits, é claro. Idealmente, ao retomar nossos fundos o mais rápido possível.

Ele estava incrédulo.

— Deve estar brincando. Anas deveria comprar comida e livros com o dinheiro que dei a ele, não rifles e adagas. Não pode realmente achar que lhe daria uma moeda a mais.

— Barrigas cheias não significam nada se não pudermos proteger nossas crianças de escravizadores — disparou Hanno.

— E já educamos nosso povo, príncipe Alizayd — acrescentou Fatumai. — Mas com que objetivo? Aos shafits é proibido o trabalho qualificado; se nosso tipo tiver sorte, pode encontrar emprego como criado ou escravo de alcova. Tem alguma ideia do quanto isso torna a vida em Daevabad desesperadora? Não há melhora a não ser a promessa do Paraíso. Não temos permissão de partir, não temos permissão de trabalhar, nossas mulheres e crianças podem ser legalmente roubadas por qualquer puro-sangue alegando ser parente...

— Anas me deu o discurso — interrompeu Ali, com a voz mais ríspida do que pretendia. Mas acreditara nas palavras de Anas antes, e saber que seu sheik mentira para ele ainda magoava. — Sinto muito, mas já fiz tudo em meu poder para ajudar seu povo. — Era verdade. Ele dera aos Tanzeem uma fortuna, e mesmo agora atrasava as medidas mais austeras que o pai queria impor aos shafits. — Não sei o que mais esperam.

— Influência. — Rashid falou. — O sheik não recrutou você apenas pelo dinheiro. Os shafits precisam de um campeão no palácio, uma voz para falar pelos direitos deles. E você precisa de nós, Alizayd. Sei que está embromando aquelas ordens que seu pai lhe deu. As novas leis que deveria colocar em prática? Caçar o traidor da Guarda Real que roubou lâminas de treino zulfiqar? — Um leve sorriso brincou nos lábios deles ao dizer isso. — Permita que ajudemos você, Irmão Alizayd. Permita que ajudemos um ao outro.

Ali sacudiu a cabeça.

— De jeito nenhum.

— Isto foi um desperdício de tempo — declarou Hanno. — O pirralho é geziri, provavelmente deixaria Daevabad queimar até o chão antes de se voltar contra os dele. — Os olhos de Hanno brilharam, e os dedos dele mais uma vez se detiveram no cabo da faca. — Deveríamos simplesmente matá-lo. —

Rancor envolvia a voz dele. — Deixar que Ghassan conheça a sensação de perder um filho.

Ali recuou, alarmado, mas Fatumai já estava acenando para calar Hanno.

— Dar a Ghassan um motivo para massacrar cada shafit na cidade, quer dizer. Não, não acho que faremos isso.

Do lado de fora, no corredor, o menininho começou a tossir de novo. O som, aquela tosse seca, tingida com sangue, aquele chorinho triste, isso atingiu profundamente, e Ali se encolheu.

Rashid reparou.

— Há remédio para isso, sabe. E há alguns médicos shafits treinados por humanos em Daevabad que poderiam ajudá-lo, mas as habilidades deles não são baratas. Sem sua ajuda, não podemos pagar pelo tratamento dele. — Rashid ergueu as mãos. — O tratamento de nenhum deles.

Ali abaixou o olhar. *Não há nada que os impeça de dar as costas e gastar o que eu lhes der com armas.* Ele confiava em Anas muito mais do que confiava naqueles estranhos, e o sheik ainda assim o enganara. Ali não podia arriscar trair a família de novo.

Um rato disparou pelos pés dele, e uma gota de chuva caiu na bochecha de Ali, vinda de um buraco no teto. No cômodo seguinte, ele conseguia ouvir crianças roncando das camas improvisadas no chão. Pensou, culpado, na enorme cama no palácio que nem mesmo usava. Provavelmente acolheria dez daquelas crianças.

— Não posso — disse ele, com a voz falhando. — Não posso ajudar você.

Rashid contra-atacou:

— Você *deve*. Você é um Qahtani. Os shafits são o motivo pelo qual seus ancestrais vieram para Daevabad, o motivo pelo qual sua família agora possui a insígnia de Suleiman. Conhece o Livro Sagrado, Alizayd. Sabe como exige que você defenda a justiça. Como pode alegar ser um homem de Deus quando...

— Basta — falou Fatumai. — Sei que tem paixão, Rashid, mas insistir para que um menino que nem mesmo está perto do primeiro quarto de século traia a família ou seja condenado não vai ajudar ninguém. — Ela soltou um suspiro cansado, tamborilando com os dedos na bengala. — Isso não é algo que precisa ser decidido esta noite — declarou a mulher. — Pense no que dissemos aqui, príncipe. No que viu e ouviu neste palácio.

Ali piscou, incrédulo. Ele olhou nervosamente entre os três.

— Está me deixando ir?

— Estou deixando que vá.

Hanno ficou boquiaberto.

— Ficou louca? Ele vai correr direto para o abba! Fará com que sejamos presos ao alvorecer!

— Não, não fará. — Fatumai encarou Ali com uma expressão calculista. — Ele conhece muito bem o custo. Seu pai viria atrás de nossas famílias, nossos vizinhos... uma infinidade de shafits inocentes. E se ele é o menino sobre o qual Anas falava com tanto carinho, aquele em quem colocou tantas esperanças... — Fatumai deu a Ali um olhar determinado. — Não vai arriscar isso.

As palavras dela lançaram calafrios pela coluna de Ali. A mulher falava a verdade: ele conhecia o custo. Se Ghassan soubesse do dinheiro, se então suspeitasse que outros pudessem descobrir que era um príncipe Qahtani que custeava os Tanzeem... Sangue shafit correria pelas ruas de Daevabad.

E não apenas shafit. Ali não seria o primeiro príncipe inconveniente a ser assassinado. Ah, seria feito cuidadosamente, provavelmente da forma mais rápida e indolor possível – seu pai não era cruel. Um acidente. Algo que não deixaria a poderosa família de sua mãe desconfiada demais. Mas aconteceria. Ghassan levava o reinado muito a sério, e a paz e a segurança de Daevabad vinham antes da vida de Ali.

Esses não eram preços que Ali estava disposto a pagar.

A boca dele estava seca quando tentou falar.

— Não direi nada — prometeu ele. — Mas chega dos Tanzeem para mim.

Fatumai não pareceu sequer um pouco preocupada.

— Veremos, irmão Alizayd. — Ela deu de ombros. — *Allahu alam*.

A mulher disse as palavras sagradas humanas melhor do que a língua de puro-sangue que Ali jamais conseguiria, e ele não pôde deixar de estremecer um pouco diante da confiança na voz dela, da frase destinada a demonstrar a tolice da confiança do homem.

Deus sabe bem.

NAHRI

Era como se tivessem atravessado uma porta invisível no ar. Em um minuto, Nahri e Dara estavam tropeçando sobre dunas escuras, no seguinte, emergiram em um mundo completamente novo, o rio escuro e as planícies de terra foram substituídos por um pequeno vale em uma silenciosa floresta montanhosa. Era o alvorecer; o céu rosado brilhava contra troncos de árvores prateadas. O ar estava morno e úmido, intenso com o cheiro de seiva e folhas mortas.

Dara soltou Nahri de pé com cuidado, e ela aterrissou em um trecho macio de musgo. A curandeira respirou fundo o ar frio e limpo antes de se virar para o daeva.

— Precisamos voltar — exigiu Nahri, empurrando os ombros dele. Não havia vestígio do rio, embora entre as árvores algo azul reluzisse ao longe. Um mar, talvez; parecia amplo. Ela gesticulou com as mãos pelo ar, buscando o caminho através dele. — Como faço isso? Precisamos chegar até ele antes...

— Ele provavelmente já está morto — interrompeu Dara. — Pelas histórias contadas a respeito dos peris... — Nahri ouviu a garganta dele se apertar. — As punições deles são rápidas.

Ele salvou nossas vidas. Nahri se sentiu enjoada. Ela limpou furiosamente as lágrimas que escorriam pelas bochechas.

— Como pôde deixá-lo lá? Era ele quem você deveria ter carregado, não eu!

— Eu... — Dara virou o rosto com um soluço engasgado e subitamente desabou sobre uma grande rocha coberta de musgo. A cabeça dele caiu sobre as mãos. As ervas-daninhas que o cercavam começaram a escurecer e um calor enevoado subiu em ondas acima da rocha. — Eu não podia, Nahri. Apenas aqueles com nosso sangue podem atravessar o portal.

— Poderíamos ter tentado ajudar. Lutar...

— Como? — Dara ergueu o rosto. Os olhos dele estavam sombrios com tristeza, mas sua expressão era determinada. — Você viu o que o marid fez com o rio, como Khayzur combateu. — Ele apertou os lábios formando uma linha triste. — Em comparação com os marids e os peris, somos insetos. E Khayzur estava certo, eu precisava deixar você em segurança.

Nahri se recostou em uma árvore torta, sentindo-se pronta para desabar também.

— O que acha que aconteceu com o ifrit? — ela perguntou, por fim.

— Se existe alguma justiça no mundo, foram atirados às rochas e se afogaram. — Dara cuspiu. — Aquela... *mulher* — disse ele, com deboche. — Foi ela quem me escravizou. Lembro do rosto dela na memória que você puxou.

Nahri se abraçou; ainda estava molhada, e o ar do alvorecer era frio.

— Aquele que matei disse que estavam trabalhando com minha *mãe*, Dara. — A voz dela falhou à palavra. — Aquela Manizheh de quem ficavam falando. — A curandeira cambaleou; a morte de Khayzur, a menção de sua mãe, um maldito *rio* inteiro subindo para esmagá-los em pedaços... era demais.

Dara estava ao lado de Nahri em um momento. Ele a pegou pelos ombros, abaixando-se para encará-la.

— Estão mentindo, Nahri — disse ele, com firmeza. — São demônios. Não pode confiar em nada do que dizem. Tudo o que fazem é mentir e manipular. Fazem isso com humanos, fazem isso com daevas. Dirão qualquer coisa para enganar você. Para arrasá-la.

Nahri conseguiu assentir, e Dara brevemente segurou a bochecha dela em uma das mãos.

— Vamos apenas entrar na cidade — disse ele, baixinho. — Devemos conseguir encontrar santuário no Grande Templo. Pensaremos no próximo passo ali.

— Tudo bem. — A pressão da palma da mão de Dara na pele de Nahri a fez lembrar do que estavam fazendo antes do ataque dos ifrits, e ela corou. Então virou o rosto, procurado em torno deles pela cidade. Mas não viu nada além de árvores prateadas e clarões da água salpicada pelo sol ao longe. — *Onde* fica Daevabad?

Dara apontou para entre as árvores. A floresta descia acentuadamente diante deles.

— Há um lago no fundo da montanha. Daevabad fica em uma ilha no centro. Deve haver uma barca na margem.

— Os djinns usam barcas? — Foi tão inesperado e tão humano que ela quase começou a gargalhar.

Dara ergueu uma sobrancelha.

— Consegue pensar em um jeito melhor de atravessar um lago?

Um movimento chamou a atenção de Nahri. Ela olhou para cima, vendo de relance um gavião cinza empoleirado nas árvores do lado oposto do seu. O gavião encarou de volta, agitando os pés ao se acomodar em uma posição mais confortável.

Nahri se virou de volta para Dara.

— Suponho que não. Vá na frente.

Nahri o seguiu pelas árvores conforme o sol subia mais e enchia a floresta de uma linda e pálida luz amarela. Os pés descalços da curandeira esmagavam a vegetação rasteira, e quando ela passou por um arbusto espesso com folhas verde-escuras finas, Nahri deixou as mãos oscilarem para acariciar brevemente um buquê de botões de cor salmão. Eles se aqueceram ao toque dela e começaram a desabrochar levemente.

Nahri olhou de esguelha para Dara, observando enquanto ele olhava para a floresta. Apesar da morte de Khayzur, havia uma nova luz nos olhos dele. *Ele está em casa*, percebeu Nahri. E não eram apenas os olhos dele que brilhavam; quando Dara esticou a mão para afastar um galho baixo, ela viu de relance o anel dele, a esmeralda ficando brilhante. Nahri franziu a testa, mas quando se aproximou dele, o brilho sumiu.

A floresta finalmente começou a se aplainar, as árvores escasseando para dar lugar a uma margem cheia de cascalho. O lago era enorme, envolto por montanhas de florestas verdes de madeira dura do lado sul e penhascos íngremes no norte distante. A água azul-esverdeada estava completamente parada, uma folha de vidro intocada. Nahri não viu ilha, nada sequer indicando uma aldeia, muito menos uma imensa cidade.

Mas havia um grande barco atracado não longe de onde estavam, semelhante, no formato, aos faluchos que deslizavam pelo Nilo. O sol se refletia nos estonteantes desenhos pretos e dourados pintados no casco, e uma vela preta triangular oscilava inutilmente à brisa, tentando alcançar o lago. Um homem estava de pé sobre a proa de curva acentuada, com os braços cruzados, mastigando a ponta de um cachimbo fino. As roupas dele lembravam Nahri dos comerciantes iemenitas que vira no Cairo, um lenço de cintura estampado e uma túnica simples. A pele do homem era tão marrom quanto a dela, e a barba preta aparada tinha a extensão de um punho. Um turbante cinza com borlas nas pontas estava amarrado na cabeça dele.

Havia outros dois homens na margem abaixo do barco, ambos usavam vestes volumosas azul-escuro e tecido de cabeça combinando. Conforme Nahri observava, um gesticulou irritantemente para o homem no barco, gritando algo que ela não conseguiu ouvir e apontando para trás. Das árvores do outro lado da floresta, mais alguns homens surgiram, puxando camelos cheios de tábuas brancas amarradas.

— São daevas? — perguntou ela, com um sussurro ansioso, reparando na forma como as vestes dos homens brilhavam e fumegavam e a pele negra deles reluzia.

Dara não pareceu tão animado.

— Provavelmente não é o termo preferido deles.

Ela ignorou a hostilidade de Dara.

— São djinns, então? — Quando ele assentiu, a curandeira voltou a observá-los. Mesmo depois dos meses que passara com Dara, a visão diante de Nahri ainda parecia inimaginável. Djinns, quase uma dúzia deles. Objeto de lendas e contos em torno de fogueiras, em carne e osso, discutindo como idosas.

— Os homens de vestes são ayaanle — explicou Dara. — Provavelmente comerciantes de sal, a julgar pela carga. Aquele outro homem é geziri — disse Dara, olhando para o barqueiro com os olhos semicerrados. — Provavelmente um dos agentes do rei, embora ele certamente não pareça muito oficial — acrescentou Dara, em tom esnobe. Olhou de volta para Nahri. — Puxe o lenço, ou o que resta dele, sobre o rosto quando nos aproximarmos.

— Por quê?

— Porque nenhum daeva viajaria com uma companheira shafit — disse Dara, simplesmente. — Pelo menos não na minha época. Não quero chamar atenção. — Ele limpou um pouco de sujeira da manga esquerda e esfregou com cuidado na bochecha para esconder a tatuagem. — Me dê minha túnica de volta. Preciso cobrir as marcas nos braços.

Nahri a tirou e entregou.

— Acha que será reconhecido?

— Em algum momento. Mas aparentemente minhas escolhas são ser preso em Daevabad ou retornar ao Gozan para ser assassinado por marids e peris por alguma ofensa desconhecida. — Ele passou a ponta solta do turbante justa sobre o maxilar. — Arriscarei com os djinns.

Nahri puxou o lenço sobre o rosto. Os homens ainda estavam brigando quando os dois chegaram ao barco. A língua deles soava rouca, como um desencontro entre todas as línguas que Nahri já ouvira nos bazares.

— O rei saberá disto, ele saberá! — declarou um dos comerciantes ayaanles. O homem agitou furiosamente um pedaço de pergaminho aos pés do barqueiro. — Recebemos um contrato fixo do palácio para transporte!

Nahri observou os homens com espanto. Todos os ayaanles eram pelo menos duas cabeças mais altos do que ela, as reluzentes vestes azuis oscilavam com pássaros. Tinham olhos dourados, mas sem a rispidez amarela dos ifrits. Ela ficou completamente hipnotizada; nem mesmo precisou tocá-los para sentir a vida e a energia faiscando logo abaixo da pele deles. Conseguia ouvir as respirações, conseguia sentir imensos pulmões se enchendo e bufando como foles. A batida dos corações era como tambores matrimoniais.

O barqueiro geziri era muito menos impressionante, embora talvez fosse culpa da pose curva e da túnica manchada. Ele exalou uma longa fileira de fumaça preta e faíscas laranja, balançando o cachimbo nos longos dedos.

— Um lindo pedaço de papel — disse o homem, arrastado, indicando o contrato dos comerciantes. — Talvez sirva como um bote se não quiser pagar meu preço.

Nahri apreciou a lógica do homem, mas Dara pareceu menos impressionado. Ele avançou, e os demais finalmente notaram os dois.

— E que preço é esse?

O barqueiro deu um olhar surpreso para ele.

— Peregrinos daeva não pagam, seu tolo. — O homem olhou maliciosamente para o ayaanle. — Já os crocodilos...

O outro djinn subitamente ergueu as mãos e faíscas se retorceram em torno dos dedos dele.

— Ousa nos insultar, seu sangue fino, demente mareado...

Dara gentilmente levou Nahri até o outro lado do barco.

— Eles ainda podem levar um tempinho — disse Dara, enquanto seguiam para a estreita rampa pintada.

— Parece que vão se matar. — Ela olhou para trás quando um dos mercadores ayaanle começou a bater um longo cajado de madeira contra o casco do barco. O capitão geziri gargalhou.

— Concordarão em uma taxa por fim. Acredite ou não, as tribos deles são aliadas, na verdade. Embora, é claro, sob o *governo daeva*, qualquer passagem era gratuita.

Nahri detectou um toque de presunção na voz de Dara e suspirou. Algo lhe disse que os desentendimentos entre as várias tribos djinns fariam com que a guerra entre turcos e francos parecesse totalmente amigável.

Mas por mais que a discussão fosse feia, o capitão e os mercadores deviam ter concordado em um preço, pois antes que Nahri se desse conta, os camelos foram levados para o interior do barco. A embarcação avançou e balançou com cada passo, as tábuas amarradas reclamando. Nahri observou os mercadores se acomodarem na ponta oposta do barco, cruzando graciosamente as longas pernas sob as vestes que se arrastavam.

O capitão saltou a bordo e puxou a rampa com um barulho alto. Nahri sentiu frio na barriga de nervoso. Ela observou quando o homem puxou uma vara curta do lenço da cintura. Quando girou o objeto em suas mãos, ele se tornou mais e mais longo.

A curandeira franziu a testa, olhando pela lateral do barco. Ainda estavam ancorados na margem.

— Não deveríamos estar na água?

Dara sacudiu a cabeça.

— Ah, não. Passageiros só embarcam da terra. Seria arriscado demais do contrário.

— Arriscado.

— Ah, os marids amaldiçoaram este lago há séculos. Se puser sequer um pé na água, ela a agarrará, fará em pedaços e lançará seus restos para todos os locais que sua mente algum dia já imaginou.

A boca de Nahri se escancarou com horror.

— *O quê?* — arquejou ela. — E vamos atravessá-lo? Neste pedaço capenga de...

— Não há deus que não Deus! — gritou o capitão, e bateu com a vara, que era agora um mastro tão longo quanto o barco, na margem arenosa.

O barco se afastou tão rápido que foi brevemente atirado ao ar. Ele se chocou no lago com um grande estrondo que lançou uma onda de água voando pelas laterais. Nahri deu um gritinho e cobriu a cabeça, mas o capitão rapidamente passou entre ela e a onda crescente. Ele estalou a língua para a água e a ameaçou com o mastro como se enxota um cachorro. A água se aplainou.

— Relaxe — insistiu Dara, parecendo envergonhado. — O lago sabe se comportar. Estamos perfeitamente seguros aqui.

— Ele sabe... Faça-me um favor — Nahri fervilhava, olhando com raiva para o daeva. — Da próxima vez em que estivermos para fazer algo como atravessar um lago amaldiçoado por marids que *dilaceram* pessoas, pare e explique cada passo. Pelo Mais Alto...

Ninguém mais parecia incomodado. Os ayaanles conversavam entre si, compartilhando uma cesta de laranjas. O capitão se equilibrava precariamente na beira do casco e ajustava a vela. Enquanto Nahri observava, ele enfiou o cachimbo na túnica e começou a cantar.

As palavras a tomaram, parecendo estranhamente familiares, mas completamente incompreensíveis. Era uma sensação tão estranha que levou um momento para que Nahri entendesse completamente o que estava acontecendo.

— Dara? — Ela puxou a manga dele, chamando a atenção do daeva da água reluzente. — Dara, não consigo entendê-lo. — Aquilo jamais acontecera com ela antes.

Dara olhou para o djinn.

— Não, ele está cantando em geziriyya. A língua deles não pode ser entendida, não pode sequer ser aprendida por membros de tribos diferentes. — Os lábios dele se contraíram. — Uma habilidade adequada para um povo tão dúbio.

— Não comece.

— Não comecei. Não disse isso na cara dele.

Nahri suspirou.

— O que eles estavam falando uns com os outros, então? — perguntou ela, indicando o capitão e os comerciantes.

Ele revirou os olhos.

— Djinnistani. Uma língua de mercadores feia e tosca que consiste nos sons mais desagradáveis de todas as línguas deles.

Bem, bastava das opiniões de Dara por enquanto. Nahri se virou, erguendo o rosto para o sol forte. Era morno contra a pele dela, e a curandeira se esforçou para manter os olhos abertos; o movimento rítmico do barco a embalava no sono. Nahri observou preguiçosamente um gavião cinza circundar e mergulhar mais para perto, talvez esperando algumas sobras de laranja, antes de desviar para os penhascos distantes.

— Ainda não vejo nada que pareça uma cidade — ela observou, distraidamente.

— Verá muito em breve — respondeu Dara, olhando para as montanhas verdes. — Há uma última ilusão para ultrapassar.

Quando ele falou, algo esganiçado soou nos ouvidos dela. Antes que Nahri pudesse gritar, o corpo dela inteiro se contraiu subitamente, como se tivesse sido comprimido em um estojo apertado. A pele dela queimou e os pulmões pareceram cheios de fumaça. A visão de Nahri se embaçou brevemente quando o som ficou mais alto...

E então se foi. Nahri ficou deitada de costas no convés, tentando recuperar o fôlego. Dara se inclinou sobre ela, com a expressão cheia de preocupação.

— O que aconteceu? Está bem?

Nahri ergueu o corpo e esfregou a cabeça, tirando o xale e limpando o suor que cobria seu rosto.

— Estou bem — murmurou ela.

Um dos mercadores ayaanle se levantou também. Ao ver o rosto descoberto dela, ele desviou os olhos dourados.

— Sua senhora está doente, irmão? Temos um pouco de comida e água...

— Ela não é preocupação sua — disparou Dara.

O mercador se encolheu como se tivesse sido estapeado e abruptamente se sentou de novo com os colegas.

Nahri ficou chocada com a grosseria de Dara.

— Qual é o seu problema? Ele só estava tentando ajudar. — Ela deixou que a voz se elevasse, meio que esperando que o ayaanle conseguisse ouvir sua vergonha. Então afastou a mão de Dara quando ele tentou ajudá-la a se levantar, quase caindo de novo quando uma imensa cidade murada pairou diante deles, tão grande que cobria a maior parte do céu e completamente a ilha rochosa sobre a qual ficava.

Somente as paredes teriam feito as pirâmides parecerem anãs, e os únicos prédios que Nahri conseguia ver de longe eram altos o suficiente para que se visse o topo deles: uma variedade estontente de minaretes, templos em formatos de ovos com telhados verdes inclinados e prédios de tijolos chatos cobertos com um complexo trabalho de pedras brancas lembrando renda. A própria parede brilhava forte no sol reluzente, a luz se refletia da superfície dourada como...

— Bronze — sussurrou ela. A imensa muralha era completamente feita de bronze, polido à perfeição.

Nahri caminhou, muda, até a beira do barco. Dara a seguiu.

— Sim — disse ele. — O bronze contém melhor os encantamentos usados para construir a cidade.

Os olhos de Nahri perambularam pela muralha. Estavam se aproximando de um porto com píeres de pedra e cais que pareciam grandes o bastante para abrigar tanto a frota franca quanto a otomana. Um telhado grande e perfeitamente lapidado de pedra cobria a maior parte da área, sustentado por enormes colunas.

Quando o barco se aproximou, Nahri reparou em figuras habilidosamente entalhadas na superfície de bronze da muralha, dezenas de homens e mulheres vestidos em um estilo antigo que ela não conseguia identificar, com chapéus chatos cobrindo os cabelos cacheados. Alguns estavam de pé e apontavam, segurando pergaminhos desenrolados e balanças equilibradas. Outros simplesmente se sentavam com as palmas abertas, os rostos cobertos por véus estavam serenos.

— Meu Deus — sussurrou Nahri. Os olhos dela se arregalaram quando aproximaram-se; estátuas de bronze das mesmas figuras se erguiam sobre o barco.

Um sorriso como Nahri jamais vira antes iluminou o rosto de Dara quando ele olhou para a cidade. As bochechas dele coraram de animação, e quando Dara abaixou o olhar para ela, seus olhos estavam tão brilhantes que Nahri mal conseguia encará-lo.

— Seus ancestrais, Banu Nahida — disse ele, indicando as estátuas. Dara uniu as mãos e fez uma reverência. — Bem-vinda a Daevabad.

14

ALI

Ali bateu a pilha de papéis de volta na mesa, quase derrubando a xícara de chá.

— Estes relatórios são mentiras, Abu Zebala. Você é o inspetor sanitário da cidade. Explique para mim por que no Quarteirão Daeva tudo brilha enquanto um homem no distrito sahrayn foi esmagado no outro dia por uma pilha de lixo que caiu.

O oficial geziri diante dele ofereceu um sorriso de desculpas.

— Primo…

— Não sou seu primo. — Não era tecnicamente verdade, mas compartilhar um tetravô com o rei garantira a Abu Zebala sua posição. Entretanto, isso não permitiria que ele se encolhesse para não responder à pergunta.

— *Príncipe* — corrigiu Abu Zebala graciosamente. — Estou investigando o incidente. Foi um menino, não deveria estar brincando no lixo. Na verdade, culpo os pais deles por não…

— Ele tinha 281 anos, seu parvo.

— Ah. — Abu Zebala piscou. — Tinha mesmo? — Ele engoliu em seco e Ali observou o homem calcular a mentira seguinte. — De qualquer forma… a ideia de distribuir igualmente serviços sanitários entre as tribos está ultrapassada.

— Como é?

Abu Zebala uniu as mãos.

— Os daevas valorizam profundamente a limpeza. Todo o culto ao fogo deles é por pureza, não é? Mas os Sahrayn? — O outro djinn sacudiu a cabeça, parecendo desapontado. — Vamos lá. Todos sabem que aqueles bárbaros do ocidente se banhariam alegremente na própria imundície. Se a limpeza é importante o suficiente para os daevas a ponto de colocarem um preço nela... quem sou eu para negar?

Ali semicerrou os olhos ao decifrar as palavras de Abu Zebala.

— Acaba de admitir que foi subornado?

O outro homem nem mesmo teve a decência de parecer envergonhado.

— Não diria subornado...

— Basta. — Ali empurrou os registros de volta para Abu Zebala. — Corrija isto. Cada quarteirão recebe o mesmo padrão de remoção de lixo e de limpeza das ruas. Se não for feito até o fim da semana, farei com que seja demitido e mandado de volta a Am Gezira.

Abu Zebala começou a protestar, mas Ali ergueu a mão tão abruptamente que o outro homem se encolheu.

— Saia. E se eu o ouvir falar de tal corrupção uma segunda vez, arrancarei sua língua para evitar uma terceira.

Ali não foi sincero; estava apenas exausto e irritado. Mas o sorriso condescendente de Abu Zebala sumiu e o homem empalideceu. Ele assentiu e saiu rapidamente, suas sandálias estalando conforme disparava escada abaixo.

Isso foi mal resolvido. Ali suspirou e ficou de pé, caminhando na direção da janela. Mas não tinha paciência para um homem como Abu Zebala. Não depois da noite anterior.

Uma única barca avançava sobre a água calma do lago distante, a luz do sol forte se refletia no casco preto e dourado dela. Fazia um lindo dia para velejar. Quem quer que estivesse na barca deveria se considerar sortudo, pensou Ali; da última vez que ele atravessou foi sob uma chuva tão pesada que temeu que a barca afundasse.

Ali bocejou, a exaustão tomou conta dele outra vez. Não tinha voltado para o palácio na noite anterior, incapaz de suportar a ideia de ver o luxuoso apartamento – ou de esbarrar com a família que os Tanzeem queriam que ele traísse – após o desastroso encontro no orfanato. Mas não tinha conseguido dormir muito no escritório; na verdade, não conseguira dormir muito desde a noite em que seguira Anas até o Quarteirão Daeva.

O príncipe voltou para a mesa, a superfície lisa pareceu subitamente tentadora. Ali deitou a cabeça no braço e fechou os olhos. *Talvez apenas alguns minutos...*

Uma batida súbita despertou Ali do sono, e ele deu um salto, espalhando os papéis e derrubando a xícara de chá. Quando o grão-vizir entrou, Ali não se incomodou em esconder a irritação.

Kaveh fechou a porta enquanto Ali retirava as folhas molhadas de chá dos relatórios agora manchados.

— Trabalhando duro, meu príncipe?

Ali olhou com raiva para o grão-vizir.

— O que você quer, Kaveh?

— Preciso falar com seu pai. É muito urgente.

Ali gesticulou com a mão em torno do escritório.

— Sabe que está na Cidadela? Entendo que deva ser confuso em sua idade... todos esses prédios que não se parecem em nada uns com os outros, localizados em lados opostos da cidade...

Kaveh se sentou sem ser convidado na cadeira diante de Ali.

— Ele não quer me ver. Seus criados dizem que está ocupado.

Ali escondeu a surpresa. Kaveh era um homem extremamente irritante, mas a posição dele geralmente lhe garantia acesso ao rei, principalmente se a questão fosse urgente.

— Talvez tenha saído das graças dele — sugeriu Ali, esperançoso.

— Suponho então que os boatos não o tenham preocupado? — perguntou Kaveh, ignorando abertamente a resposta de Ali. — A fofoca no bazar sobre uma menina daeva que supostamente se converteu para sua fé para fugir com um homem djinn? Estão dizendo que a família dela a roubou de volta na noite passada e a está escondendo em nosso quarteirão.

Ah. Ali reconsiderou a preocupação de Kaveh. Não havia muito que causasse mais tensão no mundo deles do que conversões e casamentos intertribais. E, infelizmente, a situação que o vizir acabara de expor era combustível para uma revolta. A lei de Daevabad fornecia proteção absoluta aos convertidos; sob circunstância alguma as famílias de daevas tinham permissão de importunar ou detê-los. Ali não via problema com isso: a fé djinn era a fé correta, afinal de contas. Mas os daevas podiam ser extremamente possessivos quando se tratava de seus parentes, e raramente acabava bem.

— Não seria melhor para você voltar para seu povo e encontrar a garota? Com certeza tem os recursos. Devolva-a ao marido antes que as coisas saiam do controle.

— Por mais que eu goste de entregar garotas daeva a multidões de djinns nervosos — começou Kaveh, sarcasticamente —, a garota em questão não parece existir. Ninguém de qualquer lado sabe o nome dela ou tem qualquer informação que a identifique. Alguns dizem que o marido é um comerciante sahrayn, outros que é um ferreiro geziri, e outros que é um mendigo shafit. — Ele fez uma careta. — Se ela fosse real, eu saberia.

Ali semicerrou os olhos.

— Então qual é o problema?

— Isso é um boato. Não há garota a entregar. Mas essa resposta apenas irrita ainda mais os djinns. Temo que estejam procurando por qualquer motivo para saquear nosso quarteirão.

— E quem são "eles", grão-vizir? Quem seria tolo o suficiente para atacar o Quarteirão Daeva?

Kaveh ergueu o queixo.

— Talvez os homens que tenham ajudado Anas Bhatt a assassinar dois dos membros de minha tribo, os homens que acredito que *você* tenha recebido a tarefa de encontrar e prender.

Foi preciso cada gota de autocontrole que Ali tinha para não estremecer. Ele pigarreou.

— Duvido que alguns fugitivos já correndo da Guarda Real estejam interessados em atrair tamanha atenção.

Kaveh o encarou por mais um momento.

— Talvez. — Ele suspirou. — Príncipe Alizayd, estou apenas contando o que ouvi. Sei que você e eu tivemos nossas diferenças, mas suplico que as coloque de lado por um momento. — Kaveh contraiu os lábios. — Tem algo a respeito disso que me deixa realmente preocupado.

A sinceridade na voz de Kaveh chocou Ali.

— O que gostaria que eu fizesse?

— Imponha um toque de recolher e duplique a guarda em nosso portão tribal.

Os olhos de Ali se arregalaram.

— Sabe que não posso fazer isso sem a permissão do rei. Causaria pânico nas ruas.

— Bem, precisa fazer *alguma coisa* — insistiu Kaveh. — Você é o qaid. A segurança da cidade é sua responsabilidade.

Ali se levantou da mesa. Kaveh estava provavelmente sendo ridículo. Mas se houvesse uma ínfima, *ínfima*, chance de esse boato ter um pingo de verdade, iria querer fazer o possível para evitar um tumulto. E isso significava ir até o pai.

— Vamos — disse ele, chamando Kaveh junto. — Sou o filho dele, ele me verá.

— O rei não pode vê-lo agora, meu príncipe.

As bochechas de Ali ficaram mornas quando o guarda

educadamente recusou a entrada dele. Kaveh tossiu na mão em um esforço infeliz de esconder a gargalhada. Ali encarou a porta de madeira, envergonhado e irritado. O pai não quisera ver o grão-vizir e agora estava ocupado demais para o qaid?

— Isso é ridículo. — Ali avançou além do guarda e empurrou a porta para abri-la. Não se importava com o tipo de namoro que estivesse interrompendo.

Mas a cena diante de seus olhos não foi o bando de concubinas sedutoras que esperava, mas um pequeno grupo de homens reunidos em torno da mesa do pai dele: Muntadhir, Abu Nuwas e, até mesmo, mais estranhamente, um homem de aparência shafit que não reconheceu, vestindo uma túnica marrom surrada e um turbante branco manchado de suor.

O rei olhou para cima, obviamente surpreso.

— Alizayd... chegou cedo.

Cedo para quê? Ali piscou, tentando recuperar a compostura.

— Eu... ah, me perdoe, não sabia que estava... — Ele parou de falar. Conspirando? A julgar pela rapidez com que os homens se endireitaram quando Ali invadiu a sala e a expressão vagamente culpada no rosto do irmão dele, conspirando era definitivamente a primeira impressão. O homem shafit averteu o olhar, passando para trás de Abu Nuwas, como se não quisesse ser visto.

Kaveh entrou atrás dele.

— Perdoe-me, Vossa Majestade, mas há um assunto urgente...

— Sim, recebi sua mensagem, grão-vizir — interrompeu o pai de Ali. — Estou cuidado disso.

— Ah. — Kaveh se encolheu diante do olhar desencorajador do rei. — Apenas temo que se...

— Eu disse que estou cuidando disso. Está dispensado.

Ali quase sentiu um momento de pena do daeva quando ele rapidamente recuou para fora do quarto. Ignorando o filho mais novo, Ghassan assentiu para Abu Nuwas.

— Então estamos de acordo?

— Sim, senhor — disse Abu Nuwas, com a voz grave.

O rei voltou a atenção para o homem shafit.

— E se você for pego...

O homem simplesmente fez uma reverência e o pai de Ali assentiu.

— Que bom, podem ir os dois. — Ele olhou para Ali e sua expressão ficou severa. — Venha até aqui — ordenou o rei, mudando para o geziriyya. — Sente-se.

Tinha entrado como qaid, mas agora Ali se sentia mais como um menino se preparando para um sermão. Ele ocupou um assento na cadeira simples diante do pai. E reparou pela primeira vez que o rei estava usando as vestes cerimoniais pretas e o turbante com cor de joias, o que era estranho. A corte aconteceria no fim daquela tarde, e o pai não costumava se vestir daquele jeito a não ser que esperasse assuntos públicos. Uma xícara fumegante de café verde estava ao lado da mão coberta de joias do rei, e a pilha de pergaminhos dele parecia ainda mais bagunçada do que o normal. No que quer que estivesse trabalhando, obviamente o fizera durante algum tempo.

Muntadhir deu a volta pela mesa e assentiu para a xícara.

— Deveria pegar isso antes que você atire na cabeça dele?

Ali conteve uma onda de pânico, agitando-se sob o olhar severo do pai.

— O que eu fiz?

— Não muito, ao que parece — respondeu Ghassan. Ele tamborilou os dedos sobre a bagunça de papéis. — Andei revendo os relatórios de Abu Nuwas sobre seu... *mandato* como qaid.

Ali recuou.

— Há relatórios? — Percebera que Abu Nuwas o estava observando, mas havia papéis o suficiente na mesa para conter uma história detalhada de Daevabad. — Não sabia que o mandara me espionar.

— É claro que mandei que o espionasse — disse Ghassan, debochado. — Achou mesmo que eu entregaria às cegas o controle total da segurança da cidade para meu filho menor de idade com um histórico de decisões ruins?

— Imagino que os relatórios dele não sejam alegres?

Muntadhir se encolheu e a expressão do pai de Ali se fechou.

— Espero que mantenha esse senso de humor, Alizayd, quando eu mandar você para algum posto desgraçado nos desertos do Saara. — Ele golpeou irritadamente os papéis. — Deveria caçar os Tanzeem restantes e dar uma lição aos shafits. Mas nossa cadeia está praticamente vazia, e não vejo evidências do aumento de prisões ou despejos. O que aconteceu com os novos regulamentos sobre os shafits? Metade deles não deveria estar na rua?

Então Rashid estivera certo na noite anterior ao dizer que Ghassan em breve perceberia que Ali não estava colocando as novas leis em prática. Ali lutou em busca de palavras.

— Não é algo bom que sua cadeia esteja vazia? Não houve violência massiva desde a execução de Anas, nenhum aumento nos crimes... Não posso prender pessoas por coisas que elas não fazem.

— Então deveria tê-las atraído para fora. Eu disse que os queria fora. Você é qaid. É sua responsabilidade entender como realizar minhas ordens.

— Ao inventar acusações?

— Sim — falou Ghassan, veementemente. — Se for necessário. Além do mais, Abu Nuwas diz que houve vários casos de filhos adotivos de puros-sangues sendo sequestrados nas últimas semanas. Não poderia ter investigado isso?

Filhos adotivos? É assim que os chamam? Ali deu ao pai um olhar de incredulidade.

— Entende que as pessoas que fazem essas reclamações são mercadoras de escravos, certo? Sequestram essas crianças dos pais delas para poder vendê-las a quem pagar mais! — Ali começou a se levantar da cadeira.

— Sente-se — disparou o pai dele. — E não jogue essa propaganda shafit para cima de mim. As pessoas entregam seus filhos o tempo todo. E se esses seus supostos mercadores de escravos têm a papelada em ordem, então até você e eu sabemos, estão dentro da lei.

— Mas, abba...

O pai de Ali golpeou a mesa com o punho, fez isso com tanta força que os pergaminhos saltaram. Um frasco de nanquim caiu, quebrando-se no chão.

— Basta. Já disse a Abu Nuwas que tais transações agora podem ser feitas no bazar se isso tornar as coisas mais seguras. — Quando Ali abriu a boca, o pai dele estendeu a mão. — Não — avisou ele. — Se disser mais uma palavra sobre o assunto, juro que o destituirei dos títulos e o mandarei de volta para Am Gezira pelo resto de seu primeiro século. — Ele sacudiu a cabeça. — Estava disposto a lhe dar uma chance de provar sua lealdade, Alizayd, mas...

Muntadhir se colocou entre os dois e falou pela primeira vez.

— Ainda não chegou a esse ponto, abba — disse ele, enigmático. — Veremos o que o dia traz, foi o que decidimos, não foi? — Ele ignorou o olhar inquisidor de Ali. — Mas talvez quando Wajed retornar, Ali *deva* ir a Am Gezira. Ele ainda nem chegou ao quarto de século. Dê uma guarnição a ele em casa, e deixe que amadureça por algumas décadas entre nosso povo em um lugar em que pode causar menos danos.

— Isso não é necessário. — O rosto de Ali ficou quente, mas o pai dele já assentia em concordância.

— É algo a considerar, sim. Mas as coisas não continuarão assim até o retorno de Wajed. Depois de hoje, terá desculpas o suficiente para pressionar os shafits.

— O quê? — Ali se esticou na cadeira. — Por quê?

O grito esganiçado de um pássaro do lado de fora da janela

os interrompeu, então um gavião cinza disparou diretamente pelo batente de pedra, rolando no chão na forma de um soldado geziri, com o uniforme perfeitamente liso. Ele se abaixou em uma reverência no momento em que penas esfumaçadas se derreteram formando a pele dele de novo. Um batedor, reconheceu Ali, um dos metamorfos que habitualmente patrulhavam tanto a cidade quanto as terras adjacentes.

— Vossa Majestade — começou o batedor. — Perdoe minha intromissão, mas tenho notícias que achei urgentes.

Ghassan franziu a testa impacientemente quando o batedor se calou.

— Que são...?

— Há um escravo daeva atravessando o lago com uma marca afshin no rosto.

A expressão irritada do pai de Ali se intensificou.

— *E?* Tenho homens daeva enlouquecendo, se pintando com marcas afshin e correndo seminus pelas ruas pelo menos uma vez por década. O fato de ele ser escravo apenas explica a loucura.

O batedor insistiu.

— Ele... ele não parecia louco, meu rei. Um pouco *selvagem*, talvez, mas imponente. Parecia um guerreiro para mim, e levava uma adaga na cintura.

Ghassan encarou.

— Sabe quando o último Afshin morreu, soldado? — Quando o batedor corou, Ghassan prosseguiu. — Há *mil e quatrocentos anos*. Escravos não duram tanto tempo. Os ifrits dão eles aos humanos para causar o caos por alguns séculos, e quando ficam completamente loucos os largam de volta à porta de Daevabad para nos assustar. — O rei ergueu as sobrancelhas. — E muito eficientemente, no seu caso.

O batedor abaixou os olhos, gaguejando algo ininteligível, mas Ali reparou na súbita testa franzida do irmão.

— Abba — começou Muntadhir. — Não acha...

Ghassan lançou a ele um olhar exasperado.

— Não ouviu o que eu acabei de falar? Não seja ridículo. — O rei se voltou de novo para o batedor. — Se consola vocês dois, sigam-no. Se ele sacar um arco e começar a flagelar shafits na rua... bem, então suponho que o dia ficará mais interessante. Vão.

O batedor envergonhado fez reverência; penas brotaram sobre os braços dele, então voou pela janela, parecendo ansioso para escapar.

— Um Afshin... — Ghassan sacudiu a cabeça. — A seguir, o próprio Suleiman vai surgir em meu trono para dar sermões às massas. — Ele gesticulou para dispensar os filhos. — Podem ir também, embora estejam ambos confinados ao palácio pelo resto do dia.

— O quê? — Ali ficou de pé com um salto. — Sou qaid em exercício, há uma possível revolta se formando nas ruas, um escravo maluco chegando e quer me trancar no quarto?

O rei ergueu as sobrancelhas escuras.

— Não será qaid por muito tempo se ficar questionando minhas ordens. — Ele indicou a porta com a cabeça. —*Vá.*

Muntadhir segurou Ali pelos ombros, literalmente virando o irmão e empurrando-o para a saída.

— Basta, Zaydi — sibilou ele, sussurrando.

Estão tramando alguma coisa. Ali não gostava de pensar que o pai era capaz de intencionalmente criar tais boatos perigosos, mas mesmo assim, não queria que os shafits fossem atraídos para uma revolta. Ele começou a se afastar no fim do corredor. Por mais que a ideia lhe revirasse o estômago, sabia que precisava encontrar Rashid.

Muntadhir segurou o pulso do irmão.

— Ah, não, akhi. Não deixará o meu lado hoje.

— Preciso pegar alguns papéis na Cidadela.

Muntadhir deu um olhar demorado ao irmão. Demorado demais. Então deu de ombros.

— Ora, então, por favor, vamos lá.

— Não precisa vir.

— Não preciso? — Muntadhir cruzou os braços. — E é para lá que irá? Apenas para a Cidadela. Sozinho e então de volta sem encontrar ninguém... *Não*, Alizayd — disparou o irmão, segurando o queixo de Ali quando ele virou o rosto, incapaz de encarar a expressão desconfiada do irmão mais velho. — Olhe para mim quando eu falar com você.

Um grupo de cortesãos tagarelas passou pela curva do corredor e Muntadhir abaixou a mão, afastando-se de Ali quando eles passaram.

O ódio retornou ao rosto do irmão de Ali assim que o grupo saiu de vista.

— Seu tolo. Nem mesmo é bom mentiroso, sabia disso? — Muntadhir parou e soltou um suspiro exasperado. — Venha comigo.

Ele segurou o braço de Ali e o puxou para a direção oposta dos cortesãos, por uma entrada de criados perto das cozinhas. Assustado demais para protestar, Ali permaneceu em silêncio até que o irmão parasse em uma alcova despretensiosa. Muntadhir ergueu a mão, sussurrando um encantamento.

A superfície da alcova virou fumaça. E sumiu. Um conjunto de degraus de pedra empoeirados os recebeu, abrindo-se para a escuridão.

Ali engoliu em seco.

— Vai me assassinar? — Não estava brincando.

Muntadhir olhou irritado para ele.

— Não, akhi. Vou salvar você.

Muntadhir o levou por um caminho confuso escada abaixo e além dos corredores desertos, mais e mais para baixo, até que Ali mal conseguia acreditar que ainda estivessem no palácio. Não havia tochas; a única luz vinha de um punhado de chamas que Muntadhir encantara para que se acendessem. A luz do fogo dançava selvagemente nas paredes escorregadias e úmidas, deixando Ali desconfortavelmente ciente do quanto o corredor era estreito. O ar estava abafado e cheirava a orvalho e terra úmida.

— Estamos sob o lago?
— Provavelmente.

Ali estremeceu. Estavam no subterrâneo *e* sob a água? Tentou não pensar na pressão de pedra e terra e água acima da cabeça, mas seu coração acelerou. A maioria dos djinns de puro-sangue era sabidamente claustrofóbica, e ele não era diferente. Nem seu irmão, a julgar pela respiração irregular de Muntadhir.

— Para onde vamos? — Ousou perguntar finalmente.
— É melhor visto do que explicado — falou Muntadhir. — Não se preocupe, estamos perto.

Alguns momentos depois, o corredor acabou abruptamente em um par de portas de madeira espessa que mal chegavam ao queixo de Ali. Não havia maçanetas ou puxadores, nada para indicar como se abriam.

A mão de Muntadhir disparou quando Ali estendeu a dele para as portas.

— Assim não — avisou ele. — Me dê a sua zulfiqar.
— Não vai cortar minha garganta e me deixar neste lugar abandonado, vai?
— Não me tente — disse Muntadhir, inexpressivamente. Ele pegou a zulfiqar, se abaixou e passou a lâmina de leve no tornozelo. Então pressionou a palma da mão contra o ferimento ensanguentado e entregou a zulfiqar de volta a Ali. — Sua vez. Tire o sangue de algum lugar que abba não veja. Ele me mataria se descobrisse que trouxe você aqui.

Ali franziu a testa, mas seguiu o exemplo do irmão.

— E agora?
— Coloque a mão aqui. — Muntadhir indicou um par de insígnias de cobre sujas na porta, e cada irmão pressionou a mão ensanguentada contra uma insígnia. As portas antigas se abriram com um sussurro de poeira para uma escuridão infinita. O irmão de Ali entrou e ergueu o punho de chamas.

Ali passou pela porta baixa e seguiu. Muntadhir estendeu a mão, espalhando as chamas para acender as tochas nas paredes, iluminando uma grande caverna escavada grosseiramente do leito da rocha da cidade. Ali cobriu o nariz ao dar mais um passo sobre o chão arenoso e macio. A caverna fedia, e quando os olhos dele se ajustaram à escuridão, Ali ficou imóvel.

O chão estava coberto de caixões. Infinidades, percebeu ele, quando Muntadhir acendeu outra tocha. Alguns estavam perfeitamente alinhados em fileiras idênticas de sarcófagos de pedra combinando, enquanto outros eram apenas pilhas amontoadas de caixas de madeira simples. O cheiro não era orvalho. Era podridão. O odor intensamente adstringente da putrefação de cinzas de um djinn.

Ali arquejou horrorizado.

— O que é isto? — Todos os djinns, independentemente da tribo, queimavam os mortos. Era um dos poucos rituais que compartilhavam mesmo depois de Suleiman dividi-los.

Muntadhir observou a sala.

— Fruto de nosso trabalho, aparentemente.

— *O quê?*

O irmão de Ali indicou a direção de uma grande estante de pergaminhos escondida atrás de um imenso sarcófago de mármore. Estavam todos selados em caixas de chumbo marcadas com alcatrão. Muntadhir abriu um dos selos, tirou de dentro o pergaminho e entregou a Ali.

— Você é o estudioso.

Ali abriu cuidadosamente o pergaminho frágil. Estava coberto por uma forma arcaica de geziriyya, o desenho de uma linha simples de nomes que davam para outros nomes.

Nomes daeva.

Uma árvore genealógica. Olhou para a página seguinte. Essa tinha várias entradas, todas acompanhando basicamente o mesmo formato. Ali se esforçou para ler uma.

— Banu Narin e-Ninkarrik, idade cento e um. Afogamento. Certificado por Qays al Qahtani e o tio dela Azad... Azad *e-Nahid*... Aleph, meio-dia, nove, nove. — Ali leu em voz alta os símbolos no final da entrada e ergueu o olhar para a pilha de caixões diante dele. Todos tinham um padrão de quatro dígitos de números e letras pintados com alcatrão preto nas laterais.

— Deus misericordioso — sussurrou ele. — São os Nahid.

— Todos eles — confirmou o irmão, com ansiedade na voz. — Todos que morreram desde a guerra, na verdade. Não importa a causa. — Ele assentiu para um canto escuro, tão afastado que Ali só conseguiu distinguir formas sombreadas de caixas. — Alguns Afshin também, embora a família deles tenha sido dizimada na própria guerra, é claro.

Ali olhou em volta. Viu um par de minúsculos caixões do outro lado da sala e desviou o rosto, seu estômago se revirando. Independentemente de como se sentia com relação aos adoradores do fogo, aquilo era horrível. Apenas os piores criminosos eram enterrados no mundo deles. Terra e água, dizia-se, eram tão contagiosas aos restos mortais de djinns que escondiam completamente a alma de alguém do julgamento de Deus. Ali não tinha certeza de que acreditava naquilo, mas, ainda assim, eram criaturas do fogo e ao fogo deveriam retornar. Não para alguma caverna escura e úmida debaixo de um lago amaldiçoado.

— Isto é obsceno — disse Ali, baixinho, ao enrolar o pergaminho; não precisava ler mais. — Abba mostrou isto a você?

O irmão dele assentiu, e encarou o par de pequenos caixões.

— Quando Manizheh morreu.

— Imagino que ela esteja aqui embaixo em algum lugar? Muntadhir sacudiu a cabeça.

— Não. Sabe como abba se sentia em relação a ela. Ele a cremou no Grande Templo. Disse que quando se tornou rei quis fazer com que todos os restos mortais fossem abençoados e queimados, mas não achou que havia uma forma de fazer isso discretamente.

Vergonha percorreu Ali.

— Os daevas derrubariam o portão do palácio se descobrissem sobre este lugar.

— Provavelmente.

— Então por que fazer tudo isto?

Muntadhir deu de ombros.

— Acha que foi decisão de abba? Veja a idade de alguns desses corpos. Este lugar foi provavelmente construído pelo próprio Zaydi... Ah, não me olhe assim, sei que ele é seu herói, Ali, mas não seja tão ingênuo. Deve saber as coisas que as pessoas costumavam dizer sobre os Nahid, que podiam mudar de rosto, trocar de formas, ressuscitar uns aos outros das cinzas...

— Boatos — disse Ali, negando. — Propaganda política. Qualquer estudioso poderia...

— Não importa — disse Muntadhir, inexpressivo. — Ali, *olhe* para este lugar. — Ele apontou para os pergaminhos. — Eles fizeram registros, verificaram os corpos. Podemos ter ganhado a guerra, mas pelo menos alguns de nossos ancestrais tinham tanto medo dos Nahid que literalmente guardaram os corpos deles para se certificar de que estavam realmente mortos.

Ali não respondeu. Não tinha certeza de como. A sala inteira lhe dava arrepios; os escolhidos de Suleiman, reduzidos a apodrecer nos mantos fúnebres. A caverna – não, a tumba – estava silenciosa exceto pelo som das tochas crepitantes.

Muntadhir falou de novo.

— Fica pior. — Ele soltou uma pequena gaveta no interior da estante e tirou de dentro uma caixa de cobre do tamanho da própria mão. — Outra insígnia de sangue, mas o que você tem na mão deve ser o suficiente para abrir. — Ele a ofereceu a Ali. — Confie em mim, nossos ancestrais jamais quiseram que ninguém encontrasse *isto*. Nem mesmo tenho certeza de por que a guardamos.

A caixa ficou quente na mão ensanguentada de Ali, e uma pequena mola saltou. Um amuleto de bronze empoeirado estava aninhado do lado.

Uma relíquia, reconheceu ele. Todos os djinns usavam algo semelhante, um pouco de sangue e cabelo, às vezes um dente de leite ou um pedaço de pele açoitado – todos atados com versos sagrados em metal derretido. Era a única forma de serem devolvidos a um corpo se fossem escravizados por um ifrit. Ali usava um, assim como Muntadhir; espinhos de cobre atravessados na orelha direita, como todos os geziris.

Ele franziu a testa.

— De quem é essa relíquia?

Muntadhir deu um sorriso triste para o irmão.

— Darayavahoush e-Afshin.

Ali soltou o amuleto como se tivesse sido mordido.

— *O Flagelo de Qui-zi?*

— Que Deus o mate.

— Não deveríamos ter isto — insistiu Ali. Um calafrio de medo percorreu a coluna dele. — Isso... não foi isso que os livros dizem que aconteceu com ele.

Muntadhir lançou um olhar sábio para o irmão.

— E o que os livros dizem que aconteceu, Alizayd? Que o Flagelo misteriosamente sumiu quando a rebelião dele estava no auge, quando se preparava para tomar de volta Daevabad? — Ele se ajoelhou para recuperar o amuleto. — Momento estranho, esse.

Ali sacudiu a cabeça.

— Não é possível. Nenhum djinn entregaria outro aos ifrits. Nem mesmo o pior inimigo.

— Cresça, irmãozinho — repreendeu Muntadhir, e guardou a caixa. — Foi a pior guerra que nosso povo já viu. E Darayavahoush era um monstro. Até mesmo eu sei isso sobre nossa história. Se Zaydi al Qahtani se importasse com seu povo, teria feito qualquer coisa para acabar com ela. Até mesmo isso.

Ali ficou zonzo. Um destino pior do que a morte: era o que todos diziam sobre a escravidão. Servidão eterna, forçado a conceder os desejos mais selvagens e íntimos de uma fileira interminável de mestres humanos. Dos escravos que foram encontrados e libertados, poucos sobreviveram com a sanidade intacta.

Zaydi al Qahtani não poderia ter arranjado tal coisa, foi o que ele tentou dizer a si mesmo. O longo reinado de sua família não poderia ser o produto de uma traição tão terrível da raça deles.

O coração de Ali deu um salto.

— Espere, não acha que o homem que o batedor viu...

— Não — falou Muntadhir, um pouco rápido demais. — Quero dizer, não pode ser. A relíquia dele está bem aqui. Então não poderia ter sido devolvido a um corpo.

Ali assentiu.

— Não, é claro que não. Está certo. — Tentou tirar da mente a ideia apavorante do Flagelo de Qui-zi, liberto depois de séculos de escravidão e buscando vingança sangrenta pelos Nahid assassinados dele. — Então por que me trouxe aqui, Dhiru?

— Para colocar em ordem suas prioridades. Para lembrar a você de nosso *verdadeiro* inimigo. — Muntadhir indicou os restos mortais dos Nahid espalhados em torno deles. — Jamais conheceu um Nahid, Ali. Jamais viu Manizheh estalar os dedos e quebrar os ossos de um homem do outro lado da sala.

— Não importa. Estão mortos mesmo.

— Mas os daevas não estão — respondeu Muntadhir. — Aquelas crianças com as quais estava preocupado lá em cima? Qual é o pior que acontecerá com elas... crescerão acreditando que são puros-sangues? — Muntadhir sacudiu a cabeça. —

O Conselho Nahid as teria queimado vivas. Maldição, talvez metade dos daevas ainda ache que isso é uma boa ideia. Abba caminha no limite entre eles. Somos neutros. É a única coisa que tem mantido a paz na cidade. — Ele abaixou a voz. — Você... você *não* é neutro. As pessoas que pensam e falam como você são perigosas. E abba não recebe ameaças à cidade dele com tranquilidade.

Ali se encostou nos sarcófagos de pedra, e, então, ao se lembrar do que continham, rapidamente se esticou.

— O que está dizendo?

O irmão o encarou.

— Algo vai acontecer hoje, Alizayd. Algo de que você não vai gostar. E quero que prometa que não vai fazer nada idiota em resposta.

A determinação mortal na voz de Muntadhir espantou Ali.

— O que vai acontecer?

Muntadhir sacudiu a cabeça.

— Não posso contar a você.

— Então como pode esperar que eu...

— Só estou pedindo que deixe abba fazer o que precisa para manter a paz na cidade. — Muntadhir deu um olhar sombrio ao irmão. — Sei que está tramando algo com os shafits, Zaydi. Não sei o que, exatamente, e não quero saber. Mas vai acabar. *Hoje.*

A boca de Ali ficou seca. Ele lutou para encontrar uma resposta.

— Dhiru, eu...

Muntadhir o calou.

— Não, akhi. Não há pelo que brigar aqui. Sou seu emir, seu irmão mais velho, e estou lhe dizendo: fique longe dos shafits. Zaydi... *olhe para mim.* — Ele segurou Ali pelos ombros, obrigando-o a encontrar seus olhos. Estavam cheios de preocupação. — *Por favor,* akhi. Há limite para o que posso fazer para proteger você, caso contrário.

Ali tomou um fôlego entrecortado. Naquele lugar, sozinho com o irmão mais velho que admirara durante anos, aquele que passara a vida se preparando para proteger e servir como qaid, Ali sentiu o terror e a culpa das últimas semanas. A ansiedade que pesava sobre ele como uma armadura finalmente se afrouxou.

E então desabou.

— Desculpe, Dhiru. — A voz de Ali falhou, e ele piscou, contendo as lágrimas. — Jamais tive a intenção de que nada disso...

Muntadhir o puxou em um abraço.

— Tudo bem. Olhe... apenas prove sua lealdade agora e prometo que, quando eu for rei, ouvirei você a respeito dos mestiços. Não tenho desejo de ferir os shafits acho que abba é muitas vezes severo demais com eles. E eu *conheço* você, Ali, você e sua mente acelerada, sua obsessão com fatos e números. — Ele deu tapinhas na têmpora de Ali. — Suspeito que há *algumas* boas ideias escondidas atrás de sua propensão para decisões precipitadas e terríveis.

Ali hesitou. *Mereça isto*. A última ordem de Anas jamais estava longe da mente dele, e, se fechasse os olhos, Ali ainda conseguia ver o orfanato aos pedaços, conseguia ouvir a tosse chiada do menininho.

Mas não pode salvá-los sozinho. E não seria o irmão que ele amava e em quem confiava, o homem que de fato teria real poder um dia, um parceiro melhor do que os remanescentes em conflito dos Tanzeem?

Ali assentiu. Então concordou, com a voz ecoando pela caverna.

— Sim, meu emir.

NAHRI

Nahri olhou para trás, mas a barca já partia, o capitão cantava ao retornar para o lago aberto. Ela respirou fundo e seguiu Dara e os mercadores ayaanle conforme se dirigiam para as enormes portas, ladeadas por uma dupla de estátuas de leões alados, dispostas na parede de bronze. O cais, à exceção disso, estava deserto e sem manutenção. A curandeira abriu caminho cuidadosamente pelos monumentos em ruínas, vendo um gavião cinza que os observava do alto de um dos ombros da estátua.

— Este lugar parece Hierápolis — sussurrou ela. A grandeza decadente e o silêncio mortal tornavam difícil acreditar que havia uma cidade fervilhante atrás das altas paredes de bronze.

Dara lançou um olhar desapontado para um píer destruído.

— Era muito mais grandiosa na minha época — concordou ele. — Os geziris jamais tiveram muito gosto pelos aspectos mais requintados da vida. Duvido que se importem com manutenção. — Dara abaixou a voz. — E não acho que o cais seja muito usado. Não vejo outro daeva há anos; presumi que a maioria das pessoas ficou com medo demais de viajar depois que os Nahid foram dizimados. — Ele deu um breve sorriso para Nahri. — Talvez agora isso mude.

Ela não devolveu o sorriso. A ideia de que sua presença poderia ser motivo o bastante para renovar o comércio era assustadora.

As pesadas portas de ferro se abriram quando o grupo deles se aproximou. Alguns homens perambulavam pela entrada; soldados, pela aparência deles. Todos vestiam lenços de cintura brancos que batiam nas canelas, túnicas pretas sem manga e turbantes cinza-escuro. Tinham a mesma pele marrom-bronzeada e barba preta do capitão da barca. Nahri observou enquanto um assentiu para os mercadores e indicou que entrassem.

— São geziri? — perguntou ela, sem tirar os olhos das longas lanças nas mãos de dois dos homens. As pontas em foice tinham um brilho acobreado.

— Sim. A Guarda Real. — Dara respirou profundamente, tocando, envergonhado, a marca enlameada na têmpora. — Vamos.

Os guardas pareceram preocupados com os mercadores, vasculhando os tabletes de sal deles e percorrendo os pergaminhos dos homens com os lábios contraídos em biquinho. Um guarda ergueu o olhar para os dois, com o olhar cinza como o metal de armas de fogo percorrendo brevemente o rosto de Nahri.

— Peregrinos? — perguntou ele, parecendo entediado.

Dara manteve o olhar baixo.

— Sim. Se Sarq...

O guarda o dispensou com um gesto.

— Vá — disse ele, distraidamente, quase derrubando Nahri quando se virou para ajudar os colegas com os coitados dos mercadores de sal.

Nahri piscou, surpresa com a facilidade com que aquilo acontecera.

— Vamos — sussurrou Dara, puxando-a para a frente. — Antes que mudem de ideia.

Os dois passaram pelas portas abertas.

Quando a força total da cidade a atingiu, Nahri percebeu que as paredes deviam conter o som tanto quanto a magia, pois estavam no lugar mais barulhento e caótico que já vira, cercados por ondas de pessoas se empurrando.

Nahri tentou olhar por cima das cabeças delas para ver a rua lotada.

— *O que* é este lugar?

Dara olhou em volta.

— O Grande Bazar, creio. Tínhamos o nosso no mesmo lugar.

Bazar? Nahri olhou desconfiada para a cena ambígua. O Cairo tinha bazares. Aquilo parecia mais um cruzamento entre uma revolta e a hajj. E não foi tanto o número de pessoas que a chocou, mas a *variedade*. Djinns puros-sangues caminhavam pelas multidões, a graciosidade esquisita e efêmera destacando a diferença deles entre a multidão de mais shafits de aparência humana. As vestes deles eram selvagens – literalmente; em uma ocasião, Nahri viu um homem passar com uma enorme cobra píton acomodada nos ombros como um bicho de estimação satisfeito. As pessoas usavam vestes reluzentes da cor de açafrão e vestidos como lençóis enrolados, unidos por conchas e dentes afiados como lâminas. Havia lenços de cabeça com pedras brilhantes e perucas de metais trançados. Capas com penas alegres e pelo menos um vestido que parecia um crocodilo sem pele, com a boca cheia de dentes apoiada no ombro de quem o usava. Um homem esguio com uma imensa barba fumegante se abaixou ao passar, e uma menina segurando uma cesta disparou por Nahri, esbarrando nela com o quadril. A menina olhou rapidamente para trás, permitindo que seu olhar se detivesse satisfatoriamente sobre Dara. Uma faísca de irritação se acendeu dentro de Nahri, e uma das longas tranças pretas da menina estremeceu como uma cobra se espreguiçando. Nahri deu um salto.

Dara, enquanto isso, apenas parecia irritado. Ele olhou para a multidão fervilhante com insatisfação descarada, fungando, sem se sentir impressionado, para a rua enlameada.

— Vamos — disse ele, puxando Nahri adiante. — Atrairemos atenção se apenas ficarmos parados aqui, boquiabertos.

Mas era impossível não ficar boquiaberta conforme os dois abriam caminho pela multidão. A rua de pedra era ampla, ladeada por dezenas de barraquinhas de mercado e construções irregularmente empilhadas. Um labirinto confuso de becos cobertos serpenteava a partir da avenida principal, cheio de pilhas repulsivas de lixo em decomposição e caixas empilhadas. O ar estava carregado com o cheiro de carvão e de aromas de cozimento. Djinns gritavam e fofocavam em torno de Nahri; comerciantes anunciavam suas mercadorias enquanto fregueses pechinchavam.

Nahri não conseguia identificar metade do que era vendido. Melões roxos peludos se encolhiam e estremeciam ao lado de laranjas comuns e cerejas escuras, enquanto pepitas pretas como a madrugada e do tamanho de punhos estavam empilhadas entre cajus e pistaches. Rolos de pétalas de rosas gigantes dobradas perfumavam o ar entre rolos de seda estampada e musselina resistente, e um mercador de joias agitou um par de brincos na direção de Nahri, com olhos de vidro pintado que pareceram piscar. Uma mulher corpulenta usando chador roxo intenso derramou um líquido branco fumegante em diversos braseiros diferentes e um menino com cabelos de fogo tentava atrair um pássaro dourado com duas vezes o tamanho dele de uma jaula de ratã. Nahri se afastou, nervosa; já estava farta de pássaros grandes.

— Onde fica o Grande Templo? — perguntou ela, desviando de uma poça de água iridescente.

Antes que Dara pudesse responder, um homem se afastou da multidão e se plantou diante deles. Usava calças da cor de pedra e uma túnica carmesim justa que batia nos joelhos. Um chapéu com abas combinando repousava sobre os cabelos pretos dele.

— Que os fogos queimem intensamente por vocês dois — cumprimentou o homem, em divasti. — Ouvi você falar do Grande Templo? São peregrinos, sim? Estão aqui para prestar sua devoção à glória de nossos estimados falecidos Nahid?

As palavras floreadas dele foram tão obviamente recitadas que Nahri só conseguiu sorrir em reconhecimento. Um colega trapaceiro. Ela olhou o homem de cima a baixo, reparando nos olhos pretos e nas maçãs do rosto douradas. Estava perfeitamente barbeado, exceto por um bigode preto perfeito. Um trapaceiro daeva.

— Posso levá-los para o Grande Templo — prosseguiu ele. — Tenho um primo com uma pequena taverna. Preços muito justos pelos quartos.

Dara passou direto pelo homem.

— Conheço o caminho.

— Mas há ainda a questão das acomodações — insistiu o homem, apressando-se para acompanhá-los. — Peregrinos do campo não costumam entender o quanto Daevabad pode ser perigosa.

— Ah, e aposto que você recebe uma soma considerável desse primo com preços tão justos — disse Nahri, de modo sagaz.

O sorriso do homem sumiu.

— Está trabalhando com Gushnap? — Ele se plantou diante deles de novo e esticou os ombros. — Eu disse a ele — falou o homem, agitando o dedo no rosto de Nahri. — Este é meu território e... ah! — Ele gritou quando Dara o agarrou pelo colarinho e o puxou para longe de Nahri.

— Solte-o — ela sibilou.

Mas o homem daeva já vira a marca enlameada na bochecha de Dara. A cor deixou o rosto dele e o homem soltou um gritinho abafado quando Dara o levantou do chão.

— *Dara*. — Nahri sentiu um formigamento repentino atrás das orelhas, a sensação de ser observada. Ela subitamente se esticou e olhou por cima do ombro.

Os olhos dela encontraram o olhar cinza e curioso de um djinn do outro lado da rua. Ele parecia ser geziri e estava vestido casualmente com uma túnica cinza simples e um turbante, mas havia uma imponência na postura dele da qual Nahri não gostou. Enquanto ela o encarava, ele se voltou para uma barraca próxima como se avaliasse as mercadorias ali.

Foi então que Nahri viu que a multidão do bazar estava escasseando. Alguns rostos nervosos desapareceram em becos adjacentes e um mercador de cobre do outro lado da rua fechou a tela de metal dele.

Nahri franziu a testa. Vivera em meio à violência o suficiente – as disputas de poder dos vários otomanos, a invasão francesa – para reconhecer a tensão silenciosa que tomava a cidade antes de se deflagrar. Janelas eram trancadas e portas fechadas. Uma mulher gritou para chamar um par de crianças que remanchavam, e um idoso mancava por um beco.

Atrás dela, Dara ameaçava arrancar os pulmões do vigarista de dentro do peito se algum dia o visse de novo. Ela tocou o ombro dele.

— Precisamos...

O aviso dela foi interrompido por um clangor repentino. No fim da avenida, um soldado usava a foice para soar um grande conjunto de címbalos de bronze pendurados de dois telhados opostos.

— Toque de recolher! — gritou ele.

Dara soltou o trapaceiro e o homem fugiu.

— *Toque de recolher?*

Nahri conseguia sentir a tensão da multidão remanescente com cada batida apressada do coração. *Algo está acontecendo aqui, algo sobre o qual não sabemos nada.* Um olhar breve mostrou a ela que o homem geziri que vira espionando se fora.

Nahri segurou a mão de Dara.

— Vamos.

Ela ouviu trechos de sussurros conforme corriam pelo bazar que se esvaziava.

— É o que as pessoas estão dizendo... sequestrada na calada da noite do leito matrimonial...

—... reunindo-se na midan... só o Mais Alto sabe o que acham que vão conseguir...

— Os daevas não se importam. — Ela ouviu. — Os adoradores do fogo conseguem o que querem. Sempre conseguem.

Dara apertou a mão dela, puxando-a entre a multidão de pessoas. Os dois atravessaram um portão ornamentado alto para entrar em uma grande praça cercada por paredes de cobre que tinham ficado verdes com o tempo. Estava menos cheia do que o bazar, mas havia pelo menos algumas centenas de djinns perambulando pela fonte simples de blocos de mármore pretos e brancos no centro da praça.

O imenso arco sob o qual passaram não tinha adornos, mas outros seis portões menores davam para a praça, cada um decorado com um estilo completamente diferente. Djinns, parecendo muito mais bem vestidos e abastados do que os shafits no bazar, desapareciam pelos portões. Conforme Nahri observava, um par de crianças com cabelos de chamas se perseguia por um portão de colunas cilíndricas com vinhas entremeadas ao longo delas. Um homem ayaanle alto passou por ela empurrando, seguindo para um portão marcado por duas pirâmides estreitas encrustadas de tachas.

Seis portões para seis tribos, percebeu ela, assim como um portão para o bazar. Dara a empurrou na direção do portão diretamente oposto à praça. O Portão Daeva era pintado de azul pálido e mantido aberto por duas estátuas de bronze de leões alados. Um único guarda geziri estava de pé ali, agarrando-se à foice acobreada ao tentar guiar a multidão nervosa para dentro.

Uma voz irritada chamou a atenção de Nahri quando se aproximaram da fonte.

— E o que você consegue por defender os fiéis? Por ajudar os necessitados e os oprimidos? Morte! Uma morte horrível enquanto nosso rei se esconde atrás das calças do grão-vizir adorador de fogo!

Um homem djinn usando uma túnica marrom suja e um turbante manchado de suor tinha subido no alto da fonte e gritava para um grupo de homens reunidos abaixo. Ele gesticulava colericamente para o Portão Daeva.

— Olhem, meus irmãos! — o homem gritou de novo. — Mesmo agora, são favorecidos, vigiados pelos soldados do próprio rei! E isto depois de terem roubado uma inocente jovem noiva da cama do fiel marido... uma mulher cujo único crime foi abandonar o culto supersticioso da família dela. Isso é justo?

A multidão que esperava para entrar no Quarteirão Daeva aumentou, estendendo-se até a fonte. Os dois grupos em grande medida permaneciam separados e trocavam olhares cautelosos, mas Nahri viu um jovem daeva se virar, parecendo irritado.

— É justo! — replicou o jovem daeva em voz alta. — Esta é nossa cidade. Por que não deixam nossas mulheres em paz e rastejam de volta para qualquer que tenha sido o casebre humano de onde o seu sangue imundo veio?

— Sangue imundo? — repetiu o homem da fonte. Ele subiu em um patamar mais alto para ficar mais visível para a multidão. — É isso que pensa que sou? — Sem esperar por uma resposta, ele puxou uma longa faca do cinto e a arrastou pelo pulso. Várias pessoas na multidão arquejaram quando o sangue escuro do homem escorreu e chiou. — Isto parece imundície para você? Passei pelo véu. Sou tão djinn quanto você!

O homem daeva não se abalou. Em vez disso, ele se aproximou da fonte, com ódio fervilhando nos olhos pretos.

— Essa palavra humana desprezível não tem significado para mim — disparou ele. — Isto é *Daeva*bad. Aqueles que se chamam djinn não têm lugar aqui. Nem as crias shafit deles.

Nahri se aproximou de Dara.

— Parece que você tem um amigo — murmurou ela, sombriamente. Dara fez uma careta, mas não disse nada.

— Seu povo é uma doença! — gritou o homem shafit. — Um bando de escravizadores degenerados que ainda adora uma família de assassinos incestuosos!

Dara sibilou e os dedos dele ficaram quentes no pulso de Nahri.

— Não — sussurrou ela. — Apenas siga em frente.

Mas o insulto obviamente irritou o restante da multidão daeva, e mais deles se viraram para a fonte. Um idoso de cabelos cinza ergueu desafiadoramente um porrete de ferro.

— Os Nahid eram os escolhidos de Suleiman! Os Qahtani não passam de mosquitos de areia geziri, bárbaros imundos que falam a língua das cobras!

O homem shafit abriu a boca para responder e então parou, levando a mão à orelha.

— Ouviram isso? — Ele sorriu, e a multidão se calou. Ao longe, Nahri conseguia ouvir uma cantoria vinda da direção do bazar. O chão começou a tremer, ecoando com os pesados pés de uma crescente multidão de marchadores.

O homem gargalhou quando os daevas começaram a recuar nervosos, a ameaça de uma multidão aparentemente era o bastante para convencê-los a fugir.

— Fujam! Vão se amontoar em seus altares de fogo e implorar aos seus Nahid mortos que os salvem! — Mais homens avançaram para a praça, com ódio no rosto. Nahri não viu tantas espadas, mas um número suficiente deles estava armado com facas de cozinha e mobília quebrada para alarmá-la.

— Este é o dia do seu juízo final! — gritou o homem. — Vamos revirar suas casas até encontrarmos a garota! Até encontrarmos e libertamos cada escravo fiel que vocês infiéis mantêm presos!

Nahri e Dara foram os últimos a passar pelo portão. Dara se certificou de que ela passara pelos leões de bronze e então virou-se para discutir com o guarda geziri.

— Não os ouviu? — Ele indicou a multidão crescente. — Fechem o portão!

— Não posso — respondeu o soldado. Ele parecia jovem, a barba mal passava de uma sujeira escura. — Estes portões jamais se fecham. É contra a lei. Além do mais, reforços estão chegando. — Ele engoliu em seco, nervoso, agarrando a foice. — Não há nada com que se preocupar.

Nahri não caiu no falso otimismo do homem, e quando a cantoria ficou mais alta, os olhos cinza do soldado se arregalaram. Embora ela não conseguisse ouvir o djinn instigador acima dos gritos da multidão, ela o viu gesticular para a multidão de homens abaixo. Ele apontou desafiadoramente para o Portão Daeva e um rugido passou por eles.

O coração de Nahri acelerou. Homens e mulheres daeva, jovens e velhos, corriam pelas ruas bem cuidadas e sumiam para dentro dos belos prédios de pedra que as cercavam. Cerca de uma dúzia de homens trabalhou para rapidamente selar as portas e as janelas. Mas tinham apenas completado cerca de metade dos prédios, e a multidão estava próxima. Mais adiante na rua, uma criança pequena chorava enquanto a mãe batia desesperadamente em uma porta trancada.

Algo se tornou severo no rosto de Dara. Antes que Nahri pudesse fazer alguma coisa, ele tomou a foice do soldado geziri e o empurrou no chão.

— Cachorro inútil. — Dara deu um empurrão leve nas portas e quando elas não cederam ele suspirou, parecendo mais irritado do que preocupado. Então Dara se virou para a multidão.

Nahri entrou em pânico.

— Dara, não acho...

Ele a ignorou e atravessou a praça na direção da multidão, girando a foice nas mãos como se para testar o peso da arma. Com o restante dos daevas atrás do portão, ele estava sozinho – um único homem enfrentando centenas. A visão deve ter parecido engraçada para a multidão; Nahri viu alguns rostos confusos e ouviu gargalhadas.

O homem shafit saltou da fonte com um sorriso.

— Será possível... há pelo menos um adorador do fogo com alguma coragem?

Dara protegeu os olhos da luz com uma das mãos e apontou a foice para a multidão com a outra.

— Diga àquela turba que volte para casa. Ninguém vai invadir nenhuma casa daeva hoje.

— Temos motivo — insistiu o homem. — Seu povo roubou de volta uma mulher convertida.

— Vão para casa — repetiu Dara. Sem esperar uma resposta, ele se virou de volta para o portão. Ao lado de Nahri, um dos leões alados pareceu estremecer. Ela se espantou, mas quando olhou, a estátua estava imóvel.

— Ou o quê? — O homem shafit avançou na direção de Dara.

Ainda de pé, de costas para a multidão, Dara encarou Nahri ao tirar o turbante que parcialmente cobria seu rosto.

— Para trás, Nahri — disse ele, limpando a lama que escondia a tatuagem. — Deixe que eu cuido disso.

— *Cuida* disso? — Nahri manteve a voz baixa, mas ansiedade se acumulou dentro dela. — Não ouviu o guarda? Há soldados vindo!

Ele sacudiu a cabeça.

— Não estão aqui agora, e já vi o bastante de daevas mortos em minha vida. — Dara se voltou para a multidão.

Nahri ouviu alguns arquejos de incredulidade dos homens mais próximos deles, então sussurros começaram a percorrer a multidão.

O homem shafit caiu na gargalhada.

— Ah, sua pobre alma, o que em nome de Deus fez com seu rosto? Acha que é um Afshin?

Um homem corpulento usando um avental de ferreiro e com duas vezes o tamanho de Dara avançou.

— Ele tem olhos de escravo — disse o homem, com desprezo. — É obviamente insano, quem além de um louco desejaria ser um daqueles demônios? — Ele ergueu um martelo de ferro. — Saia da frente, tolo, ou será atingido primeiro. Escravo ou não, ainda é apenas um homem.

— Eu *sou* apenas um homem, não sou? Que bondade a sua compartilhar sua preocupação, talvez devêssemos sopesar as chances. — Dara gesticulou com as mãos na direção do portão.

O primeiro pensamento de Nahri foi que o daeva a indicara – o que, embora lisonjeiro, era uma estimativa profundamente falha das habilidades dela. Mas então o leão de bronze ao lado de Nahri estremeceu.

Ela recuou quando o leão se espreguiçou, o metal rangeu quando a estátua arqueou as costas como um gato doméstico. Aquele do outro lado do portão agitou as asas, abriu a boca e rugiu.

Nahri não achou que som algum poderia se comparar ao uivo aterrorizante da serpente fluvial dos marids, mas aquele chegava perto. O primeiro leão gritou de volta para o colega tão alto quanto, um grunhido terrível, misturado com o chacoalhar de rochas que a estremeceram até o fundo. A estátua arrotou uma nuvem incandescente de fumaça, como se tossisse uma bola de pelo, e então caminhou na direção de Dara com uma graciosidade esguia completamente destoante da forma metálica que tinha.

A julgar pelos gritos da multidão, Nahri suspeitou que leões alados animados que cuspiam chamas não eram uma ocorrência habitual no mundo djinn. Cerca de metade deles correu para as saídas, mas o restante empunhou as armas, parecendo mais determinado do que nunca.

Mas não o homem shafit – ele parecia completamente espantado. E deu a Dara um olhar inquisidor.

— E-eu não entendo — gaguejou o homem quando o chão começou a tremer. — Está trabalhando com...

O ferreiro shafit não se deteve da mesma forma. Ele ergueu um martelo de ferro e avançou às pressas.

Dara mal erguera a foice quando uma flecha atingiu o peito do ferreiro, seguida rapidamente por outra que atravessou a garganta dele. Dara olhou para trás surpreso quando trompetes encheram o ar em torno deles.

Uma imensa besta surgiu do portão que dava para o bazar. Com duas vezes o tamanho de um cavalo e pernas cinza tão espessas quanto troncos de árvores, a criatura abanava um par de orelhas parecidas com leques e erguia a longa tromba para soltar outro urro irritadiço. Um elefante, percebeu Nahri. Ela vira um certa vez, em uma casa particular que roubara.

O montador do elefante se abaixou sob o portão com um longo arco de prata nas mãos. Ele observou friamente o caos na praça. O arqueiro parecia ter a idade de Nahri — não que isso significasse alguma coisa entre os djinns; Dara podia se passar por um homem de trinta anos, e era mais velho do que a civilização dela. O montador também parecia ser daeva; os olhos e os cabelos ondulados dele eram tão pretos quanto os dela, mas usava o mesmo uniforme que os soldados geziri.

O homem montava o elefante com facilidade, com as pernas apoiadas em uma sela de tecido, o corpo oscilando com os movimentos do animal. Ela o viu se espantar diante das estátuas animadas e erguer o arco novamente antes de hesitar, provavelmente percebendo que flechas não eram páreas para as bestas de bronze.

Mais soldados avançaram dos outros portões, empurrando para trás a multidão que fugia e se dispersava para evitar que algum homem escapasse. Uma espada acobreada brilhou, e alguém gritou.

Um trio de soldados geziri avançou sobre Dara. O mais próximo sacou a arma e um dos leões se curvou, grunhindo ao açoitar o ar com sua cauda de metal.

— Pare! — Era o arqueiro. Ele rapidamente desceu do elefante, aterrissando graciosamente no chão. — É um escravo, seus tolos. Deixem-no em paz. — O arqueiro entregou o arco a outro homem, então ergueu as mãos ao se aproximar deles. — Por favor — disse ele, trocando para o divasti. — Não quero lhe fazer...

O olhar do homem se fixou na marca da têmpora de Dara. Ele soltou um breve ruído de surpresa.

Dara não pareceu igualmente impressionado. Os olhos brilhantes dele avaliaram o arqueiro desde o turbante cinza até os chinelos de couro, então fez uma careta como se tivesse virado uma jarra inteira de vinho azedo.

— Quem é você?

— Eu... meu nome é Jamshid. — A voz do arqueiro saiu como um sussurro incrédulo. — Jamshid e-Pramukh. Capitão — acrescentou o homem, gaguejando. O olhar dele desviou entre o rosto de Dara e os leões agitados. — Você é... Quero dizer... não é... — Ele sacudiu a cabeça, interrompendo-se subitamente. — Acho que devo levá-lo para conhecer meu rei. — O arqueiro olhou para Nahri pela primeira vez. — Sua... ah... companheira — decidiu ele — pode vir também se você desejar.

Dara girou a foice.

— E se eu desejar...

Nahri pisou com força no pé dele antes que o daeva pudesse dizer algo estúpido. O restante dos soldados estava ocupado dividindo a multidão, separando os homens das mulheres e crianças, embora Nahri tivesse visto alguns meninos terrivelmente jovens empurrados contra a mesma parede que os homens. Vários choravam e alguns rezavam, caídos em prostração tão familiar que ela precisou desviar o olhar daquela visão. Não tinha certeza do que se passava por justiça em Daevabad, nem de como o rei punia pessoas que o insultavam e ameaçavam outra tribo, mas pelas expressões condenadas nos olhos dos homens conforme eram reunidos, ela podia dar vários palpites.

E não queria se juntar a eles. Nahri deu um gracioso sorriso a Jamshid pelo véu.

— Obrigada pelo convite, capitão Pramukh. Ficaríamos honrados em conhecer seu rei.

— O tecido é espesso demais — reclamou Nahri. Ela se recostou, soltando a cortina com um suspiro frustrado. — Não consigo ver nada. — Conforme Nahri falava, o palanquim que fora levado para eles avançou para a frente e para trás, acomodando-se em um ângulo esquisito que quase a jogou no colo de Dara.

— Estamos subindo a colina que dá para o palácio — disse Dara, com a voz baixa. Ele girou a adaga nas mãos e encarou a lâmina de ferro, com os olhos brilhando.

— Quer guardar essa coisa? Há dezenas de soldados armados ao redor, o que vai fazer com isso?

— Estou sendo entregue a meu inimigo em uma caixa floral — respondeu Dara, e empurrou as cortinas baratas com a adaga. — É melhor estar armado.

— Não disse que lidar com os djinns era preferível a ser afogado por demônios fluviais?

Ele lançou um olhar sombrio para Nahri e continuou a girar a faca.

— Ver um homem daeva vestido como eles... servindo aquele usurpador...

— Ele não é um *usurpador*, Dara. E Jamshid salvou sua vida.

— Ele não me *salvou* — respondeu Dara, parecendo ofendido diante da sugestão. — Ele evitou que eu silenciasse aquele homem horrível de modo permanente.

Nahri soltou um ruído exasperado.

— E assassinar um dos súditos do rei em nosso primeiro dia em Daevabad nos ajudaria de que jeito? — perguntou ela.

— Estamos aqui para fazer as pazes com essa gente, e encontrar refúgio dos ifrits, lembra-se?

Dara revirou os olhos.

— Tudo bem — ele suspirou, brincando com a adaga de novo. — Mas, sinceramente, não tive a intenção de fazer aquilo com os shedus.

— Os o quê?

— Os shedus... os leões alados. Queria que eles simplesmente bloqueassem o portão, mas... — Dara franziu a testa, parecendo perturbado. — Nahri, eu me senti... *estranho* desde que entramos na cidade. Quase como... — A carruagem parou subitamente, e Dara fechou a boca. As cortinas foram escancaradas para revelar um Jamshid e-Pramukh ainda parecendo nervoso.

Nahri se abaixou para descer da liteira, espantada com a visão diante de si.

— Esse é o palácio?

Só podia ser; ela mal conseguia imaginar que outro prédio poderia ser tão enorme. Acomodado pesadamente sobre uma colina rochosa acima da cidade, o palácio de Daevabad era um imenso edifício de mármore, tão grande que bloqueava parte do céu. Não era particularmente belo, o prédio principal era um zigurate simples de seis andares que se estendia para o céu. Mas ela conseguia ver a silhueta de dois delicados minaretes e um domo dourado reluzente acomodados atrás do muro de mármore, indicando mais grandeza além.

Um par de portas douradas estava disposto na muralha do palácio, iluminado por tochas incandescentes. Não... não tochas, mais dois dos leões alados – shedus, como Dara os chamara – com as bocas de bronze cheias de fogo. As asas estavam rigorosamente acomodadas sobre os ombros dos animais, e Nahri subitamente os reconheceu. A asa tatuada na bochecha de Dara, cruzada pela flecha. O símbolo de Afshin dele, a marca de serviço à, um dia, família real Nahid.

Minha família. Nahri estremeceu, embora a brisa fosse suave.

Quando passaram pelas tochas, Dara subitamente se inclinou para perto para sussurrar ao ouvido dela.

— Nahri, talvez seja melhor se você for... vaga com relação a sua história.

— Quer dizer que eu não deveria contar a meu inimigo ancestral que sou mentirosa e ladra?

Dara inclinou a cabeça contra a dela, mantendo o olhar adiante. O cheiro de fumaça dele a envolveu, o estômago de Nahri estremeceu involuntariamente.

— Diga que a família da menina Baseema a encontrou no rio quando criança — sugeriu ele. — Que a mantiveram como criada. Diga que tentou manter as habilidades escondidas, e que estava apenas brincando e cantando com Baseema quando me chamou por acidente.

Ela olhou expressivamente para Dara.

— E o restante?

Uma das mãos do daeva encontrou a de Nahri e deu um leve apertão.

— A verdade — disse ele, baixinho. — Tanto quanto possível. Não sei o que mais dizer.

O coração de Nahri acelerou quando entraram em um amplo jardim. Caminhos de mármore se estendiam pelo gramado ensolarado, sombreado por árvores bem podadas. Uma brisa fria trouxe o cheiro de rosas e flores de laranjeira. Fontes delicadas gorgolejavam por perto, cobertas de folhas e pétalas de flores. O canto doce de aves canoras preenchia o ar, junto com a melodia de uma flauta distante.

Quando se aproximaram, Nahri conseguiu ver que o primeiro andar do imenso zigurate era aberto de um dos lados, com quatro fileiras de colunas espessas que sustentavam o teto. Havia fontes cheias de flores dispostas no chão, e o piso de mármore era quase macio, talvez desgastado por milênios de pés. Era de um verde com veios brancos que se assemelhava a grama, trazendo o jardim para dentro.

Embora o espaço parecesse grande o bastante para milhares, Nahri adivinhou que havia menos de duzentos homens ali no momento, reunidos em torno de uma plataforma íngreme feita do mesmo mármore que o chão. Ela começou a subir perto do meio da sala com o nível mais alto encontrando a parede oposta ao jardim.

O olhar de Nahri foi imediatamente atraído para a figura diante dela. O rei djinn estava acomodado em um trono brilhante adornado com joias deslumbrantes e um entalhe complexo, com poder irradiando da pele marrom-bronzeada. A túnica ébano do rei fumegava e rodopiava aos pés dele, e um turbante de lindas cores de seda retorcida azul, roxa e dourada coroava sua cabeça. Mas pela forma como todos na sala abaixaram as cabeças em deferência, ele não precisava de roupas requintadas ou trono para indicar quem governava ali.

O rei parecia ter sido belo um dia, mas a barba grisalha e a pança sob a túnica preta demonstravam alguma idade. No entanto, o rosto dele ainda estava afiado como o de um gavião, com os olhos alertas e da cor de aço brilhante.

Intimidador. Nahri engoliu em seco e virou o rosto para estudar o restante. Além de uma comitiva de guardas, havia outros três homens nos níveis superiores da plataforma de mármore. O primeiro era mais velho, com os ombros curvados. Ele parecia daeva; com uma linha escura de carvão marcando a testa marrom-dourada.

Mais dois djinns estavam na plataforma seguinte. Um estava sentado em uma almofada fofa e se vestia de forma semelhante ao rei, com os cabelos pretos cacheados penteados com mousse e as bochechas levemente coradas. Ele esfregou a barba, passando os dedos distraidamente por uma taça de bronze. Era belo, com um ar de tranquilidade que Nahri reparou ser comum nos ricos e preguiçosos, e tinha forte semelhança com o rei. Filho dele, ela supôs; o olhar de Nahri se deteve em um pesado anel de safira no mindinho do homem. Um príncipe.

Um homem mais jovem estava diretamente atrás do príncipe, vestido de forma semelhante à dos soldados, embora o turbante fosse de um carmesim escuro em vez de cinza. Ele era alto, com uma barba desarrumada e uma expressão severa no rosto fino. Embora tivesse a mesma pele reluzente e as orelhas pontiagudas dos puros-sangues, Nahri teve dificuldade em identificar a tribo dele. Tinha a pele quase tão escura quanto a dos comerciantes de sal ayaanle, mas os olhos tinham o cinza de aço dos geziris.

Ninguém pareceu reparar neles. A atenção do rei estava concentrada em uma dupla de homens discutindo abaixo. Ele suspirou e estalou os dedos; um criado descalço recebeu a mão estendida do rei com uma taça de vinho.

—... é um monopólio. Sei que mais de uma família tukharistani tece fios de jade. Não deveriam ter permissão de se unir sempre que vendem para um mercador agnivanshi. — Um homem bem vestido e com longos cabelos pretos cruzou os braços. Uma fileira de pérolas descia pelo pescoço dele e mais duas envolviam seu pulso direito. Um pesado anel de ouro brilhava em uma das mãos do homem.

— E como sabe disso? — acusou o outro homem. Ele era mais alto e parecia um pouco com os acadêmicos chineses que Nahri vira no Cairo. Ela passou por Dara, curiosa para olhar melhor os homens. — Admita: está enviando espiões para Tukharistan!

O rei ergueu a mão, interrompendo-os.

— Não *acabei* de lidar com vocês dois? Pelo Mais Alto, por que ainda estão fazendo negócios um com o outro? Certamente há outros... — O rei parou de falar.

A taça caiu da mão dele quando ele ficou de pé, quebrando-se no piso de mármore e jatos de vinho manchando sua túnica. O salão se calou, mas ele não pareceu notar.

Os olhos dele tinham se fixado nos dela. Então, uma única palavra saiu da boca dele como uma oração sussurrada.

— *Manizheh?*

NAHRI

Cada cabeça no imenso salão de audiências se virou para encará-la. Nos tons metálicos dos djinns – aço escuro e cobre, ouro e alumínio – ele viu uma mistura de confusão e interesse, como se Nahri fosse o alvo de uma piada que ainda seria revelada para ela. Algumas gargalhadas abafadas se elevaram entre a multidão. O rei deu passo para longe do trono, e o ruído parou subitamente.

— Você está viva — ele sussurrou. A câmara ficou agora tão imóvel que ela conseguia ouvi-lo respirar fundo. Os poucos cortesãos restantes entre Nahri e o trono recuaram rapidamente.

O homem que ela presumiu ser um príncipe olhou assombrado para o rei e então de volta para Nahri, semicerrando os olhos para estudá-la como se fosse algum tipo estranho de inseto.

— Essa menina não é Manizheh, abba. Ela parece tão humana que não deveria sequer ter passado pelo véu.

— *Humana?* — O rei passou para a plataforma mais baixa, e, quando se aproximou, um raio de sol das janelas com tela iluminou seu rosto. Como Dara, ele estava marcado em uma têmpora com uma tatuagem preta; no caso do rei, uma estrela de oito pontas. A beirada da tatuagem tinha um brilho esfumaçado que pareceu piscar para Nahri.

Algo no rosto dele se desfez.

— Não... ela não é Manizheh. — O rei encarou Nahri por mais um momento e franziu a testa. — Mas por que você pensaria que ela é humana? A aparência dela é de uma puro-sangue daeva.

É? Nahri obviamente não era a única confusa com a convicção do rei. Os sussurros recomeçaram e o jovem soldado com o turbante carmesim atravessou a plataforma para se juntar ao rei.

Ele apoiou a mão no ombro do rei, visivelmente preocupado.

— Abba... — O restante das palavras se seguiu em um sibilo de geziriyya incompreensível, pegando Nahri de surpresa. Abba? Será que o soldado era outro filho?

— Eu vejo as orelhas dela! — disparou o rei de volta em um djinnistani irritado. — Como pode sequer pensar que ela é shafit?

Nahri hesitou, sem saber como proceder. Será que era permitido simplesmente começar a falar com o rei? Talvez precisasse se curvar ou...

O rei subitamente fez um ruído impaciente. Ele levantou a mão e a insígnia na têmpora se acendeu.

Foi como se alguém tivesse sugado o ar da sala. As tochas na parede se apagaram, as fontes encerraram seu gorgolejar suave, e as bandeiras pretas penduradas atrás do rei pararam de ondular. Uma onda de fraqueza e náusea passou por Nahri, e dor irradiou nas diversas partes do corpo que ferira no último dia.

Ao lado dela, Dara soltou um grito abafado. Ele caiu de joelhos, cinzas brotaram de sua pele.

Nahri se abaixou ao lado dele.

— Dara! — Ela apoiou a mão no braço trêmulo do daeva, mas ele não respondeu. A pele de Dara estava quase tão fria e pálida quanto estivera depois do ataque do rukh. Ela se virou para o rei. — Pare! Está machucando ele!

Os homens na plataforma pareceram tão chocados quanto o rei ficou assim que Nahri chegou. O príncipe arquejou e o daeva mais velho deu um passo adiante, levando uma das mãos até a boca.

— Que o Criador seja louvado — disse ele, em divasti. O homem encarou Nahri com olhos pretos arregalados, uma mistura de algo como medo, esperança e êxtase percorrendo o rosto dele ao mesmo tempo. — Você... você é...

— Não uma shafit — interrompeu o rei. — Como falei. — Ele abaixou a mão e as tochas se acenderam de novo. Ao lado de Nahri, Dara estremeceu.

O rei Qahtani não havia tirado os olhos dela uma só vez.

— Um encantamento — concluiu ele, por fim. — Um encantamento que faz você parecer humana. Jamais ouvi falar de tal coisa. — Os olhos dele estavam brilhantes com espanto. — Quem é você?

Nahri ajudou Dara a se levantar. O Afshin ainda estava pálido e parecia ter problemas para recuperar o fôlego.

— Meu nome é Nahri — disse ela, esforçando-se sob o peso do daeva. — Essa Manizheh que você mencionou, eu... eu acho que sou filha dela.

O rei subitamente recuou.

— Como é?

— Ela é uma Nahid. — Dara não tinha se recuperado completamente, e a voz dele saiu como um grunhido grave que fez alguns cortesãos fugirem para longe.

— Uma Nahid? — repetiu o príncipe sentado por cima dos ruídos crescentes da multidão chocada. A voz dele estava cheia de incredulidade. — Você é louco?

O rei ergueu a mão para dispensar a sala.

— Fora, todos vocês.

Ele não precisou dar a ordem duas vezes – Nahri não percebeu que tantos homens podiam se mover tão rápido. Ela observou com um medo silencioso conforme os cortesãos foram substituídos por mais soldados. Uma fileira de guardas – armados com aquelas mesmas estranhas espadas de cobre – se formou atrás de Dara e Nahri, bloqueando a fuga deles.

O olhar de aço do rei finalmente deixou o rosto dela para recair sobre Dara.

— Se ela é a filha de Banu Manizheh, quem exatamente seria você?

Dara bateu na marca do rosto dele.

— O Afshin dela.

O rei ergueu as sobrancelhas escuras dele.

— Esta vai ser uma história interessante.

— Nada disso faz sentido algum — declarou o príncipe quando Dara e Nahri finalmente se calaram. — Conspirações de ifrits, assassinos rukh, o Gozan se erguendo das margens para uivar para a lua? Um conto cativante, certamente... talvez lhe garanta entrada na associação de atores.

O rei deu de ombros.

— Ah, não sei. Os melhores contos sempre têm ao menos uma semente de verdade.

Dara fervilhou de irritação.

— Não deveria ter as próprias testemunhas dos eventos no Gozan? Certamente tem batedores por lá. Caso contrário, um exército poderia se reunir à sua porta sem que você se desse conta.

— Considerarei esse conselho profissional — respondeu o rei, com o tom de voz leve. Tinha permanecido impassível conforme os dois falavam. — É uma história incrível, no entanto. Não há como negar que a menina está sob algum tipo de maldição, para que pareça obviamente puro-sangue para mim enquanto aparenta ser shafit para o restante de vocês. — Ele a estudou de novo. — E ela se parece com Banu Manizheh — admitiu ele, com um toque de emoção invadindo sua voz. — Espantosamente.

— E o que tem isso? — replicou o príncipe. — Abba, não pode realmente acreditar que Manizheh teve uma filha secreta? *Manizheh?* A mulher costumava dar pústulas pestilentas aos homens que olhavam para o rosto dela por muito tempo!

Nahri não teria se incomodado com tal habilidade no momento. Passara o último dia sendo atacada por várias criaturas e tinha pouca paciência para as dúvidas dos Qahtani.

— Quer prova de que sou uma Nahid? — indagou ela. Nahri apontou para a adaga curva embainhada na cintura do príncipe. — Jogue isso para cá e curarei diante de seus olhos.

Dara se colocou na frente dela, e o ar fumegou.

— Isso seria extremamente tolo.

O jovem soldado, ou príncipe, ou quem quer que fosse – aquele com a barba bagunçada e a expressão hostil – imediatamente se aproximou do príncipe. Ele abaixou a mão até o cabo da espada de cobre.

— Alizayd — avisou o rei. — Basta. E acalme-se, Afshin. Acredite ou não, a hospitalidade geziri não envolve apunhalar nossos convidados. Pelo menos não antes de sermos adequadamente apresentados. — Ele deu a Nahri um sorriso sardônico e tocou o próprio peito. — Sou o rei Ghassan al Qahtani, como tenho certeza de que sabe. Estes são meus filhos, Emir Muntadhir e príncipe Alizayd. — O rei apontou para o príncipe sentado e o jovem espadachim emburrado antes de indicar o outro homem daeva. — E este é meu grão-vizir, Kaveh e-Pramukh. Foi o filho dele, Jamshid, que escoltou vocês até o palácio.

A familiaridade dos nomes árabes deles tomou Nahri de surpresa, assim como o fato de que dois homens daeva serviam a família real em posições tão proeminentes. *Bons sinais, suponho.*

— Que a paz esteja com você — falou Nahri, cautelosamente.

— E sobre você também. — Ghassan espalmou as mãos. — Perdoe nossas dúvidas, minha senhora. É que meu filho Muntadhir fala a verdade. Banu Manizheh está morta há vinte anos.

Nahri franziu a testa. Ela não costumava compartilhar informações facilmente, mas queria respostas mais do que qualquer outra coisa.

— Os ifrits disseram que estavam trabalhando com ela.

— Trabalhando com ela? — Pela primeira vez, Nahri viu uma pontada de ódio na expressão de Ghassan. — Foram os ifrits que a mataram. Algo que eles aparentemente fizeram com bastante alegria.

A pele de Nahri se arrepiou.

— Como assim?

Foi o grão-vizir quem falou agora.

— Banu Manizheh e o irmão dela, Rustam, foram emboscados pelos ifrits a caminho de minha propriedade em Zariaspa. Eu... Eu estava entre aqueles que encontraram o que restava da companhia de viagem deles. — O homem pigarreou. — A maioria dos corpos era impossível de identificar, mas os Nahid... — Ele parou de falar, parecendo à beira de lágrimas.

— Os ifrits colocaram as cabeças deles em estacas — concluiu Ghassan, sombriamente. — E encheram as bocas deles com as relíquias de todos os djinns que tinham escravizado na companhia de viagem deles, como um deboche adicional. — Fumaça rodopiou em torno do colarinho dele. — Trabalhando com ela, de fato.

Nahri se encolheu. Não viu indício de mentira dos homens na plataforma, não nesse ponto, ao menos. O grão-vizir parecia doente, e luto e ódio mal contidos rodopiavam nos olhos cinza do rei.

E cheguei tão perto de cair nas mãos dos demônios que fizeram aquilo. Nahri ficou abalada, verdadeiramente abalada. Ela se considerava habilidosa em detectar mentiras, mas os ifrits quase a convenceram. Ela supôs que Dara estivesse certo a respeito de serem mentirosos talentosos.

Dara, é claro, não se incomodou em esconder o próprio ódio diante do fim apavorante dos irmãos Nahid. Um calor enraivecido irradiou da pele dele.

— Por que Banu Manizheh e o irmão dela sequer tiveram permissão de sair dos muros da cidade? Não viram o perigo ao permitir que os dois últimos Nahid *no mundo* saíssem passeando pela Daevastana exterior?

Os olhos de Emir Muntadhir brilharam.

— Eles não eram nossos prisioneiros — disse o príncipe, irritado. — E não se ouvia falar dos ifrits em mais de um século. Nós mal...

— Não... ele está certo em me questionar. — A voz de Ghassan, baixa e arrasada, silenciou o filho mais velho. — Deus sabe que já o fiz eu mesmo, todos os dias desde que morreram. — O rei se recostou contra o trono, parecendo mais velho de repente. — Deveria ter sido apenas Rustam. Havia uma grande praga em Zariaspa, afetando as ervas de cura deles, e ele era o mais habilidoso em botânica. Mas Manizheh insistiu em acompanhar o irmão. Era muito querida por mim, e muito, muito teimosa. Uma triste combinação, admito. — Ele sacudiu a cabeça. — Na época, ela foi tão insistente que eu... ah.

Nahri semicerrou os olhos.

— O quê?

Ghassan a encarou, a expressão dele fervilhou com uma emoção que Nahri não conseguiu decifrar direito. O rei a estudou por um longo momento, então finalmente perguntou:

— Quantos anos você tem, Banu Nahri?

— Não tenho certeza. Acho que uns vinte.

Ele contraiu a boca em uma linha fina.

— Uma coincidência interessante. — Ele não pareceu satisfeito.

O grão-vizir corou, manchas vermelhas furiosas brotaram nas bochechas dele.

— Meu rei, certamente não está sugerindo que Banu Manizheh... uma das abençoadas de Suleiman e uma mulher de moral impecável...

— Teve um motivo súbito há vinte anos para fugir de Daevabad para uma propriedade distante na montanha onde estaria cercada por companheiros daeva discretos e totalmente leais? — Ele arqueou uma sobrancelha. — Coisas mais estranhas já aconteceram.

O significado da conversa deles ficou subitamente claro. Um lampejo de esperança – esperança estúpida e ingênua – subiu no peito de Nahri antes que ela pudesse esmagá-lo.

— Então... meu pai... ele ainda está vivo? Ele vive em Daevabad? — Ela não conseguiu esconder o desespero na voz.

— Manizheh se recusou a se casar — disse Ghassan, simplesmente. — E ela não tinha... ligações. Nenhuma da qual eu estivesse ciente, pelo menos.

Foi uma resposta curta que não deixou espaço para mais discussão. Mas Nahri franziu a testa, tentando juntar as peças.

— Mas isso não faz sentido. Os ifrits sabiam sobre mim. Se ela fugiu antes que alguém descobrisse sobre a gravidez, se foi assassinada na viagem, então...

Eu não deveria estar viva. Nahri deixou a última parte não dita, mas Ghassan pareceu igualmente confuso.

— Não sei — admitiu ele. — Talvez tenha nascido enquanto ainda estavam viajando, mas não consigo imaginar como sobreviveu, muito menos como acabou em uma cidade humana do outro lado do mundo. — Ele ergueu as mãos. — Talvez jamais tenhamos tais respostas. Apenas rezo para que os momentos finais de sua mãe tenham sido amenizados pelo conhecimento de que a filha vivia.

— Alguém a deve ter salvado — observou Dara.

O rei ergueu as mãos.

— Seu palpite é tão bom quanto o meu. A maldição que afeta a aparência dela é forte... talvez não tenha sido lançada por um djinn.

Dara olhou para Nahri com algo ligeiramente indecifrável nos olhos brilhantes antes de se voltar para o rei de novo.

— Ela realmente não parece shafit para você? — Nahri conseguia ouvir um indício de alívio na voz do daeva. E aquilo doeu, não tinha como negar. Obviamente, apesar de toda a crescente "proximidade" entre os dois, pureza do sangue ainda era importante para ele.

Ghassan sacudiu a cabeça.

— Ela parece tão daeva quanto você. E se é realmente a filha de Banu Manizheh... — Ghassan hesitou, e algo lampejou no rosto dele; foi substituído pela máscara calma em um segundo, mas Nahri era boa em ler as pessoas, e reparou.

Era medo.

Dara persistiu.

— Se ela for... então o quê?

Kaveh respondeu primeiro, com os olhos pretos encontrando os dela. Nahri suspeitou que o grão-vizir, um companheiro daeva, não quisesse que o rei amenizasse a resposta.

— Banu Manizheh foi a mais talentosa curandeira nascida entre os Nahid no último milênio. Se você é filha dela... — A voz dele ficou reverente, e um pouco desafiadora. — O Criador sorriu para nós.

O rei disparou para o outro homem um olhar de irritação.

— Meu grão-vizir é facilmente agitado, mas sim, sua chegada a Daevabad pode se provar ser uma grande benção. — Os olhos dele se voltaram para Dara. — A sua, por outro lado... você disse que era um Afshin, mas ainda não ofereceu seu nome.

— Devo ter me esquecido — respondeu Dara, com a voz fria.

— Por que não nos diz agora?

Dara ergueu levemente o queixo e falou.

— Darayavahoush e-Afshin.

Ele podia muito bem ter sacado uma arma. Os olhos de Muntadhir se arregalaram, e Kaveh empalideceu. O príncipe mais jovem levou a mão à espada de novo, aproximando-se da família.

Mesmo o implacável rei pareceu tenso agora.

— Só para esclarecer: você é o Darayavahoush que liderou a rebelião daeva contra Zaydi al Qahtani?

O *quê*? Nahri se virou para Dara, mas ele não estava olhando para ela. A atenção do daeva estava fixa em Ghassan al Qahtani. Um breve sorriso – o mesmo sorriso perigoso que ele lançara para o shafit na praça – brincou nos lábios de Dara.

— Ah... então seu povo se lembra disso?

— Muito bem — disse Ghassan, friamente. — Nossa história tem muito a dizer a seu respeito, Darayavahoush e-Afshin. Ele cruzou os braços sobre a túnica preta. — Embora eu pudesse ter jurado que um de meus ancestrais o tivesse decapitado em Isbanir.

Era um truque, Nahri sabia, uma alfinetada na honra de Dara destinada a arrancar uma resposta melhor do Afshin.

Dara, é claro, caiu direto na armadilha.

— Seu ancestral não fez tal coisa — respondeu ele, em tom ácido. — Jamais cheguei a Isbanir, você não estaria sentado nesse trono se eu tivesse. — Ele ergueu a mão, e a esmeralda brilhou. — Fui capturado pelos ifrits enquanto enfrentava as forças de Zaydi no Dasht-e Loot. Certamente consegue decifrar o resto.

— Isso não explica como está de pé diante de nós agora — disse Ghassan, diretamente. — Teria precisado que um Nahid quebrasse a maldição de escravidão dos ifrits, não?

Embora a cabeça de Nahri estivesse zonza com novas informações, ela reparou que Dara hesitou antes de responder.

— Não sei — confessou ele, por fim. — Pensei o mesmo... mas foi o peri, Khayzur, aquele que nos salvou no rio, quem me libertou. Ele disse que encontrou meu anel no corpo de um viajante humano nas terras dele. O povo de Khayzur não costuma intervir em nossos assuntos, mas... — Nahri ouviu o nó na garganta de Dara. — Ele teve pena de mim.

Algo se apertou no coração de Nahri. Khayzur o libertara da escravidão *e* salvara as vidas deles no Gozan? A súbita imagem do peri sozinho e sentindo dor, aguardando a morte infligida pelos companheiros dele no céu, percorreu a mente dela.

Mas Ghassan certamente não parecia preocupado com o destino de um peri que jamais conhecera.

— Quando foi isso?

— Há cerca de uma década — respondeu Dara, com facilidade.

Ghassan pareceu chocado.

— Uma década? Certamente não está me dizendo que passou os últimos quatorze séculos como um escravo ifrit?

— É exatamente o que estou dizendo.

O rei uniu os dedos, olhando para baixo do longo nariz.

— Perdoe-me por falar abertamente, mas conheci guerreiros experientes levados à loucura balbuciante por menos de três séculos de escravidão. O que você está sugerindo... nenhum homem poderia sobreviver a isso.

O quê? As palavras sombrias de Ghassan dispararam gelo pelas veias de Nahri. A vida de Dara como escravo era a única coisa sobre a qual ela não insistira; ele não queria falar a respeito, e Nahri não queria pensar nas memórias sangrentas que fora forçada a reviver junto dele.

— Eu não disse que sobrevivi — corrigiu Dara, com a voz brusca. — Lembro-me de quase nada de meu tempo como escravo. É difícil ser levado à loucura por memórias que não se tem.

— Conveniente — murmurou Muntadhir.

— Bastante — Dara disparou de volta. — Pois certamente um... o que você disse, um louco balbuciante? Teria pouca paciência para tudo isto.

— E sua vida antes de ser um escravo?

Nahri se espantou com o som de uma nova voz. O príncipe mais jovem, percebeu ela; Alizayd, aquele que ela confundira com um guarda.

— Lembra-se da guerra, Afshin? — perguntou ele, com uma das vozes mais frias que Nahri já ouvira. — As aldeias em Manzadar e em Bayt Qadr? — Alizayd encarou Dara com uma hostilidade escancarada, com um ódio que se comparava a como o próprio Dara olhava para os ifrits. — Lembra-se de Qui-zi?

Ao lado de Nahri, Dara ficou tenso.

— Lembro do que sua família fez com a *minha* cidade quando ele a tomou.

— E deixaremos por isso mesmo — interrompeu Ghassan, dando um olhar de aviso ao filho mais novo. — A guerra acabou, e nossos povos estão em paz. Algo que deve saber, Afshin, para ter trazido voluntariamente uma Nahid até aqui.

— Presumi que fosse o lugar mais seguro para ela — respondeu Dara, friamente. — Até eu chegar e encontrar uma multidão armada de shafits se preparando para saquear o Quarteirão Daeva.

— Uma questão interna — assegurou Ghassan. — Acredite em mim, seu povo jamais esteve em perigo algum. Aqueles presos hoje serão jogados no lago até o fim da semana.

Dara deu um riso de escárnio, mas o rei permaneceu impassível. De forma impressionante – Nahri percebeu que era preciso muito para abalar Ghassan al Qahtani. Ela não tinha certeza se deveria se sentir satisfeita ou não com tal coisa, mas decidiu corresponder à franqueza dele.

— O que quer?

Ghassan sorriu – um sorriso verdadeiro.

— Lealdade. Submetam-se a mim e jurem preservar a paz entre nossas tribos.

— E em troca? — perguntou Nahri, antes que Dara pudesse falar.

— Declararei você a filha puro-sangue de Banu Manizheh. Com ou sem aparência shafit, ninguém em Daevabad ousará questionar sua origem depois que eu falar sobre tal coisa. Terá um lar no palácio, qualquer desejo material concedido, e ocupará seu lugar de direito como Banu Nahida. — O rei inclinou a cabeça na direção de Dara. — Perdoarei seu Afshin formalmente e concederei a ele uma pensão e posição condizentes com a patente dele. Pode até mesmo continuar a servir você, se quiser.

Nahri controlou a surpresa. Ela não podia imaginar uma oferta melhor. O que, é claro, a fez desconfiar. Ele estava essencialmente pedindo por nada, em troca de dar a ela tudo que Nahri poderia imaginar que queria.

Dara abaixou a voz.

— É um truque — avisou ele, em divasti. — Assim que se ajoelhar para essa mosca da areia, ele vai pedir algum...

— A mosca da areia fala divasti perfeitamente — interrompeu Ghassan. — E não requer que ninguém se ajoelhe. Sou geziri. Meu povo não compartilha do amor da sua tribo por cerimônias inflamadas. Por mim, sua palavra é suficiente.

Nahri hesitou. Ela olhou de novo para os soldados atrás deles. A curandeira e Dara estavam completamente suplantados em número pela Guarda Real – sem falar do jovem príncipe que obviamente estava doido por uma briga. Por mais repulsiva que essa ideia fosse para Dara, aquela era a cidade de Ghassan.

E Nahri não tinha sobrevivido tanto tempo sem aprender a reconhecer quando estava vencida.

— Tem minha palavra — disse ela.

— Excelente. Que Deus carregue vocês dois caso a descumpra. — Nahri se encolheu, mas Ghassan apenas sorriu. — E agora que esse desagrado ficou para trás, posso ser honesto? Vocês dois parecem terríveis. Banu Nahida, parece haver sangue de uma jornada inteira apenas em suas roupas.

— Estou bem — insistiu ela. — Não é todo meu.

Kaveh empalideceu, mas o rei gargalhou.

— Acho que vou gostar de você, Banu Nahri. — Ele a observou por mais um momento. — Disse que era do país do Nilo?

— Sim.
— *Tatakallam arabi?*
O árabe do rei era tosco, mas compreensível. Surpresa, Nahri mesmo assim respondeu:
— É claro.
— Achei que sim. É uma de nossas línguas litúrgicas. — Ghassan parou, parecendo pensativo. — Meu Alizayd é um estudante bastante devotado dela. — Ele assentiu para o jovem príncipe emburrado. — Ali, por que não acompanha Banu Nahida até os jardins? — Ele se virou de volta para ela. — Pode relaxar, se lavar, comer algo. O que desejar. Pedirei que minha filha, Zaynab, lhe faça companhia. Seu Afshin pode ficar para trás para discutir nossa estratégia com os ifrits. Suspeito que não seja a última vez que ouvimos falar daqueles demônios.
— Isso não é necessário — protestou ela. Não foi a única. Alizayd apontou na direção de Dara, uma torrente de palavras em geziriyya saiu da boca dele.
O rei sibilou uma resposta e ergueu a mão, e Alizayd se calou, mas Nahri não estava convencida. Não queria ir para lugar algum com o príncipe grosseiro, e certamente não queria sair do lado de Dara.
Dara, no entanto, assentiu relutantemente.
— Você deveria descansar, Nahri. Precisará de sua força nos dias seguintes.
— E você não?
— É estranho, mas estou perfeitamente bem. — Ele apertou a mão de Nahri, lançando uma torrente de calor direto para o coração dela. — Vá — insistiu Dara. — Prometo não ir à guerra sem sua permissão — ele acrescentou, com um sorriso afiado para os Qahtani.
Quando Dara soltou a mão de Nahri, ela viu o olhar cauteloso do rei sobre os dois. Ghassan assentiu para ela e Nahri seguiu o príncipe por um enorme conjunto de portas.

Alizayd estava no meio do largo corredor em arco quando Nahri o alcançou. Ela correu, tentando acompanhar as longas passadas dele enquanto lançava olhares curiosos para o restante do palácio. O que viu era bem cuidado, mas Nahri podia sentir a idade da pedra antiga e das fachadas em ruínas.

Uma dupla de criados fez uma reverência profunda quando passou, mas o príncipe não pareceu notar. Ele manteve a cabeça baixa conforme andavam. Ele obviamente não tinha herdado o acolhimento diplomático do pai, e a forma abertamente hostil como falara com Dara deixara Nahri nervosa.

Ela olhou de esguelha para ele. *Jovem* foi a primeira impressão que teve. Com as mãos unidas às costas e os ombros curvados, Alizayd carregava o corpo esguio como se tivesse brotado até aquela altura alarmante recentemente e ainda estivesse se acostumando com ela. Tinha um rosto longo e elegante, que poderia até mesmo ter sido belo caso não estivesse franzido em uma careta. O queixo do príncipe estava com a barba por fazer, mais para a promessa de uma barba do que qualquer coisa substancial. Ao lado da cimitarra de cobre, uma adaga em gancho estava enfiada no cinto de Alizayd, e Nahri pensou ter visto o brilho de outra pequena faca amarrada no tornozelo do príncipe.

Ele olhou para ela, provavelmente esperando estudá-la de forma semelhante, mas os olhares deles se encontraram e Alizayd rapidamente virou o rosto. Nahri se encolheu quando o silêncio entre os dois ficou ainda mais carregado.

Mas ele era o filho do rei, e ela não se intimidava tão facilmente.

— Então — começou Nahri, em árabe, lembrando-se do que Ghassan dissera a respeito de ele estudar a língua. — Acha que seu pai vai nos matar?

Ela teve a intenção de fazer uma piada de mau gosto para aliviar o clima, mas Alizayd contraiu o rosto com um desgosto escancarado.

— Não.

O fato de que ele respondeu tão facilmente – como se estivesse remoendo a pergunta também – chocou Nahri a ponto de ela perder a casualidade fingida.

— Você parece *desapontado*.

Alizayd deu um olhar sombrio a ela.

— Seu Afshin é um monstro. Ele merece perder a cabeça cem vezes pelos crimes que cometeu. — Nahri se espantou, mas antes que pudesse responder, o príncipe abriu uma porta e a chamou para dentro. — Venha.

O surgimento súbito da luz do fim da tarde ofuscou os olhos dela. A melodia do canto de um pássaro e chamados de macacos interromperam o silêncio, ocasionalmente se elevando até o coaxar de um sapo e o farfalhar dos grilos. O ar estava quente e úmido, tão perfumado com o aroma de rosas, solo rico e madeira molhada que o nariz de Nahri doeu.

Quando os olhos dela se ajustaram à luz, o espanto de Nahri apenas cresceu. O que se estendia diante deles mal podia ser chamado de jardim. Era tão amplo e selvagem quanto os bosques selvagens pelos quais ela e Dara tinham viajado, mais como uma selva determinada a devorar as raízes do jardim. Gavinhas escuras se espalhavam das profundezas como línguas espirais, engolindo os restos em ruínas de fontes e aprisionando árvores frutíferas indefesas. Flores de tons quase violentos – um carmesim que brilhava como sangue, um índigo salpicado como uma noite estrelada – brotavam pelo chão. Um par de tamareiras pontiagudas reluzia sob o sol diante de Nahri, feitas completamente de vidro, percebeu ela, as frutas gordas das árvores eram uma joia dourada.

Algo planou acima e Nahri se abaixou quando um pássaro de quatro asas – cujas penas eram variantes de cores que se veria em um sol poente – passou. Ele sumiu para dentro das árvores com um grunhido grave que poderia ter vindo de um leão com dez vezes seu tamanho, e Nahri se sobressaltou.

— *Este* é seu jardim? — perguntou ela, incrédula. Um caminho de azulejos se estendia diante deles, quebrado por raízes retorcidas e espinhentas e encoberto pelo musgo. Minúsculas esferas de vidro cheias de chamas dançantes flutuavam acima dele, iluminando o caminho sinuoso para dentro do coração escuro do jardim.

Alizayd pareceu insultado.

— Suponho que meu povo não mantenha os jardins tão imaculados quanto seus ancestrais mantinham. Achamos que governar a cidade é uma forma mais apropriada de usar o tempo do que a horticultura.

Nahri estava perdendo a paciência com aquele fedelho real.

— Então a hospitalidade geziri não envolve esfaquear os convidados, mas permite ameaças e insultos? — perguntou ela, com uma meiguice debochada. — Que fascinante.

— Eu... — Alizayd pareceu chocado. — Peço desculpas — murmurou ele, finalmente. — Aquilo foi grosseiro. — O príncipe encarou os pés e indicou o caminho. — Por favor...

Nahri sorriu, sentindo-se vingada, e os dois prosseguiram. O caminho se transformou em uma ponte de pedra suspensa, baixa, sobre um canal reluzente. Ela olhou para baixo conforme passaram. A água era a mais límpida que já vira, gorgolejando sobre rochas lisas e pedrinhas brilhantes.

Em pouco tempo eles chegaram a um prédio baixo de pedra que se erguia das vinhas e das árvores aglomeradas. Era pintado de um azul alegre com colunas da cor de cerejas. Vapor vazava das janelas, e um pequeno jardim de ervas envolvia o exterior. Duas moças estavam ajoelhadas entre os arbustos, catando ervas-daninhas e enchendo uma cesta de palha com delicadas pétalas roxas.

Uma mulher mais velha com rugas na pele e olhos castanhos calorosos saiu do prédio quando eles se aproximaram. Shafit, adivinhou Nahri, ao reparar nas orelhas arredondadas e ao sentir a familiaridade de um coração acelerado. A mulher usava os cabelos grisalhos em um coque simples e estava vestida em algum traje complicado enrolado no torso.

— Que a paz esteja com você, irmã — cumprimentou Alizayd quando a mulher fez uma reverência, em um tom de voz muito mais gentil do que tinha usado com Nahri. — Os convidados de meu pai fizeram uma longa jornada. Você se importa de cuidar dela?

A mulher olhou para Nahri com uma curiosidade descarada.

— Seria uma honra, meu príncipe.

Alizayd a encarou rapidamente.

— Minha irmã se juntará a você em breve, com a vontade de Deus. — Nahri não soube dizer se ele estava brincando quando acrescentou: — Ela é melhor companhia. — Alizayd não deu a ela a chance de responder, dando uma meia-volta abrupta.

Um ifrit seria melhor companhia do que você. Pelo menos Aeshma tinha tentado brevemente ser encantador. Nahri observou enquanto Alizayd rapidamente voltou pelo caminho de que tinham vindo, sentindo-se mais do que um pouco desconfortável, até que a mulher shafit carinhosamente pegou o braço dela e a levou para a casa de banho fumegante.

Em minutos, uma dúzia de meninas cuidava de Nahri; as criadas eram shafits de uma variedade estonteante de etnias, falando djinnistani com indícios de árabe e circassiano, gujarati e suaíli, além de mais línguas que não conseguiu identificar. Algumas ofereceram chá e sorvete, enquanto outras cuidadosamente avaliaram os cabelos selvagens dela e a pele suja. Nahri não fazia ideia de quem achavam que ela era, e as moças tiveram o cuidado de não perguntar, mas a trataram como se fosse uma princesa.

Eu poderia me acostumar com isto, pensou Nahri, no que pareceram horas depois, conforme relaxava em um banho morno, com a água densa de óleos exóticos, e o ar fumegante tinha cheiro de pétalas de rosas. Uma menina massageou o couro cabeludo dela, fazendo espuma nos cabelos, enquanto outra massageava as mãos de Nahri. Ela deixou a cabeça cair para trás e fechou os olhos.

Estava sonolenta demais para perceber que a sala havia ficado silenciosa até que uma voz nítida a sobressaltasse para fora dos devaneios.

— Vejo que já se acomodou.

Os olhos de Nahri se abriram em disparada. Uma garota estava sentada no banco oposto à banheira dela, com as pernas delicadamente cruzadas sob o vestido de aparência mais cara que Nahri já vira.

Ela era linda, com uma beleza tão sobrenaturalmente perfeita que Nahri soube imediatamente que nem uma gota de sangue humano corria em suas veias. A pele da moça era escura e macia, os lábios carnudos e os cabelos cuidadosamente escondidos sob um turbante marfim simples enfeitado com uma única safira. Os olhos cinza-dourados da jovem e as feições alongadas dela se pareciam tão intensamente com as do jovem príncipe que não podia restar dúvida de quem era. A irmã de Alizayd, a princesa Zaynab.

Nahri cruzou os braços e afundou de volta sob as bolhas, sentindo-se exposta e medíocre. A outra mulher sorriu, obviamente gostando do desconforto da curandeira, e mergulhou um dedo do pé na banheira. Diamantes brilharam em sua tornozeleira dourada.

— Você deixou o palácio todo em uma bela agitação — prosseguiu a princesa. — Estão preparando um imenso banquete agora mesmo. Se prestar atenção, conseguirá ouvir os tambores do Grande Templo. Sua tribo inteira está comemorando nas ruas.

— Eu... Eu sinto muito... — gaguejou Nahri, sem saber o que dizer.

A princesa ficou em pé com uma graciosidade que fez Nahri querer chorar de inveja. O vestido dela caía em ondas perfeitas até o chão. Nahri jamais vira algo assim: uma rede rosa como a flor e fina como a teia de uma aranha, tecida em uma delicada estampa floral entrelaçada com pérolas e disposta sobre uma anágua roxa intensa. Não parecia algo feito por mãos humanas, isso era certo.

— Besteira — respondeu Zaynab. — Não precisa pedir desculpas. É convidada de meu pai. Fico satisfeita ao ver você feliz. — Ela chamou uma criada que carregava uma bandeja de prata, tirando um doce coberto com um pó branco dela e colocando na boca sem deixar um grão de açúcar nos lábios pintados. A princesa olhou para a criada. — Já ofereceu algum para a Banu Nahida?

A menina arquejou e soltou a bandeja. O objeto caiu no chão com um clangor e um doce rolou para dentro da água perfumada. Os olhos da criada estavam tão arregalados quanto pires.

— A *Banu Nahida*?

— Aparentemente, sim. — Zaynab deu a Nahri um sorriso conspiratório, com um brilho malicioso nos olhos. — Filha da própria Manizheh, encantada para parecer humana. Emocionante, não é? — Ela indicou a bandeja. — Melhor limpar isso rápido, menina. Tem fofoca para espalhar. — A princesa se virou de volta para Nahri, dando de ombros. — Nada interessante acontece por aqui.

A casualidade deliberada com que a princesa revelou a identidade de Nahri a deixou momentaneamente sem palavras de tanto ódio.

Ela está me testando. Nahri controlou o temperamento e se lembrou da história de Dara sobre suas origens. *Eu fui criada como uma simples serva humana, salva pelo Afshin e trazida para um mundo mágico que mal entendo. Reaja como essa menina faria.*

Nahri forçou um sorriso envergonhado, percebendo que era apenas o primeiro de muitos jogos que faria naquele palácio.

— Ah, não sei o quanto *eu* sou interessante. — Ela olhou para Zaynab com admiração descarada. — Jamais conheci uma princesa antes. Você é tão linda, minha senhora.

Os olhos de Zaynab se iluminaram com prazer.

— Obrigada, mas, por favor... me chame de Zaynab. Seremos companheiras aqui, não seremos?

Que Deus me salve de tal destino.

— É claro — concordou a curandeira. — Se você me chamar de Nahri.

— Então, Nahri será. — Zaynab sorriu e gesticulou para que Nahri avançasse. — Vamos! Deve estar faminta. Pedirei que tragam comida para os jardins.

Estava com mais sede do que fome; o calor da banheira tinha sugado até a última gota de umidade de sua pele. Ela olhou em volta, mas as roupas destruídas não estavam à vista, e tinha pouco desejo de revelar mais de si mesma diante da assustadoramente bela princesa.

— Ah, vamos lá, não tem motivo para sentir vergonha. — Zaynab gargalhou, adivinhando com precisão os pensamentos dela. Ainda bem que uma das criadas reapareceu na mesma hora, trazendo um vestido azul de seda. Nahri o vestiu e seguiu Zaynab para fora da casa de banho e por um caminho de pedra pelo jardim selvagem. O colarinho do vestido de Zaynab era baixo o suficiente para expor a nuca elegante da princesa, e Nahri não pôde deixar de estudar os fechos dos dois colares que a princesa usava. Pareciam delicados. Frágeis.

Pare, repreendeu-se ela.

— Alizayd teme já a ter ofendido — disse Zaynab, ao levar Nahri para um pavilhão de madeira que pareceu surgir do nada, empoleirado sobre um límpido espelho d'água. — Peço desculpas. Ele tem a infeliz tendência de dizer o que lhe vem à mente.

O pavilhão era coberto por um tapete espesso bordado e por almofadas felpudas. Nahri afundou nelas sem cerimônia.

— Achei que honestidade fosse uma virtude.

— Nem sempre. — Zaynab se sentou diante dela, acomodando-se elegantemente sobre uma almofada. — Ele me contou sobre sua jornada, no entanto. Que grandiosa aventura deve ter sido! — A princesa sorriu. — Não pude resistir à vontade de espiar a corte de meu pai para ver o Afshin antes de vir até aqui. Que Deus me perdoe, mas aquele é um belo homem. Até mais belo do que dizem as lendas. — Ela deu de ombros. — Embora eu ache que isso seja esperado de um escravo.

— Por que diria isso? — perguntou Nahri, a pergunta parecendo mais afiada do que o pretendido.

Zaynab franziu a testa.

— Não sabe? — Quando Nahri não disse nada, ela prosseguiu. — Ora, é parte da maldição, não é? Torná-los mais atraentes para os mestres humanos?

Dara não tinha contado isso, e a ideia de o belo daeva forçado a obedecer aos caprichos de uma infinidade de mestres encantados não era algo em que Nahri queria pensar. Ela mordeu o lábio, observando sem palavras quando um punhado de criadas se juntou a eles no pavilhão, cada uma carregando uma bandeja de prata cheia de comida. Aquela mais próxima, uma mulher corpulenta com bíceps tão espessos quanto as pernas de Nahri, cambaleou com o peso da bandeja e quase a deixou cair no colo de Nahri quando ela a apoiou.

— Deus seja louvado — sussurrou Nahri. Havia comida o suficiente diante dela para quebrar o jejum de todo um bairro do Cairo. Pilhas de arroz colorido com açafrão reluzindo com gordura amanteigada e enfeitado com frutas secas, montes de vegetais cremosos, pilhas de bolinhos fritos da cor de amêndoas. Havia camadas de pão chato tão longo quanto os braços dela e pequenas tigelas de barro cheias de mais variedades de nozes, queijos com ervas e frutas do que ela podia identificar. Mas tudo isso esmaecia em comparação com a bandeja à frente de Nahri: um peixe rosado inteiro deitado sobre uma cama de ervas de cor intensa, dois pombos recheados e uma panela de cobre com almôndegas e um espesso molho de iogurte.

O olhar de Nahri recaiu sobre uma louça oval cheia de arroz temperado, limões secos e pedaços brilhantes de frango.

— Isso é... kabsa? — Ela puxava a louça para si, servindo-se antes que Zaynab pudesse responder. Faminta, exausta e tendo sobrevivido de manna azedo e sopa de lentilha durante semanas, Nahri não se importava muito se parecesse grosseira. Fechou os olhos, saboreando o frango assado.

Ela viu a expressão de interesse da princesa quando, ansiosamente, pegou mais do arroz temperado.

— É uma grande fã da cozinha geziri, então? — Zaynab sorriu, a expressão não chegou muito bem aos olhos dela. — Jamais soube de um daeva que comesse carne.

Nahri se lembrou de Dara dizer isso, mas deu de ombros, ignorando.

— Eu comia carne no Cairo. — Ela tossiu, com um nó na garganta por ter engolido rápido demais. — Tem água? — disse Nahri, engasgada, para uma das criadas.

Diante dela, Zaynab delicadamente beliscava de uma tigela de cerejas pretas lustrosas. Ela assentiu na direção de uma garrafa de vidro.

— Tem vinho.

Nahri hesitou, ainda um pouco cautelosa com relação a álcool. Mas quando começou a tossir de novo, decidiu que alguns goles não fariam mal.

— Por favor... obrigada — acrescentou ela quando uma criada serviu uma taça generosa e a entregou. Nahri tomou um longo gole. Estava muito mais seco do que o vinho de tâmara que Dara tinha conjurado, pungente e frio. E muito refrescante; doce, mas não muito, com um toque delicado de algum tipo de fruta silvestre.

— Está delicioso — maravilhou-se Nahri.

Zaynab sorriu de novo.

— Fico feliz que tenha gostado.

Nahri continuou comendo, tomando alguns goles de vinho de vez em quando para limpar a garganta. Estava vagamente ciente de Zaynab tagarelando sobre a história dos jardins. O sol tinha esquentado, mas uma brisa suave soprava sobre a água fresca. Em algum lugar distante, ela conseguia ouvir o ruído baixo de sinos de vidro. Nahri piscou e se recostou pesadamente nas almofadas macias, um peso estranho tomou seus braços e suas pernas.

— Você está bem, Nahri?

— Mmm? — Ela olhou para cima.

Zaynab gesticulou para a taça de Nahri.

— Talvez queira ir devagar com isso. Ouvi falar que é muito potente.

Nahri piscou, esforçando-se para manter os olhos abertos.

— Potente?

— Supostamente. Eu mesma não saberia. — Ela sacudiu a cabeça. — Os sermões que ouviria de meu irmãozinho se ele me pegasse bebendo vinho...

Nahri olhou para a taça. Estava cheia – ela percebia agora o cuidado que as criadas tiveram para mantê-la cheia – e não tinha ideia do quanto consumira.

A cabeça da curandeira girava.

— Eu... — A voz dela saiu vergonhosamente arrastada.

Zaynab olhou para Nahri horrorizada, levando a mão ao coração.

— Desculpe-me! — disse ela, com a voz doce como açúcar. — Eu deveria ter adivinhado que sua... criação não a teria exposto a tais coisas. Ah, Banu Nahida, tome cuidado — avisou a princesa quando Nahri caiu para a frente sobre as palmas das mãos. — Por que não descansa?

Nahri se sentiu ser levada para cima de um monte impossivelmente macio de almofadas. Uma criada começou a abaná-la com uma grande pá de folhas de palmeira enquanto outra abria um dossel fino para bloquear o sol.

— Eu... eu não posso — Ela tentou protestar. Então bocejou, com a visão embaçada. — É melhor encontrar Dara...

Zaynab gargalhou distraidamente.

— Tenho certeza de que meu pai dá conta dele.

Em algum lugar no fundo da mente dela, a gargalhada confiante de Zaynab incomodou Nahri. Um aviso tentou passar pela névoa dos pensamentos dela e a despertar da exaustão crescente.

Mas fracassou. A cabeça de Nahri virou para trás e os olhos dela estremeceram e se fecharam.

Nahri acordou com um tremor, algo frio e úmido estava pressionado contra sua testa. Abriu os olhos, piscando para afastar a luz fraca. Estava em um quarto escuro, deitada em um sofá nada familiar, com uma colcha leve puxada até o peito.

O palácio, lembrou-se ela, *o banquete*. As taças que Zaynab ficou empurrando para ela... o peso estranho que tomou seu corpo...

Ela imediatamente levantou o tronco. A cabeça não ficou feliz com a rapidez do movimento e prontamente protestou com uma dor latejante na base do crânio. Nahri se encolheu.

— Shhh, está tudo bem. — Uma sombra se destacou de um canto escuro. Uma mulher, percebeu Nahri. Uma mulher daeva, com os olhos tão pretos quanto os de Nahri e uma marca na testa. Os cabelos pretos estavam presos em um coque sério, e o rosto tinha rugas do que pareciam ser iguais medidas de trabalho árduo e idade. Ela se aproximou com uma xícara de metal fumegante. — Beba isto. Vai ajudar.

— Não entendo — murmurou Nahri, esfregando a cabeça dolorida. — Eu estava comendo, então...

— Creio que a esperança fosse a de que você desmaiasse de bêbada entre uma pilha de pratos de carne e se humilhasse — respondeu a mulher, com tranquilidade. — Mas não precisa se preocupar. Cheguei antes que qualquer dano de fato ocorresse.

O quê? Nahri empurrou a xícara para longe, subitamente menos disposta a aceitar bebidas desconhecidas de estranhos.

— Por que ela... quem é *você*? — indagou a curandeira, perplexa.

Um sorriso carinhoso iluminou o rosto da mulher.

— Nisreen e-Kinshur. Eu era a assistente sênior de sua mãe e seu tio. Vim assim que recebi a notícia... embora tenha demorado a passar pelas multidões comemorando nas ruas. — Ela uniu os dedos, inclinando a cabeça. — É uma honra conhecê-la, minha senhora.

Com a cabeça ainda girando, Nahri não tinha certeza do que dizer àquilo.

— Tudo bem — foi o que, por fim, conseguiu responder.

Nisreen indicou a xícara fumegante. O que quer que fosse, tinha cheiro amargo e ardia como gengibre em conserva.

— Isso vai ajudar, prometo. Receita de seu tio Rustam, uma que garantiu muitos fãs entre os festejadores de Daevabad. E quanto à primeira parte de sua pergunta... — Nisreen abaixou a voz. — Seria prudente não confiar na princesa; a mãe dela, Hatset, jamais teve muito amor pela sua família.

E o que isso tem a ver comigo?, Nahri quis replicar. Estava em Daevabad mal havia um dia; poderia realmente já ter conquistado uma adversária no palácio?

Uma batida à porta interrompeu seus pensamentos. Nahri olhou para cima quando um rosto muito familiar – e *muito* bem-vindo – despontou para dentro.

— Está acordada. — Dara sorriu, parecendo aliviado. — Finalmente. Sentindo-se melhor?

— Na verdade, não — resmungou Nahri. Ela tomou um gole do chá e fez uma careta, apoiando-o em uma mesa espelhada baixa ao lado. Nahri limpou algumas das mechas soltas de cabelo grudadas no rosto quando Dara se aproximou. Só podia imaginar qual era sua aparência. — Há quanto tempo estou dormindo?

— Desde ontem. — Ele se sentou ao lado dela. Dara certamente parecia descansado. Tinha se banhado e se barbeado e estava vestindo um longo casaco verde-pinho que ressaltava seus olhos brilhantes. Usava botas novas, e quando se moveu ela viu o alforje que ele apoiou no chão.

O casaco e os sapatos ganharam um novo significado. Nahri semicerrou os olhos.

— Vai a algum lugar?

O sorriso dele sumiu.

— Senhora Nisreen — pediu Dara, virando-se para a mulher mais velha. — Perdoe-me... mas se importaria de talvez nos dar um momento a sós?

Nisreen arqueou uma sobrancelha preta.

— As coisas eram tão diferentes em sua época, Afshin, que seria deixado a sós com uma jovem daeva solteira?

Ele levou a mão ao peito.

— Prometo que não pretendo nada escandaloso. — Dara sorriu de novo, um sorriso levemente travesso que fez o coração de Nahri dar um salto. — Por favor.

Nisreen aparentemente não era imune aos charmes do belo guerreiro também. Algo na expressão dela se desfez mesmo quando suas bochechas ficaram um pouco rosadas. A mulher suspirou.

— *Um* momento, Afshin. — Ela se levantou. — Eu provavelmente deveria verificar os trabalhadores restaurando a enfermaria. Vamos querer começar o treinamento assim que possível.

Treinamento? O coração de Nahri bateu mais forte. Ela esperava ter pelo menos um breve descanso em Daevabad depois da exaustiva jornada deles. Sobrepujada, apenas assentiu.

— Mas, Banu Nahida... — Nisreen parou à porta e olhou para trás, com preocupação nos olhos pretos. — Por favor, tome mais cuidado perto dos Qahtani — avisou ela, carinhosamente. — Perto de qualquer um que não seja de sua tribo. — A mulher partiu, fechando a porta atrás de si.

Dara se voltou de novo para Nahri.

— Gosto dela.

— Não me espanta — respondeu Nahri. Ela indicou de novo as botas e a bolsa de Dara. — Diga por que está vestido como se fosse a algum lugar.

Ele respirou fundo.

— Vou atrás dos ifrits.

Nahri piscou para ele.

— Perdeu a cabeça. Voltar a esta cidade o levou realmente à loucura.

Dara sacudiu a cabeça.

— A história dos Qahtani sobre suas origens e os ifrits não faz sentido, Nahri. A cronologia, essa suposta maldição que afeta sua aparência... as peças não se encaixam.

— Quem se *importa*? Dara, estamos vivos. Isso é tudo o que importa!

— Não é tudo o que importa — argumentou ele. — Nahri, e se... e se houver alguma verdade no que Aeshma disse sobre sua mãe?

Nahri escancarou a boca.

— Você *não* ouviu o que o rei disse que aconteceu com ela?

— E se ele mentiu?

Nahri ergueu as mãos.

— Dara, pelo amor de Deus. Você está procurando qualquer motivo para não confiar nessa gente, e por quê? Para sair em uma jornada condenada?

— Não é condenada — disse Dara, baixinho. — Eu não disse aos Qahtani a verdade sobre Khayzur.

Nahri ficou gelada.

— O que quer dizer?

— Khayzur não me libertou. Ele me *encontrou*. — Os olhos brilhantes de Dara encontraram os olhos chocados dela. — Ele me encontrou há vinte anos, coberto de sangue, mal consciente, e perambulando pela mesma parte de Daevastana na qual seus parentes supostamente encontraram seu fim... um fim do qual você deve ter escapado por pouco. — Ele estendeu a mão e segurou a dela. — Então, vinte anos depois, usando uma magia que ainda não entendo, você me chamou para seu lado.

Ele apertou a mão de Nahri e ela ficou profundamente ciente do toque do daeva, a palma da mão dele era áspera e calejada contra a dela.

— Talvez os Qahtani não estejam mentindo, talvez essa seja a verdade até onde eles sabem. Mas os ifrits sabiam de algo... E, neste momento, é tudo o que temos. — Havia um toque de súplica na voz dele. — Alguém me trouxe de volta, Nahri. Alguém salvou você. Preciso saber.

— Dara, não se lembra da facilidade com que nos derrotaram no Gozan? — A voz dela falhou de medo.

— Não vou ser morto — assegurou Dara. — Ghassan está me dando duas dúzias de seus melhores homens. E por mais que me doa dizer isso, os Geziri são bons soldados. Lutar parece ser a única coisa que fazem bem. Confie em mim quando digo que desejo não ter a experiência para saber disso.

Nahri lançou um olhar sombrio para ele.

— Sim, você poderia ter mencionado seu passado com um pouco mais de detalhes antes de chegarmos aqui, Dara. Uma *rebelião*?

Ele corou.

— É uma longa história.

— Sempre parece ser, com você. — A voz de Nahri ficou amarga. — Então é isso? Você simplesmente vai me deixar aqui com essa gente?

— Não será por muito tempo, Nahri, eu juro. E vai estar perfeitamente segura. Levarei o emir deles. — O rosto de Dara se contorceu. — Deixei bem claro para o rei que se algo acontecesse a você, o filho dele sofreria o mesmo.

Ela só conseguia imaginar o quanto essa conversa devia ter terminado bem. E sabia que parte do que Dara dizia fazia sentido lógico, mas, Deus, pensar em estar sozinha naquela cidade estrangeira, cercada por djinns ardilosos com rancores desconhecidos, a apavorava. Não conseguia imaginar fazer aquilo sozinha, acordar sem Dara ao seu lado, passar os dias sem os conselhos grosseiros e os comentários irritantes.

E ele certamente estava subestimando o perigo. Aquele foi o homem que saltou para baixo da goela de um rukh com a vaga noção de matá-lo de dentro para fora. Nahri sacudiu a cabeça.

— E os marids, Dara, e os peris? Khayzur disse que estavam atrás de você.

— Espero que já tenham ido. — Nahri ergueu a sobrancelha, incrédula, mas ele prosseguiu. — Não virão atrás de um grande grupo de djinns. Não podem. Há leis entre nossas raças.

— Isso não os impediu antes. — Os olhos dela arderam. Aquilo era demais, rápido demais.

A expressão de Dara se fechou.

— Nahri, preciso fazer isso... Ah, por favor, não chore — implorou ele quando ela perdeu a luta contra as lágrimas que tentava segurar. Dara as limpou da bochecha da curandeira, com os dedos quentes contra a pele dela. — Nem mesmo vai perceber que parti. Há tanto a roubar aqui que sua atenção estará completamente ocupada.

A piada fez pouco para melhorar o humor dela. Nahri desviou o olhar, subitamente envergonhada.

— Tudo bem — disse ela, inexpressiva. — Afinal, você me trouxe até o rei. Foi tudo o que prometeu...

— Pare. — Nahri se sobressaltou quando as mãos de Dara subitamente seguraram o rosto dela em concha. Ele nivelou os olhos com os dela e o coração da curandeira deu um salto.

Mas Dara não avançou – embora não tivesse como negar o lampejo de arrependimento nos olhos dele quando seu polegar acariciou levemente o lábio inferior dela.

— Voltarei, Nahri — prometeu Dara. — Você é minha Banu Nahida. Esta é *minha* cidade. — A expressão dele era desafiadora. — Nada me afastará de nenhuma das duas.

ALI

O barco diante de Ali era feito de puro bronze e grande o bastante para conter uma dúzia de homens. Raios de luz do sol ondulavam sobre a superfície reluzente, refletidos do distante lago abaixo. As dobradiças que prendiam o barco à parede rangeram asperamente conforme a embarcação oscilou à brisa. Eram antigas; o barco de bronze estava pendurado ali há quase dois mil anos.

Era um dos métodos de execução dos quais o Conselho Nahid mais gostava.

Os prisioneiros shafit diante de Ali deviam saber que estavam condenados, provavelmente perceberam assim que foram presos. Houve pouca súplica quando os homens de Ali empurraram o grupo para o barco de bronze. Eles sabiam que não deveriam esperar piedade de puros-sangues.

Eles confessaram. Estes não são homens inocentes. Qualquer que tivesse sido o boato que os incitou, tinham pegado em armas com a intenção de saquear o Quarteirão Daeva.

Prove sua lealdade, Zaydi, Ali ouviu o irmão dizer. Ele enrijeceu o coração.

Um dos prisioneiros – o menor – subitamente se desgarrou. Antes que os guardas conseguissem agarrá-lo, ele se atirou aos pés de Ali.

— Por favor, meu senhor! Não fiz nada, eu juro! Vendo flores na midan. Só isso! — O homem olhou para cima, unindo as palmas em sinal de respeito.

Mas não era sequer um homem. Ali se sobressaltou; o prisioneiro era um menino, um que parecia ainda mais jovem do que ele mesmo. Os olhos castanhos estavam inchados de tanto chorar.

Talvez por sentir a incerteza de Ali, o menino prosseguiu, com a voz desesperada.

— Meu vizinho só queria a recompensa! Ele deu meu nome, mas eu juro que não fiz nada! Tenho clientes daeva… Eu jamais os machucaria! Zavan e-Kaosh! Ele falaria em meu favor!

Abu Nuwas puxou o menino para que ficasse de pé.

— Saia de perto dele — grunhiu o homem quando enfiou o shafit em prantos no barco com o restante. A maioria rezava, com as cabeças baixas em prostração.

Abalado, Ali virou o pergaminho nas mãos, o papel estava fino. Encarou as palavras que deveria recitar, as palavras que dissera vezes demais naquela semana.

Mais uma vez. Faça isso mais uma vez.

Ele abriu a boca.

— Vocês foram todos condenados e sentenciados à morte pelo nobre e iluminado Ghassan al Qahtani, rei do mundo e… Defensor da Fé. — O título pareceu veneno na boca de Ali. — Que encontrem misericórdia no Mais Alto.

Um dos metalúrgicos do pai dele avançou e estalou as mãos da cor de carvão. O homem deu a Ali um olhar de expectativa.

Ali encarou o menino. *E se estiver dizendo a verdade?*

— Príncipe Alizayd — insistiu Abu Nuwas. Chamas rodopiaram em torno dos dedos do metalúrgico.

Ele mal ouviu Abu Nuwas. Em vez disso, viu Anas na mente.

Deveria ser eu lá em cima. Ali abaixou o pergaminho. *Sou provavelmente a coisa mais próxima de um Tanzeem aqui.*

— Qaid, estamos esperando. — Quando Ali não disse nada, Abu Nuwas se virou para o metalúrgico. — Vá logo — disparou ele.

O homem assentiu e deu um passo adiante, as mãos pretas incandescentes se tornaram do carmesim quente de ferro trabalhado. Ele segurou a beira do barco.

O efeito foi imediato. O bronze começou a brilhar e os shafits descalços começaram a gritar. A maioria imediatamente pulou no lago; a certeza de uma morte mais rápida. Alguns duraram mais um ou dois momentos, mas não levou muito tempo. Raramente demorava.

Exceto dessa vez. O menino da idade dele, aquele que implorara por misericórdia, não se moveu rápido o bastante e quando tentou saltar para o outro lado, o metal líquido havia subido por suas pernas e o prendera no barco. Desesperado, o menino agarrou a lateral, provavelmente com a intenção de se impulsionar pela borda.

Fora um erro. As laterais do barco não estavam menos derretidas do que o convés. O metal encantado agarrou as mãos dele com força, e o menino gritou ao tentar se libertar.

— Ahhh! Não, Deus, não... por favor! — Ele gritou novamente, um uivo animalesco de dor e terror que dilacerou a alma de Ali. Era por esse motivo que homens pulavam no lago, por isso que aquela punição em especial causava tanto terror nos corações dos shafits. Se não encontrasse coragem de enfrentar a impiedosa água, seria lentamente queimado até a morte pelo bronze derretido.

Ali avançou. Ninguém merecia morrer daquela forma. Arrancou as botas e soltou a zulfiqar, empurrando o metalúrgico para fora do caminho.

— Alizayd! — gritou Abu Nuwas, mas Ali já entrava no barco. Ele chiou; queimou muito mais do que esperava. Mas era um puro-sangue. Seria preciso muito mais do que bronze líquido para feri-lo.

O menino shafit estava preso de quatro, o olhar dele estava forçosamente direcionado para o metal quente. Não precisaria ver o golpe. Ali ergueu a zulfiqar bem alto, com a intenção de descê-la no coração do menino condenado.

Mas foi tarde demais. Os joelhos do menino cederam e uma onda de metal líquido cobriu as costas dele, endurecendo imediatamente. A lâmina de Ali se tornou inútil contra isso. O menino gritou mais alto quando se impulsionou e retorceu em uma tentativa desesperada de ver o que estava acontecendo atrás dele. Ali conteve o horror quando ergueu a zulfiqar.

O pescoço do menino ainda estava exposto.

Ele não hesitou. A zulfiqar se iluminou quando Ali a desceu de novo, e a lâmina incandescente cortou o pescoço do menino com uma facilidade que revirou o estômago de Ali. A cabeça caiu e um silêncio misericordioso se seguiu; o único som eram as batidas do coração de Ali.

Ele tomou um fôlego irregular, contendo um desmaio. A cena sangrenta diante dele era insuportável. *Que Deus me perdoe.*

Ali cambaleou para fora do barco. Nenhum homem o encarou. Sangue shafit encharcava seu uniforme, o carmesim era contrastante com a faixa branca de cintura. O cabo da zulfiqar estava pegajoso na mão dele.

Ignorando os homens, Ali seguiu silenciosamente de volta pelas escadas que davam para a rua. Não chegou à metade do caminho antes de a náusea levar a melhor. Ali caiu de joelhos e vomitou, os gritos do menino ecoavam na cabeça dele.

Quando terminou, o príncipe se sentou contra a pedra fria, sozinho e trêmulo na escadaria escura. Sabia que seria humilhado se alguém passasse por ele, o qaid da cidade vomitando e trêmulo apenas porque tinha executado um prisioneiro. Mas ele não se importava. Que honra lhe restava? Era um assassino.

Ali limpou os olhos úmidos e esfregou um ponto que coçava na bochecha, horrorizando-se ao perceber que era o sangue do menino secando na pele quente dele. Ali esfregou as mãos e os pulsos furiosamente no tecido áspero do lenço de cintura e limpou o sangue do rosto com a ponta do turbante vermelho de qaid.

E então parou, encarou o tecido nas mãos. Tinha sonhado com usar aquilo durante anos, treinara para aquela posição a vida inteira.

Ele desenrolou o turbante e o deixou cair na poeira.

Que abba tire meus títulos. Que me exile para Am Gezira. Não importa.

Para Ali, bastava.

A corte tinha encerrado há muito tempo quando Ali chegou ao palácio. Embora o escritório do pai estivesse vazio, ele conseguia ouvir música dos jardins abaixo. Ali desceu e viu o pai reclinado em uma almofada ao lado de um espelho d'água sombreado. Estava com uma taça de vinho na mão, e com o narguilé. Duas mulheres tocavam flauta, mas um escriba também estava ali, lendo um pergaminho aberto. Um pássaro escamoso com plumas incandescentes — o primo mágico dos pombos domésticos que os humanos usavam para enviar mensagens — estava empoleirado no ombro dele.

Ghassan olhou para cima quando Ali se aproximou. Os olhos cinza dele percorreram desde a cabeça descoberta de Ali até as roupas sujas de sangue e os pés descalços. O rei ergueu uma sobrancelha escura.

O escriba ergueu o olhar e se sobressaltou ao ver o príncipe ensanguentado, lançando o pombo assustado para uma árvore próxima.

— Eu-eu preciso falar com você — gaguejou Ali, com a confiança desaparecendo na presença do pai.

— Imagino que sim. — Ghassan dispensou com um gesto o escriba e as músicas. — Deixem-nos.

As músicas rapidamente guardaram as flautas, passando cuidadosamente por Alizayd. O escriba silenciosamente recolocou o pergaminho na mão do pai. O selo de cera rompido era preto: um selo real.

— É da expedição de Muntadhir? — perguntou Ali, a preocupação com o irmão sobrepujando a tudo.

Ghassan o chamou mais para perto e entregou o pergaminho.

— Você é o acadêmico, não é?

Ali percorreu a mensagem, tanto aliviado quanto desapontado.

— Não há sinal dos supostos ifrits.

— Nenhum.

Ele leu mais e soltou um suspiro de alívio.

— Mas Wajed finalmente os encontrou. Graças ao Mais Alto. — O velho guerreiro grisalho era mais do que páreo para Darayavahoush. Ali franziu a testa ao ler o fim. — Eles estão seguindo para Babili? — perguntou o príncipe, surpreso. Babili ficava perto da fronteira com Am Gezira, e pensar no Flagelo Afshin tão perto da terra natal deles era perturbador.

Ghassan assentiu.

— Os ifrits foram vistos lá no passado. Vale a pena explorar.

Ali riu com deboche e jogou o pergaminho em uma pequena mesa de canto. Ghassan se recostou de volta na almofada.

— Discorda?

— *Sim* — disse Ali, veementemente, chateado demais para controlar o temperamento. — Os únicos ifrits que encontrarão ali serão os fragmentos da imaginação do Afshin. Jamais deveria ter enviado Muntadhir com ele nessa empreitada inútil.

O rei deu tapinhas no assento ao lado dele.

— Sente-se, Alizayd. Parece pronto para desabar. — Ghassan serviu um pequeno copo de cerâmica com água de uma jarra próxima. — Beba.

— Estou bem.

— Sua aparência diz o contrário. — O rei empurrou o copo para a mão de Ali.

Ali tomou um gole, mas permaneceu teimosamente de pé.

— Muntadhir está perfeitamente seguro — Ghassan assegurou. — Enviei duas dúzias de meus melhores soldados com eles. Wajed está lá agora. Além do mais, Darayavahoush não ousaria feri-lo enquanto a Banu Nahida estiver sob minha proteção. Ele não a arriscaria.

Ali sacudiu a cabeça.

— Muntadhir não é um guerreiro. Deveria ter me enviado no lugar dele.

Ghassan gargalhou.

— De jeito nenhum. O Afshin teria estrangulado você ao final do dia, e eu seria obrigado a ir à guerra, não importasse o que você tivesse dito para merecer. Muntadhir é encantador. E será rei. Precisa passar mais tempo liderando homens e menos tempo liderando cantorias bêbadas. — Ghassan deu de ombros. — Na verdade, o que eu mais queria era Darayavahoush longe da menina, e se ele estivesse disposto a sair por vontade própria...? — O rei deu de ombros. — Melhor ainda.

— Ah, sim. A filha há muito perdia de Manizheh — disse Ali, em tom ácido. — Que ainda não curou uma única pessoa...

— Pelo contrário, Alizayd — interrompeu Ghassan. — Deveria se atualizar melhor das fofocas do palácio. Banu Nahida caiu feio ao sair do banho esta manhã. Uma criada incauta deve ter deixado sabão no chão. Ela abriu a cabeça na frente de pelo menos meia dúzia de mulheres. Um ferimento como esse teria se revelado fatal para uma menina normal. — Ghassan pausou, deixando as palavras serem absorvidas. — Ela se curou em minutos.

A determinação na voz do rei dava calafrios.

— Entendo. — Ali engoliu em seco, mas a ideia de o pai dele planejar acidentes para moças na casa de banho foi o bastante para lembrá-lo do propósito original. — Quando acha que Wajed e Muntadhir retornarão?

— Em alguns meses, com a vontade de Deus.

Ali tomou outro gole de água e apoiou o copo, tomando coragem.

— Vai precisar de outra pessoa para assumir como qaid, então.

O pai deu a ele um olhar que era quase de diversão.

— Vou?

Ali indicou o sangue no uniforme.

— Um menino que me implorou pela vida. Disse que vendia flores na midan. — A voz do príncipe falhou quando ele prosseguiu. — Não conseguiu sair do barco. Precisei cortar a cabeça dele.

— Era culpado — disse o pai de Ali, friamente. — Todos eram.

— De quê, de estarem na midan quando seu boato começou uma revolta? Isso é *errado*, abba. O que está fazendo com os shafits é errado.

O rei encarou o filho por longos momentos, a expressão nos olhos dele era indecifrável. Então Ghassan se levantou.

— Caminhe comigo, Alizayd.

Ali hesitou; entre o orfanato surpresa dos Tanzeem e a cripta secreta dos Nahid, estava começando a odiar ser levado para lugares. Mas seguiu o pai conforme Ghassan foi na direção dos amplos degraus de mármore até as plataformas superiores do zigurate.

Ghassan assentiu para um par de guardas no segundo andar.

— Já foi ver a Banu Nahida?

A Banu Nahida? O que a menina tinha a ver com ele ser qaid? Ali sacudiu a cabeça.

— Não. Por que iria?

— Esperava que começasse uma amizade. Você é aquele fascinado pelo mundo humano.

Ali parou. Não tinha falado com Nahri desde que a escoltara para o jardim, e duvidava de que o pai ficasse satisfeito ao saber sobre sua grosseria durante aquele encontro. Ele se decidiu por outra verdade.

— Não sou inclinado a perseguir amizades com mulheres solteiras.

O rei riu com escárnio.

— É claro. Meu filho, o sheik ... sempre tão fiel aos livros sagrados. — Havia uma hostilidade incomum na voz de Ghassan, e Ali se sobressaltou quando viu o quanto os olhos do pai estavam gélidos. — Diga-me, Alizayd, o que sua religião diz sobre obedecer a seus pais?

Um calafrio percorreu Ali.

— Que deveríamos fazer isso em todas as instâncias... a não ser que vá contra Deus.

— A não ser que vá contra Deus. — Ghassan encarou o filho por mais um longo momento enquanto Ali, por dentro, entrava em pânico. Mas então o pai assentiu para a porta que dava para a plataforma seguinte. — Vá. Há algo que deveria ver.

Eles saíram para um dos andares superiores do zigurate. Era possível ver a ilha inteira daquela altura. Ali perambulou na direção da parede ondulada. Era uma bela vista: a antiga cidade envolta pelas muralhas reluzentes de bronze, os campos cultivados em terraços perfeitos e irrigados nas colinas do sul, o calmo lago circundado pelas montanhas verde-esmeralda. Três mil anos de arquitetura humana estendiam-se diante dele, meticulosamente copiados pelos djinns invisíveis que passavam por cidades humanas, observando a ascensão e a queda dos impérios deles. Prédios projetados por djinns se destacavam, torres impossivelmente altas de vidro jateado retorcido, delicadas mansões de prata fundida e tendas oscilantes de seda pintada. Algo se agitou no coração dele ao ver aquilo. Apesar da maldade, Ali amava sua cidade.

Uma nuvem de fumaça branca atraiu seu olhar e ele voltou a atenção para o Grande Templo. O Grande Templo era o prédio mais antigo em Daevabad, depois do palácio. Um complexo enorme, porém simples, no coração do Quarteirão Daeva.

O complexo estava tão encoberto pela fumaça que Ali mal conseguia distinguir os prédios. Isso não era incomum; nos dias de banquetes dos daevas, o templo costumava ver um pico no número de pessoas trabalhando nos altares de fogo. Mas aquele não era um dia de banquete.

Ali franziu a testa.

— Os adoradores do fogo parecem ocupados.

— Disse para não os chamar assim — repreendeu Ghassan quando se juntou ao filho à muralha. — Mas sim, foi assim a semana inteira. E os tambores deles ainda não pararam.

— As ruas estão cheias das comemorações deles também — disse Ali, sombriamente. — Seria possível pensar que o Conselho Nahid voltou para atirar todos nós no lago.

— Não posso culpá-los — admitiu o rei. — Se eu fosse Daeva, e testemunhasse um Afshin e uma Banu Nahida milagrosamente surgirem para impedir uma multidão de shafits de invadirem meu bairro, também passaria a usar uma marca de cinza na testa.

As palavras saíram da boca de Ali antes que ele pudesse se impedir.

— A revolta não saiu de acordo com seus planos, abba?

— Cuidado com o tom de voz, menino. — Ghassan olhou para ele com irritação. — Pelo Mais Alto, você *alguma vez* para e considera as coisas em sua cabeça antes de as cuspir? Se não fosse meu filho, seria preso por tal desrespeito. — O rei sacudiu a cabeça e abaixou o olhar para a cidade. — Seu jovem tolo arrogante... às vezes acho que não tem apreço pela precariedade de sua posição. Precisei mandar Wajed para lidar com seus parentes ardilosos em Ta Ntry e ainda fala dessa forma.

Ali se encolheu.

— Desculpe — murmurou ele. Mas o pai permaneceu em silêncio enquanto Ali cruzava e descruzava os braços com ansiedade, dando tapinhas com os dedos na parede. — Mas não vejo o que isso tem a ver com minha demissão como qaid.

— Conte o que sabe sobre a terra da Banu Nahida — disse o pai, ignorando a afirmação.

— Egito? — Ali se sentiu confortável com a discussão, feliz por estar em território mais familiar para ele. — É ocupado há mais tempo do que Daevabad — começou o príncipe. — Sempre houve sociedades humanas avançadas ao longo do Nilo. É uma terra fértil, muita agricultura, bom cultivo. A cidade dela, Cairo, é muito grande. É um centro de comércio e estudos. Têm vários aclamados institutos de...

— Basta. — Ghassan assentiu, uma decisão se assentou na expressão dele. — Que bom. Fico feliz por saber que sua obsessão com o mundo humano não é completamente inútil.

Ali franziu a testa.

— Não tenho certeza se entendo.

— Vou casar a Banu Nahida com Muntadhir.

Ali chegou a arquejar.

— Vai fazer *o quê*?

Ghassan gargalhou.

— Não aja tão chocado. Certamente deve enxergar o potencial no casamento deles? Poderíamos colocar toda essa baboseira com os daevas para trás, nos tornar um povo unido daqui para a frente. — Algo incomumente desejoso percorreu a expressão do rei. — É algo que deveria ter sido feito há gerações, se nossas respectivas famílias não tivessem sido tão puristas com relação a cruzar linhagens tribais. — A boca dele se contraiu. — Algo que eu mesmo deveria ter feito.

Ali não conseguiu esconder a reação frustrada.

— Abba, não temos ideia de quem é essa menina! Você está pronto para aceitar a identidade dela como filha de

Manizheh pelo relato em segunda mão de algum suposto ifrit e o fato de que uma queda no banheiro não a matou?

— Sim. — As palavras seguintes de Ghassan foram escolhidas. — Me agrada que ela seja a filha de Manizheh. É útil. E se dissermos que é verdade, se agirmos de acordo com essa presunção, outros também o farão. Ela obviamente tem algum sangue Nahid. E gosto dela; parece ter um instinto para autopreservação totalmente escasso no restante da família dela.

— E isso basta para torná-la rainha? Para torná-la a mãe da próxima geração de reis Qahtani? Não sabemos nada sobre a ascendência dela! — Ali sacudiu a cabeça. Ele ouvira falar de como seu pai se sentia a respeito de Manizheh, mas aquilo era loucura.

— E aqui estava eu achando que você aprovaria, Alizayd — disse o rei. — Não vive tagarelando sobre como pureza de sangue não importa?

O pai o pegou ali.

— Suponho que Muntadhir ainda não saiba sobre essa núpcia iminente. — Ali esfregou a cabeça.

— Ele fará como eu mandar — respondeu o pai, com firmeza. — E temos bastante tempo. A garota não pode legalmente se casar até completar um quarto de século. E gostaria que ela o fizesse por vontade própria. Os daevas não ficarão satisfeitos ao vê-la se afeiçoar a nós. Deve acontecer com sinceridade. — Ele espalmou as mãos na parede. — Você precisará tomar cuidado ao fazer amizade com ela.

Ali se virou para Ghassan.

— O quê?

O rei o ignorou com um gesto.

— Acabou de dizer que não queria ser qaid. Ficará melhor se mantiver o título e o uniforme até que Wajed retorne, mas pedirei que Abu Nuwas assuma suas responsabilidades para que você tenha tempo para passar com ela.

— Fazendo o que, exatamente? — Ali estava chocado com a rapidez com que o pai virara sua demissão em favor próprio. — Não sei nada sobre mulheres e os... — Ele conteve um calor de vergonha. —... *o que seja* que elas façam.

— Pelo Mais Alto, Alizayd. — O pai dele revirou os olhos. — Não estou pedindo que a atraia para sua cama, por mais que isso fosse um espetáculo divertido. Estou pedindo que *faça uma amiga*. Certamente isso não está além de suas habilidades? — Ghassan gesticulou para dispensá-lo. — Fale com ela sobre aquela baboseira humana que você leu. Astrologia, sua obsessão por moedas...

— Astronomia — corrigiu Ali, sussurrando. Mas duvidava que alguma menina criada por humanos se interessasse pelo valor de pesos diferentes de moedas. — Por que não pede a Zaynab?

Ghassan hesitou.

— Zaynab compartilha do desprezo de sua mãe por Manizheh. Ela foi longe demais no primeiro encontro com Nahri, e duvido que a menina confie nela outra vez.

— Então Muntadhir — sugeriu Ali, ficando desesperado. — Confia nele para encantar o Afshin, mas não para seduzir essa menina? Isso é tudo o que ele faz!

— Eles se casarão — declarou Ghassan. — Na verdade, independentemente do que qualquer um dos dois pense a respeito disso. Mas prefiro que as coisas não cheguem a esse extremo. Quem sabe com que tipo de propaganda Darayavahoush encheu a cabeça dela? Precisamos primeiro desfazer parte desses danos. E se ela reagir mal a você, é uma lição sobre como proceder com Muntadhir sem envenenar o poço do casamento deles.

Ali encarou o templo fumegante. Literalmente jamais tivera uma conversa com um daeva que durasse mais do que dez minutos e terminasse bem, e seu pai queria que fizesse amizade com uma Nahid? Uma *menina*? Só esse último pensamento foi o bastante para lançar um calafrio de nervos pela espinha dele.

— De jeito nenhum, abba — disse ele, por fim. — Ela vai enxergar direto através de mim. Está pedindo à pessoa errada. Não tenho experiência com esse tipo de ardil.

— Não tem? — Ghassan se aproximou e apoiou os braços na parede. As mãos marrons dele eram grandes e asperamente calejadas, o anel de ouro pesado no polegar parecia uma pulseira de criança. — Afinal de contas, escondeu com sucesso seu envolvimento com os Tanzeem.

Ali gelou; devia ter ouvido errado. Mas quando lançou um olhar alarmado para o pai, outra coisa chamou a atenção de seus olhos.

Os guardas os tinham seguido. E estavam bloqueando a porta.

Um terror mudo apertou o coração de Ali. Ele se agarrou ao parapeito, sentindo-se como se alguém tivesse arrancado um tapete de debaixo de seus pés. A garganta dele se apertou, e Ali olhou para o chão distante, brevemente tentado a saltar.

Ghassan nem mesmo olhou para ele; estava com a expressão completamente serena ao olhar para a cidade.

— Seus tutores sempre elogiaram suas proezas com números. "Seu filho tem uma mente aguçada para números", eles me diziam. "Ele fará um excelente acréscimo ao tesouro." Presumi que estivessem exagerando; ignorei sua fixação com questões monetárias como outra de suas excentricidades. — Algo estremeceu no rosto do rei. — E então os Tanzeem começaram a enganar meus contadores mais inteligentes. Declaravam que os fundos deles eram impossíveis de rastrear, que o sistema financeiro era uma confusão espertamente intricada feita por alguém com uma compreensão detalhada do sistema bancário humano... e tempo demais nas mãos.

"Odiei sequer suspeitar de tal coisa. Certamente meu filho, sangue do meu sangue, jamais me trairia. Mas eu sabia que precisava ao menos auditar nossos contadores. E a quantia que você saca regularmente, Alizayd? Gostaria de dizer que ou está financiando uma concubina especialmente astuta ou um forte vício a intoxicantes humanos... Mas sempre foi irritantemente aberto a respeito de seu desprezo por ambos."

Ali não disse nada. Fora pego.

Um pequeno sorriso sem humor brincou no rosto do pai dele.

— Louvado seja Deus, realmente o calei pela primeira vez? Deveria tê-lo acusado de traição no início de nossa conversa e me poupado de seus comentários insuportáveis.

Ali engoliu em seco e pressionou as palmas das mãos com mais força contra a parede para esconder o tremor. *Peça desculpas.* Não que fizesse diferença. Será que o pai realmente sabia durante todos aqueles meses que ele financiava os Tanzeem? E quanto ao assassinato dos homens daeva?

O dinheiro, Deus, por favor, que seja apenas o dinheiro. Ali não imaginava que ainda estivesse vivo se o pai soubesse do resto.

— Mas... mas você me tornou qaid — gaguejou ele.

— Um teste — respondeu Ghassan. — No qual estava fracassando terrivelmente até a chegada do Afshin aparentemente reordenar sua lealdade. — Ele cruzou os braços. — Tem uma dívida sincera com seu irmão. Muntadhir tem sido seu defensor mais irredutível. Diz que você costuma jogar dinheiro para todo shafit de olhos tristes que lhe procura chorando. E como seu irmão o conhece melhor, fui persuadido a lhe dar uma segunda chance.

Por isso ele me levou até a tumba, percebeu Ali, lembrando-se de como Muntadhir implorou para que ficasse longe dos shafits. O irmão não interferira diretamente com o teste do pai deles – isso teria sido traição do próprio Muntadhir – mas chegara perto disso. Ali ficou chocado com a devoção do irmão. Todo esse tempo, estava julgando a bebedeira, o comportamento superficial de Muntadhir... mas ele era provavelmente o único motivo pelo qual Ali ainda estava vivo.

— Abba — começou ele de novo. — Eu...

— Guarde suas desculpas — disparou Ghassan. — O sangue em suas roupas, e o fato de que veio até mim com seu luto em vez de se voltar para algum pregador de rua shafit imundo, basta para apaziguar minhas dúvidas. — Ele finalmente encarou o olhar apavorado do filho, e sua expressão estava tão destemida que Ali se encolheu. — Mas *vai* me conquistar essa garota.

Ali engoliu em seco e assentiu. Não disse nada. Estava se esforçando para permanecer de pé.

— Gostaria de pensar que não preciso desperdiçar meu tempo detalhando as diversas punições que recairão sobre você caso me engane de novo — prosseguiu Ghassan. — Mas sabendo como seu tipo se sente com relação ao martírio, deixe-me esclarecer isto. Não será apenas você quem sofrerá. Se sequer pensar em me trair de novo, eu o obrigarei a levar cem desses meninos shafits inocentes até aquele maldito barco, entendeu?

Ali assentiu de novo, mas seu pai não pareceu convencido.

— Diga, Alizayd. Diga que entende.

A voz dele soou vazia.

— Entendo, abba.

— Que bom. — O pai deu um tapinha tão forte no ombro dele que Ali se sobressaltou, então ele indicou o uniforme destruído. — Agora deveria ir se lavar, meu filho. — Ghassan soltou o braço de Ali. — Tem muito sangue em suas mãos.

NAHRI

Nahri acordou com o sol.

A chamada para a oração do alvorecer sussurrou ao ouvido dela, flutuando das bocas de dezenas de muezins diferentes no alto dos minaretes de Daevabad. Estranhamente, a chamada jamais a acordava no Cairo, mas ali, a cadência – tão próxima, mas não exatamente igual – o fazia todos os dias. Nahri se agitou no sono, momentaneamente confusa pela sensação dos lençóis de seda, e então abriu os olhos.

Em geral ela levava alguns minutos para se lembrar de onde estava, para reconhecer que o luxuoso apartamento que a cercava não era um sonho e que a grande cama, cheia de almofadas macias com brocados e suspensa do chão de exuberantes tapetes com pernas de mogno curvas, era somente dela. Não foi diferente nessa manhã. Nahri estudou o enorme dormitório, observando os tapetes lindamente tecidos e as coberturas de parede de seda delicadamente pintadas. Uma imensa paisagem do campo de Daevastana, pintada por Rustam – seu tio, lembrou-se Nahri, pois a ideia de ter parentes ainda era surreal – dominava a parede, e uma porta de madeira entalhada dava para o quarto de banho particular dela.

Outra porta se abria para um aposento que era o seu armário. Para uma garota que passara anos dormindo nas ruas de Cairo, uma garota que um dia se considerou sortuda por ter duas abayas simples em estado decente, o conteúdo daquele pequeno quarto era como coisas saídas de um sonho – um sonho que teria terminado com ela vendendo tudo e embolsando os lucros, mas mesmo assim um sonho. Vestidos de seda, mais leves do que o ar e bordados com tecidos de fios de ouro; casacos de feltro acinturados em um arco-íris de cores enfeitadas com uma diversidade de flores de joias; chinelos de contas tão lindos e intricados que parecia uma pena andar com eles.

Havia roupas mais práticas também, inclusive uma dúzia de conjuntos de túnicas na altura das canelas e calças justas de ricos bordados que Nisreen dissera que mulheres daeva tipicamente usavam. Um número igual de chadores, o manto na altura do chão também típico das mulheres da tribo delas, pendiam de esferas de vidro com muito mais graça do que costumavam pender da cabeça de Nahri. Ela ainda precisava se acostumar com os ornamentados enfeites de cabeça que seguravam o chador no lugar, e tinha tendência a pisar na bainha e jogar todo o conjunto no chão.

Nahri bocejou, esfregando o sono dos olhos antes de apoiar o peso do corpo nas palmas das mãos para esticar o pescoço. A mão dela repousou sobre um calombo: tinha escondido várias joias e uma pulseira de ouro na cobertura do colchão. Tinha esconderijos semelhantes pelo apartamento todo, presentes que recebera de uma fileira incansável de ricos benfeitores. Os djinns eram obviamente obcecados por gemas, e Nahri não confiava nos inúmeros criados que passavam pelos aposentos dela.

E por falar nisso... Nahri afastou a mão e ergueu o olhar, encarando a pequena figura ajoelhada nas sombras do outro lado do quarto.

— Pelo Mais Alto, você não dorme nunca?

A jovem fez uma reverência e então se levantou, a voz de Nahri a colocou em ação como uma daquelas caixas de brinquedo de criança que saltam quando abertas.

— Desejo lhe ser útil o tempo todo, Banu Nahida. Oro para que tenha dormido bem.

— Tão bem quanto é possível ao ser observada a noite inteira — grunhiu Nahri em divasti, sabendo que a criada shafit não podia entender a língua daeva. Aquela era a terceira menina que tinha desde que chegara, depois de ter assustado as duas anteriores. Embora Nahri sempre tivesse achado a ideia de criados atraente em tese, a devoção escrava daquelas tímidas meninas, crianças, na verdade, a inquietava. Os olhos de tons humanos eram um lembrete familiar demais da rigorosa hierarquia que governava o mundo djinn.

A menina avançou de fininho, mantendo o olhar cuidadosamente no chão enquanto trazia uma grande bandeja de alumínio.

— Café da manhã, minha senhora.

Nahri não estava com fome, mas não resistiu a uma olhadela na bandeja. O que saía das cozinhas do palácio a maravilhava tanto quanto o conteúdo do próprio armário. Qualquer comida que quisesse, em qualquer quantidade, a qualquer momento. Sobre a bandeja daquela manhã havia uma pilha fumegante de pães chatos macios e salpicados de sementes de gergelim, uma tigela de damascos rosados e vários dos doces de pistache moído com creme de cardamomo dos quais ela gostava. O cheiro de chá verde mentolado subiu da chaleira de cobre.

— Obrigada — disse Nahri, e indicou as cortinas transparentes que davam para o jardim. — Pode deixar lá fora.

Ela deslizou para fora da cama e envolveu um xale macio sobre os ombros nus. Seus dedos roçaram o pequeno peso no quadril, como faziam pelo menos uma dúzia de vezes por dia. A adaga de Dara. Ele a dera a Nahri antes de sair na missão suicida idiota para caçar os ifrits.

Ela fechou os olhos, lutando contra a dor no peito. A ideia de seu Afshin de pavio curto cercado por soldados djinn e procurando os mesmos ifrits que quase os mataram era o suficiente para lhe tirar o fôlego.

Não, disse Nahri a si mesma. *Nem comece.* Preocupar-se com Dara não ajudaria nenhum dos dois; o Afshin era mais do que capaz de cuidar de si mesmo, e Nahri não precisava de qualquer distração. Principalmente hoje.

— Devo pentear seus cabelos, minha senhora? — falou a criada, arrancando Nahri dos próprios pensamentos.

— O quê? Não... está bom assim — respondeu Nahri distraidamente ao tirar os cachos embaraçados dos ombros, e atravessou o quarto para pegar um copo d'água.

A menina correu até a jarra.

— Suas roupas, então? — perguntou ela, ao servir um copo. — Mandei limpar e passar as vestes cerimoniais Nahid...

—Não — interrompeu Nahri, mais abruptamente do que pretendia. A menina se encolheu como se tivesse levado um tapa, e Nahri estremeceu diante do medo no rosto dela. Não teve a intenção de assustá-la. — Desculpe. Olhe... — Nahri vasculhou a mente em busca do nome da menina, mas tinha sido tão bombardeada por informações novas todos os dias que lhe escapou. — Posso ter alguns minutos para mim?

A menina piscou como um gato assustado.

— Não. E-eu quero dizer... Não posso sair, Banu Nahida — suplicou a menina, em um sussurro baixinho. — Devo estar disponível...

— Posso cuidar de Banu Nahri esta manhã, Dunoor. — Uma voz calma e comedida falou do jardim.

A menina shafit fez uma reverência e se foi, fugindo antes que a falante abrisse as cortinas. Nahri ergueu os olhos para o teto.

— Era de se pensar que eu saí por aí ateando fogo às pessoas e envenenando o chá delas — reclamou a curandeira. — Não entendo por que as pessoas têm tanto medo de mim.

Nisreen entrou no quarto sem fazer um ruído. A mulher mais velha se movia como um fantasma.

— Sua mãe gozava de uma reputação bastante... *assustadora*.

— Sim, mas ela era uma verdadeira Nahid — replicou Nahri. — Não alguma shafit perdida que não consegue conjurar uma chama. — Ela se juntou a Nisreen no pavilhão que dava para os jardins. O mármore branco corou, rosa sob a luz rosada do alvorecer, e um par de pequenos pássaros piou e levantou água na fonte.

— Faz apenas algumas semanas, Nahri. Dê tempo a si mesma. — Nisreen deu um sorriso sardônico a Nahri. — Em breve será capaz de conjurar chamas o suficiente para queimar a enfermaria. E *não* é uma shafit, não importa sua aparência. O rei mesmo disse isso.

— Bem, fico feliz por ele ter tanta certeza — murmurou Nahri. Ghassan cumprira com sua parte do acordo deles, declarando publicamente que Nahri era a filha *de sangue puro* há muito perdida de Manizheh, alegando que a aparência humana dela era o resultado de uma maldição marid.

Mas a própria Nahri não estava convencida. A cada dia que passava em Daevabad, ficava mais ciente das diferenças entre puros-sangues e shafits. O ar ficava morno em torno dos elegantes puros-sangues; eles respiravam mais profundamente, os corações batiam mais devagar, e a pele reluzente emanava um odor fumegante que lhe ardia o nariz. Ela não conseguia deixar de comparar o cheiro de ferro de seu sangue vermelho; o gosto salgado de seu suor; a forma mais lenta e mais esquisita com que seu corpo se movia. Nahri certamente se *sentia* shafit.

— Deveria comer algo — disse Nisreen, com tranquilidade. — Tem um dia importante adiante.

Nahri pegou um doce e o virou nas mãos antes de colocar de volta no lugar, sentindo-se enjoada. "Importante" era um eufemismo. Aquele seria o primeiro dia em que Nahri trataria um paciente.

— Tenho certeza de que posso, com a mesma facilidade, matar alguém de estômago vazio.

Nisreen lhe lançou um olhar. A antiga assistente da mãe dela tinha 150 anos – um número que a mulher oferecia com o ar de alguém discutindo o tempo –, mas os olhos pretos aguçados pareciam atemporais.

— Não vai matar ninguém — disse Nisreen, inexpressivamente. Ela falava tudo com tanta confiança. Nisreen parecia a Nahri uma das pessoas mais firmemente capazes que já conhecera, uma mulher que não apenas sufocara com facilidade a tentativa de Zaynab de envergonhar Nahri como também cuidara de mais de um século de sabe Deus que tipos de doenças mágicas. — É um procedimento simples — acrescentou ela.

— Extrair uma salamandra de fogo do corpo de alguém é simples? — Nahri estremeceu. — Ainda não entendo por que escolheu isso como minha primeira tarefa. Não vejo por que eu sequer *tenho* uma primeira tarefa. Médicos treinam durante anos no mundo humano, e esperam que eu simplesmente saia e comece a cortar répteis mágicos fora das pessoas depois de ouvir sua explicação por alguns…

— Fazemos as coisas de modo diferente aqui — interrompeu Nisreen. Ela empurrou uma xícara de chá quente para as mãos de Nahri e indicou para que ela voltasse para o quarto. — Tome um pouco de chá. E sente-se — acrescentou a mulher, apontando para uma cadeira. Não pode ver o público com essa aparência.

Nahri obedeceu, e Nisreen pegou um pente de uma cômoda próxima e começou a trabalhar no cabelo de Nahri, desembaraçando desde o couro cabeludo para separar as tranças. Nahri fechou os olhos, aproveitando a sensação dos dentes afiados do pente e dos puxões experientes dos dedos de Nisreen.

Eu me pergunto se minha mãe algum dia trançou meus cabelos.

O pensamento minúsculo borbulhou para cima, uma fenda na armadura que Nahri tinha colocado sobre aquela parte de si mesma. Era uma ideia tola; pelo modo como as coisas soavam, assim que Nahri nasceu, a mãe foi morta. Manizheh jamais teve a chance de trançar os cabelos de Nahri, nem de testemunhar os primeiros passos dela; não tinha vivido o suficiente para ensinar a filha a magia Nahid, nem para ouvi-la reclamar de homens arrogantes e belos ansiosos para correr atrás do perigo.

A garganta de Nahri se apertou. De várias formas, fora mais fácil presumir que os pais eram canalhas negligentes que a abandonaram. Ela podia não se lembrar da mãe, mas a ideia de a mulher que lhe deu à luz ser cruelmente assassinada não era algo que se ignorava com facilidade.

Nem era o fato de que o pai desconhecido ainda poderia estar em Daevabad. Nahri conseguia apenas imaginar as fofocas que giravam em torno *disso*, mas Nisreen lhe avisara que o pai era um assunto a ser evitado. O rei, aparentemente, não ficara satisfeito ao descobrir sobre a indiscrição de Manizheh.

Nisreen terminou a quarta trança, entremeando um galho de manjericão nas pontas.

— Por que isso? — perguntou Nahri, ansiosa para uma distração dos pensamentos sombrios.

— Sorte. — Nisreen sorriu, parecendo um pouco envergonhada. — É algo que meu povo costumava fazer para meninas, em minha terra natal.

— Terra natal?

Nisreen assentiu.

— Sou de Anshunur, originalmente. Uma aldeia na costa sul de Daevastana. Meus pais eram sacerdotes; nossos ancestrais cuidaram do templo de lá por séculos.

— Mesmo? — Nahri se sentou, intrigada. Depois de Dara, era estranho estar perto de alguém que falava tão abertamente sobre o passado. — Então o que a trouxe a Daevabad?

A mulher mais velha pareceu hesitar, com os dedos trêmulos sobre a trança de Nahri.

— Os Nahid, na verdade — disse ela, baixinho. Quando Nahri franziu a testa, confusa, Nisreen explicou. — Meus pais foram mortos por saqueadores djinn quando eu era jovem. Fui severamente ferida, então os sobreviventes me trouxeram para Daevabad. Sua mãe me curou, e então ela e o irmão me acolheram.

Nahri ficou horrorizada.

— Sinto muito — disparou ela. — Eu não fazia ideia.

Nisreen deu de ombros, embora Nahri tivesse visto um lampejo de luto nos olhos escuros dela.

— Está tudo bem. Não é incomum. As pessoas trazem oferendas aos templos deles; são alvos ricos. — A mulher se levantou. — E tive uma boa vida com os Nahid. Encontrei bastante satisfação trabalhando na enfermaria. Embora na questão de nossa fé... — Nisreen atravessou o quarto, seguindo para o altar de fogo negligenciado do outro lado. — Vejo que deixou seu altar se apagar de novo.

Nahri se encolheu.

— Faz alguns dias desde que enchi de óleo.

— Nahri, falamos sobre isso.

— Eu sei. Desculpe. — Ao chegar, os daevas deram a Nahri o altar de fogo pessoal de Manizheh, uma peça de metal e água infligidora de culpa, restaurada e polida à perfeição. O altar tinha cerca da metade da altura de Nahri, uma bacia de prata cheia de água que era mantida fervente constantemente pelas minúsculas lâmpadas a óleo feitas de vidro que ondulavam sobre a superfície. Uma pilha de varetas de cedro queimava na pequena cúpula que se erguia do centro da pia.

Nisreen encheu as lâmpadas com o líquido de uma jarra de prata próxima e tirou uma vareta de cedro das ferramentas sagradas destinadas a manter o altar. Ela a usou para reacender as chamas e então chamou Nahri para perto.

— Deveria tentar cuidar melhor disto — avisou Nisreen, embora sua voz tivesse permanecido suave. — Nossa fé é uma importante parte de nossa cultura. Tem medo de tratar um paciente? Então por que não tocar nas mesmas ferramentas em que seus avós um dia tocaram? Ajoelhe-se e reze como sua mãe teria feito antes de tentar um novo procedimento. — Ela gesticulou para que Nahri baixasse a cabeça. — Tire forças da conexão que ainda tem com sua família.

Nahri suspirou, mas permitiu que Nisreen marcasse sua testa com cinzas. Ela provavelmente precisaria de toda sorte que conseguisse naquele dia.

Com cerca da metade do tamanho da enorme câmara de audiências, a enfermaria era uma sala austera de paredes brancas simples, um piso de pedra azul e um teto alto em domo feito completamente de vidro temperado que deixava entrar o sol. Uma parede era dedicada a ingredientes de boticário, centenas de prateleiras de vidro e cobre de tamanhos variados. Outra seção da sala era a área de trabalho dela: uma variedade de mesas baixas cheias de ferramentas e tentativas farmacêuticas fracassadas, e uma pesada mesa de vidro jateado em um canto, cercada por prateleiras de livros e um amplo poço para uma fogueira.

O outro lado da sala era destinado a pacientes e normalmente fechado com cortinas. Mas naquele dia a cortina estava puxada, revelando um sofá vazio e uma pequena mesa. Nisreen passou por ela com uma bandeja de suprimentos.

— Devem chegar a qualquer momento. Já preparei o elixir.

— E ainda acha que essa é uma ideia inteligente? — Nahri engoliu em seco, ansiosa. — Não tive muita sorte com minhas habilidades até agora.

Esse era um eufemismo. Nahri tinha presumido que ser uma curandeira para os djinns fosse semelhante a ser uma curandeira entre humanos, que passaria seu tempo consertando ossos quebrados, fazendo partos e costurando ferimentos. No fim das contas, os djinns não precisavam de muita ajuda com esses tipos de males – os de sangue puro. Em vez disso, precisavam de um Nahid quando ficava… *complicado*. E o que era complicado?

Listras eram comuns em crianças nascidas durante a hora mais escura da noite. A mordida de um simurgh – pássaros de fogo que os djinns gostavam de fazer correr – faria com que a pessoa queimasse lentamente de dentro para fora. Suar gotas prateadas era uma irritação constante na primavera. Era possível criar acidentalmente uma duplicata maligna, transformar as próprias mãos em flores, ser amaldiçoado com alucinações ou ser transformado em maçã – um insulto gravíssimo contra a honra de alguém.

As curas eram pouco melhores. As folhas bem do alto de ciprestes – e apenas bem do alto – podiam ser fervidas em uma solução que, quando soprada por um Nahid, abria os pulmões. Uma pérola moída misturada com a quantidade certa de cúrcuma podia ajudar uma mulher estéril a conceber, mas a criança resultante teria um cheiro levemente salgado e seria terrivelmente sensível a mariscos. E não eram apenas as doenças e as curas associadas que pareciam inacreditáveis, mas a lista interminável de situações que pareciam completamente não relacionadas à saúde.

— As chances são remotas, mas às vezes uma dose de duas semanas de cicuta, cauda de pombo e alho — tomada em todo pôr do sol, do lado de fora — pode curar um caso ruim de azar crônico — dissera Nisreen a Nahri na semana anterior.

Nahri se lembrou da própria incredulidade chocada.

— Cicuta é *venenosa*. E como ser azarado é uma doença?

A ciência por trás daquilo tudo fazia pouco sentido. Nisreen falava e falava sobre os quatro humores que compunham o corpo djinn e a importância de mantê-los equilibrados. Fogo e ar deveriam se igualar precisamente, equivalendo a duas vezes a quantidade de sangue e quatro vezes a quantidade de bile. O desequilíbrio poderia causar uma doença degenerativa, insanidade, penas…

— Penas? — repetiu Nahri, incrédula.
— Ar demais — explicara Nisreen. — Obviamente.
E embora Nahri estivesse tentando, era tudo demais para absorver, dia após dia, hora após hora. Desde que chegara ao palácio, ainda não deixara a ala que abrigava seus aposentos e a enfermaria; não tinha certeza se sequer tinha a *permissão* de sair, e quando Nahri perguntou se poderia aprender a ler – como sonhava fazer há anos – a mulher mais velha ficou estranhamente esquiva, murmurando algo a respeito de os textos Nahid serem proibidos antes de prontamente mudar de assunto. Além das criadas apavoradas e de Nisreen, Nahri não tinha outra companhia. Zaynab a convidara educadamente para o chá duas vezes, mas Nahri recusara – não pretendia consumir líquidos perto daquela menina de novo. Mas era extrovertida, acostumada a conversar com clientes e a perambular por todo o Cairo. O isolamento e a concentração uniforme no treino a deixara pronta para explodir.

E Nahri sentia que a frustração estava restringindo suas habilidades. Nisreen repetiu o que Dara já lhe dissera: sangue e intenção eram vitais na magia. Muitos dos remédios que Nahri estudava simplesmente não funcionariam sem um Nahid crente para produzi-los. Não conseguiria mexer uma poção, moer um pó ou sequer colocar as mãos em um paciente sem uma forte confiança no que estava fazendo. E Nahri não tinha isso.

Então, no dia anterior, Nisreen anunciara — muito abruptamente — que mudariam de tática. O rei queria ver Nahri curar alguém, e Nisreen concordou, acreditando que se Nahri recebesse chance de curar alguns pacientes cuidadosamente selecionados, as teorias fariam mais sentido para ela. Nahri achou que isso parecia uma ótima forma de lentamente reduzir a população de Daevabad, mas pareceu que a curandeira tinha muita escolha no assunto.

Uma batida soou à porta. Nisreen olhou para ela.

— Você vai ficar bem. Tenha fé.

O paciente de Nahri era uma mulher mais velha, acompanhada de um homem que parecia ser o filho dela. Quando Nisreen os cumprimentou em divasti, Nahri suspirou aliviada, esperando que o próprio povo fosse mais empático com a inexperiência dela. Nisreen levou a mulher à cama e a ajudou a retirar um longo chador da cor da meia-noite. Por baixo, os cabelos cinza metálicos da mulher estavam arrumados em um ninho trançado de forma elaborada. Bordado de ouro brilhava do vestido carmesim escuro dela, e grandes conjuntos de rubis pendiam de cada orelha. Ela fez bico com os lábios pintados e deu a Nisreen um olhar claramente pouco impressionado enquanto seu filho – vestindo luxos semelhantes – pairava nervosamente sobre a mãe.

Nahri respirou fundo e se aproximou, unindo as palmas das mãos como vira outros da tribo fazerem.

— Que a paz esteja com você.

O homem uniu as próprias mãos e fez uma reverência acentuada.

— É a mais alta honra, Banu Nahida — disse ele, em um sussurro. — Que os fogos queimem intensamente para você. Rezo para que o Criador abençoe você com a mais longa das vidas e os mais felizes filhos e...

— Ah, acalme-se, Firouz — interrompeu a mulher mais velha. Ela considerou Nahri com olhos pretos céticos. — Você é filha de Banu Manizheh? — Ela fungou. — De aparência terrivelmente humana.

— Madar! — sibilou Firouz, obviamente envergonhado. — Seja educada. Eu contei a você sobre a maldição, lembra?

Ele é o vulnerável, decidiu Nahri, e então se encolheu, um pouco envergonhada de ter pensado isso. Aquelas pessoas eram pacientes, não alvos.

— Hmm. — A mulher devia ter percebido a atitude de Nahri. Os olhos dela brilharam como os de um corvo. — Então, pode me consertar?

Nahri tirou um escalpo prateado de aparência cruel da bandeja e o girou nos dedos.

— *Insha' Allah.*

— Ela certamente pode. — Nisreen passou suavemente entre as duas. — É uma tarefa simples. — A mulher puxou Nahri para onde já havia preparado o elixir. — Cuidado com o tom de voz — avisou ela. — E não fale a língua humana que soa como geziriyya aqui. A família dela é poderosa.

— Ah, então vamos lá, vamos fazer experimentos nela.

— É um procedimento simples — assegurou Nisreen pela centésima vez. — Já repassamos isso. Peça que ela beba o elixir, procure a salamandra e a extraia. Você é a Banu Nahida, deve ser tão óbvio para você quanto um pontinho preto no olho.

Simples. As mãos de Nahri tremiam, mas ela suspirou e tomou o elixir de Nisreen. A xícara de prata se aqueceu nas mãos dela, e o líquido âmbar começou a fumegar. Ela voltou para a idosa e entregou a xícara a ela, observando conforme a paciente tomava um gole.

A mulher fez uma careta.

— Isso é realmente terrível. Tem alguma coisa para tirar o amargor? Um doce, talvez?

Nahri ergueu as sobrancelhas.

— A salamandra estava coberta de mel quando você a engoliu?

A mulher pareceu insultada.

— Eu não a *engoli*. Fui amaldiçoada. Provavelmente por minha vizinha Rika. Sabe quem é, Firouz? Rika, com as roseiras patéticas e aquela filha barulhenta com o marido sahrayn? — A mulher fez careta. — A família inteira deles deveria ter sido expulsa do Quarteirão Daeva quando ela se casou com aquele pirata de turbante.

— Não consigo *imaginar* por que ela iria querer amaldiçoar você — disse Nahri, distraidamente.

— Intenção — sussurrou Nisreen quando se aproximou com uma bandeja de instrumentos.

Nahri revirou os olhos.

— Deite-se — disse ela à mulher.

Nisreen lhe entregou um bulbo prateado que terminava em uma ponta afiada reluzente.

— Lembre-se, apenas um leve toque com isto. Vai imediatamente paralisar a salamandra para que você possa extraí-la.

— Isso presumindo que eu sequer posso... Uau! — Nahri arquejou quando um calombo do tamanho do punho dela se elevou subitamente sob o antebraço esquerdo da mulher, inflando a fina pele até que parecesse pronta para explodir. O calombo estremeceu e então correu para cima do braço da mulher e desapareceu sob o ombro.

— Você viu? — perguntou Nisreen.

— Nenhum de vocês viu? — perguntou Nahri, chocada.

A idosa deu a ela um olhar emburrado.

Nisreen sorriu.

— Eu disse que você conseguiria. — Ela tocou o ombro de Nahri. — Respire fundo e mantenha a agulha pronta. Deve ver de novo a qualquer...

— Ali! — Nahri viu a salamandra de novo, perto do abdômen da mulher. Ela rapidamente mergulhou a agulha na barriga da paciente, mas o calombo pareceu derreter.

— Ai! — A idosa gritou quando uma gota de sangue preto brotou contra o vestido dela. — Isso doeu!

— Então fique quieta!

A mulher choramingou quando agarrou uma das mãos do filho.

— Não grite comigo!

O calombo emergiu perto da clavícula da idosa, e Nahri tentou espetá-lo de novo, tirando mais sangue e provocando mais um grito. A salamandra se contorceu para longe – ela conseguia ver um claro relevo do corpo do parasita agora – e correu para o pescoço da mulher.

— Eep! — gritou a mulher, esganiçada, quando Nahri, por fim, simplesmente agarrou a criatura, fechando os dedos em volta do pescoço da mulher. — Eep! Está me matando! Está me *matando*!

— Não estou... fique quieta! — gritou Nahri, tentando se concentrar em segurar a salamandra no lugar enquanto erguia a agulha. Assim que ela proferiu as palavras, a criatura sob sua mão triplicou de tamanho, envolvendo a garganta da mulher com a cauda.

O rosto da idosa escureceu imediatamente e os olhos dela se tornaram vermelhos. A mulher arquejou e agarrou o próprio pescoço enquanto lutava para conseguir respirar.

— Não! — Nahri desesperadamente tentou desejar que o parasita diminuísse, mas nada aconteceu.

— Madar! — gritou o homem. — Madar!

Nisreen disparou pela sala e puxou uma pequena garrafa de vidro de uma das gavetas.

— Saia — disse ela, rapidamente. A mulher empurrou Nahri para o lado e virou a cabeça da paciente para trás, abrindo a mandíbula dela e despejando o conteúdo da garrafa pela garganta. O calombo sumiu, e a mulher começou a tossir. O filho bateu nas costas dela.

Nisreen ergueu a garrafa.

— Carvão líquido — disse ela, calmamente. — Encolhe a maioria dos parasitas internos. — Nisreen assentiu para a idosa. — Vou trazer água para ela. Deixe que recupere o fôlego e tentaremos de novo. — Ela abaixou a voz de forma que apenas Nahri ouvisse. — Sua intenção precisa ser mais... *positiva*.

— O quê? — Nahri ficou confusa por um momento, e então o aviso de Nisreen ficou claro. A salamandra não tinha começado a estrangular a mulher quando a agulha a tocou.

Tinha feito isso quando Nahri ordenou que se calasse.

Quase a matei. Nahri recuou um passo e derrubou uma

das bandejas da mesa. O objeto caiu no chão com um clangor e os frascos de vidro se estilhaçaram contra o mármore.

— E-eu preciso de ar. — Ela se virou na direção das portas que davam para os jardins.

Nisreen se colocou diante de Nahri.

— Banu Nahida... — A voz da mulher estava calma, mas não escondia a preocupação nos olhos. — Não pode simplesmente sair. A senhora está sob seus cuidados.

Nahri empurrou Nisreen.

— Não mais. Mande-a embora.

Ela desceu de dois em dois os degraus de pedra que davam para o jardim. Então correu entre os canteiros jardinados de plantas curativas, assustando dois jardineiros, e depois adiante, seguindo um estreito caminho para o interior selvagem dos jardins reais.

Nahri não pensou muito em para onde ia, a mente dela girava. *Eu não tinha que ter tocado naquela mulher.* A quem estava enganando? Não era curandeira. Era uma ladra, uma vigarista que ocasionalmente dava sorte. Subestimara suas habilidades para cura no Cairo, onde eram tão naturais quanto respirar.

Parou na beira do canal e encostou nos restos em ruínas de uma ponte de pedra. Um par de libélulas reluziu acima da água corrente. Ela as observou disparar e mergulhar sob um tronco de árvore caído cujos galhos escuros despontavam para fora da água como um homem tentando não se afogar. Ela invejou a liberdade.

Eu era livre no Cairo. Uma onda de saudade de casa tomou conta dela. Nahri ansiou pelas ruas lotadas do Cairo e os aromas familiares, os clientes dela com os problemas amorosos, e as tardes batendo emplastros com Yaqub. Frequentemente se sentira como uma estrangeira ali, mas agora sabia que não era verdade. Foi preciso deixar o Egito para perceber que ele era seu lar.

E jamais o verei de novo. Nahri não era ingênua; por trás das palavras educadas de Ghassan, ela suspeitava que era mais prisioneira do que convidada em Daevabad. Com Dara fora, não havia ninguém a quem pudesse recorrer por ajuda. E estava claro que esperavam que ela começasse a produzir resultados como curandeira.

Nahri mordeu o interior da bochecha enquanto observava a água. O fato de que um paciente tinha aparecido em sua enfermaria quase duas semanas depois de sua chegada em Daevabad não era um sinal encorajador, e ela não podia deixar de se perguntar como Ghassan poderia punir sua incompetência caso ela persistisse. Será que os privilégios – os aposentos particulares, as belas roupas e joias, os criados e as comidas chiques – começariam a desaparecer a cada fracasso?

O rei pode ficar insatisfeito ao me ver fracassar. Nahri não tinha se esquecido da forma como os Qahtani a haviam recebido: a hostilidade descarada de Alizayd, a tentativa de Zaynab de humilhá-la... sem falar do lampejo de medo no rosto de Ghassan.

Movimento chamou sua atenção e Nahri ergueu o olhar, aceitando qualquer distração dos pensamentos sombrios. Por uma tela de folhas roxas caídas ela conseguiu ver uma clareira adiante, onde o canal se alargava. Um par de braços escuros batia na superfície da água.

Nahri franziu a testa. Alguém estava... *nadando*? Ela presumiu que todos os djinns tivessem tanto medo de água quanto Dara.

Um pouco preocupada, Nahri avançou sobre a ponte. Os olhos dela se arregalaram quando entrou na clareira.

O canal subia direto para o ar.

Era como uma cachoeira ao contrário, o canal correndo da selva para se empoçar contra a parede antes de cascatear para cima e além do palácio. Era uma visão linda, se não totalmente bizarra, que a cativou por completo antes que outro jato do lago enevoado atraísse seu olhar. Ela correu até lá, vendo alguém se debatendo na água.

— Espere aí! — Depois do tumultuoso Gozan, aquele laguinho não era nada. Ela entrou direto e pegou o braço que se debatia mais perto, puxando com força para trazer quem quer que fosse para a superfície.

— *Você?* — Nahri fez um ruído de nojo quando reconheceu um Alizayd al Qahtani bastante espantado. Ela imediatamente soltou o braço dele, e o príncipe caiu para trás agitando a água, que brevemente se fechou sobre a cabeça dele antes que Alizayd se esticasse, tossindo e cuspindo água.

O príncipe limpou os olhos e os semicerrou, como se não acreditasse muito bem em quem via.

— *Banu Nahri?* O que está fazendo aqui?

— Achei que estivesse se afogando!

Ele se levantou, o perfeito nobre arrogante mesmo quando molhado e confuso.

— Eu não estava *me afogando* — bufou Alizayd. — Estava nadando.

— Nadando? — perguntou Nahri, incrédula. — Que tipo de djinn nada?

Um lampejo de vergonha percorreu o rosto dele.

— É um costume ayaanle — murmurou o príncipe, pegando um xale perfeitamente dobrado da margem de azulejos do canal. — Você se *importa*?

Nahri revirou os olhos, mas se virou. Em um trecho ensolarado de grama adiante, um tapete de lã estava disposto, cheio de livros, um maço de anotações e um lápis de carvão.

Assim que ela o ouviu agitar a água ao sair, Alizayd marchou além de Nahri, para o tapete. O xale estava envolto sobre o tronco dele com o mesmo cuidado que ela vira jovens noivas cobrirem os cabelos. Água pingou da faixa encharcada da cintura dele.

Alizayd pegou uma touca do tapete e a colocou sobre a cabeça molhada.

— O que está fazendo aqui? — indagou ele, por cima do ombro. — Meu pai enviou você?

Por que o rei me enviaria até você? Mas Nahri não perguntou; tinha pouco desejo de continuar falando com o irritante príncipe Qahtani.

— Não importa. Vou embora...

Ela parou de falar quando seus olhos recaíram sobre um dos livros abertos no tapete. Uma ilustração cobria metade da página, uma asa de shedu estilizada cruzada com uma flecha com ponta de foice.

Uma marca Afshin.

Nahri imediatamente avançou para o livro. Alizayd chegou antes. Ele o pegou, mas a curandeira pegou outro livro, virando-se quando ele tentou tomá-lo.

— Devolva isso!

Nahri se abaixou sob o braço de Alizayd e rapidamente folheou o livro, buscando mais ilustrações. Ela encontrou uma série de figuras desenhadas em uma das páginas. Meia dúzia de djinns, com os braços expostos para mostrar tatuagens pretas espiralando para cima dos pulsos deles, e, em alguns, avançando além dos ombros expostos. Minúsculas linhas, como degraus de uma escada que não se sustenta.

Como as de Dara.

Nahri não pensara muito nas tatuagens dele, presumira que tinham a ver com a linhagem de Dara. Mas enquanto ela encarava a ilustração, uma pontada gelada percorreu sua coluna. As figuras pareciam ser de várias tribos, e todas tinham expressão de pura angústia nos rostos. Uma mulher tinha os olhos erguidos para algum céu invisível, com os braços estendidos e a boca aberta em um grito sem palavras.

Alizayd tomou o livro de volta, aproveitando-se da distração de Nahri.

— Assunto interessante que está estudando — disse Nahri, com a voz afiada. — O que é isso? Aquelas figuras... aquela marca nos braços delas?

— Não sabe? — Quando Nahri fez que não com a cabeça, um olhar sombrio cruzou sua expressão, mas Alizayd não ofereceu outra explicação. Ele enfiou os livros sob o braço. — Não importa. Vamos lá. Vou levar você de volta para a enfermaria.

Nahri não se moveu.

— O que são as marcas? — perguntou ela de novo.

Alizayd parou, seus olhos cinza pareciam analisá-la.

— É um registro — respondeu ele, por fim. — Parte da maldição dos ifrits.

— Um registro do *quê*?

Dara teria mentido. Nisreen teria se esquivado e mudado de assunto. Mas Alizayd apenas contraiu a boca em uma linha fina e respondeu:

— Vidas.

— Que vidas?

— Os mestres humanos que eles mataram. — O rosto do príncipe se contorceu. — Supostamente, os ifrits se divertem ao vê-las se somarem.

Os mestres humanos que eles mataram. A mente de Nahri voltou para as inúmeras vezes que observara aquela tatuagem enrolada em torno do braço de Dara, as minúsculas linhas pretas desbotadas contra a luz dos fogos constantes dele. Devia haver centenas.

Ciente de que o príncipe a observava, Nahri lutou para manter a expressão comedida. Afinal de contas, tivera aquela visão em Hierápolis; sabia como Dara fora completamente controlado pelo mestre dele. Certamente não poderia ser culpado pelas mortes deles.

Além do mais, por mais que o significado da marca de escravo de Dara fosse terrível, Nahri subitamente percebeu que uma ameaça muito mais próxima espreitava. Olhou de novo para os livros na mão de Alizayd, e uma onda de proteção tomou conta dela, acompanhada por um formigamento de medo.

— Você o está estudando.

O príncipe nem mesmo se incomodou em mentir.

— É um conto interessante o que vocês dois criaram.

O coração dela parou. *Nahri, as peças não se encaixam...* As palavras apressadas de Dara retornaram a ela, o mistério sobre as origens deles que o levara a mentir para o rei e correr atrás dos ifrits. Dara sugerira que os Qahtani poderiam nem mesmo perceber que algo não estava certo.

Mas ficou claro que pelo menos um deles tinha alguma suspeita.

Nahri pigarreou.

— Entendo — conseguiu dizer, por fim, sem esconder por completo o choque na voz.

Alizayd abaixou o olhar.

— Você deveria ir — disse ele. — Suas cuidadoras devem estar ficando preocupadas.

Cuidadoras dela?

— Eu me lembro do caminho — replicou Nahri, voltando-se na direção do interior selvagem do jardim.

— Espere! — Alizayd se colocou entre ela e as árvores. Havia um toque de pânico na voz dele. — Por favor... sinto muito — ele prosseguiu. — Não deveria ter dito aquilo. — O príncipe alternou o peso do corpo entre os pés. — Foi grosseiro... e foi dificilmente a primeira vez em que fui grosseiro com você.

Nahri semicerrou os olhos.

— Estou ficando acostumada.

Uma expressão sarcástica percorreu o rosto dele, quase um sorriso.

— Peço que não se acostume. — Alizayd tocou o coração. — Por favor. Levarei você de volta pelo palácio. — Ele assentiu para as folhas molhadas que grudavam no chador dela. — Não precisa sair caminhando de volta pela selva só porque não tenho modos.

Nahri considerou a oferta; pareceu bastante sincera, e havia a leve chance de que pudesse acidentalmente derrubar os livros dele em um dos braseiros em chamas aos quais os djinns pareciam tão afeitos.

— Tudo bem.

Alizayd assentiu na direção da parede.

— Por aqui. Deixe-me apenas me trocar.

Ela o seguiu até o outro lado da clareira para um pavilhão de pedra que dava para a muralha. Então, por uma balaustrada aberta até um quarto simples com metade do tamanho do quarto dela. Uma parede estava tomada por prateleiras de livros, o restante do quarto era escassamente decorado com um nicho para oração, um único tapete e um grande azulejo de cerâmica gravado com o que pareciam ser versos religiosos em árabe.

O príncipe foi direto para a porta principal, uma enorme antiguidade de teca entalhada. Ele colocou a cabeça para fora e gesticulou como se chamasse alguém. Em segundos, um membro da Guarda Real surgiu, se posicionando silenciosamente à porta aberta.

Nahri deu um olhar incrédulo ao príncipe.

— Você tem *medo* de mim?

Ele fervilhou.

— Não. Mas dizem que quando um homem e uma mulher estão sozinhos em um quarto fechado, a terceira companhia deles é o diabo.

Nahri ergueu uma sobrancelha, esforçando-se para conter o risinho.

— Ora, então suponho que devemos nos precaver. — Ela olhou para a água pingando da faixa da cintura dele. — Não precisava...?

Ali acompanhou o olhar de Nahri, fez um ruído baixo de vergonha e imediatamente sumiu por um arco fechado por cortinas – ainda com os livros na mão.

Que pessoa estranha. O quarto era extraordinariamente simples para um príncipe, nada como o aposento luxuoso dela. Um fino colchão para dormir fora cuidadosamente dobrado e colocado sobre um único baú de madeira. Uma mesa baixa dava para o jardim, com a superfície coberta de papéis e pergaminhos, todos colocados em ângulos retos perturbadoramente perfeitos em relação um ao outro. Uma pena repousava ao lado de um imaculado frasco de nanquim.

— Seus aposentos não parecem muito... *habitados* — comentou Nahri.

— Não vivo há muito tempo no palácio — disse ele, do outro quarto.

Nahri caminhou até as estantes.

— De onde é, originalmente?

— Daqui. — Nahri se sobressaltou com a proximidade da voz dele. Alizayd tinha voltado sem fazer um ruído, agora vestindo uma longa faixa de cintura cinza e túnica de linho listrada. — De Daevabad, quero dizer. Cresci na Cidadela.

— A Cidadela?

Ele assentiu.

— Estou treinando para ser o qaid de meu irmão.

Nahri guardou esse fragmento de informação na cabeça para mais tarde, cativada pelas estantes lotadas. Havia centenas de livros e pergaminhos ali, inclusive alguns com metade da altura dela e muitos mais espessos do que sua cabeça. Nahri passou a mão pelas lombadas de diversos tons, tomada por um anseio.

— Gosta de ler? — perguntou Alizayd.

Nahri hesitou, envergonhada de admitir seu analfabetismo para um homem com tamanha biblioteca pessoal.

— Acho que se pode dizer que eu gosto da ideia de ler. — Quando a única resposta dele foi um franzir de testa confuso, ela esclareceu. — Não sei como.

— De verdade? — Alizayd pareceu surpreso, mas pelo menos não enojado. — Achei que todos os humanos pudessem ler.

— De jeito nenhum. — Ela achou graça do engano; talvez humanos fossem tão misteriosos para os djinns quanto os djinns eram para os humanos. — Sempre quis aprender. Esperava que teria a oportunidade aqui, mas parece que não é para acontecer. — Ela suspirou. — Nisreen diz que é um desperdício de tempo.

— Imagino que muitos em Daevabad sentem o mesmo. — Mesmo quando ela tocou a lombada dourada de um dos volumes, Nahri conseguiu sentir que ele a estava estudando.

— E se você pudesse... sobre o que leria?

Minha família. A resposta foi imediata, mas de maneira alguma ela revelaria isso a Alizayd. Nahri se virou para ele.

— Os livros que você estava lendo pareciam interessantes.

Ele não piscou.

— Creio que aqueles volumes em particular estejam indisponíveis no momento.

— Quando acha que estarão disponíveis?

Nahri viu algo se suavizar no rosto dele.

— Não acho que você vai querer lê-los, Banu Nahri. Não acho que vai gostar do que dizem.

— Por que não?

Alizayd hesitou.

— A guerra não é um tópico agradável — ele respondeu, por fim.

Essa foi uma resposta mais diplomática do que Nahri teria esperado, considerando o tom da conversa anterior dos dois. Esperando que ele continuasse a falar, ela decidiu responder à pergunta inicial do príncipe de outra forma.

— Negócios. — Diante da confusão visível de Alizayd, ela explicou. — Você perguntou sobre o que eu leria se pudesse. Eu gostaria de saber como as pessoas gerenciam negócios em Daevabad, como ganham dinheiro, negociam umas com as outras, esse tipo de coisa. — Quanto mais pensava a respeito, melhor parecia a ideia. Afinal, era a própria sabedoria para os negócios que a mantivera viva no Cairo, enganando viajantes e entendendo a melhor forma de ludibriar um alvo.

Ele ficou completamente imóvel.

— Como... economia?

— Acho que sim.

Os olhos do príncipe se semicerraram.

— Tem *certeza* de que meu pai não a enviou?

— Bastante.

Algo pareceu se animar no rosto de Ali.

— Economia, então... — Ele pareceu estranhamente animado. — Bem, eu certamente tenho material o suficiente sobre isso.

O príncipe se aproximou das prateleiras e Nahri se afastou. Ele era mesmo alto, elevando-se acima dela como uma das antigas estátuas que ainda pontuavam os desertos fora do Egito. Até mesmo tinha a mesma expressão rígida de leve reprovação.

Ali puxou um gordo volume azul e dourado da prateleira do alto.

— Uma história dos mercados de Daevabad. — Ele a entregou o livro. — Está escrito em árabe, então pode se provar mais familiar.

Nahri abriu e folheou algumas páginas.

— Muito familiar. Ainda completamente incompreensível.

— Posso ensinar você a ler. — Havia uma incerteza na voz dele.

Nahri deu um olhar afiado ao príncipe.

— O quê?

Alizayd espalmou as mãos.

— Posso te ensinar... Quero dizer, se você quiser que eu ensine. Afinal de contas, Nisreen não manda no meu tempo. E posso convencer meu pai de que seria bom para as relações entre nossas tribos. — O sorriso de Ali sumiu. — Ele é muito... incentivador de tais causas.

Nahri cruzou os braços.

— E o que você ganha com isso? — Ela não confiava nada na oferta. Os Qahtani eram espertos demais para aceitar o preço dado.

— Você é convidada de meu pai. — Nahri riu com deboche, e Alizayd quase sorriu de novo. — Tudo bem. Preciso admitir que tenho uma obsessão pelo mundo humano. Pode perguntar a qualquer um — acrescentou ele, talvez captando a dúvida dela. — Principalmente do seu canto dele. Jamais conheci ninguém do Egito. Adoraria aprender mais a respeito dele, ouvir suas histórias, e talvez até melhorar meu árabe.

Ah, não tenho dúvida de que gostaria de saber muitas coisas. Enquanto Nahri considerava a oferta, ela mentalmente avaliou o príncipe. Ele era jovem, até mais jovem do que ela, Nahri tinha quase certeza. Privilegiado, com o temperamento um pouco ruim. O sorriso dele era ansioso, um pouco esperançoso demais para a oferta ter sido uma observação casual. Qualquer que fosse a motivação dele, Alizayd queria aquilo.

E Nahri queria saber o que havia nos livros dele, principalmente se a informação era prejudicial a Dara. Se tornar aquele menino esquisito seu tutor era a melhor forma de se proteger e proteger seu Afshin, então que assim fosse.

Além do mais... ela *queria* aprender a ler.

Nahri se sentou em uma das almofadas do chão.

— Por que esperar, então? — perguntou ela, em seu melhor árabe cairota. Nahri tamborilou os dedos no livro. — Vamos começar.

ALI

— Está pegando leve comigo.
Ali olhou para o outro lado do chão da sala de treinamento.
— O quê?
Jamshid e-Pramukh deu um sorriso sarcástico a ele.
— Já vi você treinar com uma zulfiqar antes, está pegando leve comigo.
O olhar de Ali percorreu as vestes do outro homem. Jamshid usava o mesmo uniforme de treino que Ali, descolorido de branco para realçar cada golpe da espada incandescente, mas enquanto as roupas de Ali estavam ilesas, o uniforme da guarda do daeva estava chamuscado e coberto com manchas de carvão. O lábio dele sangrava e a bochecha direita estava inchada de uma das vezes em que Ali o atirou no chão.
O príncipe ergueu uma sobrancelha.
— Tem uma ideia interessante do que é fácil.
— Nada — disse Jamshid, em divasti. Como o pai dele, o rapaz tinha um leve sotaque quando falava djinnistani, um indício dos anos que tinham passado na Daevastana exterior. — Eu deveria estar muito pior. Pedacinhos em chamas de Jamshid e-Pramukh pelo chão todo.

Ali suspirou.

— Não gosto de lutar com um estrangeiro com uma zulfiqar — confessou ele. — Mesmo que estejamos apenas usando lâminas de treino. Não parece justo. E Muntadhir não vai ficar feliz se voltar a Daevabad e encontrar o amigo mais próximo em pedacinhos em chamas.

Jamshid deu de ombros.

— Ele saberá que deve me culpar. Tenho pedido há anos que encontre um zulfiqari disposto a me treinar.

Ali franziu a testa.

— Mas por quê? Você é excelente com uma espada larga, melhor ainda com um arco. Por que aprender a usar uma arma que jamais poderá empunhar direito?

— Uma lâmina é uma lâmina. Eu posso não conseguir conjurar as chamas envenenadas como um homem geziri, mas se lutar ao lado dos membros da sua tribo, é racional que eu tenha alguma familiaridade com as armas deles. — Jamshid deu de ombros. — Pelo menos o suficiente para saltar para longe sempre que elas se incendiarem.

— Não tenho certeza se é um instinto que você deveria suprimir.

Jamshid riu.

— É justo. — Ele ergueu a lâmina. — Devemos continuar?

Ali deu de ombros.

— Se você insiste. — Ele desceu a zulfiqar pelo ar. Chamas surgiram entre seus dedos e lamberam a lâmina de cobre conforme o príncipe as comandou, chamuscando a ponta bifurcada e ativando os venenos mortais que cobriam a borda afiada. Ou teria, se a arma fosse real. A lâmina que Ali segurava tinha sido limpa dos venenos para fins de treino, e Ali conseguia sentir o cheiro da diferença no ar. A maioria dos homens não podia, mas, por outro lado, a maioria dos homens não havia praticado obsessivamente com a arma desde os sete anos.

Jamshid avançou, e Ali se abaixou com facilidade, acertando um golpe na clavícula do daeva antes de virar com o próprio impulso.

Jamshid girou para encarar Ali, tentando bloquear o movimento seguinte dele.

— Não ajuda o fato de você se mover como um maldito beija-flor — ele reclamou, com bom humor. — Tem certeza de que não é meio-peri?

Ali não pôde deixar de sorrir. Estranhamente, estava gostando do tempo passado com Jamshid. Havia algo fácil a respeito do comportamento dele; Jamshid se comportava como se fossem iguais – não mostrava nem a subserviência que a maioria dos djinns mostrava perto de um príncipe Qahtani e nem a arrogância típica da tribo daeva. Era renovador – não se espantava que Muntadhir o mantivesse tão perto. Era difícil sequer acreditar que era o filho de Kaveh. Não era nada como o arrogante grão-vizir.

— Mantenha a arma mais alta — aconselhou Ali. — A zulfiqar não é como a maioria das espadas; é menos um movimento de avanço e estocada, mais cortes e golpes rápidos. Lembre-se de que a lâmina é normalmente envenenada; só precisa infligir um ferimento leve. — Ele girou a zulfiqar em torno da cabeça, as chamas se acenderam e Jamshid desviou para trás como esperado. Ali se aproveitou da distração para se abaixar, mirando outro golpe no quadril do adversário.

Jamshid saltou para trás com um riso frustrado e Ali o encurralou na parede oposta com facilidade.

— Quantas vezes teria me matado a esta altura? — perguntou Jamshid. — Vinte? Trinta?

Mais. Uma verdadeira zulfiqar era uma das armas mais mortais do mundo.

— Não mais do que uma dúzia — mentiu Ali.

Eles continuaram lutando. Jamshid não estava melhorando muito, mas Ali estava impressionado com a resistência dele. O homem daeva visivelmente exausto estava coberto de cinzas e sangue, mas recusava uma pausa.

Ali apontou a lâmina para o pescoço de Jamshid pela terceira vez e estava prestes a insistir que parassem quando o som de vozes chamou sua atenção. Olhou para cima quando Kaveh e-Pramukh, claramente em conversa amigável com alguém atrás dele, entrou na sala de treino.

O grão-vizir congelou. Os olhos dele se fixaram na zulfiqar no pescoço do filho e Ali o ouviu soltar um ruído baixo, sufocado.

— Jamshid?

Ali imediatamente abaixou a arma e Jamshid se virou.

— Baba? — Ele pareceu surpreso. — O que está fazendo aqui?

— Nada — disse Kaveh, rapidamente. Ele recuou, parecendo estranhamente mais ansioso do que antes ao tentar empurrar a porta para fechá-la. — Perdoe-me. Eu não...

A porta se abriu além da mão dele e Darayavahoush e-Afshin entrou na sala.

Ele entrou como se fosse sua própria tenda, com as mãos unidas às costas, e parou ao notar os dois.

— Sahzadeh, Alizayd — cumprimentou ele, calmamente, a Ali em divasti.

Ali não estava calmo, estava sem palavras. Piscou, meio que esperando ver outro homem no lugar do Afshin. O que em nome de Deus Darayavahoush estava fazendo ali? Ele deveria estar em Babili com Muntadhir, bem longe, do outro lado de Daevastana!

O Afshin estudou a sala como um general avaliando um campo de batalha; seus olhos verdes observaram a parede de armas e percorreram os vários bonecos, alvos e outras variedades entulhando o chão. Ele olhou de volta para Ali.

— *Naeda pouru mejnoas.*

O quê?

— Eu... Eu não falo divasti — gaguejou Ali.

Darayavahoush inclinou a cabeça, com os olhos brilhando de surpresa.

— Não fala a língua da cidade que governa? — perguntou ele, com um djinnistani de sotaque pesado. Então se virou para Kaveh e apontou com o polegar na direção de Ali, parecendo achar graça. — *Spa snasatiy nu hyatvakehgezr?*

Jamshid empalideceu, e Kaveh se apressou entre Ali e Darayavahoush, com medo descarado no rosto.

— Perdoe nossa intrusão, príncipe Alizayd. Não percebi que era você quem estava treinando Jamshid. — Ele colocou a mão no pulso de Darayavahoush. — Vamos, Afshin, deveríamos partir.

Darayavahoush se desvencilhou.

— Besteira. Isso seria grosseiro. — O Afshin usava uma túnica sem manga que revelava a tatuagem preta que espiralava em volta de seu braço. O fato de ele não a ter coberto dizia bastante, mas talvez Ali não devesse ficar surpreso, o Afshin fora um assassino de sucesso muito antes de ser escravizado pelos ifrits.

Ali observou quando ele passou a mão pela gelosia de mármore que emoldurava as janelas e olhou para as lascas de tinta multicolorida que se agarravam às antigas paredes de pedra.

— Seu povo não cuidou muito bem de nosso palácio — observou ele.

Nosso palácio? A boca de Ali se escancarou, e ele deu a Kaveh um olhar incrédulo, mas o grão-vizir simplesmente ergueu os ombros, parecendo impotente.

— O que está fazendo aqui, Afshin? — disparou Ali. — Sua expedição não deveria voltar por mais semanas.

— Eu parti. — Darayavahoush respondeu simplesmente. — Estava ansioso para voltar ao serviço de minha senhora, e seu irmão pareceu perfeitamente capaz de se virar sem mim.

— E Emir Muntadhir concordou?

— Não perguntei. — Darayavahoush sorriu para Kaveh.

— E agora aqui estou, fazendo um tour bastante *informativo* de meu antigo lar.

— O Afshin queria ver a Banu Nahida — disse Kaveh, encarando Ali cuidadosamente. — Eu disse a ele que, infelizmente, o tempo dela está ocupado pelo treino. E, de fato, com essa observação, Afshin, creio que precisemos partir. Eu devo encontrar...

— Você deveria ir — interrompeu Darayavahoush. — Posso encontrar meu caminho. Defendi o palácio durante anos, eu o conheço como a palma da mão. — Ele deixou as palavras no ar por um momento, então voltou a atenção para Jamshid. Seu olhar se deteve sobre os ferimentos do jovem daeva. — Foi você quem impediu a revolta, não foi?

Jamshid pareceu positivamente espantado porque o Afshin falava com ele.

— Eu... hã... sim. Mas eu só estava...

— Você tem um disparo excelente. — O Afshin olhou para o rapaz da cabeça aos pés e deu um tapinha nas costas dele. — Deveria treinar comigo. Posso torná-lo ainda melhor.

— Mesmo? — disparou Jamshid. — Isso seria maravilhoso!

Darayavahoush sorriu e rapidamente tirou a zulfiqar do filho de Kaveh.

— Certamente. Deixe isto com os geziris. — Ele ergueu a lâmina e a girou, observando conforme faiscava à luz do sol. — Então essa é o famosa zulfiqar. — Ele testou o peso, olhando de cima a baixo com um olho experiente e então olhou para Ali. — Você se importa? Não gostaria que as mãos de um... como é que nos chama? Adorador do fogo?... contaminasse algo tão sagrado para seu povo.

— Afshin... — começou Kaveh, com a voz carregada com aviso.

— Pode ir, Kaveh — disse Darayavahoush, dispensando-o. — Jamshid, por que não se junta a ele? Deixe-me tomar seu lugar e treinar um pouco com o príncipe Alizayd. Ouvi tantas coisas *grandiosas* sobre as habilidades dele.

Jamshid olhou para Ali, parecendo pedir desculpas e sem palavras. Ali não o culpou; se Zaydi al Qahtani voltasse à vida e elogiasse sua habilidade com uma zulfiqar, Ali também ficaria sem palavras. Além do mais, o sorriso arrogante nos olhos verdes de Darayavahoush estava destruindo seu último controle. Se o homem queria desafiá-lo com uma arma que jamais sequer segurara, que assim fosse.

— Está tudo bem, Jamshid. Vá com seu pai.

— Príncipe Alizayd, não é um...

— Bom dia, grão-vizir — disse Ali, em tom afiado. Ele não tirou os olhos de Darayavahoush. Ouviu Kaveh suspirar, mas não tinha como desobedecer a uma ordem direta de um dos Qahtani. Jamshid relutantemente seguiu o pai para fora.

O Afshin lançou a ele um olhar muito mais frio depois que os Pramukh se foram.

— Você causou bastante danos ao filho do grão-vizir.

Ali corou.

— Nunca feriu um homem treinando?

— Não com uma arma que eu sabia que meu oponente jamais poderia usar adequadamente. — Darayavahoush ergueu a zulfiqar para examiná-la enquanto circundava Ali. — Isto é muito mais leve do que imaginei. Pelo Criador, você não acreditaria nos boatos a respeito dessas coisas durante a guerra. Meu povo tinha pavor delas, diziam que Zaydi as roubara dos próprios anjos que guardavam o Paraíso.

— É assim que as coisas são, não é? — perguntou Ali. — A lenda supera a figura de carne e osso?

O significado obviamente não deixou de ser captado pelo Afshin, que pareceu achar graça.

— Você deve estar certo.

Ele então avançou contra Ali com um golpe forte à direita que, se tivesse sido dado com uma espada larga, teria arrancado a cabeça dele com apenas a força. Mas a zulfiqar não era aquilo, e Ali se abaixou com facilidade aproveitando-se do tropeço de Darayavahoush para descer o lado largo da lâmina nas costas do Afshin.

— Quero conhecer você há algum tempo, príncipe Alizayd — prosseguiu Darayavahoush, esquivando-se da estocada seguinte de Ali. — Os homens de seu irmão estavam sempre falando de você; ouvi falar que é o melhor zulfiqari de sua geração, tão talentoso e rápido quanto o próprio Zaydi. Até mesmo Muntadhir concordou; diz que você se move como um dançarino e golpeia como uma víbora. — Ele gargalhou. — É tão orgulhoso. É meigo. Raramente se ouve um homem falar do rival com tamanha afeição.

— Não sou o rival dele — disparou Ali.

— Não? Então quem se torna rei depois de seu pai caso algo aconteça a Muntadhir?

Ali se esticou.

— O quê? *Por quê?* — Um medo brevemente irracional tomou o coração dele. — *Você...*

— Sim — falou Darayavahoush, com a voz cheia de sarcasmo. — Assassinei o emir e decidi voltar a Daevabad e me gabar a respeito disso porque sempre me perguntei como seria ter a cabeça em uma lança.

Ali sentiu o rosto ficar quente.

— Aye, não se preocupe, principezinho — prosseguiu o Afshin. — Gostei da companhia de seu irmão. Muntadhir tem um gosto pelos prazeres da vida e fala demais quando está mergulhado nos copos... Como não gostar disso?

O comentário o transtornou – como, presumivelmente, deveria – e Ali estava despreparado quando o Afshin levantou a zulfiqar e avançou contra ele novamente. O Afshin fez uma finta para a esquerda e então girou – mais rápido do que Ali jamais vira um homem se mover – antes de descer a lâmina com força. Ali o bloqueou, mas por pouco; a própria zulfiqar ressoou com a força do golpe. Ele tentou empurrar, mas o Afshin não cedeu. Ele segurava a zulfiqar com apenas uma das mãos, sem mostrar indício de cansaço.

Ali segurou firme, mas as mãos dele tremiam no cabo da arma conforme a lâmina do Afshin se aproximava do rosto dele. Darayavahoush se inclinou para perto, jogando o peso na espada.

Acenda-se. A zulfiqar de Ali se incendiou, e Darayavahoush instintivamente se inclinou para trás. Mas o Afshin se recuperou rapidamente, golpeando a zulfiqar dele na direção do pescoço de Ali. O príncipe se abaixou, sentindo o zunido da lâmina quando passou logo acima da cabeça dele. Ali permaneceu baixo para mirar um golpe incandescente nas costas dos joelhos do Afshin. Darayavahoush tropeçou e Ali disparou para cima e para longe.

Ele poderia me matar, percebeu Ali. Um passo em falso era a única coisa necessária para que isso acontecesse; Darayavahoush poderia alegar ter sido um acidente, e quem poderia retrucar? Os Pramukh eram as únicas testemunhas, e Kaveh provavelmente ficaria alegríssimo em acobertar o assassinato de Ali.

Está sendo paranoico. Mas quando Darayavahoush golpeou de novo, Ali segurou o avançou com um pouco mais de vontade, finalmente forçando o Afshin de volta para o outro lado da sala.

O Afshin abaixou a zulfiqar com um sorriso largo.

— Nada mal, Zaydi. Luta muito bem para um menino da sua idade.

Ali estava ficando cheio daquele sorriso arrogante.

— Meu nome não é Zaydi.

— Muntadhir o chama assim.

Ele semicerrou os olhos.

— Você não é meu irmão.

— Não — concordou Darayavahoush. — Certamente não sou. Mas você me lembra daquele que seu nome homenageia.

Considerando que o Zaydi original e Darayavahoush tinham sido inimigos mortais em uma guerra de um século que devastou punhados da raça deles, Ali sabia que não era um elogio, mas aceitou como tal mesmo assim.

— Obrigado.

O Afshin estudou a zulfiqar de novo, segurando-a de forma que a lâmina de cobre reluzisse à luz do sol que passava entre as janelas.

— Não me agradeça. O Zaydi al Qahtani que eu conheci era um rebelde fanático sedento por sangue, não o santo em que seu povo o transformou.

Ali fervilhou diante do insulto.

— *Ele* era sedento por sangue? Seu Conselho Nahid estava queimando shafits vivos na midan quando ele se rebelou.

Darayavahoush ergueu uma das sobrancelhas escuras.

— Sabe tanto a respeito de como as coisas eram um milênio antes de seu nascimento?

— Nossos registros nos dizem...

— Seus *registros*? — O Afshin gargalhou, um ruído sem alegria. — Ah, como eu adoraria saber o que eles dizem. Os Geziri sequer sabem escrever? Achei que tudo que fizessem lá fora em suas arenas de areia era lutar e implorar por restos de comida das mesas humanas.

O temperamento de Ali se esquentou. Ele abriu a boca para argumentar e então parou, percebendo a atenção com que Darayavahoush o observava. Como ele escolhera intencionalmente os insultos. O Afshin tentava provocá-lo, e maldito fosse se Ali permitisse aquilo. Ele respirou fundo.

— Posso ir sentar em uma taverna daeva se quiser ouvir minha tribo ser insultada — respondeu ele, como dispensa. — Achei que quisesse treinar.

Algo brilhou nos olhos intensos do Afshin.

— Está certo, menino. — Ele ergueu a lâmina.

Ali recebeu o golpe seguinte de Darayavahoush com um clangor das lâminas deles, mas o Afshin era bom, melhorava em uma velocidade assustadoramente rápida, como se pudesse literalmente absorver cada uma das ações de Ali. Ele se movia mais rápido e golpeava com mais força do que qualquer um que Ali já tivesse enfrentado, que jamais imaginara ser possível. A sala ficou quente. A testa de Ali pareceu estranhamente úmida – mas é claro que não era possível. Djinns de sangue puro não suavam.

O poder por trás dos golpes do Afshin fazia parecer que lutava com uma estátua. Os pulsos de Ali doíam; estava ficando difícil manter a pegada.

Darayavahoush o estava encurralando em um canto estreito quando subitamente se afastou e abaixou a zulfiqar. Ele suspirou ao admirar a lâmina.

— Ah, senti falta disso... Os tempos de paz podem ter suas virtudes, mas não há nada como o sussurro e o clangor de sua arma contra a do inimigo.

Ali aproveitou o momento para recuperar o fôlego.

— Não sou seu inimigo — disse ele, entre os dentes trincados, embora discordasse bastante com esse sentimento no momento. — A guerra acabou.

— É o que as pessoas vivem me dizendo. — O Afshin se virou para ir embora, caminhando lentamente pela sala e deliberadamente deixando as costas desprotegidas. Os dedos de Ali estremeceram sobre a zulfiqar. Ele se obrigou a afastar a forte tentação de atacar o outro homem. Darayavahoush não teria se colocado em tal posição se não estivesse totalmente confiante de que poderia defendê-la.

— Foi ideia do seu pai nos manter separados? — perguntou o Afshin. — Fiquei surpreso com o quanto estava ansioso para me ver fora de Daevabad, chegando até mesmo a oferecer o primogênito como garantia. No entanto, ainda estou impedido de ver minha Banu Nahida. Fui informado de que há uma fila de espera para compromissos do tamanho de meu braço.

Ali hesitou, confuso com a mudança abrupta de assunto.

— Sua chegada foi inesperada, e ela está ocupada. Talvez...

— Essa ordem não veio de Nahri — disparou Darayavahoush,

e em um instante Ali sentiu a sala ficar mais quente. A tocha oposta a ele se acendeu, mas o Afshin não pareceu notar, o olhar dele estava fixo na parede. Era onde a maioria das armas estava guardada, uma centena de variedades da morte penduradas em ganchos e correntes.

Ali não conseguiu se segurar.

— Procurando um flagelo?

Darayavahoush se virou de volta. Os olhos verdes dele estavam brilhantes de ódio. Brilhantes demais. Ali jamais vira algo como aquilo, e o Afshin não era o primeiro escravo liberto que encontrara. Ele olhou de novo para as chamas acesas, observando conforme tremeluziam selvagemente, quase como se procurassem o ex-escravo.

A luz se extinguiu dos olhos do Afshin, deixando uma expressão calculada em seu rosto.

— Ouvi falar que seu pai pretende casar Banu Nahri com seu irmão.

A boca de Ali se escancarou. Onde Darayavahoush descobrira *aquilo*? Ele uniu os lábios, tentando esconder a surpresa no rosto. Kaveh, só podia ser. Considerando a forma como aqueles adoradores do fogo sussurravam juntos quando entraram na sala de treino, Kaveh provavelmente estava contando cada segredo que sabia.

— O grão-vizir lhe contou isso?

— Não. Você acaba de contar. — Darayavahoush parou por tempo o suficiente para aproveitar o choque no rosto de Ali. — Seu pai me parece um homem pragmático, e casá-los seria um movimento político bastante astuto. Além do mais, dizem os rumores que você é algum tipo de fanático religioso, mas de acordo com Kaveh, tem passado muito tempo com ela. Isso dificilmente seria apropriado, a não ser que ela estivesse destinada a se juntar a sua família. — Os olhos dele se detiveram no corpo de Ali. — E Ghassan claramente não se importa em cruzar os limites tribais ele mesmo.

Ali ficou sem palavras, o rosto dele estava quente de vergonha. O pai o assassinaria quando descobrisse que Ali deixara escapulir tal informação.

Ele pensou rápido, tentando pensar em uma forma de desfazer os danos.

— Banu Nahri é uma convidada na casa de meu pai, Afshin — começou ele. — Estou apenas tentando ser gentil. Ela queria aprender a ler... eu dificilmente diria que há algo de inapropriado nisso.

O Afshin se aproximou, mas não estava sorrindo agora.

— E o que a está ensinando a ler? Aqueles mesmos registros geziri que demonizam os ancestrais dela?

— Não — Ali disparou de volta. — Ela queria aprender sobre economia. Embora tenho certeza de que você encheu os ouvidos dela com muitas mentiras a nosso respeito.

— Eu contei a verdade. Ela tem o direito de saber como seu povo roubou o direito de nascença dela e quase destruiu nosso mundo.

— E quanto a seu papel em tais coisas? — desafiou Ali. — Contou a ela sobre isso, Darayavahoush? Ela sabe por que você é chamado de o Flagelo?

Silêncio. Então – pela primeira vez desde que o Afshin entrou na sala com o sorriso arrogante e os olhos sorridentes –, Ali viu um vestígio de incerteza do rosto dele.

Ela não sabe. Ali suspeitara disso, embora Nahri tivesse sempre o cuidado de não falar do Afshin na presença dele. Estranhamente, ele ficou aliviado. Estavam se encontrando havia algumas semanas agora, e Ali gostava da companhia dela. Não gostava de achar que sua futura cunhada seria leal a tal monstro caso soubesse da verdade.

Darayavahoush deu de ombros, mas havia um lampejo de aviso nos olhos brilhantes dele.

— Eu estava apenas seguindo ordens.

— Isso *não* é verdade.

O Afshin ergueu uma das sobrancelhas escuras.

— Não? Então me diga o que suas histórias de mosca da areia dizem a meu respeito.

Ali conseguiu ouvir o aviso do pai na mente, mas não se segurou.

— Elas falam de Qui-zi, para começar. — O rosto do Afshin se contorceu. — E você não estava recebendo ordens depois que Daevabad caiu e o Conselho Nahid foi destituído. *Você* liderou o levante em Daevastana. Se é que pode chamar tal massacre indiscriminado de levante.

— *Massacre indiscriminado?* — Darayavahoush se levantou, com a expressão de desprezo. — Seus ancestrais assassinaram minha família, saquearam minha cidade e tentaram exterminar minha tribo, muita audácia sua julgar minhas ações.

— Está exagerando — disse Ali, dispensando-o. — Ninguém tentou exterminar sua tribo. Os daevas sobreviveram muito bem sem você por aqui para destruir aldeões mestiços e queimar djinns inocentes vivos.

O Afshin soltou um ronco de escárnio.

— Sim, sobrevivemos para nos tornar cidadãos de segunda classe em nossa própria cidade, forçados a nos curvar para o restante de vocês.

— Uma opinião formada após passar o que, dois dias em Daevabad? — Ali revirou os olhos. — Sua tribo é rica e bem conectada, e o quarteirão dela é o mais limpo e mais belamente governado na cidade. Sabe quem são cidadãos de segunda classe? Os shafits que...

Darayavahoush revirou os olhos.

— Ah, aí está. Não é uma discussão com um djinn até que eles comecem a choramingar pelos pobres e tristes shafits que não conseguem parar de criar. Pelo olho de Suleiman, encontrem uma *cabra* se não conseguem se controlar. São bastante comparáveis a humanos.

As mãos de Ali se apertaram na zulfiqar. Ele queria ferir aquele homem.

— Sabe o que mais as histórias dizem a seu respeito?

— Esclareça, djinn.

— Que poderia ter conseguido. — Darayavahoush franziu a testa e Ali prosseguiu. — A maioria dos acadêmicos acredita que você poderia ter defendido uma Daevastana independente por muito tempo. Tempo o bastante para libertar alguns dos Nahid sobreviventes. Talvez até mesmo o suficiente para retomar Daevabad.

O Afshin ficou imóvel, e Ali conseguiu perceber que tinha atingido um nervo. Ele encarou o príncipe, e, quando falou, sua voz estava baixa, as palavras cheias de intenção.

— Parece que sua família deu muita sorte quando os ifrits me mataram no momento em que mataram, então.

Ali não desviou o olhar dos olhos frios do outro homem.

— Deus provê. — Era cruel, mas ele não se importava. Darayavahoush era um monstro.

Darayavahoush ergueu o queixo e sorriu, um sorriso afiado que lembrou a Ali mais o de um cão grunhindo do que o de um homem.

— E aqui estamos, discutindo história antiga de novo quando prometi a você um desafio. — Ele ergueu a zulfiqar.

A arma se incendiou e os olhos de Ali se arregalaram.

Nenhum homem não geziri deveria *jamais* conseguir fazer aquilo.

O Afshin parecia mais intrigado do que surpreso. Ele olhou para as chamas, o fogo refletiu seus olhos brilhantes.

— Ah... agora isso não é fascinante?

Foi o único aviso que Ali recebeu.

Darayavahoush avançou contra ele e Ali girou para longe, chamas lamberam a zulfiqar dele. As armas se encontraram com um estalo e Darayavahoush empurrou a lâmina para cima e contra a de Ali até que o cabo tocasse as mãos dele. Então chutou o príncipe com força na barriga.

Ali caiu para trás, rolando rapidamente para longe quando Darayavahoush cortou para baixo em um movimento que teria dilacerado o peito dele caso Ali não tivesse se movido com rapidez o suficiente. *Ora, suponho que abba estivesse certo*, pensou ele, dando um salto quando o Afshin desceu a zulfiqar nos pés dele. *Darayavahoush e eu provavelmente não teríamos sido bons companheiros de viagem.*

A calma do Afshin se fora, e com ela muito da reserva que Ali agora percebia que o outro homem mostrava. Ele era, na verdade, um lutador ainda *melhor* do que deixara transparecer.

Mas a zulfiqar era uma arma geziri, e maldito fosse Ali se algum açougueiro daeva o derrotasse com ela. Ele deixou o Afshin persegui-lo pela sala de treino, as lâminas incandescentes dos dois se chocando e chiando. Embora fosse mais alto do que Darayavahoush, o outro homem tinha provavelmente duas vezes sua compleição, e Ali esperava que sua juventude e agilidade por fim voltassem o duelo a seu favor.

No entanto, isso não parecia estar acontecendo. Ali desviou de golpe após golpe, tornando-se cada vez mais exausto – e um pouco amedrontado.

Quando bloqueou outro golpe, viu uma khanjar reluzindo em uma ensolarada prateleira da janela do outro lado da sala. A adaga despontou em meio a uma pilha de mantimentos variados – a sala de treino era notoriamente bagunçada, cuidada por um velho guerreiro geziri bondoso, porém esquecido, que ninguém tinha coragem de substituir.

Uma ideia surgiu na mente de Ali. Enquanto lutavam, começou a deixar o cansaço transparecer – junto com o medo. Não estava atuando, e conseguiu ver um brilho de triunfo nos olhos do Afshin. Ele estava claramente aproveitando a oportunidade para colocar o jovem e burro filho de um inimigo odioso no lugar.

Os golpes forçados de Darayavahoush estremeceram o corpo dele inteiro, mas Ali manteve a zulfiqar erguida quando o Afshin o acompanhou na direção das janelas. As lâminas incandescentes dos dois sibilaram uma contra a outra quando Ali foi empurrado com força contra o vidro. O Afshin sorriu. Atrás da cabeça dele, as tochas se incendiaram e dançaram contra a parede como se tivessem sido mergulhadas em óleo.

Ali subitamente soltou a zulfiqar.

Ele pegou a khanjar e caiu no chão quando Darayavahoush tropeçou. Ali rolou e ficou de pé e estava sobre o Afshin antes que o outro homem se recuperasse. Pressionou a adaga contra o pescoço dele, respirando com dificuldade, mas não prosseguiu.

— Terminamos?

O Afshin cuspiu.

— Vá para o inferno, mosca da areia.

E então cada arma da sala voou contra ele.

Ali se jogou no chão quando a parede de armas se esvaziou. Uma maça girando passou zunindo por sua cabeça e uma lança tukharistani prendeu sua manga contra o chão. Terminou em questão de segundos, mas antes que Ali conseguisse processar o que acontecera, o Afshin pisou com força no pulso direito dele.

Foi preciso cada gota de autocontrole para não gritar quando Darayavahoush apertou o calcanhar da bota nos ossos do seu pulso. Ouviu algo estalar e uma dor lancinante irradiou por ele. Seus dedos ficaram dormentes e Darayavahoush chutou a khanjar para longe.

A zulfiqar estava no pescoço de Ali.

— Levante — sibilou o Afshin.

Ali se levantou, aninhando o pulso ferido por dentro da manga rasgada. Armas cobriam o chão, as correntes e os ganchos que as seguravam estavam penduradas, quebradas, na parede oposta. Um calafrio percorreu as costas de Ali. Era raro o djinn que conseguia conjurar um único objeto – e isso com muito mais concentração a uma distância mais curta. Mas aquilo? E logo depois de ter tirado chamas de uma zulfiqar?

Ele não deveria conseguir fazer nada *disso.*

Darayavahoush não pareceu incomodado. Em vez disso, ele deu a Ali um olhar de admiração fria.
— Não imaginei que tal truque fosse seu estilo.
Ali trincou os dentes, tentando ignorar a dor no pulso.
— Suponho que eu seja cheio de surpresas.
Darayavahoush olhou para ele por um longo momento.
— Não — disse ele, por fim. — Não é. É exatamente o que eu esperaria. — Ele pegou a zulfiqar de Ali e a jogou; surpreso, Ali pegou com a mão boa. — Obrigado pela lição, mas, infelizmente, a arma não correspondeu à temida reputação.
Ali embainhou a zulfiqar, ofendido por ela.
— Desculpe por desapontar você — respondeu ele, sarcasticamente.
— Eu não disse que estava desapontado. — Darayavahoush passou a mão por um machado de guerra fincado em uma das colunas de pedra. — Seu charmoso e culto irmão, seu pai pragmático... Eu estava começando a me perguntar o que teria acontecido aos Qahtani que conheci... começando a temer que minhas memórias dos fanáticos empunhadores de zulfiqar que destruíram meu mundo estivessem erradas. — Ele olhou para Ali. — Obrigado por esse lembrete.
— Eu... — Ali estava sem palavras, subitamente temendo que tivesse feito muito pior do que revelar os planos do pai no que dizia respeito a Nahri. — Você está enganado a meu respeito.
— De maneira alguma. — O Afshin deu outro sorriso aguçado para ele. — Também fui um jovem guerreiro da tribo governante um dia. É uma posição privilegiada. Tal confiança absoluta na legitimidade de seu povo, tal crença inabalável em sua fé. — O sorriso dele se desfez; o Afshin soava desejoso. Arrependido. — Aproveite.
— Não sou nada como você — disparou Ali de volta. — Jamais faria as coisas que você fez.
O Afshin abriu a porta.
— Reze para que jamais lhe seja pedido, Zaydi.

NAHRI

— É UMA FECHADURA.

— Uma *fechadura*? Não, não pode ser. Olhe. É obviamente algum mecanismo avançado. Uma ferramenta científica... ou, considerando o peixe, talvez um auxílio de navegação para o mar.

— É uma fechadura. — Nahri pegou o objeto metálico das mãos de Alizayd. Era feito de ferro, tinha o formato de um peixe ornamentado com barbatanas tremeluzentes e uma cauda curva, e tinha uma série de pictogramas quadrados entalhados em um lado. Ela soltou um grampo do lenço de cabeça e virou a fechadura, encontrando o buraco da chave. Ao segurá-la perto da orelha, Nahri experientemente a cutucou e a barra se abriu. — Está vendo? Uma fechadura. Só está faltando a chave.

Nahri triunfantemente entregou a fechadura ornamental de volta a Ali e se recostou na almofada, apoiando os pés em um otomano de seda rechonchudo. Ela e o tutor superqualificado estavam em uma das varandas superiores da biblioteca real, o mesmo lugar em que estavam se encontrando todas as tardes durante as últimas semanas. Ela tomou um gole de chá, admirando o intricado vitral da janela próxima.

A impressionante biblioteca tinha rapidamente se tornado seu lugar preferido no palácio. Ainda maior do que a sala do trono de Ghassan, o imenso pátio coberto por um telhado estava cheio de acadêmicos agitados e estudantes discutindo. Na varanda diante deles, um instrutor sahrayn tinha conjurado fumaça na forma de um mapa ainda maior do que aquele que Dara tinha feito para ela durante a travessia do deserto. Um barco em miniatura de vidro moldado flutuava no mar. O instrutor ergueu as mãos e uma lufada de vento inflou as velas de seda dele, lançando-o em disparada por um mapa marcado por minúsculas brasas incandescentes conforme diversos estudantes observavam. Na alcova acima dele, uma acadêmica agnivanshi ensinava matemática. Com cada estalar dos dedos dela, um novo número aparecia queimado na parede branca diante dela, um verdadeiro mapa de equações que seus alunos copiavam diligentemente.

E então havia os próprios livros. As prateleiras disparavam para além do alcance da vista para encontrar o teto atordoantemente alto; Ali – que parecia completamente encantado pelo interesse dela na biblioteca – contara a Nahri que o vasto inventário continha cópias de quase todo trabalho jamais escrito, tanto humano quanto djinn. Aparentemente, havia toda uma classe de djinns que passava a vida viajando de biblioteca humana para biblioteca humana, copiando meticulosamente as obras delas e enviando-as de volta para serem arquivadas em Daevabad.

As prateleiras também estavam cheias de ferramentas e instrumentos reluzentes, frascos de conserva escuros e artefatos empoeirados. Ali avisou para que ela ficasse longe da maioria; aparentemente pequenas explosões não eram incomuns. Os djinns tinham propensão a explorar as propriedades do fogo em *todas* as formas.

— Uma fechadura. — As palavras de Ali atraíram a atenção dela de volta. O príncipe pareceu desapontado. Dois assistentes da biblioteca dispararam pelo ar atrás dele em tapetes do tamanho dos de oração, recuperando livros para os acadêmicos abaixo.

— *Efl* — corrigiu ela, em árabe. — Não *qefl*.

Ele franziu a testa, tirando um pedaço de pergaminho da pilha que estavam usando para praticar letras.

— Mas está escrito assim. — Ele escreveu a palavra e apontou para a primeira letra dela. — *Qaf*, não?

Nahri deu de ombros.

— Meu povo diz *efl*.

— *Efl* — repetiu ele, cuidadosamente. — *Efl*.

— Pronto. Agora soa como um verdadeiro egípcio. — Ela sorriu para a expressão séria de Ali quando ele virou a fechadura nas mãos. — Os djinns não usam fechaduras?

— Na verdade, não. Achamos que maldições são obstáculos melhores.

Nahri fez uma careta.

— Isso soa desagradável.

— Mas efetivo. Afinal de contas... — Ele a encarou, um leve desafio nos olhos cinza. — Uma ex-criada acaba de abrir uma com muita facilidade.

Nahri se amaldiçoou pelo deslize.

— Eu tinha muitos armários para abrir. Produtos de limpeza e afins.

Ali gargalhou, um som caloroso que ela mal ouvia e que sempre a pegava de surpresa.

— As vassouras são tão valiosas entre humanos?

Ela deu de ombros.

— Minha senhora era mesquinha.

Ele sorriu, olhando para o buraco da chave exposto da fechadura.

— Acho que gostaria de aprender a fazer isso.

— Abrir uma fechadura? — Ela gargalhou. — Está planejando um futuro como criminoso no mundo humano?

— Gosto de manter minhas opções em aberto.

Nahri riu com deboche.

— Então precisará trabalhar no sotaque. Seu árabe soa como algo falado por acadêmicos das antigas cortes de Bagdá.

Ele recebeu a alfinetada com tranquilidade, respondendo com um elogio.

— Suponho que eu não esteja fazendo tanto progresso quanto você em nossos respectivos estudos — confessou ele. — Sua escrita melhorou muito. Deveria começar a pensar em que língua gostaria de enfrentar a seguir.

— Divasti. — Não havia dúvida. — Então posso ler os textos Nahid eu mesma em vez de ouvir Nisreen discursando.

A expressão de Ali se fechou.

— Creio que precise de outro tutor para isso. Mal falo a língua.

— Verdade? — Quando ele assentiu, ela semicerrou os olhos. — Você me disse uma vez que conhece cinco línguas diferentes... mas não conseguiu encontrar tempo para aprender aquela do povo original de Daevabad?

O príncipe se encolheu.

— Quando coloca dessa forma...

— E quanto a seu pai?

— Ele é fluente — respondeu Ali. — Meu pai é muito... envolvido com a cultura daeva. Muntadhir também.

Interessante. Nahri guardou essa informação.

— Bem, está decidido. Vai se juntar a mim quando eu começar. Não tem motivo para não aprender.

— Estou ansioso para ser superado — disse Ali. Nesse momento, um criado se aproximou, carregando uma grande bandeja coberta, e a expressão do príncipe se iluminou. — Salaams, irmão, obrigado. — Ele sorriu para Nahri. — Tenho uma surpresa para você.

Ela ergueu as sobrancelhas.

— Mais artefatos humanos para identificar?

— Não exatamente.

O criado abriu a tampa da bandeja e o cheiro exótico de açúcar queimando e massa amanteigada flutuaram por Nahri. Vários triângulos de pão doce quebradiço salpicado de uvas-passas, côco e açúcar estavam empilhados em uma bandeja, o aroma e a visão imediatamente familiares.

— Isso é... feteer? — perguntou Nahri, com o estômago roncando imediatamente diante do cheiro delicioso. — Como conseguiu isso?

Ali pareceu satisfeito.

— Ouvi que havia um homem shafit do Cairo trabalhando na cozinha e pedi que preparasse uma guloseima de seu lar. Ele também fez isto. —Ele assentiu para uma jarra fria de líquido vermelho como sangue.

Karkade. O criado serviu para Nahri uma xícara do chá frio de hibisco e ela tomou um longo gole, saboreando o gosto adoçado antes de arrancar uma tira do doce amanteigado e enfiar na boca. O gosto era exatamente como ela se lembrava. Como seu lar.

Este é meu lar agora, lembrou-se Nahri. Ela tirou mais uma mordida do feteer.

— Experimente — insistiu ela. — Está delicioso.

Ali se serviu enquanto Nahri tomava seu *karkade*. Embora estivesse gostando do lanche, havia algo a respeito da combinação que a incomodava... e então ela se deu conta. Aquela era a mesma refeição que fizera no café antes de entrar no cemitério, no Cairo. Antes de sua vida ser abruptamente revirada.

Antes de conhecer Dara.

Seu apetite sumiu, e o coração de Nahri deu o salto habitual. Se era por preocupação ou anseio, ela não soube, e desistira de tentar entender. Dara estava fora havia dois meses, mais tempo do que a jornada original dos dois, mas mesmo assim Nahri acordava todas as manhãs ainda esperando, em parte, vê-lo. Sentia falta dele: do sorriso tímido, da meiguice inesperada, até mesmo dos resmungos constantes, sem falar da ocasional e acidental pressão do corpo dele contra o dela.

Nahri afastou a comida, mas a chamada para a oração do pôr do sol soou antes que Alizayd reparasse.

— Já é *maghrib?* — ela indagou, ao limpar o açúcar dos dedos; a hora sempre parecia voar quando estava com o príncipe. — Nisreen vai me matar. Eu disse a ela que estaria de volta há horas. — A assistente dela, embora ocasionalmente parecesse mais uma governanta contrariada da escola ou uma tia passando sermão, tinha deixado o desgosto tanto pelo príncipe Alizayd quanto por aquelas sessões de ensinamentos bastante claro.

Ali esperou até a chamada para a oração se completar para responder.

— Tem um paciente?

— Ninguém novo, mas Nisreen queria... — Ela parou quando Ali estendeu a mão para um dos livros, a manga da pálida túnica recuou e revelou um pulso bastante inchado. — O que aconteceu com você?

— Não é nada. — Ele puxou a manga para baixo. — Só um acidente de treino no outro dia.

Nahri franziu a testa. Os djinns se recuperavam rapidamente de ferimentos não mágicos; deveria ter sido um golpe forte para ainda ter aquele aspecto.

— Gostaria que eu curasse você? Parece doloroso.

Ele sacudiu a cabeça quando Nahri se levantou, embora ela tivesse reparado agora que ele carregava os suprimentos com o braço esquerdo.

— Não é tão ruim — respondeu Ali, desviando o olhar quando Nahri reajustou o chador. — E foi merecido. Cometi um erro idiota. — Ele fez uma careta. — Vários, na verdade.

Nahri deu de ombros, acostumada, a essa altura, com a teimosia do príncipe.

— Se você insiste.

Ali colocou a fechadura em uma caixa de veludo e devolveu à assistente.

— Uma fechadura — ponderou ele, de novo. — Os acadêmicos mais estimados de Daevabad se convenceram de que essa coisa pode calcular o número de estrelas no céu.

— Não poderiam simplesmente ter perguntado a outro shafit do mundo humano?

Ele hesitou.

— Não é bem assim que as coisas são feitas aqui.

— Deveria ser — respondeu Nahri ao saírem da biblioteca. — Parece um desperdício de tempo, caso contrário.

— Eu não poderia concordar mais.

Havia um tom estranhamente ousado na voz dele, e Nahri se perguntou se deveria insistir mais. Ele responderia, ela sabia; Ali respondia a todas as perguntas dela. Por Deus, às vezes ele falava tanto que era difícil fazer com que parasse. Nahri normalmente não se importava; o taciturno jovem príncipe que conhecera tinha se tornado sua fonte de informações mais entusiasmada sobre o mundo dos djinns, e, estranhamente, ela começava a gostar das tardes passadas juntos, o único ponto positivo dos dias monótonos e frustrantes.

Mas também sabia que a questão dos shafits era uma que dividia as tribos deles – aquela que levara à derrubada sangrenta dos ancestrais de Nahri pelas mãos dos dele.

Ela segurou a língua e os dois continuaram andando. O corredor de mármore branco brilhava com a luz de tom de açafrão do pôr do sol, e ela conseguiu ouvir alguns atrasados ainda cantando o chamado para a oração dos minaretes distantes da cidade. Tentou reduzir os passos, aproveitando mais alguns momentos de paz. Voltar para a enfermaria a cada dia – para inevitavelmente fracassar em algo novo – era como vestir aniagem com pesos.

Ali falou de novo.

— Não sei se estaria interessada, mas os mercadores que recuperaram aquela fechadura também encontraram algum tipo de lente para observar as estrelas. Nossos acadêmicos estão tentando restaurá-la antes da chegada de um cometa em algumas semanas.

— Tem certeza de que não são apenas óculos? — provocou Nahri.

Ele gargalhou.

— Que Deus nos livre. Eles morreriam de desapontamento. Mas se quiser, posso organizar uma inspeção. — Ali hesitou quando um criado estendeu a mão para as portas da enfermaria. — Talvez meu irmão, Muntadhir, possa se juntar a nós. A expedição dele deve ter voltado então e...

Nahri tinha parado de ouvir. Uma voz familiar chamou sua atenção quando a porta da enfermaria se abriu, e ela correu para dentro, rezando para que seus ouvidos não a estivessem enganando.

Não estavam. Sentado em uma das mesas de trabalho dela, parecendo tão irritado e lindo como sempre, estava Dara.

O fôlego dela ficou preso na garganta. Dara estava curvado, conversando com Nisreen, mas ele subitamente se esticou quando viu Nahri. Os olhos brilhantes dele encontraram os dela, cheios do mesmo turbilhão de emoções que Nahri suspeitava que estava no rosto dela. O coração parecia pronto para saltar para fora do peito.

Pelo Mais Alto, controle-se. Nahri fechou a boca, percebendo que estava escancarada quando Ali entrou na sala atrás dela.

Nisreen se colocou de pé, unindo as palmas das mãos. Ela fez uma reverência.

— Meu príncipe.

Dara permaneceu sentado.

— Pequeno Zaydi... *Salaam alaykum*! — cumprimentou ele, com um árabe de sotaque terrível. Dara sorriu. — Como está seu pulso?

Ali se aproximou, parecendo indignado.

— Não deveria estar aqui, Afshin. O tempo da Banu Nahida é precioso. Apenas aqueles que estão doentes ou feridos...

Dara subitamente ergueu um punho e então o socou contra a pesada mesa de vidro jateado. O tampo se estilhaçou, cacos reluzentes de vidro enevoado cascatearam sobre o Afshin e o chão. Ele nem mesmo se encolheu; em vez disso, ergueu a mão e olhou para os pedaços pontiagudos de vidro presos na pele com uma surpresa debochada.

— Pronto — disse ele, sarcástico. — Estou ferido.

Ali avançou um passo com uma expressão irritada, e Nahri se colocou em ação, o ato lunático de Dara fazendo-a se concentrar. Provavelmente quebrando no mínimo uma dúzia de regras de protocolo, ela segurou o príncipe pelos ombros e o virou na direção da porta.

— Acho que Nisreen e eu podemos cuidar disso — disse ela, com uma animação forçada ao empurrá-lo para fora. — Não quer perder a oração! — O djinn chocado estava abrindo a boca para protestar quando ela sorriu e fechou a porta na cara dele.

Nahri respirou fundo para se acalmar antes de se virar.

— Deixe-nos, Nisreen.

— Banu Nahida, isso não é apropriado...

Nahri nem mesmo olhou para a outra mulher, o olhar dela estava direcionado apenas para Dara.

— Vá!

Nisreen suspirou, mas antes que pudesse sair, Dara estendeu a mão para tocar o pulso dela.

— Obrigado — disse ele, com tanta sinceridade que Nisreen corou. — Meu coração fica bastante iluminado ao saber que alguém como você serve minha Banu Nahida.

— A honra é minha — respondeu Nisreen, parecendo incomumente tímida. Nahri não podia culpá-la; ela se sentia daquela forma com bastante frequência na presença de Dara.

Mas definitivamente não estava se sentindo daquela forma no momento. Sabia que Dara conseguia sentir; assim que Nisreen saiu, parte da ousadia sumiu do rosto dele.

Ele deu um sorriso fraco para Nahri.

— Você se afeiçoou muito rapidamente a dar ordens aos outros.

Nahri caminhou com cuidado em torno dos restos da mesa destruída.

— Perdeu de vez a cabeça? — indagou ela ao tocar a mão dele. Dara recuou um passo.

— Posso perguntar o mesmo. Alizayd al Qahtani? Sério, Nahri? Não poderia ter encontrado um ifrit com quem fazer amizade?

— Ele não é meu amigo, seu tolo — disse ela, pegando novamente a mão de Dara. — É um alvo. Um com o qual eu estava tendo sorte até você passear para dentro do palácio e quebrar o pulso dele... pare de sair tremendo para longe!

Dara ergueu o braço acima da cabeça dela.

— Eu o quebrei mesmo? — perguntou ele, com um sorriso triunfante. — Achei que tivesse. Os ossos fizeram um ruído tão agradável... — Dara despertou dos devaneios para abaixar o olhar para ela. — *Ele* sabe que é um alvo?

Nahri relembrou o comentário de Ali sobre as habilidades dela para abrir a fechadura.

— Provavelmente — admitiu ela. — Não é tão tolo quanto eu esperava. — Ela não ousou mencionar o fato de que a "amizade" deles tinha começado quando ela descobriu que Ali estava lendo sobre Dara. Isso não era uma notícia que ela esperava que fosse bem recebida.

— Sabe que ele está fazendo o mesmo, não? — Havia um lampejo de apreensão no rosto de Dara. — Não pode confiar nele. Aposto que a cada duas palavras que saem da boca dele uma é uma mentira destinada a voltar você para o lado deles.

— Está sugerindo que meu *inimigo ancestral* tem um motivo oculto? Mas contei todos os meus segredos mais íntimos... o que farei? — Nahri tocou o coração em um terror debochado e semicerrou os olhos. — Você se esqueceu de quem sou, Dara? Consigo dar conta de Ali muito bem.

— *Ali*? — Ele fez uma careta. — Apelidou a mosca da areia?

— Eu chamo você por um apelido.

Ela não teria conseguido replicar a reação de Dara nem se tentasse; o rosto dele se contorceu em uma mistura tempestuosa de mágoa indignada e pura revolta.

— Espere. — Nahri se sentiu começando a sorrir. — Está com *ciúmes*? — Quando as bochechas dele coraram, ela gargalhou e bateu palmas satisfeita. — Pelo Mais Alto, está sim! — Nahri observou os lindos olhos e o corpo musculoso dele, espantada, como sempre, pela presença de Dara. — Como isso *funciona* com você? Já olhou em um espelho neste século?

— Não estou com ciúmes do pirralho — disparou Dara. Ele esfregou a testa, e Nahri se encolheu ao ver o vidro despontando da mão dele. — Não é com *ele* que querem que você se case — acrescentou.

— Como é? — O bom humor dela sumiu.

— Seu novo melhor amigo não lhe contou? Querem que se case com Emir Muntadhir. — Os olhos de Dara brilharam. — Algo que não acontecerá.

— *Muntadhir?* — Nahri se lembrava muito pouco do irmão mais velho de Ali, exceto por pensar que ele parecia o tipo de homem que ela teria facilmente roubado. — Onde ouviu tal boato absurdo?

— Da boca do próprio *Ali* — respondeu ele, exagerando o apelido. — Por que acha que quebrei o punho dele? — Dara soltou um bufo de irritação e cruzou os braços diante do peito. Estava vestido como um verdadeiro nobre daeva agora, usando um casaco cinza-escuro justo que terminava nos joelhos, um cinto largo bordado e calça preta larga. Tinha uma silhueta incrível, e, quando se moveu novamente, Nahri teve um lampejo do cheiro de cedro fumegante que sempre parecia agarrado à pele dele.

Um calor fraco se acendeu no peito dela mesmo quando Dara contraiu a boca em uma linha de irritação. Ela se lembrava muito bem da sensação daquela boca contra a dela, e isso fazia sua mente girar em direções inconsequentes.

— O que, nada a dizer? — desafiou ele. — Nenhum pensamento a respeito de suas núpcias iminentes?

Nahri tinha muitos pensamentos. Mas não a respeito de Muntadhir.

— Você parece ser contra — disse ela, tranquilamente.

— É claro que sou contra! Não têm direito de interferir em sua linhagem. Sua ascendência já é suspeita. Deveria se casar com o nobre daeva da mais alta casta que puder encontrar.

Ela deu a ele um olhar contido.

— Como você?

— Não — disse ele, envergonhado. — Eu não disse isso. Eu... não tem nada a ver comigo.

Nahri cruzou os braços.

— Talvez, se você estivesse tão preocupado com meu futuro em Daevabad, devesse ter *ficado* em Daevabad em vez de correr atrás dos ifrits. — Ela ergueu as mãos. — E então? O que aconteceu? Não entrou triunfante com as cabeças deles em uma sacola ensanguentada, então acho que não teve muita sorte.

Os ombros de Dara se curvaram – se foi porque a desapontou ou porque perdeu a chance de participar do cenário descrito, ela não teve certeza.

— Sinto muito, Nahri. — O ódio sumira da voz dele. — Eles tinham partido há muito tempo.

Uma minúscula esperança que Nahri não sabia muito bem que estava alimentando se extinguiu em seu peito. Mas, considerando como Dara soava desapontado, ela escondeu a própria reação.

— Está tudo bem, Dara. — Nahri pegou a mão saudável dele. — Venha cá. — Ela pegou um longo par de pinças da mesa de trabalho que ainda estava de pé e puxou Dara na direção de uma pilha de almofadas no chão. — Sente-se. Podemos conversar enquanto tiro os pedaços de mobília presos em sua mão.

Eles afundaram nas almofadas e Dara obedientemente estendeu a palma da mão. Não parecia tão ruim quanto ela temia: havia apenas cerca de meia dúzia de fragmentos na pele dele, e eram todos bem grandes. Não havia sangue, um fato em que Nahri não quis pensar. A pele quente de Dara era real o suficiente para ela.

Nahri puxou um dos cacos e o soltou em uma panela de alumínio ao lado.

— Então não sabemos nada mais?

— Nada — respondeu ele, com a voz amarga. — E não faço ideia de para onde me voltar a seguir.

A mente de Nahri foi até os livros de Ali — e aos milhões que lotavam a biblioteca. Podia haver respostas ali, mas Nahri não conseguia sequer imaginar por onde começar sem ajuda. E parecia arriscado demais envolver mais alguém, mesmo alguém como Nisreen, que provavelmente estaria disposta a ajudar.

Ele parecia arrasado, muito mais do que Nahri teria esperado.

— Está tudo bem, Dara, de verdade — insistiu ela. — O que quer que tenha acontecido no passado é apenas isso: o passado.

Um olhar sombrio percorreu o rosto dele.

— Não é — murmurou ele. — Não mesmo.

Um grasnido triste soou subitamente de trás da cortina puxada do lado oposto da sala. Dara se sobressaltou.

— Não se preocupe. — Nahri suspirou. — É um paciente.

Dara pareceu incrédulo.

— Está tratando pássaros?

— Na semana que vem, talvez esteja. Algum acadêmico agnivanshi abriu o pergaminho errado e agora tem um bico. Sempre que tento ajudar, brotam mais penas. — Dara se levantou alarmado, lançando um olhar para trás, e Nahri rapidamente ergueu a mão. — Ele não consegue nos ouvir. Estourou os tímpanos, e os meus, brevemente, com toda a reclamação. — Nahri soltou mais um caco na panela. — Como pode ver, tenho o suficiente para ocupar minha mente aqui sem me preocupar com minhas origens.

Dara sacudiu a cabeça, mas se sentou de novo.

— E como anda isso? — perguntou ele, com a voz mais calma. — Como você está aqui?

Nahri começou a jogar uma resposta vaga e então parou. Aquele era Dara, afinal de contas.

— Não sei — confessou ela. — Sabe que vida eu levava antes... de muitas formas, este lugar é como um sonho. As roupas, as joias, a *comida*. É como o Paraíso.

Dara sorriu.

— Tive a sensação de que se afeiçoaria ao luxo real.

— Mas sinto como se fosse uma ilusão, como se eu estivesse a um erro de ter tudo tomado. E, Dara... Estou cometendo tantos deles — confessou ela. — Sou uma curandeira terrível, estou em desvantagem quando se trata de todos esses jogos políticos e estou apenas tão... — Nahri respirou fundo, ciente de que tagarelava. — Estou cansada, Dara. Minha mente é puxada em milhares de direções. E meu treino, por Deus, Nisreen está tentando condensar o que parecem ser vinte anos em dois meses.

— Você não é uma curandeira terrível. — Ele deu um sorriso reconfortante a ela. — Não é. Você me curou depois do ataque do rukh, não foi? Só precisa se concentrar. Mentes dispersas são o inimigo da magia. E dê tempo a si mesma. Está em Daevabad agora. Comece a pensar em termos de décadas e séculos em vez de meses e anos. Não se preocupe com esses jogos políticos. Não cabe a você jogá-los. Há aqueles em nossa tribo muito mais qualificados para fazer isso em seu nome. Concentre-se em seu treino.

— Suponho que sim. — A resposta era típica de Dara: conselho prático acompanhado por condescendência. Ela mudou de assunto. — Nem sabia que você tinha voltado; suponho que não esteja hospedado no palácio?

Dara soltou um ronco de escárnio.

— Preferiria dormir na rua a compartilhar um teto com essa gente. Estou hospedado com o grão-vizir. Ele era companheiro de sua mãe; ela e o irmão passaram grande parte da infância nas propriedades da família dele em Zariaspa.

Nahri não tinha certeza do que pensar disso. Havia uma ansiedade a respeito de Kaveh e-Pramukh que a inquietava. Assim que chegou, ele estava constantemente passando na enfermaria, trazendo presentes e passando horas lá para observar seu trabalho. Ela finalmente pediu que Nisreen interferisse discretamente, e não vira muito do homem desde então.

— Não tenho certeza se é uma boa ideia, Dara. Não confio nele.

— É porque seu príncipe mosca da areia lhe disse que não confiasse? — Dara olhou para ela. — Porque deixe-me dizer, Kaveh tem muito a dizer a respeito de Alizayd al Qahtani.

— Nada de bom, suponho.

— Nem um pouco. — Dara abaixou a voz. — Precisa tomar cuidado, ladrazinha — avisou ele. — Palácios são lugares perigosos para segundos filhos, e aquele me parece um esquentado. Não quero que fique no meio de alguma disputa política se Alizayd al Qahtani acabar com uma corda de seda em volta do pescoço.

Essa imagem incomodou Nahri mais do que ela gostaria de admitir. *Ele não é meu amigo*, lembrou-se. *Ele é um alvo.*

— Posso cuidar de mim mesma.

— Mas não *precisa* — respondeu Dara, parecendo irritado. — Nahri, não ouviu o que acabei de dizer? Deixe que outros brinquem de política. Fique longe desses príncipes. Estão aquém de você mesmo.

Diz aquele cujo conhecimento político está ultrapassado em um milênio.

— Tudo bem — mentiu ela; não tinha intenção de dispensar sua melhor fonte de informação, mas não estava com vontade de brigar. Nahri soltou um último caco na panela. — Acabou o vidro.

Dara deu a ela um sorriso sarcástico.

— Encontrarei uma forma menos destrutiva de ver você da próxima vez. — Ele tentou afastar a mão.

Nahri segurou firme. Era a mão esquerda dele, a mesma mão marcada pelo que ela agora sabia ser um registro da época em que fora escravo. Os minúsculos raios pretos espiralavam para fora da palma da mão dele como um caracol, girando em torno do pulso e sumindo sob a manga. Nahri esfregou o polegar contra a marca na base da mão dele.

O rosto de Dara se fechou.

— Imagino que seu novo amigo tenha lhe contado o que significam?

Nahri assentiu, mantendo a expressão neutra.

— Quantos... até onde elas vão?

Pela primeira vez, Dara deu uma resposta sem relutar.

— Sobem pelo braço e se espalham pelas costas. Parei de contar depois de cerca de oitocentas.

Nahri apertou a mão dele e então soltou.

— Tem tanto que você não me contou, Dara — disse ela baixinho. — Sobre escravidão, sobre a guerra... — Nahri o encarou. — Sobre liderar uma *rebelião* contra Zaydi al Qahtani.

— Eu sei. — Ele averteu o olhar, girando o anel. — Mas fui sincero com o rei... Bem, a respeito da escravidão, de toda forma. Exceto pelo que você e eu vimos juntos, não me lembro de nada de meu tempo como escravo. — Dara pigarreou. — O que vimos foi o suficiente para mim.

Nahri precisou concordar. Para ela, parecia uma misericórdia que Dara não conseguisse se lembrar da época de cativeiro, mas isso não respondia ao restante.

— E a guerra, Dara? A rebelião?

Ele ergueu o olhar, com apreensão nos olhos brilhantes.
— O pirralho não lhe contou nada?
— Não. — Nahri estava evitando os boatos mais sombrios a respeito do passado de Dara. — Gostaria de ouvir de você.
Ele assentiu.
— Tudo bem — falou Dara, com resignação suave na voz. — Kaveh está tentando arrumar uma recepção para você no Grande Templo. Ghassan está *resistente*... — O tom de voz dele deixou claro que não se importava muito com a opinião do rei. — Mas seria um bom lugar para conversar sem interrupção. A rebelião... o que aconteceu antes da guerra, é... é uma longa história. — Dara engoliu em seco, visivelmente nervoso. — Terá perguntas, e quero ter tempo de explicar, de fazer você entender por que fiz as coisas que fiz.

O homem-pássaro soltou outro guincho, e Dara fez uma careta.

— Mas hoje não. Deveria ir olhá-lo antes que saia voando. E preciso ir. Nisreen está certa a respeito de ficarmos sozinhos juntos. A mosca da areia sabe que você está aqui comigo, e eu não iria querer ferir sua reputação.

— Não se preocupe com minha reputação — respondeu Nahri, tranquilamente. — Causo bastante dano sozinha.

Um sorriso sarcástico brincou no canto dos lábios de Dara, mas ele não disse nada, apenas a encarou como se a sorvesse. À luz fraca da enfermaria, Nahri achou difícil não fazer o mesmo, não memorizar a forma como a luz do sol brincava nos cabelos pretos ondulados dele, o brilho parecido com o de uma joia nos olhos esmeralda.

— Você fica linda em nossas roupas — disse ele, baixinho, passando um dedo de leve na bainha bordada da manga de Nahri. — É difícil acreditar que é a mesma garota farroupilha que tirei da mandíbula de um ghoul, aquela que deixou um rastro de bens roubados do Cairo a Constantinopla. — Ele sacudiu a cabeça. — E descobrir que você é na verdade a filha de uma de nossas maiores curandeiras. — Um tom de reverência envolveu a voz dele. — Eu deveria estar queimando óleo de cedro em sua homenagem.

— Tenho certeza de que bastante já foi desperdiçado em mim.

Dara sorriu, mas a expressão não chegou aos olhos dele. Ele tirou a mão da de Nahri, algo como arrependimento pareceu percorrer seu rosto.

— Nahri, tem algo que deveríamos... — ele subitamente franziu a testa, levantando a cabeça como se tivesse ouvido um ruído suspeito. Dara olhou para a porta, parecendo ouvir por mais um segundo. Ódio varreu a confusão de sua expressão. Ele subitamente ficou de pé, marchando até a porta e quase arrancando-a das dobradiças.

Alizayd al Qahtani estava do outro lado.

O príncipe não parecia sequer remotamente envergonhado por ter sido surpreendido. De fato, enquanto Nahri observava, ele bateu com o pé no chão e cruzou os braços, com os olhos de aço concentrados apenas em Dara.

— Achei que pudesse precisar de ajuda para encontrar seu caminho.

Fumaça rodopiou em torno do colarinho de Dara. Ele estalou as articulações dos dedos, e Nahri ficou tensa. Mas ele não prosseguiu. Em vez disso – ainda olhando com raiva para Ali –, Dara direcionou as palavras para ela, continuando a falar no divasti que deixou Nahri imediatamente aliviada pelo príncipe não compreender.

— Não posso falar com você com esse pirralho mestiço de tribo espreitando. — Ele quase cuspiu as palavras no rosto de Ali. — Fique segura. — Dara cutucou Ali no peito para tirá-lo da porta e saiu.

O coração de Nahri pesou ao ver as costas de Dara partindo. Ela lançou um olhar irritado para Ali.

— Está nos espionando tão abertamente agora?

Por um momento, ela esperou que a máscara de amizade caísse. Esperou ver Ghassan refletido no rosto de Ali, ver um relance do que quer que realmente o estivesse levando a se encontrar com ela todo dia.

Em vez disso, Nahri viu o que parecia ser uma guerra de lealdades passar pelo rosto dele antes de Ali averter os olhos. Ele abriu a boca, então parou como se considerasse as palavras.

— Por favor, tome cuidado — disse ele, baixinho. — Ele... Nahri, você não... — Ali subitamente fechou a boca e recuou. — E-eu sinto muito — gaguejou ele. — Tenha uma boa noite.

ALI

Ali rastejava ao lado da prateleira empoeirada, com a barriga no chão conforme seguia para o pergaminho. Ele estendeu o braço, esforçando-se para alcançar, mas seus dedos sequer roçaram o papiro.

— Eu seria negligente se não observasse, de novo, que você tem gente para fazer isso por você. — A voz de Nahri flutuou de fora das prateleiras semelhantes a uma cripta entre as quais Ali estava, no momento, encaixado. — Pelo menos três assistentes da biblioteca se ofereceram para pegar esse pergaminho.

Ali grunhiu. Ele e Nahri estavam nas profundezas dos antigos arquivos da Biblioteca Real, em uma sala semelhante a uma caverna escavada do leito da rocha da cidade. Apenas os mais antigos e obscuros textos estavam armazenados ali, guardados em estreitas prateleiras de pedra que Ali aprendia rapidamente que não eram feitas para que pessoas rastejassem entre elas. O pergaminho que procuravam tinha rolado até o fundo da prateleira, o papiro cor de osso brilhava na luz da tocha deles.

— Não gosto que pessoas façam por mim o que sou perfeitamente capaz de fazer — respondeu Ali ao tentar se aproximar um pouco mais. O teto de rocha raspou na cabeça e nos ombros dele.

— Disseram que havia escorpiões aqui, Ali. Dos grandes.

— Há coisas muito piores do que escorpiões neste palácio — murmurou ele. Ali saberia, ele suspeitava que uma delas o observava naquele momento. O pergaminho que procurava se aninhou perto de outro com duas vezes o seu tamanho, feito do que parecia ser a pele de algum tipo de imenso lagarto. Estava tremendo violentamente desde que Ali entrara na prateleira.

Ainda não tinha mencionado para Nahri, mas quando Ali viu de relance algo que pareciam ser dentes, o coração dele acelerou.

— Nahri, você... você se importaria em subir um pouco a tocha?

A prateleira imediatamente se iluminou, as chamas tremeluzentes projetaram o perfil dele em sombras.

— O que foi? — perguntou Nahri, obviamente notando a ansiedade na voz do companheiro.

— Nada — mentiu Ali quando o pergaminho de pele de lagarto estremeceu e exibiu as escamas. Sem se incomodar em arranhar a cabeça, Ali se enfiou mais para o fundo e pegou o papiro.

Os dedos dele tinham acabado de se fechar em torno do pergaminho quando aquele de pele de lagarto soltou um urro alto. Ali recuou às pressas, embora não a tempo de evitar a súbita lufada de vento que o lançou para fora da prateleira como uma bola de canhão, com força o bastante para atirá-lo do outro lado da sala. Ali caiu de costas com força, o fôlego foi arrancado dos pulmões dele.

O rosto de preocupação de Nahri pairou sobre o dele.

— Você está *bem?*

Ali tocou a parte de trás da cabeça e se encolheu.

— Estou bem — insistiu ele. — Era minha intenção fazer isso.

— É claro que sim. — Nahri olhou nervosa para a prateleira. — Deveríamos...

Da direção da prateleira, veio o som de um ronco inconfundível de papel.

— Estamos bem. — Ali ergueu o pergaminho de papiro. — Não acho que o companheiro deste aqui queria ser perturbado.

Nahri sacudiu a cabeça. A mão dela disparou para a boca, e Ali percebeu que a curandeira tentava conter uma gargalhada.

— O quê? — perguntou ele, subitamente envergonhado. — O que foi?

— Sinto muito. — Os olhos pretos dela estavam brilhando com diversão. — É que... — Nahri fez um gesto de varredura para o corpo de Ali.

Ele olhou para baixo e então corou. Uma espessa camada de poeira antiga cobria seu dishdasha e suas mãos e seu rosto. Ele tossiu, fazendo subir uma flor de pó fino.

Nahri esticou a mão para o pergaminho.

— Por que não pego isso?

Envergonhado, Ali entregou o pergaminho e se levantou, limpando a poeira das roupas.

Tarde demais, ele viu a cobra estampada no antigo selo de cera.

— Espere, Nahri, não!

Mas ela deslizara um dedo sob o selo. Nahri gritou, soltando a tocha quando o pergaminho voou da outra mão. Ele se desenrolou no ar, uma cobra reluzente disparou das profundezas do papiro. A tocha atingiu o chão arenoso e se extinguiu, deixando os dois na escuridão.

Ali agiu por instinto, puxando Nahri para trás de si e sacando a zulfiqar. Chamas dançaram pela lâmina de cobre, iluminando o arquivo com luz tingida de verde. No canto oposto, a cobra sibilou. Ficava maior conforme observavam, faixas douradas e verdes listravam um corpo da cor da meia--noite. Já com duas vezes o tamanho dele e mais espessa do que um melão, ela pairou acima, exibindo presas curvas que pingavam sangue carmesim.

O sangue de Nahri. Ali avançou quando a cobra recuou para atacar de novo. A cobra era rápida, mas tinha sido criada para lidar com ladrões humanos, e Ali certamente não era um. Ele cortou a cabeça da cobra com um único golpe da zulfiqar, então recuou, ofegando enquanto o animal caía na terra.

— O que... — exalou Nahri —... *em nome de Deus* era aquela coisa?

— Uma apep. — Ali apagou a zulfiqar, limpando a lâmina no dishdasha antes de embainhá-la de novo. A espada era perigosa demais para ficar de fora em lugares tão apertados. — Eu tinha me esquecido que os antigos egípcios, de acordo com os boatos, eram bem... criativos na proteção dos textos deles.

— Talvez devêssemos deixar alguém com um pouco mais de familiaridade com a biblioteca recuperar o pergaminho seguinte?

— Não vou discutir com isso. — Ali voltou para o lado dela. — Você está bem? — perguntou ele, erguendo um punhado de chamas. — Ela mordeu você?

Nahri fez uma careta.

— Estou bem. — Ela estendeu a mão. O polegar estava ensanguentado, mas enquanto Ali observava, os dois ferimentos inchados onde as presas da cobra tinham penetrado se encolheram e então sumiram sob a pele lisa.

— Uau — sussurrou ele, maravilhado. — Isso é realmente extraordinário.

— Talvez. — Nahri deu um olhar invejoso para as chamas dançantes na palma da mão dele. — Mas eu não me importaria de conseguir fazer isso.

Ali gargalhou.

— Você se cura da mordida de uma cobra amaldiçoada em momentos, e tem inveja de algumas chamas? Qualquer um com um pouco de magia pode fazer isto.

— *Eu* não posso.

Ele não acreditou naquilo por um momento.

— Já tentou?

Nahri sacudiu a cabeça.

— Mal consigo me entender com a magia de cura, mesmo com toda a ajuda de Nisreen. Não saberia por onde começar com qualquer outra coisa.

— Então tente comigo — sugeriu Ali. — É fácil. Apenas deixe que o calor de sua pele meio que... *se acenda*, e mova a mão como se fosse estalar os dedos. Mas com fogo.

— Não é a explicação mais útil. — Porém, Nahri ergueu a mão, semicerrando os olhos ao se concentrar. — Nada.

— Diga a palavra. Em divasti — esclareceu ele. — Mais tarde, poderá simplesmente pensar nela, mas, para iniciantes, costuma ser mais fácil fazer encantamentos em voz alta em nossa língua nativa.

— Tudo bem. — Nahri encarou a mão de novo, franzindo a testa. — *Azar* — repetiu ela, parecendo irritada. — Está vendo? Nada.

Mas Ali não desistia facilmente. Ele indicou as prateleiras de pedra.

— Toque nelas.

— *Tocar* nelas?

Ele assentiu.

— Está no palácio de seus ancestrais, um lugar moldado pela magia Nahid. Retirado da pedra como se tiraria água de um poço.

Nahri não pareceu nada convencida, mas o acompanhou, colocando a mão no ponto que Ali indicou. Ela respirou fundo e então ergueu a outra palma.

— *Azar. Azar!* — disparou ela, alto o suficiente para deslocar parte da poeira da prateleira mais próxima. Quando sua mão permaneceu vazia, ela sacudiu a cabeça. — Esqueça. Não é como se eu estivesse tendo sucesso com mais nada. Não vejo por que isso seria diferente. — Nahri começou a baixar a mão.

Ali a impediu.

Os olhos de Nahri brilharam ao mesmo tempo em que a mente dele se deu conta das ações. Lutando contra uma onda de vergonha, Ali mesmo assim manteve a mão de Nahri pressionada contra a parede.

— Você tentou duas vezes — repreendeu ele. — Isso não é nada. Sabe quanto tempo levei para conjurar chamas em minha zulfiqar? — Ele recuou. — Tente de novo.

Ela soltou um bufo de irritação, mas não abaixou a mão.

— Tudo bem. *Azar.*

Não havia nem uma faísca; o rosto dela se contorceu com desapontamento. Ali escondeu a própria careta, sabendo que isso deveria ter sido fácil para alguém como Nahri. Ele mordeu o interior do lábio, tentando pensar.

E então ele se deu conta.

— Tente em árabe.

Ela pareceu surpresa.

— Em árabe? Você realmente acha que uma língua humana vai conjurar magia?

— É uma que tem significado para você. — Ali deu de ombros. — Não faz mal tentar.

— Suponho que não. — Ela agitou os dedos, encarando a mão. — *Naar.*

O ar empoeirado acima da palma da mão aberta dela fumegou. Os olhos de Nahri se arregalaram.

— Viu aquilo?

Ali sorriu.

— De novo.

Ela não precisou ser convencida agora.

— *Naar. Naar. Naar!* — A expressão dela se desfez. — Eu acabei de conseguir!

— Continue — insistiu ele. Ali teve uma ideia. Quando Nahri abriu a boca, ele falou de novo, suspeitando que o que disse a seguir terminaria ou com ela conjurando uma chama ou socando-o na cara. — O que acha que Darayavahoush está planejando hoje?

Os olhos de Nahri brilharam com revolta – e o ar acima da palma da mão dela se incendiou.

— Não deixe se apagar! — Ali agarrou o pulso dela de novo antes que Nahri pudesse sufocar o fogo, estendendo os dedos dela para deixar que a pequena chama respirasse. — Não vai ferir você.

— Pelo Mais Alto... — Nahri arquejou. A luz do fogo dançava pelo rosto dela, refletindo-se nos olhos pretos e fazendo brilharem os ornamentos dourados que seguravam seu chador no lugar.

Ali soltou o pulso dela e então recuou para pegar a tocha apagada deles. Ele a estendeu.

— Acenda.

Nahri flexionou a mão para permitir que as chamas dançassem da palma até a tocha, incendiando-a. Ela pareceu mesmerizada... e muito mais emotiva do que Ali jamais a vira. A máscara tipicamente fria tinha sumido; o rosto dela brilhava com satisfação, com alívio.

E então sumiu. Ela ergueu uma sobrancelha.

— Gostaria de explicar o propósito da última pergunta?

Ele abaixou os olhos, trocando o peso do corpo entre os pés.

— Às vezes a magia funciona melhor quando há um pouco de... — Ali pigarreou, buscando a palavra menos inapropriada em que conseguiu pensar. — Ah, *emoção* por trás dela.

— Emoção? — Nahri subitamente passou os dedos pelo ar. — *Naar* — sussurrou ela, e uma lasca de fogo dançou adiante. Nahri sorriu quando Ali saltou para trás. — Suponho que raiva funcione tão bem quanto, então. — Mas ela ainda sorria quando as minúsculas brasas caíram no chão, extinguindo-se na areia. — Bem, qualquer que seja sua intenção, agradeço. De verdade. — Nahri ergueu o rosto para ele. — Obrigada, Ali. É bom aprender *alguma* nova magia aqui.

Ele tentou oferecer um gesto casual de ombros, como se ensinar habilidades potencialmente mortais para o inimigo ancestral fosse algo que fizesse o tempo todo – e não, como ele subitamente percebeu, algo que deveria ter sido considerado mais cuidadosamente.

— Não precisa me agradecer — insistiu ele, com a voz levemente rouca. Ali engoliu em seco e então subitamente atravessou para recuperar o pergaminho de onde ela o havia soltado. — Eu... eu acho que deveríamos olhar o que viemos buscar aqui para início de conversa.

Nahri o seguiu.

— Realmente, não precisava ter todo esse trabalho — disse ela, de novo. — Foi apenas uma curiosidade passageira.

— Você queria saber sobre marids egípcios. — Ele deu batidinhas no pergaminho. — Esse é o último relato existente de um djinn que tenha encontrado um. — Ali o abriu. — Ah.

— O quê? — perguntou Nahri, olhando por cima do braço dele. Ela piscou. — Pelo olho de Suleiman... o que *isso* deveria ser?

— Não faço ideia — confessou Ali. Qualquer que fosse a língua na qual estava o pergaminho, era diferente de todas que ele tivesse visto, uma espiral confusa de pictogramas em miniatura e marcas em formato triangular. As letras, se é que eram letras, estavam tão apertadas que era difícil ver onde uma terminava e a seguinte começava. De cantos opostos, uma trilha de nanquim, um rio, talvez, quem sabe o Nilo, tinha sido pintada, as cataratas marcadas por mais pictogramas bizarros.

— Não suponho que obteremos nenhuma informação disso — suspirou Nahri.

Ali a calou.

— Não deveria desistir das coisas tão facilmente. — Uma ideia se revelou na mente dele. — Conheço alguém que pode ser capaz de traduzir isto. Um acadêmico ayaanle. Está aposentado agora, mas pode estar disposto a nos ajudar.

Nahri pareceu relutante.

— Prefiro não ter meu interesse nisso tornado público.

— Ele guardará seu segredo. É um escravo liberto, faria qualquer coisa por um Nahid. E passou dois séculos viajando pelas terras do Nilo, copiando textos antes de ser capturado pelos ifrits. Não consigo pensar em ninguém mais adequado para a tarefa. — Ali enrolou o pergaminho.

Ele percebeu a confusão no rosto de Nahri, a conexão não estava muito clara. Mas ela não disse nada.

— Pode simplesmente me perguntar — disse ele, por fim, quando ficou claro que Nahri não falaria.

— Perguntar o quê?

Ali deu a ela um olhar de compreensão. Estavam desviando daquele tópico havia semanas – bem, na verdade, estavam desviando de muitos tópicos, mas daquele principalmente.

— O que quis perguntar desde o dia no jardim. Desde que contei a você o significado da marca no braço de seu Afshin.

Nahri fervilhou, o calor sumiu do rosto dela.

— Não vou discutir Dara com você.

— Não disse *ele* especificamente — observou Ali. — Mas quer saber sobre os escravos, não quer? Fica toda tensa sempre que a mais ínfima menção a eles surge.

Nahri pareceu ainda mais irritada por ter sido pega, os olhos dela brilharam. Como Ali planejara bem aquela briga, logo depois de ter ensinado a curandeira a conjurar chamas.

— E se eu quiser? — desafiou ela. — Isso é algo que vai correr para reportar a seu pai?

Ali se encolheu. Ele não podia responder nada – estava espionando Nahri e o Afshin na enfermaria alguns dias antes, embora nenhum dos dois tivesse mencionado o incidente até então.

Ele a encarou. Ali não estava acostumado com olhos daeva; sempre achara as profundezas ébano deles levemente desencorajadoras, embora precisasse admitir que os de Nahri eram muito belos; as feições humanas dela suavizavam a severidade. Mas havia tanta desconfiança nos olhos dela – e com razão, é claro –, que Ali quis se encolher. Mas também suspeitava que muita gente em Daevabad, principalmente o Afshin a respeito do qual ela era tão defensiva, mentira para Nahri. Então decidiu dizer a verdade a ela.

— E se eu relatar? — perguntou ele. — Acha que seu interesse é surpreendente para alguém? Foi criada no mundo humano com as lendas dos escravos djinns. O fato de querer saber mais é esperado. — Ele tocou o coração, os cantos de sua boca se repuxaram. — Vamos lá, Nahid. Um tolo Qahtani está oferecendo informação gratuita. Certamente seus instintos lhe dizem para tomar vantagem.

Isso atraiu um leve sorriso, manchado por exasperação.

— Tudo bem. — Ela ergueu as mãos. — Minha curiosidade está vencendo meu senso comum. Conte-me a respeito de escravos.

Ali ergueu a tocha, assentindo na direção do corredor que dava de volta à biblioteca principal.

— Vamos caminhar e conversar. Vai parecer inapropriado se ficarmos aqui embaixo por tempo demais.

— O diabo outra vez? — Ali corou e Nahri gargalhou. — Você se encaixaria bem no Cairo, sabe — acrescentou ela ao dar meia-volta.

Eu sei. Era exatamente o motivo pelo qual o pai de Ali o escolhera para aquela missão, afinal de contas.

— É como as histórias, então? — prosseguiu Nahri, com o árabe envolto em egípcio apressado e animado. — Djinns presos em anéis e lâmpadas, forçados a conceder quaisquer que sejam os desejos que o mestre humano queira?

Ele assentiu.

— A maldição do escravo retorna o djinn ao estado natural dele, da forma como éramos antes do profeta Suleiman, que a paz esteja sobre ele, nos abençoar. Mas o porém é que só pode usar suas habilidades em serviço de um mestre humano. Está completamente preso aos mestres, a todo capricho deles.

— A *todo* capricho deles? — Nahri estremeceu. — Nas

histórias, costuma ser divertido, pessoas desejando grandes fortunas e palácios luxuosos, mas... — Ela mordeu o lábio. — Humanos são capazes de algumas coisas bem terríveis.

— Têm isso em comum com nossa raça — observou Ali, sombriamente. — Com os marids e os peris também, imagino.

Nahri pareceu pensativa por um momento, mas então franziu a testa.

— Mas os ifrits odeiam os humanos, não é? Por que dar escravos tão poderosos a eles?

— Porque não é uma dádiva. É poder puro, descontrolado — explicou Ali. — Poucos ifrits ousaram ferir diretamente humanos desde que Suleiman nos amaldiçoou. Mas não precisam; um escravo djinn nas mãos de um humano ambicioso causa uma destruição imensa. — Ele sacudiu a cabeça. — É vingança. Que isso eventualmente deixe o escravo djinn louco é apenas um benefício a mais.

Nahri empalideceu.

— Mas podem ser libertados, certo? Os escravos?

Ali hesitou, pensando na relíquia do Afshin escondida na tumba bem abaixo dos pés dele, a relíquia que não deveria estar lá. Como Darayavahoush fora libertado sem ela era algo que nem mesmo o pai dele sabia. Mas não parecia haver perigo em responder à pergunta dela; não era como se Nahri fosse algum dia ver a tumba.

— Se tiverem a sorte de terem seu receptáculo escravo, o anel ou a lâmpada ou o que seja, reunido com sua relíquia por um Nahid, então sim — respondeu Ali.

Ele conseguia praticamente ver as engrenagens girando na mente de Nahri.

— A relíquia deles?

Ali bateu no espeto de aço na orelha direita.

— Nós as ganhamos quando crianças. Cada tribo tem a própria tradição, mas é basicamente pegar... bem, uma *relíquia* de nós mesmos: para alguns o sangue, outros, o cabelo, um dente de leite. Nós a selamos com metal e guardamos junto ao corpo.

Nahri pareceu um pouco enojada.

— Por quê?

Ali hesitou, sem saber como explicar o que precisava dizer delicadamente.

— Um djinn precisa ser morto para ser transformado em escravo, Nahri. A maldição prende a alma, não o corpo. E os ifrits... — Ali engoliu em seco. — Somos os descendentes de pessoas que eles consideram traidoras. Tomam escravos para nos aterrorizar. Para aterrorizar os sobreviventes que encontrarão o corpo vazio. Pode ser... feio.

Nahri parou subitamente, os olhos dela se iluminaram com horror.

Ali falou rapidamente, tentando acalmar o espanto no rosto dela.

— De qualquer forma, a relíquia é considerada a melhor forma de preservar uma parte de nós. Principalmente porque pode levar séculos para se encontrar um receptáculo escravo.

Nahri pareceu enjoada.

— Então como os Nahid os libertavam? Simplesmente conjuravam um novo corpo, ou algo assim?

Ele percebeu pelo tom de voz dela que Nahri achava a ideia ridícula, provavelmente o motivo pelo qual a curandeira empalideceu quando Ali assentiu.

— É exatamente o que faziam. Não sei *como*, seus ancestrais não eram do tipo que compartilhavam os segredos, mas algo assim, sim.

— E mal consigo conjurar uma chama — sussurrou ela.

— Dê tempo a si mesma — reconfortou Ali, levando a mão à porta. — Isso é algo que temos muito mais do que os humanos. — Ele segurou a porta para ela, então saiu para a rotunda principal da biblioteca. — Está com fome? Eu poderia pedir que aquele cozinheiro egípcio preparasse algum...

A boca de Ali secou. Do outro lado do patamar da biblioteca lotada, encostado contra uma antiga coluna de pedra, estava Rashid.

Ele estava obviamente esperando por Ali – e esticou o corpo assim que Ali o viu, seguindo para a direção deles. Estava usando uniforme, com o rosto perfeitamente contido, o retrato da lealdade. Jamais se pensaria que a última vez em que ele e Ali tinham se visto foi quando Rashid o enganou para que visitasse um esconderijo Tanzeem, ameaçando Ali com a condenação por retirar seu apoio aos militantes shafits.

— Que a paz esteja com você, qaid — disse Rashid, cumprimentando-o educadamente. Ele inclinou a cabeça. — Banu Nahida, uma honra.

Ali se colocou diante de Nahri. Se para proteger seu segredo dela ou para proteger a curandeira da forma vagamente hostil como a boca de Rashid se contraiu quando disse o título dela, Ali não teve certeza. Ele pigarreou.

— Banu Nahida, por que não vai na frente? Isto é assunto da Cidadela e levará apenas um momento.

Rashid ergueu uma sobrancelha cética diante daquilo, mas Nahri se afastou – embora não antes de dar aos dois um olhar descaradamente curioso.

Ali olhou para o restante da biblioteca. O piso principal estava fervilhando, cheio o tempo inteiro com palestras em andamento e acadêmicos irritados, mas ele era um príncipe Qahtani e tendia a atrair atenção, não importava seus arredores.

Rashid falou, com a voz mais fria.

— Eu diria que não está satisfeito em me ver, irmão.

— É claro que não — sibilou Ali. — Ordenei que voltasse a Am Gezira há semanas.

— Ah, está falando de minha aposentadoria súbita? — Rashid sacou um pergaminho da túnica e o empurrou para Ali. — Pode muito bem acrescentar à sua tocha. Obrigado pela *generosa* pensão, mas não é necessária. — Ele abaixou a voz, mas seus olhos brilharam de ódio. — Arrisquei a vida para ajudar os shafits, Alizayd. Não sou um homem que se pode comprar.

Ali se encolheu, seus dedos se fecharam em torno do pergaminho.

— A intenção não foi essa.

— Não? — Rashid se aproximou. — Irmão, o que está *fazendo*? — indagou ele, em um sussurrou irritado. — Levo você a uma casa cheia de órfãos shafits, crianças que estão doentes e famintas porque não podemos pagar por cuidados para elas, e em resposta você nos abandona? Você se retira para o palácio para bancar o companheiro de uma *Nahid*? Uma Nahid que trouxe o *Flagelo de Qui-zi* de volta a Daevabad? — Ele ergueu as mãos. — Perdeu todo o senso de decência?

Ali agarrou o pulso de Rashid, segurando-o baixo.

— Quieto — avisou ele, indicando com a cabeça o arquivo escuro do qual ele e Nahri tinham acabado de sair. — Não faremos isso aqui.

Ainda colérico, Rashid o seguiu, mas assim que Ali fechou a porta, o outro homem se virou para ele novamente.

— Diga-me que há algo que não sei, irmão — indagou ele. — Por favor. Porque não consigo ver o homem que Anas se sacrificou para salvar como aquele que forçaria os shafits para dentro de um barco de bronze.

— Sou o qaid da cidade — respondeu Ali, odiando o tom defensivo na voz. — Aqueles homens atacaram o Quarteirão Daeva. Foram julgados e sentenciados de acordo com nossa lei. Era meu dever.

— Seu dever — debochou Rashid, caminhando para longe. — Ser qaid não é o único dever atribuído a você nesta vida. — Ele olhou para trás. — Suponho que não seja tão diferente de seu irmão, afinal de contas. Uma linda adoradora do fogo bate os cílios e você...

— Basta — disparou Ali. — Deixei clara minha intenção de parar de custear os Tanzeem quando descobri que estavam

comprando armas com meu dinheiro. Ofereci a você a aposentadoria para salvar sua vida. E quanto à Banu Nahida...
— A voz de Ali ficou irritada. — Meu Deus, Rashid, ela é uma garota criada por humanos do Egito, não alguma sacerdotisa incandescente do Grande Templo. Convidada de meu pai. Certamente você não é tão preconceituoso com daevas a ponto de se opor a que eu faça amizade...
— Amizade? — interrompeu Rashid, parecendo incrédulo. — Não se faz *amigos* entre os adoradores do fogo, Alizayd. É assim que eles o enganam. Aproximar-se dos daeva, integrá-los na corte e na Guarda Real, foi isso que desviou sua família do caminho!
A voz de Ali soou fria.
— É óbvio que vê a hipocrisia em acusar outro de me enganar com amizade. — Rashid corou. Ali insistiu. — Terminei com os Tanzeem, Rashid. Não poderia ajudá-lo nem se quisesse. Não mais. Meu pai descobriu sobre o dinheiro.
Isso finalmente calou o discurso do outro homem.
— Ele suspeita de que você tenha feito outra coisa?
Ali fez que não com a cabeça.
— Duvido que eu estaria de pé aqui se ele soubesse sobre Turan. Mas o dinheiro bastou. Tenho certeza de que tem gente observando cada movimento meu, sem falar de minhas contas no Tesouro.
Rashid parou, parte da raiva se foi.
— Então ficaremos escondidos. Esperaremos um ano ou mais até que o escrutínio de dissipe. Enquanto isso...
— Não — interrompeu, com a voz firme. — Meu pai deixou claro que seriam shafits inocentes que pagariam se ele captasse sequer um cheiro de traição de mim. Não arriscarei isso. E não preciso.
Rashid franziu a testa.
— Como assim *não precisa?*
— Fiz um acordo com meu irmão — explicou Ali. — Por enquanto, eu me alinho com os planos de meu pai. Quando

Muntadhir for rei, ele me deixará ter mais poder para gerenciar as questões dos shafits. — A voz de Ali se elevou com animação; a mente dele girava com ideias desde aquele dia. — Rashid, pense no que poderíamos fazer pelos shafits se tivéssemos um rei que apoiasse abertamente nossas metas. Poderíamos organizar programas de trabalho, expandir o orfanato com dinheiro do Tesouro...

— Seu *irmão*? — repetiu Rashid, incrédulo. — Acha que Muntadhir vai deixar você ajudar os shafits, com dinheiro do palácio, ainda por cima? — Ele semicerrou os olhos. — Não pode ser tão ingênuo, Ali. A única coisa que seu irmão vai fazer com o Tesouro é drená-lo para pagar por vinho e dançarinas.

— Não — protestou Ali. — Ele não é assim.

— Ele é *exatamente* assim — respondeu Rashid. — Além do mais, você não entrou na linha, não mesmo. Se fosse leal, teria mandado nos prender. — Ele assentiu grosseiramente para os papéis da aposentadoria. — Eu estaria morto, e não exilado com pensão.

Ali hesitou.

— Temos visões diferentes de como ajudar os shafits. Isso não quer dizer que quero você ferido.

— Ou você sabe que estamos certos. Pelo menos parte de você sabe. — Rashid deixou as palavras pairarem no ar, então suspirou, subitamente parecendo uma década mais velho. — Não vai conseguir continuar assim, Alizayd — avisou ele. — Continuar no caminho entre a lealdade à sua família e a lealdade ao que sabe ser o certo. Algum dia vai precisar fazer uma escolha.

Eu fiz minha escolha. Porque por mais que Ali tivesse inicialmente discordado dos planos iniciais do pai em relação a Nahri, estava começando a ver aonde poderiam levar. Um casamento entre o emir e a Banu Nahida poderia trazer a verdadeira paz entre os daevas e os geziris. E uma Banu Nahida criada no mundo humano – que ainda parecesse humana –

não poderia incitar sua tribo a aceitar melhor os shafits? Ali sentia uma oportunidade, uma verdadeira oportunidade, de agitar as coisas em Daevabad e se certificar de que acertassem.

Mas não poderia fazer isso de uma cela na cadeia. Ali entregou os papéis de aposentadoria de volta.

— Deveria levar estes. Vá para casa, Rashid.

— Não vou voltar para Am Gezira — disse o outro homem, interrompendo-o. — Não vou deixar Daevabad, a irmã Fatumai não vai deixar o orfanato, e Hanno não vai parar de libertar escravos shafits. Nosso trabalho é maior do que qualquer um de nós. Eu achei que a morte de sheik Anas teria ensinado isso a você.

Ali não disse nada. Na verdade, a morte de Anas – o que levara a ela, o que viera dela – tinha ensinado bastante a Ali. Mas não eram lições que ele suspeitava que Rashid apreciaria.

Algo se desfez no rosto do outro homem.

— Você foi ideia minha, sabe. Minha esperança. Anas estava relutante em recrutar você. Ele acreditava que era jovem demais. Eu o convenci. — Arrependimento encheu a voz dele. — Talvez estivesse certo.

Rashid se virou, seguindo para a porta.

— Não o incomodaremos de novo, príncipe. Se mudar de ideia, sabe onde me encontrar. E espero que mude. Porque no dia de seu julgamento, Alizayd... quando lhe perguntarem por que não defendeu o que sabia ser justo... — Ele parou, as palavras seguintes encontraram o coração de Ali como uma flecha. — Lealdade à sua família não servirá como desculpa.

NAHRI

O palanquim que carregava Nahri do palácio estava longe de se parecer com aquele em que ela chegara, a aconchegante "caixa floral" que compartilhara com um irritado Afshin. Um símbolo de sua posição elevada, o palanquim podia acomodar meia dúzia de pessoas, e era carregado por duas vezes esse número. O interior era vergonhosamente suntuoso, cheio de almofadas brocadas, um barril de vinho intocado e borlas de seda penduradas, perfumadas com incenso.

E janelas completamente cobertas. Nahri tentou abrir o painel de seda de novo, mas estava costurado firmemente. Ela olhou para a mão, tomada por outra possibilidade. Então abriu a boca.

— Não — sibilou Nisreen, em tom afiado. — Nem mesmo pense em incendiar as cortinas. Principalmente não nessa sua língua humana. — A mulher estalou a língua. Sabia que aquele menino Qahtani seria má influência.

— Ele está se revelando uma influência bastante útil. — Mas Nahri se sentou, dando um olhar irritado para a janela coberta. — Esta é a primeira vez que pude sair do palácio em meses. Era de se pensar que eu poderia de fato *olhar* para a cidade que meus ancestrais construíram.

— Pode ver o Grande Templo quando chegarmos. Não se espera que os Nahid se misturem com a população geral, tal coisa a desgraçaria.

— Duvido muito — murmurou Nahri, cruzando as pernas e batendo com o pé contra um dos mastros de apoio do palanquim. — E se os daevas estiverem sob meu controle, não posso mudar as regras? Carne agora é permitida — entoou ela. — A Banu Nahida tem permissão de interagir com quem quiser da forma que quiser.

Nisreen ficou um pouco pálida.

— Não é assim que fazemos as coisas aqui. — Ela parecia ainda mais nervosa do que Nahri. O convite para o Grande Templo tinha vindo no dia anterior, sem aviso, e Nisreen tinha passado cada minuto do último dia tentando preparar Nahri com sermões apressados sobre etiqueta daeva e rituais religiosos que em grande parte entraram por um ouvido e saíram pelo outro.

— Minha senhora... — Nisreen respirou fundo. — Imploro... de novo... para que reflita no que este momento significa para nosso povo. Os Nahid são nossas figuras mais estimadas. Passamos anos de luto por eles, anos acreditando que a perda deles significava o fim de tudo, até seu...

— Sim, até meu milagroso retorno, eu sei. — Mas Nahri não se sentia muito como um milagre. Sentia-se como uma impostora. Ela se agitou inquieta, desconfortável nas roupas cerimoniais que fora forçada a vestir: um vestido azul pálido finamente trabalhado em fios de prata e calça de ouro tecido, as bainhas estavam pesadas com pérolas e contas de lápis-lazúli. Seda branca cobria seu rosto, e um chador branco, leve e fino como uma nuvem de fumaça cobria seu cabelo, descendo até os pés. Ela não se incomodava com o chador, mas o enfeite de cabeça que o segurava no lugar, um pesado diadema de ouro reluzindo com safiras e topázio e uma faixa de minúsculos discos de ouro pendurados sobre a testa dela, lhe dava dor de cabeça.

— Pare de mexer nisso — aconselhou Nisreen. — É capaz de fazer a coisa toda cair. — O palanquim estremeceu até parar. — Que bom, chegamos... Ah, criança, não revire os olhos. Isso dificilmente é inspirador. — Nisreen abriu a porta. — Venha, minha senhora.

Nahri olhou para fora, roubando o primeiro olhar do Grande Templo de Daevabad. Nisreen disse que era uma das construções mais antigas de Daevabad, e parecia ser, tão imponente e imenso quanto as Grandes Pirâmides no Egito. Era um zigurate, como o palácio, mas menor e mais íngreme, uma pirâmide de topo chato com três patamares, tijolos cobertos por faiança marmorizada em um arco-íris de cores deslumbrante e emoldurado por cobre. Atrás do templo havia uma torre de cerca de duas vezes a altura dele. Fumaça subia do topo crenulado.

Um grande pátio se estendia entre os dois prédios. Um jardim – muito mais organizado do que a selva feral do palácio – tinha sido projetado por um olho com óbvio discernimento, com dois longos espelhos d'água retangulares que se encontravam para formar uma cruz, delineada por canteiros exuberantes em uma profusão de cores. De cada lado dos espelhos d'água, amplos caminhos se estendiam, convidando o visitante a permanecer, a perambular lentamente pela sombra perfumada, além de árvores antigas com amplas folhas em formato de leque. O complexo inteiro era murado, as imensas pedras estavam ocultas por treliças das quais cascateavam rosas.

Parecia um lugar pacífico, feito para encorajar a reflexão e a oração – caso uma multidão de pelo menos duzentas pessoas não estivesse ansiosamente encurralando uma única figura.

Dara.

O Afshin dela estava de pé no centro do jardim, cercado por uma multidão de admiradores. Crianças daeva, muitas com imitações das marcas dele desenhadas nas bochechas, o haviam arrastado de joelhos e empurravam umas às outras para mostrar ao lendário guerreiro os músculos magricelas e as miniaturas de poses de luta. Dara sorriu quando respondeu ao que quer que estivessem dizendo. Embora Nahri não pudesse ouvir as palavras dele acima do murmúrio da multidão, ela observou conforme Dara puxou carinhosamente a trança de uma menininha, colocando o chapéu dele na cabeça de um menininho ao lado dela.

Os adultos simplesmente pareciam mesmerizados, com espanto no rosto conforme se aproximavam do Afshin cuja longínqua morte e rebelião derrotada, percebeu Nahri, provavelmente o tornaram uma figura bastante romântica. E não apenas espanto; quando Dara deu seu sorriso extremamente charmoso, Nahri ouviu um alto – e obviamente feminino – suspiro da multidão reunida.

Dara ergueu o olhar, reparando em Nahri antes que os admiradores dele o fizessem. O sorriso dele ficou mais deslumbrante, o que, em reposta, lançou o coração dela em uma dança idiota. Alguns dos outros daevas olharam na direção dela, então mais, as expressões deles se iluminando ao ver o palanquim.

Nahri se encolheu.

— Você disse que só haveria algumas dúzias de pessoas — sussurrou ela para Nisreen, lutando contra a ânsia de se encolher de volta para dentro.

Até mesmo Nisreen pareceu chocada com o tamanho da multidão que seguia na direção delas.

— Suponho que alguns dos sacerdotes tinham amigos e familiares implorando para virem junto, e então *esses* tinham amigos e familiares... — A mulher fez um gesto abrangente na direção do complexo do Grande Templo. — Você *é* de certa forma importante para tudo isto, sabe.

Nahri murmurou um xingamento em árabe baixinho. Ao reparar que o restante das mulheres tinha tirado o véu da parte inferior do rosto, ela levou a mão ao próprio.

Nisreen a impediu.

— Não, você mantém o seu. Os Nahid, tanto homens quanto mulheres, sempre usam véu no Grande Templo. O restante de nós os retira. — Ela abaixou a mão. — E essa é a última vez que a tocarei também. Ninguém deve tocar você aqui, então não estenda a mão para seu Afshin. Na época dele, um homem teria a mão decepada por tocar um Nahid no Grande Templo.

— Desejo sorte a quem tentar fazer isso com Dara.

Nisreen deu a ela um olhar sombrio.

— Era ele quem decepava, Nahri. Ele é um Afshin; a família dele serviu a sua de tal forma desde a maldição de Suleiman.

Nahri sentiu o sangue deixar seu rosto diante daquilo. Mas ela saiu, com Nisreen atrás.

Dara a cumprimentou. Ele parecia estar em algum tipo de traje cerimonial, um casaco de feltro de costura requintada tingido com as cores reluzentes do fogo incandescente, calça larga da cor do carvão enfiada para dentro das botas altas. Os cabelos descobertos do Afshin caíam em cachos pretos lustrosos até os ombros, o cabelo dele ainda era passado entre os pequenos fãs.

— Banu Nahida. — O tom de voz de Dara era solene e irreverente, mas ele piscou um olho antes de subitamente cair de joelhos e pressionar o rosto contra o chão quando ela se aproximou. O restante dos daevas se curvou, unindo as mãos em um gesto de respeito.

Nahri parou diante de um Dara ainda prostrado, um pouco maravilhada.

— Diga a ele que se levante — sussurrou Nisreen. — Ele não pode fazer isso sem sua permissão.

Ele não pode? Nahri arqueou uma sobrancelha. Se ela e Dara estivessem sozinhos, talvez se sentisse tentada a se aproveitar de tal informação. Mas por enquanto ela simplesmente pediu que ele se levantasse.

— Sabe que não precisa fazer isso.

Ele ficou de pé de novo.

— É meu prazer. — Dara uniu as mãos. — Seja bem-vinda, minha senhora.

Dois homens se afastaram da multidão para se juntar a eles: o grão-vizir, Kaveh e-Pramukh, e o filho dele, Jamshid. Kaveh parecia conter lágrimas, Nisreen dissera a Nahri que ele era muito próximo tanto de Manizheh quanto de Rustam.

Os dedos de Kaveh tremeram quando ele os uniu.

— Que os fogos queimem intensamente por você, Banu Nahida.

Jamshid deu a ela um sorriso caloroso. O capitão estava sem o uniforme da Guarda Real e vestido à moda daeva naquele dia, com um casaco jade escuro com bordas de veludo e calça listrada. Ele se curvou.

— Uma honra vê-la de novo, minha senhora.

— Obrigada. — Evitando o olhar curioso da multidão, Nahri voltou o rosto para cima quando um pequeno bando de pardais voou além da torre fumegante, com as asas escuras contra o forte sol do meio-dia. — Então este é o Grande Templo?

— Ainda de pé. — Dara sacudiu a cabeça. — Preciso admitir, eu não tinha certeza de que estaria.

— Nosso povo não desiste tão facilmente — respondeu Nisreen, com um toque de orgulho na voz. — Sempre revidamos.

— Mas apenas quando necessário — lembrou-a Jamshid. — Temos um bom rei em Ghassan.

Uma expressão de diversão percorreu o rosto de Dara.

— Sempre leal, não é, capitão? — Ele assentiu na direção de Nahri. — Por que não acompanha a Banu Nahida para dentro? Preciso falar com seu pai e a senhora Nisreen por um momento.

Jamshid pareceu um pouco surpreso – não, ele pareceu um pouco *preocupado*, seus olhos desviavam do pai para Dara com um vestígio de preocupação –, mas obedeceu com uma leve reverência.

— É claro. — Ele olhou para ela, indicando a direção do amplo caminho que dava para o Grande Templo. — Banu Nahida?

Nahri lançou um olhar enojado para Dara. Estava ansiosa para vê-lo a manhã toda. Mas segurou a língua, sem pretender se envergonhar diante da grande multidão daeva. Em vez disso, seguiu Jamshid pelo caminho.

O capitão daeva esperou e igualou seu ritmo ao dela. Ele caminhava com um ar tranquilo, com as mãos unidas às costas. Estava mais para pálido, mas tinha um belo rosto com um elegante nariz aquilino e sobrancelhas pretas geométricas.

— Então, o que acha da vida em Daevabad? — perguntou ele, educadamente.

Nahri considerou a pergunta. Como mal vira a cidade, não tinha certeza de que tipo de resposta poderia dar.

— Atribulada — disse, por fim. — Muito linda, muito bizarra e muito, muito atribulada.

Jamshid gargalhou.

— Nem consigo começar a imaginar que choque isto deve ser. Mas de acordo com todas as fontes, você está lidando com graciosidade.

Suspeito que suas fontes estejam sendo diplomáticas. Mas Nahri não disse nada, e os dois continuaram andando. Havia uma profunda, quase solene quietude no ar do jardim. Algo estranho, como uma ausência de...

— Magia — disse ela, dando-se conta em voz alta. Quando Jamshid fez uma careta de confusão, Nahri explicou. — Não há magia aqui. — Ela fez um gesto para abranger a vida botânica bastante modesta ao redor. Não havia esferas de fogo flutuantes, nenhuma flor encrustada de joias ou criaturas de contos de fadas olhando entre as folhas. — Nenhuma que eu consiga ver, de toda forma — explicou Nahri.

Jamshid assentiu.

— Nenhuma magia, armas ou joias; o Grande Templo é destinado a ser um lugar de contemplação e oração, nenhuma distração é permitida. — Ele indicou o entorno sereno. — Projetamos nossos jardins como um reflexo do Paraíso.

— Quer dizer que o Paraíso não é cheio de tesouros e prazeres proibidos?

Ele gargalhou.

— Suponho que todos tenham a própria definição de tal lugar.

Nahri chutou o caminho de cascalho. Não era exatamente cascalho, mas pedras chatas e perfeitamente polidas do tamanho de bolas de gude em uma ampla variedade cores. Algumas estavam salpicadas de manchas do que pareciam ser metais preciosos, enquanto outras estavam manchadas com quartzo ou topázio.

— Do lago — explicou Jamshid, acompanhando a direção do olhar de Nahri. — Trazidas pelos próprios marids como tributo.

— Tributo?

— Se acredita nas lendas. Daevabad foi um dia deles.

— Mesmo? — perguntou Nahri, surpresa. Embora supunha que não deveria estar. A nebulosa Daevabad, circundada por montanhas encobertas por névoa e um lago mágico sem fundo, certamente parecia um lugar mais adequado a seres da água do que àqueles criados do fogo. — Então para onde foram os marids?

— Ninguém sabe ao certo — respondeu Jamshid. — Dizem que eram aliados de sua mais antiga ancestral, que ajudaram Anahid a construir a cidade. — Ele deu de ombro. — Mas considerando a maldição que puseram no lago antes de desaparecerem, devem ter tido algum desentendimento.

Jamshid se calou quando se aproximaram do Grande Templo. Colunas impossivelmente delicadas erguiam uma marquise de pedra escavada, sombreando um grande pavilhão diante da entrada.

Ele apontou para o imenso shedu pintado na superfície da marquise, com as asas abertas sobre um sol poente.

— O brasão de sua família, é claro.

Nahri gargalhou.

— Esta não é a primeira vez que você dá esse tour, é?

Jamshid sorriu.

— É sim, acredite ou não. Mas fui um noviço aqui. Passei grande parte da juventude treinando para entrar no sacerdócio.

— Sacerdotes em nossa religião costumam montar elefantes, disparando flechas para dissipar revoltas?

— Eu não era um sacerdote muito bom — reconheceu Jamshid. — Queria ser como *ele*, na verdade. — Ele assentiu na direção de Dara. — Suspeito que a maioria dos meninos daeva queiram, mas fui além, pedindo ao rei se poderia ingressar na Guarda Real quando era adolescente. — Ele sacudiu a cabeça. — Tenho sorte por meu pai não ter me jogado no lago.

Isso esclarecia um pouco a defesa que fizera mais cedo dos Qahtani.

— Gosta de ser parte da Guarda Real? — perguntou Nahri, tentando se lembrar do pouco que sabia sobre o capitão daeva. — É o guarda-costas do príncipe, não é?

— Do emir — corrigiu ele. — Não consigo imaginar que o príncipe Alizayd algum dia *precise* de um guarda-costas. Qualquer um que levante a mão para ele enquanto carrega a zulfiqar está pedindo por uma morte rápida.

Nahri tinha pouco a discutir com isso – ainda se lembrava da agilidade com que Ali matara a cobra na biblioteca.

— E como é o emir?

O rosto de Jamshid se alegrou.

— Muntadhir é um bom homem. Muito generoso, muito aberto... o tipo de homem que convida estranhos para seu lar e os embebeda com seu melhor vinho. — Ele sacudiu a cabeça, com afeição na voz. — É alguém para quem eu adoraria fazer este tour. Sempre gostou da cultura daeva e financia muitos de nossos artistas. Acho que gostaria de ver o Grande Templo.

Nahri franziu a testa.

— Ele não *pode*? É o emir; pensei que pudesse fazer o que quisesse.

Jamshid sacudiu a cabeça.

— Apenas daevas podem entrar no território do Grande Templo. É assim há séculos.

Nahri olhou para trás. Dara ainda estava ao lado do palanquim com Nisreen e Kaveh, mas o olhar dele estava sobre Nahri e Jamshid. Havia algo estranho, quase submisso, no rosto dele.

Ela se virou de volta para Jamshid. Ele tinha tirado os sapatos, e ela se agitou para fazer o mesmo.

— Ah, não — respondeu ele, rapidamente. — Fique com os seus. Os Nahid estão isentos da maioria das restrições aqui. — Jamshid mergulhou as mãos em um braseiro aberto incandescente quando entraram na sombra do templo, passando cinzas nos antebraços. Jamshid tirou o chapéu, passando a mão coberta de cinzas pelos cabelos escuros. — Disto também. Acho que se presume que você está sempre ritualmente pura.

Nahri quis rir daquilo. Ela certamente não se sentia "ritualmente pura". Mesmo assim, o acompanhou para dentro do templo, olhando ao redor com apreciação. O interior era enorme e bastante severo, com mármore branco simples cobrindo o chão e as paredes. Um imenso altar de fogo de prata finamente polida dominava a sala. As chamas na cúpula dançavam alegremente, enchendo o templo com o aroma morno do cedro incandescente.

Cerca de uma dúzia de pessoas, homens e mulheres, esperavam abaixo do altar. Estavam vestindo longas vestes carmesins cinturadas com cordas azuis. Como Jamshid, estavam todos sem chapéu, exceto um, o homem idoso cujo chapéu azul com ponta tinha quase metade da altura dele.

Nahri deu a eles um olhar de reconhecimento, seu estômago estremecia de nervoso. Sentira-se como um fracasso o suficiente na enfermaria, com apenas Nisreen para testemunhar seus erros. O fato de estar agora ali, no templo de seus ancestrais, recebida como algum tipo de líder, era terrivelmente intimidador.

Jamshid apontou para as alcovas que ladeavam o perímetro interno do templo. Havia dúzias, feitas de mármore intricadamente entalhado, as entradas delas emolduradas por exuberantes cortinas de lã.

— Mantemos esses altares para as figuras mais ilustres de nossa história. Em grande parte, são Nahid e Afshin, mas de vez em quando um de nós com sangue menos prestigioso passa de fininho.

Nahri assentiu para o primeiro altar por que passaram. Dentro dele havia uma impressionante estátua retratando um homem de músculos grossos montando um shedu que rugia.

— Quem esse deveria ser?

— Zal e-Nahid, o neto mais novo de Anahid. — Ele apontou para o shedu rugindo. — Foi ele quem domou o shedu. Zal subiu até os mais altos picos de Bami Dunya, as terras montanhosas dos peri. Ali, encontrou os líderes do bando dos shedus e lutou com eles até que se submetessem a ele. Então voaram com Zal de volta a Daevabad e permaneceram por gerações.

Os olhos de Nahri se arregalaram.

— Ele lutou com um leão mágico voador até que se submetesse a ele?

— Vários.

Nahri olhou para o altar seguinte. Esse tinha uma mulher vestindo uma armadura metálica, uma das mãos segurando uma lança. O rosto petrificado dela era destemido –, mas foi o fato de que estava enfiado sob o próprio braço dela que realmente chamou a atenção de Nahri.

— Irtemiz e-Nahid — observou Jamshid. — Uma das mais corajosas de seus ancestrais. Ela conteve um ataque Qahtani ao templo há cerca de seiscentos anos. — Ele apontou para uma linha de marcas de queimadura que Nahri não tinha visto no alto da parede. — Tentaram incendiar com tantos daevas do lado de dentro quanto fosse possível. Irtemiz usou as habilidades dela para sufocar as chamas. Então atravessou uma lança pelo olho do príncipe Qahtani que liderou o ataque.

Nahri voltou atrás.

— Pelo olho dele?

Jamshid deu de ombros, sem parecer especialmente abalado com esse detalhe sangrento da informação.

— Temos uma história complicada com os djinns. Custou a ela, no fim. Cortaram sua cabeça e atiraram seu corpo no lago. — Ele sacudiu a cabeça com tristeza, unindo os dedos. — Que encontre paz à sombra do Criador.

Nahri engoliu em seco. Bastava de história familiar por um dia. Ela se afastou dos templos, mas apesar dos esforços para ignorá-los, mais um chamou sua atenção. Envolto com guirlandas de rosas e com cheiro de incenso fresco, o altar estava encimado pela figura de um arqueiro sobre um cavalo. Ele se erguia alto e orgulhoso no estribo, olhando para trás com o arco em punho para mirar uma flecha em seus perseguidores.

Nahri franziu a testa.

— Esse deveria ser...

— Eu? — Nahri se sobressaltou com o som da voz de Dara, o Afshin surgiu atrás deles como um fantasma. — Aparentemente sim. — Ele se inclinou por cima do ombro dela para examinar melhor o altar, o cheiro fumegante dos cabelos dele provocou as narinas dela. — Essas são *moscas da areia* que meu cavalo está esmagando? — Ele gargalhou, com os olhos brilhantes de diversão quando estudou a nuvem de insetos em torno dos cascos do cavalo. — Ah, isso é inteligente. Eu teria gostado de conhecer quem quer que tenha tido a audácia de colocar isso aí.

Jamshid estudou a estátua com um ar desejoso.

— Queria poder cavalgar e disparar assim. Não tem lugar na cidade para treinar.

— Devia ter dito logo — respondeu Dara. — Levarei você até as planícies logo além de Gozan. Costumávamos treinar lá o tempo todo quando eu era jovem.

Jamshid sacudiu a cabeça.

— Meu pai não quer que eu passe do véu.

— Besteira. — Dara deu um tapinha nas costas dele. — Eu convencerei Kaveh. — Ele olhou para os sacerdotes. — Vamos, já os fizemos esperar tempo demais.

Os sacerdotes estavam curvados em reverências profundas quando Nahri se aproximou – ou, na verdade, talvez estivessem apenas de pé daquela forma. Eram todos idosos, sem um fio de cabelo preto à vista.

Dara uniu os dedos.

— Apresento-lhes Banu Nahri e-Nahid. — Ele sorriu de volta para ela. — A grã-sacerdotisa de Daevabad, minha senhora.

Aquele de chapéu alto deu um passo adiante. Tinha olhos bondosos encimados pelas mais longas e selvagens sobrancelhas cinza que Nahri já vira, uma marca da cor de carvão dividia a testa dele.

— Que os fogos queimem intensamente por você, Banu Nahri — cumprimentou o sacerdote, calorosamente. — Meu nome é Kartir e-Mennushur. Bem-vinda ao templo. Rezo para que esta seja apenas a primeira de muitas visitas.

Nahri pigarreou.

— Rezo por isso também — ela respondeu, sem jeito, ficando mais desconfortável a cada segundo. Nahri jamais se dera bem com clérigos. Ser uma vigarista costumava colocá-la em maus lençóis com a maioria deles.

Sem ter mais o que dizer, ela assentiu para o imenso altar de fogo.

— Aquele é o altar de Anahid?

— De fato. — Kartir recuou um passo. — Gostaria de vê-lo?

— Eu... tudo bem — concordou Nahri, desesperadamente torcendo para que não esperassem que realizasse nenhum dos rituais associados com ele; tudo que Nisreen tentara ensinar a Nahri a respeito da fé deles parecia ter desaparecido da mente dela.

Dara a seguiu de perto, e Nahri lutou contra a tentação de pegar a mão dele. Precisava de um pouco de incentivo.

O altar de Anahid era ainda mais impressionante de perto. Somente a base era grande o bastante para que meia dúzia de pessoas se banhassem confortavelmente. Lâmpadas a óleo feitas de vidro em forma de barcos flutuavam do lado de dentro, oscilando sobre a água fervilhante. A cúpula prateada se elevava acima da cabeça dela, uma verdadeira fogueira de incenso queimava por trás do metal brilhante. O calor escaldou o rosto de Nahri.

— Fiz meus votos neste exato local — disse Dara, baixinho. Ele tocou a tatuagem na têmpora. — Recebi minha marca e meu arco e jurei proteger sua família sem me importar com os custos. — Uma mistura de choque e nostalgia passaram pelo rosto dele. — Não achei que jamais o veria de novo. Certamente não imaginei que quando visse, teria meu próprio altar.

— Banu Manizheh e Baga Rustam também têm um — acrescentou Kartir, apontando para o outro lado do templo. — Se quiser prestar seu respeito mais tarde, eu ficaria feliz em mostrar.

Dara deu a ela um sorriso esperançoso.

— Talvez com o tempo você também tenha, Nahri.

O estômago dela se revirou.

— Sim. Talvez um em que minha cabeça ainda esteja presa ao corpo. — As palavras saíram com muito mais sarcasmo, e altas, do que Nahri pretendia, e ela viu vários dos sacerdotes abaixo se enrijecerem. A expressão de Dara se fechou.

Kartir se colocou entre eles.

— Banu Nahida, você se importaria em vir comigo por um momento? Há algo no santuário que eu gostaria de lhe mostrar... a sós — esclareceu ele, quando Dara se virou para seguir.

Nahri ergueu os ombros, sentindo que não tinha muita escolha.

— Vá em frente.

E ele foi, seguindo para um par de portas de bronze decoradas com arabescos na parede atrás do altar. Nahri seguiu, saltando quando a porta se fechou com um clangor atrás deles.

Kartir olhou para trás.

— Minhas desculpas. Suspeito que não há muitos ouvidos funcionando entre meus companheiros e eu para nos incomodarmos com o barulho.

— Tudo bem — disse ela, baixinho.

O sacerdote levou Nahri por um labirinto sinuoso de corredores escuros e escadarias estreitas, provando ser muito mais ágil do que ela inicialmente pensou, até que chegaram subitamente a um canto sem saída do lado de fora de outro par de portas simples de bronze. O sacerdote abriu uma delas, gesticulando para que Nahri entrasse.

Um pouco apreensiva, ela passou pela ombreira da porta, entrando em uma pequena sala circular que mal tinha o tamanho de seu guarda-roupa. Nahri ficou imóvel, chocada com um ar de solenidade tão carregado que ela quase sentia sobre os ombros. Estantes de prateleiras de vidro sem porta cobriam as paredes redondas, com pequenas almofadas de veludo aninhadas no fundo.

Nahri se aproximou, arregalando os olhos. Cada almofada era o lar de um único objeto, a maioria era anéis, mas também lâmpadas, braceletes e alguns colares de joias.

E todos tinham a mesma característica: uma única esmeralda.

— Receptáculos de escravos — sussurrou ela, chocada.

Kartir assentiu, juntando-a a Nahri na prateleira mais próxima.

— De fato. Todos recuperados desde as mortes de Manizheh e Rustam.

Ele ficou calado. Na quietude sombria do quarto, Nahri podia jurar que ouvia os sons suaves de respirações. O olhar dela recaiu no receptáculo mais próximo, um anel tão parecido com o de Dara que era difícil tirar os olhos dele.

Ele foi exatamente assim certa vez, percebeu ela, *a alma presa durante séculos. Dormindo até que outro mestre cruel o acordasse para fazer sua vontade.* Nahri respirou fundo, esforçando-se para se conter.

— Por que estão aqui? — perguntou ela. — Quero dizer, sem um Nahid para quebrar a maldição...

Kartir deu de ombros.

— Não sabíamos o que fazer com eles, então concordamos em trazer até aqui, onde poderiam descansar perto das chamas do altar de fogo original de Anahid. — O sacerdote apontou para uma tigela de bronze surrada sobre um banquinho simples no centro da sala. O metal era fosco e chamuscado, mas uma fogueira queimava intensamente em meio ao cedro espalhado no centro.

Nahri franziu a testa.

— Mas achei que o altar no templo...

— O altar lá fora é o que veio depois — explicou Kartir. — Quando a cidade dela estava completa, os ifrits estavam submissos, e as outras tribos já haviam se aproximado. Depois de três séculos de dificuldade, guerra e trabalho.

Ele ergueu uma tigela de bronze antiga. Era algo humilde, áspero e sem decoração, pequeno o bastante para caber nas mãos no sacerdote.

— Esta aqui... esta é o que Anahid e os seguidores dela teriam usado assim que foram libertados por Suleiman. Quando foram transformados e jogados nesta terra estrangeira de marids sem quase entender seu poder, sem saber como se sustentar e se proteger. — Ele cuidadosamente colocou a tigela nas mãos de Nahri e a encarou, com determinação nos olhos. — A grandeza leva tempo, Banu Nahida. Em geral, os mais poderosos têm os princípios mais humildes.

Nahri piscou, os olhos dela estavam subitamente úmidos. Ela virou o rosto, envergonhada, e Kartir pegou a tigela, recolocando-a, mudo, e levando Nahri de volta para fora.

Ele indicou um arco estreito, iluminado pelo sol, na outra ponta do corredor.

— Há uma linda vista do jardim daqui. Por que não descansa um pouco? Verei se consigo me livrar daquela multidão.

Gratidão tomou conta dela.

— Obrigada — Nahri consegui dizer, por fim.

— Não precisa me agradecer. — Kartir uniu as mãos. — Sinceramente, espero que não se torne uma estranha ao templo, Banu Nahida. Por favor, saiba que qualquer coisa que precisar, estamos à disposição. — Ele fez outra reverência e partiu.

Nahri emergiu do arco para um pequeno pavilhão. Bem alto, no terceiro patamar do zigurate, havia pouco mais do que uma reentrância escondida atrás de uma parede de pedra e uma tela de tamareiras plantadas em vasos. Kartir provavelmente estava certo a respeito da vista, mas Nahri não desejava olhar para a multidão de novo. Desabou em uma das cadeiras baixas de bambu, tentando se recompor.

Nahri deixou a mão direita cair sobre o colo.

— *Naar* — sussurrou ela, observando quando uma única chama rodopiou ao despertar em sua palma. Tinha passado a conjurá-la com mais frequência, agarrando-se ao lembrete de que era capaz de aprender *algo* em Daevabad.

— Posso me juntar a você? — perguntou uma voz baixa.

Nahri fechou a palma da mão, extinguindo a chama. Ela se virou. Dara estava de pé sob o arco, parecendo incomumente tímido.

Ela indicou a outra cadeira.

— É toda sua.

Ele ocupou o assento diante de Nahri, inclinando-se para a frente, apoiado nos joelhos.

— Desculpe — começou Dara. — Realmente achei que fosse uma boa ideia.

— Tenho certeza de que sim. — Nahri suspirou e então removeu o véu, tirando o pesado diadema que segurava o chador no lugar. Ela não deixou de notar na forma como o olhar de Dara percorreu o rosto dela, e não se importou... Ele podia lidar com um pouco de perturbação; certamente causava bastante a ela.

Dara averteu os olhos.

— Você tem um admirador em Kartir... Aye, o sermão que acabei de receber.

— Muito merecido.

— Sem dúvida.

Nahri olhou para ele. Dara parecia nervoso, esfregando as palmas das mãos nos joelhos.

Ela franziu a testa.

— Você está bem?

Ele ficou imóvel.

— Estou bem. — Ela o viu engolir em seco. — Então, o que acha de Jamshid?

A pergunta a pegou desprevenida.

— Eu... ele é muito legal. — Era a verdade, afinal de contas. — Se o pai for como ele, não é surpreendente que tenha subido tanto na corte de Ghassan. Ele parece bastante diplomático.

— Ambos são. — Dara hesitou. — Os Pramukh são uma família respeitável, uma com um longo registro de devoção à sua. Fiquei um pouco surpreso ao vê-los servindo aos Qahtani, e Jamshid parece ter uma afeição lamentavelmente sincera por Muntadhir, mas... é um bom homem. Inteligente, de bom coração. Um guerreiro talentoso.

Nahri semicerrou os olhos; Dara jamais fora sutil, e ele estava falando de Jamshid com muita indiferença fingida.

— O que está tentando *não* dizer, Dara?

Ele corou.

— Apenas que parecem um bom par.
— *Um bom par?*
— Sim. — Nahri ouviu algo hesitar na garganta dele. — Ele... ele seria uma boa alternativa daeva se Ghassan insistir com essa tramoia idiota de casar você com o filho. Você está perto da idade, a família dele tem lealdade à sua e aos Qahtani...

Nahri se esticou, indignada e com ódio.

— E *Jamshid e-Pramukh* é o primeiro nome que vem à mente quando você pensa em maridos daeva para mim?

Ele teve a decência de parecer envergonhado.

— Nahri...

— Não — interrompeu ela, com a voz se elevando de ódio. — Como ousa? Pensa em me apresentar como alguma sábia Banu Nahida em um momento e tentar me enganar para que me case com outro homem no seguinte? Depois do que aconteceu naquela noite na caverna?

Ele sacudiu a cabeça, um leve rubor passando pelo rosto.

— Aquilo jamais deveria ter acontecido. Você era uma mulher sob minha proteção. Eu não tinha o direito de tocá-la daquela forma.

— Pelo que me lembro, foi mútuo. — Mas quando as palavras deixaram os lábios dela, Nahri se lembrou de que o beijara primeiro, duas vezes, e essa percepção revirou o estômago dela em um nó de insegurança. — Eu... eu estava errada? — perguntou ela, com humilhação, elevando a voz. — Não sentiu o mesmo?

— Não! — Dara caiu de joelhos diante dela, cobrindo o espaço entre os dois. — Por favor, não pense isso. — Ele pegou uma das mãos dela, segurando firme quando Nahri tentou puxá-la. — Só porque eu não *deveria* ter feito aquilo não significa... — Ele engoliu em seco. — Não significa que eu não queria, Nahri.

— Então qual é o problema? Você não é casado, eu não sou casada. Somos ambos daeva...

— *Não estou vivo* — interrompeu Dara. Ele soltou a mão dela com um suspiro, levantando-se. — Nahri, não sei quem libertou minha alma da escravidão. Não sei como. Mas sei que morri: eu me afoguei, exatamente como você viu. A esta altura, meu corpo provavelmente não passa de cinzas no fundo de algum poço antigo.

Uma negação furiosa subiu pelo peito de Nahri, tola e nada prática.

— Não me importa — insistiu ela. — Não importa para mim.

Dara sacudiu a cabeça.

— Importa para mim. — O tom de voz dele se tornou suplicante. — Nahri, sabe o que as pessoas estão dizendo aqui. Acham que você tem sangue puro, a filha de uma das maiores curandeiras da história.

— E?

Nahri conseguia ver as desculpas no rosto dele antes que Dara respondesse.

— E vai precisar de filhos. Merece filhos. Uma penca de pequenos Nahid que provavelmente furtarão tanto quanto curarão um ferimento. E eu... — A voz dele falhou. — Nahri... Eu não sangro. Eu não *respiro*... Não consigo imaginar que algum dia pudesse lhe dar filhos. Seria inconsequente e egoísta de minha parte sequer tentar. A sobrevivência de sua família é importante demais.

Ela piscou, completamente chocada com a racionalidade dele. A sobrevivência da família dela? Era *essa* a questão?

É claro. Essa era toda a questão aqui. As habilidades que um dia mantiveram um teto sobre a cabeça de Nahri tinham se tornado uma maldição, essa conexão com parentes há muito mortos que ela jamais conhecera era como uma praga na vida dela. Nahri fora sequestrada e perseguida por meio mundo por ser uma Nahid. Era praticamente uma prisioneira no palácio por causa disso, Nisreen controlava seus dias, o rei moldava o futuro dela, e agora o homem que...

Que você o quê? Que ama? É tão tola assim?

Nahri subitamente ficou de pé, tão irritada consigo mesma quanto estava com Dara. Bastava de demonstrar fraqueza diante daquele homem.

— Bem, se isso é tudo o que importa, certamente Muntadhir servirá — declarou ela, com um tom selvagem lhe tomando a voz. — Os Qahtani parecem bastante férteis, e o dote provavelmente me tornará a mulher mais rica de Daevabad.

Ela poderia muito bem tê-lo golpeado. Dara se encolheu, e Nahri deu meia-volta.

— Vou voltar para o palácio.

— Nahri... Nahri, *espere*. — Ele estava entre ela e a saída em um segundo; Nahri tinha se esquecido do quanto ele podia ser rápido. — Por favor. Não vá embora assim. Apenas me deixe explicar...

— Ao *inferno* com suas explicações — disparou ela. — É o que sempre diz. Era o que hoje deveria ser, lembra-se? Você prometeu me contar sobre seu passado, não me exibir diante de um bando de sacerdotes e tentar me convencer a me casar com outro homem. — Nahri o empurrou. — Apenas me deixe em paz.

Dara agarrou o pulso dela.

— Quer saber sobre meu *passado*? — sibilou ele, com a voz perigosamente baixa. Os dedos de Dara escaldaram a pele dela e ele deu um salto para trás, soltando-a. — Tudo bem, Nahri, eis minha história: fui banido de Daevabad quando tinha pouco mais do que a idade de seu Ali, exilado de meu lar por cumprir ordens que *sua* família me deu. Por isso sobrevivi à guerra. Por isso eu não estava em Daevabad para salvar *minha* família de ser massacrada quando os djinns invadiram pelos portões.

Os olhos dele se incendiaram.

— Passei o resto de minha vida, minha *curta* vida, asseguro você, lutando contra a mesma família da qual você está tão ansiosa para fazer parte, as pessoas que gostariam de ver sua tribo inteira eliminada. E então os ifrits me encontraram. — Ele estendeu a mão, o anel da escravidão brilhou ao sol.

— Jamais tive nada assim... nada como *você*. — A voz dele falhou. — Acha que é fácil para mim? Acha que *gosto* de imaginar sua vida com outro?

A confissão apressada – o horror por trás das palavras dele – acalmou o ódio de Nahri, a pura tristeza no rosto dele que a comovia apesar da mágoa que ela mesma sentia. Mas... ainda assim não justificava as ações dele.

— Você... você poderia ter me contado tudo isso, Dara. — A voz de Nahri estremeceu levemente quando ela disse o nome dele. — Poderíamos ter tentado consertar as coisas juntos, em vez de você tramar minha vida com estranhos!

Dara sacudiu a cabeça. O luto ainda escurecia seu olhar, mas ele falou com firmeza.

— Não há nada a consertar, Nahri. É isto o que sou. É uma conclusão à qual suspeito que teria chegado em breve, de qualquer forma. Eu queria que tivesse outra escolha à mão quando chegasse a ela. — Algo amargo invadiu a expressão do rosto dele. — Não se preocupe. Tenho certeza de que os Pramukh lhe darão bastante dotes.

As palavras eram dela, mas feriram mais profundamente quando voltadas contra Nahri.

— E é isso o que acha de mim, não é? Independentemente de seus sentimentos, ainda sou a ladra criada como sangue mestiço. A vigarista atrás do grande golpe. — Ela reuniu as pontas do chador, as mãos estavam trêmulas de ódio e algo mais, algo mais profundo do que ódio que Nahri não queria admitir. Maldita fosse se chorasse na frente dele. — Não importa que eu possa ter feito aquelas coisas para sobreviver... e que talvez eu lutasse por você com a mesma determinação. — Nahri se levantou, e Dara averteu o olhar diante da expressão de ódio dela. — Não preciso que você planeje meu futuro aqui, Dara. Não preciso que *ninguém* faça isso.

Dessa vez, quando Nahri partiu, Dara não tentou impedir.

ALI

— Isso é extraordinário — disse Nahri, quando levantou mais o telescópio, mirando a lua inchada. — Posso realmente ver onde a sombra a cobre. E a superfície é toda esburacada... Eu me pergunto o que pode causar tal coisa.

Ali deu de ombros. Ele, Nahri, Muntadhir e Zaynab estavam observando as estrelas de um posto de observação no alto da muralha do palácio que dava para o lago. Bem, Ali e Nahri estavam observando estrelas. Nenhum dos irmãos dele tinha encostado no telescópio ainda; estavam deitados em sofás estofados, aproveitando a atenção dos criados e das bandejas de comida enviadas da cozinha.

Ali olhou para trás, observando enquanto Muntadhir empurrava uma taça de vinho para uma criada risonha, e Zaynab examinava as mãos recém-pintadas com hena.

— Talvez devêssemos perguntar a minha irmã — disse ele, sarcasticamente. — Tenho certeza de que prestou atenção ao acadêmico enquanto ele explicava.

Nahri gargalhou. Foi a primeira vez que ele a ouviu rir em dias, e o som aqueceu seu coração.

— Imagino que seus irmãos não compartilhem de seu entusiasmo pela ciência humana?

— Talvez compartilhassem, se a ciência humana envolvesse ficarem deitados como mimados... — Ali parou, lembrando-se de seu objetivo ao fazer amizade com Nahri. Ele rapidamente voltou atrás. — Embora Muntadhir certamente tenha direito a um descanso; ele acabou de voltar de uma caçada aos ifrits.

— Talvez. — Ela não pareceu impressionada, e Ali lançou às costas de Muntadhir uma expressão irritadiça antes de seguir Nahri até o parapeito. Ele observou enquanto ela levava o telescópio ao olho de novo. — Como é ter irmãos? — perguntou Nahri.

Ali ficou surpreso com a pergunta.

— Sou o mais jovem, então não sei exatamente como é *não* os ter.

— Mas todos vocês parecem bem diferentes. Deve ser desafiador às vezes.

— Suponho que sim. — O irmão dele acabara de voltar a Daevabad naquela manhã, e Ali não podia negar o alívio que sentira ao vê-lo. — Eu morreria por qualquer um dos dois — disse ele, baixinho. — Em um segundo. — Nahri olhou para Ali e ele sorriu. — Torna as brigas mais interessantes.

Ela não devolveu o sorriso; seus olhos pretos pareceram perturbados.

Ali franziu a testa.

— Eu disse algo errado?

— Não. — Ela suspirou. — Foi uma longa semana... várias longas semanas, na verdade. — O olhar de Nahri permaneceu fixo nas estrelas distantes. — Deve ser bom ter uma família.

A tristeza silenciosa na voz dela atingiu Ali profundamente, e ele não sabia se era a tristeza dela ou a ordem do pai que o levou a dizer o que disse a seguir.

— Você... você poderia, sabe — gaguejou Ali. — Ter uma família, quero dizer. Aqui. Conosco.

Nahri ficou imóvel. Quando olhou para ele, sua expressão estava cuidadosamente vazia.

— Perdoem-me, meus senhores... — Uma menina shafit de olhos arregalados surgiu da beira das escadas. — Mas fui enviada para buscar a Banu Nahida.

— O que foi, Dunoor? — Nahri falou com a garota, mas o olhar dela permaneceu em Ali, havia algo indecifrável nos olhos escuros dela.

A criada uniu as palmas das mãos e se curvou.

— Sinto muito, senhora, não sei. Mas Nisreen disse que era urgentíssimo.

— É claro que é — murmurou Nahri, com um toque de medo na voz. Ela entregou o telescópio de volta para ele. — Obrigada pela noite, príncipe Alizayd.

— Nahri...

Ela deu um sorriso forçado a ele.

— Às vezes falo sem pensar. — Nahri levou a mão ao coração. — Que a paz esteja com você. — Ela ofereceu um brusco *salaam* aos irmãos de Ali e então seguiu Dunoor escada abaixo.

Zaynab jogou a cabeça para trás com um suspiro dramático assim que Nahri saiu do alcance da voz dela.

— O fim de nossa farsa familiar intelectual significa que posso ir embora também?

Ali se sentiu ofendido.

— Qual é o *problema* com vocês dois? — indagou ele. — Não só foram mal-educados com nossa convidada, mas estão dando as costas para uma oportunidade de observar obras-primas de Deus, uma oportunidade que apenas uma fração daqueles que existem jamais terão a benção de...

— Ah, calma, sheik. — Zaynab estremeceu. — Está frio aqui em cima.

— Frio? Somos djinns! Você é *literalmente* criada do fogo.

— Está tudo bem, Zaynab — interrompeu Muntadhir. — Vá. Farei companhia a ele.

— Seu sacrifício é valorizado — Respondeu Zaynab. Ela deu um tapinha carinhoso na bochecha de Muntadhir. —

Não se meta em problemas demais comemorando sua volta esta noite. Se chegar tarde à corte de manhã, abba vai fazer com que seja afogado em vinho.

Muntadhir tocou o coração em um movimento exagerado.
— Estou avisado.

Zaynab partiu. O irmão dele ficou de pé, sacudindo a cabeça ao se juntar a Ali na beira do parapeito.
— Vocês dois brigam como galinhas.
— Ela é mimada e fútil.
— Sim, e você é convencido e insuportável. — O irmão deu de ombros. — Já ouvi isso o suficiente dos dois. — Ele se recostou contra a parede. — Mas esqueça isso. O que está acontecendo com isto? — perguntou ele, gesticulando com a mão para o telescópio.
— Eu disse antes... — Ali brincou com o disco do telescópio, tentando deixar mais nítida a imagem. — Você fixa na localização de uma estrela e então...
— Ah, pelo amor de Deus, Zaydi, não estou falando do telescópio. Estou falando dessa nova Banu Nahida. Por que vocês dois andam cochichando como amiguinhas de infância?

Ali olhou para cima, surpreso com a pergunta.
— Abba não lhe contou?
— Ele me contou que você a estava espionando e tentando virá-la para nosso lado. — Ali franziu a testa, desgostoso com a ousadia da afirmativa, e Muntadhir deu a ele um olhar malicioso. — Mas conheço você, Zaydi. Você gosta dessa menina.
— E daí se eu gosto? — Ele *estava* gostando do tempo com Nahri, não podia evitar. Era tão intelectualmente curiosa quanto ele, e a vida dela no mundo humano inspirava conversas fascinantes. — Minhas suspeitas iniciais a respeito dela estavam erradas.

O irmão dele soltou um arquejo exagerado.
— Você foi substituído por um metamorfo enquanto eu estava fora?

— O que quer dizer?

Muntadhir impulsionou o corpo para se sentar no amplo beiral do parapeito de pedra que os separava do lago distante.

— Fez amizade com uma daeva *e* admitiu que estava errado a respeito de algo? — Muntadhir bateu com o pé no telescópio. — Me dê isso aqui, quero me certificar de que o mundo não virou de ponta-cabeça

— Não faça isso — disse Ali, recuando rapidamente com o delicado instrumento. — E não sou tão ruim assim.

— Não, mas confia com muita facilidade, Zaydi. Sempre foi assim. — O irmão deu a ele um olhar significativo. — Principalmente nas pessoas que parecem humanas.

Ali colocou o telescópio de volta na base e voltou toda a atenção para Muntadhir.

— Imagino que abba tenha lhe contado nossa conversa inteira?

— Ele disse que achou que você se jogaria da muralha.

— Eu estaria mentindo se dissesse que não considerei. — Ali estremeceu, lembrando-se do confronto com o pai. — Abba me contou o que você fez — disse ele, baixinho. — Que me defendeu. Que foi você quem o convenceu a me dar mais uma chance. — Ali olhou para o irmão. — Se não tivesse conversado comigo na tumba... — Ali parou de falar. Ele sabia que teria feito algo inconsequente se Muntadhir não o tivesse impedido. — Obrigado, akhi. Se houver alguma forma de eu recompensar você...

Muntadhir fez um gesto de dispensa para ele.

— Não precisa me agradecer, Zaydi. — O irmão riu com deboche. — Eu sabia que você não era Tanzeem. Só tem mais dinheiro do que bom senso no que diz respeito aos shafits. Deixe-me adivinhar, aquele fanático lhe contou alguma história terrível sobre órfãos famintos?

Ali fez uma careta, um fio da antiga lealdade a Anas o puxou.

— Algo assim.

Muntadhir gargalhou.

— Lembra quando deu o anel de seu avô para a velha que costumava andar de um lado para outro nos portões do palácio? Pelo Mais Alto, pedintes shafits seguiram você durante meses. — Ele sacudiu a cabeça, dando a Ali um sorriso carinhoso. — Mal chegava à altura de meu ombro naquela época. Eu tinha certeza de que sua mãe o jogaria no lago.

— Acho que ainda tenho as cicatrizes da surra que ela me deu.

O rosto de Muntadhir ficou sério, os olhos cinza dele ficaram brevemente indecifráveis.

— Tem sorte de ser o preferido, sabe.

— Preferido de quem? De minha mãe? — Ali sacudiu a cabeça. — Dificilmente. A última coisa que ela me disse foi que eu falava a língua dela como um selvagem, e mesmo isso foi há anos.

— Não de sua mãe — insistiu Muntadhir. — De abba.

— De *abba*? — Ali gargalhou. — Bebeu vinho demais se pensa isso. Você é o emir dele, o primogênito. Sou apenas o segundo filho idiota em quem ele não confia.

Muntadhir sacudiu a cabeça.

— De maneira nenhuma... Bem, tudo bem, você *é* isso, mas é também o devoto zulfiqari que um filho geziri deve ser, imaculado pelos deliciosos prazeres de Daevabad. — O irmão sorriu, mas dessa vez a expressão não chegou aos olhos. — Pelo Mais Alto, se eu tivesse dado dinheiro aos Tanzeem, ainda estariam catando pedaços meus em chamas dos tapetes.

Havia uma ansiedade na voz de Muntadhir que deixou Ali desconfortável. E embora ele soubesse que o irmão estava errado, decidiu mudar de assunto.

— Eu estava começando a temer que seria assim que o Afshin mandaria você de volta a Daevabad.

A expressão de Muntadhir se azedou.

— *Precisarei* de mais vinho se vamos falar de Darayavahoush. — Ele desceu da beira da muralha e caminhou de volta pelo pavilhão.

— Tão ruim assim?

O irmão de Ali voltou, apoiando uma das bandejas de comida e uma taça cheia de vinho tinto antes de recostar na parede.

— Por Deus, sim. Ele mal come, mal bebe, apenas *observa*, como se estivesse esperando pelo melhor momento de atacar. Foi como compartilhar uma tenda com uma víbora. Pelo Mais Alto, ele passou tanto tempo me encarando que provavelmente sabe quantos pelos tenho na barba. E as *constantes* comparações com como as coisas eram melhores na época dele. — Muntadhir revirou os olhos e imitou um pesado sotaque divasti. — Se os Nahid ainda governassem, o Grande Bazar seria mais limpo; se os Nahid ainda governassem, o vinho seria mais doce e as dançarinas seriam mais ousadas e o mundo praticamente explodiria de felicidade. — Ele parou com o sotaque. — Entre isso e a besteirada do culto ao fogo, fui quase levado à loucura.

Ali franziu a testa.

— Que besteirada do culto ao fogo?

— Levei alguns soldados daeva junto, achando que Darayavahoush ficaria mais confortável com o próprio povo. — Muntadhir tomou um gole do vinho. — Ele ficava incentivando-os a cuidar daqueles malditos altares. Quando voltamos, estavam todos usando marcas de cinzas e mal falando com o restante de nós.

Isso lançou um calafrio pela coluna de Ali. Revitalizações religiosas entre os adoradores do fogo raramente acabavam bem em Daevabad. Ele se juntou ao irmão na parede.

— Nem mesmo pude culpá-los — prosseguiu Muntadhir. — Deveria tê-lo visto com um arco, Zaydi. Ele era *assustador*. Não tenho dúvida de que se essa pequena Banu Nahida não estivesse em Daevabad, ele teria assassinado todos nós enquanto dormíamos sem qualquer esforço.

— Você deixou que ele levasse uma arma? — perguntou Ali, com a voz afiada.

Muntadhir deu de ombros.

— Meus homens queriam saber se o Afshin era digno da lenda. Então ficavam perguntando.

Ali estava incrédulo.

— Então diga a eles que *não*. Você estava no comando, Muntadhir. Teria sido responsável se alguma coisa...

— Eu estava tentando conquistar a amizade deles — interrompeu o irmão. — Não entenderia; você treinou com eles na Cidadela, e a julgar pelo modo como falavam de você e sua maldita zulfiqar, já a tem.

Havia uma amargura na voz do irmão dele, mas Ali insistiu.

— Vocês não deveriam ser amigos. Deveria liderar.

— E onde estava todo esse bom senso quando decidiu lutar sozinho com o Flagelo de Qui-zi? Acha que Jamshid não me contou sobre esse momento de estupidez?

Ali tinha pouco com que se defender disso.

— Foi estúpido — admitiu ele. E mordeu o lábio, lembrando-se da violenta interação com o Afshin. — Dhiru... enquanto estava fora... Darayavahoush lhe pareceu estranho de alguma forma?

— Não ouviu *nada* do que eu acabei de falar?

— Não foi o que eu quis dizer. É só que, quando lutamos... Bem, jamais vi alguém usar magia daquela forma.

Muntadhir deu de ombros.

— Ele é um escravo liberto. Não retêm parte do poder que tinham quando estavam trabalhando para os ifrits?

Ali franziu a testa.

— Mas *como* ele está livre? Ainda temos a relíquia dele. E andei lendo sobre escravos... Não consigo encontrar nada sobre peris serem capazes de quebrar uma maldição ifrit. Eles não se envolvem com nosso povo.

Muntadhir quebrou uma noz na mão, tirando o interior.

— Tenho certeza de que abba tem gente investigando isso.

— Suponho que sim. — Ali puxou a bandeja para perto e pegou um punhado de pistaches, abrindo um e jogando a casca pálida na água preta abaixo. — Abba lhe contou a outra boa notícia?

Muntadhir tomou outro gole de vinho, e Ali conseguiu ver um tremor colérico nas mãos dele.

— Não vou me casar com aquela menina com rosto humano.

— Você age como se tivesse escolha.

— Não vai acontecer.

Ali abriu outro pistache.

— Deveria dar uma chance a ela, Dhiru. Ela é surpreendentemente inteligente. Deveria ver o quanto aprendeu rápido a ler e escrever; é incrível. É mundos mais inteligente do que você, com certeza — acrescentou ele, abaixando-se quando Muntadhir atirou uma noz em sua cabeça. — Ela pode ajudar com suas políticas econômicas quando for rei.

— Sim, é exatamente tudo com que um homem sonha em ter como esposa — disse Muntadhir, em tom seco.

Ali deu um olhar impassível para o irmão.

— Há qualidades mais importantes para uma rainha do que ter a aparência de uma puro-sangue. Ela é encantadora. Tem bom senso de humor...

— Talvez você devesse se casar com ela.

Esse foi um golpe baixo.

— Sabe que não posso me casar — respondeu Ali, baixinho. Os segundos filhos dos Qahtani, principalmente aqueles com sangue ayaanle, não tinham permissão de ter herdeiros legais. Nenhum rei queria tantos rapazes ansiosos na linha de sucessão. — Além do mais, quem mais você poderia querer? Não pode realmente achar que abba deixaria que se casasse com aquela dançarina agnivanshi?

Muntadhir riu com escárnio:

— Não seja absurdo.
— Então quem?
Muntadhir puxou os joelhos para cima e apoiou a taça vazia.
— Muito literalmente, qualquer outra pessoa, Zaydi. Manizheh é a pessoa mais assustadora que já conheci, e digo isso tendo acabado de passar dois meses com o Flagelo de Qui-zi. — Ele estremeceu. — Perdoe minha relutância em pular para a cama com a menina que abba diz que é filha dela.
Ali revirou os olhos.
— Isso é ridículo. Nahri não é nada como Manizheh.
Muntadhir não pareceu convencido.
— Ainda não. Mas mesmo que não seja, há ainda a questão mais urgente.
— Que é?
— Darayavahoush me transformar em almofada de flechas em minha noite de núpcias.
Ali não tinha resposta para isso. Não havia como negar a emoção crua na expressão de Nahri quando ela viu o Afshin pela primeira vez na enfermaria, nem a forma ferozmente protetora com que ele falava dela.
Muntadhir ergueu as sobrancelhas.
— Ah, nenhuma resposta agora, pelo que vejo? — Ali abriu a boca para protestar, e Muntadhir o calou. — Está tudo bem, Zaydi. Acabou de cair nas graças de abba de novo. Siga as ordens dele, aproveite a amizade extremamente bizarra. Eu o enfrentarei sozinho. — Muntadhir saltou para fora do parapeito. — Mas agora, se não se importa que eu volte a atenção para assuntos mais prazerosos... Tenho uma reunião no salão de Khanzada. — Ele arrumou o colarinho da túnica e deu a Ali um sorriso malicioso. — Quer vir?
— Até o Khanzada? — Ali fez uma expressão de nojo. — Não.
Muntadhir gargalhou.

— Algo o tentará algum dia — gritou ele por cima do ombro ao seguir para as escadas. — Alguém.

O irmão partiu, e o olhar de Ali recaiu de novo sobre o telescópio.

Eles serão um par ruim, pensou Ali, pela primeira vez, lembrando-se da curiosidade com que Nahri estudara as estrelas. Muntadhir estava certo: Ali gostava mesmo da inteligente Banu Nahida, achava as perguntas constantes e as respostas afiadas dela um desafio estranhamente prazeroso. Mas suspeitava de que Muntadhir não acharia. Era verdade que o irmão gostava de mulheres; gostava delas sorrindo e cobertas de joias, macias e meigas e prestativas. Muntadhir jamais passaria horas na biblioteca com Nahri, discutindo a ética de pechinchar e rastejando entre prateleiras com pergaminhos amaldiçoados. Assim como Ali não conseguia imaginar Nahri feliz em ficar deitada em um sofá durante horas, ouvindo poetas choramingando pelo amor perdido e discutindo a qualidade do vinho.

E ele não será leal a ela. Isso não precisava ser dito. Na verdade, poucos reis eram; a maioria tinha várias esposas e concubinas, embora o pai do próprio Ali fosse um tipo de exceção, apenas se casando com Hatset depois que a primeira esposa – mãe de Muntadhir – morreu. De qualquer forma, era algo que Ali jamais questionara, uma forma de assegurar alianças e a realidade do mundo dele.

Mas não gostava de imaginar Nahri sujeita a isso.

Não cabe a você questionar nada disso, repreendeu-se Ali ao elevar o telescópio até os olhos. Não agora, e certamente não depois que estivessem casados. Ali não acreditava na rebeldia de Muntadhir; ninguém se colocava contra os desejos do pai deles por muito tempo.

Ali não tinha certeza de quanto tempo tinha ficado no telhado, perdido nos próprios pensamentos enquanto observava as estrelas. Tal solidão era um bem raro no palácio, e o veludo negro do céu, o piscar distante de sóis longínquos pareceram convidá-lo a permanecer. Por fim, abaixou o telescópio até o colo, recostando-se contra o parapeito de pedra e contemplando o lago escuro distraidamente.

Meio dormindo e perdido nos pensamentos, Ali precisou de alguns minutos para perceber que um criado shafit tinha chegado e recolhia as taças abandonadas e as bandejas de comida pela metade.

— Terminou com isso, meu príncipe?

Ali ergueu o rosto. O homem shafit indicava a bandeja de nozes e a taça de Muntadhir.

— Sim, obrigado. — Ali se abaixou para retirar a lente do telescópio, xingando baixinho quando se cortou na borda afiada do vidro. Tinha prometido aos acadêmicos que recolheria o valioso instrumento ele mesmo.

Algo se chocou contra a parte de trás de sua cabeça.

Ali cambaleou. A bandeja de nozes caiu no chão. A cabeça dele pareceu zonza quando Ali tentou se virar; ele viu o criado shafit, o brilho da lâmina escura...

E então a terrível e dilacerante impropriedade de uma estocada afiada na barriga.

Houve um momento de frio, de estranheza, algo duro e novo onde não havia nada. Um sibilo, como se a chama estivesse cauterizando um ferimento.

Ali abriu a boca para gritar quando a dor o atingiu como uma onda ofuscante. O criado enfiou um retalho entre os dedos dele, abafando o som, e então o empurrou com força contra a parede de pedra.

Mas não era um criado. Os olhos do homem se tornaram acobreados, vermelho tomou conta dos cabelos pretos. *Hanno.*

— Não me reconheceu, crocodilo? — disparou o metamorfo.

O braço esquerdo de Ali estava dobrado às costas. Ele tentou empurrar Hanno com a mão livre, e em reposta, o homem shafit girou a lâmina. Ali gritou contra o retalho e o braço dele recuou de volta. Sangue quente se espalhou pela túnica dele, tornando o tecido preto.

— Dói, não é? — debochou Hanno. — Lâmina de ferro. Muito cara. Ironicamente, comprada com o que sobrou de seu dinheiro. — Ele enfiou a faca mais fundo, parando apenas quando atingiu a pedra atrás de Ali.

Pontos pretos surgiram na visão de Ali. Parecia que a barriga dele estava cheia de gelo, que extinguia aos poucos o fogo que o habitava. Desesperado para tirar a lâmina, ele tentou dar joelhadas na barriga do outro homem, mas Hanno fugiu dele com facilidade.

— *Dê tempo a ele*, foi o que Rashid me disse. Como se fôssemos todos puros-sangues com séculos para ponderar sobre o certo e o errado. — Hanno pressionou o peso do corpo contra a faca, e Ali soltou outro grito abafado. — Anas *morreu* por você.

Ali se agitou para agarrar a camisa de Hanno. O homem Tanzeem arrancou a faca e a enfiou mais alto, perigosamente perto dos pulmões de Ali.

Hanno pareceu ler os pensamentos dele.

— Sei como matar puros-sangues, Alizayd. Não o deixaria semimorto arriscando que fosse carregado para aquela Nahid adoradora do fogo com quem o povo diz que você anda trepando na biblioteca. — Ele se aproximou, com os olhos cheios de ódio. — Eu sei como... mas vamos fazer isso devagar.

Hanno cumpriu a ameaça, empurrando a faca mais para o alto com uma lentidão tão exagerada e dolorosa que Ali juraria ter sentido cada nervo individual se partir.

— Tive uma filha, sabia? — começou Hanno, com o luto penetrando seus olhos. — Com cerca da sua idade. Bem, não... ela jamais chegou a completar sua idade. Gostaria de saber por que, Alizayd? — Ele agitou a lâmina e Ali arquejou. — Gostaria de saber o que puros-sangues como você fizeram com ela quando era apenas uma criança?

Ali não conseguia encontrar as palavras para pedir desculpas. Para suplicar. O retalho caiu da boca dele, mas não importava. Ele só conseguiu dar um grito grave quando Hanno girou a faca de novo.

— Não? — perguntou o metamorfo. — Tudo bem. É uma história melhor contada ao rei. Pretendo esperar por ele, sabe. Quero ver a expressão dele quando encontrar estas paredes cobertas com seu sangue. Quero que se pergunte quantas vezes você gritou para que ele viesse salvá-lo. — A voz de Hanno falhou. — Quero que *seu* pai saiba qual é a sensação.

Sangue se empoçou aos pés de Ali. Hanno o segurou firme, esmagando a mão esquerda do príncipe. Algo doeu de dentro da palma.

A lente de vidro do telescópio.

— Emir-joon? — Ele ouviu uma voz familiar das escadas. — Muntadhir, ainda está aí? Estava procurando...

Jamshid e-Pramukh surgiu das escadas com uma garrafa de vidro azul de vinho pendurada de uma das mãos. Ele congelou diante da cena sangrenta.

Hanno arrancou a faca com um grunhido.

Ali chocou a testa contra a do outro homem.

Foi preciso cada gota de força que conseguiu reunir, o suficiente para deixar a própria cabeça girando e arrancar um estalo surdo do crânio de Hanno. O metamorfo cambaleou. Ali não hesitou. Golpeou com força usando a lente de vidro e rasgou o pescoço de Hanno.

O shafit cambaleou para trás, sangue vermelho-escuro jorrou da garganta dele. Hanno pareceu confuso e um pouco assustado. Ele certamente não parecia um potencial assassino agora; parecia um pai arrasado e de luto coberto de sangue. Sangue que jamais fora preto o suficiente para Daevabad.

Mas ainda segurava a faca. Hanno avançou contra Ali.

Jamshid foi mais rápido. Ergueu a garrafa de vinho e acertou a cabeça de Hanno com ela.

Hanno caiu e Jamshid pegou Ali quando o príncipe caiu.

— Alizayd, meu Deus! Você está... — Ele olhou horrorizado para as mãos ensanguentadas e então abaixou Ali sentado. — Vou buscar ajuda!

— Não — disse Ali, grasnando a palavra, sentindo o gosto do sangue na boca. Ele agarrou o colarinho de Jamshid antes de levantar. — Livre-se dele.

O comando saiu como um grunhido, e Jamshid enrijeceu.

— O quê?

Ali lutava para tomar fôlego. A dor na barriga dele se dissipava. Tinha quase certeza de que estava prestes a desmaiar – ou morrer, uma possibilidade que provavelmente deveria tê-lo incomodado mais. Mas estava concentrado em apenas uma coisa – o assassino shafit deitado a seus pés, com a mão agarrada a uma lâmina encharcada com sangue Qahtani. O pai dele assassinaria todos os mestiços de Daevabad se visse aquilo.

— *Livre-se... dele* — sussurrou Ali. — É uma ordem.

Ele viu Jamshid engolir em seco, os olhos pretos disparando entre Hanno e a parede.

— Sim, meu príncipe.

Ali se recostou contra a pedra, a parede estava gélida em comparação com o que ensopava suas roupas. Jamshid arrastou Hanno para o parapeito; água se agitou ao longe. Os limites do campo visual dele escureceram, mas algo brilhou no chão, chamando sua atenção. O telescópio.

— N-Nahri... — disse Ali, arrastado, quando Jamshid voltou. — Apenas... Nahri... — E então o chão correu ao seu encontro.

24

NAHRI

Urgente.

A palavra ecoava pela mente de Nahri, dando nós no estômago dela conforme a curandeira corria de volta para a enfermaria. Não estava pronta para nada urgente; de fato, estava tentada a reduzir o passo. Melhor que alguém morresse esperando do que ser assassinado diretamente pela incompetência dela.

Nahri abriu a porta da enfermaria.

— Tudo bem, Nisreen, o que... — Ela subitamente calou a boca.

Ghassan al Qahtani estava sentado ao lado de um dos pacientes dela, um clérigo geziri já avançado no terceiro século que lentamente se transformava em carvão. Nisreen dissera que era uma condição relativamente comum entre os idosos, fatal se não tratada. Nahri tinha observado que *ter* trezentos anos era uma condição que em breve se revelaria fatal, mas tratou o homem mesmo assim, colocando-o perto de um vaporizador e lhe dando uma dose de lama aguada enfeitiçada com um encantamento que Nisreen a ensinara. Ele estava na enfermaria havia alguns dias, e tinha parecido bem quando Nahri partiu: em sono profundo, com a queimadura contida aos pés.

Um calafrio percorreu a coluna de Nahri quando observou o carinho com que o rei apertava a mão do sheik. Nisreen estava de pé atrás deles. Havia aviso nos olhos escuros dela.

— Vossa Majestade — gaguejou Nahri. Ela rapidamente uniu as palmas das mãos e então, decidindo que não faria mal, se curvou. — Perdoe-me... não percebi que estava aqui.

O rei sorriu e ficou de pé.

— Não precisa se desculpar, Banu Nahida. Ouvi que meu sheik não estava bem e vim oferecer minhas orações. — Ele se voltou para o velho e tocou o ombro dele, acrescentando algo em geziriyya. O paciente de Nahri ofereceu uma resposta chiada e Ghassan riu.

Ele se aproximou e Nahri se obrigou a encará-lo.

— Gostou da noite com meus filhos? — perguntou ele.

— Muito. — A pele de Nahri formigou; ela podia jurar que sentia o poder literalmente irradiando dele. Não pôde resistir a acrescentar: — Tenho certeza de que Alizayd vai reportar tudo mais tarde.

Os olhos cinza do rei brilharam, divertido com a piada.

— De fato, Banu Nahida. — Ele indicou o idoso. — Por favor, faça o que puder por ele. Ficarei mais tranquilo ao saber que meu professor está nas mãos da filha de Banu Manizheh.

Nahri fez outra reverência, esperando até ouvir a porta se fechar para correr para o lado do sheik. Ela rezou para que já não tivesse dito ou feito algo grosseiro diante dele, mas sabia que era improvável – a enfermaria a colocava em um humor terrível.

Nahri forçou um sorriso.

— Como está se sentindo?

— Muito melhor — disse o homem, rouco. — Que Deus seja louvado, meus pés finalmente pararam de doer.

— Há algo que você deveria ver — disse Nisreen, baixinho. Ela levantou o cobertor do sheik, bloqueando a vista dele para que Nahri pudesse examinar os pés.

Tinham sumido.

Não somente tinham sumido – reduzidos a cinzas –, mas a infecção tinha varrido as pernas dele e se arraigado nas coxas magricelas do homem. Uma linha preta fumegante subia na direção do quadril esquerdo dele, e Nahri engoliu em seco, tentando esconder o horror.

— E-eu fico feliz que esteja se sentindo melhor — disse ela, com o máximo de animação que conseguiu reunir. — Se apenas... Ah, deixe-me verificar com minha assistente.

Ela puxou Nisreen para fora do alcance da audição dele.

— O que aconteceu? — sibilou a mulher. — Você disse que o tínhamos consertado!

— Eu não disse tal coisa — corrigiu Nisreen, parecendo indignada. — Não há cura para a condição dele, principalmente nessa idade. Só pode ser aliviada.

— Como *isso* a alivia? O encantamento parece ter piorado! — Nahri estremeceu. — Não acabou de ouvir o rei tagarelando sobre como ele está em boas mãos?

Nisreen a chamou na direção das prateleiras do boticário.

— Confie em mim, Banu Nahri, o rei Ghassan sabe como a situação é séria. A condição do sheik Auda é familiar ao nosso povo. — Ela suspirou. — A queimadura está avançando rapidamente. Mandei um mensageiro buscar a esposa dele. Apenas tentaremos mantê-lo o mais confortável possível até lá.

Nahri encarou Nisreen.

— Como assim? Deve haver algo mais que podemos tentar.

— Ele está morrendo, Banu Nahida. Não vai durar a noite inteira.

— Mas...

— Não pode ajudar a todos. — Nisreen apoiou a mão carinhosa no cotovelo dela. — E ele é idoso. Viveu uma vida boa e longa.

Isso pode ter sido, mas Nahri não conseguia deixar de pensar em como Ghassan falara com afeição do outro homem.

— É óbvio que meu próximo fracasso seria um amigo do rei.

— É *isso* que a preocupa? — A empatia sumiu do rosto da assistente. — Será que não poderia colocar as necessidades do paciente acima das suas uma vez? E não fracassou ainda. Nem mesmo começamos.

— Você *acabou* de dizer que não havia nada que pudéssemos fazer!

— Tentaremos mantê-lo vivo até a esposa chegar. — Nisreen seguiu na direção das prateleiras do boticário. — Ele vai sufocar quando a infecção chegar aos pulmões. Há um procedimento que lhe dará mais tempo, mas é muito preciso, e tem que ser você a fazê-lo.

Nahri não gostou de como aquilo soou. Não tinha tentado outro procedimento avançado desde que quase estrangulou a mulher daeva com a salamandra.

Ela seguiu Nisreen relutantemente. À luz das tochas tremeluzentes e do poço incandescente da fogueira, o boticário parecia vivo. Diversos ingredientes se contraíram e estremeceram por trás das prateleiras nebulosas de vidro jateado, e Nahri fez o mesmo ao ver aquilo. Ela sentia falta do boticário de Yaqub, cheio de suprimentos reconhecíveis – e confiavelmente mortos. Gengibre para a indigestão, sálvia para suor noturno, coisas que sabia usar. Não gases venenosos, cobras vivas e uma fênix inteira dissolvida em mel.

Nisreen tirou um alicate fino de prata do avental e abriu um pequeno armário. Ela cuidadosamente tirou de dentro um tubo de cobre reluzente com cerca da extensão de sua mão e tão fino quanto um charuto. Ela o segurou com o braço esticado, recuando quando Nahri estendeu a mão para pegá-lo.

— Não toque com a pele exposta — avisou a assistente. — Foi feito pelos geziri, do mesmo material que as lâminas zulfiqar deles. Não tem como se curar do ferimento.

Nahri puxou a mão de volta.

— Nem mesmo um Nahid?

Nisreen deu a ela um olhar sombrio.

— Como acha que o povo de seu príncipe tomou Daevabad de seus ancestrais?

— Então o que devo fazer com isso?

— Vai inseri-lo nos pulmões dele e então na garganta para aliviar parte da pressão conforme a habilidade dele de respirar se extingue.

— Quer que eu o esfaqueie com uma arma mágica geziri que destrói pele Nahid? — Será que Nisreen tinha subitamente desenvolvido um senso de humor?

— Não — disse a assistente dela, simplesmente. — Quero que insira isto nos pulmões dele e então na garganta para aliviar parte da pressão conforme a habilidade dele de respirar se extingue. A esposa vive do outro lado da cidade. Temo que levará tempo para chamá-la.

— Bem, queira Deus que ela se mova mais rápido do que ele. Porque não vou fazer nada com esse tubinho assassino.

— Vai, sim — disse Nisreen, repreendendo-a. — Não vai negar a um homem um último adeus com a amada porque tem medo. Você é a Banu Nahida; esta é sua responsabilidade. — Nisreen passou por Nahri. — Prepare-se. Vou arrumá-lo para o procedimento.

— Nisreen...

Mas a assistente já voltava para o lado do homem doente. Nahri rapidamente se limpou, com as mãos trêmulas ao observar Nisreen ajudar o sheik a tomar um gole de chá fumegante. Quando ele gemeu, ela pressionou um pano frio contra a testa dele.

Ela deveria ser a Banu Nahida. Não era a primeira vez que esse pensamento ocorria a Nahri. Nisreen cuidava dos pacientes como se fossem familiares. Era acolhedora e carinhosa, confiante nas habilidades. E apesar dos resmungos constantes a respeito dos geziris, não havia indício de preconceito enquanto cuidava do idoso. Nahri observou, tentando abafar a inveja que subia no peito. O que não daria para se sentir competente de novo.

Nisreen ergueu o olhar.

— Estamos prontos para você, Banu Nahri. — Ela abaixou o rosto para o clérigo. — Vai doer. Tem certeza de que não quer vinho?

Ele sacudiu a cabeça.

— N-não — conseguiu responder o homem, com a voz trêmula. Ele olhou para a porta, o movimento obviamente lhe causou dor. — Acha que minha esposa... — O homem soltou uma tosse seca, fumegante.

Nisreen apertou a mão do paciente.

— Daremos a você tanto tempo quanto possível.

Nahri mordeu o interior da bochecha, ansiosa com o estado emocional do homem. Estava acostumada a procurar por fraqueza no medo, por ingenuidade no luto. Não fazia ideia de como jogar conversa fora com alguém prestes a morrer. Mas, mesmo assim, ela se aproximou, forçando o que esperava ser um sorriso confiante.

Os olhos do sheik se voltaram para ela. A boca do paciente se contorceu, como se pudesse estar tentando devolver o sorriso dela, e então ele arquejou, soltando a mão de Nisreen.

A assistente de Nahri se colocou de pé em um segundo. Ela abriu a túnica do homem e revelou o peito preto, a pele incandescente. Um odor pungente e séptico encheu o ar quando os dedos precisos de Nisreen percorreram o esterno dele e então foram levemente para a esquerda.

Ela não pareceu incomodada pela visão.

— Traga a bandeja até aqui e me dê um bisturi.

Nahri obedeceu, e Nisreen mergulhou o bisturi no peito do homem, ignorando o arquejo dele ao cortar uma seção de pele queimando. Ela segurou a pele aberta e chamou Nahri para perto.

— Venha cá.

Nahri se inclinou sobre a cama. Logo abaixo da corrente de sangue espumoso havia uma massa trêmula de tecido dourado reluzente. Ele tremeluziu levemente, reduzindo a velocidade quando adquiriu um tom cinzento.

— Meus Deus — maravilhou-se Nahri. — Esses são os pulmões dele?

Nisreen assentiu.

— Lindos, não são? — Ela pegou a pinça que segurava o tubo de cobre e a entregou a Nahri. — Mire o centro e insira cuidadosamente. Não vá mais profundamente do que um fio de cabelo ou dois.

A breve sensação de maravilha de Nahri sumiu. Ela olhou do tubo para os pulmões em colapso do homem. Então engoliu em seco, subitamente achando difícil respirar também.

— Banu Nahida — instigou Nisreen, com urgência na voz.

Nahri pegou a pinça e segurou o tubo sobre o delicado tecido.

— E-eu não consigo — sussurrou ela. — Vou machucá-lo.

A pele do homem subitamente se incendiou, os pulmões dele ruíram em pó de cinzas quando as brasas incandescentes subiram por seu pulmão. Nisreen rapidamente afastou a longa barba dele, expondo o pescoço do homem.

— A garganta, então, é a única chance dele. — Quando ela hesitou, Nisreen se irritou. — Nahri!

Nahri se moveu, descendo rapidamente o tubo para onde Nisreen tinha apontado. Ele desceu tão facilmente quando uma faca quente sobre manteiga. Ela sentiu um momento de alívio.

Então o tubo afundou bastante.

— Não, não faça isso! — Nisreen segurou a pinça quando Nahri tentou puxar o tubo de volta. Um ruído de sugação horrível saiu da garganta do sheik. Sangue borbulhou e fervilhou sobre as mãos de Nahri, e o corpo inteiro dele se convulsionou.

Nahri entrou em pânico. Ela levou as mãos ao pescoço do homem, desejando desesperadamente que o sangue parasse. Os olhos apavorados dele se fixaram nos dela.

— Nisreen, o que eu faço? — gritou Nahri. O homem teve outra convulsão, mais violenta.

E então ele se foi.

Ela soube imediatamente; a batida fraca do coração dele estremeceu até parar, e a faísca inteligente se extinguiu do olhar cinzento dele. O peito do homem afundou e o tubo chiou, o ar finalmente escapou.

Nahri não se moveu, incapaz de tirar os olhos da expressão torturada do homem. Uma lágrima escorreu dos cílios ralos dele.

Nisreen fechou os olhos.

— Ele se foi, Banu Nahida — disse ela, baixinho. — Você tentou.

Eu tentei. Nahri tinha tornado os últimos momentos daquele homem um inferno em vida. O corpo dele estava uma destruição, a metade inferior queimara e sumira, a garganta ensanguentada estava aberta.

Ela recuou um passo trêmulo, vendo as próprias roupas chamuscadas. As mãos e os pulsos de Nahri estavam cobertos de sangue e cinzas. Sem dizer mais uma palavra, ela foi até a pia e começou a esfregar as mãos violentamente. Conseguia sentir os olhos de Nisreen em suas costas.

— Deveríamos limpá-lo antes que a esposa chegue — disse a assistente. — Tentar...

— Fazer parecer que eu não o matei? — interrompeu Nahri. Ela não se virou; a pele das mãos doía conforme ela as esfregava.

— Você não o matou, Banu Nahri. — Nisreen se juntou a Nahri à pia. — Ele iria morrer. Era apenas uma questão de tempo. — Ela fez menção de colocar a mão no ombro de Nahri, e a curandeira recuou.

— Não me toque. — Ela conseguia sentir que perdia o controle. — Isso é culpa sua. Eu disse que não podia usar aquele instrumento. Estou dizendo desde que cheguei que não estava pronta para tratar pacientes. E você não se importou. Apenas ficou insistindo!

Nahri viu algo se partir na expressão da mulher.

— Você acha que eu *quero*? — perguntou ela, com a voz estranhamente desesperada. — Acha que eu estaria forçando você se tivesse alguma outra escolha?

Nahri ficou chocada.

— Como assim?

Nisreen desabou em uma cadeira próxima, deixando a cabeça recair sobre as mãos.

— O rei não estava aqui apenas para ver um velho amigo, Nahri. Ele estava aqui para contar as camas vazias e perguntar por que você não está tratando mais pacientes. Há uma lista de espera, vinte páginas e crescendo, para compromissos com você. E esses são apenas os nobres, só o Criador sabe quantos outros na cidade precisam de suas habilidades. Se os Qahtani conseguissem o que quisessem, cada cama aqui estaria cheia.

— Então as pessoas precisam ser mais pacientes! — replicou Nahri. — Daevabad durou vinte anos sem uma curandeira, é certo que pode esperar um pouco mais. — Ela se recostou contra a pia. — Meu Deus, até mesmo médicos humanos estudam durante anos, e estão lidando com resfriados, não com maldições. Preciso de mais tempo para ser adequadamente treinada.

Nisreen soltou uma risada seca, sem humor.

— Jamais será adequadamente treinada. Ghassan pode querer a enfermaria cheia, mas ele ficaria satisfeito se suas habilidades jamais passassem do básico. Provavelmente ficaria felicíssimo se metade dos seus pacientes morresse. — Quando Nahri franziu a testa, a assistente se esticou, olhando para ela surpresa. — Não entende o que está acontecendo aqui?

— Aparentemente, nem um pouco.

— Querem você *fraca*, Nahri. É a filha de Banu Manizheh. Marchou para dentro de Daevabad com Darayavahoush e-Afshin ao seu lado no dia em que uma multidão de shafits tentou invadir o Quarteirão Daeva. Quase matou uma mulher de irritação... Não reparou que seus guardas foram dobrados depois daquele dia? Acha que os Qahtani querem permitir que você *treine*? — Nisreen deu a ela um olhar incrédulo. — Deveria ficar feliz por não ser forçada a usar uma algema de ferro quando visita o príncipe deles.

— Eu... Mas eles me deixaram ficar com a enfermaria. E perdoaram Dara.

— O rei não teve escolha a não ser perdoar Darayavahoush, pois ele é amado entre nosso povo. Se os Qahtani ferissem um fio do cabelo dele, metade da cidade se levantaria. O rei quer uma curandeira Nahid tanto quanto um pastor quer um cão; ocasionalmente útil, mas completamente dependente.

Nahri enrijeceu de ódio.

— Não sou o cão de ninguém.

— Não? — Nisreen cruzou os braços, os pulsos dela ainda estavam cobertos de cinzas e sangue. — Então por que está entrando no jogo deles?

— Do que está falando?

Nisreen se aproximou.

— Não tem como esconder sua falta de progresso na enfermaria, criança — avisou ela. — Você ignorou completamente os daevas que foram vê-la no Grande Templo, e então saiu em disparada sem dizer uma palavra. Negligencia seu altar de fogo, come carne em público, passa todo o tempo livre com aquele fanático Qahtani... — A expressão dela ficou sombria. — Nahri, nossa tribo não vê deslealdade como algo insignificante; sofremos demais nas mãos de nossos inimigos. Daevas dos quais se suspeita de colaboração... a vida não é fácil para eles.

— Colaboração? — Nahri estava incrédula. — Estar em bons termos com as pessoas no poder não é colaboração, Nisreen. É bom senso. E se eu comer kebab incomoda um bando de fofoqueiros adoradores do fogo...

Nisreen arquejou.

— O que você disse?

Tarde demais, Nahri se lembrou de que os daevas odiavam o termo.

— Ah, vamos lá, Nisreen, é apenas uma palavra. Sabe que eu não...

— Não é apenas uma palavra! — Pontos vermelhos furiosos brotaram nas bochechas pálidas de Nisreen. — Essa *injúria* tem sido usada para demonizar nossa tribo há séculos. É o que as pessoas cospem quando arrancam os véus das mulheres e surram nossos homens. É disso que as autoridades nos acusam sempre que querem fazer busca em nossos lares ou tomar nossa propriedade. Que *você*, de todas as pessoas, a tenha usado...

A assistente ficou de pé, caminhando mais para dentro da enfermaria com as mãos cruzadas atrás da cabeça. Ela olhou com raiva para Nahri.

— Você por acaso quer melhorar? Quantas vezes lhe disse o quanto a intenção é importante na cura? O quanto a crença é crítica quando se usa magia? — Ela abriu as mãos, indicando a enfermaria que as cercava. — Acredita em *alguma* dessas coisas, Banu Nahri? Você se importa com nosso povo, nossa cultura?

Nahri averteu o olhar, um rubor culpado tomou suas bochechas. *Não.* Ela odiava o quão rápido a resposta lhe saltou na mente, mas foi a verdade.

Nisreen devia ter sentido o desconforto.

— Achei que não. — Ela pegou o cobertor amassado abandonado ao pé da cama do sheik e silenciosamente abriu sobre o corpo dele, com os dedos se detendo na testa. Quando Nisreen olhou para cima, havia um desespero escancarado no rosto dela. — Como pode ser a Banu Nahida quando não se importa nem um pouco pelo modo de vida que seus ancestrais criaram?

— E esfregar minha cabeça em cinzas e desperdiçar metade do dia cuidando de um altar de fogo vai me tornar uma curandeira melhor? — Nahri se afastou da pia com uma expressão irritada. Será que Nisreen achava que ela não se sentia mal o suficiente a respeito do sheik? — *Minha mão escorregou*, Nisreen. Escorregou porque eu deveria ter praticado aquele procedimento centenas de vezes antes que me fosse permitido chegar perto daquele homem!

Nahri sabia que deveria parar, mas, abalada e frustrada, farta das expectativas impossíveis jogadas sobre seus ombros assim que entrou em Daevabad, ela prosseguiu.

— Quer saber o que eu penso da fé daeva? Acho que é uma *farsa*. Um bando de rituais excessivamente complicados feitos para que se adorem as mesmas pessoas que os criaram. — Ela juntou o avental em uma bola, irritada. — Não é à toa que os djinns tenham vencido a guerra. Os daevas estavam provavelmente ocupados demais enchendo lâmpadas a óleo e se curvando para uma horda de Nahid gargalhando que nem mesmo perceberam que os Qahtani invadiram até que...

— Basta! — disparou Nisreen. Ela pareceu mais irritada do que Nahri jamais a vira. — Os Nahid tiraram nossa raça inteira da servidão humana. Foram os únicos corajosos o bastante para combater os ifrits. Eles construíram esta cidade, esta cidade mágica sem igual no mundo, para governar um império que se estendia por continentes. — Ela se aproximou, com os olhos em chamas. — E quando seus amados Qahtani chegaram, quando as ruas ficaram pretas com sangue daeva e o ar pesado com os gritos de crianças morrendo e mulheres violadas... esta tribo de *adoradores do fogo* sobreviveu. Nós sobrevivemos a tudo. — A boca de Nisreen se contorceu, enojada. — E merecemos mais do que você.

Nahri trincou os dentes. As palavras de Nisreen tinham encontrado o alvo, mas ela se recusou a admitir tal coisa.

Em vez disso, jogou o avental aos pés da mulher.

— Boa sorte para encontrar uma substituta. — Então, evitando a visão do homem que acabara de matar, ela se virou e saiu em disparada.

Nisreen a seguiu.

— A mulher dele está vindo. Não pode simplesmente partir. Nahri! — gritou a mulher quando Nahri escancarou a porta para seu quarto. — Volte e...

Nahri bateu a porta na cara de Nisreen.

O quarto estava escuro – como sempre, deixara o altar de fogo se extinguir –, mas Nahri não importava. Cambaleou até a cama, caiu de cara na luxuosa colcha e, pela primeira vez desde que chegara a Daevabad, provavelmente pela primeira vez em uma década, se permitiu chorar.

Não podia dizer quanto tempo tinha passado. Não dormiu. Nisreen bateu à porta pelo menos meia dúzia de vezes, implorando baixinho para que saísse de novo. Nahri a ignorou. Ela se aninhou em uma bola na cama, encarando distraidamente a imensa paisagem pintada na parede.

Zariaspa, dissera alguém a ela certa vez, o mural pintado por seu tio, embora a palavra familiar parecesse tão falsa quanto sempre fora. Aquele povo não era o dela. Aquela cidade, aquela fé, a suposta tribo... eram desconhecidos e estranhos. Nahri ficou subitamente tentada a destruir a pintura, a derrubar o altar de fogo, a se livrar de todos os lembretes daquele dever que jamais pediu. O único daeva com o qual se importava a havia rejeitado; Nahri não queria ter nada a ver com o resto.

Como se tomasse a deixa, as batidas recomeçaram, uma batidinha mais leve na porta dos criados que raramente era usada. Nahri ignorou por alguns segundos, ficando silenciosamente mais irritada conforme prosseguia, firme como uma torneira pingando. Por fim, atirou o cobertor longe e se colocou de pé em disparada, pisando forte até a porta e escancarando-a.

— O que foi agora, Nisreen? — disparou Nahri.

Mas não era Nisreen à porta. Era Jamshid e-Pramukh, e ele parecia apavorado.

O rapaz cambaleou para dentro sem convite, curvado sob o peso de um enorme saco sobre os ombros.

— Sinto muito, Banu Nahida, mas não tive escolha. Ele insistiu para que eu o trouxesse direto até você. — Jamshid largou o saco na cama de Nahri e estalou os dedos, e chamas se acenderam entre os dois para iluminar o quarto.

Não era um saco o que ele soltara na cama dela.

Era Alizayd al Qahtani.

Nahri estava ao lado de Ali em segundos. O príncipe estava inconsciente e coberto de sangue, cinzas pálidas cobriam a pele dele.

— O que aconteceu? — arquejou ela.

— Ele foi esfaqueado. — Jamshid estendeu uma faca longa, a lâmina estava escura com sangue. — Encontrei isto. Acha que pode curá-lo?

Uma onda de medo tomou conta dela.

— Leve-o para a enfermaria. Vou buscar Nisreen.

Jamshid se moveu para bloqueá-la.

— Ele disse apenas você.

Nahri estava incrédula.

— Não me importa o que ele disse! Mal fui treinada; não vou curar o filho do rei sozinha em meu quarto!

— Acho que deveria tentar. Ele foi muito insistente, e Banu Nahida... — Jamshid olhou para o príncipe inconsciente e abaixou a voz. — Quando um Qahtani dá uma ordem em Daevabad... você obedece. — Eles mudaram para divasti sem que ela notasse, e as palavras sombrias na língua nativa de Nahri lançaram um calafrio por suas veias.

A curandeira pegou a faca ensanguentada e a aproximou do rosto. Ferro, embora não cheirasse nada que indicasse veneno. Nahri tocou a lâmina. Não faiscou, se incendiou ou mostrou qualquer malícia mágica esquecida.

— Sabe se isto está amaldiçoado?

Jamshid sacudiu a cabeça.

— Duvido. O homem que o atacou era shafit.

Shafit? Nahri conteve a curiosidade, a atenção dela se voltou para Ali. *Se é um ferimento normal, não deve importar que ele é um djinn. Você já curou ferimentos assim no passado.*

Ela se ajoelhou ao lado de Ali.

— Me ajude a tirar a camisa dele. Preciso examiná-lo.

A túnica de Ali estava tão terrivelmente destruída que foi preciso pouco esforço para terminar de abri-la. Ela conseguia ver três ferimentos irregulares, incluindo um que parecia ir até o outro lado das costas. Nahri pressionou as palmas das mãos contra o maior e fechou os olhos. Ela pensou em como salvara Dara e tentou fazer o mesmo, desejando que Ali se curasse e imaginando a pele saudável e inteira.

Nahri se preparou para visões, mas nenhuma veio. Em vez disso, sentiu o cheiro de água do mar e um gosto salobro encheu sua boca. Mas as intenções deviam ter sido claras; o ferimento se retorceu sob os dedos dela, e Ali estremeceu, soltando um gemido baixo.

— Pelo Criador... — Jamshid sussurrou. — Isso é extraordinário.

— Segure-o quieto — avisou ela. — Não terminei. — Nahri ergueu as mãos. O ferimento tinha começado a se fechar, mas a pele de Ali ainda estava sem cor e parecia quase porosa. Ela tocou a pele levemente, e um sangue preto espumoso subiu até a superfície, como se pressionasse uma esponja encharcada. Nahri fechou os olhos e tentou de novo, mas permaneceu igual.

Embora o quarto estivesse frio, suor brotava na pele dela, tanto que os dedos de Nahri ficaram escorregadios. Limpando-os na blusa, seguiu para os demais ferimentos, o gosto salgado se intensificando. Ali não tinha aberto os olhos, mas o ritmo do coração dele havia se estabilizado sob as pontas dos dedos dela. Ele tomou um fôlego trêmulo e Nahri se sentou sobre os calcanhares para examinar o trabalho pela metade.

Algo parecia errado. *Talvez seja o ferro?* Dara tinha dito durante a viagem deles que o ferro podia aleijar os puros-sangues.

Eu poderia costurar. Nahri fizera algumas costuras com Nisreen, usando fio de prata tratado com algum tipo de encantamento. Supostamente tinha qualidades restauradoras e parecia que valia a pena tentar. Ali não parecia prestes a se curvar e morrer se ela tomasse alguns minutos para recuperar alguns suprimentos da enfermaria. Mas ainda era um palpite. Até onde Nahri sabia, os órgãos dele estavam destruídos e sangrando dentro do corpo.

Ali murmurou algo em geziriyya, e os olhos cinza dele piscaram e se abriram lentamente, se arregalando, confusos, quando ele observou o quarto desconhecido. Ali tentou se sentar, soltando um arquejo baixo de dor.

— Não se mova — avisou Nahri. — Você foi ferido.

— Eu... — A voz dele saiu como um ganido, e então Nahri viu o olhar dele recair sobre a faca. A expressão do príncipe se fechou, uma sombra devastada tomou os olhos dele. — Ah.

— Ali. — Nahri tocou a bochecha dele. — Vou buscar alguns suprimentos da enfermaria, tudo bem? Fique aqui com Jamshid. — O guarda daeva não parecia particularmente satisfeito com isso, mas assentiu, e Nahri saiu.

A enfermaria estava silenciosa; os pacientes que ela não tinha matado estavam dormindo e Nisreen não estava no momento. Nahri colocou uma chaleira de água para ferver nas brasas brilhantes do poço da fogueira e então pegou o fio de prata e algumas agulhas, ignorando propositalmente a cama agora vazia do sheik enquanto fazia isso.

Quando a água ferveu, ela acrescentou uma colherada viscosa de betume, um pouco de mel e sal, seguindo uma das receitas farmacêuticas que Nisreen lhe mostrara. Depois de um momento de hesitação, esfarelou na mistura uma cápsula preparada de ópio. Seria mais fácil costurar Ali se ele estivesse calmo.

A mente de Nahri estava acelerada com especulação. Por que Ali iria querer esconder uma tentativa contra a vida dele? Ela estava surpresa pelo próprio rei não estar na enfermaria para garantir que o filho recebesse o melhor tratamento, enquanto a Guarda Real vasculhava a cidade, derrubando portas e reunindo shafits em busca de conspiradores.

Talvez seja por isso que ele queira manter segredo. Era óbvio que Ali tinha um ponto fraco pelos shafits. Mas Nahri não reclamaria. Apenas algumas horas antes, temera que Ghassan a punisse por acidentalmente matar o sheik. Agora o mais novo dele – o preferido, de acordo com algumas fofocas que entreouvira – estava escondido em seu quarto, com a vida nas mãos dela.

Equilibrando os suprimentos e o chá, Nahri prendeu um jarro de água sob um braço e voltou para o quarto. Ela empurrou a porta para abri-la. Ali estava na mesma posição em que estivera quando ela partiu. Jamshid caminhava de um lado para outro no quarto, parecendo se arrepender amargamente de qualquer que fosse a fileira de eventos que o levara até aquele momento.

Olhou para cima quando Nahri se aproximou e rapidamente caminhou para pegar a bandeja de suprimentos. Ela assentiu para uma mesa baixa diante da lareira.

Jamshid apoiou a bandeja.

— Vou buscar o irmão dele — sussurrou ele, em divasti.

Nahri olhou para Ali. O príncipe ensanguentado parecia estar em choque, as mãos trêmulas passando pelos lençóis arruinados.

— Tem certeza de que é uma boa ideia?

— Melhor do que dois daevas sendo pegos tentando acobertar uma tentativa contra a vida dele.

Excelente observação.

— Seja rápido.

Jamshid partiu, e Nahri voltou para a cama.

— Ali? *Ali* — repetiu ela, quando o príncipe não respondeu. Ele se espantou, e Nahri esticou a mão para tocá-lo. — Chegue mais perto do fogo. Preciso da luz.

Ele assentiu, mas não se moveu.

— Vamos lá — disse ela, gentilmente, puxando-o de pé. Ali soltou um sibilo baixo de dor, com um dos braços agarrando o estômago.

Ela o ajudou a subir no sofá e colocou a xícara fumegante nas mãos dele.

— Beba. — Nahri puxou a mesa para perto e dispôs o fio e as agulhas, então foi até seu hammam para pegar uma pilha de toalhas. Quando voltou, Ali tinha abandonado a xícara de chá e entornava o jarro de água inteiro pela garganta. Ele deixou que caísse de volta na mesa com um estampido seco.

Nahri ergueu a sobrancelha.

— Com sede?

Ali assentiu.

— Desculpe. Eu vi e... — Ele pareceu confuso, se era do ópio ou do ferimento, Nahri não soube dizer. — Não consegui parar.

— Provavelmente não há quase nenhum líquido em seu corpo — respondeu ela. Nahri se sentou e passou a linha pela agulha. Ali ainda estava segurando a lateral do corpo. — Tire a mão — disse ela, fazendo menção de pegá-la quando Ali não obedeceu. — Eu preciso... — Nahri parou de falar. O sangue que cobria a mão direita de Ali não era preto.

Era carmesim-escuro como o de um shafit – e havia *muito* dele.

Ela perdeu o fôlego.

— Suponho que seu assassino não tenha escapado.

Ali encarou a mão.

— Não — disse ele, baixinho. — Não escapou. — Ali olhou para cima. — Pedi que Jamshid o jogasse no lago... — A voz do príncipe estava estranhamente distante, como se ele se maravilhasse com uma curiosidade não ligada a ele, mas luto anuviava seus olhos cinza. — Eu... Nem tenho certeza se ele estava morto.

Os dedos de Nahri tremiam na agulha. *Quando um Qahtani dá uma ordem em Daevabad, você obedece.*

— Deveria terminar seu chá, Ali. Vai se sentir melhor, e vai tornar isto mais fácil.

Ele não reagiu quando Nahri começou a costurar. Ela se certificou de que os movimentos eram precisos; não havia margem para erro ali.

Nahri trabalhou em silêncio por alguns minutos, esperando que o ópio funcionasse por completo, antes de finalmente perguntar:

— Por quê?

Ali apoiou a xícara – ou tentou. Ela caiu das mãos dele.

— Por que o quê?

— Por que está tentando esconder o fato de que alguém queria matar você?

Ali sacudiu a cabeça.

— Não posso lhe contar.

— Ah, por favor. Não pode esperar que eu conserte os resultados sem saber o que aconteceu. A curiosidade vai me matar. Precisarei inventar alguma história sórdida para me divertir. — Nahri manteve o tom de voz leve, ocasionalmente tirando os olhos do trabalho para sopesar a reação dele. Ali parecia exausto. — Por favor, diga que foi por causa de uma mulher. Eu usaria isso contra você por...

— Não foi uma mulher.

— Então o quê?

Ali engoliu em seco.

— Jamshid foi buscar Muntadhir, não foi? — Quando Nahri assentiu, ele começou a tremer. — Ele vai me matar. Ele é... — Ali pressionou subitamente a cabeça com a mão, parecendo combater um desmaio. — Desculpe... tem mais água? — perguntou ele. — E-eu me sinto terrivelmente estranho.

Nahri encheu novamente o jarro de uma cisterna estreita disposta contra a parede. Ela começou a servir um copo para Ali, mas ele sacudiu a cabeça.

— Tudo — disse ele, pegando o jarro e drenando-o tão rapidamente quanto fizera com o primeiro. Ali suspirou com prazer. Nahri olhou para ele de soslaio antes de voltar para os pontos.

— Cuidado — aconselhou ela. — Acho que nunca vi ninguém beber tanta água tão rapidamente.

Ali não respondeu, mas os olhos cada vez mais vítreos dele observaram o quarto de Nahri de novo.

— A enfermaria é muito menor do que eu me lembro — disse ele, parecendo confuso. Nahri escondeu um sorriso. — Como consegue colocar os pacientes aqui?

— Ouvi dizer que seu pai quer que eu trate mais.

Ali fez um gesto de dispensa.

— Ele só quer o dinheiro deles. Mas não precisamos dele. Temos *tanto*. Demais. O Tesouro com certeza vai desabar com o peso um dia. — Ele encarou as mãos quando gesticulou de novo. — Não consigo sentir meus dedos — disse ele, parecendo surpreendentemente imperturbado com essa revelação.

— Ainda estão aí. — *O rei está ganhando dinheiro com meus pacientes?* Não deveria tê-la surpreendido, mas Nahri sentiu o ódio acelerar mesmo assim. Tesouro em colapso, de fato.

Antes que conseguisse interrogá-lo mais, uma súbita umidade sob os dedos chamou a atenção da curandeira, e ela abaixou o rosto alarmada, esperando sangue. Mas o líquido era transparente e quando Nahri o esfregou entre os dedos, percebeu o que era.

Água. Ela escorria pelas fissuras dos ferimentos semicicatrizados de Ali, lavando o sangue e vazando entre os pontos dela, alisando a pele conforme passava. Curando-o.

O que em nome de Deus... Nahri deu ao jarro um olhar confuso, perguntando-se se havia algo ali do qual não tinha ciência.

Estranho. Mas ela continuou o trabalho, ouvindo os murmúrios cada vez mais absurdos de Ali e ocasionalmente assegurando-o de que não tinha problema que o quarto parecesse azul e o ar tivesse gosto de vinagre. O ópio tinha melhorado o humor dele, e, estranhamente, Nahri começou a relaxar ao notar melhora a cada ponto.

Se eu conseguisse encontrar tal sucesso com doenças mágicas. Ela pensou na forma como os olhos assustados do homem se fixaram nos dela quando deu o último suspiro. Não era algo que Nahri esqueceria.

— Matei meu primeiro paciente hoje — ela confessou, baixinho. Não tinha certeza de por quê, mas a sensação era melhor ao dizer em voz alta, e Deus sabia que Ali não estava em estado de se lembrar. — Um idoso da sua tribo. Eu cometi um erro e isso o matou.

O príncipe abaixou a cabeça para encarar Nahri, mas não disse nada, os olhos dele brilhavam. Ela prosseguiu.

— Sempre quis isto... bem, algo como isto. Eu sonhava em me tornar médica no mundo humano. Guardava cada moeda que conseguia, esperando que um dia tivesse o suficiente para subornar alguma academia para que me aceitasse. — A expressão dela se fechou. — E agora sou terrível nisso. Sempre que sinto que domino algo, uma dúzia de novas coisas são jogadas sobre mim sem aviso.

Ali semicerrou os olhos e os abaixou na direção do longo nariz para observar Nahri.

— Você não é terrível — declarou ele. — É minha amiga.

A sinceridade na voz dele apenas fez piorar a culpa de Nahri. *Ele não é meu amigo*, dissera ela a Dara. *Ele é um alvo.* Certo... um alvo que tinha se tornado a coisa mais próxima a um aliado que tinha depois de Dara.

A percepção inquietou Nahri. *Não quero você envolvida em nenhuma disputa política se Alizayd al Qahtani acabar com uma corda de seda em volta do pescoço,* avisara Dara. Nahri estremeceu. Ela só conseguia imaginar o que seu Afshin pensaria daquele encontro à meia-noite.

Nahri rapidamente terminou o último ponto.

— Você está terrível. Deixe-me limpar o sangue.

Durante o tempo que Nahri levou para umedecer um pano, Ali dormiu no sofá. Ela tirou o que restava da túnica ensanguentada dele e a jogou no fogo, acrescentando também seus lençóis arruinados. A faca Nahri guardou, depois de limpá-la. Não se podia saber quando essas coisas seriam úteis. Limpou Ali o melhor que pôde e então – depois de rapidamente admirar os pontos –, cobriu o príncipe com um cobertor fino.

Nahri se sentou diante dele. Ela quase desejou que Nisreen estivesse ali. Não apenas a visão do "fanático Qahtani" dormindo no quarto de Nahri provavelmente causaria um ataque cardíaco na mulher mais velha, mas a curandeira jogaria alegremente os comentários odiosos dela na cara de Nisreen ao observar o quanto fora bem-sucedida ao costurá-lo.

A porta da entrada dos criados se escancarou. Nahri deu um salto e pegou a faca.

Mas era apenas Muntadhir.

— Meu irmão — disparou ele, com os olhos brilhando de preocupação. — Onde... — O olhar dele recaiu sobre Ali, e Muntadhir correu para o lado do irmão, desabando no chão. Ele tocou a bochecha de Ali. — Ele está bem?

— Acho que sim — respondeu Nahri. — Dei algo para ajudá-lo a dormir. É melhor se ele não mexer esses pontos.

Muntadhir levantou o cobertor e arquejou.

— Meu Deus... — Ele encarou os ferimentos do irmão por mais um momento antes de deixar o cobertor cair de volta. — Vou matá-lo — disse ele, com um sussurro trêmulo, a voz carregada de emoção. — Eu vou...

— Emir-joon. — Jamshid tinha se juntado a eles. Ele tocou o ombro de Muntadhir. — Fale com ele primeiro. Talvez tenha tido um bom motivo.

— Um motivo? *Olhe* para ele. Por que acobertaria algo assim? — Muntadhir soltou um suspiro exasperado antes de olhar de volta para Nahri. — Podemos movê-lo?

Ela assentiu.

— Apenas tomem cuidado. Vou verificá-lo mais tarde. Quero que descanse por alguns dias, pelo menos até esses ferimentos se curarem.

— Ah, ele vai descansar, isso é certo. — Muntadhir esfregou as têmporas. — Um acidente de treino. — Nahri ergueu as sobrancelhas, e ele explicou. — Foi assim que isso aconteceu, entendeu? — perguntou ele, olhando de Nahri para Jamshid.

Jamshid pareceu cético.

— Ninguém vai acreditar que eu fiz isso com seu irmão. Talvez o contrário.

— Ninguém mais verá os ferimentos dele — respondeu Muntadhir. — Ele ficou envergonhado com a derrota, e veio até a Banu Nahida sozinho, presumindo que a amizade deles lhe garantiria alguma discrição... o que está certo, não?

Nahri sentiu que não era o melhor momento para negociar. Ela abaixou a cabeça.

— É claro.

— Bom. — Muntadhir manteve o olhar sobre ela por mais um momento, havia algo conflituoso no fundo. — Obrigado, Banu Nahri — disse ele, baixinho. — Você salvou a vida dele esta noite... isso é algo de que não vou me esquecer.

Nahri segurou a porta quando os dois homens saíram com o Ali inconsciente entre eles. Ela ainda conseguia detectar a batida constante do coração do príncipe, lembrando-se do momento em que ele arquejou, o ferimento se fechando sob os dedos dela.

Não era algo que Nahri esqueceria também.

Ela fechou a porta, recolheu os suprimentos e então voltou para a enfermaria para guardá-los – não podia arriscar deixar Nisreen desconfiada. Estava silenciosa, com uma quietude no ar nebuloso. O alvorecer se aproximava, percebeu Nahri, a luz do sol do início da manhã passou pelo teto de vidro da enfermaria, caindo como raios cheios de poeira na parede do boticário e nas mesas dela. Sobre a cama vazia do sheik.

Nahri parou, absorvendo aquilo tudo. As prateleiras enevoadas com ingredientes trêmulos que a mãe dela devia conhecer como a palma da mão. A ampla e quase vazia metade da sala que estaria cheia de pacientes reclamando das doenças, assistentes perambulando entre eles, preparando utensílios e poções.

Ela pensou de novo em Ali, na satisfação que sentira ao observá-lo dormir, na *paz* que sentira depois de finalmente fazer algo certo depois de meses de fracassos. O filho preferido de um rei djinn, e ela o arrancara de volta da morte. Havia poder nisso.

E estava na hora de Nahri tomá-lo.

Ela o fez no terceiro dia.

A enfermaria parecia ter sido saqueada por um macaco lunático. Bananas descascadas e abandonadas jogadas por todo lado — ela atirara várias na frustração — junto com os restos em frangalhos de bexigas encharcadas de animais. O ar estava espesso com o fedor de frutas podres e Nahri tinha quase certeza de que jamais comeria outra banana na vida. Ainda bem que estava sozinha. Nisreen ainda não retornara, e Dunoor — depois de buscar as bexigas e as bananas requisitadas — fugira, provavelmente convencida de que Nahri tinha enlouquecido de vez.

Nahri arrastara uma mesa para fora da enfermaria, para a parte mais ensolarada do pavilhão que dava para o jardim. O calor do meio-dia era opressor; no momento, o restante de Daevabad estaria descansando, abrigando-se em quartos escuros e sob árvores sombreadas.

Não Nahri. Ela segurou uma bexiga cuidadosamente contra a mesa com uma das mãos. Como as várias outras antes daquela, Nahri enchera a bexiga com água e cuidadosamente dispusera uma casca de banana por cima.

Com a outra mão, segurava o alicate e o tubo de cobre mortal.

Nahri semicerrou os olhos, franzindo a testa quando aproximou o tubo da casca de banana. A mão dela estava firme – tinha aprendido da forma mais difícil que o chá a mantinha acordada, mas também fazia seus dedos tremerem. Então tocou com o tubo a casca de banana e perfurou apenas a espessura de um fio de cabelo. Ela prendeu o fôlego, mas a bexiga não estourou. Nahri tirou o tubo.

Um buraco perfeito perfurou a casca de banana. A bexiga por baixo estava intocada.

Nahri expirou. Lágrimas irritaram seus olhos. *Não se anime*, repreendeu-se ela. *Pode ter sido sorte.*

Apenas quando Nahri repetiu o experimento mais uma dúzia de vezes – com sucesso em cada uma delas –, ela se sentiu relaxar. Então abaixou o rosto para a mesa. Restara uma casca de banana.

Ela hesitou. E então a colocou sobre a mão esquerda.

Seu coração batia tão alto que ela conseguia ouvir dentro das orelhas. Mas Nahri sabia que se não tivesse confiança o suficiente para fazer aquilo, jamais conseguiria fazer o que planejava a seguir. Levou o tubo à casca de banana e pressionou.

Nahri puxou o tubo. Por um buraco estreito e perfeito, ela conseguiu ver a pele intocada.

Posso fazer isso. Só precisava se concentrar, treinar sem centenas de outras preocupações e responsabilidades que a puxavam para baixo, pacientes que estava mal preparada para tratar, intrigas que poderiam destruir sua reputação.

Grandeza leva tempo, disse Kartir a ela. Estava certo.

Nahri precisava de tempo. Sabia onde consegui-lo. E suspeitava que sabia qual seria o preço.

Tomou um fôlego trêmulo, os dedos desceram e roçaram o peso da adaga no quadril. A adaga de Dara. Ainda não a devolvera – na verdade, não o vira desde o encontro desastroso no Grande Templo.

Nahri sacou a adaga da bainha, acompanhando o cabo e pressionando a palma sobre o lugar pelo qual ele teria segurado. Por um longo momento, encarou a arma, desejando que outra saída se apresentasse.

E então Nahri soltou a adaga.

— Sinto muito — sussurrou ela. Nahri se levantou da mesa, deixando a adaga para trás. Sua garganta se apertou, mas ela não se permitiu chorar.

Não ajudaria parecer vulnerável diante de Ghassan al Qahtani.

25

ALI

ALI MERGULHOU SOB A SUPERFÍCIE AGITADA DO CANAL E DEU uma cambalhota perfeita para bater os pés na direção oposta. Os pontos se repuxaram em protesto, mas ele ignorou a dor. Apenas mais algumas voltas.

O príncipe deslizou pela água escura com uma facilidade experiente. A mãe de Ali o ensinara a nadar; era a única tradição ayaanle que ela insistira para que aprendesse. Desafiara o rei para fazer aquilo, aparecendo inesperadamente na Cidadela um dia quando Ali tinha sete anos, intimidadora e desconhecida com um véu real. Ela o arrastara de volta ao palácio enquanto Ali se esperneava e gritava, implorando para que a mãe não o afogasse. Depois que chegaram no harém, ela o empurrou na parte mais funda do canal sem dizer uma palavra. Apenas quando Ali emergiu – com braços e pernas se debatendo, arquejando em busca de ar em meio a lágrimas –, ela finalmente disse o nome dele. E então ela o ensinou a chutar e a mergulhar, a colocar o rosto na água e a respirar pela lateral da boca.

Anos mais tarde, Ali ainda se lembrava de cada minuto das instruções cuidadosas dela – e do preço que a mãe pagaria por tal desobediência: jamais fora permitido que ficassem sozinhos de novo. Mas Ali continuou nadando. Ele gostava, mesmo que a maioria dos djinns – principalmente o povo de seu pai – visse o nado com total repulsa. Havia até mesmo clérigos que pregavam que o gosto dos Ayaanle pela água era uma perversão, uma relíquia de um antigo culto ao rio no qual eles supostamente se engraçavam com os marids de todos os jeitos pecaminosos. Ali dispensava as histórias sórdidas como fofoca; os Ayaanle eram uma tribo rica de uma terra natal segura e em grande parte isolada – sempre provocavam ciúmes.

Ele terminou outra volta e então boiou na correnteza. O ar estava quieto e pesado, o zumbido de insetos e o canto de pássaros eram os únicos sons quebrando o silêncio do jardim. Era quase pacífico.

Um momento ideal para ser subitamente atacado por outro assassino Tanzeem. Ali tentou tirar o pensamento sombrio da mente, mas não foi fácil. Fazia quatro dias desde que Hanno tentara matá-lo, e ele estivera confinado aos próprios aposentos desde então. Na manhã seguinte ao ataque, Ali acordou com a pior dor de cabeça da vida e um irmão furioso exigindo respostas. Arrasado pela dor, pela culpa e com a mente ainda confusa, Ali os fornecera, trechos de verdade a respeito do relacionamento com os Tanzeem deslizando como água entre os dedos dele. Pelo visto, as esperanças iniciais estavam certas: o pai e o irmão de Ali só sabiam sobre o dinheiro.

Muntadhir decididamente *não* ficou satisfeito em ouvir o resto.

Diante do ódio crescente do irmão, Ali tentava explicar por que acobertara a morte de Hanno quando Nahri chegou para examiná-lo. Muntadhir rispidamente o declarou um traidor em geziriyya e saiu irritado. Não voltara.

Talvez eu devesse ir falar com ele. Ali saiu do canal, pingando nos azulejos decorativos que o ladeavam. Levou a mão à camisa. *Tentar explicar...*

Ele parou, vendo de relance a barriga. O ferimento tinha sumido.

Chocado, Ali passou a mão pelo que fora uma laceração semicicatrizada presa com pontos uma hora mais cedo. Agora não passava de uma cicatriz alta. O ferimento no peito ainda estava costurado, mas esse também parecia incrivelmente melhor. Levou a mão ao terceiro sob as costelas e se encolheu. Hanno tinha enterrado a faca direto através dele naquele local, e ainda doía.

Talvez a água do canal tivesse algum tipo de propriedade de cura? Se fosse o caso, era a primeira vez que Ali ouvia falar disso. Precisaria perguntar a Nahri. Ela retornara na maioria dos dias para examiná-lo, parecendo inabalada pelo fato de que Ali fora jogado no quarto dela coberto de sangue há apenas alguns dias. A única alusão que Nahri fizera a salvar a vida dele fora durante o alegre saque à pequena biblioteca de Ali. Ela levou vários livros, um frasco de nanquim de marfim e um bracelete de ouro como "pagamento".

Ali sacudiu a cabeça. Era esquisita, com certeza. Não que Ali pudesse reclamar. Nahri talvez fosse a única amiga que lhe restara.

— Que a paz esteja com você, Ali.

Ali se sobressaltou com o som da voz da irmã e vestiu a camisa.

— E com você a paz, Zaynab.

Ela deu a volta pela trilha para se juntar a ele sobre as pedras molhadas.

— Peguei você *nadando*? — Zaynab fingiu choque. — E aqui estava eu achando que não tinha interesse nos Ayaanle e nossa... como gosta de chamar... cultura de indulgência ardilosa?

— Foram apenas algumas voltas — murmurou ele. Não estava com vontade de brigar com Zaynab. Ele se sentou, mergulhando os pés descalços de volta no canal. — O que quer?

A irmã se sentou ao lado dele, passando os dedos pela água.

— Me certificar de que ainda está vivo, para começar. Ninguém o vê na corte há quase uma semana. E avisá-lo. Não sei o que acha que está fazendo com aquela garota Nahid, Ali. Não tem habilidade para a política, ainda mais...

— Do que está falando?

Zaynab revirou os olhos cinza-dourados.

— As negociações do casamento, seu idiota.

Ali subitamente se sentiu zonzo.

— *Que* negociações de casamento?

Zaynab recuou, parecendo surpresa.

— Entre Muntadhir e Nahri. — Ela semicerrou os olhos. — Está me dizendo que não a ajudou? Pelo Mais Alto, ela deu a abba uma lista de percentuais e valores que pareciam algum relatório do Tesouro. Ele está furioso com você... acha que você a escreveu.

Que Deus me livre... Ali sabia que Nahri era esperta o suficiente para criar tal coisa sozinha, mas suspeitava que ele era o único Qahtani que tinha uma ideia precisa das capacidades da Banu Nahida. Ele esfregou a testa.

— Quando tudo isso aconteceu?

— Ontem à tarde. Ela apareceu no escritório de abba, sem ser convidada e desacompanhada, para dizer que os boatos a estavam exaurindo e que queria saber qual era a posição deles. — Zaynab cruzou os braços. — Ela exigiu divisão igual no pagamento aos pacientes, uma posição pensionada para seu Afshin, um sabático pago para treinar em Zariaspa... e por Deus, o *dote*...

A boca de Ali secou.

— Ela realmente pediu tudo isso? Ontem, tem certeza?

Zaynab assentiu.

— Também se recusa a deixar Muntadhir tomar uma segunda esposa. Quer por escrito no próprio contrato em reconhecimento ao fato de que os daevas não permitem isso. Mais tempo para treinar, nenhum paciente por pelo menos um ano, acesso irrestrito às antigas anotações de Manizheh... — Zaynab contava nos dedos. — Tenho certeza de que esqueci de algo. As pessoas disseram que eles negociaram até depois da meia-noite. — Ela sacudiu a cabeça, parecendo tanto impressionada quanto indignada. — Não sei o que aquela garota acha que é.

A última Nahid no mundo. E uma com informações bastante comprometedoras sobre o Qahtani mais novo. Ele tentou manter a voz calma.

— O que abba achou?

— Ele sentiu necessidade de verificar os próprios bolsos depois que ela saiu, mas à exceção disso ficou exultante. — Zaynab revirou os olhos. — Diz que a ambição dela o lembra de Manizheh.

É claro que lembra.

— E Muntadhir?

— O que você acha? Ele não quer se casar com uma Nahid ardilosa de sangue fino. Veio direto até mim para perguntar como era ser de tribos mistas, não poder falar geziriyya...

Isso surpreendeu Ali. Ele não sabia que tais preocupações estavam entre os motivos de Muntadhir para não querer se casar com Nahri.

— O que disse a ele?

Zaynab olhou fixamente o irmão.

— A verdade, Ali. Pode fingir que não incomoda você, mas há um motivo pelo qual tão poucos djinns se casam fora da própria tribo. Jamais pude dominar o geziriyya como você, e isso me afastou completamente do povo de abba. O de *Amma* é um pouco melhor. Mesmo quando os Ayaanle me fazem elogios, consigo ouvir o choque na voz deles por uma mosca da areia ter conseguido tal sofisticação.

Aquilo o espantou.

— Eu não sabia.

— Por que saberia? — Zaynab abaixou o olhar. — Não é como se tivesse perguntado. Tenho certeza de que acha a política do harém frívola e desprezível mesmo.

— Zaynab... — A mágoa na voz dela feriu Ali profundamente. Apesar do antagonismo que frequentemente caracterizava o relacionamento deles, a irmã tinha ido até lá para avisá-lo. O irmão tinha acobertado Ali diversas vezes. E o que ele fizera? Ignorara Zaynab como uma pirralha mimada e ajudara o pai a prender Muntadhir em um noivado com uma mulher que ele não queria.

Ali ficou de pé quando o sol mergulhou por trás das muralhas altas do palácio, colocando o jardim em sombras.

— Preciso encontrá-lo.

— Boa sorte. — Zaynab tirou os pés da água. — Ele estava bebendo ao meio-dia e fez algum comentário a respeito de se consolar com metade das mulheres nobres da cidade.

— Sei onde ele estará. — Ali ajudou a irmã a se levantar. Ela se virou para ir embora, e ele tocou o pulso de Zaynab. — Tome chá comigo amanhã.

Ela piscou, surpresa.

— Certamente tem coisas mais importantes para fazer do que tomar chá com sua irmã mimada.

Ele sorriu.

— De maneira nenhuma.

Estava escuro quando Ali chegou ao salão de Khanzada. Música fluía para a rua e alguns soldados perambulavam do lado de fora. Ele assentiu para os homens e se preparou ao subir as escadas que davam para o jardim no telhado. Ali conseguia ouvir um homem grunhindo; o grito baixo de prazer de uma mulher ecoou de um dos corredores escuros.

Um criado se moveu para bloquear a porta quando Ali chegou.

— Que a paz esteja com você, sheik... Príncipe! — corrigiu o homem, com um rubor envergonhado. — Perdoe-me, mas a senhora da casa...

Ali o empurrou e passou pela porta, franzindo o nariz devido ao ar excessivamente perfumado. O telhado estava lotado com pelo menos duas dúzias de homens nobres e as atendentes deles. Criados ágeis ziguezagueavam entre eles, trazendo vinho e cuidando dos narguilés. Músicos tocavam e duas moças dançavam, conjurando flores iluminadas com as mãos. Muntadhir estava deitado em um sofá felpudo com Khanzada ao lado.

Ele não pareceu notar a chegada de Ali, mas Khanzada ficou de pé com um salto. Ali ergueu as mãos, preparando um pedido de desculpas que morreu em seus lábios quando reparou em um novo acréscimo aos companheiros de bebedeira de Muntadhir. O príncipe levou a mão à zulfiqar.

Darayavahoush sorriu.

— Que a paz esteja com você, pequeno Zaydi. — O Afshin se sentou com Jamshid e um homem daeva que Ali não reconheceu. Eles pareciam se divertir, as taças estavam cheias, um lindo portador de vinho estava empoleirado ao lado deles no grande banco acolchoado.

O olhar de Ali passou do Afshin para Jamshid. Ora, era uma situação com a qual ele mal sabia lidar. Devia ao homem daeva sua vida diversas vezes, por interromper Hanno e por livrar-se do corpo dele, por levá-lo até Nahri. Não havia como negar – mas, Deus, como desejava que fosse outra pessoa e não o filho de Kaveh. Uma palavra, uma insinuação, e o grão-vizir estaria atrás de Ali em um segundo.

Khanzada estava subitamente diante dele, acenando com o dedo na cara do príncipe.

— Meu criado deixou você entrar? Eu disse a ele...

Muntadhir falou por fim.

— Deixe-o passar, Khanzada — disse ele, com a voz cansada.

Khanzada se irritou.

— Tudo bem. Mas nada de armas. — Ela tirou a zulfiqar dele. — Já deixa minhas meninas bastante nervosas.

Ali observou impotente conforme sua zulfiqar era entregue a uma criada que passava. Darayavahoush gargalhou e Ali se virou para ele, mas Khanzada agarrou seu braço e o arrastou para a frente com uma força surpreendente para uma mulher de aparência tão delicada.

Ela o empurrou para uma cadeira ao lado de Muntadhir.

— Não cause problemas — avisou a mulher antes de sair batendo os pés. Ali suspeitava de que o porteiro estava prestes a ouvir um sermão.

Muntadhir não o cumprimentou, o olhar vazio dele estava concentrado nas dançarinas.

Ali pigarreou.

— Que a paz esteja com você, akhi.

— Alizayd. — A voz do irmão de Ali estava fria. Ele tomou um gole da taça de cobre. — O que traz um homem sagrado para tal bastião do pecado?

Um início promissor. Ali suspirou.

— Queria pedir desculpas, Dhiru. Conversar com você sobre...

Uma gargalhada irrompeu dos homens daeva do outro lado. O Afshin parecia contar algum tipo de piada em divasti, o rosto dele estava animado, as mãos gesticulavam para dar ênfase. Jamshid gargalhou e o terceiro homem deixou cair a taça. Ali franziu a testa.

— O quê? — indagou Muntadhir. — O que está olhando?

— Eu... nada — gaguejou Ali, surpreso com a hostilidade na voz do irmão. — Só não percebi que Jamshid e Darayavahoush eram tão próximos.

— Não são próximos — disparou Muntadhir. — Ele está sendo educado com o convidado do pai. — Os olhos dele brilharam, havia algo sombrio e incerto nas profundezas. — Não saia formando ideias, Alizayd. Não gosto dessa expressão no seu rosto.

— Que *expressão*? Do que está falando?

— Sabe do que estou falando. Fez com que seu suposto assassino fosse jogado no lago e arriscou sua vida para encobrir o que quer que estivesse fazendo na muralha. Acaba aqui.

Jamshid não vai falar. Pedi que ele não falasse... e diferentemente de algumas pessoas aqui, ele não mente para mim.

Ali ficou estarrecido.

— Acha que planejo feri-lo? — Ele abaixou a voz, reparando no olhar curioso de um criado próximo; podiam estar falando geziriyya, mas uma discussão era igual em qualquer língua. — Meu Deus, Dhiru, acha mesmo que eu mataria o homem que salvou minha vida? Acha que sou capaz disso?

— Não sei do que você é capaz, Zaydi. — Muntadhir entornou a taça. — Ando dizendo a mim mesmo há meses que isso tudo é um erro. Que você é apenas um tolo de coração mole que jogou o dinheiro sem fazer perguntas.

O coração de Ali parou, e Muntadhir chamou o portador do vinho, calando-se por tempo o suficiente para que o homem terminasse de lhe servir mais vinho. Ele tomou um gole antes de continuar.

— Mas você não é tolo, Zaydi, é uma das pessoas mais inteligentes que conheço. Não deu simplesmente dinheiro a eles, ensinou a escondê-lo do Tesouro. E é muito melhor em cobrir seus rastros do que eu teria imaginado. Seu sheik foi esmagado até a morte na sua frente e, meu Deus... você nem mesmo *tremeu*. Teve a maldita consciência de *se livrar de um corpo* enquanto você mesmo morria. — Muntadhir estremeceu. — Isso é frio, Zaydi. É uma frieza que eu não sabia que você tinha. — Ele sacudiu a cabeça, com uma pontada de arrependimento invadindo sua voz. — Tento esquecê-las, sabe, as coisas que as pessoas dizem. Sempre tentei.

Náusea subiu dentro de Ali. No fundo do coração dele, o príncipe subitamente suspeitou – e temeu – do rumo que aquela conversa tomava. Ele engoliu em seco o nó que se erguia na garganta.

— Que coisas?

— Sabe que coisas. — Os olhos cinza do irmão de Ali, os olhos cinza que os dois tinham, lacrimejaram de emoção, uma mistura de culpa e medo e desconfiança. — As coisas que as pessoas sempre dizem sobre príncipes em sua situação.

O medo no coração de Ali se descontrolou. E então – com uma agilidade que o chocou – se transformou em ódio. Um ressentimento que Ali nem mesmo percebera, até aquele momento, que guardava apertado em um lugar ao qual não ousava ir.

— Muntadhir, sou *frio* porque passei a vida inteira na Cidadela treinando para servir a você, dormindo em chãos enquanto você dormia com cortesãs em camas de seda. Porque fui arrancando dos braços de minha mãe *quando eu tinha cinco anos* para poder aprender a matar pessoas segundo seu comando e travar as batalhas que você jamais precisaria ver. — Ali respirou fundo, contendo as emoções que rodopiavam em seu peito. — Cometi um erro, Dhiru. Só isso. Estava tentando ajudar os shafits, não começar alguma...

Muntadhir interrompeu.

— Você e os primos de sua mãe são os únicos financiadores conhecidos dos Tanzeem. Eles estavam reunindo armas para um propósito desconhecido e um soldado geziri desconhecido com acesso à Cidadela roubou para eles espadas de treino zulfiqar. Você ainda não prendeu ninguém, embora, pela aparência das coisas, conheça os líderes deles. — Muntadhir virou a taça de novo e se virou para Ali. — Diga-me, Ali — implorou ele. — O que diria se estivesse em minha posição?

Havia um toque de medo – medo verdadeiro na voz do irmão de Ali, e isso deixou Ali enjoado. Se estivessem sozinhos, ele teria se atirado aos pés de Muntadhir. Estava tentado a fazer isso de qualquer modo, ao inferno com as testemunhas.

Em vez disso, Ali segurou a mão do irmão.

— Nunca, Dhiru. *Nunca*. Eu enterraria uma faca no coração antes de a erguer para você... Juro por Deus... Akhi... — implorou ele, quando Muntadhir soltou um ronco de desprezo. — *Por favor*. Apenas me diga como consertar isso. Farei qualquer coisa. Irei até abba. Contarei tudo a ele...

— Está morto se contar a abba — interrompeu Muntadhir. — Esqueça o assassino. Se abba descobrir que estava naquela taverna quando dois daevas foram mortos, que passou todos esses meses sem prender o traidor na Guarda Real... ele vai atirar você ao karkadann.

— E daí? — Ali não se incomodou em esconder a amargura na voz. — Se acha que estou tramando para trair todos vocês, por que não contar a ele você mesmo?

Muntadhir deu a Ali um olhar afiado.

— Acha que quero sua morte em minha consciência? Ainda é meu irmãozinho.

Ali imediatamente recuou.

— Deixe-me falar com Nahri — ofereceu ele, lembrando-se do motivo pelo qual fora até lá orginalmente. — Talvez possa convencê-la a suavizar algumas das exigências.

Muntadhir gargalhou, um ruído bêbado e debochado.

— Acho que você e minha ardilosa noiva já conversaram o bastante, isso é uma coisa que pretendo impedir.

A música terminou. Os homens daeva começaram a bater palmas e Darayavahoush disse algo que fez as dançarinas darem risadinhas.

O olhar de Muntadhir se fixou no Afshin como um gato atrás de um rato. Ele pigarreou e Ali viu algo muito perigoso – e muito estúpido – se assentar no rosto do irmão.

— Sabe, acho que vou lidar com uma das exigências dela agora mesmo. — Ele levantou a voz. — Jamshid! Darayavahoush! — gritou o emir. — Venham. Tomem um vinho comigo.

— Dhiru, não acho que essa é uma boa... — Ali subitamente se calou quando os homens daeva chegaram ao alcance da voz dele.

— Emir Muntadhir. Príncipe Alizayd. — Darayavahoush inclinou a cabeça, unindo os dedos como a saudação daeva. — Que os fogos queimem intensamente para vocês dois nesta bela noite.

Jamshid pareceu nervoso, e Ali imaginou que tivesse estado ao lado de um Muntadhir bêbado o suficiente para saber quando as coisas estavam prestes a ir muito mal.

— Saudações, meus senhores — disse ele, hesitante.

Muntadhir devia ter notado a inquietação de Jamshid. Ele estalou os dedos e assentiu para a almofada no chão à esquerda.

— Esteja em paz, meu amigo.

Jamshid se sentou. Darayavahoush sorriu e estalou os dedos.

— Fácil assim? — perguntou ele, acrescentando algo em divasti. Jamshid corou.

Diferentemente de Ali, no entanto, Muntadhir era fluente na língua daeva.

— Asseguro que ele não é um cão treinado — disse Muntadhir, friamente, em djinnistani —... mas meu mais querido amigo. Por favor, Afshin. — disse ele, indicando o lugar ao lado de Jamshid. — Se puder se sentar. — Ele gesticulou para o portador de vinho de novo. — Vinho para meus convidados. E príncipe Alizayd aceitará o que quer que sirvam a crianças que ainda não aguentam beber.

Ali forçou um sorriso, lembrando-se de como Darayavahoush o tinha provocado a respeito da rivalidade com Muntadhir enquanto treinavam. Não haveria momento pior para o Afshin captar qualquer hostilidade entre os irmãos Qahtani.

Darayavahoush se virou para ele.

— Então, o que aconteceu com você?

Ali fervilhou de ódio.

— Do que está falando?

O Afshin assentiu para a barriga dele.

— Ferimento? Doença? Está andando diferente.

Ali piscou, chocado demais para responder.

Os olhos de Muntadhir brilharam. Apesar da discussão, havia um tom ferozmente protetor na voz dele quando falou.

— Observando meu irmão de tão perto, Afshin?

Darayavahoush deu de ombros.

— Você não é um guerreiro, emir, então não espero que entenda. Mas seu irmão é. Um muito bom. — Ele piscou um olho para Ali. — Endireite-se, menino, e tire a mão do ferimento. Não quer que seus inimigos observem tal fraqueza.

Muntadhir, de novo, respondeu mais rápido que Ali.

— Ele está recuperado, asseguro. Banu Nahri esteve ao lado da cama dele diariamente. É muito agarrada a ele.

O Afshin fez uma expressão de raiva e Ali – tão agarrado à própria cabeça quanto à Nahri – falou rapidamente.

— Tenho certeza de que é igualmente dedicada a todos os pacientes.

Muntadhir o ignorou.

— A Banu Nahida é na verdade o motivo pelo qual eu queria falar com você. — Ele olhou para Jamshid. — Há um governo disponível em Zariaspa, não é? Acho que entreouvi seu pai dizendo algo a respeito.

Jamshid pareceu confuso, mas respondeu:

— Acho que sim.

Muntadhir assentiu.

— Uma posição cobiçada. Invejável pensão em uma linda parte de Daevastana. Poucas responsabilidades. — Ele tomou um gole do vinho. — Acho que seria adequada para você, Darayavahoush. Quando estávamos discutindo o casamento ontem, Banu Nahri pareceu preocupada com seu futuro e...

— O quê? — O sorriso perigoso do Afshin sumiu.

— Seu futuro, Afshin. Nahri quer se certificar de que você seja bem recompensado por sua lealdade.

— Zariaspa não é Daevabad — disparou Darayavahoush. — E que casamento? Ela nem mesmo passou do quarto de século. Não tem permissão legal para...

Muntadhir gesticulou com uma das mãos, interrompendo-o.

— Ela foi até nós ontem com a própria oferta. — Ele sorriu, com um brilho incomumente maligno nos olhos. — Suponho que esteja ansiosa.

Ele se deteve na palavra, impregnando-a com mais do que um indício de vulgaridade, e Darayavahoush estalou as articulações dos dedos. Ali instintivamente levou a mão à zulfiqar, mas a arma tinha sumido, levada pelos criados de Khanzada.

Felizmente, o Afshin permaneceu sentado. Mas o gesto da mão dele chamou a atenção de Ali e o príncipe se sobressaltou. O anel de escravidão do Afshin estava... brilhando? Ele semicerrou os olhos. Parecia que sim. A esmeralda brilhava com a mais ínfima luz, como uma chama contida por uma lâmpada de vidro suja.

O Afshin não pareceu notar.

— Acompanho a Banu Nahida em todas as coisas — disse ele, com a voz mais gélida do que Ali jamais achou que a voz de um homem poderia soar. — Não importa o quanto sejam abomináveis. Então suponho que parabéns sejam devidos.

Muntadhir começou a abrir a boca, mas, ainda bem, Khanzada escolheu aquele momento para se aproximar.

Ela se empoleirou na beirada do sofá de Muntadhir e apoiou um braço elegante sobre os ombros dele.

— Meu amado, sobre que negócio sério vocês cavalheiros discutem nesta bela noite? — Ela acariciou a bochecha dele. — Rostos tão emburrados todos vocês. Sua falta de atenção insulta minhas meninas.

— Perdoe-nos, minha senhora — exclamou o Afshin. — Estávamos discutindo o casamento do emir. Certamente que comparecerá?

Calor subiu na expressão do irmão dele, mas se Darayavahoush queria incitar algum tipo de briga de amantes alimentada por ciúmes, tinha subestimado a lealdade da cortesã.

Ela deu um sorriso doce.

— Mas é claro. Vou dançar com a esposa dele. — Khanzada deslizou para o colo de Muntadhir, os olhos aguçados permaneceram no rosto de Darayavahoush. — Talvez eu possa dar a ela alguma orientação sobre como melhor agradá-lo.

O ar ficou quente. Ali ficou tenso, mas o Afshin não respondeu. Em vez disso, inspirou fundo e levou as mãos à cabeça como se tomado por uma dor de cabeça inesperada.

Khanzada fingiu preocupação.

— Está bem, Afshin? Se a noite o cansou, tenho quartos onde pode descansar. Certamente posso lhe encontrar companhia — acrescentou ela, com um sorriso frio. — Seu tipo é bastante aparente.

Khanzada fora longe demais – ela e Muntadhir. Darayavahoush recobrou a atenção. Os olhos verdes dele brilharam e ele exibiu os dentes em um sorriso quase feral.

— Perdoe-me pela distração, minha senhora — disse ele. — Mas essa é realmente uma linda imagem. Deve fantasiar bastante com ela. E como é lindamente detalhada... até a casinha em Agnivansha. Arenito vermelho, não é? — perguntou ele, e Khanzada empalideceu. — Nas margens do Chambal... um balanço para dois de frente para o rio.

A cortesã se esticou com um arquejo.

— Como... você não pode saber disso!

Darayavahoush não tirou os olhos da mulher.

— Pelo Criador, como a quer *tanto*... tanto que estaria disposta a fugir, a abandonar este lindo palácio e todas as riquezas dele. Não acha que ele seria um bom rei mesmo... não seria melhor que ele fugisse com você, que envelhecessem juntos, lendo poesia e bebendo vinho?

— Sobre o que, em nome de Deus, está tagarelando? — disparou Muntadhir quando Khanzada saltou do colo dele, com lágrimas de vergonha no rosto.

O Afshin fixou os olhos brilhantes no emir.

— Os desejos dela, Emir Muntadhir — disse ele, calmamente. — Não que você compartilhe deles. Ah, não... — Darayavahoush pausou, aproximando-se, com os olhos fixos no rosto de Muntadhir. Um sorriso de prazer se abriu no rosto dele. — De maneira *alguma*, aparentemente. — Ele olhou de Jamshid para Muntadhir, então gargalhou. — Ora, *isso* é interessante...

Muntadhir ficou de pé com um salto.

Ali ficou entre os dois em um instante.

O irmão dele poderia não ter sido treinado na Cidadela, mas em algum momento da vida, alguém obviamente o ensinara a como dar um soco. O punho dele atingiu Ali no queixo e o derrubou direto.

Ali caiu com força, derrubando a mesa que continha as bebidas deles com um ruído. Os músicos pararam com um clangor e uma das dançarinas gritou. Várias pessoas saltaram de pé. A multidão pareceu chocada.

Dois soldados estavam perambulando perto da beirada do telhado, e Ali viu um deles levar a mão à zulfiqar antes de o colega agarrar seu braço. *É claro*, percebeu Ali. Para o restante do telhado, devia ter parecido que o emir de Daevabad acabara de socar o irmão mais novo no rosto propositalmente. Mas Ali era também o futuro qaid, um oficial da Guarda Real – e estava claro que os soldados não tinham certeza de quem proteger. Se Ali fosse qualquer outro homem, eles o estariam arrastando para longe do emir antes que pudesse reagir. Era o que *deveriam* estar fazendo – e Ali podia apenas rezar para que Muntadhir não percebesse a quebra do protocolo. Não depois dos medos que o irmão acabara de confessar ter no que dizia respeito a Ali.

Jamshid estendeu a mão.

— Está bem, meu príncipe?

Ali conteve um arquejo quando uma pontada de dor irradiou pelo ferimento à faca semicicatrizado.

— Estou bem — mentiu ele quando Jamshid o ajudou a se levantar.

Muntadhir olhou para o irmão, chocado.

— O que diabo estava pensando?

Ele tomou um fôlego entrecortado.

— Que se atingisse o Flagelo de Qui-zi no rosto depois de insultar publicamente a Banu Nahida dele, ele faria picadinho de você. — Ali tocou o maxilar que já inchava. — Não foi um soco ruim — admitiu o príncipe.

Jamshid observou a multidão e então tocou o pulso dele.

— Ele foi embora, emir — respondeu, com a voz baixa.

E já foi tarde. Ali sacudiu a cabeça.

— Do que ele estava falando mesmo? Sobre Khanzada... Nunca ouvi falar de um ex-escravo ser capaz de ler os desejos de outro djinn. — Ele olhou para a cortesã. — O que ele disse... alguma daquelas coisas era verdade?

Ela piscou furiosamente, com um olhar de ódio. Mas não para ele, percebeu Ali.

Para Muntadhir.

— Não sei — disparou Khanzada. — Por que não pergunta a seu irmão? — Sem dizer outra palavra, ela caiu em lágrimas e correu.

Muntadhir xingou.

— Khanzada, espere! — Ele correu atrás da amante, sumindo nas profundezas da casa.

Completamente confuso, Ali olhou para Jamshid em busca de alguma explicação, mas o capitão daeva olhava incessantemente para o chão, com as bochechas estranhamente coradas.

Deixando de lado as confusões amorosas do irmão, Ali considerou suas opções. Estava bastante tentado a reunir os soldados no andar de baixo e fazer com que o Afshin fosse encontrado e preso. Mas por quê? Uma discussão bêbada por causa de uma mulher? Podia muito bem jogar metade de Daevabad na prisão. O Afshin não tinha golpeado Muntadhir, nem mesmo o insultara.

Não seja tolo. A decisão de Ali se assentou, estalou os dedos, tentando chamar a atenção de Jamshid. Não fazia ideia de por que o capitão daeva parecia tão nervoso.

— Jamshid? Darayavahoush está hospedado com sua família, certo?

Jamshid assentiu, ainda evitando os olhos de Ali.

— Sim, meu príncipe.

— Tudo bem. — Ele deu um tapinha no ombro de Jamshid, e o outro homem deu um salto. — Vá para casa. Se ele não voltar até o alvorecer, alerte a Cidadela. E se ele *voltar*, diga que será esperado na corte amanhã para discutir o que aconteceu aqui esta noite. — Ele pausou por um momento, então acrescentou, relutantemente: — Conte a seu pai. Sei que Kaveh gosta de ser mantido informado sobre todas as questões daeva.

— Imediatamente, meu príncipe. — Jamshid parecia ansioso para ir embora.

— E Jamshid... — O outro homem finalmente o encarou. — Obrigado.

Jamshid simplesmente assentiu e foi embora às pressas. Ali respirou fundo, tentando ignorar a dor que lancinava por ele. O dishdasha se agarrava, úmido, ao abdômen, e quando ele o tocou, seus dedos ficaram ensanguentados. Devia ter reaberto o ferimento.

Ali ajustou a túnica preta exterior para cobrir o sangue. Se ainda fosse dia, ele teria procurado Nahri discretamente, mas estaria perto da meia-noite quando chegasse à enfermaria, a Banu Nahida estaria dormindo na cama.

Não posso ir até ela. Ali tinha sorte por não ter sido pego no quarto de Nahri da primeira vez. Uma segunda seria arriscada demais – principalmente considerando as fofocas que provavelmente começariam a circular em torno dos Qahtani depois dessa noite. *Vou me costurar*, decidiu ele, *e esperar na enfermaria*. Pelo menos assim, se o sangramento piorasse, ela estaria a apenas um quarto de distância. Parecia um plano racional.

Por outro lado, a maioria das coisas tinha parecido assim ultimamente – logo antes de ruírem diante dele.

NAHRI

— Nahri. Nahri, *acorde*.

— Mmm? — Nahri levantou a cabeça do livro aberto sobre o qual tinha caído no sono. Ela esfregou um vinco que a página amassada tinha deixado em sua bochecha e piscou, sonolenta, no escuro.

Um homem estava diante da cama dela, o corpo dele delineado pelo luar.

A mão quente de alguém tapou a boca dela antes que Nahri conseguisse gritar. Ele abriu a palma da outra mão; chamas dançantes iluminaram seu rosto.

— Dara? — Nahri conseguiu dizer, com a voz abafada contra os dedos dele. O homem abaixou a mão e ela se levantou, surpresa, o cobertor caiu no colo. Devia passar da meia-noite; o quarto dela estava escuro e deserto. — O que está fazendo aqui?

Ele desabou na cama dela.

— Que parte de "fique longe dos Qahtani" você não entendeu? — Ódio fervilhou na voz dele. — Diga que não concordou em se casar com aquela traiçoeira mosca da areia.

Ah. Ela estava se perguntando quando Dara descobriria.

— Não concordei com nada ainda — replicou Nahri. — Uma oportunidade se apresentou e eu quis...

— Uma *oportunidade*? — Os olhos de Dara brilharam com mágoa. — Pelo olho de Suleiman, Nahri, pelo menos uma vez poderia falar como alguém que tem um coração em vez de como alguém barganhando mercadorias roubadas no bazar?

O temperamento dela esquentou.

— Sou *eu* quem não tem coração? Pedi a você que se casasse comigo e você me mandou ir produzir um estábulo de filhos Nahid com o homem daeva mais rico que eu conseguisse encontrar assim que... — Ela parou de falar, olhando melhor para Dara quando seus olhos se ajustaram à escuridão. Ele estava vestindo uma túnica de viagem escura, com o arco de prata e uma aljava cheia de flechas jogada sobre o ombro. Uma faca longa estava enfiada em seu cinto.

Nahri pigarreou, suspeitando que não gostaria da resposta à pergunta seguinte.

— Por que está vestido assim?

Ele se levantou, as cortinas de linho sopraram suavemente ao ar frio da noite atrás dele.

— Porque vou tirar você daqui. Fora de Daevabad e longe desta família de moscas da areia, longe de nosso lar corrupto e das multidões de shafits pedindo sangue daeva.

Nahri exalou.

— Quer *deixar* Daevabad? Ficou maluco? Arriscamos nossas vidas para chegar aqui! Este é o lugar mais seguro dos ifrits, dos marids...

— Não é o único lugar seguro.

Ela recuou quando uma expressão vagamente culpada passou pelo rosto dele. Nahri conhecia aquela expressão.

— O quê? — indagou ela. — O que está escondendo de mim agora?

— Não posso...

— Se disser "não posso contar a você", juro pelo nome de minha mãe que vou apunhalá-lo com sua faca.

Ele fez um ruído de irritação e caminhou de um lado para outro na beira da cama dela como um leão irritado, com as mãos unidas às costas, fumaça rodopiando em torno dos pés.

— Temos aliados, Nahri. Tanto aqui quanto fora da cidade. Não disse nada no templo porque não queria levantar suas esperanças...

— Ou me deixar ter escolha sobre meu destino — interrompeu Nahri. — Como sempre. — Completamente irritada, jogou um travesseiro na cabeça dele, mas Dara desviou com facilidade. — E *aliados*? O que isso quer dizer? Está tramando com algum bando daeva...

— Não temos tempo de entrar em detalhes — interrompeu Dara. — Mas contarei tudo no caminho.

— Não tem "no caminho", não vou a lugar nenhum com você! Dei minha palavra ao rei... e meu Deus, Dara, já ouviu como essas pessoas punem traidores? Deixam alguma imensa besta chifruda pisotear você até a morte na arena!

— Isso não vai acontecer — assegurou Dara. Ele se sentou ao lado dela de novo e pegou a mão de Nahri. — Não precisa fazer isso, Nahri. Não precisa deixar que eles...

— *Não preciso que você me salve!* — Nahri puxou a mão. — Dara, você ouve alguma coisa do que eu digo? *Eu* comecei as negociações do casamento. *Eu* fui até o rei. — Ela ergueu as mãos. — E do que está me salvando? De me tornar a futura rainha de Daevabad?

Ele pareceu incrédulo.

— E o preço, Nahri?

Nahri engoliu o nó que subiu por sua garganta.

— Você mesmo disse: sou a última Nahid. Vou precisar de filhos. — Ela forçou um gesto de ombros, mas não conseguiu manter a amargura completamente longe da voz. — Posso muito bem fazer a melhor união estratégica.

— *"A melhor união estratégica"* — repetiu Dara. — Com um homem que não a respeita? Uma família que sempre a verá com desconfiança? É *isso* o que quer?

Não. Mas Nahri deixara claro os sentimentos dela por Dara. Ele os rejeitara.

E no fundo do coração ela sabia que estava começando a querer mais em Daevabad do que apenas ele.

Nahri respirou fundo, forçando alguma calma na voz.

— Dara... isso não precisa ser algo ruim. Eu estarei *segura*. Terei todo o tempo e os recursos para treinar adequadamente. — A voz dela falhou. — Em outro século, pode muito bem haver um Nahid no trono novamente. — Nahri ergueu o olhar para Dara, os olhos dela lacrimejavam apesar dos esforços para conter as lágrimas. — Não é o que quer?

Dara a encarou. Nahri conseguia ver as emoções batalhando na expressão dele, mas antes que conseguisse falar, uma batida soou à porta.

— Nahri? — Uma voz abafada chamou.

Uma voz familiar.

Fumaça rodopiou em torno do colarinho de Dara.

— Perdoe-me — começou ele, em um sussurro mortal. — Com que irmão, exatamente, concordou em se casar?

Ele estava do outro lado da sala em três passos. Nahri correu atrás dele, atirando-se diante da porta antes que Dara a arrancasse das dobradiças.

— Não é o que está pensando — sussurrou ela. — Vou me livrar dele.

Dara olhou com ódio, mas voltou para as sombras. Nahri respirou fundo para acalmar o coração acelerado e então abriu a porta.

O rosto sorridente de Alizayd al Qahtani a recebeu.

— Que a paz esteja sobre você — disse ele, em árabe. — Sinto muito por... — Ali piscou, observando as roupas de dormir e o cabelo descoberto dela. Ele imediatamente desviou o olhar. — Eu... hã...

— Não tem problema — disse Nahri, rapidamente. — O que foi?

Ele estava segurando o lado esquerdo, mas abriu a túnica preta então, revelando o dishdasha manchado de sangue por baixo.

— Abri alguns dos pontos — explicou ele, em tom de desculpas. — Queria esperar na enfermaria esta noite, mas não consigo parar o sangramento e... — Ali franziu a testa. — Algo errado? — Ele estudou a expressão de Nahri, deixando de lado o decoro. — Você... você está tremendo.

— Estou bem — insistiu ela, ciente de que Dara observava do outro lado da porta. A mente de Nahri estava acelerada. Ela queria dizer a Ali que fugisse, queria gritar com ele por ter ousado ir até a porta dela desacompanhado, qualquer coisa para afastá-lo em segurança, mas ele parecia mesmo precisar de ajuda.

— Tem certeza? — Ali deu um passo adiante.

Nahri forçou um sorriso.

— Tenho certeza. — Ela considerou a distância entre os dois e a enfermaria. Dara não ousaria segui-la, ousaria? Ele não podia ter ideia de quantos pacientes havia dentro, quantos guardas esperavam no corredor externo.

Nahri assentiu para o dishdasha ensanguentado de Ali.

— Isso parece horrível. — Nahri passou para o outro lado da porta. — Deixe-me...

Dara pagou para ver o blefe dela.

A porta foi arrancada da mão de Nahri. Dara estendeu a mão para o pulso dela, mas um Ali de olhos arregalados a agarrou primeiro. Ele a puxou para a enfermaria, empurrando-a para trás de si, e Nahri caiu com força no piso de pedra. A zulfiqar dele se incendiou.

Em segundos, a enfermaria estava um caos. Uma saraivada de flechas foi disparada contra a balaustrada de madeira, acompanhando o caminho de Ali conforme a zulfiqar dele incendiou a divisória de cortinas das camas dos pacientes. O homem-pássaro dela gritou, batendo os braços penados do alto da cama de gravetos. Nahri ficou de pé, ainda um pouco zonza da queda.

Ali e Dara lutavam.

Não, não lutavam. *Luta* era dois bêbados discutindo na rua. Ali e Dara estavam *dançando*, os dois guerreiros girando em torno um do outro em um borrão selvagem de lâminas de fogo e metal.

Ali saltou para a mesa dela, tão gracioso quanto um gato, usando a altura para acertar Dara do alto, mas o Afshin se abaixou bem na hora. Ele bateu as mãos juntas e a mesa se incendiou, desabando sob o peso de Ali e atirando o príncipe no piso em chamas. Dara mirou um chute na cabeça de Ali, mas ele rolou para longe, cortando a parte de trás das pernas de Dara no caminho.

— Parem! — gritou ela, quando Dara atirou uma das pernas em chamas da mesa na cabeça de Ali. — Parem, vocês dois!

Ali desviou do pedaço de escombro voador e então avançou contra o Afshin, descendo a zulfiqar no pescoço dele.

Nahri arquejou, os medos dela pelos homens subitamente se invertendo.

— Não! Dara, cuidad... — O aviso não tinha saído da boca de Nahri quando o anel dele brilhou com luz esmeralda. A zulfiqar de Ali tremeluziu e se extinguiu, a lâmina de cobre se retorceu e então se *contorceu*. Ela soltou um sibilo irritado, derretendo-se no formato de uma víbora incandescente. Ali se assustou, soltando a cobra quando o animal recuou para dar o bote nele.

Dara não hesitou. Pegou o príncipe djinn pelo pescoço e o atirou contra uma das colunas de mármore. A sala inteira estremeceu. Ali o chutou e Dara o esmagou contra a coluna novamente. Sangue preto escorreu pelo rosto dele. Dara segurou mais forte e Ali arquejou, agarrando os pulsos de Dara quando o Afshin o estrangulou.

Nahri correu para o outro lado da sala.

— Solte-o! — Ela agarrou o braço de Dara e tentou puxá-lo, mas era como lutar contra uma estátua. — Por favor, Dara! — gritou Nahri quando os olhos de Ali escureceram. — Estou implorando!

Ele soltou o príncipe.

Ali desabou no chão. Ele estava arrasado, os olhos confusos, sangue escorrendo pelo rosto, mais sangue brotando do dishdasha. Pela primeira vez, Nahri não hesitou. Ela se ajoelhou, tirou o turbante dele e abriu desde o colarinho do dishdasha até a cintura dele. Nahri pressionou cada ferimento e fechou os olhos.

Cure, ordenou ela. O sangue imediatamente coagulou sob os dedos da curandeira, a pele ficou lisa no lugar. Não tinha sequer percebido o quanto era imediato, extraordinário, até que Ali grunhiu e começou a tossir em busca de ar.

— Você está bem? — perguntou Nahri, com urgência. Do outro lado da sala, ela estava ciente de que Dara os encarava.

Ali conseguiu assentir, cuspindo um fio de sangue.

— Ele... ele machucou você? — disse ele, chiando.

Pelo Mais Alto, era isso que ele achava que estava interrompendo? Nahri apertou uma das mãos do príncipe.

— Não — assegurou ela. — É claro que não. Estou bem.

— Nahri, precisamos ir — avisou Dara, com a voz baixa. — Agora.

Ali olhou de um para o outro e choque surgiu em seu rosto.

— Você vai *fugir com ele*? Mas você... você disse a meu pai...

Uma batida alta soou à porta que dava para o corredor externo.

— Banu Nahida? — chamou uma voz masculina abafada. — Está tudo bem?

Ali se esticou.

— Não! — vociferou ele. — É o Af...

Nahri tapou a boca dele com a mão. Ali recuou, parecendo traído.

Mas era tarde demais. As batidas à porta ficaram mais altas.

— Príncipe Alizayd! — gritou a voz. — É você?

Dara xingou e correu até a porta para colocar as mãos nas maçanetas. A prata derreteu imediatamente, rodopiando diante das portas em um padrão parecido com renda para trancá-las juntas.

Mas Nahri duvidava de que aquilo manteria alguém fora por muito tempo. *Ele precisa ir*, percebeu ela, e algo se partiu em seu coração.

E embora soubesse que Dara não tinha ninguém a culpar a não ser a si mesmo, ela ainda assim engasgou com as palavras.

— Dara, você precisa ir. Fuja. Por favor. Se ficar em Daevabad, o rei vai matar você.

— Eu sei. — Ele pegou a zulfiqar de Ali quando a cobra acobreada tentou rastejar adiante, e ela imediatamente recuperou a forma em suas mãos. Dara foi até a mesa de Nahri e esvaziou um cilindro de vidro que continha alguns dos instrumentos dela. Ele vasculhou os utensílios avulsos e pegou um espeto de ferro. Ele derreteu na mão de Dara.

Nahri ficou imóvel. Até mesmo ela sabia que ele não deveria ter conseguido fazer aquilo.

Mas Dara mal se encolheu quando ele moldou de novo o ferro mole em um pedaço fino de corda.

— O que está fazendo? — indagou ela quando Dara se abaixou e puxou a mão de Ali para longe da dela. O Afshin amarrou o metal mole em torno dos pulsos do príncipe e ele imediatamente endureceu. As batidas do lado de fora ficaram mais altas, fumaça vazava por baixo da porta.

Dara a chamou.

— Venha.

— Eu já disse: não vou deixar Daevabad...

Dara pressionou a zulfiqar contra o pescoço de Ali.

— Vai sim — disse ele, com a voz baixa e firme.

Nahri ficou gelada. Ela encontrou os olhos de Dara, rezando para que estivesse errada, rezando para que o homem em quem confiava acima de todos os outros não estivesse realmente forçando aquela escolha sobre ela.

Mas na expressão dele – na linda expressão – ela viu determinação. Um pouco de arrependimento, mas determinação.

Ali escolheu aquele momento particularmente infeliz para abrir a boca.

— Vá para o inferno, seu assassino de crianças, guerreiro...

Os olhos de Dara brilharam. Ele pressionou a zulfiqar com mais força contra o pescoço de Ali.

— Pare — disse Nahri. — Eu... — Ela engoliu em seco. — Eu vou. Não o machuque.

Dara afastou a zulfiqar do príncipe, parecendo aliviado.

— Obrigado. — Ele indicou Ali com a cabeça. — Vigie-o por um momento. — O Afshin rapidamente atravessou o quarto, seguindo para a parede atrás da mesa de Nahri.

Ela se sentiu entorpecida. Estava sentada ao lado de Ali, sem confiar nas próprias pernas.

Ele a encarou com espanto escancarado.

— Não sei se agradeço por ter salvado minha vida ou se a acuso de traição.

Nahri inspirou.

— Eu aviso quando entender tudo isso.

Ali ousou olhar para Dara e então abaixou a voz.

— Não vamos fugir — avisou ele, com os olhos preocupados encontrando os dela. — E se meu pai achar que você é responsável... Nahri, você deu a ele sua palavra.

Um ruído pesado de trituração os interrompeu. Nahri levantou o rosto e viu Dara trabalhosamente arrancando a parede de pedra ao longo das beiradas decorativas, com fumaça e chamas brancas brilhantes lambendo suas mãos. Ele parou assim que o buraco estava grande o suficiente para se espremer para dentro.

— Vamos. — Dara segurou Ali pelas costas da túnica e o arrastou junto, empurrando-o primeiro. O príncipe caiu com força, de joelhos.

Nahri se encolheu. Ela não podia mais dizer a si mesma que Ali era apenas um alvo; ele se tornara um amigo, não havia como negar. E era uma criança em comparação com Dara, de coração decente e bondoso, apesar das falhas.

— Me dê sua túnica — disse ela, rispidamente, quando Dara se voltou para ela. Nahri não tivera tempo de se vestir, e maldita fosse se seria arrastada por Daevabad usando a roupa de dormir.

Ele a entregou.

— Nahri, eu... desculpe — disse Dara, em divasti. Ela sabia que as palavras eram sinceras, mas não ajudavam. — Só estou tentando...

— Eu sei o que está tentando fazer — replicou ela, com o tom afiado. — E estou dizendo a *você*: jamais o perdoarei se algo acontecer com ele... e jamais me esquecerei do que você fez aqui esta noite.

Nahri não esperou por uma resposta; não esperava uma. Em vez disso, passou pelo buraco. Teve um último lampejo da enfermaria, e então a parede se fechou atrás dela.

Eles caminharam pelo que pareceram horas.

A estreita passagem pela qual Dara os levou era tão apertada que precisaram literalmente se espremer em certos pontos, arranhando os ombros nas ásperas paredes de pedra. O teto se elevava e mergulhava, subia até alturas imponentes antes de mergulhar tão baixo que eram obrigados a rastejar.

Dara tinha conjurado pequenas bolas de fogo que dançavam acima conforme viajavam pelo túnel escuro como breu. Ninguém falou. Dara parecia intensamente concentrado em sustentar qualquer que fosse a magia que mantivesse a passagem aberta enquanto Ali puxava fôlegos cada vez mais irregulares. Apesar de estar curado, o príncipe não parecia bem. Nahri conseguiu ouvir o coração dele acelerado, e Ali continuava se chocando contra as paredes próximas como um bêbado tonto.

Ele finalmente cambaleou para o chão, chocando-se com força contra a parte de trás das pernas de Dara. O Afshin xingou e se virou.

Nahri rapidamente se colocou entre eles.

— Deixe-o em paz. — Ela ajudou Ali a se levantar. Ele estava suando cinzas e parecia ter dificuldades para se concentrar no rosto dela. — Você está bem?

Ali piscou e cambaleou de leve.

— Apenas tendo alguns problemas com o ar.

— O ar? — Ela franziu a testa. O túnel tinha um cheiro um pouco úmido, é claro, mas ela conseguia respirar muito bem.

— É porque você não pertence a este lugar — disse Dara, sombriamente. — Esta não é sua cidade, seu palácio. As paredes sabem disso, mesmo que vocês cães geziri não saibam.

Nahri olhou para ele com raiva.

— Então vamos rápido.

Conforme caminhavam, o túnel se alargou e ficou mais íngreme, por fim transformando-se em um longo conjunto de degraus em ruínas. Ela se apoiou contra a parede, encolhendo-se quando se tornou molhada sob suas mãos. Diante de Nahri, ela ouviu Ali respirar fundo o ar úmido. Conforme as escadas ficaram escorregadias com umidade, Nahri podia jurar que os passos dele ficaram mais firmes.

Dara parou.

— Está alagado adiante.

As chamas acima das cabeças deles se intensificaram. Os degraus terminavam em uma piscina de água preta parada que tinha um cheiro tão ruim quanto a aparência. Ela parou subitamente na beirada, observando as luzes tremeluzentes refletidas na superfície oleosa da água.

— Com medo de uma aguinha? — Ali empurrou Dara e caminhou confiantemente para a piscina escura, parando quando a água chegou à altura da cintura. Ele se virou. A túnica ébano se mesclou tão facilmente com a água preta que parecia que o próprio líquido estava caído sobre seus ombros. — Preocupado que os marids o peguem?

— Se sente em casa aqui, não é, filhote de crocodilo? — debochou Dara. — Isso lembra a você os pântanos fétidos de Ta Ntry?

Ali deu de ombros.

— Mosca da areia, cão, crocodilo... Está simplesmente usando os nomes de animais que conhece? Quantos ainda devem restar? Cinco? Seis?

Os olhos de Dara brilharam e então ele fez algo que Nahri jamais o vira fazer.

Ele entrou na água.

Dara ergueu as mãos e a água *fugiu*, correndo para cima das rochas e disparando para entre as fendas. As gotas que não se foram chiaram sob os pés deles conforme passaram.

A boca de Nahri se escancarou. O anel de Dara estava brilhando, uma luz verde forte, como o sol brilhando sobre uma folha molhada. Ela pensou no que ele tinha feito com o shedu, com a zulfiqar de Ali, as amarras de ferro.

E subitamente se perguntou quantos segredos Dara estava guardando dela. O beijo deles na caverna pareceu ter acontecido há muito tempo.

O Afshin empurrou um Ali visivelmente chocado para a frente.

— Continue andando, djinn, e cuidado com o que fala. A Banu Nahida ficaria muito chateada se eu cortasse sua língua.

Nahri alcançou Ali rapidamente.

— Então a mera presença dele ferve água agora? — sussurrou Ali, dando um olhar nervoso para as costas de Dara. — Que tipo de horror é esse?

Não faço ideia.

— Talvez seja apenas parte de ser escravo — disse ela, sem convicção.

— Já conheci escravos libertos. Eles não têm esse tipo de poder. Ele provavelmente escolheu o caminho dos ifrits e se entregou aos demônios há muito tempo. — Ali fez uma careta e abaixou o olhar para ela, abaixando ainda mais a voz. — Por favor, em nome do Mais Alto, diga que não pretende de fato fugir com ele.

— Você se lembra da zulfiqar no pescoço?

— Prefiro me atirar ao lago antes de deixar aquele monstro usar minha vida para roubar a sua. — Ele sacudiu a cabeça. — Eu deveria ter simplesmente lhe dado aquele livro no jardim. Deveria ter contado sobre as cidades que ele destruiu, os inocentes que assassinou... você mesma teria enfiado uma faca nas costas dele.

Nahri se encolheu.

— Eu jamais faria isso. — Ela sabia que Dara tinha um passado sangrento, mas decerto Ali exagerava. — Era uma guerra... uma guerra que o *seu* povo começou. Dara estava apenas defendendo sua tribo.

— Foi isso o que ele contou a você? — Ali inspirou. — *Defendendo...* Nahri, sabe por que as pessoas o chamam de o Flagelo?

Algo muito frio subiu pela coluna dela, mas Nahri o afastou.

— Não sei. Mas preciso lembrá-lo de que foi você quem veio até mim na outra noite coberto com o sangue de outro homem — observou ela. — Dara é dificilmente o único que guarda segredos.

Ali parou subitamente.

— Está certa. — Ele se virou para ela, com a expressão determinada. — Era o sangue de um assassino shafit. Eu o matei. Era membro de um grupo político chamado Tanzeem. Eles defendem, às vezes violentamente, os direitos dos shafits e são considerados criminosos e traidores. Meu pai descobriu e ordenou que eu ficasse seu amigo e convencesse você a se casar com meu irmão como punição. — Ali ergueu as sobrancelhas escuras, com sangue encrustado na linha do cabelo. — Pronto. Agora você sabe.

Nahri piscou, absorvendo tudo aquilo. Ela sabia que Ali tinha a própria agenda, assim como ela – mas doeu ouvir aquilo esclarecido tão simplesmente.

— O interesse em meu país, em melhorar seu árabe... Suponho que tenha sido tudo pretexto?

— Não, não foi. Eu juro. Não importa como nossa amizade começou, como eu me senti a respeito de sua família... — Ali pareceu envergonhado. — Foram meses sombrios. Meu tempo com você... foi como uma luz.

Nahri virou o rosto; precisou, não conseguia suportar a sinceridade na expressão dele. Ela viu os pulsos ensanguentados de Ali, ainda amarrados com ferro. *Ele vai sobreviver a isto*, jurou ela a si mesma. *Não importa o que aconteça.*

Mesmo que significasse fugir com Dara.

Eles continuaram andando, Ali lançando um ocasional olhar hostil para as costas de Dara.

— Talvez agora seja a sua vez.

— Como assim?

— Bastante habilidosa em abrir fechaduras e negociar contratos para uma criada, não é?

Nahri chutou o chão, lançando longe algumas pedrinhas.

— Não tenho certeza se você ainda pensaria em mim como luz se eu lhe contasse sobre meu passado.

— Nahri — chamou Dara, interrompendo a conversa baixinha deles.

A caverna tinha terminado. Eles se juntaram a Dara em um penhasco rochoso que dava para uma queda baixa até uma estreita praia arenosa que cercava um lago calmo. Ao longe, Nahri conseguia ver as estrelas em um filete de céu. O lago era estranhamente luminoso, a água era de um azul acobreado que brilhava como se estivesse sob um sol tropical.

Dara a ajudou a descer até a margem e entregou sua faca à curandeira depois de arrastar Ali para baixo para se juntar a eles.

— Precisarei de seu sangue — disse ele, em tom de desculpas. — Só um pouquinho na lâmina.

Nahri passou a faca sobre a palma da mão, conseguindo apenas algumas gotas antes de sua pele se fechar. Dara pegou a faca de volta e sussurrou uma oração baixinha. O sangue carmesim se incendiou ao pingar da lâmina.

O lago começou a se agitar, um ruído alto de sucção saiu do fundo dela conforme a água se afastou e algo metálico se ergueu no centro. Enquanto Nahri observava, um elegante barco de cobre irrompeu da superfície do lago, gotas d'água pingaram do casco reluzente. Era relativamente pequeno, provavelmente feito para não abrigar mais do que uma dúzia de passageiros. Não havia vela à vista, mas parecia rápido, com a popa se afunilando em uma ponta afiada.

Nahri deu um passo adiante, hipnotizada com o belo barco.

— Isso está aqui esse tempo todo?

Dara assentiu.

— Desde antes de a cidade cair. O cerco Qahtani foi tão brutal que ninguém teve a chance de escapar. — Ele empurrou Ali para a parte rasa. — Suba, mosca da areia.

Nahri fez menção de seguir, mas Dara segurou o pulso dela.

— Vou soltá-lo — disse ele, baixinho, em divasti. — Prometo. Há suprimentos esperando por nós do outro lado do lago, um tapete, provisões, armas. Vou deixá-lo na praia ileso, e nós voaremos para longe.

As palavras dele apenas pioraram a sensação de traição de Nahri.

— Fico feliz em saber que teremos bastante provisões quando os ifrits nos matarem.

Ela tentou se afastar, mas Dara a segurou firme.

— Os ifrits não vão nos matar, Nahri — assegurou Dara. — As coisas são diferentes agora. Você estará segura.

Nahri franziu a testa.

— O que quer dizer?

De longe veio o som de um grito, seguido por um comando inaudível. As vozes estavam afastadas, pertenciam a homens ainda não vistos, mas Nahri sabia o quanto os djinns podiam se mover com rapidez.

Dara soltou o pulso dela.

— Contarei quando estivermos fora da cidade. Contarei tudo o que quiser saber. Deveria ter contado antes. — Ele tocou a bochecha dela. — Nós superaremos isso.

Não sei quanto a isso. Mas Dara permitiu que ele a ajudasse a subir no barco. Dara pegou um mastro de cobre que se estendia pelo centro do convés. Ele o enfiou na margem arenosa e o grupo partiu.

O barco passou da beira da caverna com um chiado. Quando Nahri olhou para trás, a face rochosa pareceu lisa e imaculada. Ela viu o cais ao longe, cheio de minúsculas figuras com tochas tremeluzentes e lâminas brilhantes.

Ali olhou para os soldados conforme o barco disparava pela água tranquila na direção das montanhas escuras.

Nahri se aproximou dele.

— O que me contou sobre o acordo com seu pai... acha que ele punirá você se eu partir?

Ali abaixou o olhar.

— Não importa. — Ela o observou puxar as articulações dos dedos, rezando, contando, talvez apenas um gesto de nervosismo. Ali parecia miserável.

As palavras saíram da boca de Nahri antes que conseguisse pensar melhor.

— Venha com a gente.

Ali ficou imóvel.

Estupidamente, Nahri insistiu, mantendo a voz baixa.

— Pode muito bem escapar do que virá a seguir. Atravessar o Gozan com a gente e então ver aquele mundo humano que tanto o fascina. Vá rezar em Meca, estudar com os acadêmicos de Timbuktu... — Ela engoliu em seco, emoção envolvendo sua voz. — Tenho um velho amigo no Cairo. Ele provavelmente precisaria de um novo parceiro de negócios.

Ali manteve o olhar nas mãos.

— Está falando sério mesmo, não está? — perguntou ele, com a voz estranhamente vazia.

— Sim.

Ali apertou os olhos brevemente.

— Ah, Nahri... Sinto muito. — Ele se virou para olhar para ela, culpa irradiando de cada linha de expressão do rosto.

Nahri recuou.

— Não — sussurrou ela. — O que você... — O ar se iluminou em torno de Nahri, e as palavras ficaram presas em sua garganta. Ela agarrou o parapeito do navio e prendeu a respiração durante o abraço sufocante do véu do lago. Como com a primeira travessia, durou apenas um momento, e então o mundo se reajustou. As montanhas escuras, o céu coberto de estrelas...

A dúzia ou mais de navios de guerra cheios de soldados.

Eles quase se chocaram com o mais próximo, um volumoso trirreme de madeira que boiava pesadamente na água. O pequeno barco de cobre deslizou por ele e quebrou alguns remos, mas os homens a bordo estavam prontos. O convés estava carregado com arqueiros, com os arcos em punho, enquanto outros soldados atiraram para baixo correntes com âncoras cheias de espinhos para agarrar a embarcação deles. Um dos arqueiros soltou uma única flecha em chamas no céu. Um sinal.

Ali ficou de pé desajeitadamente.

— Meus ancestrais encontraram o barco de cobre logo depois da revolução — explicou ele. — Ninguém conseguiu erguê-lo, então ele ficou. E descobrimos como esconder coisas do outro lado do véu há séculos. — Ele abaixou a voz. — Sinto muito, Nahri, de verdade.

Ela ouviu Dara grunhir. Ele estava na outra ponta do barco, mas sacou o arco com um piscar de olhos, mirando uma flecha no pescoço de Ali. Nahri não conseguia imaginar o que ele estava pensando. Estavam completamente derrotados pelos números.

— Afshin! — Jamshid surgiu na borda do navio de guerra. — Não seja um tolo. Abaixe a arma.

Dara não se moveu, e os soldados se dispersaram como se estivessem se preparando para embarcar. Nahri ergueu as mãos.

— Zaydi! — Um grito soou do navio quando Muntadhir empurrou a fileira de soldados. Ele observou a cena do irmão ensanguentado em ferro, com uma flecha apontada para o pescoço. Ódio contorceu seu belo rosto, e o emir avançou.
— Seu desgraçado!

Jamshid o agarrou.

— Muntadhir, não!

Dara deu a Muntadhir um olhar incrédulo.

— O que *você* está fazendo a bordo de um navio de guerra? Os lastros estão cheios de vinho?

Muntadhir soltou um sibilo irritado.

— Espere até meu pai chegar. Veremos se vai falar com coragem então.

Dara gargalhou.

— *Esperem por meu baba*. O hino de todo herói geziri.

Os olhos de Muntadhir brilharam. Ele olhou para trás, parecendo julgar a distância dos outros navios e então gesticulou irritadamente para os arqueiros.

— Por que suas flechas estão apontadas para ele? Mirem a garota e vejam com que rapidez o grande Flagelo se rende.

O sorriso sumiu do rosto de Dara.

— Faça isso e matarei até o último de vocês.

Ali imediatamente se colocou diante dela.

— Ela é tão inocente quanto eu, Dhiru. — Nahri viu Ali olhar para os outros navios também, parecendo fazer o mesmo cálculo que o irmão.

E então ela se deu conta. É claro que queriam esperar por Ghassan; Dara estaria completamente indefeso diante da insígnia de Suleiman. Se eles enrolassem até o rei chegar, ele estaria condenado.

Ele causou isso a si mesmo. Nahri sabia disso. Mas a mente dela voltou para a jornada deles, para a tristeza que o assombrava constantemente, a angústia quando falava do destino da família, as lembranças sangrentas do tempo como escravo. Dara passara a vida lutando pelos daeva contra os Qahtani. Não era surpresa alguma que estivesse desesperado para salvar Nahri do que deveria parecer o pior destino possível.

E por Deus, a ideia dele preso com ferro, arrastado diante do rei, executado diante de uma multidão debochada de djinns...

Não. *Nunca.* Nahri se virou com um calor repentino no peito.

— Deixe-o ir — implorou ela. — Por favor. Deixe-o partir, e eu ficarei aqui. Eu me casarei com seu irmão. Farei o que sua família quiser.

Ali hesitou.

— Nahri...

— Por favor. — Ela pegou a mão dele, desejando que a relutância nos olhos do príncipe sumisse. Não podia deixar Dara morrer. Somente essa ideia partia seu coração. — Estou implorando a você. É tudo o que quero — acrescentou ela, e, no momento, era verdade, seu único desejo no mundo. — Só quero que ele viva.

Houve um momento de estranha quietude no barco. O ar ficou desconfortavelmente quente, da forma como ficaria diante de uma monção que se aproximasse.

Dara soltou um arquejo engasgado. Nahri se virou a tempo de vê-lo tropeçar. O arco dele aninhado nas mãos conforme Dara freneticamente tentava puxar fôlego.

Horrorizada, ela avançou na direção dele. Ali agarrou o braço de Nahri quando o anel de Dara subitamente se acendeu.

Quando ele olhou para cima, Nahri conteve um grito. Embora o olhar de Dara estivesse concentrado nela, não havia reconhecimento nos olhos intensos dele. Não havia *nada* familiar no rosto dele: a expressão estava mais selvagem do que estivera em Hierápolis, a expressão de algo atormentado e ferido.

Ele se virou para os soldados. Dara grunhiu e o arco dobrou de tamanho. A aljava se transformou também, ficando inchada com uma variedade de flechas que tentavam se superar em selvageria. Aquela que Dara segurava engatilhada terminava em uma meia-lua de ferro, com a lança coberta de espinhos.

Nahri ficou gelada. Ela se lembrou das últimas palavras. A intenção por trás delas. Não poderia realmente... poderia?

— Dara, *espere!* Não!

— Atirem nele! — gritou Muntadhir.

Ali puxou Nahri para baixo. Eles atingiram o convés com força, mas nada passou zunindo acima de suas cabeças. Ela ergueu o rosto.

As flechas dos soldados tinham congelado no ar.

Nahri suspeitava fortemente que o rei Ghassan chegaria tarde demais.

Dara estalou os dedos e as flechas subitamente inverteram a direção e dispararam pelo ar, atravessando seus donos. A flecha dele se juntou às demais rapidamente, e as mãos de Dara se moveram tão rápido entre a aljava e o arco que Nahri não conseguiu acompanhar o movimento com os olhos. Quando os arqueiros caíram para trás devido ao massacre, Dara pegou a zulfiqar de Ali.

O olhar intenso dele se fixou em Muntadhir, e os olhos insanos de Dara brilharam com reconhecimento.

— *Zaydi al Qahtani* — declarou ele. E cuspiu. — *Traidor.* Esperei muito tempo para fazer você pagar pelo que fez com meu povo.

Assim que Dara fez a declaração lunática, ele avançou contra o navio. O parapeito de madeira se incendiou com o toque e ele sumiu para dentro da fumaça preta. Nahri conseguia ouvir os homens gritando.

— Liberte-me — implorou Ali, empurrando os pulsos para o colo dela. — Por favor.

— Não sei como!

O corpo – sem cabeça – de um oficial agnivanshi caiu ao lado deles com um estampido, e Nahri gritou. Ali ficou de pé desajeitadamente.

Ela agarrou o braço do príncipe.

— Ficou louco? O que vai fazer assim? — perguntou Nahri, indicando os pulsos atados.

Ele se desvencilhou dela.

— Meu irmão está lá!

— Ali! — Mas o príncipe já se fora, desaparecendo na mesma fumaça preta que Dara.

Ela se encolheu. O que, em nome de Deus, tinha acabado de acontecer com Dara? Nahri passara semanas ao lado dele – certamente desejara coisas em voz alta sem... bem, o que quer que tivesse acabado de fazer.

Ele vai matar todos naquele barco. Ghassan chegaria e encontraria os filhos assassinados, e então os caçaria até o fim da terra, os enforcaria na midan e as tribos deles entrariam em guerra por um século.

Nahri não podia deixar aquilo acontecer.

— Que Deus me salve — sussurrou ela, e fez a coisa menos Nahri que poderia imaginar.

Correu para o perigo.

Nahri abordou o navio, subindo pelos remos quebrados e pelas correntes das âncoras, enquanto se esforçava bastante para não olhar para a água amaldiçoada que reluzia abaixo. Jamais tinha se esquecido do que Dara lhe dissera sobre ela esfolar a pele dos djinns.

Mas a carnificina no trirreme tirou o lago mortal de sua mente. O fogo lambeu o convés de madeira e subiu pelas cordas até a vela preta. A fileira de arqueiros estava onde havia caído, perfurada por dúzias de flechas. Um gritava pela mãe enquanto agarrava a barriga destruída. Nahri hesitou, mas soube que não tinha tempo a perder. Saltou por cima dos corpos, tossindo e abanando fumaça do rosto ao tropeçar sobre uma pilha de tecido encerado coberto de sangue.

Ela ouviu gritos do outro lado do navio e viu Ali correndo adiante. A fumaça se dissipou brevemente, então ela o viu.

Ficou subitamente claro por que – mais de mil anos depois – o nome de Dara ainda provocava terror entre os djinns. Com o arco preso às costas, tinha a zulfiqar de Ali em uma das mãos e uma khanjar roubada na outra e as usava para trabalhar rapidamente entre os soldados que restavam em volta de Muntadhir. Ele se movia menos como um homem e mais como algum enfurecido deus da guerra da antiga era na qual nascera. Mesmo seu corpo estava iluminado, aparentemente em chamas logo abaixo da pele.

Como os ifrits, reconheceu Nahri, horrorizada, subitamente sem saber quem ou o que Dara realmente era. Ele enfiou a zulfiqar no pescoço do último guarda entre ele e Muntadhir e a arrancou de modo sangrento.

Não que o emir tivesse notado. Muntadhir estava sentado no convés ensanguentado com o corpo cravejado de flechas de um soldado aninhado em seus braços.

—Jamshid! — gritava ele. — Não! Deus, não... olhe para mim, por favor!

Dara ergueu a zulfiqar. Nahri parou subitamente, abrindo a boca para gritar.

Ali se atirou no Afshin.

Ela mal reparara no príncipe, chocada com a terrível visão de Dara realizando o trabalho da morte. Mas ele estava subitamente ali, aproveitando a altura para saltar nas costas de Dara e passar os pulsos atados pelo pescoço do Afshin como uma forca. Ali puxou as pernas para cima e Dara cambaleou sob o peso repentino. Ali chutou a zulfiqar para fora das mãos dele.

— Muntadhir! — gritou ele, acrescentando algo em geziriyya que Nahri não conseguiu entender. A zulfiqar caiu a menos da distância de um corpo dos pés do emir. Muntadhir não olhou para cima; ele nem mesmo pareceu ter ouvido o grito do irmão. Nahri correu, saltando sobre corpos o mais rápido possível.

Dara soltou um ruído exasperado quando tentou se sacudir para soltar o príncipe. Ali puxou as mãos para cima, pressionando as amarras de ferro com força contra o pescoço do Afshin. Dara arquejou, mas conseguiu dar uma cotovelada na barriga do príncipe e bateu com as costas dele com força no mastro do navio.

Ali não soltou.

— Akhi!

Muntadhir se sobressaltou e ergueu o rosto. Em um segundo ele tinha mergulhado para a zulfiqar, ao mesmo tempo em que Dara finalmente conseguiu jogar Ali por cima da cabeça. Ele pegou o arco.

O jovem príncipe atingiu o convés com força e deslizou até a beira do barco. Ele se colocou de pé desajeitadamente.

— Munta...

Dara o atingiu no pescoço.

NAHRI

Nahri gritou e correu para a frente quando uma segunda flecha atravessou o peito de Ali. O príncipe cambaleou para trás e o calcanhar dele atingiu a borda do barco, o que o desequilibrou.

— Ali! — Muntadhir correu para o irmão, mas não foi rápido o bastante. Ali caiu no lago sem quase fazer barulho. Ouviu-se um forte *glub*, como o som de uma pedra pesada caindo em um lago quieto, e então silêncio.

Nahri correu para o parapeito, mas Ali tinha sumido, o único sinal da presença dele era uma ondulação na água escura. Muntadhir caiu de joelhos, chorando.

Os olhos dela se encheram de lágrimas. Ela se virou para Dara.

— Salve-o! — gritou Nahri. — Desejo que o traga de volta!

Dara oscilou, cambaleando ao comando dela, mas Ali não ressurgiu. Em vez disso, Dara piscou, e o brilho deixou os olhos dele. O olhar confuso do Afshin percorreu o convés ensanguentado. Ele soltou o arco, parecendo instável.

— Nahri, eu...

Muntadhir se levantou com um salto e pegou a zulfiqar.

— Vou matar você! — Chamas espiralaram para cima da lâmina quando ele atacou o Afshin.

Dara bloqueou o outro homem com a khajar tão facilmente quanto poderia ter espantado um mosquito. Ele bloqueou outra das tentativas de Muntadhir e casualmente desviou da terceira, dando uma forte cotovelada no rosto do emir. Muntadhir gritou; um jato de sangue preto escorreu do nariz dele. Nahri não precisava ser espadachim para ver o quanto ele se movia desastradamente em comparação com o Afshin mortal e ágil. As lâminas deles se chocaram de novo, e Dara o empurrou para longe.

Mas então Dara recuou um passo.

— Basta, al Qahtani. Seu pai não precisa perder um segundo filho esta noite.

Muntadhir não pareceu particularmente desejoso da piedade de Dara – nem capaz de uma discussão racional.

— Vai se foder! — soluçou ele, cortando desesperadamente o ar com a zulfiqar conforme sangue escorria por seu rosto. Dara se moveu para se defender. — Vão se foder você e seus Nahid trepadores incestuosos. Espero que todos queimem no inferno!

Nahri não podia julgar o luto dele. Ficou parada, congelada na beira do barco, com o coração partido enquanto encarava a água parada. Será que Ali já estava morto? Ou estava sendo dilacerado naquele momento, com seus gritos sendo silenciados pelas águas pretas?

Mais soldados saíram do compartimento de carga do navio, alguns segurando remos quebrados como cassetetes. A visão despertou Nahri do luto e ela ficou de pé, com as pernas trêmulas.

— Dara...

Ele ergueu o rosto e, subitamente, a mão esquerda. O navio rachou, uma parede de madeira farpada subiu duas vezes a altura dela para separar o grupo dos soldados.

Muntadhir agitou a zulfiqar contra Dara de novo, mas o Afshin estava pronto. Ele enganchou a khanjar na ponta da espada bifurcada e girou para fora das mãos de Muntadhir. A zulfiqar caiu, quicando, pelo convés, e Dara chutou o emir no peito, jogando-o estatelado.

— Estou poupando sua vida — disparou ele. — Aceite, seu tolo. — Ele se virou e saiu andando, seguindo na direção dela.

— É isso aí... corra, seu covarde! — disparou Muntadhir de volta. — É o que você faz melhor, não é? Foge e deixa que o resto de sua tribo pague por suas ações!

Dara reduziu a velocidade.

Nahri observou os olhos cheios de luto de Muntadhir acompanharem o convés, observando o corpo cravejado de flechas de Jamshid e o ponto onde o irmão dele tinha sido atingido. Um olhar de pura angústia, de *desprezo* – cru e irracional – tomou seu rosto.

Ele se levantou.

— Ali me contou, sabe, o que aconteceu com sua família quando Daevabad caiu. O que aconteceu quando os Tukharistani invadiram o Quarteirão Daeva procurando por *você*, procurando por vingança, e encontraram apenas sua família. — O rosto de Muntadhir se contorceu de ódio. — Onde você estava, Afshin, quando gritaram por você? Onde estava quando entalharam os nomes dos Qui-zi mortos no corpo de sua irmã? Ela era apenas uma criança, não era? Longos os nomes daqueles tukharistanis — acrescentou ele, selvagemente. — Aposto que só conseguiram colocar alguns antes que...

Dara gritou. Ele estava sobre Muntadhir em menos de um segundo, atingindo o emir com tanta força no rosto que um dente ensanguentado voou da boca dele. A khanjar fumegou em sua outra mão, e quando ele a ergueu, a arma se transformou, a lâmina ficou fosca e se partiu em uma dúzia ou mais de fios de couro com espinhos de ferro.

Um chicote.

— Quer que eu seja o Flagelo? — gritou Dara quando ele açoitou Muntadhir. O emir gritou e levantou os braços para proteger o rosto. — Isso vai agradar seu povo imundo? Me transformar mais uma vez em um monstro?

A boca de Nahri se escancarou horrorizada. *Sabe por que as pessoas o chamam de Flagelo?*, ela ouviu o príncipe perguntar.

Dara desceu o chicote de novo, arrancando uma faixa de pele dos antebraços de Muntadhir. Nahri quis fugir. Aquele não era o Dara que ela conhecia, aquele que a ensinou a andar a cavalo e que dormiu ao seu lado.

Mas ela não fugiu. Em vez disso, agindo por um impulso insano, ela ficou de pé com um salto e agarrou o pulso de Dara quando ele ergueu o chicote de novo. Dara se virou, o rosto dele estava selvagem de luto.

O coração de Nahri galopava.

— *Pare*, Dara. Basta.

Ele engoliu em seco, a mão dele tremia sob a dela.

— Não basta. Jamais bastará. Eles destroem tudo. Eles assassinaram minha família, meus líderes. Eles evisceraram minha tribo. — A voz dele falhou. — E depois de tudo, depois de tomarem Daevabad, depois de me transformarem em um monstro, querem *você*. — A voz de Dara engasgou na última palavra e ele ergueu o chicote. — Vou açoitá-lo até que se transforme em pó ensanguentado.

Nahri segurou com mais força o braço dele e se colocou entre Dara e Muntadhir.

— Eles não me levaram. Estou bem aqui.

Os ombros de Dara se curvaram, e ele fez uma reverência com a cabeça.

— Levaram. Você não vai me perdoar pelo menino.

— Eu... — Nahri hesitou, olhando para o local em que Ali tinha caído. O estômago dela se revirou, mas Nahri pressionou a boca em uma linha firme. — Não importa agora — disse ela, odiando as palavras aos dizê-las. Ela assentiu para os navios que se aproximavam. — Consegue chegar à margem antes que eles cheguem aqui?

— Não vou deixar você.

Nahri pressionou a mão que segurava o chicote.

— Não estou pedindo que faça isso. — Dara olhou para baixo, os olhos intensos dele encontraram os dela. Nahri pegou o chicote dele. — Mas precisa deixar isso para trás. Deixe que baste.

Ele respirou fundo, e Muntadhir soltou um gemido quando se enroscou. O ódio voltou para o rosto de Dara.

— Não. — Nahri tomou o rosto dele nas mãos e o obrigou a encará-la. — Venha comigo. Partiremos, viajaremos o mundo. — Era óbvio que não havia como retornar ao que eram antes. Mas Nahri teria dito qualquer coisa para fazer com que ele parasse.

Dara assentiu, os olhos intensos dele estavam úmidos. Nahri jogou o chicote no lago e pegou a mão do Afshin. Tinha acabado de começar a levá-lo para longe quando Muntadhir gaguejou atrás deles, com um estranho misto de esperança e alarme na voz.

— Z-Zaydi?

Nahri se virou. Ela arquejou, e Dara colocou um braço protetor diante dela quando a faísca de alívio morreu em seu peito.

Porque a coisa que subia no barco definitivamente não era Alizayd al Qahtani.

O jovem príncipe deu um passo para a luz do fogo e cambaleou como se não estivesse acostumado com terra firme. Ele piscou, um lento movimento reptiliano, e Nahri viu que os olhos dele haviam se tornado completamente negros, mesmo a parte branca tinha sumido sob uma cobertura escura e oleosa. O rosto dele estava cinza e os lábios azuis se moviam em um sussurro silencioso.

Ali deu um passo adiante e avaliou o navio mecanicamente. As roupas dele estavam esfrangalhadas, e água escorria do corpo dele como uma peneira, despejando-se dos olhos, das orelhas e da boca. Ela borbulhava sob a pele e pingava das pontas dos dedos. Ele deu mais um passo desequilibrado na direção deles, e sob uma luz melhor, Nahri conseguiu ver o corpo dele, encrustado com todo tipo de escombros do lago. As flechas e as amarras de ferro tinham sumido; em vez disso, algas marinhas e tentáculos soltos envolviam braços e pernas dele com força. Conchas, escamas reluzentes e dentes afiados como lâminas estavam cravados em sua pele.

Muntadhir ficou de pé devagar. O sangue foi drenado do rosto dele.

— Ah, meu Deus. Alizayd... — Ele deu um passo para perto.

— Eu não faria isso, mosca da areia. — Dara também estava pálido. Ele empurrou Nahri para trás e levou a mão ao arco.

Ali se esticou, atento ao som da voz de Dara. Ele farejou o ar e se virou para eles. Água se empoçava aos seus pés. Estava sussurrando desde que subira a bordo, mas conforme se aproximou, Nahri subitamente entendeu as palavras, murmuradas em uma língua diferente de tudo que já ouvira. Uma linguagem fluida que corria e rastejava e nadava nos lábios dele.

Mate o daeva.

Exceto, é claro, que não era "daeva" que ele usava, mas um ruído que Nahri sabia que jamais poderia reproduzir, as sílabas cheias de ódio e pura... *oposição*. Como se essa outra coisa, esse *daeva*, não tivesse o direito de existir, nenhum direito de manchar as águas do mundo com fumaça e chamas e morte incandescente.

De trás da túnica molhada, Ali sacou uma enorme cimitarra. A lâmina era verde e suja de ferrugem, parecendo algo que o lago tinha engolido há séculos. À luz do fogo, ela viu um símbolo ensanguentado entalhado no alto da bochecha esquerda dele.

— Corram! — gritou Dara. Ele atirou em Ali e a flecha se dissolveu com o contato. Ele pegou a zulfiqar e atirou no príncipe.

O símbolo brilhava forte na bochecha de Ali. Uma onda de pressão irrompeu no ar, e o navio inteiro estremeceu. Nahri voou para trás contra uma pilha de caixas de madeira. Um pedaço de madeira afiado cortou o ombro dela profundamente. O ferimento queimou quando Nahri se sentou, uma onda de fraqueza e náusea tomaram conta dela.

Os poderes de Nahri tinham sumido. E então ela percebeu o que devia estar entalhado na bochecha de Ali.

A insígnia de Suleiman.

Dara.

— Não! — Nahri ficou de pé. No centro do navio, Dara tinha caído de joelhos, exatamente como quando Ghassan usou a insígnia para revelar a identidade dela. Ele ergueu o rosto para ver a coisa que era Ali de pé acima dele, erguendo a lâmina enferrujada acima da cabeça. Ele tentou se defender com a zulfiqar, mas até mesmo Nahri podia ver que os movimentos de Dara estavam mais lentos.

Ali jogou a arma longe com tanta força que ela saiu voando para dentro do lago, então ergueu a cimitarra enferrujada de novo. Ele começou a descer a cimitarra no pescoço de Dara e Nahri gritou. Ali hesitou. Ela respirou fundo.

Ele mudou de direção, golpeando para baixo, dando um corte limpo no pulso esquerdo de Dara e arrancando a mão dele.

Separando o anel.

Dara não fez um ruído ao cair. Ela podia jurar que ele pareceu olhar além de Ali, para vê-la uma última vez, mas Nahri não tinha certeza. Era difícil ver o rosto dele; tinha ficado tão escuro quanto fumaça, e havia uma mulher gritando ao ouvido dela.

Mas então Dara ficou imóvel – imóvel demais – e desabou em cinzas diante dos olhos de Nahri.

28

ALI

Ali soube que estava morrendo quando atingiu a superfície plácida do lago.

A água gelada o puxou para baixo e o atacou como um animal raivoso, dilacerando suas roupas e rasgando sua pele. Ela entrou pela boca e subiu pelo nariz dele. Um calor branco incandescente explodiu dentro da cabeça dele.

Ali gritou na água. Havia algo *ali*, uma presença estranha se enraizando em sua mente, vasculhando suas memórias como um aluno entediado folheando um livro. A mão dele cantando uma cantiga Ntaran, o cabo de uma zulfiqar nas mãos dele pela primeira vez, a risada de Nahri na biblioteca, Darayavahoush erguendo o arco.

Tudo parou.

Um chiado soou no ouvido dele. *ELE ESTÁ AQUI?*, o próprio lago pareceu indagar. A água turbulenta parou e havia uma pressão morna na garganta e no peito de Ali quando as flechas se dissolveram.

O alívio foi temporário. Antes que Ali sequer conseguisse pensar em chutar até chegar à superfície, algo se enroscou em seu tornozelo esquerdo e o puxou para baixo.

Ele estremeceu quando algas marinhas envolveram seu corpo, as raízes se enterrando na pele. As imagens em sua mente lampejaram mais rápido quando o lago devorou as lembranças de Darayavahoush: o duelo deles, a forma como o Afshin olhara para Nahri na enfermaria, a luz incandescente que tomara o anel quando ele atacou o navio.

Palavras surgiram na mente de Ali de novo. *DIGA-ME SEU NOME.*

Os pulmões de Ali queimaram. Dois moluscos tentavam se enterrar em seu estômago e um par de mandíbulas dentadas se fechou em seu ombro. *Por favor*, implorou ele. *Apenas me deixe morrer.*

Seu nome, Alu-baba. O lago cantarolou as palavras com a voz da mãe dele dessa vez, um nome de bebê que Ali não ouvia há anos. *Dê seu nome ou veja o que acontecerá.*

A imagem do odiado Afshin tinha sido varrida e substituída por Daevabad. Ou o que um dia fora Daevabad e era agora pouco mais do que uma ruína em chamas, cercada por um lago evaporado e cheia das cinzas de seu povo. O pai dele estava morto nos degraus de mármore da corte real arruinada, e Muntadhir pendia enforcado da tela quebrada de uma janela. A Cidadela tinha desabado, enterrando Wajed vivo com todos os soldados com os quais Ali crescera. A cidade queimava; casas se incendiavam e crianças gritavam.

Não! Ali se contorceu nas mãos do lago, mas não tinha como impedir as terríveis visões.

Seres cinza, magros como esqueletos e com asas vibrantes se curvavam em obediência. Rios e lagos estavam secos, as cidades deles tomadas por fogo e pó enquanto uma terra que Ali reconheceu como Am Gezira foi varrida por um mar venenoso. Um palácio solitário cresceu das cinzas de Daevabad, criado de vidro aquecido e metais derretidos. Ele viu Nahri. O rosto dela estava coberto com o branco Nahid, mas os olhos escuros estavam visíveis e cheios de desespero. Uma sombra recaía sobre ela, com o formato de um homem.

Darayavahoush. Mas com olhos pretos e uma cicatriz no rosto jovem, sem a bela graciosidade de um escravo. Então os olhos dele estavam verdes e mais velhos, o familiar sorriso arrogante retornou brevemente. A pele se acendeu com luz incandescente e as mãos se transformaram em carvão. Os olhos dele estavam dourados agora, e completamente estranhos.

Olhe. As visões começaram a se repetir, demorando-se nas imagens da família assassinada de Ali. Os olhos mortos de Muntadhir se abriram subitamente. *Diga seu nome,* akhi, implorou o irmão dele. *Por favor!*

A mente de Ali girava. Os pulmões dele estavam vazios, a água estava espessa com o sangue do príncipe. O corpo estava morrendo, uma escuridão confusa se fechava sobre as visões sangrentas.

NÃO, sibilou o lago, desesperado. *AINDA NÃO.* Ele sacudiu Ali com força, e as imagens ficaram mais cruéis. A mãe dele brutalizada, entregue a crocodilos famintos com os demais ayaanles enquanto uma multidão de daevas comemorava. Os shafits, reunidos e incendiados na midan. Os gritos deles encheram o ar, o cheiro de pele queimando lhe deu ânsia de vômito. Muntadhir colocado de joelhos e decapitado diante dos olhos amarelos de um grupo alegre de ifrits. Uma multidão de soldados desconhecidos tirando Zaynab da cama e arrancando as roupas dela...

Não! Ah, Deus, não. Pare com isso!

Salve-a, exigiu a voz do pai de Ali. *Salve a todos nós.* As amarras de ferro se enfraqueceram com ferrugem e então se partiram. Algo metálico foi colocado na mão de Ali. Um cabo.

Um par de mãos ensanguentadas se fechou em volta do pescoço dairmã dele. O olhar apavorado de Zaynab se fixou no de Ali. *Irmão, por favor!,* gritou ela.

Ali cedeu.

Se tivesse menos certeza da morte iminente ou se tivesse sido criado nas províncias exteriores onde se ensinava a jamais dizer o verdadeiro nome, a guardá-lo como se guardava a própria alma, ele poderia ter hesitado, o pedido imediatamente compreendido pelo que era. Mas tomado pelas imagens da família e da cidade brutalizadas, ele não se importou em por que o lago queria o que já devia ter aprendido com as lembranças dele.

— Alizayd! — gritou ele, com a água abafando as palavras. — Alizayd al Qahtani!

A dor sumiu. Os dedos de Ali se fecharam em torno do cabo sem que quisesse fazê-lo. O corpo subitamente pareceu distante. Ele mal tinha ciência de ser libertado, de ser empurrado pela água.

Mate o daeva.

Ali irrompeu pela superfície do lago, mas não arquejou para tomar fôlego; não precisava. Ele subiu pelo casco do navio como um caranguejo e então ficou de pé, com água escorrendo das roupas, da boca, dos olhos.

Mate o daeva. Ele ouviu o daeva falar. O ar estava errado, vazio e seco. Ele piscou e algo queimou em sua bochecha. O mundo ficou mais silencioso, cinza.

O daeva estava diante dele. Parte da mente de Ali registrou choque nos olhos verdes do outro homem quando ergueu a lâmina para se defender. Mas os movimentos dele eram desajeitados. Ali jogou a arma do daeva longe e ela voou para dentro do lago escuro. O soldado djinn em Ali percebeu sua chance, o pescoço do outro homem exposto...

O anel! O anel! Ali mudou a direção do golpe, descendo-o sobre a reluzente gema verde.

Ali cambaleou. O anel saiu quicando e a espada caiu das mãos dele, agora mais um artefato enferrujado do que uma arma. Os gritos de Nahri tomaram o ar.

— Mate o daeva — murmurou ele, e desabou, a escuridão o recebendo finalmente.

Ali estava sonhando.

Estava de volta no harém – nos jardins de prazer do povo de sua mãe –, um menininho com sua irmãzinha, escondendo-se no lugar de sempre sob o salgueiro. Os galhos curvos e as folhas espessas o tornavam um cantinho aconchegante ao lado do canal, escondidos da visão de qualquer adulto que atrapalhasse.

— Faça de novo! — implorou ele. — Por favor, Zaynab!

A irmã de Ali se sentou com um sorriso malicioso. A tigela cheia de água estava poiada na terra entre as pernas magricelas cruzadas dela. Zaynab ergueu as palmas das mãos sobre a água.

— O que vai me dar?

Ali pensou rápido, considerando de qual de seus poucos tesouros estaria disposto a se desfazer. Diferentemente de Zaynab, ele não tinha brinquedos; nenhuma bijuteria ou diversão era dada a meninos criados para serem guerreiros.

— Posso lhe dar um gatinho — ofereceu ele. — Tem muitos perto da Cidadela.

Os olhos de Zaynab se iluminaram.

— Feito. — Ela agitou os dedos, com um olhar de intensa concentração surgindo no pequeno rosto da menina. A água estremeceu, acompanhando o movimento das mãos dela e então lentamente se ergueu quando Zaynab girou a mão direita, espiralando como uma fita líquida.

A boca de Ali se escancarou maravilhada, e Zaynab deu risinhos antes de esmagar o funil aquoso.

— Me mostre como — disse ele, levando a mão à tigela.

— Você não consegue fazer isso — disse Zaynab, cheia de importância. — Você é um menino. E um bebê. Não pode fazer nada.

— Não sou um bebê! — Tio Wajed dera a ele o cabo de uma lança para carregar por aí e assustar as cobras. Bebês não podiam fazer isso.

A tela de folhas foi subitamente puxada e substituída pelo rosto irritado da mãe dele. Ela deu uma olhada para a tigela e seus olhos brilharam de medo.

— Zaynab! — Ela puxou a irmã de Ali para longe pela orelha. — Quantas vezes eu já disse? Jamais deve...

Ali saiu correndo, mas a mãe não estava interessada nele. Ela jamais estava. Ele esperou até elas terem atravessado o jardim, os soluços de Zaynab ficaram distantes, antes de voltar de fininho para a tigela. Ele encarou a água parada, o perfil escuro de seu rosto cercado pelas pálidas folhas iluminadas pelo sol.

Ali ergueu os dedos e chamou a água para mais perto. Ele sorriu quando ela começou a dançar.

Ele sabia que não era um bebê.

O sonho recuou, varrido para trás no reino das lembranças de infância que seriam esquecidas quando uma pontada forte de dor cutucou seu cotovelo. Algo grunhiu no fundo da mente dele, arranhando e mordendo para permanecer quieto. O puxão veio de novo, seguido por um rompante de calor, e a coisa se soltou.

— Foi a última, meu rei — disse uma voz feminina. Um lençol leve tremeluzia sobre o corpo dele.

— Cubra-o bem — ordenou um homem. — Eu pouparia a ele a visão o tanto quanto possível.

Abba, reconheceu Ali, quando a memória dele retornou em pedaços. O som da voz do pai dele foi o bastante para libertá-lo da névoa de dor e confusão que encharcava seu corpo.

E então outra voz.

— Abba, estou implorando a você. — Muntadhir. O irmão dele chorava, suplicava. — Farei o que quiser, eu me casarei com quem você quiser. Apenas deixe que a Nahid o trate, deixe que Nisreen o ajude... Por Deus, eu mesmo fecharei os ferimentos dele! Jamshid salvou minha vida. Não deveria sofrer porque...

— O filho de Kaveh será visto quando o meu abrir os olhos. — Dedos ásperos apertaram o pulso de Ali. — Ele será curado quando eu tiver o nome do daeva que deixou aqueles suprimentos na praia. — A voz de Ghassan ficou mais fria. — Diga isso a ele. E componha-se, Muntadhir. Pare de *choramingar* por outro homem. Você se envergonha.

Ali ouviu o som de uma cadeira chutada para longe e uma porta fechada. As palavras deles eram insignificantes para Ali, mas as vozes... ah, Deus, as *vozes* deles.

Abba. Ele tentou de novo.

— Abba... — disse ele, engasgado, por fim, tentando abrir os olhos.

O rosto de uma mulher ondulou para o campo de visão dele antes que o pai de Ali pudesse responder. *Nisreen*, lembrou-se Ali, reconhecendo a assistente de Nahri.

— Abra os olhos, príncipe Alizayd. O máximo que conseguir.

Ele obedeceu. Ela se debruçou sobre ele para examinar o olhar de Ali.

— Não vejo traços da escuridão restantes, meu rei. — A mulher recuou.

— E-eu não entendo... — começou Ali. Ele estava deitado de costas, exausto. O corpo queimava; a pele ardia e a mente parecia... esfolada. Ele ergueu o rosto, reconhecendo o teto de vidro temperado na enfermaria. O céu estava cinza, e a chuva rodopiava nas placas transparentes. — O palácio foi destruído. Estavam todos mortos...

— Não estou morto, Alizayd — assegurou Ghassan. — Tente relaxar; você foi ferido.

Mas Ali não conseguia relaxar.

— E quanto a Zaynab? — perguntou ele, com as orelhas ecoando com os gritos da irmã. — Ela... aqueles monstros... — ele tentou se sentar, subitamente percebendo que os pulsos estavam amarrados à cama. Ali entrou em pânico. — O que é isso? Por que estou amarrado?

— Estava lutando contra nós; não se lembra? — Ali sacudiu a cabeça e o pai dele assentiu para Nisreen. — Solte-o.

— Meu rei, não tenho certeza...

— Eu *não* estava pedindo.

Nisreen obedeceu, e o pai de Ali o ajudou a se sentar, batendo nas mãos dele quando Ali tentou tirar o lençol branco que tinha sido fechado em volta dele como um cobertor de bebê.

— Deixe isso aí. E sua irmã está bem. Estamos todos bem.

Ali olhou de novo para a chuva que batia contra o teto de vidro; a visão da água era estranhamente atraente. Ele piscou, obrigando-se a virar o rosto.

— Mas não entendo. Eu vi vocês... todos vocês... mortos. Eu vi Daevabad destruída — insistiu Ali, mas mesmo ao dizer as palavras, os detalhes já começavam a escapar dele, as memórias eram puxadas para longe como a maré enquanto outras mais novas e mais firmes as substituíam.

A luta com o Afshin.

Ele me atingiu. Ele me atingiu e eu caí no lago. Ali tocou a garganta, mas não sentiu o ferimento. Ele começou a tremer. *Eu não deveria estar vivo.* Ninguém sobrevivia ao lago, não desde que os marids o amaldiçoaram há milhares de anos.

— O Afshin... — gaguejou Ali. — Ele-ele estava tentando fugir com Nahri. Você o pegou?

Ele viu o pai hesitar.

— De certa forma. — Ele olhou para Nisreen. — Leve aquilo para ser queimado e diga ao emir que volte aqui.

Nisreen se levantou, os olhos pretos dela estavam indecifráveis. Nos braços da mulher havia uma tigela de madeira cheia do que pareciam ser escombros ensanguentados do lago: conchas e rochas, ganchos retorcidos, um minúsculo peixe em decomposição e alguns dentes. A visão o inquietou, e Ali observou quando Nisreen partiu, passando por duas cestas de palha maiores no chão. Um tentáculo cinza morto do tamanho de uma víbora compartilhava a cesta com algas marinhas grosseiramente cortadas. A mandíbula dentada do crânio de um crocodilo despontava da segunda.

Ali se endireitou. *Dentes se enterrando em meu ombro, algas e tentáculos agarrando braços e pernas.* Ele olhou para baixo, subitamente percebendo exatamente com que cuidado o lençol fora preso em torno de seu corpo. Ali pegou uma ponta.

O pai tentou impedi-lo.

— Não, Alizayd.

Ele arrancou o lençol e arquejou.

Tinha sigo flagelado.

Não, não flagelado, percebeu Ali, quando seu olhar horrorizado percorreu braços e pernas ensanguentados. As marcas eram diferentes demais para terem sido feitas por um chicote. Havia lacerações que cortavam até os músculos e arranhões que mal tiravam sangue. Um padrão de escamas estava gravado em seu pulso esquerdo, e saliências irregulares marcavam sua coxa direita. Faixas e espirais de pele tinham sido escavadas de seus braços como se tivessem enrolado ataduras. Havia marcas de mordida em sua barriga.

— O que aconteceu comigo? — ele começou a tremer, e quando ninguém respondeu, a voz de Ali falhou com medo. — O que *aconteceu?*

Nisreen congelou à porta.

— Devo chamar os guardas, meu rei?

— Não — disparou o pai dele. — Apenas meu filho. — Ele pegou as mãos de Ali. — Alizayd, acalme-se. Acalme-se!

— Nisreen sumiu.

Água escorreu pelas bochechas dele, empoçando-se nas palmas das mãos e ficando pegajosa na testa. Ali encarou horrorizado as mãos pingando.

— O que é isto? Eu estou... *suando?* — Tal coisa não era possível: djinns de sangue puro não suavam.

A porta se escancarou e Muntadhir entrou correndo.

— Zaydi... graças a Deus — sussurrou ele ao correr para o lado da cama de Ali. O rosto dele ficou pálido. — Ah... *ah.*

Ele não era o único chocado. Ali olhou para o irmão boquiaberto; Muntadhir parecia ter estado do lado derrotado de uma briga de rua. O maxilar dele estava com hematomas, pontos seguravam lacerações na bochecha e na testa e ataduras ensanguentadas envolviam seus braços. A túnica dele pendia em frangalhos. Parecia ter envelhecido trinta anos; o rosto estava macilento, os olhos inchados e com anéis roxos de chorar.

Ali arquejou.

— O que aconteceu com você?

— O Flagelo estava oferecendo uma demonstração do título dele — disse Muntadhir, amargamente. — Até que você o transformou em uma pilha de cinzas.

— Até que eu fiz *o quê*?

O rei olhou com raiva para Muntadhir.

— Eu ainda não tinha chegado nessa parte. — Ele olhou para Ali de novo, com a expressão incomumente carinhosa. — Você se lembra de subir de volta para o barco? De matar Darayavahoush?

— Não!

O pai e o irmão de Ali trocaram um olhar sombrio.

— O que se lembra do lago? — perguntou Ghassan.

Dor. Dor indescritível. Mas ele não precisava dizer isso ao pai preocupado.

— Eu... algo estava falando comigo — lembrou-se Ali. — Me mostrando coisas. Coisas terríveis. Você estava morto, abba. Dhiru... eles cortaram sua cabeça diante de uma multidão de ifrits. — Ele piscou para conter lágrimas quando o irmão empalideceu. — Havia homens violando Zaynab... as ruas queimavam... Eu achei que fosse tudo real. — Ali engoliu em seco tentando recuperar o controle. Mais suor escorreu da pele dele, encharcando os lençóis. — A voz... ela-ela estava pedindo algo. Meu nome.

— Seu nome? — perguntou Ghassan, em tom afiado. — Pediu seu nome? Você deu?

— E-eu acho que sim — respondeu Ali, tentando se lembrar das memórias dispersas. — Não me lembro de nada depois disso. — O pai dele ficou imóvel e Ali entrou em pânico. — Por quê?

— Não dê seu nome, Alizayd. — Ghassan estava claramente tentando, sem sucesso, controlar a ansiedade que subia em sua voz. — Não livremente, não para uma criatura que não é de nossa raça. Dar seu nome significa entregar o controle. É assim que os ifrits nos escravizam.

— O que está dizendo? — Ali tocou os ferimentos. — Acha que os ifrits fizeram isso comigo? — Ele arquejou. — Isso quer dizer...

— Não os ifrits, Zaydi — interrompeu Muntadhir, em voz baixa. Ali observou o olhar do irmão desviar para o pai deles, mas Ghassan não interrompeu. — Não é isso o que vive no lago.

Os olhos de Ali se arregalaram.

— Os *marids*? Isso é loucura. Eles não são vistos há milhares de anos!

O pai de Ali o calou.

— Fale baixo. — Ele olhou para o mais velho. — Muntadhir, pegue um pouco de água para ele. — Muntadhir serviu um copo da jarra de cerâmica na mesa atrás deles, apertando-o na mão antes de cuidadosamente se afastar. Ali agarrou o copo, tomando um gole ansioso.

O rosto de Ghassan permaneceu severo.

— Os marids foram vistos, Alizayd. Pelo próprio Zaydi al Qahtani quando ele tomou Daevabad... na companhia do homem ayaanle que os comandava.

Ali gelou.

— *O quê?*

— Os marids foram vistos por Zaydi — repetiu Ghassan. Ele avisou o filho a respeito deles quando se tornou emir, um aviso passado para cada geração de rei Qahtani.

— *Não enfurecemos os Ayaanle* — entoou Muntadhir, baixinho.

Ghassan assentiu.

— Zaydi disse que a aliança ayaanle com os marids nos garantiu nossa vitória... mas que os Ayaanle pagaram um preço terrível por fazerem isso. Jamais deveríamos traí-los.

Ali ficou chocado.

— Os marids nos ajudaram a tomar Daevabad dos Nahid? Mas isso... isso é absurdo. Isso é... *abominável* — percebeu ele.

— Isso seria...

— Uma traição de nossa própria raça — concluiu Ghassan.

— Por isso não sai deste quarto. — Ele sacudiu a cabeça. — Meu próprio pai jamais acreditou, disse que era apenas uma história passada ao longo dos séculos para nos assustar. — A expressão de Ghassan se fechou. — Até hoje, achei que ele poderia estar certo.

Ali semicerrou os olhos.

— O que está dizendo?

Ghassan tomou a mão dele.

— Você caiu no lago, meu filho. Deu seu nome a uma criatura nas profundezas dele. Acho que ela o *tomou*... Acho que tomou *você*.

Ali reuniu o máximo de indignação que conseguiu dos lençóis encharcados.

— Acha que deixei um marid... o que, me *possuir*? Isso é impossível!

— Zaydi... — Muntadhir se aproximou com uma expressão de desculpas. — Vi você voltar para o barco. Tinha todas aquelas coisas agarradas a você, seus olhos estavam pretos, você sussurrava em alguma língua bizarra. E quando usou a insígnia, meu Deus, subjugou totalmente Darayavahoush. Jamais vi algo assim.

A insígnia? Ele usara a insígnia de Suleiman? *Não, isso é loucura. Loucura total.* Ali era um homem educado. Jamais lera nada que indicasse que os marids pudessem possuir djinns de puro sangue. Que *qualquer coisa* pudesse possuir um djinn. Como algo assim teria sido mantido em segredo? E isso queria dizer que toda a fofoca, todos os boatos cruéis a respeito do povo de sua mãe, estavam enraizados na verdade?

Ali sacudiu a cabeça.

— Não. Temos acadêmicos; eles sabem a verdade sobre a guerra. Além do mais, os djinns não podem ser possuídos por um marid. Se pudessem, certamente, certamente alguém teria estudado. Estaria em um livro...

— Ah, meu filho... — Os olhos do pai dele estavam cheios de tristeza. — Nem tudo está em um livro.

Ali baixou o olhar, contendo lágrimas, incapaz de suportar a pena no rosto de Ghassan. *Estão errados*, ele tentou insistir consigo mesmo. *Estão errados*.

Mas de que outra forma explicar as falhas em sua memória? As visões terríveis? O simples fato de que estava vivo? Fora atingido no pescoço e nos pulmões, caíra na água amaldiçoada para destruir qualquer djinn que a tocasse. E ali estava ele.

Um marid. Ali encarou as mãos que gotejavam quando a náusea tomou conta do corpo. *Dei meu nome e deixei que um demônio da água usasse meu corpo como uma lâmina novinha para assassinar o Afshin*. O estômago dele se revirou.

Pelo canto do olho, Ali viu a jarra de cerâmica começar a tremer na mesa atrás do irmão. Deus, ele conseguia *sentir* aquilo; conseguia sentir a água ardendo para se libertar. A percepção o chocou profundamente.

O pai de Ali apertou a mão dele.

— Olhe para mim, Alizayd. O Afshin está morto. Acabou. Ninguém jamais precisa saber.

Mas não tinha acabado. Jamais acabaria: suor escorria da testa de Ali mesmo agora. Ele estava mudado.

— Ali, filho. — Ele conseguia ouvir a preocupação na voz do pai. — Fale comigo, por favor...

Ali inspirou e a jarra de água atrás de Muntadhir explodiu, lançando fragmentos de barro quicando pelo chão. A água jorrou para fora, e Muntadhir deu um salto, a mão dele seguiu para a khanjar na cintura.

Ali o encarou. Muntadhir abaixou a mão, parecendo levemente envergonhado.

— Abba... ele não pode ser visto assim — disse o emir, baixinho. — Precisamos tirá-lo de Daevabad. Ta Ntry. Certamente os Ayaanle saberão melhor...

— Não o entregarei ao povo de Hatset — disse Ghassan, teimoso. — O lugar dele é conosco.

— Ele está fazendo jarras de água explodirem e se afogando no próprio suor! — Muntadhir ergueu as mãos. — Ele é o segundo na linha de sucessão. Ele está a um passo de controlar a insígnia de Suleiman e governar o reino. Até onde sabemos, o marid ainda está aí dentro, esperando para tomá-lo de novo. — Muntadhir encarou os olhos assustados de Ali. — Zaydi, sinto muito, de verdade... mas é uma irresponsabilidade máxima deixar você permanecer em Daevabad. As perguntas que sua condição provocará... — Ele sacudiu a cabeça e olhou de volta para o pai. — Foi você quem me deu o sermão quando me tornou emir. Que me contou o que aconteceria se os daevas suspeitassem de como vencemos a guerra.

— Ninguém vai descobrir nada — disparou o rei. — Ninguém no navio estava perto o bastante para ver o que aconteceu.

Muntadhir cruzou os braços.

— Ninguém? Então imagino que já tenha lidado com nossa suposta Banu Nahida.

Ali ficou zonzo.

— O que quer dizer? Onde está Nahri?

— Ela está bem — assegurou o rei. — Não decidi o destino dela ainda. Precisarei de seu testemunho se decidir executá-la.

— Executá-la? — Ali arquejou. — Por que em nome de Deus você a executaria? Aquele lunático não deu escolha a ela.

O pai de Ali pareceu estarrecido.

— Muntadhir disse que ela ordenou que o Afshin atacasse. Que estavam tentando escapar quando você o matou.

Estavam? Ali se encolheu. Isso doeu, ele não pôde mentir. Mas o príncipe sacudiu a cabeça.

— Não foi assim que começou. Eu o encontrei tentando sequestrá-la na enfermaria. Ele disse a ela que me mataria se ela não fosse junto.

Muntadhir riu com escárnio.

— Conveniente. Diga-me, Zaydi... eles pelo menos esconderam as gargalhadas quando encenaram tudo isso, ou simplesmente presumiram que você era burro demais para perceber?

— É a verdade!

— A verdade. — O irmão dele fez uma careta, sua expressão ficou sombria. — Como sequer reconheceria tal coisa?

Ghassan franziu a testa.

— O que você estava fazendo na enfermaria no meio da noite, Alizayd?

— Não importa por que ele estava lá, abba — disse Muntadhir, dispensando a pergunta. — Eu disse a você que ele a protegeria; está tão apaixonado que nem mesmo percebe. Provavelmente acha *mesmo* que ela é inocente.

— Não estou *apaixonado* — disparou Ali, ofendido diante da perspectiva. A chuva caiu mais forte contra o telhado, ecoando as batidas do coração dele. — Sei o que vi. O que ouvi. E ela é inocente. Vou gritar nas ruas eu mesmo se você a julgar.

— Vá em frente! — disparou Muntadhir de volta. — Dificilmente seria a primeira vez que você nos envergonha nas ruas!

Ghassan ficou de pé.

— O que, em nome de Deus, vocês dois estão discutindo?

Ali não conseguiu responder. Ele conseguia sentir o controle escapando. A chuva batia contra o vidro acima dele, a água dolorosamente perto.

Muntadhir olhou com raiva para o irmão, um aviso nos olhos cinza tão claro que ele podia muito bem ter proferido.

— Vinte e um homens estão mortos, Zaydi. Vários porque lutaram para salvar minha vida, mais porque vieram ao seu resgate. — Ele piscou, lágrimas se acumulando nos cílios escuros. — Meu melhor amigo provavelmente vai se juntar a eles. E maldito seja se aquela vadia Nahid escapar disso porque sua palavra não pode ser confiável quando se trata dos shafits.

Ele deixou o desafio pairar no ar. Ali respirou fundo, tentando conter as emoções que se agitavam dentro dele.

Algo metálico rangeu acima das cabeças deles. Um pequeno vazamento brotou.

Ghassan olhou para cima e, pela primeira vez na vida, Ali viu medo verdadeiro no rosto do pai.

O telhado cedeu.

A água destruiu o telhado, lançando canos de cobre retorcido e cacos de vidro em disparada pela enfermaria. A chuva invadiu, escorrendo pela pele de Ali e acalmando os ferimentos que ardiam. Pelo canto do olho, ele viu Muntadhir e o pai abaixados sob um resquício do telhado. O rei parecia ileso. Chocado, mas ileso.

Já o irmão, não. Sangue preto fresco escorria pelo rosto de Muntadhir – um pedaço de vidro devia ter perfurado a bochecha dele.

— Akhi, sinto muito! — Ali sentiu culpa se revirar dentro dele, misturada com sua confusão. — Não tive a intenção de fazer isso, de ferir você, eu juro!

Mas o irmão não estava olhando para ele. O olhar vazio de Muntadhir percorreu a enfermaria destruída, observando a chuva torrencial e o teto arrasado. Ele tocou a bochecha ensanguentada.

— Não... eu peço desculpas, Zaydi. — Muntadhir limpou o sangue do rosto com a ponta do turbante. — Conte a abba a verdade que quiser. Que seja uma boa. — Ele contraiu a boca em uma linha sombria. — Estou farto de proteger você.

29

ALI

— *As-salaamu alaykum wa rahmatullah.* — Ali virou a cabeça e sussurrou a oração contra o ombro esquerdo. — *As-salaamu alaykum wa rahmatullah.*

Ele relaxou os ombros e voltou as palmas das mãos para cima para oferecer suas súplicas, mas sua mente esvaziou quando Ali viu as mãos. Embora os ferimentos estivessem se curando surpreendentemente rápido, as cicatrizes permaneciam teimosas, desbotando em linhas escuras e finas que se assemelhavam tanto às tatuagens do Afshin morto que o estômago de Ali se revirava.

Ali ouviu a porta se abrir atrás dele, mas ignorou, reconcentrando-se nas orações. Ele terminou e se virou.

— Abba?

O rei se abaixou no tapete atrás de Ali. Havia sombras sob os olhos dele, e a cabeça de Ghassan estava exposta. À primeira vista, poderia ter sido um súdito, um idoso cansado usando um dishdasha de algodão simples e descansando. Mesmo a barba parecia mais prateada do que há poucos dias.

— Q-que a paz esteja com você — gaguejou Ali. — Sinto muito. Não percebi...

— Eu não queria incomodar você. — Ghassan deu tapinhas no lugar ao lado dele no tapete e Ali voltou para o chão. O pai dele encarou o mihrab, o pequeno nicho escavado no canto, indicando a direção para a qual Ali, e qualquer outro djinn fiel, se curvava em oração.

Os olhos de Ghassan ficaram sombrios. Ele esfregou a barba.

— Não sou muito fiel — disse ele, por fim. — Jamais fui. Sinceramente, sempre presumi que nossa religião fosse uma ação política por parte de nossos ancestrais. Que forma melhor de unificar as tribos e preservar as ideias da revolução do que adotar a nova fé humana em nossa terra natal? — Ghassan fez uma pausa. — É claro que sei que isso é uma heresia total aos olhos do seu tipo, mas pense bem... isso não acabou em massa com a veneração aos Nahid? Não deu a nosso governante a máscara da aprovação divina? Uma ação inteligente. Pelo menos foi o que sempre achei.

Ghassan continuou olhando para o mihrab, mas a mente dele parecia estar em outro mundo.

— Então vi aquele navio se incendiar com meus filhos a bordo, à mercê de um louco que deixei entrar em nossa cidade. Ouvi os gritos, apavorado que um deles soasse familiar, que chamasse meu nome... — Ali ouviu o nó na garganta do pai. — Estaria mentindo se dissesse que minha testa não desceu para um tapete de oração mais rápido que a do mais dedicado sheik.

Ali permaneceu em silêncio. Pela balaustrada aberta, ele conseguia ouvir os pássaros cantando ao sol forte. A luz entrou pelas telas das janelas, projetando desenhos elaborados no tapete estampado. Ele encarou o chão, com suor gotejando na testa. Estava se acostumando com a sensação.

— Já contei a você por que o batizei Alizayd? — Ali fez que não com a cabeça e o pai dele prosseguiu. — Você nasceu logo depois dos assassinatos de Manizheh e Rustam. Tempos sombrios para nosso povo, provavelmente os piores desde a guerra. Daevabad estava cheio de imigrantes que fugiam dos ifrits nas províncias exteriores, havia um movimento de secessão se formando entre os Daeva, os Sahrayn já estavam em revolta aberta. Muitos acreditavam que estávamos vivendo o fim dos tempos para nossa raça.

"As pessoas disseram que foi um milagre quando sua mãe engravidou de novo depois do nascimento de Zaynab. Mulheres de sangue puro têm sorte de ter sequer um filho, mas dois? E tão próximos? — Ghassan sacudiu a cabeça com o fantasma de um sorriso no rosto. — Disseram que foi uma benção do Mais Alto, um sinal de que favorecia meu reinado. — O sorriso se desfez. — E então você era um menino. Um segundo filho com uma mãe poderosa de uma tribo abastada. Quando fui até Hatset, ela me implorou para não matar você. — Ele sacudiu a cabeça. — O fato de ela pensar tal coisa de mim enquanto eu contava seus dedos e sussurrava a adhan em seu ouvido... Eu soube então que certamente éramos estranhos um para o outro.

"Um dia depois de seu nascimento, dois assassinos de Am Gezira se apresentaram na corte. Homens habilidosos, os melhores no que faziam, oferecendo formas discretas de acabar com meu dilema. Soluções misericordiosas e rápidas que não deixariam suspeitas para os Ayaanle. — O pai de Ali fechou os punhos. — Eu os convidei para meu escritório. Ouvi as palavras calmas e racionais deles. E então os assassinei com as próprias mãos."

Ali se sobressaltou, mas o pai não pareceu notar.

Ghassan olhou pela janela, perdido nas lembranças.

— Mandei as cabeças deles de volta para Am Gezira, e quando chegou o dia de nomear você, eu o chamei de "Alizayd" quando preguei sua relíquia na orelha. O nome de nosso maior herói, o progenitor de nosso governo, para que todos soubessem que você era meu. Dei você a Wajed para que criasse como qaid e, ao longo dos anos, quando o vi crescer seguindo os passos daquele que lhe deu seu nome, nobre, porém bondoso, um reconhecido zulfiqari... Minha decisão me agradou. Às vezes, até mesmo me encontrei me perguntando... — ele parou, sacudindo levemente a cabeça, e então, pela primeira vez desde que entrara na sala, se virou para encarar Ali. — Mas agora temo que ter dado a um segundo filho o nome do mais famoso rebelde de nosso mundo não foi minha decisão mais sábia.

Ali abaixou o olhar. Ele não conseguia suportar encarar o pai. Tinha imaginado estar cheio de ódio orgulhoso quando finalmente tivessem aquele confronto, mas agora simplesmente se sentia enjoado.

— Muntadhir contou a você.

Ghassan assentiu.

— O que ele sabia. Você tomou o cuidado de não dar nomes a ele, mas foram bem fáceis de encontrar. Executei Rashid ben Salkh esta manhã. Pode ser de pouco conforto o fato de que ele não participou da tentativa contra sua vida. Parece que o homem shafit agiu sozinho ao tentar vingar o levante. Ainda estamos procurando a idosa.

Hanno agiu sozinho. Ali ficou entorpecido quando a culpa se assentou sobre seus ombros. *Então Rashid era exatamente o que parecia.* Um colega fiel, um homem tão dedicado a ajudar os shafits que tinha traído a própria tribo e arriscado a vida privilegiada como um oficial geziri de sangue puro. E Ali o fizera ser morto.

Ele sabia que deveria pedir desculpas – prostrar-se aos pés do pai –, mas a imensidão do que tinha feito apagou qualquer impulso de salvar a própria vida. Ele pensou na menina que tinham salvado. Seria jogada nas ruas depois que a Irmã Fatumai fosse pega? Seriam todas elas?

— É uma idosa, abba. Uma idosa shafit que cuida de órfãos. Como pode pensar em alguém assim como uma ameaça? — Ali conseguia ouvir a frustração na voz. — Como pode pensar em *qualquer* um deles como uma ameaça? Só querem uma vida decente.

— Sim. Uma vida decente com você como o rei.

O coração de Ali parou. Ele olhou para o pai para ver se estava brincando, mas o rosto petrificado de Ghassan não indicava piadas.

— Não, não imagino que quisesse juntar as peças, embora seu irmão certamente o tenha feito. Rashid ben Salkh foi retirado de uma posição em Ta Ntry há anos sob suspeita de incitação. Ele estava queimando cartas dos ayaanles quando foi preso. Confessou sob tortura, mas garantiu sua inocência. — O rei se sentou. — Ele não conhecia as identidades dos apoiadores ayaanle, mas não tenho dúvidas de que a morte dele trará consternação a mais do que alguns membros da casa de sua mãe.

A boca de Ali ficou seca.

— Abba... pode me punir por ajudar os Tanzeem. Admito livremente. Mas... *isso*? — Ele nem mesmo conseguia dizer a palavra. — Nunca. Como pode pensar que eu pegaria em armas contra você? Contra Muntadhir? — Ali pigarreou, ficando emotivo. — Acha mesmo que sou capaz de...

— Sim — disse Ghassan, brevemente. — Acho que é capaz. Acho que você é *relutante*, mas bastante capaz. — Ele parou para olhar para ele. — Mesmo agora vejo o ódio em seus olhos. Pode não encontrar coragem para me desafiar. Mas Muntadhir...

— É meu *irmão* — interrompeu Ali. — Eu jamais...

Ghassan ergueu a mão para silenciá-lo.

— Então conhece as fraquezas dele. Assim como eu. As primeiras décadas dele como rei serão tumultuadas. Vai gerenciar mal o Tesouro e agraciar a corte. Será rigoroso com seus amados shafits em um esforço para parecer forte e vai afastar a rainha dele, uma mulher com a qual suspeito que você se importe demais, por um punhado de concubinas. E como qaid, você será forçado a assistir. Com os Ayaanle sussurrando ao seu ouvido, com a lealdade de seus colegas soldados nas mãos... você vai assistir. E vai ceder.

Ali ficou de pé. Aquele lugar frio, o nó de ressentimento que Muntadhir mencionara brevemente no salão de Khanzada, desatado de novo. Não estava acostumado a desafiar o pai tão diretamente, mas aquela não era uma acusação que deixaria morrer.

— Eu jamais — repetiu Ali. — Praticamente dei a vida para salvar a de Muntadhir naquele barco. Jamais faria mal a ele. Quero *ajudá-lo*. — ele levantou as mãos. — É disso que se trata, abba. Não quero ser rei! Não quero ouro ayaanle. Queria ajudar minha cidade, ajudar as pessoas que deixamos para trás.

Ghassan sacudiu a cabeça. Ele parecia ainda mais decidido.

— Acredito em você, Alizayd. Esse é o problema. Como aquele que lhe deu o nome, acho que quer tanto ajudar os shafits que estaria disposto a derrubar a cidade só para vê-los se levantarem. E não posso arriscar isso.

O pai não disse mais nada. Não precisava. Pois Ghassan sempre fora claro quando se tratava das visões sobre família. Daevabad vinha primeiro. Antes da tribo. Antes da família.

Antes da vida do filho mais novo.

Ali se sentiu estranhamente leve. Ele pigarreou, achando difícil respirar. Mas não imploraria pela vida. Em vez disso, endureceu o coração, encarando o pai.

— Quando encontrarei o karkadann?

Ghassan não averteu o olhar.

— Não encontrará. Vou retirar seus títulos e as contas do Tesouro e mandá-lo para Am Gezira. As outras tribos presumirão que foi liderar uma guarnição.

Exílio? Ali franziu a testa. *Não pode ser.* Mas quando o pai dele permaneceu calado, Ali percebeu que havia um aviso na história de seu nascimento.

Estrangeiros podiam pensar que era apenas uma missão militar, mas os Geziri saberiam. Quando Alizayd al Qahtani – Alizayd, o ayaanle – aparecesse em Am Gezira empobrecido e sozinho, os Geziri saberiam que tinha perdido a proteção do pai. Que o segundo filho dele, o filho estrangeiro, tinha sido abandonado, e o sangue dele poderia ser derramado sem retribuição. Assassinos geziri eram os melhores e prontamente disponíveis. Qualquer um esperando garantir favores com o irmão dele, com o pai, com Kaveh, com qualquer dos inimigos que Ali tivesse feito ao longo dos anos – nem mesmo precisava ser alguém que ele tivesse pessoalmente irritado. Os Qahtani tinham milhares de adversários, mesmo entre a própria tribo.

Ali *seria* executado. Poderia levar alguns meses, mas ele acabaria morto. Não em um campo de batalha, lutando bravamente em nome da família; nem como um mártir, resoluto na escolha de defender os shafits. Não, em vez disso, ele seria caçado em uma terra desconhecida, assassinado antes do primeiro quarto de século. Seus últimos dias seriam passados sozinho e aterrorizado, e, quando inevitavelmente caísse, seria nas mãos de pessoas que o entalhariam, levando qualquer que fosse a prova necessária para o pagamento.

O pai de Ali ficou de pé, os movimentos lentos traíam sua idade.

— Há uma caravana de mercadores seguindo para Am Gezira amanhã. Você parte com eles.

Ali não se moveu. Não conseguia.

— Por que simplesmente não manda me matar? — A pergunta saiu apressada, meio que uma súplica. — Me atire ao karkadann, envenene minha comida, faça com que alguém corte meu pescoço enquanto durmo. — Ele piscou, combatendo as lágrimas. — Não seria mais fácil?

Ali conseguia ver sua mágoa espelhada no rosto do pai. Apesar de todas as piadas a respeito do quanto se parecia com o povo de sua mãe, tinha os olhos de Ghassan. Sempre tivera.

— Não posso — admitiu o rei. — Não posso dar essa ordem. E por essa fraqueza, meu filho, peço desculpas. — Ele se virou para ir embora.

— E Nahri? — gritou Ali antes que o pai chegasse à porta, desesperado por qualquer tipo de consolo. — Sabe que falei a verdade a respeito dela.

— Não sei disso mesmo — replicou Ghassan. — Acho que Muntadhir está certo; sua palavra sobre aquela menina não é confiável. E não muda o que aconteceu.

Ali tinha destruído o futuro dele para contar a verdade. Devia significar alguma coisa.

— Por que não?

— Você assassinou Darayavahoush diante dos olhos dela, Alizayd. Foram precisos três homens para arrastá-la aos chutes e gritos das cinzas dele. Ela mordeu um deles com tanta força que ele precisou de pontos. — O pai de Ali sacudiu a cabeça. — O que quer que houvesse entre vocês dois acabou. Se ela não nos considerava inimigos antes, certamente considera agora.

NAHRI

— Oh, guerreiro dos djinns, eu suplico... — Nahri fechou os olhos inchados ao entoar, tamborilando os dedos em uma tigela emborcada pegajosa com pedaços duros de arroz. Tinha tirado da pilha de louças sujas à porta resquícios das refeições em que mal tocara.

Nahri pegou uma lasca de madeira de uma cadeira quebrada e cortou o pulso profundamente. A visão do próprio sangue era desapontadora. Funcionaria melhor se tivesse um frango. Se tivesse suas músicas. Zars deviam ser precisos.

O sangue escorreu pelo braço dela até o chão antes de o ferimento se fechar.

— Grande guardião, eu o chamo. Darayavahoush e-Afshin — sussurrou Nahri, com a voz falhando —, venha até mim.

Nada. O quarto dela permaneceu tão silencioso quanto estivera uma semana antes quando fora trancafiada ainda coberta com as cinzas dele. Mas Nahri não permitiu que isso a dissuadisse. Ela simplesmente tentaria de novo, variando um pouco a música. Não conseguia se lembrar das palavras exatas que cantara no Cairo há tanto tempo, mas depois que as acertasse, teria de funcionar.

Nahri se moveu no chão, sentindo cheiro de cabelos sujos ao puxar a tigela imunda para si. Estava cortando o pulso pela enésima vez quando a porta do quarto se abriu. A silhueta escura de uma mulher estava visível contra a luz ofuscante da enfermaria.

— Nisreen — chamou Nahri, aliviada. — Venha. Se mantiver a batida no tambor, então posso usar este prato como tamborim e...

Nisreen correu para o outro lado do quarto e arrancou a lasca ensanguentada.

— Ah, criança... o que é isso?

— Estou chamando Dara de volta — respondeu Nahri. Não era óbvio? — Eu fiz uma vez. Não tem motivo para não conseguir fazer de novo. Só preciso acertar tudo.

— Banu Nahri. — Nisreen se ajoelhou no chão e afastou a tigela. — Ele se foi, criança. Não vai voltar.

Nahri afastou as mãos.

— Não sabe disso — respondeu ela, ferozmente. — Você não é Nahid. Não sabe na...

— Sei sobre escravos — interrompeu Nisreen. — Ajudei sua mãe e seu tio a libertarem dúzias deles. E, criança... não podem ser separados dos receptáculos. Nem por um momento. É tudo o que une a alma deles a este mundo. — Nisreen pegou o rosto de Nahri entre as mãos. Ele se foi, minha senhora. Mas você não. E se quiser permanecer assim, precisa se recompor. — Os olhos dela estavam sombrios com aviso. — O rei quer falar com você.

Nahri ficou imóvel. Na mente, ela viu a flecha que atravessou o pescoço de Ali e ouviu Muntadhir gritando enquanto Dara o açoitava. Um suor frio brotou na pele dela. Não podia enfrentar o pai deles.

— Não. — Nahri sacudiu a cabeça. — Não posso. Ele vai me matar. Vai me entregar para aquela besta, o karkadann, e...

— Ele não vai matar você. — Nisreen colocou Nahri de pé. — Porque você vai dizer exatamente o que ele quer ouvir e fazer exatamente o que ele ordenar, entendeu? É assim que vai sobreviver a isto. — Ela puxou Nahri na direção do hammam. — Mas vamos limpar você primeiro.

O pequeno banheiro estava cheio de vapor e quente quando elas entraram, os azulejos úmidos tinham cheiro de rosas. Nisreen assentiu para um pequeno banquinho de madeira nas sombras nebulosas.

— Sente.

Nahri obedeceu. Nisreen puxou uma tigela de água quente e então a ajudou a tirar a túnica imunda. Ela virou a tigela sobre a cabeça de Nahri, e a água escorreu pelos braços dela, ficando cinza ao limpar as cinzas da pele da curandeira.

As cinzas de Dara. Aquela visão quase a devastou. Nahri conteve um soluço.

— Não posso fazer isso. Não sem ele.

Nisreen estalou a língua.

— Ora, onde está a menina que matou ifrit com o próprio sangue e deu sermões inflamados e blasfematórios sobre os ancestrais dela? — A mulher se ajoelhou e limpou o rosto sujo de Nahri com um tecido úmido. — Vai sobreviver a isso, Banu Nahri. Precisa. É tudo o que nos resta.

Nahri engoliu o nó que se formou em sua garganta, um pensamento lhe ocorreu.

— Mas o anel dele... talvez se o encontrarmos...

— Ele se foi. — Um tom amargo envolveu a voz de Nisreen quando ela esfregou um pedaço de sabão até fazer espuma. — Não restou nada; o rei mandou queimar e afundar o barco. — A mulher massageou o sabão nos longos cabelos de Nahri. — Nunca vi Ghassan assim.

Nahri ficou tensa.

— Como assim?

Nisreen abaixou a voz.

— Darayavahoush teve ajuda, Nahri. Os homens do rei encontraram suprimentos na praia. Não muitos, pode ter sido apenas um homem, mas... — Ela suspirou. — Entre isso e os protestos... está um caos. — Ela jogou um balde de água limpa na cabeça de Nahri.

— Os *protestos*? Que protestos?

— Daevas têm se reunido na muralha todos os dias, exigindo justiça pela morte de Darayavahoush. — Nisreen entregou a ela uma toalha. — Matar um escravo é um crime grave em nosso mundo, e o Afshin... bem, suspeito que tenha visto por si mesma no templo como as pessoas se sentiam em relação a ele.

Nahri se encolheu, lembrando-se da visão de Dara brincando com as crianças daeva no jardim, os rostos maravilhados dos adultos que se reuniam em volta dele.

Mas Nahri também se lembrava bem demais de quem era o culpado da carnificina naquele barco – e a única morte que ela não imaginava que o rei jamais perdoaria.

— Nisreen... — começou ela quando a outra mulher começou a pentear seu cabelo. — Dara matou Ali. A única justiça que Ghassan vai...

Nisreen recuou, surpresa.

— Dara não matou Alizayd. — O rosto dela ficou sombrio. — Eu deveria saber; fui forçada a tratá-lo.

— Tratá-lo... Ali está *vivo*? — perguntou Nahri, incrédula. O príncipe tinha levado um tiro, fora afogado e então aparentemente possuído pelos marids; ela nem mesmo considerara a possibilidade de que ele ainda vivia. — Ele está bem?

— *"Ele está bem?"* — repetiu Nisreen, parecendo chocada com a pergunta. — Ele assassinou seu Afshin!

Nahri sacudiu a cabeça.

— Não foi ele. — Não havia nada de Ali na assombração de olhos oleosos que subiu a bordo do barco entoando em uma língua que parecia a correnteza do mar. — Foram os marids. Provavelmente o obrigaram...

— Ele provavelmente se voluntariou — interrompeu Nisreen, friamente. — Não que algum dia saberemos. Ghassan já o mandou às escondidas de volta para Am Gezira, e me avisou que se eu falasse sobre o que aconteceu, cortaria seu pescoço.

Nahri se encolheu. Mas não apenas diante da ameaça. Diante da própria memória repentina das desculpas apressadas de Ali no barco. Ele *não dissera* nada, deixara que corressem para a ameaça que sabia que os aguardava.

Nisreen pareceu ler a mente dela.

— Minha senhora, esqueça dos Qahtani. Preocupe-se com *seu* povo pelo menos uma vez. Os Daeva estão sendo mortos, enforcados nas muralhas do palácio, simplesmente por exigirem justiça, por um simples *inquérito*, pela morte de um dos nossos. Homens daeva são arrastados dos lares deles, interrogados e torturados. Fomos destituídos de proteção real, nosso quarteirão foi deixado indefeso, metade de nossas lojas no Grande Bazar já foi saqueada. — A voz dela falhou. — Esta manhã mesmo ouvi que uma menina daeva foi arrancada do palanquim dela e estuprada por uma multidão de homens shafits enquanto a Guarda Real assistia.

O sangue sumiu do rosto de Nahri.

— Eu... sinto muito. Não fazia ideia.

Nisreen se sentou no banco oposto a ela.

— Então me *ouça*. Nahri, os Qahtani não são seus amigos. É assim que sempre acontece com eles. Um de nós sai da linha, um de nós *pensa* em sair da linha, e centenas pagam o preço.

A porta do hammam se abriu. Um soldado geziri invadiu. Nisreen se levantou com um salto, bloqueando Nahri de vista.

— Não tem decência?

Ele apoiou a mão na zulfiqar.

— Não para a vadia do Flagelo.

A vadia do Flagelo? As palavras dele lançaram uma torrente de medo por dentro de Nahri. As mãos dela tremiam tanto que Nisreen precisou ajudá-la a se vestir, jogando uma camisola larga por cima da cabeça de Nahri e amarrando a calça shalvar dela.

Nisreen colocou o próprio chador preto sobre os cabelos molhados de Nahri.

— Por favor — implorou ela em divasti. — Você é a única que resta. Esqueça seu luto. Esqueça nossas palavras aqui. Diga ao rei o que ele precisar ouvir para lhe garantir misericórdia.

O soldado impaciente agarrou o pulso dela e a puxou para a porta. Nisreen seguiu.

— Por favor, Banu Nahri! Deve saber que ele a amava; não iria querer que você jogasse fora...

O soldado fechou a porta na cara de Nisreen.

Ele arrastou Nahri pelo caminho do jardim. Fazia um dia feio; nuvens cinza manchavam o céu e um vento gelado jogou um punhado de chuva na cara dela. Nahri puxou o chador bem firme em torno do corpo e tremeu, desejando poder desaparecer dentro dele.

Atravessaram o pavilhão molhado de chuva até um pequeno gazebo de madeira entre um herbário selvagem e um amplo lilás-da-índia. O rei estava sozinho e parecia tranquilo como nunca, com a túnica preta e o turbante brilhante sem qualquer umidade.

Apesar do aviso de Nisreen, Nahri não fez reverência. Ela esticou os ombros, encarando-o diretamente.

Ele dispensou o soldado.

— Banu Nahida — cumprimentou Ghassan. A expressão dele era calma. O rei indicou o banco adiante. — Por que não se senta?

Ela se sentou, ignorando a vontade de deslizar para o lado do banco mais afastado dele. Os olhos de Ghassan não tinham deixado o rosto de Nahri.

— Parece melhor do que quando a vi pela última vez — comentou o rei, tranquilamente.

Nahri se encolheu. Ela se lembrava apenas vagamente da chegada do rei ao barco. A forma como a insígnia de Suleiman tinha descido uma segunda vez enquanto soldados a arrastavam, debatendo-se e gritando, de perto das cinzas de Dara.

Nahri queria acabar com aquela conversa o mais rápido possível.

— Não sei de nada — disse ela, apressando-se. — Não sei quem o ajudou, não sei o que...

— Acredito em você — interrompeu Ghassan. Nahri deu a ele um olhar surpreso e o rei continuou. — Quer dizer, não me importo muito, mas se faz alguma diferença, acredito em você.

Nahri brincou com a barra do chador.

— Então o que quer?

— Saber qual é sua posição agora. — Ghassan espalmou as mãos. — Vinte e um homens estão mortos e minhas ruas estão em chamas. Tudo porque aquele maldito Afshin decidiu, no que imagino ter sido um momento inflamado da mais profunda estupidez, sequestrar você e meu filho e fugir de Daevabad. Ouvi relatos impressionantemente diferentes de como isso aconteceu — prosseguiu ele. — E me decidi por um.

Ela arqueou uma sobrancelha.

— Você se *decidiu* por um?

— Decidi — respondeu ele. — Acho que dois homens bêbados entraram em uma briga idiota por causa de uma mulher. Acho que um desses homens, ainda amargo por ter perdido uma guerra, semienlouquecido pela escravidão, perdeu a cabeça. Acho que ele decidiu tomar o que lhe pertencia à força. — Ghassan deu a ela um olhar determinado. — E acho que você teve muita sorte por meu filho mais novo, ferido na briga, mais cedo, estar na enfermaria para ouvir seus gritos.

— Não foi isso que aconteceu — disse Nahri, com fervor. — Dara jamais...

O rei gesticulou para que ela se calasse.

— Ele era um homem volátil de um mundo antigo e selvagem. Quem pode de fato entender por que escolheu se alterar daquela forma? Roubar você da cama como um bruto incivilizado das selvas de Daevastana. É claro que você foi junto; estava apavorada, uma moça sob o domínio dele durante meses.

Nahri costumava ser boa em controlar as emoções, mas se Ghassan achava que ela publicamente pintaria Dara como um estuprador bárbaro e ela mesma como uma vítima indefesa, ele era louco.

E não era ele quem tinha a vantagem.

— Essa sua história encantadora inclui a parte em que seu filho foi possuído pelos marids e usou a insígnia de Suleiman?

— Alizayd jamais foi possuído pelos marids — disse Ghassan, parecendo completamente seguro. — Que coisa ridícula de se sugerir. Os marids não são vistos há milênios. Alizayd jamais caiu no lago. Ele ficou preso nas cordas do navio e subiu de volta para matar o Afshin. Ele é um herói. — O rei parou e contraiu os lábios em um sorriso amargo, com a voz falhando pela primeira vez. — Ele sempre foi um espadachim talentoso.

Nahri sacudiu a cabeça.

— Não foi isso o que aconteceu. Havia outras testemunhas. Ninguém vai acreditar...

— É muito mais crível do que Manizheh ter uma filha secreta escondida em uma cidade humana distante. Uma garota cuja própria aparência sugeriria um pedigree inteiramente humano... Perdoe-me, o que dissemos que era? Ah, sim, uma maldição para afetar sua aparência. — O rei uniu os longos dedos. — Sim, eu vendi aquela história muito bem.

A franqueza dele a tomou de surpresa; Nahri achou estranha a facilidade com que o rei aceitou a identidade dela quando ela mesma duvidava.

— Porque é a verdade — argumentou Nahri. — Foi você quem me confundiu com Manizheh quando cheguei.

Ghassan assentiu.

— Uma confusão. Eu me importava muito com sua mãe. Vi uma mulher daeva entrar com um guerreiro Afshin ao lado e minhas emoções me tomaram brevemente. E quem sabe? Pode muito bem ser a filha de Manizheh, claramente tem sangue Nahid... — Ele bateu na insígnia na bochecha. —

Mas vejo algo de humano em você também. Não muito; se seus pais eram inteligentes, poderiam ter escondido; há muitos em nosso mundo que escondem. Mas está aí.

A confiança dele a abalou.

— Teria deixado Muntadhir se casar com alguém de sangue humano?

— Para garantir a paz entre nossas tribos? Sem hesitação. — Ele gargalhou. — Acha que Alizayd é o único radical? Vivi tempo o bastante e vi o suficiente para saber que sangue não é tudo. Há muitos shafits que podem usar magia com tanta habilidade quanto um puro-sangue. Diferentemente de meu filho, reconheço que o restante de nosso mundo não está pronto para aceitar tal coisa. Mas contanto que ninguém mais descobrisse o que você era... — Ele deu de ombros. — A composição exata do sangue de meus netos não teria me incomodado nem um pouco.

Nahri ficou sem palavras. Ela não levou muito a sério a afirmativa de Ghassan de que os shafits eram iguais — não quando ele poderia tão facilmente ignorar tal verdade pela realidade política. Fazer isso revelava uma crueldade que ela não vira na modalidade bem mais ignorante de preconceito de Dara.

— Então me exponha — desafiou ela. — Não me importo. Não vou ajudar você a difamar a memória dele.

— *"Difamar a memória dele"?* — gargalhou Ghassan. — Ele é o Flagelo de Qui-zi. Essa mentira se desbota em comparação com as verdadeiras atrocidades dele.

— Diz o homem comprometido com usar mentiras para prolongar seu reino.

O rei ergueu uma das sobrancelhas escuras.

— Quer ouvir como ele conquistou esse título?

Nahri permaneceu calada e o rei olhou para ela.

— Mas é claro. Apesar de todo o interesse em nosso mundo, de todas as coisas que perguntou a meu filho... mostrou curiosamente pouco apetite pela história sangrenta de seu Afshin.

— Porque não importa para mim.

— Então não se incomodará em ouvir. — Ghassan se recostou, unindo as mãos. — Vamos falar sobre Qui-zi. Os Tukharistani foram um dia os súditos mais leais de seus ancestrais, sabe. Constantes e pacíficos, devotados ao culto ao fogo... Com apenas uma falha: intencionalmente infringiram a lei que dizia respeito a humanos.

Ele deu tapinhas no turbante.

— Seda. Uma especialidade dos humanos na terra deles e um sucesso imediato quando foi apresentado a Daevabad. Mas a criação é uma tarefa delicada, delicada demais para as mãos de sangue quente dos djinns. Então os Tukharistani convidaram algumas famílias humanas seletas para a tribo deles. Foram acolhidos e receberam a própria cidade protegida. Qui-zi. Ninguém podia sair, mas era considerada um paraíso. Como se esperaria, as populações daeva e humana se misturaram ao longo dos anos. Os tukharistanis tiveram o cuidado de não deixar ninguém com sangue humano deixar Qui-zi, e a seda era tão valorizada que seus ancestrais fizeram vista grossa para a existência da cidade durante séculos.

"Até que Zaydi al Qahtani se rebelou. Até que os Ayaanle fizeram o juramento da lealdade deles e subitamente qualquer daeva, perdoe-me, qualquer djinn com um vestígio de simpatia pelos shafits se tornou suspeito. — O rei sacudiu a cabeça. — Qui-zi não podia permanecer de pé. Os Nahid precisavam nos ensinar uma lição, um lembrete do que acontecia quando quebrávamos a lei de Suleiman e nos aproximávamos demais de humanos. Então eles planejaram tal lição e selecionaram um Afshin para executá-la, um jovem demais e estupidamente devoto demais para questionar a crueldade do plano. — Ghassan a encarou. — Tenho certeza de que sabe o nome dele.

"Qui-zi caiu quase imediatamente; era uma cidade mercantil na parte selvagem de Tukharistan com poucas defesas. Os homens dele saquearam as casas e queimaram uma fortuna em seda. Não estavam lá pelas riquezas, estavam lá pelo povo.

"Ele fez com que cada homem, mulher e criança fosse açoitado até sangrar. Se o sangue deles não fosse preto o suficiente, eram imediatamente mortos, os corpos atirados em um poço aberto. E esses foram os sortudos; os de sangue puro enfrentaram um destino pior. As gargantas dos homens deles foram enchidas de lama e eles foram enterrados vivos, fechados no mesmo poço que os colegas shafits mortos e qualquer mulher de sangue puro azarada o bastante para carregar uma gravidez suspeita. Os meninos foram castrados para que não levassem adiante a malícia dos pais, e as mulheres foram entregues para serem estupradas. Então eles queimaram a cidade completamente e trouxeram os sobreviventes de volta para Daevabad em grilhões."

Nahri se sentiu dormente. Ela fechou as mãos em punhos, as unhas se enterraram na pele das palmas.

— Não acredito em você — sussurrou ela.

— Acredita, sim — disse Ghassan, simplesmente. — E, sinceramente, se aquilo tivesse dado um fim à rebelião, prevenido o número muito maior de mortes e atrocidades na guerra que viria... Eu também teria colocado um chicote na mão dele. Mas não deu. Seus ancestrais eram tolos de temperamento instável. Esqueça dos inocentes assassinados, destruíram metade da economia tukharistani. Um ressentimento comercial envolto em indignação moral? — O rei fez um ruído de reprovação. — Ao fim do ano, todo clã tukharistani restante tinha jurado lealdade a Zaydi al Qahtani. — Ele tocou o turbante de novo. — Mil e quatrocentos anos depois, os melhores tecelões deles me mandam um novo todo ano para celebrar o aniversário.

Ele está mentindo, foi o que Nahri tentou dizer a si mesma. Mas não pôde deixar de se lembrar do Afshin eternamente atormentado. Quantas vezes ouvira as referências sombrias ao passado dele, visto o arrependimento nos olhos? Dara admitiu ter um dia acreditado que os shafits mal passavam de decepções sem alma, que a mistura do sangue levaria a outra das maldições de Suleiman. Ele disse que fora banido de Daevabad com a idade de Ali... punido por ter executado as ordens dos ancestrais Nahid dela.

Ele fez isso, percebeu Nahri, e algo se arrasou dentro dela, um pedaço de seu coração que jamais seria reparado. Ela se obrigou a olhar para Ghassan, lutando para permanecer inexpressiva. Não mostraria a ele o quanto era profunda a mágoa que o rei atingira.

Nahri pigarreou.

— E o objetivo dessa história?

O rei cruzou os braços.

— Seu povo historicamente faz decisões tolas com base em absolutos em vez de na realidade. Fazem isso ainda hoje, revoltando-se nas ruas e correndo ao encontro da morte por uma exigência que nenhuma pessoa racional esperaria que eu garantisse. — Ghassan se inclinou para a frente, com uma expressão determinada. — Mas em você, vejo uma pragmática. Uma mulher de olhos espertos que negociaria o preço do próprio noivado. Que manipulou o filho que mandei espioná-la ao ponto de ele se sacrificar para protegê-la. — Ghassan espalmou as mãos. — O que aconteceu foi um acidente. Não é preciso desmantelar os planos que nós *dois* tínhamos colocado em ação, não há motivo para não consertarmos o que foi quebrado entre nós. — Ghassan olhou para ela. — Então me diga seu preço.

Um preço. Nahri devia ter gargalhado. Ali estava. Tudo se resumia apenas naquilo: um preço. Cuidar de si mesma e de mais ninguém. Amor, orgulho tribal... eram inúteis no mundo dela. Não, não apenas inúteis, eram *perigosos*. Tinham destruído Dara.

Mas havia algo mais no que Ghassan acabara de dizer. *O filho que se sacrificou...*

— Onde está Ali? — indagou ela. — Quero saber o que os mar...

— Se a palavra "marid" sair de sua boca de novo, farei com que todas as crianças daeva da cidade sejam atiradas no lago diante de seus olhos — avisou Ghassan, com a voz fria. — E quanto a meu filho, ele se foi. Não estará aqui para defendê-la de novo.

Nahri recuou horrorizada, e ele soltou um suspiro irritado.

— Estou ficando impaciente, Banu Nahri. Se difamar um dos maiores assassinos da história incomoda sua consciência, vamos criar outra história.

Ela não gostou de como aquilo soou.

— O que quer dizer?

— Vamos falar de você. — Ghassan inclinou o rosto, estudando-a como se Nahri fosse uma tábua de xadrez. — Posso facilmente revelá-la como shafit; há diversas formas, nenhuma particularmente agradável, de fazer isso. Apenas isso voltaria a maioria dos membros de sua tribo contra você, mas podemos muito bem seguir em frente, dar às massas algo sobre o que fofocar.

Ele tamborilou o dedo no queixo.

— O desprezo que tem pelo culto ao fogo de seu povo é quase fácil demais, assim como seus fracassos na enfermaria. Precisaríamos de um escândalo... — Ghassan parou, uma expressão calculista percorreu seu rosto aquilino. — Talvez eu tenha relatado errado o que aconteceu na enfermaria. Talvez tenha sido Darayavahoush quem a encontrou nos braços de outro homem. Um jovem cujo nome faz o sangue daeva ferver...

Nahri se encolheu.

— Você não ousaria. — Era óbvio que estavam falando abertamente, então ela não fingiu não saber de quem Ghassan falava. — Acha que as pessoas estão pedindo o sangue de Ali agora? Se achassem que ele...

— Achassem que ele o quê? — Ghassan deu a ela um sorriso condescendente. — Em que mundo homens e mulheres pagam o mesmo preço pela paixão? Será você a culpada. De fato, as pessoas presumirão que você é especialmente... *talentosa* por ter seduzido um homem tão religioso.

Nahri se levantou subitamente. Ghassan segurou o pulso dela.

A insígnia brilhou na bochecha dele, e os poderes de Nahri sumiram. Ele segurou mais forte, e ela arquejou, desacostumada ao quanto a sensação de dor era intensa sem as habilidades de cura.

— Eu acolhi você — disse ele, friamente, todo o deboche sumira. — Convidei você para minha família, e agora minha cidade está em chamas e jamais olharei para meu caçula de novo. Não estou com disposição para aturar uma garotinha tola. Vai trabalhar comigo para consertar isso, ou eu me certificarei de que cada homem, mulher e criança daeva responsabilize você pela morte de Darayavahoush. Pintarei você como uma vadia e traidora de sua tribo. — Ele soltou o pulso de Nahri. — E então a entregarei para aquela multidão diante de minhas muralhas.

Nahri agarrou o pulso dele. Não tinha dúvida de que Ghassan falara a verdade. Dara estava morto, e Ali se fora. Não havia Afshin para lutar por ela, nenhum príncipe para falar por ela. Nahri estava sozinha.

Ela abaixou o olhar, pela primeira vez achando difícil encará-lo.

— O que quer?

Eles a vestiram com as roupas cerimoniais da família: um vestido azul-celeste pesado com bordado dourado, seda branca cobrindo-lhe o rosto. Ela estava feliz pelo véu – esperava que escondesse a vergonha que queimava em suas bochechas.

Nahri mal olhou para o contrato quando o assinou, o papel que a prendia ao emir assim que chegasse ao primeiro quarto de século. Em outra vida, poderia ter ansiosamente devorado o inventário detalhado, o dote que a tornava uma das mulheres mais ricas da cidade, mas, naquele dia, não se importava. A assinatura de Muntadhir abaixo da dela era um rabisco indecifrável – o rei tinha literalmente forçado a mão dele logo antes de o futuro marido de Nahri lhe cuspir aos pés e sair irritado.

Eles foram para o imenso salão de audiências a seguir, o lugar no qual Nahri colocara os olhos nos Qahtani pela primeira vez. Ela conseguiu sentir o tamanho da multidão antes de entrar, a respiração ansiosa e as batidas rápidas dos corações de milhares de djinns de sangue puro. Nahri encarou os pés ao acompanhar o rei até a plataforma de mármore verde, parando no patamar logo abaixo do dele. Então ela engoliu em seco e ergueu o olhar para um mar de rostos petrificados.

Rostos daeva. Ghassan ordenara que um representante de cada família nobre, de cada companhia de comércio e guilda de artesãos, cada clérigo e acadêmico – qualquer um de posição de elite na tribo daeva – fosse ouvir o testemunho de Nahri. Apesar de dúzias de prisões e de execuções públicas, os membros da tribo dela continuavam protestando nas muralhas do palácio, exigindo justiça pelo assassinato de Dara.

Nahri estava ali para acabar com aquilo.

Nahri abriu o pergaminho que recebera. As mãos dela tremiam quando leu as acusações que fora ordenada a dizer. Não desviou do roteiro uma só vez, nem se permitiu se demorar nas palavras que condenavam o homem que amava com os termos mais vulgares, as palavras destruindo a reputação do Afshin que tinha sacrificado tudo por seu povo. A voz dela permaneceu inexpressiva. Nahri suspeitou de que o público era esperto o suficiente para entender o que estava acontecendo, mas não se importou. Se Ghassan queria um espetáculo, deveria ter pensado em pedir por um.

Mesmo assim, havia lágrimas nos olhos dela quando Nahri terminou, e a voz dela estava pesada com emoção. Cheia de vergonha, Nahri abaixou o pergaminho e se obrigou a olhar para a multidão.

Nada. Não havia horror, nenhuma incredulidade entre os daevas de olhos pretos diante dela. De fato, a ampla maioria parecia tão impassível quanto quando entrara.

Não, não impassível.

Desafiadora.

Um velho se destacou da multidão. Usando as túnicas carmesins intensas do Grande Templo, ele era uma visão impressionante; com uma marca de cinza dividindo o rosto enrugado e um alto chapéu azul coroando a cabeça coberta de fuligem.

Kartir, reconheceu Nahri, lembrando-se da bondade que ele mostrara a ela no templo. Nahri se encolheu então, quando o homem deu mais um passo na direção dela. O estômago da curandeira se apertou; ela esperava algum tipo de acusação.

Mas Kartir não fez nada do tipo. Em vez disso, ele uniu as pontas dos dedos na tradicional demonstração de respeito dos daevas, abaixou os olhos e fez uma reverência.

Os sacerdotes atrás dele imediatamente copiaram, o gesto ondulou pela multidão quando a audiência inteira de daevas se curvou na direção dela. Ninguém disse uma palavra. Nahri inspirou, e então, logo atrás, ouviu um coração começar a bater mais rápido.

Ela ficou imóvel, certa de que imaginava coisas, e então olhou para trás. Ghassan al Qahtani a encarou, com uma expressão indecifrável nos olhos. O sol se intensificou na janela atrás dele, refletindo as gemas deslumbrantes no trono, e Nahri se deu conta de em que ele estava sentado.

Um shedu. O trono era entalhado no formato do leão alado que era o símbolo da família dela.

Ghassan estava sentado em um trono Nahid.

E ele não parecia satisfeito. Nahri suspeitava de que a demonstração improvisada de união daeva não era o que ele pretendia. Ela sentiu pena do rei – de verdade. Era frustrante quando alguém minava seus planos bem tramados.

Era por isso que não se devia jamais parar de planejar alternativas.

O rosto de Ghassan ficou mais frio, e então Nahri sorriu, era a primeira vez que fazia aquilo desde a morte de Dara. Era o sorriso que dera ao basha, o sorriso que dera a centenas de homens arrogantes ao longo dos anos, logo antes de passar a perna neles por tudo que tinham

Nahri sempre sorria para seus alvos.

EPÍLOGO

Kaveh e-Pramukh correu os últimos passos até a enfermaria. Abriu as pesadas portas com um empurrão, seu corpo inteiro tremia.

O filho dele estava deitado em uma cama incandescente de cedro fumegante.

A visão lhe roubou o ar dos pulmões. Proibido de receber tratamento até que Kaveh, nas palavras do rei "descobrisse o que estava acontecendo com a tribo traidora de fanáticos adoradores do fogo dele", Jamshid ainda estava com o uniforme que vestia quando saiu correndo da casa deles naquela noite terrível, o tecido de cintura branco agora preto de sangue. O rapaz estava deitado de lado, o corpo contorcido e erguido por travesseiros para evitar pressão nos ferimentos de flecha nas costas dele. Uma fina camada de cinzas cobria sua pele, pontuando os cabelos pretos. Embora seu peito se erguesse e descesse à luz tremeluzente das tochas da parede da enfermaria, o restante do corpo estava parado. Parado demais.

Mas não sozinho. Jogado em uma cadeira ao lado da cama dele estava Emir Muntadhir, a túnica preta dele estava amassada e suja de cinzas, os olhos cinza pesados com luto. Com uma das mãos imóveis de Jamshid entre as dele.

Kaveh se aproximou, e o emir se assustou.

— Grão-vizir... — ele soltou a mão de Jamshid, embora não antes de Kaveh reparar o quanto entrelaçara os dedos deles apertados. — Perdoe-me, eu...

— Bizhan e-Oshrusan — sussurrou Kaveh.

Muntadhir franziu a testa.

— Não entendi.

— Esse é o nome que seu pai quer. Bizhan e-Oshrusan. Ele foi um dos soldados daeva em sua expedição; foi quem deixou os suprimentos na praia. Tenho evidências e uma testemunha que atestará tal coisa. — A voz de Kaveh falhou. — Agora, por favor... me deixe ver meu filho.

Muntadhir imediatamente se afastou, com alívio e culpa iluminando seu rosto.

— É claro.

Kaveh estava ao lado de Jamshid em um segundo. E então se sentiu entorpecido. Porque era impossível que ele estivesse de pé ali enquanto seu filho estava deitado, arrasado, diante dele.

Muntadhir ainda estava ali.

— Ele... — Kaveh ouviu a voz de Muntadhir falhar. — Ele nem mesmo hesitou. Saltou na minha frente assim que as flechas começaram a voar.

Isso deveria me trazer conforto? Kaveh limpou as cinzas dos olhos fechados do filho, os dedos dele tremiam de ódio tanto quanto de luto. *Deveria ser você em um uniforme ensanguentado, e Jamshid chorando usando os requintes reais.* Ele subitamente se sentiu capaz de estrangular o rapaz ao seu lado, o homem que ele vira partir o coração de seu filho diversas e diversas vezes, sempre que os boatos a respeito deles ficavam intensos demais – ou sempre que algo novo e belo lhe chamava a atenção.

Mas Kaveh não podia dizer aquilo. As acusações que queria atirar em Muntadhir provavelmente acabariam com Kaveh sendo declarado o cúmplice do Afshin e uma das flechas nas costas de Jamshid seria enfiada em seu coração. O filho mais velho de Ghassan al Qahtani era intocável – Kaveh e a tribo dele tinham acabado de aprender bem demais o quão friamente o rei lidava com pessoas que ameaçavam sua família.

Era uma lição da qual Kaveh jamais se esqueceria.

Mas, naquele momento, ele precisava que Muntadhir se fosse – cada segundo que ele permanecia era outro em que Jamshid sofria. O grão-vizir pigarreou.

— Meu emir, poderia, por favor, dar esse nome a seu pai? Não gostaria de atrasar mais o tratamento de meu filho.

— Mas é claro — disse Muntadhir, envergonhado. — Eu... Eu sinto muito, Kaveh. Por favor, me avise se algo mudar na condição dele.

Ah, suspeito de que você saberá. Kaveh esperou até ouvir a porta se fechar.

À luz do fogo, pilhas de madeira fresca e caixas de azulejos de vidro para o teto projetavam sombras selvagens pelo cômodo destruído. Os pacientes de Nahri tinham sido transferidos enquanto a enfermaria estava sob conserto, e ela estava segura longe – em uma reunião com os sacerdotes no Grande Templo que Kaveh sabia que duraria muito. Ele escolhera o momento deliberadamente; não queria implicá-la no que estava prestes a fazer.

Do cinto, ele tirou uma pequena lâmina de ferro. Era mais um bisturi do que uma faca, com o cabo envolto em camadas de linho protetor. Kaveh cortou uma fenda cuidadosa da túnica ensanguentada de Jamshid, rasgando um buraco grande o suficiente para revelar a pequena tatuagem preta que marcava o interior da escápula esquerda do filho.

À primeira vista, a tatuagem era comum: três hieróglifos espiralados, as linhas fortes e sem adornos. Muitos homens daeva – principalmente em Zariaspa, o canto selvagem de Daevastana dos Pramukh – ainda tomavam parte na antiga tradição de marcar a pele com os orgulhosos símbolos da linhagem e da casta. Uma forma de honrar a ascendência deles, era em parte superstição e em parte moda, os próprios pictogramas eram tão antigos que ninguém conseguia de fato decifrá-lo. Amados, porém inúteis.

A tatuagem de Jamshid não era inútil. Tinha sido queimada na pele dele pela mãe, apenas horas depois de seu nascimento e durante anos fora a mais certa salvaguarda de sua vida. De seu anonimato.

Agora o estava matando.

Por favor, Criador, suplico: que isto funcione. Kaveh desceu o escalpo na ponta do primeiro hieróglifo espiral. A pele com a marca ébano chiou ao toque do ferro, a magia protestou. Com o coração acelerado, Kaveh cortou fora um filete de pele.

Jamshid puxou um fôlego profundo. Kaveh ficou imóvel quando algumas gotas de sangue preto brotaram no corte. Elas pingaram para longe.

E então a pele abaixo se fechou sozinha.

— O que acha que está fazendo? — indagou a voz de uma mulher atrás dele. Nisreen. Ela estava ao lado de Kaveh em segundos, afastando-o de Jamshid, e puxando as abas rasgadas do uniforme dele de volta sobre a tatuagem. — Perdeu a cabeça?

Kaveh sacudiu a cabeça, com os olhos se enchendo de lágrimas.

— Não posso deixá-lo sofrer assim.

— E revelá-lo vai acabar com esse sofrimento? — Os olhos de Nisreen observaram o quarto escuro. — Kaveh... — avisou ela, em um sussurro baixo. — Não temos ideia do que vai acontecer se você retirar essa marca. O corpo dele jamais se curou. Há uma flecha alojada na coluna dele há uma semana; não tem como saber como a magia poderá reagir a tal ferimento. Você poderia matá-lo.

— Ele pode morrer se eu não fizer isso! — Kaveh secou os olhos com a outra mão. — Ele não é seu filho, você não entende. Preciso fazer alguma coisa.

— Ele não vai morrer — assegurou Nisreen. — Suportou esse tempo todo. — Ela pressionou o pulso de Kaveh, abaixando a faca. — Eles não são como nós, Kaveh — disse Nisreen, baixinho. — Ele tem o sangue da mãe, vai sobreviver a isso. Mas se você remover essa marca, se ele se curar sozinho... — Ela sacudiu a cabeça. — Ghassan o torturará por informação, jamais vai acreditar na inocência dele. Os Qahtani devastarão nossa tribo em busca de respostas; haverá soldados destruindo cada colina gramada, cada lar de Daevastana. — Os olhos dela brilharam. — Vai destruir tudo pelo que trabalhamos.

— Já se foi — argumentou Kaveh, com a voz amarga. — O Afshin está morto, Banu Nahri terá um bebê Qahtani na barriga em um ano, e nem mesmo ouvimos de...

Nisreen tirou a faca da mão dele e a substituiu por algo duro e pequeno. Aquilo ardeu na palma da mão de Kaveh. Ferro, percebeu ele, ao erguer o objeto na luz para examiná-lo. Um anel.

Um anel de ferro surrado com uma esmeralda que brilhava como se estivesse em chamas.

Kaveh imediatamente fechou os dedos sobre o anel. O objeto queimou sua pele.

— Pelo Criador — sussurrou ele. — Como você...

Ela sacudiu a cabeça.

— Não pergunte. Mas não se desespere. Precisamos de você, Kaveh. — Ela assentiu para Jamshid. — Ele precisa de você. Precisa voltar às graças de Ghassan, fazer com que ele confie em você o suficiente para que possa retornar a Zariaspa.

Ele segurou o anel do Afshin quando ficou mais quente.

— Dara tentou matar meu *filho*, Nisreen. — A voz dele falhou.

— Seu filho estava do lado errado. — Kaveh se encolheu, e Nisreen prosseguiu. — Não estará novamente. Vamos nos certificar disso. — Ela suspirou. — Encontrou alguém para levar a culpa pelos suprimentos?

Ele ofereceu um aceno silencioso.

— Bizhan e-Oshrusan. Pediu apenas que provêssemos para seus pais. Ele... — Kaveh pigarreou. — Ele entendeu que não seria levado vivo.

O rosto de Nisreen pareceu sombrio.

— Que o Criador recompense o sacrifício dele.

Houve silêncio entre os dois. Jamshid se agitou no sono, o movimento ameaçou transtornar Kaveh novamente.

Mas também foi o lembrete de que ele precisava. Pois ainda havia uma forma de salvar seu filho. E para isso Kaveh faria qualquer coisa; ele se prostraria diante do rei, atravessaria o mundo, enfrentaria os ifrits.

Queimaria a própria Daevabad.

O anel pareceu pulsar na mão de Kaveh, algo vivo com um coração pulsante.

— Nahri sabe? — perguntou ele, baixinho, erguendo a mão. — A respeito disso, quero dizer?

Nisreen sacudiu a cabeça.

— Não. — Um tom protetor tomou a voz dela. — Tem o suficiente com que se preocupar agora. Não precisa de distrações, nenhuma falsa esperança. E, sinceramente... está mais segura sem saber. Se formos pegos, a inocência dela pode ser a única defesa.

Kaveh assentiu novamente, mas estava cansado de estar na defensiva. Pensou nos daevas que Ghassan já executara, nos mercadores surrados no Grande Bazar, na garota estuprada na frente da Guarda Real. No filho dele – quase morto defendendo um Qahtani e tendo o tratamento negado. Nos mártires no Grande Templo. Em todas as outras formas com que seu povo tinha sofrido.

Kaveh estava cansado de se curvar para os Qahtani.

Um pequeno lampejo de ousadia aflorou em seu peito, o primeiro que sentira em muito tempo. A pergunta seguinte saiu como um sussurro desesperado.

— Se eu puder levar o anel até ela... acha mesmo que ela pode trazê-lo de volta?

Nisreen olhou para Jamshid. Os olhos dela estavam cheios do tipo de assombro silencioso que a maioria dos daevas sentia na presença de um dos Nahid deles.

— Sim — respondeu ela. Com reverência. — Acho que Manizheh pode fazer qualquer coisa.

GLOSSÁRIO

Seres de Fogo

DAEVA: O termo antigo para todos os elementais do fogo antes da rebelião djinn, assim como o nome da tribo que reside em Daevastana, da qual Dara e Nahri fazem parte. Um dia foram metamorfos que viveram durante milênios. Os daevas tiveram as habilidades mágicas profundamente reduzidas pelo profeta Suleiman como punição por terem ferido a humanidade.

DJINN: Uma palavra humana para "daeva". Depois da rebelião de Zaydi al Qahtani, todos os seguidores dele, e, por fim, todos os daevas começaram a usar esse termo para sua raça.

IFRIT: Nome dos daevas originais que desafiaram Suleiman e foram destituídos de suas habilidades. Inimigos declarados da família Nahid, os ifrits se vingam escravizando outros djinns para causar o caos entre a humanidade.

SIMURGH: Pássaro escamoso de fogo que os djinns gostam de fazerem apostar corrida.

ZAHHAK: Uma imensa e alada besta cuspidora de fogo semelhante a um lagarto.

Seres da Água

MARID: Nome dos elementais da água extremamente poderosos. Quase míticos para os djinns, os marids não são vistos há séculos, embora digam os boatos que o lago que cerca Daevabad tenha sido um dia deles.

Seres do Ar

PERI: Elementais do ar. Mais poderosos do que os djinns – e muito mais ocultos –, os peris se mantêm determinadamente reservados.

RUKH: Imenso pássaro de fogo predatório que os peris podem usar para caçar.

SHEDU: Leão alado místico, um emblema da família Nahid.

Seres da Terra

GHOUL: Cadáver reanimado e que se alimenta de humanos que fizeram acordos com ifrits.

ISHTA: Uma pequena criatura escamosa obcecada com organização e calçados.

KARKADANN: Uma besta mágica semelhante a um enorme rinoceronte com um chifre do tamanho de um homem.

Línguas

DIVASTI: A língua da tribo Daeva.

DJINNISTANI: A língua comum de Daevabad, um dialeto mercador que os djinns e os shafits usam para falar com aqueles fora da tribo deles.

GEZIRIYYA: A língua da tribo Geziri, que apenas membros dessa tribo podem falar e compreender.

Terminologia Geral

ABAYA: Um vestido largo, na altura do chão, de mangas compridas usado por mulheres.

ADHAN: A chamada islâmica para a oração.

AFSHIN: O nome da família de guerreiros daeva que um dia serviu ao Conselho Nahid. Também usada como título.

AKHI: Em geziri, "meu irmão", um termo carinhoso.

BAGA NAHID: O título adequado para curandeiros do sexo masculino da família Nahid.

BANU NAHIDA: O título adequado para curandeiras do sexo feminino da família Nahid.

CHADOR: Um manto aberto feito de um corte semicircular de tecido, colocado sobre a cabeça e usado por mulheres daeva.

DIRHAM/DINAR: Um tipo de moeda usado no Egito.

DISHDASHA: Uma túnica masculina na altura do chão, popular entre os Geziri.

EMIR: O príncipe herdeiro, sucessor designado ao trono dos Qahtani.

FAJR: A oração do alvorecer/matutina.

GALABIYYA: Uma vestimenta tradicional egípcia, essencialmente uma túnica na altura do chão.

HAMMAM: Uma casa de banho.

INSÍGNIA DE SULEIMAN: O anel com insígnia que Suleiman um dia usou para controlar os djinns, dado aos Nahid e mais tarde roubado pelos Qahtani. O portador do anel de Suleiman pode anular qualquer magia.

ISHA: A oração do fim da tarde/vespertina.

KODIA: A mulher que lidera zars.

MAGHRIB: A oração do pôr do sol.

MIDAN: Uma praça urbana.

MIHRAB: Um nicho na parede indicando a direção da oração.

MUHTASIB: Um inspetor de mercado.

QAID: O chefe da Guarda Real, essencialmente o mais alto oficial militar no exército djinn.

RAKAT: Uma unidade de oração.

SHAFIT: Pessoa com sangue misto de djinn e humano.

SHEIK: Um educador/líder religioso.

TALWAR: Uma espada agnivanshi.

TANZEEM: Um grupo de raiz fundamentalista em Daevabad dedicado a lutar pelos direitos shafit e pela reforma religiosa.

ULEMÁ: Um corpo legal de acadêmicos religiosos.

VIZIR: Um ministro do governo.

ZAR: Uma cerimônia tradicional destinada a lidar com a possessão por djinn.

ZUHR: A oração do meio-dia.

ZULFIQAR: Lâmina de cobre bifurcada da tribo Geziri; quando inflamada, as pontas envenenadas destroem até mesmo a pele nahid, o que a torna uma das armas mais mortais desse mundo.

AGRADECIMENTOS

Este livro começou como um projeto particular que jamais teria visto a luz do dia não fosse pelo apoio e encorajamento – às vezes bastante compulsório! – das maravilhosas pessoas a seguir.

Primeiro, a meus amigos e docentes na Universidade Americana do Cairo: obrigada por compartilhar a história incrível e inspiradora do seu país, por me guiar pelos lugares que teriam composto o mundo de Nahri e por renovar minha fé de uma forma que eu não percebi até muito depois. Quaisquer erros ou representações errôneas são somente meus.

A meu marido, Shamik, cuja curiosidade a respeito do que eu estava sempre digitando no computador começou essa jornada toda, obrigada. Você é o melhor amigo e leitor beta que uma colega nerd poderia querer, e tem sido minha rocha.

Às pessoas fantasticamente talentosas do grupo Brooklyn Speculative Fiction Writers – principalmente Rob Cameron, Marcy Arlin, Steven R. Fairchild, Sondra Fink, Jonathan Hernandez, Alex Kirtland, Cynthia Lovett, Ian Montgomerie, Brad Park, Mark Salzwedel, Essowe Tchalim e Ana Vohryzek – que deram forma a este manuscrito e se tornaram amigas nesse processo.

Jennifer Azantian, minha maravilhosa agente e maior torcedora de Nahri e Ali, obrigada por arriscar com uma autora qualquer do Twitter; por tornar realidade o que parecia um sonho; e por ser uma presença constante nas muitas vezes em que precisei de uma.

Priyanka Krishnan, minha editora maravilhosa, que ajudou a me guiar pelos trechos mais árduos, e cujo acolhimento e comentários diplomaticamente fraseados sempre me fazem sorrir – tentarei não matar muitos dos personagens que você ama.

Ao restante da equipe da Voyager, incluindo Angela Craft, Jessie Edwards, Mumtaz Mustafa, Shawn Nicholls, Shelby Peak, David Pomerico e Paula Szafranski: sempre darei valor ao trabalho árduo e ao entusiasmo que todos tiveram por este livro. Um obrigada muito sincero para Will Staehle também, por criar uma capa que literalmente me deixou sem fôlego na primeira vez que a vi.

Jamais teria chegado tão longe sem meus pais extraordinários – minha mãe, Colleen, que compartilhou seu amor pela leitura comigo, e meu pai, Robert, que então me deu carona para a biblioteca e a livraria durante o que pareceu todo fim de semana de minha infância – seu amor e esforço me tornaram a pessoa que sou hoje. Agradeço a meu irmão, Michael, também, por ter me ensinado o significado de amor fraterno *sem* precisar lutar por um trono. Para Sankar e Anamika, que se apresentaram para ajudar assim que tudo isso se tornou real; sempre terão minha mais profunda gratidão.

À minha filha, minha maior fonte de felicidade: você é jovem demais para ler isto agora, mas obrigada por me permitir trabalhar nisso em casa, apesar de com um nível de negociação infantil que é assustadoramente semelhante ao de certa vigarista. Amo você.

E, por fim, mas certamente não menos importante, um sincero obrigada para meu *ummah*: para o passado que me inspirou, o presente que me recebeu e o futuro que construiremos juntos... *jazakum Allahu khayran.*

SOBRE A AUTORA

S. A. Chakraborty é escritora e mora com o marido e a filha em Nova York. Seu livro de estreia, *A cidade de bronze*, o primeiro volume da Trilogia de Daevabad, foi eleito um dos melhores livros do ano pela Amazon, Barnes & Noble, Library Journal, SyFy Wire e Vulture. Além disso, é organizadora do Grupo de Escritores de Ficção Especulativa do Brooklyn. Quando não está mergulhada em narrativas sobre retratos do Império Mugal e história de Omã, Chakraborty gosta de fazer trilhas e cozinhar refeições desnecessariamente complicadas para sua família.

2ª REIMPRESSÃO

Esta obra foi composta pela Desenho Editorial em Caslon Pro e impressa em papel Pólen Natural 70g com revestimento de capa em Couché Brilho 150g pela Ipsis Gráfica para Editora Morro Branco em agosto de 2022.